ALEJANDRO DUMAS

EL CONDE DE MONTECRISTO

Traducción del original: Víctor Balaguer

TEGUCIGALPA, HONDURAS, FEBRERO DE 2024

CAPÍTULOS

NOTA DEL EDITOR

En la lista de las mejores obras clásicas de la historia, siempre estará El Conde de Montecristo. Es un libro hermoso, mágico, vibrante, en el que se conjugan la traición, la injusticia, la venganza, la compasión y, finalmente, el perdón.

Alejandro Dumas se inspiró en un hecho de la vida real: la de François Picaud, un zapatero francés comprometido en matrimonio con una millonaria, vilmente traicionado por unos amigos.

¿De qué lo acusaron? De ser un espía al servicio de Inglaterra.

Se cuenta que Dumas encontró las Memorias de Jacques Peuchet; allí descubrió la historia de Picaud.

El Conde de Montecristo es Edmundo Dantés, injustamente encarcelado (acusado de ser un espía de Napoleón Bonaparte, figura caída en la desgracia en su exilio en la isla de Elba), en el calabozo del castillo de If. Allí conoce a un personaje peculiar: el abate de Faria, una mezcla de sacerdote y filósofo italiano que, entre muchos secretos, guarda uno que cambiará la suerte de su amigo de encierro para siempre.

Luego de escapar, Dantés buscará dos cosas: encontrar el tesoro que su amigo Faris enterró en la isla de Montecristo; y vengarse de aquellos que, con intrigas y chismorreos, lograron que lo enviaran a la cárcel.

¿Logrará encontrar el tesoro?

¿Podrá vengarse de sus enemigos?

El catálogo de Ediciones ASTRIA continúa creciendo con las joyas de la literatura universal.

Con alegría ponemos en manos de los lectores de todo el mundo en este mes de enero de 2024, tres de las creaciones que inmortalizaron a Alejandro Dumas: El Conde de Montecristo (tomos I y II); El hombre de la máscara de hierro y Los Tres Mosqueteros.

Hay libros que se quedan en el corazón de los lectores para toda la vida. Uno de ellos es, sin duda alguna, El Conde de Montecristo.

ÓSCAR FLORES LÓPEZ

I: UN BUQUE LLEGA A MARSELLA

Fue el vigía de Nuestra Señora de la Gaurdia el que dio, aquel 24 de febrero de 1815, la señal de que el bergantín El Faraón. procedente de Esmirna, Trieste y Nápoles, estaba a la vista. Tal y como suele hacerse en esos tales casos, de inmediato en su búsqueda un práctico, que enfiló frente al castillo de If y subió a bordo del buque entre la isla de Rión y el cabo Mongión.

La plataforma del castillo de San Juan, también como ocurre en un suceso como ese, se llenó de una multitud de curiosos, porque en Marsella se le daba mucha importancia a la llegada de un buque, especialmente si le sucedía lo que al Faraón, cuyo casco salió de los astilleros de la antigua Focia y pertenecía a un naviero de la ciudad.

El buque, mientras tanto, seguía avanzando; pasó sin contratiempos el estrecho producido por alguna erupción volcánica entre las islas de Calasapeigne y de Jaros, dobló la punta de Pomegue hendiendo las olas bajo sus tres gavias, su gran foque y la mesana. Iba con tanta lentitud y con tan penosos movimientos, que los curiosos (que por instinto presienten la desgracia), preguntábanse unos a otros qué accidente podía haber sobrevenido al buque. Los más expertos en navegación reconocieron al punto que, de haber sucedido alguna desgracia, no debía de haber sido al buque, ya que, aunque con mucha lentitud, seguía avanzando con todas las condiciones de los buques bien dirigidos.

En su puesto estaba preparada el ancla, sueltos los cabos del bauprés, y al lado del piloto, que se disponía a hacer que El Faraón enfilase la estrecha boca del puerto de Marsella, hallábase un joven de fisonomía inteligente que, con mirada muy viva, observaba cada uno de los movimientos del buque y repetía las órdenes del piloto.

Entre los espectadores que se hallaban reunidos en la explanada de San Juan, había uno que parecía más inquieto que los demás y que, no pudiendo contenerse y esperar a que el buque fondeara, saltó a un bote y ordenó que le llevasen al Faraón, al que alcanzó frente al muelle de la Reserva.

Viendo acercarse al bote y al que lo ocupaba, el marino abandonó su puesto al lado del piloto y se apoyó, sombrero en mano, en el filarete del buque. Era un joven de unos dieciocho a veinte años, de elevada estatura, cuerpo bien proporcionado, hermoso cabello y ojos negros, observándose en toda su persona ese aire de calma y de resolución peculiares a los hombres avezados a luchar con los peligros desde su infancia.

—¡Ah! ¡Edmundo, sos vos! ¿Qué es lo que ha sucedido? —preguntó el del bote— ¿Qué significan esas caras tan tristes que tienen todos los de la tripulación?

—Una gran desgracia, para mí al menos, señor Morrel —respondió Edmundo—. Al llegar a la altura de Civita—Vecchia, falleció el valiente capitán Leclerc...

—¿Y el cargamento? —preguntó con ansia el naviero.

—Intacto, sin novedad. El capitán Leclerc...

—¿Qué le ha sucedido? —preguntó el naviero, ya más tranquilo—. ¿Qué le ocurrió a ese valiente capitán?

—Murió.

—¿Cayó al mar?

—No, señor; murió de una calentura cerebral, en medio de horribles padecimientos. Volviéndose luego hacia la tripulación:

—¡Hola! —dijo— Cada uno a su puesto, vamos a anclar.

La tripulación obedeció, lanzándose inmediatamente los ocho o diez marineros que la componían unos a las escotas, otros a las drizas y otros a cargar velas.

Edmundo observó con una mirada indiferente el principio de la maniobra, y viendo a punto de ejecutarse sus órdenes, volvióse hacia su interlocutor.

—Pero ¿cómo sucedió esa desgracia? —continuó el naviero.

—¡Oh, Dios mío!, de un modo inesperado. Después de una larga plática con el comandante del puerto, el capitán Leclerc salió de Nápoles bastante agitado, y no habían transcurrido veinticuatro horas cuando le acometió la fiebre... y a los tres días había fallecido. Le hicimos los funerales de ordenanza, y reposa decorosamente envuelto en una hamaca, con una bala del treinta y seis a los pies y otra a la cabeza, a la altura de la isla de Giglio. La cruz de la Legión de Honor y la espada las conservamos y las traemos a su viuda.

—Es muy triste, ciertamente —prosiguió el joven con melancólica sonrisa— haber hecho la guerra a los ingleses por espacio de diez años, y morir después en su cama como otro cualquiera.

—¿Y qué vamos a hacerle, señor Edmundo? —replicó el naviero, cada vez más tranquilo—; somos mortales, y es necesario que los viejos cedan su puesto a los jóvenes; a no ser así no habría ascensos, y puesto que me aseguráis que el cargamento...

—Se halla en buen estado, señor Morrel. Os aconsejo, pues, que no lo cedáis ni aun con veinticinco mil francos de ganancia.

Acto seguido, y viendo que habían pasado ya la torre Redonda, gritó Edmundo:

—Largad las velas de las escotas, el foque y las de mesana.

La orden se ejecutó casi con la misma exactitud que en un buque de guerra.

—Amainad y cargad por todas partes.

A esta última orden se plegaron todas las velas, y el barco avanzó de un modo casi imperceptible.

—Si queréis subir ahora, señor Morrel — dijo Dantés dándose cuenta de la impaciencia del armador—, aquí viene vuestro encargado, el señor Danglars, que sale de su camarote, y que os informará de todos los detalles que deseéis. Por lo que a mí respecta, he de vigilar las maniobras hasta que quede El Faraón anclado y de luto.

No dejó el naviero que le repitieran la invitación, y asiéndose a un cable que le arrojó Dantés, subió por la escala del costado del buque con una ligereza que honrara a un marinero, mientras que Dantés, volviendo a su puesto, cedió el que ocupaba últimamente a aquel que había anunciado con el nombre de Danglars, y que saliendo de su camarote se dirigía a donde estaba el naviero.

El recién llegado era un hombre de veinticinco a veintiséis años, de semblante algo sombrío, humilde con los superiores, insolente con los inferiores; de modo que con esto y con su calidad de sobrecargo, siempre tan mal visto, le aborrecía toda la tripulación, tanto como quería a Dantés.

—¡Y bien!, señor Morrel —dijo Danglars—, ya sabéis la desgracia, ¿no es cierto?

—Sí, sí, ¡pobre capitán Leclerc! Era muy bueno y valeroso.

—Y buen marino sobre todo, encanecido entre el cielo y el agua, como debe ser el hombre encargado de los intereses de una casa tan respetable como la de Morrel a hijos —respondió Danglars.

—Sin embargo —repuso el naviero mirando a Dantés, que fondeaba en este instante—, me parece que no se necesita ser marino viejo, como decís, para ser ducho en el oficio. Y si no, ahí tenéis a nuestro amigo Edmundo, que de tal modo conoce el suyo, que no ha de menester lecciones de nadie.

—¡Oh!, sí —dijo Danglars dirigiéndole una aviesa mirada en la que se reflejaba un odio reconcentrado—; parece que este joven todo lo sabe. Apenas murió el capitán, se apoderó del mando del buque sin consultar a nadie, y aún nos hizo perder día y medio en la isla de Elba en vez de proseguir rumbo a Marsella.

—Al tomar el mando del buque —repuso el naviero— cumplió con su deber; en cuanto a perder día y medio en la isla de Elba, obró mal, si es que no tuvo que reparar alguna avería.

—Señor Morrel, el bergantín se hallaba en excelente estado y aquella demora fue puro capricho, deseos de bajar a tierra, no lo dudéis.

—Dantés —dijo el naviero encarándose con el joven—, venid acá.

—Disculpadme, señor Morrel —dijo Dantés—, voy en seguida.

Y en seguida ordenó a la tripulación: "Fondo"; a inmediatamente cayó el anda al agua, haciendo rodar la cadena con gran estrépito. Dantés permaneció en su puesto, a pesar de la presencia del piloto, hasta que esta última maniobra hubo concluido.

—¡Bajad el gallardete hasta la mitad del mastelero! —gritó en seguida—. ¡Iza el pabellón, cruza las vergas!

—¿Lo veis? —observó Danglars—, ya se cree capitán.

—Y de hecho lo es —contestó el naviero.

—Sí, pero sin vuestro consentimiento ni el de vuestro asociado, señor Morrel.

—¡Diantre! ¿Y por qué no le hemos de dejar con ese cargo? —repuso Morrel—. Es joven, ya lo sé, pero me parece que le sobra experiencia para ejercerlo...

Una nube ensombreció la frente de Danglars.

—Disculpadme, señor Morrel —dijo Dantés acercándose—, y

puesto que ya hemos fondeado, aquí me tenéis a vuestras órdenes. Me llamasteis, ¿no es verdad?

Danglars hizo ademán de retirarse.

—Quería preguntaros por qué os habéis detenido en la isla de Elba.

—Lo ignoro, señor Morrel: fue para cumplir las últimas órdenes del capitán Leclerc, que me entregó, al morir, un paquete para el mariscal Bertrand.

—¿Pudisteis verlo, Edmundo?

—¿A quién?

—Al mariscal.

—Sí.

Morrel miró en derredor, y llevando a Dantés aparte:

—¿Cómo está el emperador? —le preguntó con interés.

—Según he podido juzgar por mí mismo, muy bien.

—¡Cómo! ¿También habéis visto al emperador?...

—Sí, señor; entró en casa del mariscal cuando yo estaba en ella...

—¿Y le hablasteis?

—Al contrario, él me habló a mí —repuso Dantés sonriéndole.

—¿Y qué fue lo que os dijo?

—Hízome mil preguntas acerca del buque, de la época de su salida de Marsella, el rumbo que había seguido y del cargamento que traía. Creo que a haber venido en lastre, y a ser yo su dueño, su intención fuera el comprármelo; pero le dije que no era más que un simple segundo, y que el buque pertenecía a la casa Morrel a hijos. "¡Ah —dijo entonces—, la conozco. Los Morrel han sido siempre navieros, y uno de ellos servía en el mismo regimiento que yo, cuando estábamos de guarnición en Valence."

—¡Es verdad! —exclamó el naviero, loco de contento—. Ese era Policarpo Morrel, mi tío, que es ahora capitán. Dantés, si decís a mi tío que el emperador se ha acordado de él, le veréis llorar como un niño. ¡Pobre viejo! Vamos, vamos —añadió el naviero dando cariñosas palmadas en el hombro del joven—; habéis hecho bien en seguir las instrucciones del capitán Leclerc deteniéndoos en la isla de Elba, a pesar de que podría comprometeros el que se supiese que habéis entregado un pliego al mariscal y hablado con el emperador.

—¿Y por qué había de comprometerme? —dijo Dantés—. Puedo asegurar que no sabía de qué se trataba; y en cuanto al emperador, no me hizo preguntas de las que hubiera hecho a otro cualquiera. Pero con vuestro permiso —continuó Dantés—: vienen los aduaneros, os dejo...

—Sí, sí, querido Dantés, cumplid vuestro deber.

El joven se alejó, mientras iba aproximándose Danglars.

—Vamos —preguntó éste—, ¿os explicó el motivo por el cual se detuvo en Porto—Ferrajo?

—Sí, señor Danglars.

—Vaya, tanto mejor —respondió éste—, porque no me gusta tener un compañero que no cumple con su deber.

—Dantés ya ha cumplido con el suyo —respondió el naviero—, y no hay por qué reprenderle. Cumplió una orden del capitán Leclerc.

—A propósito del capitán Leclerc: ¿os ha entregado una carta de su parte?

—¿Quién?

—Dantés.

—¿A mí?, no. ¿Le dio alguna carta para mí?

—Suponía que además del pliego le hubiese confiado también el capitán una carta.

—Pero ¿de qué pliego habláis, Danglars?

—Del que Dantés ha dejado al pasar en Porto—Ferrajo.

—Cómo, ¿sabéis que Dantés llevaba un pliego para dejarlo en Porto—Ferrajo. .. ?

Danglars se sonrojó.

—Pasaba casualmente por delante de la puerta del capitán, estaba entreabierta, y le vi entregar a Dantés un paquete y una carta.

—Nada me dijo aún —contestó el naviero—, pero si trae esa carta, él me la dará.

Danglars reflexionó un instante.

—En ese caso, señor Morrel, os suplico que nada digáis de esto a Dantés; me habré equivocado.

En esto volvió el joven y Danglars se alejó.

—Querido Dantés, ¿estáis ya libre? —le preguntó el naviero.

—Sí, señor.

—La operación no ha sido larga, vamos.

—No, he dado a los aduaneros la factura de nuestras mercancías, y los papeles de mar a un oficial del puerto que vino con el práctico.

—¿Conque nada tenéis que hacer aquí?

Dantés cruzó una ojeada en torno.

—No, todo está en orden.

—Podréis venir a comer con nosotros, ¿verdad?

—Dispensadme, señor Morrel, dispensadme, os lo ruego, porque antes quiero ver a mi padre. Sin embargo, no os quedo menos reconocido por el honor que me hacéis.

—Es muy justo, Dantés, es muy justo; ya sé que sois un buen hijo.

—¿Sabéis cómo está mi padre? —preguntó Dantés con interés.

—Creo que bien, querido Edmundo, aunque no le he visto.

—Continuará encerrado en su mísero cuartucho.

—Eso demuestra al menos que nada le ha hecho falta durante vuestra ausencia.

Dantés se sonrió.

—Mi padre es demasiado orgulloso, señor Morrel, y aunque hubiera carecido de lo más necesario, dudo que pidiera nada a nadie, excepto a Dios.

—Bien, entonces después de esa primera visita cuento con vos.

—Os repito mis excusas, señor Morrel; pero después de esa primera visita quiero hacer otra no menos interesante a mi corazón.

—¡Ah!, es verdad, Dantés, me olvidaba de que en el barrio de los Catalanes hay una persona que debe esperaros con tanta impaciencia como vuestro padre, la hermosa Mercedes.

Dantés se sonrojó intensamente.

—Ya, ya —repuso el naviero—; por eso no me asombra que haya ido tres veces a pedir información acerca de la vuelta de El Faraón. ¡Cáspita! Edmundo, en verdad que sois hombre que entiende del asunto. Tenéis una querida muy guapa.

—No es querida, señor Morrel —dijo con gravedad el marino—; es mi novia.

—Es lo mismo —contestó el naviero, riéndose.

—Para nosotros no, señor Morrel.

—Vamos, vamos, mi querido Edmundo

—replicó el señor Morrel—, no quiero deteneros por más tiempo. Habéis desempeñado harto bien mis negocios para que yo os impida que os ocupéis de los vuestros. ¿Necesitáis dinero?

—No, señor; conservo todos mis sueldos de viaje.

—Sois un muchacho muy ahorrativo, Edmundo.

—Y añadid que tengo un padre pobre, señor Morrel.

—Sí, ya sé que sois buen hijo. Id a ver a vuestro padre.

El joven dijo, saludando:

—Con vuestro permiso.

—Pero ¿no tenéis nada que decirme?

—No, señor.

—El capitán Lederc, ¿no os dio al morir una carta para mí?

—¡Oh!, no; le hubiera sido imposible escribirla; pero esto me recuerda que tendré que pediros licencia por unos días.

—¿Para casaros?

—Primeramente, para eso, y luego para ir a París.

—Bueno, bueno, por el tiempo que queráis, Dantés. La operación de descargar el buque nos ocupará seis semanas lo menos, de manera que no podrá darse a la vela otra vez hasta dentro de tres meses. Para esa época sí necesito que estéis de vuelta, porque El Faraón —continuó el naviero tocando en el hombro al joven marino—no podría volver a partir sin su capitán.

—¡Sin su capitán! —exclamó Dantés con los ojos radiantes de alegría—. Pensad lo que decís, señor Morrel, porque esas palabras hacen nacer las ilusiones más queridas de mi corazón. ¿Pensáis nombrarme capitán de El Faraón?

—Si sólo dependiera de mí, os daría la mano, mi querido Dantés, diciéndoos... "es cosa hecha"; pero tengo un socio, y ya sabéis el refrán italiano: Chi a compagno a padrone. Sin embargo, mucho es que de dos votos tengáis ya uno; en cuanto al otro confiad en mí, que yo haré lo posible por que lo obtengáis también.

—¡Oh, señor Morrel! —exclamó el joven con los ojos inundados en lágrimas y estrechando la mano del naviero—; señor Morrel, os doy gracias en nombre de mi padre y de Mercedes.

—Basta, basta —dijo Morrel—. Siempre hay Dios en el cielo para la gente honrada; id a verlos y volved después a mi encuentro.

—¿No queréis que os conduzca a tierra?

—No, gracias: tengo aún que arreglar mis cuentas con Danglars. ¿Os llevasteis bien con él durante el viaje?

—Según el sentido que deis a esa pregunta. Como camarada, no, porque creo que no me desea bien, desde el día en que a consecuencia de cierta disputa le propuse que nos detuviésemos los dos solos diez minutos en la isla de Montecristo, proposición que no aceptó. Como agente de vuestros negocios, nada tengo que decir y quedaréis satisfecho.

—Si llegáis a ser capitán de El Faraón, ¿os llevaréis bien con Danglars?

—Capitán o segundo, señor Morrel —respondió Dantés—, guardaré siempre las mayores consideraciones a aquellos que posean la confianza de mis principales.

—Vamos, vamos, Dantés, veo que sois cabalmente un excelente muchacho. No quiero deteneros más, porque noto que estáis ardiendo de impaciencia.

—¿Me permitís... , entonces?

—Sí, ya podéis iros.

—¿Podré usar la lancha que os trajo?

—¡No faltaba más!

—Hasta la vista, señor Morrel, y gracias por todo.

—Que Dios os guíe.

—Hasta la vista, señor Morrel.

—Hasta la vista, mi querido Edmundo.

El joven saltó a la lancha, y sentándose en la popa dio orden de abordar a la Cannebière. Dos marineros iban al remo, y la lancha se deslizó con toda la rapidez que es posible en medio de los mil buques que obstruyen la especie de callejón formado por dos filas de barcos

desde la entrada del puerto al muelle de Orleáns.

El naviero le siguió con la mirada, sonriéndose hasta que le vio saltar a los escalones del muelle y confundirse entre la multitud, que desde las cinco de la mañana hasta las nueve de la noche llena la famosa calle de la Cannebière, de la que tan orgullosos se sienten los modernos focenses, que dicen con la mayor seriedad: "Si París tuviese la Cannebière, sería una Mar— sella en pequeño."

Al volverse el naviero, vio detrás de sí a Danglars, que aparentemente esperaba sus órdenes; pero que en realidad vigilaba al joven marino. Sin embargo, esas dos miradas dirigidas al mismo hombre eran muy dife— rentes.

II: PADRE E HIJO

Y mientras Danglars sigue dando rienda suelta a su odio inventando alguna calumnia contra su camarada, concentrémonos en Dantés, que después de recorrer la Cannebière en toda su extensión, se dirigió a la calle de Noailles, entró en una casita situada al lado izquierdo de las alamedas de Meillán, subió de prisa los cuatro tramos de una escalera envuelta por la oscuridad, y comprimiendo con una mano los latidos de su corazón se detuvo delante de una puerta a medio abrir que dejaba ver hasta el fondo de aquella estancia; allí vivía el padre de Dantés.

La noticia de la arribada de El Faraón no había llegado aún hasta el anciano, que encaramado en una silla, se ocupaba en clavar estacas con mano temblorosa para unas capuchinas y enredaderas que trepaban hasta la ventana.

De pronto sintió que le abrazaban por la espalda, y oyó una voz que exclamaba:

—¡Padre!..., ¡padre mío!

El anciano, dando un grito, volvió la cabeza; pero al ver a su hijo se dejó caer en sus brazos pálido y tembloroso.

—¿Qué tienes, padre? —exclamó el joven con inquietud—. ¿Te encuentras mal?

—No, no, querido Edmundo, hijo mío, hijo de mi alma, no; pero no lo esperaba, y la alegría... la alegría de verte así..., tan de repente... ¡Dios mío!, me parece que voy a morir...

—Cálmate, padre: yo soy, no lo dudes; entré sin prepararte, porque dicen que la alegría no mata. Ea, sonríe, y no me mires con esos ojos tan asustados. Ya me tienes de vuelta y vamos a ser felices.

—¡Ah!, ¿conque es verdad? —replicó el anciano—: ¿conque vamos a ser muy felices? ¿Conque no me dejarás otra vez? Cuéntamelo todo.

—Dios me perdone —dijo el joven—, si me alegro de una desgracia que ha llenado de luto a una familia, pues el mismo Dios sabe que nunca anhelé esta clase de felicidad; pero sucedió, y confieso que no lo lamento. El capitán Leclerc ha muerto, y es probable que, con la protección del señor Morrel, ocupe yo su plaza... ¡Capitán a los veinte años, con cien luises de sueldo y una parte en las ganancias! ¿No es mucho más de lo que podía esperar yo, un pobre marinero?

—Sí, hijo mío, sí —dijo el anciano—, ¡eso es una gran felicidad!

—Así pues, quiero, padre, que del primer dinero que gane alquiles una casa con jardín, para que puedas plantar tus propias enredaderas y tus capuchinas..., pero ¿qué tienes, padre? parece que lo encuentras mal.

—No, no, hijo mío, no es nada.

Las fuerzas faltaron al anciano, que cayó hacia atrás.

—Vamos, vamos —dijo el joven—, un vaso de vino lo reanimará. ¿Dónde lo tienes?

—No, gracias, no tengo necesidad de nada —dijo el anciano procurando detener a su hijo.

—Sí, padre, sí, es necesario; dime dónde está. Y abrió dos o tres armarios.

—No te molestes —dijo el anciano—, no hay vino en casa.

—¡Cómo! ¿No tienes vino? —exclamó Dantés palideciendo a su vez y mirando alternativamente las mejillas flacas y descarnadas del viejo—. ¿Y por qué no tienes? ¿Por ventura lo ha hecho falta dinero, padre mío?

—Nada me ha hecho falta, pues ya lo veo —dijo el anciano.

—No obstante —replicó Dantés limpiándose el sudor que corría por su frente—, yo le dejé doscientos francos... hace tres meses, al partir.

—Sí, sí, Edmundo, es verdad. Pero olvidaste cierta deudilla que tenías con nuestro vecino Caderousse; me lo recordó, diciéndome que si no se la pagaba iría a casa del señor Morrel... y yo, temiendo que esto lo perjudicase, ¿qué debía hacer? Le pagué.

—Pero eran ciento cuarenta francos los que yo debía a Caderousse... —exclamó Dantés—. ¿Se los pagaste de los doscientos que yo lo dejé?

El anciano hizo un movimiento afirmativo con la cabeza.

—De modo que has vivido tres meses con sesenta francos... —murmuró el joven.

—Ya sabes que con poco me basta —dijo su padre.

—¡Ah, Dios mío, Dios mío! ¡Perdonadme! —exclamó Edmundo arrodillándose ante aquel buen anciano.

—¿Qué haces?

—Me desgarraste el corazón.

—¡Bah!, puesto que ya estás aquí —dijo el anciano sonriendo—, todo lo olvido.

—Sí, aquí estoy —dijo el joven—, soy rico de porvenir y rico un tanto de dinero. Toma, toma, padre, y envía al instante por cualquier cosa.

Y vació sobre la mesa sus bolsillos, que contenían una docena de monedas de oro, cinco o seis escudos de cinco francos cada uno y varias monedas pequeñas.

El viejo Dantés se quedó asombrado.

—¿Para quién es esto? —preguntole.

—Para mí, para ti, para nosotros. Toma, compra provisiones, sé feliz; mañana, Dios dirá. —Despacio, despacito —dijo sonriendo el anciano—; con lo permiso gastaré, pero con moderación, pues creerían al verme comprar muchas cosas que me he visto obligado a esperar tu vuelta para tener dinero.

—Puedes hacer lo que quieras. Pero, ante todo, toma una criada, padre mío. No quiero que lo quedes solo. Traigo café de contrabando y buen tabaco en un cofrecito; mañana estará aquí. Pero, silencio, que viene gente.

—Será Caderousse, que sabiendo tu llegada vendrá a felicitarte.

—Bueno, siempre labios que dicen lo que el corazón no siente —murmuró Edmundo—; pero no importa, al fin es un vecino y nos ha hecho un favor.

En efecto, cuando Edmundo decía esta frase en voz baja, se vio asomar en la puerta de la escalera la cabeza negra y barbuda de Caderousse. Era un hombre de veinticinco a veintiséis años, y llevaba en la mano un trozo de paño, que en su calidad de sastre se disponía a convertir en forro de un traje.

—¡Hola, bien venido, Edmundo! —dijo con un acento marsellés de los más pronunciados, y con una sonrisa que descubría unos dientes blanquísimos.

—Tan bueno como de costumbre, vecino Caderousse, y

siempre dispuesto a serviros en lo que os plazca —respondió Dantés disimulando su frialdad con aquella oferta servicial.

—Gracias, gracias; afortunadamente yo no necesito de nada, sino que por el contrario, los demás son los que necesitan algunas veces de mí (Dantés hizo un movimiento). No digo esto por ti, muchacho: te he prestado dinero, pero me lo has devuelto, eso es cosa corriente entre buenos vecinos, y estamos en paz.

—Nunca se está en paz con los que nos hacen un favor —dijo Dantés—, porque aunque se pague el dinero, se debe la gratitud.

—¿A qué hablar de eso? Lo pasado, pasado; hablemos de tu feliz llegada, muchacho. Iba hacia el puerto a comprar paño, cuando me encontré con el amigo Danglars. "¿Tú en Marsella?", le dije. "¿No lo ves?", me respondió. "¡Pues yo lo creía en Esmirna!". "¡Toma!, si ahora he vuelto de allá." "¿Y sabes dónde está Edmundo?". "En casa de su padre, sin duda", respondió Danglars. Entonces vine presuroso —continuó Caderousse—, para estrechar la mano a un amigo.

—¡Qué bueno es este Caderousse! —dijo el anciano—. ¡Cuánto nos ama!

—Ciertamente que os amo y os estimo, porque sois muy honrados, y esta clase de hombres no abunda... Pero a lo que veo vienes rico, muchacho —añadió el sastre reparando en el montón de oro y plata que Dantés había dejado sobre la mesa.

El joven observó el rayo de codicia que iluminaba los ojos de su vecino.

—¡Bah! —dijo con sencillez—, ese dinero no es mío. Manifesté a mi padre temor de que hubiera necesitado algo durante mi ausencia, y para tranquilizarme vació su bolsa aquí. Vamos, padre —siguió diciendo Dantés—, guarda ese dinero, si es que a su vez no lo necesita el vecino Caderousse, en cuyo caso lo tiene a su disposición.

—No, muchacho —dijo Caderousse—, nada necesito, que a Dios gracias el oficio alimenta al hombre. Guarda tu dinero, y Dios te dé mucho más; eso no impide que yo deje de agradecértelo como si me hubiera aprovechado de él.

—Yo lo ofrezco de buena voluntad —dijo Dantés.

—No lo dudo. A otra cosa. ¿Conque eres ya el favorito de Morrel? ¡Picaruelo!

—El señor Morrel ha sido siempre muy bondadoso conmigo —respondió Dantés.

—En ese caso, has hecho muy mal en rehusar su invitación.

—¡Cómo! ¿Rehusar su invitación? —exclamó el viejo Dantés—. ¿Te ha convidado a comer?

—Sí, padre mío —replicó Edmundo sonriéndose al ver la sorpresa de su padre.

—¿Y por qué has rehusado, hijo? —preguntó el anciano.

—Para abrazaros antes, padre mío —respondió el joven—; ¡tenía tantas ganas de veros!

—Pero no debiste contrariar a ese buen señor Morrel —replicó Caderousse—, que el que desea ser capitán, no debe desairar a su naviero.

—Ya le expliqué la causa de mi negativa —replicó Dantés—, y espero que lo haya comprendido.

—Para calzarse la capitanía hay que lisonjear un tanto a los patrones.

—Espero ser capitán sin necesidad de eso —respondió Dantés.

—Tanto mejor para ti y tus antiguos conocidos, sobre todo para alguien que vive allá abajo, detrás de la Ciudadela de San Nicolás. —¿Mercedes? —dijo el anciano.

—Sí, padre mío —replicó Dantés—; y con vuestro permiso, pues ya que os he visto, y sé que estáis bien y que tendréis todo lo que os haga falta, si no os incomodáis, iré a hacer una visita a los Catalanes.

—Ve, hijo mío, ve —dijo el viejo Dantés—, ¡Dios te bendiga en tu mujer, como me ha bendecido en mi hijo!

—¡Su mujer! —dijo Caderousse—; si aún no lo es, padre Dantés; si aún no lo es, según creo.

—No; pero según todas las probabilidades —respondió Edmundo, no tardará mucho en serlo.

—No importa, no importa —dijo Caderousse—, has hecho bien en apresurarte a venir, muchacho.

—¿Por qué? —preguntole.

—Porque Mercedes es una buena moza, y a las buenas mozas nunca les faltan pretendientes, a ésa sobre todo. La persiguen a docenas.

—¿De veras? —dijo Edmundo con una sonrisa que revelaba

inquietud, aunque leve.

—¡Oh! ¡Sí! —replicó Caderousse—, y se le presentan también buenos partidos, pero no temas, como vas a ser capitán, no hay miedo de que lo dé calabazas.

—Eso quiere decir —replicó Dantés, con sonrisa que disfrazaba mal su inquietud—, que si no fuese capitán...

—Hem... —balbució Caderousse.

—Vamos, vamos —dijo el joven—, yo tengo mejor opinión que vos de las mujeres en general, y de Mercedes en particular, y estoy convencido de que, capitán o no, siempre me será fiel.

—Tanto mejor —dijo el sastre—, siempre es bueno tener fe, cuando uno va a casarse; ¡pero no importa!, créeme, muchacho, no pierdas tiempo en irle a anunciar lo llegada y en participarle tus esperanzas.

—Allá voy —dijo Edmundo, y abrazó a su padre, saludó a Caderousse y salió.

Al poco rato, Caderousse se despidió del viejo Dantés, bajó a su vez la escalera y fue a reunirse con Danglars, que le estaba esperando al extremo de la calle de Senac.

—Conque —dijo Danglars—, ¿le has visto? —Acabo de separarme de él —contestó Caderousse.

—¿Y te ha hablado de sus esperanzas de ser capitán?

—Ya lo da por seguro.

—¡Paciencia! —dijo Danglars—; va muy de prisa, según creo.

—¡Diantre!, no parece sino que le haya dado palabra formal el señor Morrel.

—¿Estará muy contento?

—Está más que contento, está insolente. Ya me ha ofrecido sus servicios, como si fuese un gran señor, y dinero como si fuese un capitalista.

—Por supuesto que habrás rehusado, ¿no?

—Sí, aunque bastantes motivos tenía para aceptar, puesto que yo fui el que le prestó el primer dinero que tuvo en su vida; pero ahora el señor Dantés no necesitará de nadie, pues va a ser capitán.

—Pero aún no lo es —observó Danglars.

—Mejor que no lo fuese —dijo Caderousse—, porque entonces, ¿quién lo toleraba?

—De nosotros depende —dijo Danglars— que no llegue a

serlo, y hasta que sea menos de lo que es.

—¿Qué dices?

—Yo me entiendo. ¿Y sigue amándole la catalana?

—Con frenesí; ahora estará en su casa. Pero, o mucho me engaño, o algún disgusto le va a dar ella.

—Explícate.

—¿Para qué?

—Es mucho más importante de lo que tú lo imaginas.

—Tú no le quieres bien, ¿es verdad?

—No me gustan los orgullosos.

—Entonces dime todo lo que sepas de la catalana.

—Nada sé de positivo; pero he visto cosas que me hacen creer, como lo dije, que esperaba al futuro capitán algún disgusto por los alrededores de las Vieilles—Infirmeries.

—¿Qué has visto? Vamos, di.

—Observé que siempre que Mercedes viene por la ciudad, la acompaña un joven catalán, de ojos negros, de piel tostada, moreno, muy ardiente, y a quien llama primo.

—¡Ah! ¿De veras? Y ¿te parece que ese primo le haga la corte?

—A lo menos lo supongo. ¿Qué otra cosa puede haber entre un muchacho de veintiún años y una joven de diecisiete?

—¿Y Dantés ha ido a los Catalanes?

—Ha salido de su casa antes que yo.

—Si fuésemos por el mismo lado, nos detendríamos en la Reserva, en casa del compadre Pánfilo, y bebiendo un vaso de vino, sabríamos algunas noticias...

—¿Y quién nos las dará?

—Estaremos al acecho, y cuando pase Dantés adivinaremos en la expresión de su rostro lo que haya pasado.

—Vamos allá —dijo Caderousse—, pero ¿pagas tú?

—Pues claro —respondió Danglars.

Los dos se encaminaron apresuradamente hacia el lugar indicado, donde pidieron una botella y dos vasos. El compadre Pánfilo acababa, según dijo, de ver pasar a Dantés diez minutos antes. Seguros de que se hallaba en los Catalanes, se sentaron bajo el follaje naciente de los plátanos y sicómoros, en cuyas ramas una alegre bandada de pajarillos saludaba con sus gorjeos los primeros días de la primavera.

III: LOS CATALANES

El modesto barrio de los Catalanes se encontraba detrás de un promontorio desnudo y agostado por el sol y por el viento nordeste. A cien pasos del lugar estaban los dos amigos, con los ojos fijos en el horizonte y el oído atento, mientras paladeaban el vino de Lamalgue.

Una colonia misteriosa abandonó en cierto tiempo España, yendo a establecerse en la lengua de tierra en que permanece aún. Nadie supo de dónde venía, y hasta hablaba un dialecto desconocido. Uno de sus jefes, el único que se hacía entender un poco en lengua provenzal, pidió a la municipalidad de Marsella que les concediese aquel árido promontorio, en el cual, afuera de marinos antiguos, acababan de dejar sus barcos. Su petición les fue aceptada, y tres meses después aquellos gitanos del mar habían edificado un pueblecito en torno a sus quince o veinte barcas.

Construido en el día de hoy de una manera extraña y pintoresca, medio árabe, medio española, es el mismo que se ve hoy habitado por los descendientes de aquellos hombres que hasta conservan el idioma de sus padres. Tres o cuatro siglos han pasado, y aún permanecen fieles al promontorio en que se dejaron caer como una bandada de aves marinas. No sólo no se mezclan con la población de Marsella, sino que se casan entre sí, conservando los hábitos y costumbres de la madre patria, del mismo modo que su idioma.

Es preciso que nuestros lectores nos sigan a través de la única calle de este pueblecito, y entren con nosotros en una de aquellas casas, a cuyo exterior ha dado el sol el bello colorido de las hojas secas, común a todos los edificios del país, y cuyo interior pule una capa de cal, esa tinta blanca, único adorno de las posadas españolas.

Una bella joven de pelo negro como el ébano y ojos dulcísimos como los de la gacela, estaba de pie, apoyada en una silla, oprimiendo entre sus dedos afilados una inocente rosa cuyas hojas arrancaba, y los pedazos se veían ya esparcidos por el suelo. Sus brazos desnudos hasta el codo, brazos árabes, pero que parecían modelados por los de la Venus de Arlés, temblaban con impaciencia febril, y golpeaba de tal modo la tierra con su diminuto pie, que se entreveían las formas puras de su pierna, ceñida por una media de algodón encarnado a cuadros azules.

A tres pasos de ella, sentado en una silla, balanceándose a compás y apoyando su codo en un mueble antiguo, hallábase un mocetón de veinte a veintidós años que la miraba con un aire en que se traslucía inquietud y despecho: sus miradas parecían interrogadoras; pero la mirada firme y fija de la joven le dominaba enteramente.

—Vamos, Mercedes —decía el joven—, las pascuas se acercan, es el tiempo mejor para casarse. ¿No lo crees?

—Ya lo dije cien veces lo que pensaba, Fernando, y en poco lo estimas, pues aún sigues preguntándome.

—Repítemelo, te lo suplico, repítemelo por centésima vez para que yo pueda creerlo. Dime que desprecias mi amor, el amor que aprobaba lo madre. Haz que comprenda que te burlas de mi felicidad; que mi vida o mi muerte no son nada para ti... ¡Ah, Dios mío, Dios mío!, haber soñado diez años con la dicha de ser tu esposo, y perder esta esperanza, la única de mi vida.

—No soy yo por cierto quien ha alimentado en ti esa esperanza con mis coqueterías, Fernando —respondió Mercedes—. Siempre lo he dicho: "Te amo como hermano; pero no exijas de mí otra cosa, porque mi corazón pertenece a otro. ¿No lo he dicho siempre esto?

—Sí, ya lo sé, Mercedes —respondió Fernando—; hasta el horrible atractivo de la franqueza tienes conmigo. Pero ¿olvidas que es ley sagrada entre los nuestros el casarse catalanes con catalanes?

—Te equivocas, Fernando, no es una ley, sino una costumbre; y, créeme, no debes de invocar esta costumbre en lo favor. Has entrado en quintas. La libertad de que gozas la debes únicamente a la tolerancia. De un momento a otro pueden reclamarte tus banderas, y una vez seas soldado, ¿qué harías de mí, pobre huérfana, sin otra fortuna que una mísera cabaña casi arruinada y unas malas redes, herencia única de mis padres? Hace un año que murió mi madre, y desde entonces, bien lo sabes, vivo casi a expensas de la caridad pública. Tal vez me dices que lo soy útil, para partir conmigo tu pesca, y yo la acepto, Fernando, porque eres hijo del hermano de mi padre, porque nos hemos criado juntos, y porque además sé que lo disgustarías si la rehusase. Pero sé muy bien que ese pescado que yo vendo, y ese dinero que me dan por él, y con el cual compro el estambre que luego hilo, no es más que una limosna, y como tal la recibo.

—¿Y eso qué importa, Mercedes? Pobre y sola como vives, me convienes más que la hija del naviero más rico de Marsella. Yo quiero una mujer honrada y hacendosa, y ninguna como tú posee esas cualidades.

—Fernando —respondió Mercedes con un movimiento de cabeza—no puede responder de ser siempre honrada y hacendosa, la que ama a otro hombre que no sea su marido. Confórmate con mi amistad, porque te repito que esto es todo lo que yo puedo prometerte. Yo no ofrezco sino lo que estoy segura de poder dar.

—Sí, sí, ya lo comprendo —dijo Fernando—; soportas con resignación tu miseria, pero te asusta la mía. Pero, oye, Mercedes, si me amas probaré fortuna y llegaré a ser rico. Puedo dejar el oficio de pescador; puedo entrar de dependiente en alguna casa de comercio, y llegar a ser comerciante.

—Tú no puedes hacer nada de eso, Fernando. Eres soldado, y si permaneces en los Catalanes todavía es porque no hay guerra; sigue con lo oficio de pescador, no hagas castillos en el aire, y confórmate con mi amistad, pues no puedo dar otra cosa.

—Pues bien, tienes razón, Mercedes, me haré marinero, dejaré el trabajo de nuestros padres que tú tanto desprecias, y me pondré un sombrero de suela, una camisa rayada y una chaqueta azul con anclas en los botones. ¿No es así como hay que vestirse para agradarte?

—¿Qué quieres decir con eso? No lo comprendo...

—Quiero decir que no serías tan cruel conmigo, si no esperaras a uno que usa el traje consabido. Pero quizás él no te es fiel, y aunque lo fuera, el mar no lo habrá sido con él.

—¡Fernando! —exclamó Mercedes—, ¡te creía bueno, pero me engañaba! Eso es prueba de mal corazón. Sí, no te lo oculto, espero y amo a ese que dices, y si no volviese, en lugar de acusarle de inconstancia, creería que ha muerto adorándome.

Fernando hizo un gesto de rabia.

—Adivino tus pensamientos, Fernando, querrás vengar en él los desdenes míos... querrás desafiarle... Pero ¿qué conseguirás con esto? Perder mi amistad si eres vencido, ganar mi odio si vencedor. Créeme, Fernando: no es batirse con un hombre el medio de agradar a la mujer que le ama. Convencido de que te es imposible tenerme por esposa, no, Fernando, no lo harás, lo contentarás con que sea tu amiga y tu hermana. Por otra parte —añadió con los ojos preñados de lágrimas—, tú lo has dicho hace poco, el mar es pérfido: espera, Fernando, espera. Han pasado cuatro meses desde que partió... ¡cuatro meses, y durante ellos he contado tantas tempestades!...

Permaneció Fernando impasible sin cuidarse

de enjugar las lágrimas que resbalaban por las mejillas de Mercedes, aunque a decir verdad, por cada una de aquellas lágrimas hubiera dado mil gotas de su sangre..., pero aquellas lágrimas las derramaba por otro. Púsose en pie, dio una vuelta por la cabaña, volvió, detúvose delante de Mercedes, y con una mirada sombría y los puños crispados exclamó:

—Mercedes, te lo repito, responde, ¿estás resuelta?

—¡Amo a Edmundo Dantés —dijo fríamente Mercedes—, y ningún otro que Edmundo será mi esposo!

—¿Y le amarás siempre?

—Hasta la muerte.

Fernando bajó la cabeza desalentado; exhaló un suspiro que más bien parecía un gemido, y levantando de repente la cabeza y rechinando los dientes de cólera exclamó:

—Pero, ¿y si hubiese muerto?

—Si hubiese muerto... ¡Entonces yo también me moriría!

—¿Y si lo olvidase?

—¡Mercedes! —gritó una voz jovial y sonora desde fuera—. ¡Mercedes!

—¡Ah! —exclamó la joven sonrojándose de alegría y de amor—; bien ves que no me ha olvidado, pues ya ha llegado.

Y lanzándose a la puerta la abrió exclamando:

—¡Aquí, Edmundo, aquí estoy!

Fernando, lívido y furioso, retrocedió como un caminante al ver una serpiente, cayendo anonadado sobre una silla, mientras que Edmundo y Mercedes se abrazaban. El ardiente sol de Marsella penetrando a través de la puerta, los inundaba de sus dorados reflejos. Nada veían en torno suyo: una inmensa felicidad los separaba del mundo y solamente pronunciaban palabras entrecortadas que revelaban la alegría de su corazón.

De pronto Edmundo vislumbró la cara sombría de Fernando, que se dibujaba en la sombra, pálida y amenazadora, y quizá, sin que él mismo comprendiese la razón, el joven catalán tenía apoyada la mano sobre el cuchillo que llevaba en la cintura.

—¡Ah! —dijo Edmundo frunciendo las cejas a su vez—; no había reparado en que somos tres. Volviéndose en seguida a Mercedes:

—¿Quién es ese hombre? —le preguntó.

—Un hombre que será de aquí en adelante lo mejor amigo, Dantés, porque lo es mío, es mi primo, mi hermano Fernando, es decir, el hombre a quien después de ti amo más en la tierra.

—Está bien —respondió Edmundo.

Y sin soltar a Mercedes, cuyas manos estrechaba con la izquierda, presentó con un movimiento cordialísimo la diestra al catalán. Pero lejos de responder Fernando a este ademán amistoso, permaneció mudo a inmóvil como una estatua. Entonces dirigió Edmundo miradas interrogadoras a Mercedes, que estaba temblando, y al sombrío y amenazador catalán alternativamente. Estas miradas le revelaron todo el misterio, y la cólera se apoderó de su corazón.

—Al darme tanta prisa en venir a vuestra casa, no creía encontrar en ella un enemigo.

—¡Un enemigo! —exclamó Mercedes dirigiendo una mirada de odio a su primo—; ¿un enemigo en mi casa? A ser cierto, yo lo cogería del brazo y me iría a Marsella, abandonando esta casa para no volver a pisar sus umbrales.

La mirada de Fernando centelleó.

—Y si te sucediese alguna desgracia, Edmundo mío —continuó con aquella calma implacable que daba a conocer a Fernando cuán bien leía en su siniestramente—, si te aconteciese alguna desgracia, treparía al cabo del Morgión para arrojarme de cabeza contra las rocas. Fernando se puso lívido.

—Pero te engañas, Edmundo —prosiguió Mer— cedes—. Aquí no hay enemigo alguno, sino mi primo Fernando, que va a darte la mano como a su más íntimo amigo.

Y la joven fijó, al decir estas palabras, su imperiosa mirada en el catalán, quien, como fascinado por ella, se acercó lentamente a Edmundo y le tendió la mano.

Su odio desaparecía ante el ascendiente de Mercedes. Pero apenas hubo tocado la mano de Edmundo, conoció que había ya hecho todo lo que podía hacer, y se lanzó fuera de la casa.

—¡Oh! —exclamaba corriendo como un insensato, y mesándose los cabellos—. ¡Oh! ¿Quién me librará de ese hombre? ¡Desgraciado de mí!

—¡Eh!, catalán, ¡eh! ¡Fernando! ¿Adónde vas? —dijo una voz. El joven se detuvo para mirar en torno y vio a Caderousse sentado con Danglars bajo el emparrado.

—¡Eh! —le dijo Caderousse—. ¿Por qué no te acercas? ¿Tanta prisa tienes que no te queda tiempo para dar los buenos días a tus amigos?

—Especialmente cuando tienen delante una botella casi llena—añadió Danglars.

Fernando miró a los dos hombres como atontado y sin responderles.

—Afligido parece —dijo Danglars tocando a Caderousse con la rodilla—. ¿Nos habremos engañado, y se saldrá Dantés con su tema contra todas nuestras previsiones?

—¡Diantre! Es preciso averiguar esto —contestó Caderousse; y volviéndose hacia el joven le gritó—: Catalán, ¿te decides?

Fernando enjugóse el sudor que corría por su frente, y entró a paso lento bajo el emparrado, cuya sombra puso un tanto de calma en sus sentidos, y la frescura, vigor en sus cansados miembros.

—Buenos días: me habéis llamado, ¿verdad? —dijo desplomándose sobre uno de los bancos que rodeaban la mesa.

—Corrías como loco, y temí que te arrojases al mar —respondió Caderousse riendo—. ¡Qué demonio! A los amigos no solamente se les debe ofrecer un vaso de vino, sino también impedirles que se beban tres o cuatro vasos de agua. Fernando exhaló un suspiro que pareció un sollozo, y hundió la cabeza entre las manos.

—¡Hum! ¿Quieres que te hable con franqueza, Fernando? —dijo Caderousse, entablando la conversación con esa brutalidad grosera de la gente del pueblo, que con la curiosidad olvidan toda clase de diplomacia—, pues tienes todo el aire de un amante desdeñado.

Y acompañó esta broma con una estrepitosa carcajada.

—¡Bah! —replicó Danglars—; un muchacho como éste no ha nacido para ser desgraciado en amores: tú te burlas, Caderousse.

—No—replicó éste—, fíjate, ¡qué suspiros!... Vamos, vamos, Fernando, levanta la cabeza y respóndenos. No está bien que calles a las preguntas de quien se interesa por tu salud.

—Estoy bien —murmuró Fernando apretando los puños, aunque sin levantar la cabeza.

—¡Ah!, ya lo ves, Danglars —repuso Caderousse guiñando el ojo a su amigo—. Lo que pasa es esto: que Fernando, catalán valiente, como todos los catalanes, y uno de los mejores pescadores de Marsella, está enamorado de una linda muchacha llamada Mercedes; pero desgraciadamente, a lo que creo, la muchacha ama por su parte al segundo de El Faraón; y como El Faraón ha entrado hoy mismo en el puerto... ¿Me comprendes?

—Que me muera, si lo entiendo —respondió Danglars:

—El pobre Fernando habrá recibido el pasaporte.

—¡Y bien! ¿Qué más? —dijo Fernando levantando la cabeza y mirando a Caderousse como aquel que busca en quién descargar su cólera—. Mercedes no depende de nadie, ¿no es así? ¿No puede amar a quien se le antoje?

——¡Ah!, ¡si lo tomas de ese modo —dijo Caderousse—, eso es otra cosa! Yo te tenía por catalán. Me han dicho que los catalanes no son hombres para dejarse vencer por un rival, y también me han asegurado que Fernando, sobre todo, es temible en la venganza.

—Un enamorado nunca es temible —repuso Fernando sonriendo.

—¡Pobre muchacho! —replicó Danglars fingiendo compadecer al joven—. ¿Qué quieres? No esperaba, sin duda, que volviese Dantés tan pronto. Quizá le creería muerto, quizás infiel, ¡quién sabe! Esas cosas son tanto más sensibles cuanto que nos están sucediendo a cada paso.

—Seguramente que no dices más que la verdad —respondió Caderousse, que bebía al compás que hablaba, y a quien el espumoso vino de Lamalgue comenzaba a hacer efecto—. Fernando no es el único que siente la llegada de Dantés, ¿no es así, Danglars?

—Sí, y casi puedo asegurarte que eso le ha de traer alguna desgracia.

—Pero no importa —añadió Caderousse llenando un vaso de vino para el joven, y haciendo lo mismo por duodécima vez con el suyo—; no importa, mientras tanto se casa con Mercedes, con la bella Mercedes... se sale con la suya. Durante este coloquio, Danglars observaba con mirada escudriñadora al joven. Las palabras de Caderousse caían como plomo derretido sobre su corazón.

—¿Y cuándo es la boda? —preguntó.

—¡Oh!, todavía no ha sido fijada —murmuró Fernando.

—No, pero lo será —dijo Caderousse—; lo será tan cierto como que Dantés será capitán de El Faraón: ¿no opinas tú lo mismo, Danglars?

Danglars se estremeció al oír esta salida inesperada, volviéndose a Caderousse, en cuya fisonomía estudió a su vez si el golpe estaba premeditado; pero sólo leyó la envidia en aquel rostro casi trastornado por la borrachera.

—¡Ea! —dijo llenando los vasos—. ¡Bebamos a la salud del capitán Edmundo Dantés, marido de la bella catalana!

Caderousse llevó el vaso a sus labios con mano temblorosa, y lo apuró de un sorbo. Fernando tomó el suyo y lo arrojó con furia al suelo.

—¡Vaya! —exclamó Caderousse—. ¿Qué es lo que veo allá abajo en dirección a los Catalanes? Mira, Fernando, tú tienes mejores ojos que yo: me parece que empiezo a ver demasiado, y bien sabes que el vino engaña mucho... Diríase que se trata de dos amantes que van agarrados de la mano. ¡Dios me perdone! ¡No presumen que les estamos viendo, y mira cómo se abrazan! Danglars no dejaba de observar a Fernando, cuyo rostro se contraía horriblemente.

—¡Calle! ¿Los conocéis, señor Fernando? —dijo.

—Sí —respondió éste con voz sorda—. ¡Son Edmundo y Mercedes!

—¡Digo! —exclamó Caderousse—. ¡Y yo no los conocía! ¡Dantés! ¡Muchacha! Venid aquí, y decidnos cuándo es la boda, porque el testarudo de Fernando no nos lo quiere decir.

—¿Quieres callarte? —señaló entonces Danglars, fingiendo

detener a Caderousse, que tenaz como todos los que han bebido mucho se disponía a interrumpirles—. Haz por tenerte en pie, y deja tranquilos a los enamorados. Mira, mira a Fernando, y toma ejemplo de él.

Acaso éste, incitado por Danglars, como el toro por los toreros, iba al fin a arrojarse sobre su rival, pues ya de pie tomaba una actitud siniestra, cuando Mercedes, risueña y gozosa, levantó su linda cabeza y clavó en Fernando su brillante mirada. Entonces el catalán se acordó de que le había prometido morir si Edmundo moría, y volvió a caer desesperado sobre su asiento.

Danglars miró sucesivamente a los dos hombres, el uno embrutecido por la embriaguez y el otro dominado por los celos.

—¡Oh! Ningún partido sacaré de estos dos hombres —murmuró—, y casi tengo miedo de estar en su compañía. Este bellaco se embriaga de vino, cuando sólo debía embriagarse de odio; el otro es un imbécil que le acaban de quitar la novia en sus mismas narices, y se contenta solamente con llorar y quejarse como un chiquillo. Sin embargo, tiene la mirada torva como los españoles, los sicilianos y los calabreses que saben vengarse muy bien; tiene unos puños capaces de estrujar la cabeza de un buey tan pronto como la cuchilla del carnicero... Decididamente el destino le favorece; se casará con Mercedes, será capitán y se burlará de nosotros como no... (una sonrisa siniestra apareció en los labios de Danglars), como no tercie yo en el asunto.

—¡Hola! —seguía llamando Caderousse a medio levantar de su asiento—. ¡Hola!, Edmundo, ¿no ves a los amigos, o lo has vuelto ya tan orgulloso que no quieres siquiera dirigirles la palabra?

—No, mi querido Caderousse —respondió Dantés—; no soy orgulloso, sino feliz, y la felicidad ciega algunas veces más que el orgullo.

—Enhorabuena, ya eso es decir algo —replicó Caderousse—. ¡Buenos días, señora Dantés! Mercedes saludó gravemente.

—Todavía no es ése mi apellido —dijo—, y en mi país es de mal agüero algunas veces el llamar a las muchachas con el nombre de su prometido antes que se casen. Llamadme Mercedes.

—Es menester perdonar a este buen vecino —añadió Dantés—. Falta tan poco tiempo...

—¿Conque, es decir, que la boda se efectuará pronto, señor Dantés? —dijo Danglars saludando a los dos jóvenes.

—Lo más pronto que se pueda, señor Danglars: nos toman hoy los dichos en casa de mi padre, y mañana o pasado mañana a más tardar será la comida de boda, aquí, en La Reserva; los amigos asistirán a ella; lo que quiere decir que estáis invitados desde ahora, señor Danglars, y tú también, Caderousse.

—¿Y Fernando? —dijo Caderousse sonriendo con malicia—; ¿Fernando lo está también?

—El hermano de mi mujer lo es también mío —respondió Edmundo—, y con muchísima pena le veríamos lejos de nosotros en semejante momento.

Fernando abrió la boca para contestar; pero la voz se apagó en sus labios y no pudo articular una sola palabra.

—¡Hoy los dichos, mañana o pasado la boda!... ¡Diablo!, mucha prisa os dais, capitán.

—Danglars —repuso Edmundo sonriendo—, dígo lo que Mercedes decía hace poco a Caderousse: no me deis ese título que aún no poseo, que podría ser de mal agüero para mí.

—Dispensadme —respondió Danglars—. Decía, pues, que os dais demasiada prisa. ¡Qué diablo!, tiempo sobra: El Faraón no se volverá a dar a la mar hasta dentro de tres meses.

—Siempre tiene uno prisa por ser feliz, señor Danglars; porque quien ha sufrido mucho, apenas puede creer en la dicha. Pero no es sólo el egoísmo el que me hace obrar de esta manera; tengo que ir a París.

—¡Ah! ¿A París? ¿Y es la primera vez que vais allí, Dantés?

—Sí.

—Algún negocio, ¿no es así?

—No mío; es una comisión de nuestro pobre capitán Leclerc. Ya comprenderéis que esto es sagrado. Sin embargo, tranquilizaos, no gastaré más tiempo que el de ida y vuelta.

—Sí, sí, ya entiendo —dijo Danglars. Y después añadió en voz sumamente baja—: A París... Sin duda, para llevar alguna carta que el capitán le ha entregado. ¡Ah!, ¡diantre! Esa carta me acaba de sugerir una idea... una excelente idea. ¡Ah! ¡Dantés!, amigo mío, aún no tienes el número 1 en el registro de El Faraón.

—Y volviéndose en seguida hacia Edmundo, que se alejaba:

— ¡Buen viaje! —le gritó.

—Gracias —respondió Edmundo volviendo la cabeza, y acompañando este movimiento con cierto ademán amistoso. Y los dos enamorados prosiguieron su camino, tranquilos y alborozados como dos ángeles que se elevan al cielo.

IV: EL COMPLOT

Danglars siguió con la mirada a Edmundo y a Mercedes hasta que desaparecieron por uno de los ángulos del puerto de San Nicolás; y volviéndose en seguida vislumbró a Fernando que se arrojaba otra vez sobre su silla, pálido y desesperado, mientras que Caderousse entonaba una canción.

—¡Ay, señor mío —dijo Danglars a Fernando—, creo que esa boda no le sienta bien a todo el mundo!

—A mí me tiene desesperado —respondió Fernando.

—¿Amáis, pues, a Mercedes?

—La adoro.

—¿Hace mucho tiempo?

—Desde que nos conocimos.

—¿Y estáis ahí arrancándoos los cabellos en lu— gar de buscar remedio a vuestros pesares? ¡Qué diablo!, no creí que obrase de esa manera la gente de vuestro país.

—¿Y qué queréis que haga? —preguntó Fernando.

—¿Qué sé yo? ¿Acaso tengo yo algo que ver con...? Paréceme que no soy yo, sino vos, el que está enamorado de Mercedes. "Buscad —dice el Evangelio—, y encontraréis."

—Yo había encontrado ya.

—¿Cómo?

—Quería asesinar al hombre, pero la mujer me ha dicho que si llegara a suceder tal cosa a su futuro, ella se mataría después.

—¡Bah!, ¡bah!, esas cosas se dicen, pero no se hacen.

—Vos no conocéis a Mercedes, amigo mío, es mujer que dice y hace.

"¡Imbécil! —murmuró para sí Danglars—. ¿Qué me importa que ella muera o no, con tal que Dantés no sea capitán?."

—Y antes que muera Mercedes moriría yo —replicó Fernando con un acento que expresaba resolución irrevocable.

—¡Eso sí que es amor! —gritó Caderousse con una voz dominada cada vez más por la embriaguez—. Eso sí que es amor, o yo no lo entiendo.

—Veamos —dijo Danglars—; me parecéis un buen muchacho, y lléveme el diablo si no me dan ganas de sacaros de penas; pero...

—Sí, sí —dijo Caderousse—, veamos.

—Mira —replicó Danglars— ya lo falta poco para emborracharte, de modo que acábate de beber la botella y lo estarás completamente. Bebe, y no lo metas en lo que nosotros hacemos. Porque para tomar parte en esta conversación es indispensable estar en su sano juicio.

—¡Yo borracho —exclamó Caderousse—, yo! Si todavía me atrevería a beber cuatro de tus botellas, que por cierto son como frascos de agua de colonia...

—Y añadiendo el dicho al hecho, gritó:— ¡Tío Pánfilo, más vino! —Caderousse empezó a golpear fuertemente la mesa con su vaso.

—¿Decíais?... —replicó Fernando, esperando anheloso la continuación de la frase interrumpida.

—¿Qué decía? Ya no me acuerdo. Ese borracho me ha hecho perder el hilo de mis ideas.

—¡Borracho!, eso me gusta; ¡ay de los que no gustan del vino!, tienen algún mal pensamiento, y temen que el vino se lo haga revelar.

Y Caderousse se puso a cantar los últimos versos de una canción muy en boga por aquel entonces.

Los que beben agua sola son hombres de mala ley, y prueba es de ello... el diluvio de Noé.

—Conque decíais —replicó Fernando—, que quisierais sacarme de penas; pero añadíais...

—Sí, añadía que para sacaros de penas, basta con que Dantés no se case, y me parece que la boda puede impedirse sin que Dantés muera.

—¡Oh!, sólo la muerte puede separarlos —dijo Fernando.

—Raciocináis como un pobre hombre, amigo mío —exclamó Caderousse—; aquí tenéis a Danglars, pícaro redomado, que os probará en un santiamén que no sabéis una palabra. Pruébalo, Danglars, yo he respondido de ti, dile que no es necesario que

Dantés muera. Por otro lado, muy triste sería que muriese Dantés; es un buen muchacho; le quiero mucho, mucho; ¡a tu salud, Dantés! ¡A tu salud!

Fernando se levantó dando muestras de impaciencia.

—Dejadle —dijo Danglars deteniendo al joven—. ¿Quién le hace caso? Además, no va tan desencaminado: la ausencia separa a las personas casi mejor que la muerte. Suponed ahora que entre Edmundo y Mercedes se levantan de pronto los muros de una cárcel; estarán tan separados como si los dividiese la losa de una tumba.

—Sí, pero saldrá de la cárcel —dijo Caderousse, que con la sombra de juicio que aún le quedaba se mezclaba en la conversación—; y cuando uno sale de la cárcel y se llama Edmundo Dantés, se venga.

—¿Qué importa? —murmuró Fernando.

—Además —replicó Caderousse—, ¿por qué han de prender a Dantés si él no ha robado ni matado a nadie?...

—Cállate —dijo Danglars.

—No quiero —contestó Caderousse—; lo que yo quiero que me digan es por qué habían de prender a Dantés; yo quiero mucho a Dantés; ¡a tu salud, Dantés, a tu salud!

Y se bebió otro vaso de vino.

Danglars observó en los ojos extraviados del sastre el progreso de la borrachera, y volviéndose hacia Fernando, le dijo:

—¿Comprendéis ya que no habría necesidad de matarle?

—Desde luego que no, si pudiéramos lograr que lo prendiesen. Pero ¿por qué medio...?

—Como lo buscáramos bien —dijo Danglars— ya se encontraría. Pero ¿en qué lío voy a meterme? ¿Acaso tengo yo algo que ver...?

—Yo no sé si esto os interesa —dijo Fernando cogiéndole por el brazo—; pero lo que sí sé es que tenéis algún motivo de odio particular contra Dantés, porque el que odia no se engaña en los sentimientos de los demás.

—¡Yo motivos de odio contra Dantés!, ninguno, ¡palabra de honor! Os vi desgraciado, y vuestra desgracia me conmovió; esto es todo. Pero desde el momento en que creéis que obro con miras interesadas, adiós, mi querido amigo, salid como podáis de ese atolladero.

Y Danglars hizo ademán de irse.

—No —dijo Fernando deteniéndole—, quedaos. Poco me importa que odiéis o no a Dantés; pero yo sí le odio; lo confieso francamente. Decidme un medio y lo ejecuto al instante..., como no sea matarle, porque Mercedes ha dicho que se daría muerte si matasen a Dantés.

Caderousse levantó la cabeza que había dejado caer sobre la mesa, y mirando a Fernando y a Danglars estúpidamente:

—¡Matar a Dantés...! —dijo— ¿Quién habla de matar a Dantés?

¡No quiero que le maten...!, es mi amigo... esta mañana me ofreció su dinero..., del mismo modo que yo partí en otro tiempo el mío con él... ¡No quiero que maten a Dantés... ! , no... , no...

—Y ¿quién habla de matarle, imbécil? —replicó Danglars—. Sólo se trata que le vio, casi vencido por ese nuevo exceso, colocar, o más bien, soltar su vaso sobre la mesa.

—Conque... —murmuró el catalán, conociendo que ya no podía estorbarle Caderousse, pues la poca razón que conservaba iba a desaparecer con aquel último vaso de vino.

—Pues, señor, decía —prosiguió Danglars—, que si después de un viaje como el que acaba de hacer Dantés tocando a Nápoles y en la isla de Elba, le denunciase alguien al procurador del rey como agente bonapartista...

—Yo le denunciaré —dijo vivamente el joven.

—Sí, pero os harán firmar vuestra declaración, os carearán con el reo, y aunque yo os dé pruebas para sostener la acusación, eso es poco; Dantés no puede permanecer preso eternamente; un día a otro tendrá que salir, y en el día en que salga, ¡desdichado de vos!

—¡Oh! Sólo deseo una cosa —dijo Fernando—, y es que me venga a buscar.

—Sí, pero Mercedes os aborrecerá si tocáis el pelo de la ropa a su adorado Edmundo.

—Es verdad —repuso Fernando.

—Nada, si nos decidimos, lo mejor escoger esta pluma simplemente, y escribir una denuncia con la mano izquierda para que no sea conocida la letra —contestó Danglars; y esto diciendo, escribió con la mano izquierda y con una letra que en nada se parecía a la suya acostumbrada, los siguientes renglones, que Fernando leyó a media voz:

Un amigo del trono y de la religión previene al señor procurador del rey que un tal Edmundo Dantés, segundo de El Faraón, que llegó esta mañana de Esmirna, después de haber tocado en Nápoles y en Porto—Ferrajo, ha recibido de Murat una misiva para el usurpador, y de éste otra carta para la junta bonapartista de París.

Fácilmente se tendrá la prueba de su crimen, prendiéndole, porque la carta se hallará sobre su persona, o en casa de su padre, o en su camarote, a bordo de El Faraón.

—Está bien —añadió Danglars—. De este modo vuestra venganza tendría sentido común, y de lo contrario podría recaer sobre vos mismo, ¿entendéis? Ya no queda sino cerrar la carta, escribir el sobre —y Danglars hizo como decía—: Al señor procurador del rey, y asunto concluido.

—Sí, asunto concluido —exclamó Caderousse, quien con los últimos resplandores de su inteligencia había escuchado la lectura, y comprendiendo por instinto todas las desgracias que podría causar tal denuncia; sí, negocio concluido; pero sería una infamia.

Y alargó el brazo para coger la carta.

—Por supuesto —dijo Danglars, apartándole la mano—, lo que digo no es más que una broma; y soy el primero que sentiría mucho que le sucediese algo a Dantés, a ese bueno de Dantés. Vamos, ¡no faltaba más...! —y cogiendo la carta, la estrujó entre los dedos, y la tiró a un rincón.

—¡Muy bien! —exclamó Caderousse—. Dantés es mi amigo, y no quiero que le hagan ningún daño.

—¿Quién diablos piensa en hacerle daño? A lo menos no seremos ni Fernando ni yo —dijo Danglars levantándose y mirando al joven, cuyos ojos estaban clavados en el papel delator tirado en el suelo.

—En tal caso —replicó Caderousse—, que nos den más vino, quiero beber a la salud de Edmundo y de la bella Mercedes.

—Bastante has bebido, ¡borracho! —dijo Danglars—; y como sigas bebiendo lo verás obligado a dormir aquí, porque seguramente no podrás tenerte en pie.

—¡Yo! —balbuceó Caderousse levantándose con la arrogancia

del borracho—; ¡yo no poder tenerme! ¿Apuestas algo a que me atrevo a subir al campanario de las Accoules derechito, sin dar traspiés?

—Está bien —dijo Danglars—, hago la apuesta; pero la dejaremos para mañana. Ya es tiempo de que nos vayamos; dame el brazo.

—Vamos allá —dijo Caderousse—; mas para andar no necesito de lo brazo. ¿Vienes, Fernando? ¿Vuelves a Marsella con nosotros?

—No —respondió Fernando—; me vuelvo a los Catalanes.

—Haces mal; ven con nosotros a Marsella.

—Nada tengo que hacer en Marsella, y no quiero ir.

—Bueno, bueno, no quieres, ¿eh? Pues haz lo que lo parezca: libertad para todos en todo. Ven, Danglars, y dejémosle que vuelva a los Catalanes, si así lo quiere.

Danglars aprovechó este instante de docilidad de Caderousse para llevarle hacia Marsella; pero para dejar a Fernando más a sus anchas, en vez de irse por el muelle de la Rive—Neuve, echó por la puerta de Saint—Victor. Caderousse le seguía tambaleándose, cogido de su brazo. Apenas anduvieron unos veinte pasos, Danglars volvió la cabeza tan a tiempo, que pudo ver al joven abalanzarse al papel, que guardó en su bolsillo, dirigiéndose en seguida hacia Pillon.

—¡Calla! ¿Qué está haciendo? —dijo Caderousse—. Nos ha dicho que iba a los Catalanes, y se dirige a la ciudad. ¡Oye, Fernando, vas descaminado, oye!

—Tú eres el que no ves bien —dijo Danglars—. ¡Si sigue derecho el camino de las Vieilles Infirmeries!

—Es cierto —respondió Caderousse—; pero hubiera jurado que iba por la derecha. Decididamente el vino es un traidor, que hace ver visiones.

—Vamos, vamos —murmuró Danglars—, que la cosa marcha, y sólo cabe dejarla marchar.

V: BANQUETE DE BODA

Amaneció un día magnífico: el tiempo estaba hermosísimo; el sol, puro y brillante, y sus primeros rayos, de un rojo purpúreo, doraban las espumas de las olas.

La comida había sido preparada en el primer piso de La Reserva, cuyo emparrado ya conocemos. Se componía aquél de un gran salón iluminado por cinco o seis ventanas; encima de cada una se veía escrito el nombre de una de las mejores ciudades de Francia. Todas estas ventanas caían a un balcón de madera: de madera era también todo el edificio.

Si bien la comida estaba anunciada para las doce, desde las once de la mañana llenaban el balcón multitud de curiosos impacientes. Eran éstos los marineros privilegiados de El Faraón y algunos soldados amigos de Dantés. Todos se habían puesto de gala para honrar a los novios. Entre los convidados circulaba cierto murmullo ocasionado porque los consignatarios de El Faraón habían de honrar con su presencia la comida de boda del segundo. Era tan grande este honor, que nadie se atrevía a creerlo, hasta que Danglars, que llegaba con Caderousse, confirmó la noticia, porque aquella mañana había visto al señor Morrel, y le dijo que asistiría a la comida de La Reserva.

Efectivamente, un instante después Morrel entró en la sala y fue saludado por los marineros con un unánime viva y con aplausos. La presencia del naviero les confirmaba las voces que corrían de que Dantés iba a ser su capitán; y como todos aquellos valientes marineros le querían tanto, le daban gracias, porque pocas veces la elección de un jefe está en armonía con los deseos de los subordinados. No bien entró Morrel, cuando eligieron a Danglars y a Caderousse para que saliesen al encuentro de los novios, y les previniesen de la llegada del personaje que había producido tan viva sensación, para que se apresuraran a venir pronto. Danglars y Caderousse se marcharon en seguida pero a los cien pasos vieron que la comitiva se acercaba.

Esta se componía de cuatro jóvenes amigas de Mercedes, catalanas también, que acompañaban a la novia, a quien daba el brazo Edmundo junto a la futura caminaba el padre de Dantés, y detrás de ellos venía Fernando con su siniestra sonrisa. Ni Mercedes ni Edmundo se dieron cuenta de esa sonrisa: los pobres muchachos eran tan felices que sólo pensaban en sí mismos, y no tenían ojos más que para aquel hermoso cielo que los bendecía.

Danglars y Caderousse cumplieron con su misión de

embajadores, y dando después un fuerte apretón de manos a Edmundo, Danglars se fue a colocar al lado de Fernando, y Caderousse al del padre de Dantés, objeto de la atención general. El anciano vestía una casaca de tafetán, con grandes botones de acero tallados. Cubrían sus delgadas, aunque vigorosas piernas, unas medias de algodón que a la legua olían a contrabando inglés. De su sombrero apuntado pendían con pintoresca profusión cintas blancas y azules; se apoyaba en fin, en un nudoso bastón de madera, encorvado por el puño como el pedum antiguo. Parecía uno de esos figurones que adornaban en 1796 los jardines de Luxemburgo y de las Tullerías, junto a él habíase colocado, como ya hemos dicho, Caderousse, a quien la esperanza de una buena comida acabó de reconciliar con los Dantés; Caderousse conservaba un vago recuerdo de lo que había sucedido el día anterior, como cuando al despertar por la mañana nos representa la imaginación el sueño que hemos tenido por la noche.

Al acercarse Danglars a Fernando, dirigió una mirada penetrante al amante desdeñado. Este, que caminaba detrás de los novios, completamente olvidado de Mercedes, que con ese egoísmo sublime del amor sólo pensaba en Edmundo; Fernando, repetimos, pálido y sombrío, de vez en cuando dirigía una mirada a Marsella, y entonces un temblor convulsivo se apoderaba de sus miembros. Parecía como si esperase, o más bien previese algún acontecimiento.

Dantés vestía con elegante sencillez, como perteneciente a la marina mercante; su traje participaba del uniforme militar y del traje civil; y con él y con la alegría y gentileza de la novia, parecía más alegre y más bonita.

Mercedes estaba tan hermosa como una griega de Chipre o de Ceos, de ojos de ébano y labios de coral. Su andar gracioso y desenvuelto parecía de andaluza o de arlesiana. Una joven cortesana quizás hubiera procurado disimular su alegría; pero Mercedes miraba a todos sonriéndose, como si con aquella sonrisa y aquellas miradas les dijese: "Puesto que sois mis amigos, alegraos como yo, porque soy muy dichosa."

Tan pronto como fueron divisados los novios desde La Reserva, salió el señor Morrel a su encuentro, seguido de los marineros y de los soldados, a los cuales renovó la promesa de que

Dantés sucedería al capitán Leclerc. Al verle Edmundo dejó el brazo de su novia, y tomó el del naviero que con la joven dieron la señal subiendo los primeros la escalera de madera que conducía a la sala del banquete.

—Padre mío —dijo Mercedes deteniéndose junto a la mesa—, vos a mi derecha, os lo ruego. A mi izquierda pondré al que me ha servido de hermano —añadió con una dulzura que penetró como la punta de un puñal hasta lo más profundo del corazón de Fernando. Sus labios palidecieron, y bajo el matiz de su rostro fue fácil distinguir cómo se retiraba poco a poco la sangre para agolparse al corazón.

Dantés había hecho entretanto lo mismo con Morrel, colocándole a su derecha, y con Danglars, que colocó a su izquierda, haciendo en seguida señas con la mano a todos para que se colocaran a su gusto. Ya corrían de mano en mano por toda la mesa los salchichones de Arlés, las brillantes langostas, las sabrosas ostras del Norte, los exquisitos mariscos envueltos en su áspera concha, como la castaña en su erizo, y las almejas que las gentes meridionales prefieren a las anchoas; en fin, toda esa multitud de entremeses delicados que arrojan las olas a la arenosa playa, y los pescadores designan con el nombre genérico de frutos de mar.

—¡Qué silencio! —dijo el anciano saboreando un vaso de vino amarillo como el topacio, que el tío Pánfilo acababa de traer a Mercedes—. ¿Quién diría que hay aquí treinta personas que sólo desean hablar?

—¡Bah!, un marido no siempre está alegre —dijo Caderousse.

—El caso es —dijo Dantés—, que soy en este momento demasiado feliz para estar alegre.

—Tenéis razón, vecino; la alegría causa a veces una sensación extraña, que oprime el corazón casi tanto como el dolor.

Danglars observaba a Edmundo, cuyo espíritu impresionable ab—sorbía y devolvía toda emoción.

—Qué —le dijo—, ¿teméis algo? Me parece que todo marcha según vuestros deseos.

—Justamente es eso lo que me espanta —respondió Dantés—, paréceme que el hombre no ha nacido para ser feliz con tanta facilidad. La dicha es como esos palacios de las islas encantadas, cuyas puertas guardan formidables dragones; preciso es combatir para conquistar, y yo, a la verdad, no sé que haya merecido la dicha de ser marido de Mercedes.

—¡Marido! ¡Marido! —dijo Caderousse riendo—; aún no, mi capitán. Haz de marido un poco, y ya verás la que se arma.

Mercedes se ruborizó.

Fernando estaba muy agitado en su silla, estremeciéndose al menor ruido, y limpiándose las gruesas gotas de sudor que corrían por su frente como las primeras gotas de una lluvia de tormenta.

—A fe mía, vecino Caderousse —dijo Dantés—, que no vale la pena que me desmintáis por tan poca cosa. Mercedes no es aún mi mujer, tenéis razón —y sacó su reloj—; pero dentro de hora y media lo será.

Los presentes profirieron un grito de sorpresa, excepto el padre de Dantés, cuya sonrisa dejaba ver una fila de dientes bien conservados. Mercedes sonrióse sin ruborizarse, y Fernando apretó convulsivamente el mango de su cuchillo.

—¡Dentro de hora y medía! —dijo Danglars, palideciendo también—, ¿cómo es eso?

—Sí, amigos míos —respondió Dantés—; gracias al señor Morrel, al hombre a quien debo más en el mundo después de mi padre, todos los obstáculos se han allanado; hemos obtenido dispensa de las amonestaciones, y a las dos y media el alcalde de Marsella nos espera en el Ayuntamiento. Por lo tanto, como acaba de dar la una y cuarto, creo no haberme engañado mucho al decir que dentro de una hora y treinta minutos, Mercedes se llamará la señora Dantés.

Fernando cerró los ojos; una nube de fuego le abrasaba los párpados; apoyóse sobre la mesa, y a pesar de todos sus esfuerzos no pudo contener un sordo gemido, que se perdió en el rumor causado por las risas y por las felicitaciones de la concurrencia.

—A eso le llamo yo ser activo —dijo el padre de Dantés—. Ayer llegó y hoy se casa..., nadie gana a los marinos en actividad.

—Pero ¿y las formalidades? —preguntó tímidamente Danglars— ¿el contrato... ?

—El contrato —le interrumpió Dantés riendo—, el contrato está ya hecho. Mercedes no tiene nada, yo tampoco; nos casamos en iguales condiciones; conque ya se os alcanzará que ni se habrá tardado en escribir el contrato, ni costará mucho dinero.

Esta broma excitó una nueva explosión de alegría y de enhorabuenas.

—Conque, es decir, que ésta es la comida de bodas —dijo Danglars.

—No —repuso Dantés—, no la perderéis por eso, podéis estar tranquilos. Mañana parto para París: cuatro días de ida, cuatro de vuelta y uno para desempeñar puntualmente la misión de que estoy encargado; el primero de marzo estoy ya aquí; el verdadero banquete de bodas se aplaza para el 2 de marzo.

La promesa de un nuevo banquete aumentó la alegría hasta tal punto, que el padre de Dantés, que al principio de la comida se quejaba del silencio, hacía ahora vanos esfuerzos para expresar sus deseos de que Dios hiciera felices a los esposos.

Dantés adivinó el pensamiento de su padre, y se lo pagó con una sonrisa llena de amor. Mercedes entretanto miraba la hora en el reloj de la sala, haciendo picarescamente cierta señal a Edmundo. Reinaba en la mesa esa alegría ruidosa y esa libertad individual que siempre se toman las personas de clase inferior al fin de la comida. Los que no estaban contentos en sus sitios, se habían levantado para ocupar otros nuevos.

Todos empezaban ya a hablar en confusión, y nadie respondía a su interlocutor, sino a sus propios pensamientos.

La palidez de Fernando se comunicaba por minutos a Danglars. Aquél, sobre todo, parecía presa de mil tormentos horribles. Había sido de los primeros en levantarse y se paseaba por la sala, procurando apartar su oído de la algazara, de las canciones y del choque de los vasos.

Acercóse a él Caderousse en el momento en que Danglars, de quien parecía huir, acababa de reunírsele en un ángulo de la sala.

—En verdad —dijo Caderousse, a quien la amabilidad de Dantés, y sobre todo el vino del tío Pánfilo, habían hecho olvidar enteramente el odio que inspiró la repentina felicidad de Edmundo—; en verdad que Dantés es un guapo mozo, y cuando le veo sentado junto a su novia, digo para mí, que hubiera sido una lástima jugarle la mala pasada que intentabais ayer.

—Pero ya has visto —respondió Danglars— que aquello no pasó de una conversación. Ese pobre Fernando estaba ayer tan fuera de sí, que me causó lástima al principio; pero, desde que decidió asistir a la boda de su rival, no hay ya temor alguno.

Caderousse miró entonces a Fernando, que estaba lívido.

—El sacrificio es tanto mayor —prosiguió Danglars— cuanto que la muchacha es de perlas. ¡Diantre!, miren si es dichoso mi futuro capitán. Quisiera llamarme Dantés, no más que por doce horas.

—¿Vámonos? —dijo en este punto con dulce voz Mercedes—; acaban de dar las dos, a las dos y cuarto nos esperan.

—Sí, sí —contestó Dantés levantándose inmediatamente.

—Vamos —repitieron a coro todos los convidados.

Fernando estaba sentado en el antepecho de la ventana, y Danglars, que no le perdía de vista un momento, le vio observar a Dantés con inquieta mirada, levantarse como por un movimiento convulsivo, y volver a desplomarse en el sitio donde se hallaba antes.

Oyóse en aquel momento un ruido sordo, como de pasos recios, voces confusas y armas, ahogando las exclamaciones de los convidados a imponiendo a toda la asamblea el silencio del estupor. El ruido se oyó más cerca: en la puerta resonaron tres golpes...; cada cual miraba a su alrededor con asombro.

—¡En nombre de la ley! —gritó una voz sonora.

La puerta se abrió al punto, dando paso a un comisario con su faja y a cuatro soldados y un cabo. Con esto, a la inquietud sucedió el terror.

—¿Qué se ofrece? —preguntó Morrel avanzando hacia el comisario, a quien conocía—;sin duda venís equivocado.

—Si ha sido así, señor Morrel —respondió el comisario—, creed que pronto se deshará la equivocación. Entretanto, y por muy sensible que me sea, debo cumplir con la orden que tengo. ¿Quién de vosotros, señores, se llama Edmundo Dantés?

Las miradas de todos se volvieron hacia el joven, que muy conmovido, aunque conservando toda su dignidad, dio un paso hacia delante y respondió:

—Yo soy, caballero, ¿qué me queréis?

—Edmundo Dantés —repuso el comisario—, en nombre de la ley, daos preso.

—¡Preso yo! —respondió Edmundo, cuyo rostro se cubrió de

una leve palidez—. ¡Preso yo!, pero ¿por qué?

—Lo ignoro, caballero. Ya lo sabréis en el primer interrogatorio a que seréis sometido.

El señor Morrel comprendió que nada podía intentarse: un comisario con su faja no es ya un hombre, es la estatua de la ley, fría, sorda, muda. El viejo, por el contrario, se precipitó hacia el comisario: hay ciertas cosas que nunca podrá comprender el corazón de un padre o de una madre. Rogó, suplicó; pero ruegos y lágrimas fueron inútiles. Sin embargo, su desesperación era tan grande, que el comisario al fin se conmovió.

—Tranquilizaos, caballero —le dijo—, quizá se habrá olvidado vuestro hijo de algunos de los requisitos que exigen la aduana o la sanidad. Yo así lo creo. Cuando se hayan tomado los informes que se desean, le pondrán en libertad.

—¿Qué significa esto? —preguntó Caderousse frunciendo el entre—cejo y mirando a Danglars, que aparentaba sorpresa.

—¿Qué sé yo? —respondió Danglars—; como tú, veo y estoy perplejo, sin comprender nada de todo ello.

Caderousse buscó con los ojos a Fernando, pero éste había desaparecido.

Toda la escena de la víspera se le representó entonces con todos sus pormenores. Aquella catástrofe acababa de arrancar el velo que la embriaguez había echado entre su entendimiento y su memoria.

—¡Oh! —dijo con voz ronca—, ¿quién sabe si esto será el resultado de la broma de que hablabais ayer, Danglars? En ese caso, desgraciado de vos, porque es muy triste broma por cierto.

—Ya viste que rompí aquel papel —balbució Danglars. —No lo rompiste; lo arrugaste y lo arrojaste a un rincón.

—¡Calla! Tú estabas borracho.

—¿Qué es de Fernando?

—¡Qué sé yo! Habrá tenido que hacer. Pero en vez de ocuparte de él, consolemos a esos pobres afligidos.

Efectivamente, durante la conversación, Dantés había dado la mano sonriendo a sus amigos, y después de abrazar a Mercedes, se había entregado al comisario, diciendo:

—Tranquilizaos, pronto se reparará el error, y probablemente no llegaré a entrar en la cárcel.

—¡Oh!, seguramente —dijo Danglars, que, como ya hemos dicho, se acercaba en este momento al grupo principal.

Dantés bajó la escalera precedido del comisario de policía y rodeado de soldados. Un coche los esperaba a la puerta, y subió a él, seguido de los soldados y del comisario. La portezuela se cerró, y el carruaje tomó el camino de Marsella.

—¡Adiós, Dantés! ¡Adiós, Edmundo! —exclamó Mercedes desde el balcón, adonde salió desesperada.

El preso escuchó este último grito, salido del corazón doliente de su novia como un sollozo, y asomando la cabeza por la ventanilla del coche, le contestó:

—¡Hasta la vista, Mercedes!

Y en esto desapareció por uno de los ángulos del fuerte de San Nicolás.

—Esperadme aquí —dijo el naviero—; voy a tomar el primer carruaje que encuentre: corro a Marsella, y os traeré noticias suyas.

—Sí, sí, id —exclamaron todos a un tiempo—; id, y volved pronto.

A esta segunda marcha siguió un momento de terrible estupor en todos los que se quedaban. El anciano y Mercedes permanecieron algún tiempo sumidos en el más profundo abatimiento; pero al fin se encontraron sus ojos, y reconociéndose por dos víctimas heridas del mismo golpe, se arrojaron en brazos uno de otro.

En todo este tiempo, Fernando, de vuelta a la sala, bebió un vaso de agua y fue a sentarse en una silla. La casualidad hizo que Mercedes, al desasirse del anciano, cayese sobre una silla próxima a aquélla donde él se hallaba, por lo que Fernando, por un movimiento instintivo, retiró hacia atrás la suya.

—Ha sido él —dijo Caderousse a Danglars, que no perdía de vista al catalán.

—Creo que no —respondió Danglars—; es demasiado tonto. En todo caso, suya es la responsabilidad.

—Y del que se lo aconsejó —repuso Caderousse.

—¡Ah! Si fuese uno responsable de todo lo que inadvertidamente dice...

—Sí, cuando lo que se dice inadvertidamente trae desgracias como ésta.

Mientras tanto, los grupos comentaban de mil maneras el arresto de Dantés.

—Y vos, Danglars —dijo una voz—, ¿qué pensáis de este acontecimiento?

—Yo —respondió Danglars— creo que traería algo de contrabando en El Faraón...

—Pero si así fuera, vos lo sabríais, Danglars; ¿no sois vos el responsable?

—Sí, pero no lo soy sino de lo que viene en factura. Lo que sé es que traemos algunas piezas de algodón, tomadas en Alejandría en casa de Pastret, y en Esmirna en casa de Pascal: no me preguntéis más.

—¡Oh!, ahora recuerdo —murmuró el pobre anciano al oír esto—, ahora recuerdo... Ayer me dijo que traía una caja de café y otra de tabaco.

—Ya lo veis —dijo Danglars—, eso será sin duda; durante nuestra ausencia, los aduaneros habrán registrado El Faraón y lo habrán descubierto. .

Casi insensible hasta el momento, Mercedes dio al fin rienda suelta a su dolor.

—¡Vamos, vamos, no hay que perder la esperanza! —dijo el padre de Dantés, sin saber siquiera lo que decía.

—¡Esperanza! —repitió Danglars.

—¡Esperanza! —murmuró Fernando; pero esta palabra le ahogaba; sus labios se agitaron sin articular ningún sonido.

—¡Señores! —gritó uno de los invitados que se había quedado en una de las ventanas—; señores, un carruaje... ¡Ah! ¡Es el señor Morrel! ¡Valor! Sin duda trae buenas noticias.

Mercedes y el anciano saliéronle al encuentro, y reuniéronse con él en la puerta: el señor Morrel estaba sumamente pálido.

—¿Qué hay? —exclamaron todos a un tiempo.

—¡Ay!, amigos míos —respondió Morrel moviendo la cabeza—, la cosa es más grave de lo que nosotros suponíamos...

—Señor —exclamó Mercedes—, ¡es inocente! —Lo creo —respondió Morrel—; pero le acusan... —¿De qué? —preguntó el viejo Dantés.

—De agente bonapartista.

Aquellos de nuestros lectores que hayan vivido en la época de esta historia recordarán cuán terrible era en aquel tiempo tal acusación. Mercedes exhaló un grito, y el anciano se dejó caer en una silla.

—¡Oh! —murmuró Caderousse—, me habéis engañado, Danglars, y al fin hicisteis lo de ayer. Pero no quiero dejar morir a ese anciano y a esa joven, y voy a contárselo todo.

—¡Calla, infeliz! —exclamó Danglars agarrando la mano de Caderousse—¡calla!, o no respondo de ti. ¿Quién lo dice que Dantés no es culpable? El buque tocó en la isla de Elba; él desembarcó, permaneciendo todo el día en Porto—Ferrajo. Si le han hallado con alguna carta que le comprometa, los que le defiendan, pasarán por cómplices suyos.

Con el rápido instinto del egoísmo, Caderousse comprendió lo atinado de la observación, miró a Danglars con admiración, y retrocedió dos pasos.

—Esperemos, pues —murmuró.

—Sí, esperemos —dijo Danglars—; si es inocente, le pondrán en libertad; si es culpable, no vale la pena comprometerse por un conspirador.

—Vámonos, no puedo permanecer aquí por más tiempo.

—Sí, ven —dijo Danglars, satisfecho al alejarse acompañado—; ven, y dejemos que salgan como puedan de ese atolladero.

Tan pronto como partieron, Fernando, que había vuelto a ser el apoyo de la joven, cogió a Mercedes de la mano y la condujo a los Catalanes. Los amigos de Dantés condujeron a su vez a la alameda de Meillán al anciano casi desmayado.

En seguida se esparció por la ciudad el rumor de que Dantés acababa de ser preso por agente bonapartista.

—¿Quién lo hubiera creído, mi querido Danglars? —dijo el señor Morrel reuniéndose a éste y a Caderousse, en el camino de Marsella, adonde se dirigía apresuradamente para adquirir algunas noticias directas de Edmundo por el sustituto del procurador del rey, señor de Villefort, con quien tenía algunas relaciones—. ¿Lo hubierais vos creído?

—¡Diantre! —exclamó Danglars—, ya os dije que Dantés hizo escala en la isla de Elba sin motivo alguno, lo cual me pareció sospechoso.

—Pero ¿comunicasteis vuestras sospechas a alguien más que a mí?

—Líbreme Dios de ello, señor Morrel —dijo en voz baja Danglars—; bien sabéis que por culpa de vuestro tío, el señor Policarpo Morrel, que ha servido en sus ejércitos, y que no oculta sus opiniones, sospechan que lamentáis la caída de Napoleón, y mucho me disgustaría el causar algún perjuicio a Edmundo o a vos. Hay ciertas cosas que un subordinado debe decir a su principal, y ocultar cuidadosamente a los demás.

—¡Bien! Danglars, ¡bien! —contestó el naviero—, sois un hombre honrado. Hice bien al pensar en vos para cuando ese pobre Dantés hubiese llegado a ser capitán del Faraón.

—Pues ¿cómo...?

—Sí, ya había preguntado a Dantés qué pensaba de vos y si tenía alguna repugnancia en que os quedarais en vuestro puesto, pues, yo no sé por qué, me pareció notar que os tratabais con alguna frialdad.

—¿Y qué os respondió?

—Que creía efectivamente que, por una causa que no me dijo, le guardabais cierto rencor; pero que todo el que poseía la confianza del consignatario, poseía la suya también.

—¡Hipócrita! —murmuró Danglars.

—¡Pobrecillo! —dijo Caderousse—, era un muchacho excelente.

—Sí, pero entretanto —indicó el señor Morrel—, tenemos al Faraón sin capitán.

—¡Oh! —dijo Danglars—, bien podemos esperar, puesto que no partimos hasta dentro de tres meses, que para entonces ya estará libre Dantés.

—Sí, pero mientras tanto...

—¡Mientras tanto..., aquí me tenéis, señor Morrel! —dijo Danglars—. Bien sabéis que conozco el manejo de un buque tan bien como el mejor capitán. Esto no os obligará a nada, pues cuando Dantés salga de la prisión volverá a su puesto, yo al mío, y pax Christi.

—Gracias, Danglars, así se concilia todo, en efecto. Tomad, pues, el mando, os autorizo a ello, y presenciad el desembarque. Los asuntos no deben entorpecerse porque suceda una desgracia a alguno de la tripulación.

—Sí, señor, confiad en mí. ¿Y podré ver al pobre Edmundo?

—Pronto os lo diré, Danglars. Voy a hablar al señor de Villefort, y a influir con él en favor del preso. Bien sé que es un realista furioso; pero, aunque realista y procurador del rey, también es hombre, y no le creo de muy mal corazón.

—No —repuso Danglars—; pero me han dicho que es ambicioso, y entonces...

—En fin —repuso Morrel suspirando—, allá veremos. Id a bordo, que yo voy en seguida.

Y se separó de los dos amigos para tomar el camino del Palacio de Justicia.

—Ya ves el sesgo que va tomando el asunto —dijo Danglars a Caderousse—; ¿piensas todavía en defender a Dantés?

—No a fe; pero, sin embargo, terrible cosa es que tenga tales consecuencias una broma.

—¿Y quién ha tenido la culpa? No seremos ni tú ni yo, ciertamente; en todo caso, la culpa es de Fernando. Bien viste que yo, por mi parte, tiré el papel a un rincón; y hasta creo haberlo roto.

—No, no —dijo Caderousse—; en cuanto a eso estoy seguro, lo vi en un rincón, doblado y arrugado; ojalá estuviese aún allí.

—¿Qué quieres? Si Fernando lo cogió lo habrá copiado o hecho copiar, y aun sabe Dios si se tomaría esa molestia. Ahora que caigo en ello, ¡Dios mío!, quizás envió mi propia carta. Afortunadamente yo desfiguré mucho la letra.

—Pero ¿sabías tú que Dantés conspiraba?

—¿Qué había de saber? Aquello fue una broma, como ya lo dije. Pero me parece que, al igual que los arlequines, dije la verdad al bromear.

—Lo mismo da —replicó Caderousse—. Yo, sin embargo, daría cualquier cosa porque no ocurriera lo que ha ocurrido, o por lo menos por no haberme metido en nada: ya verás como por esto nos sucede también a nosotros alguna desgracia, Danglars.

—En todo caso, la desgracia caerá sobre el verdadero culpable, y el verdadero culpable es Fernando y no nosotros. ¿Qué desgracia quieres que nos sobrevenga? Vivamos tranquilos, que ya pasará la tempestad.

—¡Amén! —dijo Caderousse, haciendo una señal de despedida a Danglars y dirigiéndose a la alameda de Meillan, moviendo la cabeza y hablando consigo mismo, como aquellas personas que están muy preocupadas con sus pensamientos.

—¡Magnífico! —murmuró Danglars—, las cosas toman el giro que yo esperaba. De momento ya soy capitán, y si ese imbécil de Caderousse se calla, capitán para siempre... Sólo me atormenta el pensar que si la justicia diera libertad a Dantés... ¡Oh...!, no —añadió, sonriendo con satisfacción—, la justicia es la justicia, y en ella confío.

Y dicho esto saltó a una barca y dio orden al barquero para que le condujera a bordo del Faraón, adonde, como ya recordará el lector, le había citado el señor Morrel.

VI: EL SUSTITUTO DEL PROCURADOR DEL REY

En la calle de Grand—Cours, lindando con la fuente de las Medusas, en una de esas antiguas casas de arquitectura aristocrática, edificadas por Puget, se celebraba también en el mismo día y en la misma hora un banquete de bodas, con la diferencia de que en lugar de ser los personajes y anfitriones gente del pueblo, marineros y soldados, pertenecían a la más alta sociedad de Marsella.

Tratábase de antiguos magistrados que habían dimitido sus empleos en tiempo del usurpador, antiguos oficiales desertores de sus filas para pasarse a las del ejército de Condé, y jóvenes de ilustre alcurnia, todavía poco elevados a pesar de lo que habían sufrido ya por el odio hacia aquel a quien cinco años de destierro debían convertir en un mártir, y quince de restauración en un dios.

Se hallaban sentados a la mesa, y la conversación chispeaba a impulsos de todas las pasiones de la época, pasiones tanto más terrible y encarnizadas en el Mediodía de Francia, cuanto que al cabo de quinientos años, los odios religiosos venían a añadirse a los odios políticos.

El emperador rey de la isla de Elba, que después de haber sido soberano en una parte del mundo, reinaba sobre una población de cinco a seis mil almas, y después de haber oído gritar ¡Viva Napoleón! por ciento veinte millones de vasallos, en diez lenguas diferentes, era tratado allí como un hombre perdido sin remedio para Francia y para el trono. Los magistrados anatematizaban sus errores políticos; los militares murmuraban de Moscú y de Leipzig; las mujeres, de su divorcio de Josefina; y no parecía sino que aquel mundo alegre y triunfante, no por la caída del hombre, sino por la derrota del príncipe, creyese que la vida comenzaba de nuevo para él, que despertaba de un sueño penoso.

Un anciano condecorado con la cruz de San Luis se levantó brindando por la salud del rey Luis XVIII. Era el marqués de Saint—Meran. Con este brindis, que recordaba a la vez al desterrado de Hartwell y al rey pacificador de Francia, se aumentó el barullo, los vasos chocaron unos con otros, las mujeres se quitaron las flores de la cabeza y las esparcieron sobre el mantel; momento fue éste en verdad de entusiasmo casi poético.

—Ya confesarían de plano si estuviesen aquí —dijo la marquesa de Saint—Meran, mujer de mirada dura, labios delgados y continente aristocrático, mujer aún a la moda, a pesar de sus cincuenta años— ya confesarían de plano todos esos revolucionarios que nos han secuestrado, a quienes dejamos a nuestra vez conspirar tranquilamente en nuestros castillos antiguos comprados por un pedazo de pan en tiempo del Terror; ya confesarían que el verdadero desinterés estaba de nuestra parte, puesto que nosotros nos uníamos a la agonizante monarquía, mientras ellos, por el contrario, saludaban al sol que nacía, y labraban sus fortunas, mientras que nosotros perdíamos la nuestra; confesarían que nuestro soberano era verdaderamente Luis, el muy amado, mientras que su usurpador no fue nunca más que Napoleón el maldito. ¿No es verdad, Villefort?

—¿Qué decís..., señora marquesa...? —respondió aquel a quien se dirigía esta pregunta—. Perdonadme, no atendía a la conversación.

—Dejad a esos jóvenes, marquesa —replicó por su parte el viejo que había brindado—. Van a casarse, y naturalmente tendrán que hablar de otra cosa que no de política.

—Dispensadme, mamá —dijo una preciosa joven de cabellos rubios y ojos azules—. Os devuelvo al señor de Villefort, al que entretuve un instante. Señor de Villefort, mamá os preguntaba...

—Estoy pronto a responder a la señora marquesa, si se digna

repetir su pregunta que antes no oí.

—Estáis dispensada, Renata —dijo la marquesa con una sonrisa de ternura que rara vez brillaba en su rostro áspero y seco—; sin embargo, el corazón de la mujer es de tal naturaleza que aunque árido y endurecido por las exigencias sociales, siempre guarda un rincón fértil y amable, el que Dios ha consagrado al amor de madre.

—Estáis perdonada... Ahora oíd, Villefort: dije que los bonapartistas no tenían ni nuestra convicción, ni nuestro entusiasmo, ni nuestro desinterés.

—¡Oh, señora! Por lo menos tienen algo que reemplace a eso: el fanatismo. Napoleón es el Mahoma de Occidente; es para todos esos hombres vulgares, aunque ambiciosos como nunca los hubo, no sólo un legislador, sino un tipo, el tipo de la igualdad.

—¡De la igualdad! —exclamó la marquesa—. ¡Napoleón, tipo de la igualdad! Y entonces, ¿qué es el señor de Robespierre? Creo que le quitáis de su lugar para colocar en él al corso; bastábale con su usurpación.

—No, señora —repuso Villefort—, dejo a cada cual en su puesto: a Robespierre en la plaza de Luis XV sobre el cadalso; a Napoleón, en la plaza de Vendôme sobre su columna; con la diferencia de que el uno ha creado la igualdad que abate; el otro, la igualdad que eleva; el uno ha puesto a los reyes al nivel de la guillotina; el otro ha elevado al pueblo al nivel del trono. Pero eso no impide —añadió Villefort riendo— que los dos sean unos infames revolucionarios, y que el 9 de Termidor y el 4 de abril de 1814 sean dos días felices para Francia, y dignos de ser igualmente celebrados por los amigos del orden y de la monarquía; pero esto explica también cómo, aunque caído para no levantarse jamás, Napoleón ha conservado sus adeptos. ¿Qué queréis, marquesa? Cromwell, que no fue ni la mitad de lo que Napoleón, tuvo también los suyos.

—¿Sabéis, Víllefort, que lo que estáis diciendo presenta un matiz algo revolucionario? Pero os perdono: le es imposible a un hijo de un girondino no conservar cierto apego al terror.

Villefort, sonrojándose, repuso:

—Es cierto que mi padre era girondino, señora, es verdad; pero mi padre no votó la muerte del rey; estuvo proscrito por ese mismo terror que os proscribía, y poco le faltó para perder la cabeza en el mismo cadalso en que la perdió vuestro padre.

—Sí —dijo la marquesa, sin alterarse por este horrible recuerdo—; con la diferencia que hubieran alcanzado un mismo fin por diferentes medios, como lo demuestra el que toda mi familia haya permanecido siempre unida a los príncipes desterrados, mientras que vuestro padre ha tenido a bien unirse al nuevo gobierno, y tras haber sido girondino el ciudadano Noirtier, el conde Noirtier se haya hecho senador.

—¡Mamá! ¡Mamá! —balbució Renata—. Bien sabéis que hemos convenido en no renovar tristes recuerdos.

—Señora —respondió Villefort—, uno mis ruegos con los de la señorita de Saint—Meran para que olvidéis lo pasado. ¿A qué echarnos unos a otros en cara cosas que el mismo Dios no puede impedir? Porque Dios puede cambiar el porvenir, mas no el pasado. Lo que nosotros, los hombres, podemos solamente es cubrirlo con un velo. ¡Pues bien!, yo me he separado no solamente de la opinión, sino del nombre de mi padre. Mi padre ha sido o es aún bonapartista, y se llama Noirtier; yo soy realista y me llamo de Villefort. Dejad que en el caduco tronco se seque un resto de savia revolucionaria, y no miréis, señora sino al retoño que se separa de este mismo tronco, sin poder, y acaso diga... sin querer separarse enteramente.

—¡Muy bien, Villefort! —dijo el marqués—, ¡muy bien! ¡Buena respuesta! Yo suplico continuamente a la marquesa que olvide lo pasado, sin poder conseguirlo: veremos si vos sois más afortunado.

—Sí, está bien —respondió la marquesa—; olvidemos lo pasado; no deseo otra cosa; mas, por lo menos, que Villefort sea inflexible en adelante. No os olvidéis de que hemos respondido de vos a S. M.; que S. M. ha tenido a bien olvidarlo todo, de la misma manera que yo lo hago accediendo a vuestra súplica. Pero si cayese en vuestras manos un conspirador, cuenta con lo que hacéis, porque habéis de daros cuenta de que se os vigila muy particularmente, por pertenecer a una familia que puede estar relacionada con los conspiradores.

—¡Ay, señora! —dijo Villefort—; mi profesión, y sobre todo los tiempos en que vivimos me obligan a ser muy severo. Pues bien, lo seré. He tenido que sostener algunas acusaciones políticas, y estoy ya como quien dice probado. Por desgracia, todavía no hemos concluido.

—Pues ¿cómo? —dijo la marquesa.

—Tengo temores casi ciertos. Napoleón en la isla de Elba no está muy lejos de Francia; su presencia casi a vista de nuestras costas sostiene la esperanza de sus partidarios. Marsella está llena de oficiales sin colocación, que disputan todos los días con los realistas, de lo cual resultan duelos entre personas de clase elevada, asesinatos entre el vulgo.

—A propósito —dijo el conde de Salvieux, antiguo amigo del señor de Saint—Meran y chambelán del conde de Artois—; ¿ignoráis que la Santa Alianza desaloja a Napoleón de donde está?

—Sí, cuando salimos de París no se hablaba de otra cosa —respondió el señor de Saint—Meran—. ¿Y adónde le envían?

—A Santa Elena.

—¿A Santa Elena? ¿Y eso qué es? —preguntó la marquesa.

—Una isla situada a dos mil leguas de aquí, más allá del Ecuador —respondió el conde.

—Gran locura era en verdad, como dice Villefort, dejar a semejante hombre entre Córcega, donde ha nacido, entre Nápoles, donde aún reina su cuñado, y enfrente de Italia, de la que iba a formar un reino para su hijo.

—Por desgracia —dijo Villefort—, los tratados de 1814 impiden que se toque ni aun el pelo de la ropa de Napoleón.

—Pues se faltará a esos tratados —repuso el señor de Salvieux—¿Tuvo él tantos escrúpulos en fusilar al desgraciado duque le Enghien?

—Sí —añadió la marquesa—, está convenido. La Santa Alianza libra a Europa de Napoleón, y Villefort libra a Marsella de sus partidarios. O el rey reina o no reina. Si reina, su gobierno debe ser fuerte y sus agentes inflexibles; único medio de impedir el mal.

—Desgraciadamente, señora —dijo Villefort sonriendo—, un sustituto del procurador del rey acude siempre cuando el mal está hecho.

—Entonces su deber es repararlo.

—También pudiera yo deciros, señora, que a él no le toca

repararlo, aunque sí vengarlo.

—¡Oh, señor de Villefort! —dijo una hermosa joven, hija del conde de Salvieux y amiga de la señorita de Saint—Meran—; procurad que se vea alguna causa de ésas mientras residimos en Marsella. Nunca he asistido a un tribunal, y me han dicho que es cosa curiosa.

—¡Oh!, sí, muy curiosa en efecto, señorita —respondió el sustituto—,
porque en lugar de una tragedia fingida, lo que allí se representa es un verdadero drama; en lugar de los dolores aparentes, son dolores reales. El hombre que se presenta allí, en lugar de volver, cuando se corre el telón, a entrar tranquilamente en su casa, a cenar con su familia, a acostarse y conciliar pronto el sueño para volver a sus tareas al día siguiente, entra en una prisión donde le espera tal vez el verdugo. Bien veis que para las personas nerviosas que desean emociones fuertes no hay otro espectáculo mejor que ése. Descuidad, señorita, si se presentase la ocasión, ya os avisaré.

—¡Nos hace temblar..., y se ríe! —dijo Renata palideciendo.

—¿Qué queréis? —replicó Villefort—; esto es como si dijéramos... un desafío... Por mi parte he pedido ya cinco o seis veces la pena de muerte contra acusados por delitos políticos... ¿Quién sabe cuántos puñales se afilan a esta hora o están ya afilados contra mí?

—¡Oh, Dios mío! —dijo Renata cada vez más espantada—; ¿habláis en serio, señor de Villefort?

—Lo más serio posible —replicó el joven magistrado sonriéndose—. Y con los procesos que desea esta señorita para satisfacer su curiosidad, y yo también deseo para satisfacer mi ambición, la situación no hará sino agravarse. ¿Pensáis que esos veteranos de Napoleón que no vacilaban en acometer ciegamente al enemigo, en quemar cartuchos o en cargar a la bayoneta, vacilarán en matar a un hombre que tienen por enemigo personal, cuando no vacilaron en matar a un ruso, a un austriaco o a un húngaro a quien nunca habían visto? Además, todo es necesario, porque a no ser así no cumpliríamos con nuestro deber. Yo mismo, cuando veo brillar de rabia los ojos de un acusado, me animo, me exalto; entonces ya no es un proceso, es un combate; lucho con él, y el combate acaba, como todos los combates, en una victoria o en una derrota. A esto se le llama acusar; ésos son los resultados de la elocuencia. Un acusado que se sonriera después de mi réplica me haría creer que hablé mal, que lo que dije era pálido, flojo, insuficiente. Figuraos, en cambio, qué sensación de orgullo experimentará un procurador del rey cuando, convencido de la culpabilidad del acusado, le ve inclinarse bajo el peso de las pruebas y bajo los rayos de su elocuencia... La cabeza que se inclina caerá inevitablemente.

Renata profirió una exclamación.

—Eso es saber hablar —dijo uno de los invitados.

—Ese es el hombre que necesitamos en estos tiempos —añadió otro.

—Cuando estuvisteis inspiradísimo, querido Villefort —indicó un tercero— fue cuando... esa última causa..., ¿no recordáis?, la de aquel hombre que asesinó a su padre. En realidad, primero lo matasteis vos que el verdugo.

—¡Oh...!, para los parricidas no debe haber perdón —dijo Renata—; para esos crímenes no hay suplicio bastante grande; mas para los desgraciados reos políticos...

—¡Para los reos políticos, mucho menos aún, Renata —exclamó la marquesa—, porque el rey es el padre de la nación, y querer destronar o matar al rey, es querer matar al padre de treinta y dos millones de almas!

—También admito eso, señor Villefort —repuso Renata—, si me prometéis ser indulgente con aquellos que os recomiende yo.

—Descuidad —dijo Villefort con una sonrisa muy tierna—, sentenciaremos juntos.

—Hija mía —dijo la marquesa—, atended vos a vuestras fruslerías caseras y dejad a vuestro futuro esposo cumplir con su deber. Hoy las armas han cedido su puesto a la toga, como dice cierta frase latina.. .

—Cedant arma togae —añadió Villefort inclinándose.

—No me atrevía a hablar en latín —prosiguió la marquesa.

—Me parece que estaría más contenta si fueseis médico —replicó Renata—. El ángel exterminador, aunque ángel, me asusta mucho.

—¡Qué buena sois! —murmuró Villefort con una mirada amorosa.

—Hija mía —añadió el marqués—, el señor Villefort será médico moral y político de este departamento. El cargo no puede ser más honroso.

—Y así hará olvidar el que ejerció su padre —añadió la incorregible marquesa.

—Señora —repuso Villefort con triste sonrisa—, ya he tenido el honor de deciros que mi padre abjuró los errores de su vida pasada; que se ha hecho partidario acérrimo de la religión y del orden, realista, y acaso mejor realista que yo, pues lo es por arrepentimiento, y yo lo soy por pasión.

Dicha esta frase, para juzgar Villefort del efecto que producía, miró alternativamente a todos lados, como hubiera mirado en la audiencia a su auditorio tras una frase por el estilo.

—Exactamente, querido Villefort —repuso el conde de Salvieux—, eso mismo decía yo anteayer en las Tullerías al ministro que se admiraba de este enlace singular entre el hijo de un girondino y la hija de un oficial del ejército de Condé: mis razones le convencieron. Luis XVIII profesa también el sistema de fusión, y como nos estuviese escuchando sin nosotros saberlo, salió de repente y dijo: "Villefort (reparad que no pronunció el apellido Noirtier, sino que recalcó el de Villefort), Villefort hará fortuna. Además de pertenecer en cuerpo y alma a mi partido, tiene experiencia y talento. Pláceme que el marqués y la marquesa de Saint—Meran le concedan la mano de su hija, y yo mismo se lo aconsejaría de no habérmelo ellos consultado y pedido mi autorización."

—¿Eso dijo el rey? —exclamó Villefort lleno de gozo.

—Textualmente, y si el marqués es franco os lo confirmará. Una escena semejante le ocurrió con S. M. cuando le habló de esta boda hace seis meses.

—Es verdad —añadió el marqués.

—¡Todo en el mundo lo deberé a ese gran monarca! ¿Qué no haría yo por su servicio?

—Así me gusta —añadió la marquesa—. Vengan ahora conspiradores y ya verán...

—Yo, madre mía —dijo al punto Renata—, ruego a Dios que no os escuche, y que solamente depare al señor de Villefort rateros y asesinos. Así dormiré tranquila.

—Es como si para un médico deseara calenturas, jaquecas, sarampiones, enfermedades, en fin, de nonada —repuso Villefort sonriendo—. Si deseáis que ascienda pronto a procurador del rey, pedid por el contrario esos males agudos cuya curación honra.

En aquel momento, como si hubiese la casualidad esperado el deseo de Villefort para satisfacérselo, un criado entró a decirle algunas palabras al oído. Inmediatamente se levantó de la mesa el sustituto, excusándose, y regresó poco después lleno de alegría.

Renata le contemplaba amorosa, porque en aquel momento Villefort, con sus ojos azules, su pálida tez y sus patillas negras, estaba, en verdad, apuesto y elegante. La joven parecía pendiente de sus labios, como en espera de que explicase aquella momentánea desaparición.

—A propósito, señorita —dijo al fin Villefort—, ¿no queríais tener por marido un médico? Pues sabed que tengo siquiera con los discípulos de Esculapio (frase a la usanza de 1815) una semejanza, y es que jamás puedo disponer de mi persona, y que hasta de vuestro lado me arrancan en el mismo banquete de bodas.

—¿Y para qué? —le preguntó la joven un tanto inquieta.

—¡Ay! Para un enfermo, que si no me engaño está in extremis. La enfermedad es tan grave que quizá termine en el cadalso.

—¡Dios mío! —exclamó Renata palideciendo.

—¿De veras? —dijeron a coro todos los presentes.

—Según parece, se acaba de descubrir un complot bonapartista.

—¿Será posible? —exclamó la marquesa.

—He aquí lo que dice la delación —y leyó Villefort en voz alta—: "Un amigo del trono y de la religión previene al señor procurador del rey que un tal Edmundo Dantés, segundo de El Faraón, que llegó esta mañana de Esmirna, después de haber tocado en Nápoles y en Porto—Ferrajo, ha recibido de Murat una carta para el usurpador, y de éste otra carta para la junta bonapartista de París.

"Fácilmente se tendrá la prueba de su delito, prendiéndole, porque la carta se hallará en su persona, o en casa de su padre, o en su camarote, a bordo de El Faraón."

—Pero esta carta —dijo Renata—, además de ser un anónimo, no se dirige a vos, sino al procurador del rey.

—Sí, pero con la ausencia del procurador, el secretario que abre sus cartas abrió ésta, mandóme buscar, y como no me encontrasen, dispuso inmediatamente el arresto del culpable.

—¿De modo que está preso el culpable? —preguntó la marquesa. —Decid mejor el acusado —repuso Renata.

—Sí, señora, y conforme a lo que hace unos instantes tuve el honor de deciros, si damos con la carta consabida, el enfermo no tiene cura.

—¿Y dónde está ese desdichado? —le preguntó Renata. —En mi casa.

—Pues corred, amigo mío —dijo el marqués—. No descuidéis por nuestra causa el servicio de S. M.

—¡Oh, Villefort! —balbució Renata juntando las manos—. ¡Indulgencia! Hoy es el día de nuestra boda.

Villefort dio una vuelta a la mesa, y apoyándose en el respaldo de la silla de la joven, le dijo:

—Por no disgustaros, haré cuanto me sea posible, querida Renata; pero si no mienten las señas, si es cierta la acusación, me veré obligado a cortar esa mala hierba bonapartista.

Estremecióse Renata al oír la palabra cortar, porque la hierba en cuestión tenía una cabeza sobre los hombros.

—¡Bah! —dijo la marquesa—, no os preocupéis por esa niña, Villefort; ya se irá acostumbrando.

Diciendo esto, presentó al sustituto una mano descarnada, que él besó, aunque con los ojos clavados en Renata, como si le dijese:

"Vuestra mano es la que beso..., o la que quisiera besar ahora".

—¡Mal agüero! —murmuró Renata.

—¿Qué bobadas son ésas? —le contestó su madre—. ¿Qué tiene que ver la salud del Estado con vuestro sentimentalismo ni con vuestras manías?

—¡Oh, madre mía! —murmuró Renata.

—Disculpad a esa mala realista, señora marquesa —dijo Villefort—. Yo, en cambio, os prometo cumplir mis obligaciones de sustituto de procurador del rey a conciencia, es decir, con atroz severidad.

Pero al decir estas palabras, las miradas que a hurtadillas dirigía a su novia decíanle a ésta:

—"Tranquilizaos, Renata: por vuestro amor seré indulgente."

Renata pagóle estas miradas con una tan dulce sonrisa, que Villefort salió de la estancia lleno de alborozo.

VII: INICIA EL INTERROGATORIO

Apenas hubo salido del comedor, despojóse el sustituto de su risueña máscara, tomando el aspecto grave de quien va a decidir la vida o la muerte de un hombre. Sin embargo, aunque obligado a mudar su fisonomía, cosa que alcanzó el sustituto a fuerza de trabajo y tal vez ensayándose al espejo como los cómicos, en esta ocasión le fue doblemente difícil fruncir las cejas y dar a sus facciones la gravedad oportuna.

Puesto que, dejando a un lado el recuerdo de las opiniones políticas de su padre, que podían en lo futuro impedirle su fortuna, Gerardo de Villefort era completamente feliz en aquel momento. Rico de suyo, además de gozar a los veintinueve años de una posición brillante en la magistratura, iba a casarse con una joven hermosa, a quien amaba, si no con ciega pasión, por lo menos razonablemente, como puede amar un sustituto del procurador del rey. Además de su belleza, notable sin duda alguna, la señorita de Saint—Meran, su futura esposa, pertenecía a una de las familias más importantes por aquel entonces, y con la influencia de su padre, que por ser hija única Renata pasaría al yerno enteramente, llevaba en dote cincuenta mil escudos, que con las esperanzas —palabra horrible inventada por los que hacen del matrimonio un juego de cubiletes— podía aumentarse un día hasta medio millón con una herencia. Todos estos elementos reunidos componían, pues, para Villefort, una suma increíble de felicidad, de tal manera que le faltaba poco para escupir al sol.

El comisario de policía le esperaba a la puerta. La vista de este hombre hízole caer de su cielo a nuestro mundo material. Reformó su semblante de la manera que hemos dicho, y acercándose al oficial de justicia:

—Ya me tenéis aquí —le dijo— He leído vuestra carta: hicisteis bien al prender a ese hombre. Referidme ahora cuanto sepáis de él y de su conspiración.

—De la conspiración, señor, no sabemos nada todavía. En un legajo sellado tenéis sobre vuestro bufete cuantos papeles le hemos encontrado. Del preso tan sólo podré deciros que, según reza la carta que habéis visto, es un tal Edmundo Dantés, segundo de El Faraón, bergantín propio de la casa Morrel, que hace el comercio de algodón con Alejandría y Esmirna.

—Antes de pertenecer a la marina mercante, ¿había servido quizás en la de guerra?

—No, señor. ¡Si es muy joven!

—¿Qué edad tiene?

—Diecinueve o veinte años, a lo sumo.

En este momento llegaba Villefort con el comisario a la parte de la calle Grande en que desemboca la de los Consejos. Un hombre que estaba como esperándole, salió a su encuentro. Era el señor Morrel.

—¡Ah!, señor de Villefort —exclamó el buen hombre al ver al sustituto—. ¡Gracias a Dios que os encuentro! Sabed que acaba de cometerse la más escandalosa, la más terrible arbitrariedad. Acaban de prender al segundo de mi Faraón, al joven Edmundo Dantés.

—Ya lo sé, caballero —respondió Villefort—; y ahora voy a tomarle declaración.

—¡Oh, caballero! —prosiguió el naviero, llevado de su amistad hacia el joven—, vos no conocéis al acusado, yo sí, yo le conozco. Es el hombre más honrado y digno, y aún diré más entendido en su oficio que haya en toda la marina mercante. ¡Oh, señor de Villefort! ¡Os lo recomiendo encarecidamente!

Como ya habrán comprendido los lectores, pertenecía Villefort al partido noble de la ciudad, y Morrel al plebeyo: con lo que el primero era ultrarrealista, y al segundo se le tildaba de bonapartista.

Miró Villefort desdeñosamente a Morrel, y le dijo con frialdad:

—Debéis comprender, caballero, que puede un hombre ser amable en su vida privada, honrado en sus relaciones comerciales, y ser, sin embargo, un gran culpable en política. Lo comprendéis así, ¿no es verdad?

Y recalcó el magistrado estas últimas palabras, como queriéndolas aplicar al armador, mientras con su mirada escrutadora penetraba al fondo del corazón de aquel hombre, que se atrevía a interceder por otro, necesitando él mismo de indulgencia. Morrel se sonrojó, porque en punto a cosas políticas no tenía muy limpia la conciencia, y porque no se le apartaba de la memoria lo que Edmundo le había dicho de su entrevista con el gran mariscal, y de las palabras del emperador. Sin embargo, añadió con el interés más vivo:

—Suplícoos, señor de Villefort, que justo como debéis de serlo, y bondadoso como sois, nos devolváis pronto al pobre Dantés.

Este nos devolváis resonó revolucionariamente en los oídos del sustituto.

—¡Vaya! ¡Vaya! —murmuró para su capote—: nos devolváis... ¿Si estará afiliado este Dantés en alguna sociedad secreta? Cuando su protector usa sencillamente de la fórmula colectiva... Creo que el comisario dice que le prendió en una taberna en medio de mucha gente... Esto merece la pena de pensarlo seriamente.

Luego añadió en voz alta:

—Podéis, caballero, estar tranquilo, que no en vano apeláis a mi justicia si el preso es inocente; pero si es culpable, me veré obligado a cumplir con mi obligación, pues en las circunstancias difíciles y azarosas en que nos hallamos, sería la impunidad muy mal ejemplo.

Y habiendo llegado Villefort a la puerta de su casa, inmediata al Palacio de Justicia, entró en ella majestuosamente, después de saludar con mucha ceremonia al desdichado naviero, que se quedó como petrificado.

Estaba llena la antecámara de gendarmes y agentes de policía, y entre ellos el preso, de pie, inmóvil y tranquilo, aunque todos le miraban con expresión rencorosa.

Atravesó Villefort la antecámara mirando a Dantés de reojo, y después de recibir un legajo de manos de un agente, desapareció diciendo:

—Que conduzcan aquí al preso.

Por rápida que fuese, aquella mirada bastó a Villefort para formarse una idea del hombre a quien iba a interrogar. En aquella frente despejada y ancha había adivinado la inteligencia, el valor en aquellos ojos fijos y aquel fruncido entrecejo, y la franqueza en aquellos labios gruesos y entreabiertos, que dejaban ver sus dientes, blancos como el marfil.

La primera impresión había sido favorable a Dantés; pero como Villefort había oído asegurar muchas veces como máxima de profunda política, que es bueno desconfiar de nuestro primer impulso, aplicó a la ocasión la máxima, sin tener en cuenta la diferencia que va del impulso a la impresión.

Por lo tanto, ahogó los sanos instintos que se despertaban en su corazón, compuso al espejo su fisonomía como para caso tan grave, y sombrío y amenazador sentóse delante de su bufete.

Un instante después entró Edmundo, que estaba muy pálido, aunque tranquilo y sonriendo. Saludó a su juez con cortés desembarazo, y se puso a buscar con los ojos una silla, como si estuviese en casa de su armador.

Entonces sus ojos tropezaron con la mirada impasible de Villefort, con aquella impasible mirada propia de los hombres de mundo, sin transparencia. Y esto hizo que el pobre joven reconociese cuál era su verdadera situación.

—¿Quién sois, y cómo os llamáis? —le preguntó Villefort hojeando las notas que recibiera del agente al entrar, notas que en una hora habían alcanzado más que mediano volumen: tanto obra la corrupción de los espías en esto de prisiones.

—Me llamo Edmundo Dantés —respondió el joven con voz sonora y tranquila—; soy segundo de El Faraón, buque perteneciente a los señores Morrel e hijos.

—¿Vuestra edad?

—Diecinueve años —respondió Dantés.

—¿Qué hacíais cuando os prendieron?

—Hallábame en la comida de mi boda, señor —repuso el joven con voz literalmente conmovida, por el contraste que hacía aquel recuerdo con su situación, y el sombrío rostro del sustituto, con la hermosa figura de Mercedes.

—¡Comida de boda! —repitió Villefort, estremeciéndose a pesar suyo.

—Sí, señor; voy a casarme pronto con una mujer a quien amo hace tres años.

A pesar de su ordinario estoicismo, conmovió a Villefort esta coin—cidencia, que junto con la voz melancólica de Dantés, despertaba en el fondo de su alma una dulce simpatía. El también, como aquel joven, se casaba; él también era dichoso, y fueron a turbar su dicha para que él turbara a su vez la de aquel joven.

"Esta homogeneidad filosófica —pensó interiormente— sorprenderá mucho a los convidados, cuando yo vuelva a casa de Saint—Meran."

En seguida, mientras Dantés esperaba que siguiese el interrogatorio, se puso a componer en su imaginación el discurso que debía de pronunciar, lleno de antítesis sorprendentes, y de esas frases pretenciosas que tal vez son tenidas por la verdadera elocuencia.

Terminada en su mente la elocuente perorata, sonrió Villefort seguro de su éxito, y encarándose con Dantés:

—Proseguid —le dijo.

—¿Qué queréis que diga?

—Todo aquello que pueda ilustrar a la justicia.

—Dígame la justicia en qué quiere que la ilustre, y obedeceré de todo en todo: aunque le prevengo —añadió con una sonrisa— que cuanto puedo decir es de poca monta.

—¿Habéis servido bajo el mando del usurpador?

—Su caída estorbó que me viese incorporado a la marina de guerra.

—Dicen que vuestras opiniones políticas son exageradas —prosiguió Villefort, que aunque nada sabía de esto, quiso darlo por seguro, porque le sirviera de añagaza.

—¡Yo opiniones políticas, señor! ¡Ah!, casi me da vergüenza el decirlo,
pero nunca he tenido opinión. Con mis diecinueve años escasos, como ya os dije, ni sé nada, ni estoy destinado a otra cosa que a la plaza que mis navieros quieran otorgarme. Así, pues, todas mis opiniones, no digo políticas, sino privadas, se resumen en tres sentimientos: el cariño de mi padre, el respeto al señor Morrel y el amor de Mercedes. Es cuanto puedo decir a la justicia. Supongo que no le debe de importar mucho.

A medida que Dantés hablaba, Villefort estudiaba aquel rostro tan franco y dulce a la vez, y recordaba las palabras de Renata, que sin conocerle intercedió por aquel preso. Ayudado del conocimiento que ya tenía de los crímenes y de los criminales, hallaba en cada frase de Dantés una prueba de su inocencia. Aquel joven, o mejor dicho, aquel muchacho sencillo, natural, elocuente, con esa elocuencia del corazón que jamás encuentra el que la busca, henchido de afectos para todos, porque era dichoso, cosa que trueca en buenos a los hombres malos, contagiaba en su dulce afabilidad hasta a su mismo juez. A pesar de lo severo que se le mostraba Villefort, ni en sus miradas, ni en su voz, ni en sus acciones, tenía Edmundo para él más que bondad y dulzura.

—¡Cáspita! —exclamó para sí Villefort—. ¡Qué joven tan interesante! No me costará mucho trabajo cumplir el primer deseo de Renata..., lo que me valdrá además un buen apretón de manos de todo el mundo.

De tal modo serenó esta esperanza el ceño de Villefort, que cuando volvió a ocuparse de Dantés, el joven, que había observado atentamente las mudanzas de su rostro, le sonreía también como su pensamiento.

—¿Tenéis enemigos? —le preguntó Villefort.

—¡Enemigos yo! —repuso Dantés—. Afortunadamente valgo poco para tenerlos. Aunque mi carácter es tal vez demasiado vivo, procuro siempre refrenarlo con mis subordinados. Diez o doce marineros tengo a mis órdenes. Que se les pregunte y os responderán que me aprecian y me respetan, no diré como a un padre, que soy muy joven para eso, sino como a un hermano mayor.

—Si no enemigos, podéis tener rivales. Vais a ser capitán a los diecinueve años, lo que para los vuestros es una posición elevada: ibais a casaros con una mujer que os quiere, felicidad rarísima en la tierra. Estos favores del destino os pueden acaso granjear envidias.

—Sí, tenéis razón. Es muy posible, cuando vos lo decís: vos, que debéis conocer el mundo mejor que yo; pero si estos rivales fuesen amigos míos, os declaro que no deseo conocerlos por no verme obligado a aborrecerlos.

—Os equivocáis, Dantés. Importa mucho conocer el terreno que pisamos, y de mí sé decir que me parecéis tan bueno, que por vos me separaré de las ordinarias fórmulas de la justicia, ayudándoos a descubrir quién sea el que os denuncia. Aquí tenéis la carta que me han dirigido. ¿Reconocéis la letra?

Y sacando la denuncia de su bolsillo la presentó Villefort a Dantés. Al leerla éste pasó como una sombra por sus ojos, y respondió:

—No conozco la letra, porque está de propósito disfrazada, aunque correcta y firme. De seguro la trazó mano habilísima. ¡Cuán feliz soy —añadió, mirando a Villefort con gratitud—, cuán feliz soy en haber dado con un hombre como vos, pues reconozco en efecto que el que ha escrito ese papel es un verdadero enemigo!

Y en la fulminante mirada con que acompañó el joven estas frases, pudo comprender Villefort cuánta energía se ocultaba bajo aquella apariencia de dulzura.

—Seamos francos —dijo el sustituto—, habladme no como preso al juez, sino como hombre en una posición falsa a otro que se interesa por él. ¿Qué hay de verdad en esto de la acusación anónima?

Y Villefort arrojó con disgusto sobre su bufete la carta que Dantés acababa de devolverle.

—Todo y nada, señor: voy a deciros la pura verdad, por mi honor de marino, por el amor de Mercedes y por la vida de mi padre.

—Hablad —dijo en voz alta Villefort. Luego añadió para sí:

“Si Renata me viese, creo que quedaría contenta de mí, y no me llamaría ya corta—cabezas.”

—Oíd, señor. Al salir de Nápoles, el capitán Leclerc se sintió atacado de calentura cerebral. Como no había médico a bordo, y el capitán se negaba a que desembarcásemos en cualquier punto de la costa, porque tenía prisa en llegar a la isla de Elba, su enfermedad subió de punto hasta que a los tres días, sintiéndose acabar, me llamó y me dijo:

“—Querido Dantés, juradme por vuestro honor que haréis lo que os voy a encargar ahora. De ello dependen los mayores intereses.

“—Lo juro, capitán—le respondí.

“—Pues oíd. Como después de que yo muera os pertenece el mando del Faraón, en calidad de segundo, lo tomaréis, y haciendo rumbo a la isla de Elba desembarcaréis en Porto—Ferrajo, preguntaréis por el gran mariscal y le entregaréis esta carta. Acaso entonces os darán otra con una comisión, que me estaba reservada a mí. La cumpliréis y todo el honor será vuestro.

“—Así lo haré, mi capitán; pero supongo que no será tan fácil como pensáis el llegar hasta el gran mariscal.

"—Esta sortija os abrirá todas las puertas, y allanará todas las di—ficultades —respondió Leclerc.

"Y me entregó la sortija. Ya era tiempo, porque dos horas después deliraba, y a la mañana siguiente había ya muerto.

—¿Qué hicisteis entonces?

—Lo que debía, señor, lo que otro cualquiera en mi lugar hubiera hecho. Siempre son sagrados los deseos de un moribundo, y entre los marinos, órdenes. Hice, pues, rumbo a la isla de Elba, adonde llegué a la mañana siguiente, desembarcando yo solo, después de mandar que nadie se moviese. Conforme había previsto se me presentaron algunas dificultades para ver al gran mariscal, pero todas las allanó la sortija. Tras rogarme que le refiriera los detalles de la muerte de Leclerc, como el pobre capitán había sospechado, me entregó una carta encargándome que la llevara en persona a París. Prometíselo resueltamente porque así cumplía también la última voluntad de mi capitán.

"Lo demás ya lo sabéis. Desembarqué en Marsella, arreglé todos los asuntos de aduana y sanidad, y corrí por último a ver a mi novia, que he encontrado más bella y más encantadora que nunca. Gracias al señor Morrel todas las diligencias eclesiásticas se apresuraron, de modo que cuando me prendieron asistía como dije a la comida de boda. Una hora después pensaba casarme y partir mañana a París, cuando esta maldita denuncia que parece despreciáis tanto como yo...

—Sí, sí —murmuró Villefort—, todo lo creo, y a ser culpable lo sois de imprudencia, aunque imprudencia legítima, pues vuestro capitán os la impuso. Por consiguiente, dadme esa carta de la isla de Elba, y con palabra de presentaros así que os llame, podéis volver al lado de vuestros amigos.

—¿Conque, es decir, que ya estoy libre, señor? —exclamó Dantés lleno de júbilo.

—Sí, pero dadme primero esa carta.

—Debe de estar en vuestro poder, porque en ese paquete reconozco algunos papeles de los que me cogieron.

—Aguardad —dijo el sustituto a Dantés, que ya cogía su sombrero y sus guantes—; ¿a quién iba dirigida?

—Al señor Noirtier, calle de Coq—Heron, París.

Un rayo que hiriera a Villefort no le trastornara más que este imprevisto golpe. Dejóse caer sobre su asiento, del que se había separado un si es no es para asir el legajo, y ojeándolo precipitadamente, entresacó la carta fatal, contemplándola con terror indescriptible.

—¡Al señor Noirtier, calle de Coq—Heron, número 13! —murmuró palideciendo cada vez más.

—Sí, señor —respondió Dantés—. ¿Le conocéis?

—No —respondió el sustituto vivamente—. Un fiel servidor del rey no conoce a los conspiradores.

—¿Es una conspiración? —le preguntó Edmundo, que después de haberse creído libre empezaba de nuevo a asustarse—. De todos modos, os lo repito, señor, ignoraba el contenido de esa carta.

—Sí —repuso Villefort con voz sorda—, pero no ignorabais el nombre de la persona a quien va dirigida.

—Era preciso que lo supiese para poder entregársela a él mismo.

—¿Y no se la habéis enseñado a nadie? —dijo Villefort leyendo y demudándose al mismo tiempo.

—A nadie; os lo juro por mi honor.

—¿Ignora todo el mundo que sois portador de una carta de la isla de Elba para el señor Noirtier?

—Todo el mundo, señor..., salvo la persona que me la entregó.

—Eso ya es mucho..., muchísimo—murmuró Villefort.

Su frente fruncíase cada vez más, a medida que proseguía la lectura de la carta: sus labios blancos, sus manos temblorosas, sus ojos sanguinolentos, hacían cruzar por el cerebro de Dantés las más dolorosas fantasías.

Terminada la lectura, el sustituto dejó caer la cabeza entre las ma—nos, permaneciendo un instante como fuera de sí.

—¡Dios mío! ¿Qué ocurre de nuevo? —preguntó tímidamente Dantés.

Villefort no respondió, y al cabo de un rato volvió a levantar su rostro descompuesto para releer la misiva.

—¿Decís que no sabéis el contenido de esta carta? —volvió a preguntar a Edmundo.

—Os juro por mi honor —respondió Dantés—, que lo ignoraba, pero, ¡Dios mío!, ¿qué tenéis? ¿Estáis malo? ¿Queréis que llame?

—No, señor —dijo el sustituto levantándose vivamente—; no abráis la boca, no digáis una palabra. Yo soy quien manda aquí, no vos.

—Era, señor, no más que por ayudaros —dijo Dantés un tanto herido en su amor propio.

—De nada necesito; fue un mareo pasajero. Ocupaos de vos: dejadme a mí. Responded.

Dantés esperó el interrogatorio que auguraba este mandato; pero vanamente. Volvió el sustituto a caer en el sillón, y pasándose por la frente su mano fría se puso a leer la carta por tercera vez.

—¡Oh! ¡Si sabe lo que contiene esta carta, si sabe que Noirtier es padre de Villefort, estoy perdido, perdido para siempre!

Y de vez en cuando miraba de reojo a Dantés, como si quisiese penetrar ese velo impenetrable que cubre en el corazón los secre— tos que no suben a los labios.

—¡Oh! No vacilemos —exclamó de repente.

—Pero en nombre del cielo —exclamó el desdichado joven—, si dudáis de mí, si sospecháis de mi honradez, interrogadme, que estoy dispuesto a contestaros.

Hizo Villefort un violento esfuerzo sobre sí mismo, y con un acento que en vano procuraba fuese firme:

—Caballero —le dijo—, resultan contra vos los más graves cargos. No está ya en mi poder, como creía antes, el poneros en libertad ahora mismo. Antes de paso tan grave, debo consultar al juez de instrucción. Mientras tanto, ya habéis visto de qué manera os traté...

—¡Oh!, sí, señor —exclamó Dantés—, y os lo agradezco en el alma que habéis sido para mí más un amigo que un juez.

—Pues, amigo, voy a teneros preso algún tiempo todavía, lo menos que pueda. El principal cargo que existe contra vos es esta carta, y ahora veréis...

Villefort se acercó a la chimenea, y arrojó la carta al fuego, sin apartarse de allí hasta verla convertida en cenizas.

—Mirad..., ya no existe.

—¡Oh, señor! —exclamó Dantés—; no sois la justicia: sois la Providencia.

—Escuchadme —prosiguió Villefort—: con lo que acabo de

hacer me parece que confiaréis en mí, ¿no es verdad?

—¡Oh, señor! Mandad y seréis obedecido.

No —dijo Villefort, aproximándose al joven—; no son órdenes lo que quiero daros, sino consejos.

—Pues bien, los miraré como si fueran órdenes.

—Hasta la noche os tendré aquí en el palacio de justicia: si otra persona viniese a interrogaros, decidle todo lo que me habéis dicho, excepto lo de la carta.

—Os lo prometo, señor.

Era como si el juez rogase y el preso concediese.

—Ya comprendéis —añadió mirando las cenizas que aún conservaban la forma de papel, y revoloteaban en torno a la llama—; ya comprendéis que destruida esta carta y guardando el secreto por vos y por mí, nadie os la volverá a presentar. Negad, pues, si os hablan de ella, negadlo todo, y os habréis salvado.

—Os lo prometo, señor —dijo Dantés.

—¡Bien! ¡Bien! —añadió Villefort llevando la mano al cordón de la campanilla; pero se detuvo al ir a cogerlo.

—¿No teníais más carta que ésa? —le preguntó.

—No, señor, era la única.

—Juradlo.

—Lo juro —dijo Dantés extendiendo la mano.

Villefort llamó, y apareció un comisario de policía.

Acercóse Villefort al comisario para decirle al oído ciertas palabras, a las que respondió aquél con una leve inclinación de cabeza.

—Seguidle —dijo Villefort a Dantés.

Hizo el joven una genuflexión, y con una postrera mirada de gratitud salió de la estancia.

Apenas se cerró tras él la puerta, cuando faltaron las fuerzas al sustituto, y cayendo en un sillón casi desvanecido, murmuró:

—¡Oh, Dios mío! ¡De qué sirven la vida y la fortuna! Si hubiese estado en Marsella el procurador del rey, si hubieran llamado al juez de instrucción en lugar mío, segura era mi ruina. Y todo por ese papel, ¡por ese papel maldito! ¡Ah, padre mío, padre mío! ¿Habéis de ser siempre un obstáculo para mi felicidad en este mundo? ¿He de luchar yo siempre con vuestra vida pasada?

De repente, brilló en toda su fisonomía un fulgor

extraordinario: dibujóse en sus labios contraídos aún una sonrisa; sus ojos vagos parecían como si se fijasen con un solo pensamiento.

—Eso es, sí... —dijo—. Esa carta, que debía perderme, labrará acaso mi fortuna. Ea, Villefort, manos a la obra.

Y asegurándose de que el reo no estaba ya en la antecámara, salió a su vez el sustituto del procurador del rey, y se encaminó apresuradamente hacia la casa de su prometida.

VIII: EL CASTILLO DE IF

Al atravesar la antecámara, el comisario de policía hizo una seña a dos gendarmes, que en seguida se colocaron a la derecha y a la izquierda de Dantés. Abrióse una puerta que conducía desde la habitación del procurador del rey al tribunal de Justicia, y echaron por uno de esos pasadizos sombríos que hacen temblar a los que por ellos pasan, aunque no tengan por qué temblar.

Así como el despacho de Villefort comunicaba con el tribunal de Justicia, éste comunicaba con la cárcel, edificio sombrío pegado al palacio. Por todas sus ventanas y balcones se ve el famoso campanario de los Acoules, que se eleva enfrente.

Tras haber andado un sinnúmero de corredores, vio Dantés abrirse una puerta con un candado de hierro, como en respuesta a tres golpes que dio el comisario con un martillo de hierro, y que sonaron lúgubremente en el corazón del preso. Recelaba éste en entrar; pero los dos gendarmes le empujaron ligeramente, y la puerta volvió a cerrarse. Ya respiraba otro aire, pesado y mefítico: ya estaba en los calabozos.

Se le condujo a uno, aunque decente, bien guardado de barrotes y cerrojos; pero su aspecto no era para infundir serios temores. Por otra parte, las palabras del sustituto del procurador del rey, que habían parecido tan sinceras a Dantés, resonaban en sus oídos todavía como una promesa de esperanza.

Eran las cuatro cuando Dantés entró en su prisión, de manera que la noche llegó muy pronto. Corría, como hemos dicho, el primero de marzo.

Falto de empleo el sentido de la vista, se le aumentó grandemente el del oído. Creyendo que venían a ponerle en libertad al rumor más leve, se levantaba al punto encaminándose a la puerta; pero bien pronto el rumor se perdía en otra dirección, y el preso volvía a caer desesperado sobre su banquillo.

A las diez de la noche, en fin, cuando iba ya perdiendo toda esperanza le pareció que un nuevo ruido se acercaba en efecto a su prisión. Y así fue. Oyéronse en el corredor unos pasos, que junto a su puerta cesaron; giró una llave, rechinaron los cerrojos, la pesada puerta de encina se abrió, inundando de luz deslumbradora la estancia.

Al resplandor veía Edmundo brillar los sables y las alabardas de cuatro gendarmes.

Había dado ya un paso hacia la puerta; pero se detuvo al ver aquel inusitado aparato militar.

—¿Venís a buscarme? —inquirió.

—Sí —respondió uno de los gendarmes.

—¿De parte del sustituto del procurador del rey?

—Eso es lo que creo.

—Estoy pronto a seguiros —dijo entonces Dantés.

Persuadido de que le buscaban de parte de Villefort, no tenía ningún recelo. Adelantóse, pues, con rostro tranquilo y paso firme, y se colocó él mismo en medio de su escolta.

En la puerta de la calle esperaba un coche. Junto al cochero estaba sentado un guardia municipal.

—¿Es para mí ese carruaje? —preguntó Dantés.

—Para vos —respondió un gendarme—, subid.

Quiso Dantés hacer algunas observaciones; pero la portezuela se abrió, sintiéndose empujado para que subiese, y como no tenía ni posibilidad ni intención de resistirse, hallóse al punto en el fondo del carruaje, sentado entre dos gendarmes. Ocuparon los otros dos el asiento de la delantera, y el pesado vehículo se puso en marcha, causando un ruido sordo y siniestro.

El preso dirigió sus ojos a las ventanillas, pero todas tenían rejas: no había hecho sino mudar de prisión; solamente que ésta se movía, transportándole a un sitio de él ignorado. A través de los barrotes, tan espesos que apenas cabía la mano entre ellos, reconoció Dantés que pasaban por la calle de la Tesorería, y que bajaban al muelle por la calle de San Lorenzo y la de Taramis.

Luego, a través de la reja del coche, vio brillar las luces de la

Consigna.

El carruaje se paró, apeóse el municipal y se acercó al cuerpo de guardia, de donde salió al punto una docena de soldados que se pusieron en fila, viendo Dantés relucir sus fusiles al resplandor de los reverberos del muelle.

—¿Se desplegará para mí ese aparato de fuerza militar? —murmuró para sus adentros.

Al abrir el municipal la portezuela, que estaba cerrada con llave, respondió a la pregunta de Dantés sin pronunciar una sola palabra, porque pudo ver entonces entre las dos filas de soldados un como camino preparado para él desde el carruaje al puerto.

Los dos gendarmes que ocupaban el asiento delantero bajaron los primeros, haciéndole a su vez apearse, en lo que le imitaron luego los dos que llevaba al lado. Dirigiéronse hacia una lancha que un aduanero de la marina sujetaba a la orilla con una cadena, mientras los soldados contemplaban al preso con aire de estúpida curiosidad. Inmediatamente encontróse instalado en la popa, siempre entre los cuatro gendarmes, y el municipal a la proa. Una violenta sacudida separó el barco de la orilla, y cuatro remeros vigorosos lo enderezaron hacia el Pillón. A un grito de los remeros bajó la cadena que cierra el puente, y se encontró Edmundo en lo que se llama el freón, es decir, fuera del puerto.

Al salir al aire libre el primer impulso del preso fue de alborozo, porque el aire significa libertad. Así, pues, respiró a sus anchas esa brisa ligera que lleva en sus alas los dulcísimos a incomprensibles misterios de la noche y del mar. Pronto, sin embargo, exhaló un suspiro, porque pasaba por delante de aquella Reserva donde tan feliz había sido aquella misma mañana, antes de su prisión. Para mayor dolor, a través de las luminosas rendijas de dos ventanas, los alegres rumores de un baile llegaban a sus oídos.

Dantés, con las manos puestas en actitud de orar, levantó los ojos al cielo.

El bote proseguía su camino, y pasada ya la Téte—de—More, hallábase enfrente de la columna del Faro, donde dobló. Esta maniobra era incomprensible para Dantés.

—Pero ¿adónde me lleváis? —preguntó a uno de los gendarmes. —Ahora lo sabréis.

—Pero...

—Nos está prohibido dar ninguna explicación.

Tenía Dantés mucho de soldado, y calló por parecerle cosa absurda el preguntar a hombres a quienes estaba prohibido responder, y entonces las más bizarras fantasías cruzaron por su imaginación. Como en tal barco era humanamente imposible hacer una larga travesía, y como no se veía ningún otro buque anclado por aquellos alrededores, se imaginó que le iban a desembarcar en algún punto lejano de la costa, diciéndole que estaba libre. Todo contribuía a reforzar con buenos agüeros esta imaginación. Ni estaba atado, ni intentaron siquiera ponerle grillos. Luego, el sustituto, que tan bien le tratara, ¿no le había dicho que con tal de que nunca pronunciase aquel nombre fatal de Noirtier nada le sucedería? Ante sus mismos ojos, ¿no había quemado Villefort aquella carta peligrosa, única prueba que había contra él?

Decidióse, pues, a esperar mudo y pensativo. Sus ojos, acostumbrados a las tinieblas como los de todo marino, devoraban la oscuridad y el espacio.

Habían dejado a la derecha la isla de Ratonmeau con su faro, y bordeando la costa llegaban a la sazón a la altura de los Catalanes. Aquí fueron dobles y devoradoras las miradas del preso; porque estaba cerca de Mercedes, y a cada instante creía ver dibujarse entre las tinieblas de la orilla la forma indecisa y vaga de una mujer.

¿Cómo el corazón no decía a Mercedes que pasaba su amado a trescientos pasos de ella?

Una luz solamente brillaba en los Catalanes. Al buscar Dantés la posición de esta luz, llegó a comprender que alumbraba a su novia: Mercedes era, a no dudar, la única que velaba en la colonia. Con un solo grito que él diera podía oírle y reconocerle.

Un falso amor propio le detuvo, sin embargo. ¿Qué dirían los gendarmes oyéndole gritar como un demente?

Silencioso y con los ojos clavados en la luz quedó, mientras el barco proseguía su camino, sin pensar ni en el barco ni en el camino, sino sólo en Mercedes.

Un accidente topográfico hizo que la luz se perdiese de vista. Volvióse Dantés al punto, y conoció que la embarcación entraba en alta mar.

A pesar de la repugnancia que experimentaba Dantés en dirigir nuevas preguntas al gendarme, acercándose a él, y tomándole una mano:

—Camarada —le dijo—, suplícoos por vuestra conciencia y a fuer de soldado que tengáis piedad de mí y me respondáis. Yo soy el capitán Edmundo Dantés, francés bueno y leal, aunque acusado de no sé qué traición. ¿Adónde me lleváis? Decídmelo, que os doy mi palabra de marino de resignarme a mi suerte.

El gendarme se rascó la oreja mirando a su camarada, que hizo un ademán como si dijese:

—A la altura en que nos hallamos creo que ya no hay peligro.

Y volviéndose el primero a Edmundo:

—¡Siendo marino y marsellés preguntáis adónde vamos! —le dijo. —Sí, puesto que lo ignoro, palabra de honor.

—¿No sospecháis nada?

—No lo sospecho.

—Es imposible.

—Os lo juro por lo más sagrado. Contestadme en nombre del cielo. —Pero la consigna...

—La consigna no os prohíbe decirme lo que yo sabré dentro de diez minutos, o tal vez antes. Con decírmelo me ahorráis siglos de incertidumbre. Os lo pregunto como si fueseis mi amigo. Mirad: ni puedo ni quiero moverme ni huir. ¿Adónde vamos?

—Si no estáis ciego, como hayáis salido alguna vez por mar de Marsella, podréis adivinarlo.

—Pues no acierto.

—Mirad a vuestro alrededor.

Púsose Dantés de pie, y mirando hacia donde el barco parecía dirigirse, distinguió en la oscuridad, a cien toesas, la negra y descarnada roca en que campea como una esfinge el sombrío castillo de If.

Esta mole informe, esta prisión terrorífica que provee a Marsella de consejas y tradiciones lúgubres, como Dantés no pensaba en ella, le hizo al distinguirla aquel efecto que el cadalso hace al que va a morir.

—¡Dios mío! —exclamó—. ¡El castillo de If! ¿Qué vamos a hacer allí?

El gendarme se sonrió.

—No se me conducirá allí para dejarme preso —prosiguió

Dantés—, porque el castillo de If es una prisión de Estado donde entran sólo los grandes criminales políticos. ¿Hay allí quizá jueces o magistrado?

—Yo supongo —dijo el gendarme— que no hay sino murallas de piedra, gobernador, carceleros y guarnición. Ea, ea, amiguito, no os hagáis el sorprendido, que no parece sino que me agradecéis con burlas mi complacencia.

Dantés apretó la mano del gendarme.

—¿Sospecháis que me llevan a encerrar al castillo de If?

—Es probable, camarada; pero no sé a qué viene el apretarme tanto la mano.

—¿Sin más formalidades? ¿Sin más averiguaciones?

—Las formalidades están cumplidas, y las averiguaciones hechas. —¿De modo que a pesar de la promesa del señor de Villefort?

—Ignoro si el señor de Villefort os ha prometido algo —expuso el gendarme—pero sé que vamos al castillo de If. ¡Eh! ¿Qué hacéis? ¡Camaradas, a mí!

Rápido como el rayo, Dantés había querido arrojarse al mar; pero los ojos infatigables y peritos del gendarme lo habían adivinado, y cuatro brazos vigorosos le sujetaron cuando ya sus pies iban a abandonar el suelo de la barca, después de lo cual volvió a caer en el fondo de ésta, rugiendo de cólera.

—¡Muy bien! —exclamó el gendarme poniéndole sobre el pecho una rodilla—. ¡Muy bien! ¡Así cumplís vuestras palabras de marino! ¡Quién se fía de moscas muertas! Ahora, amiguito, si os movéis tan siquiera, os soplo una bala en el cráneo. Falté a la primera parte de mi consigna, pero os juro que no faltaré a la segunda.

Y Dantés sintió, en efecto, apoyado en su sien el cañón del mosquetón.

De momento estuvo tentado de hacer el movimiento que se le prohibía para acabar de una vez con aquella serie de inesperadas desgracias; pero por lo mismo que eran inesperadas, no pudo creerlas duraderas, y con esto, y con recordar las promesas de Villefort, y con parecerle indigna, preciso es decirlo, aquella muerte a manos de un gendarme en el fondo de una lancha, volvió a su sitio primero, sollozando de ira y retorciéndose las manos con furor.

Casi en el mismo instante hizo temblar el barco un choque violentísimo. Saltó uno de los remeros a la roca en que acababa de tocar la proa; crujió una maroma enroscándose en una polea, y pudo comprender Edmundo que había llegado al término del viaje y amarraban el bote.

En efecto, sus guardias, que le sujetaban a la vez por los brazos y por el cuello, obligáronle a levantarse y a saltar a tierra, impeliéndole hacia los escalones que conducían a la ciudadela, mientras que el municipal los seguía detrás con la bayoneta calada.

Ya no hizo Dantés vanas resistencias. Su lentitud en el andar más le producía la inercia que la resistencia, y daba traspiés como un borracho. Veía escalonarse soldados por el camino; conoció que subía una escalera que le obligaba a alzar los pies, y que entraba por una puerta, y que esta puerta se cerraba detrás de él; pero todo maquinalmente, como a través de una nube, sin distinguir nada con claridad. Ya ni siquiera veía el mar, esa fuente de dolores para los presos, que contemplan su espacio afligidos por no poderlo salvar.

En un momento que hicieron alto, procuró Edmundo recogerse en sí mismo, y darse cuenta de su situación. Miró en derredor, y vio que se encontraba en un patio cuadrado de altísimas paredes; oíase a lo lejos el paso acompasado de los centinelas, y tal vez cuando pasaban al resplandor proyectado en los muros por dos o tres luces que había dentro del castillo, veía brillar el cañón de sus fusiles.

Aguardaron allí como por espacio de diez minutos. Seguros de que ya no podría escapárseles, los gendarmes habían abandonado a Dantés. Parecía que esperasen órdenes, órdenes que al fin llegaron.

—¿Dónde está el preso? —preguntó una voz.

—Aquí —respondieron los gendarmes.

—Que venga conmigo, voy a llevarle a su departamento.

—Id —dijeron los gendarmes a Dantés.

Siguió el preso a su guía, que, en efecto, le condujo a una sala casi subterránea, cuyas paredes negras y húmedas parecía que sudasen lágrimas. Una especie de lámpara, de fétida grasa en vez de aceite, ardía sobre un banco iluminando aquella mansión horrible. Con su luz pudo reconocer Dantés a su conductor, carcelero subalterno, mal vestido y de mala facha.

—He aquí vuestro cuarto para esta noche —le dijo— Es ya

tarde y el señor gobernador está acostado. Cuando mañana se levante, según las órdenes que tenga, acaso os mudarán de domicilio. Mientras tanto, aquí tenéis pan, agua en ese cántaro, y paja allí en un rincón. Es cuanto puede un preso desear. Buenas noches.

Y antes de que Dantés hubiera pensado en contestar, antes que reparase dónde ponía el pan el carcelero, antes que comprendiese dónde estaba el cántaro ni en qué rincón la paja, había el carcelero cogido la lamparilla, y cerrando la puerta, le había robado aquella mezquina luz, que como la de un relámpago hizo distinguir al preso las grasientas paredes de su calabozo.

Por consiguiente, encontróse solo, en silencio y oscuridad, mudo y triste como aquellas paredes cuyo frío glacial helaba el sudor de su frente.

Cuando el primer albor de la aurora envió a aquel antro un poco de claridad, volvió el carcelero con orden de dejarle en el mismo calabozo. Dantés ni siquiera había mudado de sitio, cual si una mano de hierro le hubiese clavado en él la víspera. Inmóvil y con la cabeza baja, notábasele una alteración solamente: casi cubiertos los ojos por una hinchazón producida por la humedad.

Así había pasado toda la noche: de pie, sin dormir un solo instante.

Acercósele el carcelero, y aún dio en torno suyo algunas vueltas: pero parecía que Dantés no le veía. Al fin le dio un golpecito en la espalda, que le hizo estremecer.

—¿Habéis dormido? —le preguntó el carcelero.

—No lo sé —respondió Dantés.

El carcelero le miró sorprendido.

—¿Tenéis hambre? —prosiguió.

—No lo sé —respondió de nuevo Dantés.

—¿Queréis algo?

—Quisiera ver al gobernador.

El carcelero se encogió de hombros y se marchó.

Siguióle Dantés con la vista, extendiendo los brazos a la puerta entreabierta, pero ésta se cerró de repente.

Entonces su pecho se desgarró, por decirlo así, en un interminable sollozo. Corrieron a torrentes las lágrimas que hinchaban sus pupilas; púsose de hinojos con la frente pegada al suelo, y a rezar por largo rato, repasando en su imaginación toda su vida pasada, y preguntándose qué crimen había cometido en aquella vida tan corta aún para merecer tan duro castigo, y así pasó todo el día.

Algunos bocados de pan y algunas gotas de agua fueron todo su alimento. Ora se sentaba absorto en sus meditaciones, ora giraba en torno de su cuarto como una fiera enjaulada.

Una idea le atormentaba sobre todas. Durante la travesía, ignorando su destino, permaneció tranquilo a inmóvil, cuando pudo muchas veces arrojarse al mar, donde gracias a que era gran nadador y buzo de los más célebres de Marsella, hubiera escapado por debajo del agua a la persecución de los gendarmes, y ganada la costa, huido a una isla desierta, con la esperanza de que algún navío genovés o catalán le llevase a Italia o a España. Desde allí escribiría a Mercedes que viniera a reunirse con él. Ni por asomo le inquietaba la miseria en ninguna parte del mundo a que fuese, pues los buenos marinos en todas son raros, sin contar que hablaba el italiano como un toscano, y el español como un castellano viejo. De este modo, pues, habría vivido libre y feliz con Mercedes y con su padre, que también se les juntaría, mientras en la presente situación, encerrado en el castillo de If, sin esperanzas, ni aun el consuelo tendría de saber de su padre y de Mercedes. ¡Y todo por haberse fiado de las palabras de Villefort! Motivo era para perder el juicio.

A la misma hora de la mañana siguiente volvió el carcelero.

—¿Seréis ya más razonable? —le preguntó.

Dantés no le respondía.

—Vamos, valor —prosiguió aquél—. ¿Deseáis algo que yo pueda proporcionaros? Decidlo.

—Deseo ver al gobernador.

—¡Ea!, ya os dije que es imposible —repuso el carcelero con im—paciencia.

—¿Por qué?

—Porque el reglamento no lo permite a los presos.

—¿Qué es lo que les permite, entonces?

—Que coman mejor, si lo pagan, que salgan a pasear y tal vez lean.

—Ni quiero leer, ni pasear, ni comer mejor. Sólo quiero ver al gobernador.

—Si me fastidiáis repitiéndome lo mismo —prosiguió el carcelero—, no os traeré de comer.

—Pues me moriré de hambre, no me importa —dijo Dantés.

El acento de estas palabras dio a entender al carcelero que no sería el morir desagradable a Edmundo; y como por cada preso tenía diez cuartos diarios sobre poco más o menos, calculando el déficit que su falta le ocasionaría, respondió en tono más dulce:

—Escuchad: ese deseo es imposible; desechadlo, porque no hay ejemplo de que haya bajado una sola vez el gobernador al calabozo de un preso; pero si os portáis cuerdamente se os concederá pasear, con lo que acaso algún día veáis al gobernador, y entonces podréis hablar con él.

—Pero ¿cuánto tiempo —dijo Edmundo— tendré que esperar a que se presente esa ocasión?

—¡Diantre! —respondió el carcelero—: Un mes, tres meses, medio año o quizás un año entero.

—Eso es mucho —exclamó Dantés—. Quiero verle en seguida.

—No seáis terco; no os empeñéis en ese imposible, o antes de quince días os habréis vuelto loco.

—¿Lo creéis así? —dijo Dantés.

—Sí, loco; así es como empieza la locura. Aquí tenemos un ejemplar. Con el tema de ofrecer un millón al gobernador si le ponía en libertad, ha perdido el seso un abate que antes que vinierais ocupaba este calabozo.

—¿Y cuánto tiempo hace que salió de aquí? —Dos años.

—¿En libertad?

—No, se le ha trasladado al subterráneo.

—Escucha —dijo Dantés—; yo no soy abate ni loco, que por desdicha tengo aún completo mi juicio...; voy a hacerte una proposición.

—¿Cuál?

—No voy a ofrecerte un millón, porque no podría dártelo, pero sí cien escudos, como quieras el primer día que vayas a Marsella llegar a los Catalanes con una carta mía, para una joven que se llama Mercedes... ¿Qué digo carta? Cuatro letras.

—Si se descubriera que había llevado esas cuatro letras,

perdería mi destino, que vale mil libras anuales, sin contar las propinas y la comida. ¿No será imbecilidad que yo aventure mil libras por trescientas?

—Pues oye, y tenlo presente —dijo Edmundo—. Si te niegas a avisar al gobernador de que deseo hablarle; si te niegas a llevar mi carta a Mercedes, o siquiera a notificarle que estoy preso aquí, te esperaré el día menos pensado detrás de la puerta, y cuando entres te rompe—ré el alma con ese banco.

—¡Amenazas a mí! —exclamó el carcelero retrocediendo y poniéndose en guardia—. Por lo visto se os trastorna el juicio. Como vos principió el abate: dentro de tres días estaréis como él, loco de atar. Por fortuna hay subterráneos en el castillo de If.

Dantés cogió el banco y lo hizo girar en ademán amenazador.

—¡Está bien! ¡Está bien! —dijo el carcelero—; vos lo habéis querido. Voy a prevenir al gobernador.

—¡Enhorabuena! —respondió Dantés colocando el banco en su sitio, y sentándose con la cabeza baja y la mirada vaga, como si realmente se hubiera vuelto loco.

Salió el carcelero, y un momento después volvió con cuatro soldados y un cabo.

—De orden del gobernador —les dijo—, llevad a este hombre a los calabozos del piso bajo.

—¿Al subterráneo? —preguntó el cabo.

—Al subterráneo: los locos deben estar con los locos.

Los cuatro soldados se apoderaron de Dantés, que los seguía sin ofrecer resistencia.

Bajaron quince escalones, y se abrió la puerta de un subterráneo, en el que entró murmurando:

—Tienen razón: los locos, con los locos.

La puerta se cerró y Dantés caminó hacia delante hasta tropezar con la pared: entonces se acurrucó inmóvil en un ángulo, mientras sus ojos, acostumbrados a la oscuridad, comenzaban a distinguir los objetos.

El carcelero tenía razón. Poco le faltaba a Dantés para perder el juicio.

IX: NOCHE DE BODAS

Como hemos dicho, Villefort tomó el camino de la plaza del Grand—Cours, y de la casa de la marquesa de Saint—Meran, donde encontró a los convidados tomando café en el salón, después de los postres.

Renata le aguardaba con una impaciencia de que participaban todos, por lo que la acogida que tuvo fue una exclamación general.

—¡Hola, señor corta—cabezas, columna del Estado, moderno Bruto realista! —exclamó uno de los presentes—; ¿qué hay de nuevo?

—¿Nos amenaza quizás otro régimen del Terror? —preguntó otro.

—¿Ha salido de su caverna el ogro de Córcega? —añadió un tercero.

—Señora marquesa —dijo Villefort acercándose a su futura suegra—,vengo a suplicaros que me perdonéis. La necesidad me obliga a dejaros... ¿Tendré el honor, señor marqués, de hablaros un instante en secreto?

—¿Tan grave es el asunto...? —murmuró la marquesa al notar la nube que ensombrecía el rostro de Villefort.

—Tan grave que me obliga a despedirme de vos para una corta ausencia. ¡Mirad si será grave! —añadió volviéndose a Renata.

—¿Vais a partir? —exclamó Renata, sin poder ocultar la emoción que le causaba esta noticia inesperada.

—¡Ay, señorita!, es necesario— respondió Villefort.

—¿Adónde vais? —preguntó la marquesa.

—Es un secreto, señora; sin embargo, si alguno de estos señores tiene algo que mandar para París, sepa que un amigo mío, que está a sus órdenes, partirá esta misma noche.

Todos se miraron unos a otros.

—¿No me habéis pedido una entrevista? —preguntó el marqués.

—Sí, pasemos, si os place, a vuestro gabinete.

El marqués cogió del brazo a Villefort y salió con él.

—Vamos, hablad, ¿qué es lo que ocurre? —exclamó el marqués cuando llegaron al gabinete.

—Cosas que creo de alta importancia, y que exigen que me

traslade a París inmediatamente. Ante todo, marqués, y perdonadme lo indiscreto de la pregunta que os hago, ¿tenéis papel del Estado?

—Tengo en papel toda mi fortuna. Unos seiscientos o setecientos mil francos.

—Pues vendedlo, vendedlo en seguida, o de lo contrario os vais a ver arruinado.

—¿Cómo queréis que desde aquí lo venda?

—¿Verdad que tenéis un corresponsal banquero?

—Sí.

—Dadme una carta para él, encargándole que venda esos créditos sin perder tiempo. Quizá llegaré tarde.

—¡Diablo! —exclamó el marqués—; entonces no perdamos ni un minuto.

Y sentándose a la mesa se puso a escribir a su banquero una carta, encargándole que vendiera a cualquier precio.

—Ahora que tengo esta carta —dijo Villefort guardándola cuidadosamente en su camera—, necesito otra.

—¿Para quién? —Para el rey.

—¿Para el rey?

—Sí.

—Pero yo no me atrevo a escribir directamente a Su Majestad.

—Tampoco os la pido a vos, sino que os encargo que se la pidáis al señor de Salvieux. Es necesario que me dé una carta que me ayude a llegar hasta el rey sin las formalidades y etiquetas que me harían perder un tiempo precioso.

—Pero ¿no podría serviros el guardasellos de intermediario? Tiene entrada en las Tullerías a todas horas.

—Sí, mas no quiero partir con otro el mérito de la nueva de que soy portador. ¿Comprendéis? El guardasellos se lo apropiaría todo, hasta mi parte en los beneficios. Baste, marqués, con esto que digo. Mi fortuna está asegurada si llego antes que nadie a las Tullerías, porque voy a prestar al rey un servicio que jamás podrá olvidar.

—En ese caso, amigo mío, id a hacer vuestros preparativos, mientras hago yo que Salvieux escriba esa carta.

—No perdáis tiempo. Dentro de un cuarto de hora tengo que estar en la silla de postas.

—Haced parar el carruaje en la puerta.

—Me disculparéis, ¿no es verdad?, con la señora marquesa y con Renata, a quien dejo en ocasión tan grata con el más profundo sentimiento.

—En mi gabinete las encontraréis a la hora de vuestra partida.

—Gracias mil veces. No olvidéis la carta.

El marqués llamó y poco después se presentó un lacayo.

—Decid al conde de Salvieux que le espero aquí. Ya podéis iros —continuó el marqués dirigiéndose a Villefort.

—Bueno; al instante estoy de regreso.

Y Villefort salió de la estancia apresuradamente; pero ocurriósele al llegar a la calle que un sustituto del procurador del rey podría ocasionar la alarma de un pueblo con que se le viese andar muy de prisa. Volvió, pues, a su paso ordinario, que era en verdad, digno de un juez.

Junto a la puerta de su casa parecióle distinguir una cosa como un fantasma blanco que le esperaba inmóvil.

Era la linda catalana, que al no tener noticias de Edmundo, iba a enterarse por sí misma de la causa del arresto de su amante.

Al acercarse Villefort salióle al paso, destacándose de la pared en que se apoyaba. Como Dantés le había hablado ya de su novia, nada tuvo que hacer Mercedes para que la reconociera. Villefort, sorprendido de la belleza y dignidad de aquella mujer, y cuando le preguntó el paradero de su amado, le pareció que él era el acusado y ella el juez.

—El hombre de quien habláis —dijo Villefort— es un gran criminal, y en nada puedo favorecerle, señorita.

Mercedes lanzó un gemido, y detuvo a Villefort al ver que éste intentaba proseguir su camino.

—Pero decidme al. menos dónde está, para que pueda siquiera informarme de si vive aún o ha muerto.

—Ni lo sé, ni eso me atañe a mí —respondió Villefort.

Y molestado por aquellos ojos penetrantes y aquel ademán de súplica, rechazó Villefort a Mercedes, y entró en su casa cerrando apresuradamente la puerta y dejando a la joven entregada al dolor y a la desesperación.

Pero el dolor no se deja rechazar tan fácilmente. Parecido a la flecha mortal de que habla Virgilio, el hombre herido por él lo lleva siempre consigo.

Aunque había cerrado la puerta, al llegar Villefort a su gabinete sintió que sus piernas flaqueaban, y lanzando, más que un suspiro, un sollozo, dejóse caer en un sillón.

Entonces brotó en el fondo de aquel pecho enfermo el primer germen de una úlcera mortal. Aquel hombre sacrificado a su ambición, aquel inocente que pagaba culpas de su propio padre, apareciósele pálido y amenazador, acompañado de su novia, pálida como él, y seguido del remordimiento, no del remordimiento que hace enloquecer al que lo sufre como en los antiguos sistemas fatalistas, sino de ese sordo y doloroso golpear sobre el corazón, que a veces nos hiere como el recuerdo de un crimen casi olvidado, herida cuyos dolores ahondan la llaga que nos conduce a la muerte.

El alma de Villefort todavía vaciló un instante. Había pronunciado muchas sentencias de muerte sin otra emoción que la de la lucha moral del juez con los reos; y aquellos reos ajusticiados gracias a su terrible elocuencia, que convenció al jurado y a los jueces, no puso en su frente una sola arruga, porque aquellos hombres eran criminales, por lo menos en la opinión del sustituto. Mas ahora variaba la cuestión; acababa de aplicar la reclusión perpetua a un inocente que iba a ser feliz, arrebatándole la felicidad y además la libertad; ya no era juez, era verdugo. Y al pensar en esto empezaba a sentir ese sordo golpear que hemos descrito, desconocido de él hasta entonces; oído en el fondo de su corazón, llenando su mente de quimeras. De este modo un dolor instintivo y violento notifica a los que sufren que no deben sin temblar poner el dedo en sus llagas antes que se cicatricen.

Pero la de Villefort era de esas que no se cicatrizan nunca, o que se cierran aparentemente para volver a abrirse más enconadas y dolorosas.

Si en esta situación la dulce voz de Renata le hubiera recomendado clemencia; si entrara la bella Mercedes a decirle: "En nombre de Dios que nos ve y nos juzga, devolvedme a mi prometido" ¡Oh!, sí, aquella voluntad doblegada al cálculo hubiese cedido, y sin duda con sus manos frías, a riesgo de perderlo todo, hubiera firmado inmediatamente la orden de poner a Dantés en libertad; sin embargo, ninguna voz le habló al oído, ni se abrió la puerta sino para el criado que vino a anunciarle que los caballos estaban ya enganchados a la silla de posta.

El sustituto se levantó, o mejor dicho, saltó de la silla como aquel que triunfa de una lucha secreta, y corriendo a su bufete puso en sus bolsillos todo el oro que encerraban sus cajones. Luego dio por la estancia dos o tres vueltas con las manos en la frente, articulando palabras sin sentido, hasta que los pasos del ayuda de cámara que venía a ponerle la capa, le sacaron de su éxtasis, y lanzándose al carruaje ordenó lacónicamente que parara en la calle de Grand—Cours, en casa del marqués de Saint—Meran.

El infortunado Dantés estaba condenado.

Como le había prometido el señor de Saint—Meran, Renata y la marquesa estaban en su gabinete. Al ver a la joven tembló el sustituto: porque pensaba que le pediría de nuevo la libertad del preso; pero, ¡ay!, que es forzoso decirlo para afrenta de nuestro egoísmo, la linda joven sólo pensaba en una cosa: en el viaje que Villefort iba a emprender.

Le amaba, y Villefort iba a partir en el mismo instante en que habían de enlazarse para siempre, y sin anunciar cuándo volvería. En vez de compadecer a Edmundo, Renata maldijo al hombre que con su crimen la separaba de su amado.

¿Qué era entretanto de Mercedes?

La pobre había encontrado a Fernando en la esquina de la calle de la Logia, a Fernando, que había seguido sus huellas, y volviendo a los Catalanes se arrojó en su lecho moribunda y desesperada. De rodillas y acariciando una de sus heladas manos, que Mercedes no pensaba en retirar, Fernando la cubría de ardientes besos, ni siquiera sentidos de ella.

Así transcurrió la noche. Cuando no tuvo aceite se apagó la lámpara; pero Mercedes no advirtió la oscuridad, como no había advertido la luz. Hasta la aurora vino sin que ella la advirtiese.

El dolor había puesto en sus ojos una venda que no la dejaba ver más que a Edmundo.

—¡Ah! ¿Estáis aquí? —exclamó al fin volviéndose a Fernando.

—Desde ayer no os he abandonado un momento —respondió éste lanzando un suspiro.

El señor Morrel, por su parte, no se había desanimado: supo

que Dantés, después de su interrogatorio, fue conducido a una prisión, y entonces corrió a casa de todos sus amigos, y con todas aquellas personas de Marsella que gozaban de alguna influencia; pero ya corría el rumor de que Dantés había sido preso por agente bonapartista, y como en esa época hasta los visionarios tenían por insensatez cualquier tentativa de Napoleón para recobrar su trono, el buen Morrel, acogido con frialdad de todos, regresó a su casa desesperado, aunque confesando que el lance era crítico, y que nadie podría disminuir su gravedad.

Caderousse también se había inquietado mucho por su parte. En lugar de revolver el mundo como Morrel, en vez de hacer algo por Edmundo, encerróse con dos botellas en su cuarto, a intentó ahogar su inquietud por medio de la embriaguez.

Pero en la situación moral en que se hallaba era poco dos botellas para hacerle perder el juicio. Lo perdió, sin embargo, lo suficiente para impedirle que fuese a buscar más vino, y demasiado poco para borrar sus recuerdos; con lo que, puesta la cabeza entre las manos sobre la mesa coja, y al lado de sus dos botellas, se quedó como si dijéramos entre dos luces, viendo danzar a la de su candil aquellos espectros de que ha henchido Hoffman sus libros empapados en ron.

Danglars era el único que no estaba inquieto ni atormentado, sino más bien alegre, por haberse vengado de un enemigo, asegurando en El Faraón su empleo que temía perder. Danglars era uno de esos hombres calculistas que nacen con una pluma detrás de la oreja y un tintero por corazón. Para él todas las cosas del mundo eran sumas o restas, y un número de más importancia que un hombre, cuando el número podía aumentar la suma que el hombre podía disminuir.

Danglars se había acostado a la hora de costumbre y durmió tranquilamente.

Después de recibir Villefort la carta del señor Salvieux, y besado a Renata en las dos mejillas y en la mano a la marquesa de Saint—Meran, y de despedirse del marqués con un apretón de manos, corría la posta por el camino de Aix.

El padre de Dantés se moría de dolor y de inquietud. En cuanto a Edmundo, ya sabemos cuál era su suerte.

X: EL GABINETE DE LAS TULLERÍAS

Dejemos entretanto a Villefort camino de París, gracias a ir derramando dinero, y atravesando los dos o tres salones que le preceden, penetremos en aquel gabinetito ovalado de las Tullerías, famoso por haber sido la estancia favorita de Napoleón, de Luis XVIII y de Luis Felipe.

Sentado a una mesa, que procedía de Hartwel, y que por una de esas manías comunes a los altos personajes tenía en particular estimación, el rey Luis XVIII escuchaba distraído a un hombre de cincuenta a cincuenta y dos años, cabello cano y continente aristocrático y pulcro.

Sin dejar de escucharle iba haciendo anotaciones en el margen de un volumen de Horacio, de. la edición de Griphins, que aunque incorrecta es la más estimada, y que se prestaba mucho a las sagaces observaciones filosóficas del rey.

—¿Decíais, pues, caballero...? —murmuró el rey. —Que estoy muy inquieto, señor.

—¿De veras? ¿Habéis visto acaso en sueños siete vacas gordas y siete flacas?

—No, señor, pues esto anunciaría solamente siete años de abundancia y otros siete de hambre, que con un rey tan previsor como Vuestra Majestad no se deben de temer.

—Pues ¿qué otros cuidados os apenan, mi querido Blacas?

—Creo, señor, y lo creo fundamentalmente, que se va formando una tempestad hacia el lado del Mediodía.

—Y bien, mi querido conde —respondió Luis XVIII—; os creo mal informado, y sé positivamente que hace muy buen tiempo allá abajo.

Aunque hombre de talento, Luis XVIII gustaba a veces de burlarse.

—Señor —dijo el señor de Blacas—, aunque no fuese sino para tranquilizar a un fiel servidor, ¿no podría Vuestra Majestad enviar al Languedoc, a la Provenza y al Delfinado hombres fieles que informaran sobre la situación política de aquellas tres provincias.

—Canimus surdis —respondió el rey, prosiguiendo en sus notas a Horacio.

—Señor —repuso el cortesano, sonriéndose para dar a entender que comprendía el hemistiquio del poeta de Venusa—; señor, Vuestra Majestad puede confiar en el espíritu público reinante en Francia; pero yo creo tener también mis razones para temer alguna tentativa desesperada.

—¿De quién?

—De Bonaparte, o por lo menos, de sus partidarios.

—Mí querido Blacas —dijo el rey—, vuestros temores no me dejan trabajar.

—Y vos, señor, con vivir tan tranquilo, me quitáis el sueño.

—Esperad, esperad. Se me ocurre una excelente nota acerca de aquello del Pastor cumtraheret. Ya continuaréis luego.

Hobo un momento de silencio, durante el cual Luis XVIII escribió con una letra todo lo microscópica que pudo, una nota nueva al margen de su Horacio, y dijo luego, levantándose con la satisfacción del que se imagina haber concebido una idea, cuando no ha hecho sino comentar las de otro:

—Proseguid, querido conde, proseguid.

—Señor —dijo Blacas, que por un momento abrigó la esperanza de explotar a Villefort en su favor—, obligado me veo a deciros que no son simples rumores lo que sin fundamento me inquieta. Un hombre merecedor de mi confianza, un hombre de saber, a quien he dado el encargo de vigilar el Mediodía (el conde vaciló al pronunciar estas palabras), llega en posta en este mismo instante a decirme: "El rey está amenazado de un gran peligro." Por eso he venido a advertiros, señor.

—Mala ducis avi domum —continuó anotando Luis XVIII.

—¿Me ordena Vuestra Majestad que no insista en eso otra vez?

—No, mi querido conde, pero alargad la mano.

—¿Cuál?

—La que queráis..., ahí a la izquierda...

—¿Aquí, señor?

—Dígoos que a la izquierda y buscáis a la derecha... guise decir a mi izquierda. Hallaréis ahí un informe del ministro de policía con fecha de ayer. Pero, ¡calla!, aquí aparece en persona el señor Dandré... ¿No habéis dicho que era el señor Dandré? —exclamó Luis XVIII dirigiéndose al ujier, que en efecto acababa de anunciar al ministro de la policía.

—Sí, señor, el barón de Dandré —repuso el ujier.

—Justamente —repuso Luis XVIII con imperceptible sonrisa—. Entrad, barón, entrad, y decid al duque lo que sepáis más reciente del señor de Bonaparte. No disimuléis la gravedad de la situación, si la tiene, sea lo que fuere... Veamos: ¿es en efecto la isla de Elba un volcán pronto a vomitar sobre nosotros las llamas de la guerra: bella, horrida bella?

El señor Dandré pavoneóse con gracia, apoyando las manos en el respaldo de un sillón, y contestó:

—¿Se ha dignado Vuestra Majestad pasar los ojos por mi informe de ayer?

—Sí, sí, pero decídselo al conde, decidle lo que reza este informe, que no puede encontrar. Explicadle lo que hace el usurpador en su isla.

—Señor —dijo el barón al conde—, todos los vasallos de Su Majestad deben de regocijarse con las noticias que tenemos de la isla de Elba. Bonaparte...

Y el señor Dandré fijó los ojos en Luis XVIII, que, ocupado en escribir una nota, no levantó la cabeza.

—Bonaparte —continuó el barón— se aburre mucho, y pasa los días de sol a sol viendo trabajar a los mineros de Porto—Longonne.

—Y se rasca para distraerse —añadió el monarca.

—¿Se rasca —preguntó el conde—; ¿qué quiere decir Vuestra Majestad?

—¿Olvidáis, mi querido conde, que ese coloso, ese héroe, ese semidiós sufre de una enfermedad cutánea que le consume?

—Y hay más, señor conde —continuó el ministro de policía—: estamos casi seguros de que dentro de poco tiempo estará loco,

—¿Loco?

—De remate: su cabeza se debilita. Tan pronto llora a mares como ríe a carcajadas. Otras veces se pasa las horas muertas arrojando al agua piedrecitas, y al verlas rebotar en la superficie se queda tan satisfecho como si hubiera ganado otro Marengo a otro Austerlitz. No me negaréis que éstos son síntomas de locura.

—O de sobrado juicio, señor barón —dijo Luis XVIII riendo—; arrojando piedrecitas a la mar se solazaban los grandes capitanes del tiempo antiguo. Leed si no en Plutarco la vida de

Escipión el Africano.

A la vista de estos dos hombres tan tranquilos, el señor de Blacas vaciló unos instantes; porque Villefort no había querido decirle todo lo que sabía, sino lo que bastaba a alarmarle, para no perder todo el valor de su secreto.

—Vamos, vamos, Dandré ——dijo Luis XVIII—, Blacas aún no está convencido. Contadle la conversión del usurpador.

El ministro de policía se inclinó.

—¿Conversión del usurpador? —murmuró el conde mirando al rey y a Dandré—. ¿El usurpador se ha convertido?

—Del todo, querido conde.

—Pero ¿a qué?

—A los buenos principios. Vamos, explicádselo, barón.

—Escuchad, pues... —dijo el ministro con mucha gravedad—. Hace unos días, ha pasado Napoleón una revista, en que dos o tres de sus viejos gruñones, como él los llama, manifestaron deseos de volver a Francia, en lo que consintió exhortándoles a servir a su buen rey. Tales fueron sus propias palabras, señor conde, lo sé de buena tinta.

—Y ahora, Blacas, ¿qué diréis? —exclamó el triunfante monarca dejando de compulsar el volumen que tenía abierto delante de él.

—Digo, señor, que o el ministro de policía o yo nos equivocamos; peso como es imposible que el equivocado sea él, que tiene el cargo de velar por Vuestra Majestad, es más probable que yo lo sea. No obstante, señor, yo en lugar vuestro interrogaría por mí mismo a la persona que aludo; y por mi parte insistiré en que siga Vuestra Majestad este consejo.

—Enhorabuena, conde. Presentádmelo y lo recibiré; pero con las armas en la mano. Señor ministro, ¿tenéis algún parte de fecha más moderna que éste, que es del 20 de febrero y estamos a 3 de marzo?

—No, señor; pero lo estaba esperando de un momento a otro, cuando salí esta mañana, y es posible que haya llegado durante mi ausencia.

—Id, pues, a la prefectura, y si no ha llegado..., ejem..., ejem... —dijo riendo Luis XVIII—, inventad uno. ¿Sería la primera vez...? ¿Eh?

—¡Oh, señor! ——dijo el ministro—, a Dios gracias, nada hay que inventar en cuanto a eso; porque todos los días nos llueven denuncias, y muy detalladas, de infelices que creen hacer un servicio y esperan que se les pague. La mayor parte ven visiones; pero esperan que la casualidad las convierta hoy o mañana en realidad.

—Está bien, id, y tened en cuenta que os espero —dijo el rey Luis XVIII. —No haré sino it y volver. Antes de diez minutos estoy de vuelta.

—Yo, señor, voy en busca de mi mensajero —dijo el señor de Blacag.

—Aguardad, aguardad un instante —respondió Luis XVIII—. A decir verdad, conde, debo cambiaros las armas del escudo: pondréis desde ahora un águila volando con una presa entre sus garras que pugna en vano por escapársele, y esta divisa: Tenax.

—Ya escucho, señor—dijo impaciente el señor de Blacas.

—Quería consultaros sobre este pasaje: Molli fugies anhelitu..., ya sabéis..., se trata del ciervo que huye del lobo. ¿No sois cazador, y de lobos? Entonces, ¿qué os parece el molli anhelitu?

—¡Admirable, señor!, pero mi hombre es como el ciervo de que habláis. En tres días escasos ha recorrido doscientas veinte leguas, en silla de posta.

—Buena tontería, cuando el telégrafo sin cansarse nada gasta tres o cuatro horas solamente.

—¡Ah, señor!, qué mal pagáis a ese pobre joven, que viene tan apresurado a dar a Vuestra Majestad un aviso útil. Aunque no sea sino por el señor de Salvieux que me lo recomienda, os ruego que le recibáis bien.

—¿El señor de Salvieux, el chambelán de mi hermano?

—El mismo.

—Está efectivamente en Marsella.

—Desde allí me ha escrito,

—¿Os habla también de esa conspiración?

—No; pero me recomienda al señor de Villefort, encargándome que le traiga a la presencia de Vuestra Majestad.

—¡El señor de Villefort! —exclamó el rey—. ¿Ese mensajero es el señor de Villefort?

—Sí, señor.

—¿Y es el que viene de Marsella?

—En persona.

—¿Por qué no me dijisteis su nombre desde un principio? —exclamó el rey, cuyo semblante reflejó de repente cierto aire de inquietud.

—Creía que os era desconocido.

—No, no, Blacas; es un hombre de talento, de miras elevadas y sobre todo ambicioso. Me parece que vos conocéis de nombre a su padre.

—¿A su padre?

—Sí, a Noirtier.

—¿Noirtier, el girondino? ¿Noirtier, el senador?

—Exacto.

—¡Y Vuestra Majestad emplea al hijo de semejante hombre!

—Blacas, amigo mío, vos no sabéis vivir. ¿No os dije que Villefort es ambicioso? Por medrar sacrificará hasta a su padre.

—Conque ¿le traigo?

—En seguida, en seguida... ¿Dónde está?

—Debe de esperarme abajo, en su carruaje.

—Id a buscarle.

—Voy en seguida.

El conde salió de la cámara con la rapidez de un joven, porque su sincero realismo le prestaba el ardor propio de los veinte años, y se quedó Luis XVIII solo, volviendo a hojear el libro entreabierto y murmurando:

Justum et tenacem propositi virum.

Con la misma rapidez volvió el señor de Blacas; pero en la antecámara se vio obligado a invocar la autoridad del rey, porque el traje empolvado y no conforme a la etiqueta de Villefort alarmó al señor de Brezé, que no comprendía cómo un hombre pudiera atreverse a presentarse al rey de aquella manera.

Pero el conde allanó todos los obstáculos con esta sola frase: Por orden de Su Majestad; y a pesar de cuantas reflexiones hizo el maestro de ceremonias, penetró Villefort en la cámara regia.

El rey se hallaba sentado donde le dejara Blacas, por lo que al abrir la puerta Villefort hallóse frente a frente del monarca. En el primer momento, el joven magistrado se detuvo, titubeando.

—Entrad, señor de Villefort —le dijo el rey—, entrad.

Saludó el sustituto adelantándose algunos pasos y esperando que le interrogaran.

—Señor de Villefort —continuó Luis XVIII—, asegura el señor de Blacas que tenéis que hacernos importantes revelaciones.

—Señor, el conde tiene razón, y espero que Vuestra Majestad se la dará también por su parte.

—Pero, ante todo, decidme, ¿es en vuestra opinión el mal tan grave como me lo quieren hacer creer?

—Señor, yo lo creo gravísimo, pero no irreparable, merced a mis precauciones. Así lo espero.

—Hablad, hablad todo lo que queráis, caballero —dijo el rey, que empezaba a contagiarse del temor del señor Blacas y del que revelaba también la voz de Villefort—; hablad y, sobre todo, comenzad por el principio, porque me gusta el orden en todas las cosas.

—Señor —dijo Villefort—, haré a Vuestra Majestad una relación muy fiel del asunto; pero suplicándole de paso que disculpe la oscuridad que acaso ponga en mis palabras mi presente turbación.

Una mirada del rey después de este exordio insinuante, aseguró a Villefort de que se le escuchaba con benevolencia.

—Señor —continuó—, he venido a París con toda la celeridad posible, a anunciar a Vuestra Majestad que en el ejercicio de mis funciones he descubierto, no una de esas conspiraciones vulgares a insignificantes, como las que se urden todos los días, así por el ejército como por las gentes del pueblo, sino una verdadera conspiración que amenaza nada menos que al trono de Vuestra Majestad. Señor, el usurpador se ocupa en armar tres navíos: medita un proyecto, insensato quizá, pero por esto mismo, terrible. En estos momentos debe de haber salido de la isla de Elba, ignoro en qué dirección, pero seguramente intentará un desembarco en Nápoles, en las costas de Toscana, o quizás en nuestro mismo suelo. Vuestra Majestad no ignora que el soberano de la isla de Elba mantiene aún relaciones con Italia y con Francia.

—Sí, lo sé, caballero —dijo el rey muy conmovido—, y hace poco nos avisaron de que en la calle de Santiago se efectuaban reuniones bonapartistas. Pero continuad, os lo ruego. ¿Cómo obtuvisteis esas noticias?

—Son el resultado de un interrogatorio que hice a un hombre de Marsella a quien de mucho tiempo atrás vigilaba. Le hice prender el mismo día de mi marcha. Aquel hombre, marino revoltoso, y bonapartista acérrimo, ha ido a la isla de Elba secretamente, donde el gran mariscal le encargó una misión verbal para cierto bonapartista de París, cuyo nombre no he podido arrancarle: esta misión se reducía a encargar al bonapartista que preparase los ánimos a una restauración (tened presente, señor, que copio el interrogatorio), restauración que no puede menos de estar próxima.

—¿Y qué ha sido de ese hombre? —preguntó Luis XVIII.

—Está preso, señor.

—Así, pues, ¿os parece tan grave el asunto?

—Tan grave, señor, que la primera noticia me sorprendió en una fiesta de familia, el día de mi boda, y lo he abandonado todo en el mismo momento para venir a demostrar a Vuestra Majestad mis temores y mi adhesión.

—Es cierto —dijo Luis XVIII—. ¿No existía un proyecto de matrimonio entre vos y la señorita de Saint—Meran?

—Hija de uno de los más fieles servidores de Vuestra Majestad.

—Sí, sí; pero volvamos a ese complot, señor de Villefort.

—Temo que sea más que un complot, una conspiración.

—Una conspiración en estos tiempos —repuso sonriendo Luis XVIII—, es cosa muy fácil de proyectar, pero difícil de llevar a cabo, porque restablecidos como quien dice ayer en el trono de nuestros abuelos, estamos amaestrados por el presente, por el pasado y para el porvenir. De diez meses a esta parte redoblan mis ministros su vigilancia en el litoral del Mediterráneo. Si desembarcara Napoleón en Nápoles, antes de que llegase a Piombino, se levantarían en masa los pueblos coaligados; si desembarca en Toscana, aquel país es su enemigo; si en Francia, ¿quién le seguiría?: un puñado de hombres, y fácilmente le haríamos desistir de su intento, mayormente cuando tanto le aborrece el pueblo. Tranquilizaos pues, caballero; mas no por eso estéis menos seguro de nuestra real gratitud.

—Aquí está el señor barón de Dandré —exclamó en esto el

conde de Blacas.

En efecto, en este mismo instante asomaba en la puerta el ministro de policía, pálido y tembloroso: sus miradas vacilaban como si estuviese a punto de desmayarse.

Villefort dio un paso para salir; pero le retuvo un apretón de manos del señor de Blacas.

XI: EL TEMIDO OGRO DE CÓRCEGA

Al contemplar aquel rostro tan alterado, el rey Luis XVIII rechazó violentamente la mesa a que estaba sentado.

—¿Qué tenéis, señor barón? —exclamó—. ¡Estáis turbado y vacilante! ¿Tiene alguna relación eso con lo que decía el conde de Blacas, y lo que acaba de confirmarme el señor de Villefort?

Por su parte el conde de Blacas se acercó también al barón; pero el miedo del cortesano impedía el triunfo del orgullo del hombre. En efecto, en aquella sazón era más ventajoso para él verse humillado por el ministro de policía, que humillarle en cosa de tanto interés.

—Señor... —balbució el barón.

—Acabad —dijo Luis XVIII.

Cediendo entonces el ministro de policía a un impulso de desesperación, corrió a postrarse a los pies del rey, que dio un paso hacia atrás frunciendo las cejas.

—¿No hablaréis? —dijo.

—¡Oh, señor! ¡Qué espantosa desgracia! ¿No soy digno de lástima? Jamás me consolaré.

—Caballero —dijo Luis XVIII—, os mando que habléis.

—Pues bien, señor, el usurpador ha salido de la isla de Elba el 26 de febrero, y ha desembarcado el 1 de marzo.

—¿Dónde? —preguntó el rey vivamente.

—En Francia, señor, en un puertecillo cercano a Antibes, en el golfo Juan.

—¡Cómo! El usurpador ha desembarcado en Francia, cerca de Antibes, en el golfo Juan, a doscientas cincuenta leguas de París el día 1 de marzo, y hasta hoy, 3, no sabéis esta noticia... ¡Eso es imposible, caballero! Os han informado mal o estáis loco.

—¡Ay, señor! Ojalá fuera como decís.

Hizo Luis XVIII un inexplicable gesto de cólera y de espanto, levantándose de repente como si este golpe imprevisto le hiriese a la par en el corazón y en el rostro.

—¡En Francia! —exdamó—. ¡El usurpador en Francia!, pero ¿no se vigilaba a ese hombre? ¿Quién sabe si estarían de acuerdo con él?

—¡Oh, señor! ——exclamó el conde de Blacas—, a una persona como el barón de Dandré no se le puede acusar de traición. Todos estábamos ciegos, alcanzando también nuestra ceguera al ministro de policía. Este es todo su crimen.

—Pero... —dijo Villefort, y repuso al momento reportándose—. Perdón, señor, perdón, mi celo me hace audaz. Dígnese Vuestra Majestad excusarme.

—Hablad, caballero, hablad libremente —contestó el rey Luis XVIII—. Ya que nos habéis prevenido del mal, ayudadnos a buscarle el remedio.

—Todo el mundo, señor, aborrece a Bonaparte en el Mediodía; paréceme que si osa penetrar en su territorio, fácilmente se logrará que la Provenza y el Languedoc se subleven contra él.

—Sin duda —dijo el ministro—; pero viene por Gap y Sisteron.

—¡Viene! —exclamó Luis XVIII—. ¿Viene a París?

El silencio del ministro equivalía a una confesión.

—¿Y creéis, caballero, que podamos sublevar el Delfinado como la Provenza? —preguntó el rey a Villefort.

—Lamento infinito, señor, decir a Vuestra Majestad una verdad cruel; pero las opiniones del Delfinado son muy diferentes de las de la Provenza y el Languedoc. Los montañeses, señor, son bonapartistas.

—Vamos —murmuró Luis XVIII—, bien sabe lo que se hace. ¿Y cuántos hombres tiene?

—Señor, me es imposible decirlo a Vuestra Majestad porque lo ignoro—dijo el ministro de policía.

—¡No lo sabéis! ¿No os habéis informado de esta circunstancia? En verdad que no es importante —añadió el rey con una sonrisa irónica.

—No pude informarme, señor. El despacho anunciaba solamente el desembarco y el camino que trae el usurpador.

—¿Por qué medio habéis recibido ese despacho?

El ministro bajó la cabeza, y el bochorno se pintaba en su semblante.

—Por el telégrafo, señor —dijo Dandré.

Luis XVIII dio un paso hacia atrás cruzándose de brazos, como Napoleón hubiera hecho, y dijo pálido de cólera:

—¡Conque una coalición de siete ejércitos ha derrocado a ese hombre, conque un milagro de Dios me ha restituido el trono de mis padres tras veintitrés años de exilio, conque he estudiado, sondeado y analizado en ese destierro los hombres y las cosas de esta Francia, mi tierra de promisión, para que, al llegar al goce de mis anhelos, el mismo poder de que dispongo se escape de mis manos para aniquilarme!

—Señor, es la fatalidad... —murmuró el ministro, aplastado por aquellas abrumadoras palabras.

—¿De modo que es verdad lo que murmuraban nuestros enemigos? ¿Nada hemos aprendido? ¿Nada hemos olvidado? Si me vendiesen como a él le vendieron, me consolaría; pero estar rodeado de personas encumbradas por mí, que deben velar por mí, con más cuidado que por ellas mismas, porque mi fortuna es su fortuna, porque no eran nada antes que yo subiese al trono, porque nada serán si yo caigo, y caer, y por torpeza, y por incapacidad. ¡Ah! ¡Cuánta razón tenéis, señor mío, la fatalidad...!

El ministro se inclinaba bajo el peso de tan terrible anatema; Blacas se limpiaba la frente cubierta de sudor, y Villefort, viendo crecer su importancia, estaba satisfecho en su fuero interno.

—¡Caer...! —prosiguió Luis XVIII, que de una sola mirada sondeó el abismo que amenazaba tragar su trono—. ¡Caer! ¡Y saber por el telégrafo la noticia! ¡Oh!, mejor quisiera subir al cadalso de mi hermano Luis XVI, que bajar así las escaleras de las Tullerías, expuesto de ese modo al ridículo... ¿Sabéis, caballero, lo que el ridículo puede en Francia? No lo sabéis, aunque debíais de saberlo.

—Señor, ¡señor! —murmuró el ministro—, ¡por piedad!

—Acercaos, señor de Villefort —continuó el rey encarándose con el joven, que de pie y un tanto retirado observaba el desarrollo de esta conversación, en que se trataba el destino de un reino—, acercaos y decid a este caballero que pudo saber antes lo que no supo.

—Señor, era materialmente imposible adivinar proyectos que el usurpador ocultaba a todo el mundo.

—¡Materialmente imposible! ¡Gran palabra! Desgraciadamente hay palabras tan grandes como grandes hombres: ya conozco a ellas y a ellos. ¡Imposible a un ministro que cuenta con una administración, con oficinas, con agentes, con gendarmes, con espías, con un millón y quinientos mil francos de fondos secretos, imposible saber lo que pasa a sesenta leguas de las costas de Francia! Pues oíd: este caballero no contaba con ninguno de tales recursos; este caballero, simple magistrado, sabía más que vos con toda vuestra policía, y hubiese salvado mi corona a tener como vos el derecho de dirigir un telégrafo.

El ministro miró con una expresión de despecho a Villefort, que inclinó la cabeza con la modestia del triunfo.

No lo digo por vos, Blacas —continuó Luis XVIII—, pues si bien nada habéis descubierto, tuvisteis al menos la cordura de sospechar, y sospechar con perseverancia. Otro hombre, acaso hubiera tenido por intrascendente la revelación del señor Villefort, o por hija de una innoble ambición.

Estas palabras aludían a las que el ministro de policía pronunció tan sobre seguro una hora antes.

Villefort comprendió perfectamente al rey. Otro en su lugar acaso se desvaneciera con el humo de la alabanza; pero temió, crearse un enemigo mortal en el ministro de policía, aunque lo tuviese por hombre perdido sin remedio. En efecto, aquel ministro que en la plenitud de su poder no supo adivinar el secreto de Napoleón, podía en sus últimos instantes de vida política descubrir el de Villefort, solamente con interrogar a Dantés. Por esto, en vez de cebarse en el caído le alargó la mano.

—Señor —dijo——, la rapidez de este suceso debe probar a Vuestra Majestad que sólo Dios podía impedirlo. Lo que Vuestra Majestad achaca en mí a una perspicacia notable, es hijo del acaso pura y simplemente. Lo he aprovechado como un servidor fiel, y nada más. No me concedáis mérito mayor que el que tengo, para no veros obligado a recobrar la primera opinión que formasteis de mí.

El ministro de policía, agradecido, dirigió al joven una elocuente mirada, con lo que conoció Villefort que había logrado su deseo, es decir, que sin perder la gratitud del rey, acababa de ganar un amigo con quien podía contar siempre.

—Está bien —dijo Luis XVIII.

Y añadió luego, volviéndose al ministro de policía y al señor de Blacas:

—Podéis retiraros, señores. Lo que hay que hacer ahora atañe al ministro de la Guerra.

—Afortunadamente —dijo el señor de Blacas—, podemos contar con la marina, Vuestra Majestad sabe cuán adicta es a su gobierno, según todos los informes.

—No me habléis, conde, de informes, que ya sé la confianza que puedo poner en ellos. Y a propósito de informes, señor barón, ¿habéis sabido algo nuevo sobre el asunto de la calle de Santiago?

—¡El asunto de la calle de Santiago! —exclamó el sustituto sin poder reprimir una exclamación.

Pero en seguida repuso:

—Perdón, señor, si mi adhesión a Vuestra Majestad hace que me olvide, no del respeto que le debo, que ése está grabado profundamente, en mi corazón, sino de la etiqueta de palacio.

—Decid y haced lo que vosotros queráis, caballero —respondió el rey Luis XVIII—; en esta ocasión habéis adquirido el derecho de interrogar.

—Señor —respondió el ministro de policía—, venía justamente ahora a comunicar a Vuestra Majestad las últimas noticias que he adquirido sobre el asunto que nos ocupa. La muerte del general Quesnel nos va a dar el hilo de un gran complot.

El nombre del general Quesnel hizo estremecer a Villefort.

—En efecto, señor —prosiguió el ministro de policía—, todo induce a creer que esta muerte no ha sido suicidio, como al principio creía todo el mundo, sino asesinato. Cuando desapareció, salía, al parecer, el general Quesnel de un club bonapartista. Un hombre desconocido le fue a buscar aquella misma mañana, citándole en la calle de Santiago: desgraciadamente el ayuda de cámara del general, que le estaba peinando al entrar el desconocido en el gabinete, aunque recuerda bien que la calle era la de Santiago, no se acuerda del número de la casa.

A medida que el ministro daba estos pormenores al rey, Vinefort, como pendiente de sus labios, mudaba instantáneamente de color.

El monarca se volvió hacia él.

—¿No suponéis como yo, señor de Villefort, que el general, a quien se tenía justamente por adicto al usurpador, pero que en el fondo era todo mío, haya muerto víctima de una venganza bonapartista?

—Es probable, señor —respondió Villefort—; pero ¿no se conocen más detalles?

—Hemos dado con el hombre de la cita, y se le sigue la pista.

—¡Se le sigue la pista! —repitió el sustituto.

—Sí; el ayuda de cámara dio sus señas. Es un hombre de cincuenta a cincuenta y dos años; moreno, ojos negros, cejas espesas y bigote. Lleva un levitón azul abotonado, y en un ojal la insignia de oficial de la Legión de Honor. Ayer la policía siguió a un individuo exactamente igual en todo a ese sujeto; pero le perdió de vista en la esquina de la calle de Coq—Heron.

Villefort tuvo que apoyarse en el respaldo de un sillón, porque a medida que el ministro hablaba, negábanse sus piernas a sostenerle; pero cuando supo que el desconocido había escapado al agente que le seguía, respiró a sus anchas.

—Buscad a ese hombre, caballero —dijo el rey al ministro de policía—, porque si es verdad, como todo hace suponer, que el general Quesnel que tan útil nos hubiera sido en estas circunstancias, ha caído bajo el puñal de un asesino, bonapartistas o no, quiero que los criminales sean castigados como se merecen.

Villefort necesitó de toda su sangre fría para no dejar traslucir los terrores que le inspiraban estas palabras del rey.

—¡Cosa extraña! —prosiguió el rey, como bromeando—; la policía cree haberlo dicho todo cuando dice: se ha cometido un asesinato; y haberlo hecho todo cuando añade: he encontrado la pista de los culpables.

—Señor, confío en que Vuestra Majestad quede completamente satisfecho esta vez.

—Ya veremos. No quiero deteneros más, barón; iréis a descansar, señor de Villefort, que debéis hallaros muy fatigado del viaje. ¿Os alojáis en casa de vuestro padre?

Villefort se turbó visiblemente.

—No, señor —dijo—. Me hospedo en el hotel de Madrid, situado en la calle de Tournon.

—Pero supongo que le habréis visto.

—Señor, en cuanto llegué fui a buscar al conde de Blacas.

—Pero ¿le veréis?

—Ni siquiera trataré de hacerlo.

—¡Ah!, es justo —dijo el rey sonriéndose como para probar que todas sus preguntas encerraban intención—; olvidábame de que estáis algo reñido con el señor Noirtier, nuevo sacrificio a la causa real, que debo recompensaros.

—La bondad con que me trata Vuestra Majestad es ya recompensa tan sobre todos mis deseos, que nada más tengo que pedir al rey.

—No importa, caballero, os tendremos presente, descuidad: entretanto, esta cruz...

Y quitándose el rey la cruz de la Legión de Honor que solía llevar en el pecho cerca de la cruz de San Luis, y por encima de las placas de la orden de Nuestra Señora del Monte Carmelo y de San Lázaro, se la dio a Villefort, que repuso:

—Señor, Vuestra Majestad se equivoca: esta cruz es de oficial.

—Tomadla, a fe mía, sea la que fuere —dijo el rey—, que no tengo tiempo para pedir otra. Blacas, haced que extiendan el diploma al señor de Villefort.

Los ojos de éste se humedecieron con una lágrima de orgullosa alegría; tomó la cruz y la besó.

—¿Qué órdenes —dijo— tiene Vuestra Majestad que darme en este momento?

—Descansad el tiempo que os haga falta, y tened presente que si en París no podéis servirme en nada, en Marsella puede ser muy al contrario.

—Señor —respondió inclinándose Villefort—, dentro de una hora habré salido de París.

—Marchad, caballero —dijo el rey—, y si yo os olvidase, que los reyes son desmemoriados, no temáis el hacer por recordaros... Señor barón, ordenad que busquen al ministro de la Guerra. Blacas, quedaos.

—¡Ah, señor! —dijo al magistrado el ministro de policía, cuando salieron de palacio—. ¡Entráis con buen pie: vuestra fortuna es cosa hecha!

—¿Durará mucho? —murmuró el magistrado saludando al

ministro, cuya fortuna se deshacía, y buscando con los ojos un coche para volver a su casa.

A una seña de Villefort se acercó un fiacre, a cuyo conductor dio las señas de su casa, lanzándose al fondo en seguida, donde se entregó a sus sueños ambiciosos.

Diez minutos más tarde, el magistrado estaba ya en su casa, y mandó a par que le sirviesen el almuerzo y que preparasen los caballos para dentro de dos horas.

Iba ya a sentarse a la mesa, cuando sonó fuertemente la campanilla, como agitada por una mano vigorosa. El ayuda de cámara fue a abrir, y Villefort pudo oír que pronunciaban su nombre.

—¿Quién puede saber que estoy en París? —murmuró. En este momento entró el ayuda de cámara.

—¿Y bien? —le dijo Villefort—. ¿Quién ha llamado? ¿Quién pregunta por mí?

—Una persona que no quiere decir su nombre.

—¡Una persona que no quiere decir su nombre!

—¿Y qué quiere?

—Desea hablaros.

—¿A mí?

—Sí, señor.

—¿Ha dado mis señas? ¿Sabe quién soy yo?

—Indudablemente.

—¿Qué trazas tiene?

—Es un hombre de unos cincuenta años.

—¿Alto? ¿Bajo?

—De la estatura del señor, sobre poco más o menos.

—¿Blanco o moreno?

—Muy moreno; de cabellos, ojos y cejas negros.

—¿Y cómo va vestido? —preguntó vivamente el magistrado.

—Un levitón azul, abotonado hasta arriba, con la roseta de la Legión de Honor.

—¡Él es! —murmuró Villefort palideciendo.

—¡Diantre! —dijo asomando en la puerta el hombre que hemos descrito ya dos veces—. ¡Diantre! ¡Qué conducta tan extraña! ¿Así hacen en Marsella esperar los hijos a sus padres en la antecámara?

—¡Padre mío...! —exclamó el sustituto—, no me engañé..., sospechaba que fueseis vos.

—Si lo sospechabas —contestó el recién llegado dejando el bastón en un rincón y el sombrero en una silla—, permíteme entonces, querido Gerardo, hacerte ver que has obrado mal haciéndome esperar.

—Dejadnos, Germán —dijo Villefort.

El criado se retiró, y veíase que le sorprendía lo ocurrido.

XII: DE PADRE A HIJO

El señor Noirtier, porque, en efecto, era él quien acababa de llegar, siguió con la vista al criado hasta que cerró la puerta, y luego, sin duda receloso de que se quedase a escuchar en la antecámara, la volvió a abrir por su propia mano. No fue inútil esta precaución, y la presteza con que salía Germán de la antecámara dio a entender que no estaba puro del pecado que perdió a nuestro primer padre. El señor Noirtier se tomó entonces el trabajo de cerrar por sí mismo la puerta de la antecámara, y echando el cerrojo a la de la alcoba, acercóse, tendiéndole la mano, a Villefort, que aún no había dominado la sorpresa que le causaban aquellas operaciones.

—¿Sabes, querido Gerardo —le dijo mirándole de una manera indefinible—, sabes que me parece que no lo alegras mucho de verme?

—Padre mío —respondió Villefort—, me alegro con toda el alma; pero no esperaba vuestra visita y me ha sorprendido.

—Mas ahora que caigo en ello —respondió el señor Noirtier—, que yo os podría decir otro tanto. Me anunciáis desde Marsella vuestra boda para el 28 de febrero, ¡y estáis en Paris el 3 de marzo!

—No os quejéis, padre mío, de mi estancia en París —dijo Gerardo acercándose al señor Noirtier—. He venido por vos, y mi viaje puede salvaros.

—¿De veras? —dijo el señor Noirtier acomodándose en un sillón—; ¿de veras? Contadme eso, señor magistrado, que debe de ser cosa curiosa.

—¿Habéis oído hablar, padre mío, de cierto club bonapartista de la calle de Santiago?

—¿Número 53? ¡Ya lo creo! Como que soy su vicepresidente.

—Vuestra sangre fría me hace temblar, padre.

—¿Qué quieres? Quien ha sido proscrito por la Montaña, quien ha huido de París en un carro de heno, quien ha corrido por las Landas de Burdeos perseguido por los sabuesos de Robespierre, se acostumbra a todo en esta vida. Sigue. ¿Qué ha pasado en ese club de la calle de Santiago?

—Lo que ha pasado es que han citado a él al general Quesnel, y éste, que salió a las nueve de la noche de su casa, ha sido hallado muerto en el Sena.

—¿Y quién os contó esa historia?

—El mismo rey, señor.

—Pues a cambio de ella voy a daros una noticia —prosiguió Noirtier.

—Supongo que ya sé de qué se trata.

—¡Ah! ¿Sabéis el desembarco de Su Majestad el emperador?

—¡Silencio, padre! Os lo suplico por vos y por mí. Ya sabía yo esa noticia, y aún antes que vos, porque hace tres días que bebo los vientos desde Marsella a París, rabioso por no poder apartar de mi imaginación esa idea que me la trastorna.

—¡Hace tres días! ¿Estáis loco? Hace tres días no se había embarcado todavía el emperador.

—No importa. Yo sabía su intento.

—¿Cómo?

—Por una carta que os dirigían a vos desde la isla de Elba.

—¿A mí?

—A vos: la he sorprendido, así como al mensajero. Si aquella carta hubiera caído en otras manos, quizás estaríais fusilado a estas horas, padre mío.

El señor Noirtier se echó a reír.

—No parece —dijo— sino que la restauración haya aprendido del imperio el modo de dar remate pronto a los asuntos. ¡Fusilado! ¿Adónde vamos a parar? ¿Y qué es de esa carta? Os conozco bastante bien para temer que hayáis dejado de destruirla.

—La quemé, temeroso de que hubiese en el mundo un solo fragmento; porque aquella carta era vuestra perdición.

—Y la pérdida de vuestra carrera —repuso fríamente Noirtier—. Ya lo comprendo todo; pero no hay por qué temer, pues me protegéis por vuestro interés.

—Más que eso aún: os salvo.

—¡Vaya, vaya! El interés dramático sube de punto. Explicaos.

—Volvamos a hablar del club de la calle de Santiago.

—Parece que el tal club ocupa mucho a la policía. Si lo buscasen mejor ya darían con él.

Ya han dado con la pista.

—Esa es la frase sacramental. Cuando la policía no ve más allá de sus narices en un asunto, asegura que ha dado con la pista; y con esto espera el gobierno tranquilamente a que venga a decirle con las orejas gachas: he perdido la pista.

—Sí, pero encontró un cadáver. El general ha sido muerto: en todas partes del mundo se llama eso un asesinato.

—¿Un asesinato decís? ¿Quién prueba que el general ha sido víctima de un asesinato? Todos los días se encuentran en el Sena cadáveres de desesperados o de personas que no saben nadar.

—Sabéis muy bien, padre mío, que el general no se ha suicidado, así como que en el mes de enero nadie se baña. No, no, no os engañéis a vos mismo. Su muerte está bien calificada de asesinato.

—¿Y quién la califica así?

—El propio rey.

—¿El rey? Lo tenía por filósofo: ¿cómo cree que en política haya asesinatos? En política, querido mío, y vos lo sabéis tan bien como yo, no hay hombres, sino ideas; no sentimientos, sino intereses; en política no se mata a un hombre, sino se allana un obstáculo. ¿Queréis que os diga cómo ha acaecido lo del general Quesnel? Pues voy a decíroslo. Creíamos poder contar con él, y aun nos lo habían recomendado de la isla de Elba. Uno de nosotros fue a su casa a invitarle para que asistiera a una reunión de amigos en la calle de Santiago. Accede a ello, se le descubre el plan, la fuga de la isla de Elba, el desembarco, todo en fin; y cuando lo sabe, cuando ya nada le queda por saber, nos declara que es realista. Entonces nos miramos unos a otros; le hacemos jurar, pero jura de tan mala gana que parecía como si tentase a Dios... Pues oye, a pesar de esto, se le deja salir en libertad, en libertad absoluta... Si no ha vuelto a su casa..., ¿qué sé yo? Habrá errado el camino, porque él se separó de nosotros sano y salvo. ¡Asesinato decís! Me sorprende en verdad, Villefort, que vos, sustituto del procurador del rey, baséis una acusación en tan malas pruebas. ¿Me ha ocurrido nunca a mí, cuando cumpliendo vuestro deber de realista cortáis la cabeza a uno de los míos, me ha ocurrido nunca el iros a decir: habéis cometido un asesinato? No, sino que os he dicho: bien, muy bien; mañana tomaremos el desquite.

—Pero tened en cuenta, padre mío, que cuando nosotros la tomemos será terrible.

—No os comprendo.

—¿Vos contáis con la vuelta del usurpador?

—Confieso que sí.

—Pues os engañáis. No avanzará diez leguas al corazón de Francia, sin verse perseguido y acosado como un animal feroz.

—Mi querido amigo, el emperador está ahora camino de Grenoble; el día 10 ó 12 llegará a Lyon, y el 20 ó 25, a París.

—Los pueblos van a sublevarse en masa.

—En su favor.

—Sólo trae algunos hombres y se enviarán ejércitos numerosos contra él. —Que le escoltarán el día de su entrada en la capital. En verdad, querido Gerardo, que sois un niño todavía, pues os creéis bien informado porque el telégrafo dice con tres días de atraso: "El usurpador ha desembarcado en Cannes con algunos hombres. Ya se le persigue". Sin embargo, ignoráis lo que hace y la posición que ocupa. Ya se le persigue, es el non plus de vuestras noticias. Si son ciertas se le perseguirá hasta París sin quemar un cartucho.

—Grenoble y Lyon son dos ciudades fieles que le opondrán una barrera infranqueable.

—Grenoble le abrirá sus puertas con entusiasmo, y Lyon le saldrá al encuentro en masa. Creedme: estamos tan bien informados como vosotros, y nuestra policía vale tanto como la vuestra... ¿Queréis que os lo pruebe? Intentabais ocultarme vuestra llegada y sin embargo la he sabido a la media hora. A nadie sino al cochero disteis las señas de vuestra casa, y no obstante yo las sé, pues que llego precisamente cuando os ibais a sentar a la mesa. A propósito, pedid otro cubierto y almorzaremos juntos.

—En efecto —respondió Villefort mirando a su padre con asombro—; en efecto estáis bien informado.

—Es muy natural. Vosotros estáis en el poder, no disponéis de otros recursos que los que procura el oro, mientras nosotros, que esperamos el poder, disponemos de los que proporciona la adhesión.

—¿La adhesión? —repuso riendo Villefort.

—Sí, la adhesión, que así en términos decorosos se llama a la ambición que espera.

Y esto diciendo Noirtier alargó la mano al cordón de la campanilla para llamar al criado, viendo que su hijo no le llamaba; pero éste le detuvo, diciéndole:

—Esperad, padre mío, oíd una palabra.

—Decidla.

—A pesar de su torpeza, la policía realista sabe una cosa terrible.

—¿Cuál?

—Las señas del hombre que se presentó en casa del general Quesnel la mañana del día en que desapareció.

—¡Ah! ¿Conque sabe eso? ¡Miren la policía! ¿Y cuáles son sus señas?

—Tez morena, cabellos, ojos y patillas negros, levitón azul abotonado hasta la barba, roseta de oficial de la Legión de Honor, sombrero de alas anchas y bastón de junco.

—¡Vaya! ¿Conque se sabe eso? —dijo Noirtier—. ¿Y por qué no le ha echado la mano?

—Porque ayer le perdió de vista en la esquina de la calle de Coq—Heron.

—¡Cuando yo os digo que es estúpida la policía!

—Sí, pero de un momento a otro puede dar con él.

—Sí, si no estuviese sobre aviso —dijo Noirtier mirando a su alrededor con la mayor calma—; pero como lo está, va a cambiar de rostro y de traje.

Y levantándose al decirlo, se quitó el levitón y la corbata, tomó del neceser de su hijo, que estaba sobre una mesa, una navaja de afeitar, se enjabonó la cara, y con mano firme quitóse aquellas patillas negras que tanto le comprometían.

Su hijo le miraba con un terror que tenía algo de admiración.

Cortadas las patillas, peinóse Noirtier de modo diferente, cambió su corbata negra por otra de color que había en una maleta abierta, su gabán azul cerrado, por otro de su hijo de color claro, observó ante el espejo si le caería bien el sombrero de alas estrechas de Villefort, y dejando el bastón de junco en el rincón de la chimenea donde lo había puesto agitó en su nerviosa mano un ligerísimo junco del cual Villefort se servía para presentarse y andar con desenvoltura, que era una de sus principales cualidades distintivas.

—¿Y ahora crees que me reconocerá la policía? —preguntó volviéndose hacia su estupefacto hijo.

—No, señor —balbució el sustituto—. A lo menos, así lo espero.

—Encomiendo a la prudencia —prosiguió Noirtier— estos trastos que dejo aquí.

—¡Oh! Id tranquilo, padre mío —respondió Villefort.

—Ya lo creo. Oye: empiezo a comprender que en efecto puedes haberme salvado la vida; pero, anda, que muy pronto te lo pagaré.

Villefort inclinó la cabeza.

—Creo que os engañáis, padre mío.

—¿Volverás a ver al rey?

—¿Quieres pasar a sus ojos por profeta?

—Los profetas de desgracias no son en la corte bien recibidos, padre.

—Pero a la corta o a la larga se les hace justicia. En el caso de una segunda restauración pasarás por un gran hombre.

—¿Y qué he de decir al rey?

—"Señor, os engañan acerca del espíritu reinante en Francia, y en las ciudades y en el ejército. El que en París llamáis el ogro de Córcega, el que se llama todavía en Nevers el usurpador, se llama ya en Lyón Bonaparte, y el emperador en Grenoble. Os lo imagináis fugitivo, acosado, y en realidad vuela como el águila de sus banderas. Sus soldados, que creéis muertos de hambre y de fatiga, dispuestos a desertar, multiplícanse como los copos de nieve en torno del alud que cae. Partid, señor, abandonad Francia a su verdadero dueño, al que no la ha comprado, sino conquistado; partid, señor, y no porque estéis en peligro, que él es bastante poderoso para no tocaros el pelo de la ropa; sino porque sería una mengua para un nieto de San Luis, deber la vida al hombre de

Arcolea, de Marengo de Austerlitz."

Dile esto, Gerardo..., o mejor será que no le digas nada. Disimula tu viaje a todo el mundo; no te vanaglories de lo que has venido a hacer, ni de lo que hiciste en París; si has bebido los vientos a la venida, devóralos a la vuelta, entra en tu casa de modo que nadie lo sospeche y en particular sé desde ahora humilde, inofensivo, astuto; porque te juro que obraremos como aquel que conoce a sus enemigos y es fuerte de suyo. Andad, andad, mi querido Gerardo, que con obedecer las órdenes paternales, o mejor dicho, si queréis, con atender a los consejos de un amigo, os sostendremos en vuestro destino. Así podréis —añadió Noirtier sonriendo—, salvarme por segunda vez si la rueda de la fortuna política vuelve a levantaros y a bajarme a mí. Adiós, mi querido Gerardo: en el primer viaje que hagáis, venid a parar en mi casa.

Y con esto se marchó tranquilo, como no había dejado de estarlo un solo momento durante esta conversación, mientras que Villefort, pálido y agitado, corrió a la ventana, desde donde le pudo ver pasar impasible entre dos o tres hombres de mala traza, que emboscados detrás de la esquina, y en los portales, esperaban quizás al de las patillas negras, el gabán azul y el sombrero de alas anchas, para echarle el guante.

Villefort permaneció de pie y lleno de ansiedad, hasta que, viéndole desaparecer en la encrucijada de Bussy, se precipitó sobre el malhadado traje, ocultó en el fondo de su maleta el levitón azul y la corbata negra, aplastó el sombrero escondiéndolo debajo de un armario, hizo pedazos el bastón arrojándolos al fuego, y poniéndose la gorra de viaje llamó al ayuda de cámara, vedándole con un gesto las mil preguntas que éste ansiaba hacer; pagóle la cuenta y se precipitó al carruaje que ya le estaba aguardando. En Lyón supo que Bonaparte acababa de entrar en Grenoble, y participando de la agitación que reinaba en los pueblos del tránsito llegó a Marsella henchida el alma con las angustias con que la ambición y los primeros medros suelen envenenarla.

XIII: LOS CIEN DÍAS

El señor Noirtier resultó un profeta verídico. Tal cual los auguró pasaron los sucesos. Todo el mundo conoce lo de la vuelta de la isla de Elba, suceso extraño, milagroso, que no tiene ejemplo en lo pasado ni tendrá imitadores en lo porvenir probablemente.

Luis XVIII no trató parar golpe tan duro sino con mucha parsimonia. Su desconfianza de los hombres le hacía desconfiar de los acontecimientos. El realismo, o mejor dicho, la monarquía restaurada por él vaciló en sus cimientos mal afirmados aún; un solo gesto del emperador acabó de demoler el caduco edificio, mezcla heterogénea de preocupaciones y de nuevas ideas. Villefort no alcanzó de su rey sino aquella gratitud inútil a la sazón y hasta peligrosa, y aquella cruz de la Legión de Honor, que tuvo la prudencia de no enseñar a nadie, aunque el señor de Blacas le envió el diploma a vuelta de correo, cumpliendo la orden de Su Majestad.

Napoleón hubiera destituido a Villefort, de no protegerle Noirtier, que gozaba de mucha influencia en la corte de los Cien Días, tanto por los peligros que había corrido, como por los servicios que había prestado. El girondino del 93, el senador de 1806, protegió pues a su protector de la víspera; tal como se lo había prometido.

Durante la resurrección del imperio, resurrección que hasta a los menos avisados se alcanzaba poco duradera, se limitó Villefort a ahogar el terrible secreto que Dantés había estado en trance de divulgar.

El procurador del rey fue destituido de su cargo por sospechas de tibieza en sus opiniones bonapartistas. Sin embargo, restablecido apenas el imperio, es decir, apenas habitó Napoleón en las Tullerías que acababa de abandonar Luis XVIII, apenas lanzó sus numerosas y diferentes órdenes desde aquel gabinete que conocemos, donde encontró abierta aún y casi llena sobre la mesa de nogal la caja de tabaco del rey Luis XVIII, Marsella, a pesar del vigor de sus magistrados, empezó a dejar traslucir en su seno las chispas de la guerra civil, nunca apagadas enteramente en el Mediodía. Muy poco faltó para que las represalias fuesen algo más que cencerradas a los realistas metidos en su concha, los cuales se vieron obligados a no poder salir de su casa, porque en las calles los perseguían cruelmente si se dejaban ver.

Por un cambio natural, el naviero, que como dijimos pertenecía al partido del pueblo, llegó a ser en esta ocasión, si no muy poderoso, porque Morrel era prudente y algo tímido, como aquel que con su laborioso trabajo va amasando lentamente una fortuna, por lo menos, alentado por los bonapartistas furibundos que criticaban su moderación, hallóse, repetimos, bastante fuerte para levantar la voz y hacer una reclamación, que como ya se adivinará, fue en favor de Dantés.

Villefort continuaba siendo sustituto, a pesar de la caída del procurador: su boda, aunque resuelta, habíase aplazado para mejores tiempos. Si el emperador se afianzaba en el trono, necesitaba Gerardo de otra alianza, que su padre buscaría y ajustaría; pero como una segunda restauración devolviese Francia al rey Luis XVIII, crecería la influencia del marqués de Saint—Meran, y la suya propia, con lo que llegara a ser la proyectada unión más ventajosa que nunca.

El sustituto del procurador del rey era el primer magistrado de Marsella, cuando una mañana se abrió la puerta de su despacho y le anunciaron al señor Morrel.

Otro cualquiera se hubiera alarmado con el solo anuncio de semejante visita; pero el sustituto era un hombre superior, que tenía, si no la práctica, el instinto de todas las cosas. Hizo aguardar al señor Morrel en la antecámara, tal como había hecho en otro tiempo, y no porque estuviera ocupado con alguien, sino porque es costumbre que se haga antesala al sustituto del procurador del rey. Hasta después de un cuarto de hora, pasado en leer tres o cuatro periódicos de diferentes colores políticos, no dio orden de que entrase el naviero, que esperaba encontrar a Villefort abatido, y le halló como seis semanas antes, firme, grave, y con esa ceremoniosa política que es la más alta de todas las barreras que separan al hombre vulgar del hombre encumbrado.

Había entrado en el despacho de Villefort convencido de que el magistrado iba a temblar a su vista, y como sucedió al revés, él fue quien se vio tembloroso y conmovido ante aquel personaje interrogador, que le esperaba con el codo apoyado en la mesa y la barba en la palma de la mano.

El señor Morrel se detuvo a la puerta. Miróle Villefort como si le costase trabajo reconocerle, y después de una larga pausa, durante la cual no hacía el digno naviero sino darle vueltas y más vueltas a su sombrero entre las manos, el sustituto dijo:

—Si no me engaño..., sois... el señor Morrel.

—Sí, señor; el mismo—respondió Morrel.

—Acercaos, pues —prosiguió el juez, haciéndole con la mano un signo protector—; acercaos y decidme a qué debo el honor de esta visita.

—¿No lo sospecháis, caballero? —le preguntó el señor Morrel.

—No, ni remotamente; aunque eso no impide que esté dispuesto a serviros en cuanto de mí dependa.

—Todo depende de vos —repuso el naviero.

—Explicaos, pues.

—Señor —prosiguió Morrel animándose a medida que iba hablando y conociendo así lo fuerte de su posición, como la justicia de su causa—; señor, ya recordaréis que pocos días antes de saberse el desembarco de Su Majestad el emperador, vine a recomendar a vuestra indulgencia a un desdichado joven, segundo de mi barco, a quien se acusaba, como seguramente recordaréis, se acusaba de mantener relaciones en la isla de Elba. Aquellas relaciones, entonces criminales, son hoy títulos de favor. Entonces servíais a Luis XVIII y le castigasteis, caballero..., fue vuestro deber. Hoy servís a Napoleón, debéis protegerle, porque también es vuestro deber. Vengo a preguntaros qué ha sido de aquel joven.

Villefort hizo un violento esfuerzo para decir:

—¿Cuál es su nombre? Tened la bondad de decírmelo.

—Edmundo Dantés.

De seguro Villefort hubiera preferido batirse en duelo a veinticinco pasos, que oír pronunciar este nombre así a boca de jarro; pero ni pestañeó.

"Con esto —dijo para sí—, nadie me podrá acusar de haber hecho una cuestión personal de la prisión de ese hombre."

—¿Dantés? —repitió—: ¿Decís Edmundo Dantés?

—Sí, señor.

Abrió entonces Villefort un grueso libro que yacía en un cajón de su mesa, y después de hojearlo mil y mil veces, se volvió a decir al naviero, con el aire más natural del mundo:

—¿Estáis bien seguro de no engañaros?

Si Morrel hubiese sido un hombre más versado en estas materias, le chocara que el sustituto del procurador del rey se dignase responderle en cosas ajenas de todo en todo a su jurisdicción. Entonces se hubiera preguntado por qué no le hacía Villefort recurrir al registro general de cárceles, a los gobernadores de las prisiones, o al prefecto del departamento.

Pero Morrel, que había esperado encontrar a Villefort temeroso, creía hallarle condescendiente. El sustituto lo había comprendido.

—No, caballero, no me equivoco —respondió Morrel—. Conozco hace diez años a ese joven, y hace cuatro que le tengo a mi servicio. Hace seis semanas, ¿no os acordáis?, vine a rogaros que fuerais con él clemente, así como hoy vengo a rogaros que seáis justo. ¡Harto mal me recibisteis entonces, y aún me contestasteis peor; que los realistas entonces trataban a la baqueta a los bonapartistas!

—¡Caballero! —respondió Villefort parando el golpe con su acostumbrada sangre fría—, yo era entonces realista porque creía ver en los Borbones no solamente los herederos legítimos del trono, sino los electos del pueblo; pero las jornadas milagrosas de que hemos sido testigos pruébanme que me engañaba. El genio de Bonaparte sale vencedor. El monarca legítimo es el monarca amado.

—Enhorabuena —exclamó Morrel con su natural franqueza—; me da gusto oíros hablar así, y ya pronóstico buenas cosas al pobre Edmundo.

—Aguardad —repuso Villefort hojeando otro registro—: ya caigo..., ¿no es un marino que se iba a casar con una catalana? Sí..., sí..., ya recuerdo.

Era un asunto muy grave.

—¿Cómo?

—¿No sabéis que desde mi casa se le llevó a las prisiones del Palacio de Justicia?

—Sí; ¿y bien?

—Di cuenta a París, enviando los papeles que le hallé..., ¿qué queréis? Mi deber lo exigía. Ocho días después de su prisión me arrebataron al reo.

—¿Os lo arrebataron? —exclamó Morrel—; ¿y qué han hecho con él?

—¡Oh, tranquilizaos! Seguramente habrá sido transportado a Fenestrelles, a Pignerol o a las islas de Santa Margarita..., lo que se llama deportación en lenguaje jurídico, y el día menos pensado le veréis volver a tomar el mando de su buque.

—Que venga cuando quiera, le reservo su puesto. Pero ¿cómo no ha venido ya? Paréceme que el primer cuidado de la policía debió de ser poner en libertad a los presos de la justicia realista.

—Mi querido señor Morrel, ésa es una acusación temeraria —respondió Villefort—. Para todo hay una fórmula legal. La orden de prisión vino de arriba y de arriba ha de venir la de ponerle en libertad.

Ahora bien, como apenas hace quince días de la vuelta de Napoleón, todavía no es tarde.

—Pero habrá algún medio de activar el asunto, ahora que nosotros mandamos, ¿verdad? Tengo amigos y alguna influencia: puedo lograr que se eche tierra a la sentencia.

—No ha sido sentencia.

—Pues que le borren del registro general de cárceles.

—En materia de política tampoco hay registros. Muchas veces importa a los gobiernos que un hombre desaparezca sin dejar rastro alguno. Las anotaciones del registro general podrían servir de hilo conductor al que le buscara.

—Eso sucedería quizás en tiempo de los Borbones; pero ahora...

—En todos tiempos sucede lo mismo, mi querido señor Morrel. Los gobiernos se suceden unos a otros imitándose siempre. La máquina penitenciaria inventada por Luis XIV sigue hoy en uso, y es muy parecida a la Bastilla. El emperador ha sido más severo al reglamentar sus prisiones que el gran rey mismo, y el número de los presos que no constan en el registro general de cárceles es incalculable.

Tanta benevolencia hubiese borrado hasta las sospechas más evidentes, que Morrel no tenía por otra parte.

—Pero, en fin, señor de Villefort —le dijo—, ¿qué os parece que haga para apresurar la vuelta del pobre Dantés?

—Una sola cosa: haced una solicitud al ministro de Justicia.

—¡Oh!, caballero, ya sabemos el destino de las solicitudes; el ministro recibe doscientas cada día y no lee cuatro.

—Sí —respondió Villefort—, pero leería una dirigida por mi conducto, recomendada al margen por mí, y remitida directamente por mí.

—¿De modo que os encargaríais de que llegara a sus manos esa solicitud?

—Con mucho gusto. Dantés podía ser entonces culpable; pero ahora es inocente, y es mi deber el devolverle la libertad, como entonces lo fue quitársela.

Villefort evitaba así una requisitoria, aunque poco probable, posible; requisitoria que sin remedio le perdería.

—¿Cómo se escribe al ministro?

—Sentaos ahí, señor Morrel —dijo Villefort levantándose y cediéndole su asiento—. Voy a dictaros.

—¿Tendríais tanta bondad?

—Desde luego. No perdamos tiempo, que ya hemos perdido demasiado.

—Sí, caballero. Pensemos en que el pobre muchacho aguarda, sufre y quizá se desespera.

Villefort tembló al recuerdo de aquel desgraciado que le maldeciría desde el fondo de su prisión; pero había ya avanzado mucho para retroceder. Dantés debía desaparecer ante su ambición.

—Dictad —dijo el naviero sentado en la silla de Villefort y con la pluma en la mano.

Villefort dictó entonces una instancia, en la que exageraba el patriotismo de Dantés, sus servicios a la causa bonapartista, y pintándole, en fin, como uno de los agentes más activos de la vuelta de Napoleón. Era evidente que a tal solicitud el ministro haría al punto justicia, si ya no la había hecho.

Terminada la solicitud, Villefort la volvió a leer en voz alta.

—Así está bien —dijo— Ahora confiad en mí.

—¿Y partirá pronto esta solicitud, caballero?

—Hoy mismo.

—¿Recomendada por vos?

—La mejor recomendación que yo podría ponerle es certificar que es cierto cuanto decís en la solicitud.

Y sentándose a su vez, escribió Villefort al margen su

certificado.

—Y ahora ¿qué hay que hacer, caballero? —le preguntó el armador.

—Esperar —repuso Villefort— yo me encargo de todo.

Esta seguridad volvió las esperanzas a Morrel; de modo que cuando dejó al sustituto le había ganado enteramente. El naviero fue en seguida a anunciar al padre de Edmundo que no tardaría en volver a ver a su hijo.

En cuanto a Villefort, guardó cuidadosamente aquella solicitud que para salvar en lo presente a Dantés le comprometía tanto en lo futuro, caso de que sucediese una cosa que ya los sucesos y el aspecto de Europa dejaban entrever: otra restauración.

Por lo tanto, Edmundo continuó en la cárcel. Aletargado en su calabozo no oyó el rumor espantoso de la caída del trono de Luis XVIII, ni el más espantoso aún de la del trono del emperador.

Sin embargo, el sustituto lo había observado todo con ojo avizor. Durante esta corta aparición imperial llamada los Cien Días, Morrel había vuelto a la carga insistiendo siempre por la libertad de Dantés; pero Villefort le había tranquilizado con promesas y esperanzas. Al fin llegó el día de Waterloo.

Morrel había hecho por su joven amigo cuanto humanamente le había sido posible. Ensayar nuevos medios durante la segunda restauración hubiese sido comprometerse en vano.

Luis XVIII volvió a subir al trono. Villefort, para quien Marsella estaba llena de recuerdos que eran para él otros tantos remordimientos, solicitó y obtuvo la plaza de procurador del rey en Tolosa.

Quince días después de su instalación en esta ciudad se verificó su matrimonio con la señorita Renata de Saint—Meran, cuyo padre tenía más influencia que nunca.

Y con esto Dantés permaneció preso, así durante los Cien Días como después de Waterloo, y olvidado, si no de los hombres, de Dios a lo menos.

Danglars comprendió toda la extensión del golpe con que había perdido a Dantés, al ver volver a Francia a Napoleón. Su denuncia acertó por casualidad, y como aquellos hombres que tienen cierta aptitud para el crimen y un mediano arte de saber vivir, llamó a esta rara casualidad decreto de la Providencia.

Pero cuando Napoleón volvió a París, y al resonar su voz imperiosa y potente, Danglars tuvo miedo, ya que esperaba a cada instante ver aparecer a Dantés, a su víctima, enterado de todo, y amenazador y terrible en la venganza. Manifestó entonces al señor Morrel su deseo de abandonar la vida marítima, logrando que el naviero le recomendase a un comerciante español, a cuyo servicio entró a fin de marzo, es decir, diez o doce días después de la vuelta de Napoleón a las Tullerías.

Partió, pues, para Madrid, y ninguno de sus amigos volvió a saber de su paradero.

Fernando no comprendió nada de lo sucedido. Dantés estaba ausente. Con esto se contentaba.

¿Qué le había sucedido?

No trató de averiguarlo; sólo con el respiro que le dejaba su ausencia se ingenió como pudo, ora para engañar a Mercedes sobre las causas de la desaparición de Edmundo, ora para meditar planes de emigración y robo. Quizás, y eran estos momentos los más tristes de su vida, se sentaba a la punta del cabo Pharo, desde donde se distinguen a la par Marsella y los Catalanes, contemplándolos triste e in—móvil como un ave de rapiña, y soñando a cada instante ver venir a su rival vivo y erguido, y para él también nuncio de terribles venganzas. Para entonces estaba tomada su decisión: mataba a Edmundo de un tiro, y después se suicidaba; pero esto se lo decía a sí mismo para disculpar su asesinato.

Fernando se engañaba a sí mismo. Nunca se hubiera él suicidado, porque tenía esperanzas aún.

En medio de estos tristes y dolorosos acontecimientos, el imperio llamó a sus banderas la última quinta, y todos cuantos podían empuñar las armas se lanzaron fuera del territorio francés a la voz del emperador. Fernando fue de éstos; abandonó a Mercedes y su cabaña con doble dolor, pues temía que en su ausencia volviese su rival y se casase con la que adoraba. Si alguna vez debió Fernando matarse fue al abandonar a su amada Mercedes. Sus atenciones con ella, la compasión que demostraba a su desdicha, el cuidado con que adivinaba sus menores deseos, habían producido el efecto que producen siempre las apariencias de adhesión en los corazones generosos. Mercedes había querido mucho a Fernando como amigo; y su amistad creció con el agradecimiento.

—Hermano mío —le dijo atando a la espalda del catalán la mochila del quinto— hermano mío, mi único amigo, no lo dejes matar, no me dejes sola en este mundo en que lloro, y en el que estaré enteramente abandonada si tú me faltas.

Estas palabras, dichas por despedida, fueron para Fernando un rayo de esperanza. Si Dantés no regresaba, quizá Mercedes llegaría a ser suya.

Esta se quedó, pues, enteramente sola en aquella tierra árida, que nunca se lo había parecido tanto, con el mar inmenso por único horizonte. Bañada en lágrimas, como aquella loca cuya doliente vida cuenta el pueblo, veíasela de continuo errante en torno a los Catalanes; ora quedándose muda a inmóvil como una estatua bajo el ardiente sol del Mediodía, para contemplar a Marsella; ora sentándose a la orilla del mar, como si escuchara sus gemidos, eternos como su dolor, y preguntándose al propio tiempo a sí misma si no le fuera mejor que esperar sin esperanza, inclinarse hacia delante y dejarse caer por su propio peso en aquel abismo que la tragaría. Mas no fue valor lo que le faltó, sino que vino en su ayuda la religión a salvarla del suicidio.

Caderousse fue, como Fernando, llamado por la patria; pero tenía ocho años más y era casado, con lo que se le destinó a las costas. El viejo Dantés, a quien sólo la esperanza sostenía, la perdió con la caída del imperio, y cinco meses más tarde, día por día de la ausencia de su hijo, y a la misma hora en que Edmundo fue preso, expiró en brazos de Mercedes. El señor Morrel cubrió todos los gastos del entierro y las mezquinas deudas que el pobre viejo había contraído durante su enfermedad. Esto, más que filantropía, era valor, porque el país estaba en llamas, y socorrer, aunque moribundo, al padre de un bonapartista tan peligroso como Dantés, podía ser tomado por un verdadero crimen político.

XIV: DOS PRESOS: EL FURIOSO... Y EL LOCO

Al cabo de un año aproximadamente después de la vuelta de Luis XVIII, el inspector general de cárceles efectuó una visita a las del reino.

Desde su calabozo, Dantés percibía el rumor de los

preparativos que se hacían en el castillo, y no por el alboroto que ocasionaban, aunque no era grande, sino porque los presos oyen en el silencio de la noche hasta la araña que teje su tela, hasta la caída periódica de la gota de agua que tarda una hora en filtrarse por el techo de su calabozo, y adivinó que algo nuevo sucedía en el mundo de los vivos: hacía tanto tiempo que le habían encerrado en una tumba, que podía muy bien tenerse por muerto.

En efecto, el inspector iba visitando una tras otra las prisiones, calabozos y subterráneos. A muchos presos interrogaba, particularmente a aquellos cuya dulzura o estupidez los hacía recomendables a la benevolencia de la administración: sus preguntas se redujeron a cómo estaban alimentados y qué reclamaciones tenían que hacer a su autoridad. Todos convinieron unánimemente en que la comida era detestable, y pedían la libertad. El inspector les preguntó entonces si tenían otra cosa que decirle. Su respuesta fue un ademán de cabeza. ¿Qué otra cosa que la libertad pueden pedir los presos?

El inspector se volvió sonriendo, y dijo al gobernador del castillo:

—No sé para qué nos obligan a estas visitas inútiles. Quien ve a un preso los ve a todos. ¡Siempre lo mismo! Todos están mal alimentados y son inocentes por añadidura. ¿Hay algunos más?

—Sí, tenemos los peligrosos y los dementes, que están en los subterráneos.

—Vamos —dijo el inspector con aire de aburrimiento—. Cumplamos nuestra obligación en regla. Bajemos a los subterráneos.

—Aguardad por lo menos a que vayan a buscar dos hombres —respondió el gobernador— que los presos, sea por hastío de la vida, sea para hacerse condenar a muerte, intentan tal vez crímenes desesperados, y podríais ser víctima de alguno.

—Tomad, pues, precauciones —dijo el inspector.

En efecto, enviaron a buscar dos soldados, y comenzaron a bajar una escalera, tan empinada, tan infecta y tan húmeda, que el olfato y la respiración se lastimaban a la par.

—¡Oh! ¿Quién diablos habita este calabozo? —dijo el inspector a la mitad del camino.

—Un conspirador de los más temibles: nos lo han recomendado particularmente como hombre capaz de cualquier cosa.

—¿Está solo?

—Sí.

—¿Y cuánto tiempo hace?

—Un año, con corta diferencia.

—¿Y desde su entrada en el castillo está en el subterráneo?

—No, señor, sino desde que quiso matar al llavero encargado de traerle la comida.

—¿Ha querido matar al llavero?

—Sí, señor: a ese mismo que nos viene alumbrando. ¿No es cierto, Antonio? —le preguntó el gobernador.

—Como lo oye, señor —respondió el llavero.

—¿Está loco este hombre?

—Peor que loco, es el diablo.

—¿Queréis que demos cuenta a la superioridad? —preguntó el inspector al gobernador.

—Es inútil. Bastante castigado está. Ya raya en la locura, y según la experiencia que nuestras observaciones nos dan, dentro de un año estará completamente loco.

—Mejor para él —dijo el inspector—, pues sufrirá menos.

Como se ve, era este inspector un hombre muy humano, y digno del filantrópico empleo que gozaba.

—Tenéis razón, caballero —repuso el gobernador— y vuestra reflexión da a entender que habéis estudiado la materia a fondo. En otro subterráneo que está separado de éste unos veinte pies y al cual se desciende por otra escalera, tenemos un viejo abate, jefe del partido de Italia in illo tempore, preso aquí desde 1811. Desde fines de 1813 se le ha trastornado la cabeza, y ya nadie le podría reconocer físicamente. Antes lloraba, ahora ríe; antes enflaquecía, ahora engorda. ¿Queréis verle antes que a éste? Su locura es divertida y os aseguro que no os entristecerá.

—A uno y otro veré —respondió el inspector—. Hagamos las cosas como se deben hacer.

Era ésta la primera vez que el inspector hacía una visita de cárceles, por lo que deseaba dar a sus jefes buena idea de sí.

—Entremos, pues, en éste —dijo.

—Bien —respondió el gobernador, haciendo una seña al llavero, el cual abrió la puerta.

Al rechinar de las macizas cerraduras; al rumor de los pesados cerrojos, Dantés, que estaba acurrucado en un rincón del calabozo recreándose deleitosamente en el exiguo rayo de luz que penetraba por un tragaluz con gruesísimos barrotes, Dantés, repetimos, levantó la cabeza. Viendo a un desconocido alumbrado por dos llaveros que llevaban antorchas encendidas, custodiado por dos soldados y respetado por el gobernador de tal manera que le hablaba con el sombrero en la mano, comprendió Dantés el objeto de su visita, y viendo en fin que se le presentaba coyuntura de hablar a una autoridad superior, saltó hacia él con las manos en actitud de súplica. Los soldados calaron bayoneta, temiendo que el preso se dirigiese al inspector con malas intenciones; éste retrocedió un paso, asustado. Dantés comprendió que le habían pintado a sus ojos como un hombre temible. Procuró entonces poner en su mirada cuanto de humildad y mansedumbre hay en el corazón humano, y con una elocuencia piadosa que admiró a todos los circunstantes trató de conmover al recién llegado. Escuchó hasta el fin el inspector el discurso de Dantés, y volviéndose al gobernador le dijo en voz baja:

—Ya va haciéndose humano, y los sentimientos dulces empiezan a dominarle. Observad cómo el temor obra en él su efecto; retrocedió ante las bayonetas, y el loco no retrocede ante peligro alguno. Sobre este síntoma he hecho ya en Charentón observaciones muy curiosas.

Después, volviéndose al preso:

—En resumen —le dijo—, ¿qué pedís?

—Pido que me digan el crimen que he cometido; que se me nombren jueces; que se me juzgue; que se me fusile si soy culpable, pero que me pongan en libertad si soy inocente.

—¿Coméis bien? —le preguntó el inspector.

—Sí, yo lo creo..., no lo sé; pero eso importa poco. Lo que debe importar, no solamente a mí, pobre preso, sino a todos los que se ocupan en hacer justicia, y sobre todo al rey que nos manda, es que el inocente no sea víctima de una delación infame, y no muera entre cerrojos maldiciendo a sus verdugos.

—¡Qué humilde estáis hoy! —le dijo el gobernador—. No siempre sucede lo mismo, de otra manera hablabais el día que quisisteis asesinar a vuestro guardián.

—Es verdad, señor —respondió Dantés—, y por ello pido

humildemente perdón a este hombre, que ha sido siempre bondadoso conmigo. Pero ¿qué queréis? Yo estaba loco, yo estaba furioso.

—¿Y ahora, ya no lo estáis?

—No, señor; porque la prisión me doma, me anonada. ¡Hace tanto tiempo que estoy aquí!

—¡Mucho tiempo! ¿En qué época os detuvieron? —le preguntó el inspector.

—El 28 de febrero de 1815, a las dos de la tarde. El inspector se puso a calcular.

—Estamos a 30 de julio de 1816; no hace más que diecisiete meses que estáis preso.

—¿No hace más? —repuso Dantés—. ¿Os parecen pocos diecisiete meses? ¡Ah!, señor, ignoráis lo que son diecisiete meses de cárcel; diecisiete años, diecisiete siglos, sobre todo para un hombre como yo, que estaba próximo a ser feliz; para un hombre que vela abierta una carrera honrosa, y que todo lo pierde en aquel mismo instante, que del día más claro y hermoso pasa a la noche más profunda, que ve su carrera destruida, que no sabe si le ama aún la mujer que antes le amaba, que ignora en fin si su anciano padre está muerto o vivo. Diecisiete meses de cárcel para un hombre acostumbrado al aire del mar, a la independencia del marino, al espacio, a la inmensidad, a lo infinito; caballero, diecisiete meses de cárcel es el mayor castigo que pueden merecer los crímenes más horribles del vocabulario humano. Compadeceos de mí, caballero, y pedid para mí no indulgencia, sino rigor, no indulto, sino justicia. Justicia, señor, yo no pido más que justicia. ¿Quién se la niega a un preso?

—Está bien, ya veremos —dijo el inspector. Y volviéndose hacia su acompañante añadió:

—En verdad me da lástima este pobre diablo. Luego me enseñaréis en el libro de registro su partida.

—Con mucho gusto —respondió el gobernador—, pero creo que hallaréis notas tremendas contra él.

—Caballero —prosiguió Edmundo—, bien sé que vos no podéis hacerme salir de aquí por vuestra propia decisión, pero podéis transmitir mi súplica a la autoridad, provocar una requisitoria, hacer en fin que se me juzgue. ¡Justicia es todo lo que pido! Sepa yo al menos de qué crimen se me acusa, y a qué castigo se me sentencia. La incertidumbre es el peor de todos los suplicios.

—Contadme, pues, detalles del asunto —dijo el inspector.

—Señor —exclamó Dantés—, por vuestra voz comprendo que estáis conmovido. ¡Señor! ¡Decidme que tenga esperanza!

—No puedo decíroslo —respondió el inspector—, sino solamente prometeros examinar vuestra causa.

—¡Oh! Entonces, caballero, estoy libre, ¡me he salvado! —¿Quién os mandó detener? —preguntó el inspector.

—El señor de Villefort —respondió Edmundo Dantés—. Vedle y entendeos con él.

—Desde hace un año que el señor de Villefort no está en Marsella, sino en Tolosa.

—¡Ah! , no me extraña —balbució Dantés—. ¡He perdido a mi único protector!

—¿Tenía el señor de Villefort algún motivo para estar resentido con vos?

—Ninguno, señor; antes al contrario, fue muy bondadoso conmigo.

—¿Podré fiarme de las notas que haya dejado escritas sobre vos, o que me proporcione él mismo?

—Sí, señor.

—Pues bien: tened esperanza.

Dantés cayó de rodillas levantando las manos al cielo, y recomendándole en una oración aquel hombre que había bajado a su calabozo como el Salvador a sacar almas del infierno. La puerta se volvió a cerrar, pero la esperanza que acompañaba al inspector se quedó encerrada en el calabozo de Dantés.

—¿Queréis ver ahora el libro de registro —dijo el gobernador—, o bajamos antes al calabozo del abate?

—Acabemos la visita —respondió el inspector—. Si volviese a salir al aire libre quizá no tendría valor para acabarla.

—Este preso no es por el estilo del otro, que su locura entristece menos que la razón de su vecino.

—¿Cuál es su locura?

—¡Oh!, muy extraña. Se cree poseedor de un tesoro inmenso. El primer año ofreció al gobierno un millón si le ponía en libertad; el segundo año le ofreció dos millones; el tercero, tres, y así progresivamente. Ahora está en el quinto año: es probable que os pida una entrevista, y os ofrezca cinco millones.

—Manía rara es, en efecto —dijo el inspector—. ¿Y cómo se llama ese millonario?

—El abate Faria.

—Número 27 —dijo el inspector.

—Aquí es. Abrid, Antonio.

El llavero obedeció, con lo que pudo el inspector pasear su mirada curiosa por el calabozo del abate loco, que así solían llamar a aquel preso.

En mitad de la estancia, dentro de un círculo trazado en el suelo con un pedazo de yeso de la pared, veíase agazapado un hombre casi desnudo, tan roto estaba su traje. Ocupábase en aquellos momentos en hacer dentro del círculo líneas geométricas muy bien trazadas, y parecía tan preocupado con su problema como Arquímedes cuando le mató el soldado de Marcelo. Ni siquiera pestañeó al rumor de la puerta que se abría, ni dio muestra alguna de sorpresa cuando el resplandor de las antorchas iluminó con desusado brillo el húmedo suelo en que trabajaba. Volvióse entonces y vio con gran sorpresa la numerosa comitiva que acababa de entrar en su calabozo.

Acto continuo se puso en pie y cogió un cobertor que yacía a los pies de su miserable lecho para envolverse y recibir con mayor decencia a los recién venidos.

—¿Qué es lo que pedís? —le dijo el inspector sin alterar la fórmula.

—¿Yo, caballero...?, no pido nada —respondió el abate como admirado.

—Sin duda no me comprendéis —dijo el inspector—. Yo soy un delegado del gobierno para visitar las cárceles y atender las reclamaiones de los presos.

—¡Oh!, entonces es otra cosa, caballero —exclamó vivamente el abate— Espero que vamos a entendernos.

—¿Lo veis? —dijo el gobernador por lo bajo— El principio, ¿no os indica que va a parar a lo que yo os decía?

—Caballero —prosiguió el preso—, yo soy el abate Faria, natural de Roma. A los veinte años era secretario del cardenal Rospigliossi. Sin saber por qué, me detuvieron a principios de

1811, y desde entonces suplico vanamente mi libertad a las autoridades italianas y francesas.

—¿Y por qué a las francesas? —le preguntó el gobernador.

—Porque me prendieron en Piombino, y supongo que, como Milán y Florencia, Piombino será actualmente capital de un departamento francés.

El inspector y el gobernador se miraron sonriendo.

—¿Sabéis, amigo mío —le dijo el inspector—, que no son muy frescas vuestras noticias de Italia?

—Datan del día en que fui preso, caballero —repuso el abate Faria— y como Su Majestad el emperador había creado el reino de Roma para el hijo que el cielo acababa de darle, supongo que, siguiendo el curso de sus conquistas, haya realizado el sueño de Maquiavelo y de César Borgia, que era hacer de Italia entera un solo y único reino.

—Caballero —dijo el inspector—, la Providencia, por fortuna, ha modificado ese gigantesco plan de que parecéis partidario tan ardiente.

—Ese es el único medio de hacer de Italia un Estado fuerte, independiente y feliz —respondió el abate.

—Puede ser —repuso el inspector—; pero yo no he venido a estudiar un curso de política ultramontana, sino a preguntaros, como ya lo hice, si tenéis algo que reclamar sobre vuestra habitación, trato y comida.

—La comida es igual a la de todas las cárceles, quiero decir, malísima —respondió el abate— la habitación ya lo veis, húmeda a insalubre, aunque muy buena para calabozo. Pero no tratemos de eso sino de revelaciones de la más alta importancia que tengo que hacer al gobierno.

—Ya va a su negocio —dijo en voz baja el gobernador al inspector.

—Me felicito, pues, de veros —prosiguió el abate—, aunque me habéis interrumpido un cálculo excelente que a no fallarme cambiaría quizás el sistema de Newton. ¿Podéis concederme una entrevista secreta?

—¿Eh? ¿Qué decía yo? —dijo el gobernador al inspector.

—Bien conocéis a vuestra gente —respondió este último sonriéndose, y volviéndose a Faria le dijo:

—Caballero, lo que me pedís es imposible.

—Sin embargo, ¿y si se tratase, caballero —repuso el abate—, de hacer ganar al gobierno una suma enorme, una suma de cinco millones?

—A fe mía que hasta la cantidad adivinasteis —dijo el inspector volviéndose otra vez hacia el gobernador.

—Vamos —prosiguió el abate, conociendo que el inspector iba a marcharse—, no hay necesidad de que estemos absolutamente solos. El señor gobernador puede asistir a nuestra entrevista.

—Amigo mío —dijo el gobernador—, sabemos por desgracia de antemano lo que queréis decirnos. De vuestros tesoros, ¿no es verdad?

Miró Faria a este hombre burlón con ojos en que un observador desinteresado hubiera leído la razón y la verdad.

—Sin duda alguna —le respondió—. ¿De qué queréis que yo os hable, sino de mis tesoros?

—Señor inspector —repuso el gobernador—, puedo contaros esa historia tan bien como el abate, porque hace cuatro o cinco años que no me habla de otra cosa.

—Eso demuestra, señor gobernador —dijo Faria—, que sois como aquellos de que habla la Escritura, que tienen ojos y no ven, oídos y no oyen.

—Amigo —añadió el inspector—, el gobierno es rico, y a Dios gracias no necesita de vuestro dinero. Guardadlo, pues, para cuando salgáis de vuestro encierro.

Dilatáronse los ojos del abate, y asiendo de la mano al inspector, le dijo:

—Pero, ¿y si no salgo nunca? ¿Y si contra toda justicia permanezco siempre en este calabozo? ¿Y si muero sin haber legado a nadie mi secreto? ¡El tesoro se perderá! ¿No es preferible que lo poseamos el gobierno y yo? Daré hasta seis millones, caballero, sí, le daré hasta seis millones, y me contentaré con el resto si se me pone en libertad.

—A fe mía —dijo a media voz el inspector—, habla con tal acento de convicción, que se le creería a no saber que está loco.

—No estoy loco, caballero, digo la verdad —repuso Faria, que con ese oído finísimo de los presos no perdió una sola palabra—. El tesoro de que hablo existe ciertamente, y me comprometo a firmar con vos un tratado por el cual me llevaréis adonde yo designe, se cavará en la tierra, y si yo miento, si no se encuentra nada, si estoy loco como decís, consentiré en volver al calabozo, y en permanecer toda mi vida, y en esperar la muerte sin volver a pedir nada ni a vos ni a nadie.

El gobernador se echó a reír.

—¿Y está muy lejos el lugar de vuestro tesoro?

—A cien leguas de aquí, sobre poco más o menos.

—No está mal imaginado —dijo el gobernador—. Si todos los presos se divirtiesen en pasear a sus guardias por un espacio de cien leguas, y si los guardias consintiesen en tales paseos, sería un magnífico motivo para que los presos tomaran las de Villadiego a la primera ocasión, que no dejaría de presentarse, ciertamente, en tan larga correría.

—Es un ardid muy gastado —dijo el inspector—. Ni siquiera tiene el mérito de la invención.

Después, volviéndose al abate, le dijo:

—Ya os he preguntado si os dan bien de comer.

—Caballero —respondió Faria—, juradme por Cristo nuestro Señor que me pondréis en libertad si no miento, y os diré dónde está el tesoro.

—¿Os dan buen alimento? —repitió el inspector.

—Nada aventuráis, caballero, y no será un truco para escaparme, pero consiento en permanecer aquí mientras vos vayáis...

—¿No contestáis a mi pregunta? —repuso impaciente el inspector.

—¡Ni vos a mi solicitud! —respondió el abate—. ¡Maldito seáis como los insensatos que no han querido creerme! ¿No queréis mi oro? Para mí será. ¿Me negáis la libertad? Dios me la dará. Idos. Ya nada tengo que decir.

Y el abate tiró el cobertor sobre la cama, recogió su pedazo de yeso, y fue a sentarse en medio de su círculo, donde continuó trazando sus figuras.

—¿Qué hace? —decía el inspector al irse.

—Cuenta sus tesoros —le contestó el gobernador.

Faria respondió a este sarcasmo con una mirada sublime de desprecio.

Salieron y el llavero cerró la puerta.

—¿Si habrá poseído, en efecto, algún tesoro? —decía el inspector subiendo la escalera.

—O habrá soñado que lo poseía, y despertó demente —repuso el gobernador.

—Si realmente fuera tan rico, no estaría preso —añadió el inspector con la sencillez del hombre corrompido.

Así concluyó para el abate Faria esta aventura. Siguió preso sin que lograse con la visita otra cosa que afirmar su fama de loco.

Caligula o Nerón, aquellos célebres rebuscadores de tesoros, que se dieron de cabezadas por todo lo imposible, hubiesen atendido a este pobre hombre, le hubiesen concedido el aire que deseaba, el espacio que en tanto tenía, la libertad que tan cara quería pagar; pero los reyes de ahora, encerrados en los límites de lo probable, no tienen la audacia de la voluntad, temen el oído que escucha las órdenes que ellos mismos dan, el ojo que ve sus acciones; no sienten en sí lo superior de la esencia divina, son hombres coronados, en una palabra. En otro tiempo se creían o a lo menos se decían hijos de Júpiter, y conservaban algo del ser de su padre; que no se plagian fácilmente las cosas de ultra nubes. Ahora los reyes se hacen muy a menudo vulgares. Sin embargo, como ha repugnado siempre al gobierno despótico que se vean a la luz pública los efectos de la prisión y de la tortura; como hay pocos ejemplos de que una víctima de la inquisición haya podido pasear por el mundo sus huesos triturados y sus sangrientas llagas, así la locura, esta úlcera causada por el fango de los calabozos, se esconde casi siempre cuidadosamente en el sitio en que ha nacido, o si sale de él es para enterrarse en un hospital sombrío, donde el médico no puede distinguir ni al hombre ni al pensamiento entre las informes ruinas que el carcelero le entrega.

Vuelto loco en la prisión el abate Faria, por su misma locura, estaba condenado a no salir nunca de ella. En cuanto a Dantés, el inspector le cumplió su palabra, examinando el libro de registro cuando volvió a los aposentos del gobernador. Así decía la nota referente a él:

Edmundo Dantés: Bonapartista acérrimo. Ha tomado una parte muy activa en la vuelta de Napoleón. Téngase muy vigilado y con el mayor secreto. Esta nota era de otra letra y de otra tinta que las demás del registro, lo que prueba que no ha sido anotada de la prisión de Edmundo. La acusación era bastante positiva para dudar de ella. El inspector escribió, pues, debajo:

"Nada se puede hacer por él."

Esta visita había hecho revivir a Dantés. Desde su entrada en el calabozo se había olvidado de contar los días; pero el inspector le había dado una fecha nueva, y no la olvidó esta vez, sino que arrancando de la pared un pedazo de yeso escribió en el muro: "30 de julio de 1816." Desde este momento señaló con una raya cada día que pasaba para poder calcular el tiempo.

Transcurrieron días, semanas y meses, y Dantés seguía confiado. Empezó por fijar para su salida de la cárcel un término de quince días, pues suponiendo que el inspector no tuviese en su asunto sino la mitad del interés que él mismo tenía, le bastaba con ese plazo. Transcurrido también éste, pensó que era absurdo creer que el inspector se ocupase en tal cosa antes de su regreso a París, y como su vuelta era imposible sin terminar la visita, que debía durar lo menos un mes o dos, alargó Edmundo su plazo hasta tres meses. Pasados éstos hizo otro cálculo, prolongándolos hasta seis; pero cuando éstos pasaron también, halló que juntos los primeros días con los meses había esperado diez y medio.

Durante dicho tiempo en nada había mudado su situación; ninguna nueva de consuelo había tenido, y seguía como siempre mudo su carcelero. Dantés empezó a dudar de sus sentidos, a creer que lo que tomaba por un recuerdo no era sino una visión de su fantasía, y que aquel ángel consolador solamente había bajado a su calabozo en alas de un sueño.

Al cabo de un año trasladaron al gobernador del castillo, obteniendo el antiguo el mando de la fortaleza de Ham, a la que se llevó muchos de sus dependientes, entre ellos el carcelero de Edmundo. Llegó el nuevo gobernador, y como le costase mucho trabajo recordar los nombres de los presos, se los hizo representar por números. Este horrible hotel tenía unas cincuenta habitaciones, cuyos números respectivos tomaron sus habitantes. ¡El desgraciado marino dejó de llamarse Edmundo Dantés, conociéndose tan sólo por el número 34!

XV: NÚMERO 34, NÚMERO 27

Dantés pasó por todos los grados de desventura que experimentan los presos olvidados en el fondo de sus calabozos. Comenzó por recurrir al orgullo, que es una consecuencia de la esperanza y un íntimo convencimiento de la propia inocencia; después dudó de su inocencia, lo que no dejaba de justificar un tanto las suposiciones de locura del gobernador, y por último cayó del pedestal de su orgullo, y no para implorar a Dios, sino a los hombres. Dios es el último recurso. El desgraciado que debería comenzar por él, no llega a implorarle sino después de haber agotado todas sus esperanzas.

Pidió, pues, que le sacasen de su calabozo para ponerle en otro, aunque fuese más negro y más oscuro. Un cambio, aunque perdiendo, era siempre un cambio, y le proporcionaría por algún tiempo distracción. Pidió asimismo que le concediesen el pasear, y el tomar el aire, y libros a instrumentos. Nada le fue concedido; pero no por eso dejó de pedir, pues se había acostumbrado a hablar con su carcelero, que era más mudo que el anterior si es posible. Hablar con un hombre, aunque no le respondiese, había llegado a parecerle una gran felicidad. Hablaba para escuchar su propia voz, pues cierta vez que ensayó en hablar a solas, su voz le dio miedo.

Muchas veces, cuando estaba en libertad, se había horrorizado Dantés al recuerdo de esas cárceles comunes de las poblaciones, donde los vagabundos están mezclados con los bandoleros y con los asesinos, que con innoble placer contraen horribles lazos, haciendo de la vida de la cárcel una orgía espantosa. Pues, a pesar de todo, llegó incluso a sentir deseos de encontrarse en uno de estos antros, por ver otras caras que la de aquel carcelero impasible y mudo; llegó a echar de menos el presidio con su infamante traje, su cadena asida al pie, y la marca en la espalda. Los presidiarios al menos viven en sociedad con sus semejantes, respiran el aire libre y ven el cielo: los presidiarios deben ser muy dichosos.

Un día suplicó a su guardián que pidiese para él un compañero, aunque fuese el abate loco de que había oído hablar. Bajo la corteza de un carcelero, por más que sea muy ruda, queda siempre algo de humanidad, y éste, a pesar de que nunca lo había demostrado ostensiblemente, en lo íntimo de su alma compadeció muchas veces a aquel desgraciado joven, sujeto a tan dura cautividad, por lo que transmitió al gobernador la solicitud del número 34; pero el gobernador, prudentísimo como si fuera un hombre político, se figuró que Dantés quería insurreccionar a los presos, fraguar una conspiración, contar con algún amigo para alguna tentativa; y le negó lo que pedía.

Habiendo agotado todos los recursos humanos, y no encontrando remedio de ninguna clase para sus males, fue cuando se dirigió a Dios. Vinieron entonces a vivificar su alma todos esos pensamientos piadosos que baten sus alas sobre los desgraciados. Recordó las oraciones que le enseñaba su madre, hallándoles una significación entonces de él desconocida, porque las oraciones para el hombre que es dichoso son a veces palabras vacías de sentido, hasta que el dolor viene a explicar al infortunio ese lenguaje sublime con que nos habla Dios.

Oró, pues, mas no con fervor sino con rabia. Rezando en alta voz no le asustaban sus palabras: caía en una especie de éxtasis; a cada palabra que pronunciaba se le aparecía Dios; sacaba lecciones de todos los hechos de su vida humilde y oscura, atribuyéndolos a Dios, imponiéndose deberes para el porvenir, y al final de cada rezo intercalaba ese deseo egoísta que los hombres dirigen a sus semejantes más a menudo que a Dios:

"... Y perdona nuestras deudas, así como nosotros perdonamos a nuestros deudores...".

Y esto le puso sombrío, y un velo cubrió sus ojos. Dantés era un hombre sencillo y sin educación. Lo pasado permanecía para él envuelto en ese misterio que la ciencia desvanece. En la soledad de un calabozo, en el desierto de su imaginación, no le era posible resucitar los tiempos pasados, reanimar los pueblos muertos, restaurar las antiguas ciudades, que el pensamiento poetiza y agiganta, y que pasan delante de los ojos alumbradas por el fuego del cielo, como los cuadros babilónicos de Martin. Dantés no conocía más que su pasado, tan breve; su presente, tan sombrío, y su futuro tan dudoso. ¡A la luz de los diecinueve años ver la oscuridad de una noche eterna! Como ninguna distracción le entretenía, su espíritu enérgico, a cuyas aspiraciones bastara solamente el tender su vuelo a través de las edades, se veía obligado a ceñirse a su calabozo como un águila encerrada en una jaula. Entonces se aferraba, por decirlo así, a una idea, a la de su ventura, desvanecida sin causa aparente por una fatalidad inconcebible; aferrábase, pues, a este pensamiento, le daba mil vueltas examinándolo bajo todas sus fases, devorándolo como el implacable Ugolino devora el cráneo del arzobispo Roger en el Infierno del Dante. Edmundo, que sólo tenía una fe pasajera en el poder, la perdió como la pierden otros después del triunfo, con la única diferencia de que él no había sabido aprovecharla.

La rabia sucedió al ascetismo. Tales blasfemias decía Edmundo, que el carcelero retrocedía espantado: se daba golpes contra las paredes, y con cuanto tenía a la mano, principalmente en sí mismo se vengaba de las contrariedades que le hacía sufrir un grano de arena, una paja o una ráfaga de viento. Entonces aquella carta acusadora que él había visto, que él había tocado, que le enseñó Villefort, volvía a clavársele en el magín y cada línea brillaba en la pared como el Mane Thécel Pharés, de Baltasar. Decía para sí que era el odio de los hombres, no la venganza de Dios el que lo hundió en aquella sima; entregaba aquellos hombres desconocidos a todos los suplicios que inventaba su exaltada imaginación, y aún le parecían dulces los más tremendos, y sobre todo livianos para ellos, porque tras el suplicio viene la muerte, y la muerte es, si no el reposo, la insensibilidad, que se le parece mucho.

A fuerza de repetirse a sí mismo, a propósito de sus enemigos, que la calma es la muerte, y el que desea castigar con crueldad necesita de otros recursos que no son los de la muerte, cayó en el horrible ensimismamiento que ocasiona la idea del suicidio. ¡Pobre de aquel a quien detienen en la pendiente de la desgracia estas tristes ideas! ¡Son como uno de esos mares muertos que reflejan el purísimo azul del cielo; pero que si el nadador se arroja a ellos, siente hundirse sus pies en un suelo fangoso, que le atrae, le aspira y le traga! En esta situación, sin auxilio divino, no hay remedio para él, y cada esfuerzo que hace le hunde más, y le arrastra más y más a la muerte.

Esta agonía moral es, sin embargo, menos terrible que el dolor que la precede y el castigo que acaso la sigue; es una especie de consuelo vertiginoso, que nos muestra la profundidad del abismo, pero que también en su fondo nos muestra la nada. Edmundo se consoló, pues, un tanto con esta idea. Todos sus dolores, todos sus sufrimientos, con su lúgubre cortejo de fantasmas, huyeron hacia aquel rincón del calabozo, donde parecía que el ángel de la muerte pudiese fijar su silenciosa planta. Contempló ya con tranquilidad su vida pasada, con terror su vida futura, y eligió ese término medio que le ofrecía un asilo.

—Tal vez en mis lejanas correrías, cuando yo era aún hombre, y cuando este hombre libre y potente daba a otros hombres órdenes que eran ejecutadas en el acto, tal vez (decía para sí) he visto nublarse el cielo, bramar las olas y encresparse, nacer la tempestad en un extremo del espacio, y como un águila gigantesca venir llenando con sus alas los dos horizontes. Quizá conocía ya entonces que mi barco era un refugio despreciable, puesto que parecía temblar y estremecerse, ligero como una pluma en la mano de un gigante. Después el terrible mugido de las olas, la vista de los escollos me anunciaban la muerte, y la muerte me espantaba, y hacía inauditos esfuerzos para librarme de ella, y reunía en un punto todas las energías del hombre y toda la inteligencia del marino para luchar con Dios. Y esto, porque yo entonces era feliz; porque volver a la vida era para mí volver a la felicidad; porque aquella muerte yo no la había llamado ni la había elegido; porque el sueño, en fin, me parecía intolerable en aquel lecho de algas y de légamo..., era que me indignaba a mí, criatura, imagen de Dios, el servir de pasto a los albatros o a los tiburones. Pero hoy ya es otra cosa: he perdido cuanto me encariñaba con la existencia; hoy la muerte me sonríe como una nodriza al niño que va a amamantar; hoy muero como se me antoja; muero cansado, como dormía en aquellas noches de desesperación y rabia después de haber dado tres mil vueltas en mi camarote; es decir, treinta mil pasos; es decir, diez leguas sobre poco más o menos.

En cuanto esta idea germinó en la imaginación del joven, púsose un tanto más alegre, más risueño, se conformó más con su pan negro y con su dura cama, comió menos, dejó de dormir, y comenzó a parecerle soportable aquel resto de existencia, que podría dejar cuando quisiese, como se deja un vestido viejo.

Dos maneras tenía de morir; una era sencilla: atar su pañuelo a un hierro de la ventana y ahorcarse; otra era dejarse morir de hambre, sin que su carcelero se diera cuenta de ello. La primera repugnaba mucho a Dantés, porque recordaba a los piratas que mueren ahorcados en las vergas de los navíos que los apresan: tenía pues a la horca por un suplicio infamante y no quería aplicárselo a sí mismo, por lo que adoptó el segundo medio, empezando desde aquel día a ponerlo en práctica.

Cerca de cuatro años habían transcurrido en las alternativas que hemos referido. A fines del segundo dejó de contar los días, y había vuelto a esa ignorancia del tiempo, de que le sacara en otra época el inspector.

Habiendo dicho Dantés "quiero morir", y habiendo elegido hasta la muerte que se daría, lo calculó bien todo, y por temor de arrepentirse hizo juramento consigo mismo de morir de aquella manera. "Cuando me traigan las provisiones las tiraré por la ventana —decíase—, y aparentaré que las he comido."

Hízolo como se lo había prometido. Dos veces cada día tiraba su comida por la ventanilla con reja, que apenas le dejaba ver el cielo, primeramente con alegría, después con reflexión, y por último con pesar. Para fortalecerse en tan horrible lucha, necesitaba recordarse a cada instante el juramento que se había hecho. Aquella comida que otras veces le repugnaba, gracias al aguijón del hambre, le parecía tentadora a la vista, exquisita al olfato, y más de una vez pasó horas enteras con la cazuela en las manos contemplando fijamente iba a cesar para él, hízole figurarse que Dios se compadecía al fin de aquella carne nauseabunda, aquel pescado podrido, y aquel pan negro sus sufrimientos. Dominaban aún en él los postreros instintos de la vida. Su calabozo de sus amigos, alguno de esos seres amados, en quien tantas veces le parecía entonces menos sombrío, y su situación menos desesperada. pensó, siempre que pensaba, no se ocuparía de él en aquellos momentos. Todavía era joven, puesto que debía contar veinticinco o veintiséis años, y le quedaban con corta diferencia cincuenta que vivir, o sea el doble de lo que había vivido. Pero no, sin duda Edmundo se engañaba; aquello no era más que una de esas visiones fantásticas que se forjan a las puertas de lamentos, y no trataría de disminuir la distancia que los separaba?

Durante este tiempo, ¡cuántos acontecimientos podrían abrir las murallas del castillo de If, y romper las puertas, y volverle a la libertad! Entonces aproximaba a su boca aquella comida que,

Tántalo voluntario, apartaba al punto con mano firme, pues con el recuerdo de su juramento, esta generosa naturaleza temía despreciarse a sí mismo si lo quebrantaba. Riguroso a implacable consigo mismo, gastó, pues, el asomo de existencia que le quedaba, llegando un día en que no tuvo fuerzas para levantarse a arrojar la comida. Al día siguiente ya no veía, y oía con mucha dificultad. El carcelero creyó que estaba enfermo de gravedad, y Edmundo confió ya en su muerte próxima. Así pasó todo el día. Cierto aturdimiento vago y un si es no es agradable, empezaba a apoderarse de él.

Ya se habían adormecido las convulsiones nerviosas de su estómago; se habían calmado los ardores de su sed. Al cerrar los ojos veía una multitud de resplandores brillantes, como esos fuegos fatuos que oscilan por la noche a flor de los terrenos fangosos: era el crepúsculo de ese ignoto país que se llama la muerte.

De repente, a las nueve de aquella misma noche, oyó en la pared en que se apoyaba su cama un ruido sordo y lento. Venían tantos animales inmundos a hacer ruido por aquel lado, que poco a poco se había acostumbrado Dantés a no despertar siquiera de sus sueños por cosa tan común allí; pero esta vez, ya que la abstinencia tuviese exaltados sus sentidos, ya que fuese el ruido, en efecto, extraordinario, o ya porque en los momentos supremos todo tiene importancia, Edmundo levantó la cabeza para oír mejor. Era una especie de frotamiento acompasado, que parecía provenir, o de unas enormes uñas o de unos dientes fortísimos, o en fin, de un instrumento que chocara con la piedra. Aunque debilitada, en la imaginación del joven bulló al punto esta idea falaz, fija constantemente en la de todo preso: ¡La libertad! La ocasión en que escuchaba aquel ruido, justamente cuando todo ruido muere. El ruido seguía oyéndose, sin embargo, y duró hasta tres horas sobre por más o menos, terminando en una especie de roce, como al arrastrar una cosa.

Horas más tarde se repitió más fuerte y más cercano. Empezaba Edmundo a interesarse en aquel trabajo que le hacía compañía, cuando entró el carcelero.

Habían pasado ocho días desde que decidió morir, y cuatro desde que empezó a poner en práctica su proyecto, y en todo este tiempo no había Edmundo dirigido la palabra a aquel hombre, ni respondido a las que él le dirigía preguntándole por su enfermedad, sino que por el contrario, siempre se volvía del otro lado cuando el carcelero le contemplaba atentamente. Mas hoy podía el carcelero oír aquel sordo ruido y alarmarse, y destruir acaso aquel yo no sé qué de esperanza, cuya idea deleitaba los últimos momentos de Dantés.

El carcelero le traía el almuerzo y Edmundo se incorporó en su cama, y ahuecando la voz se puso a hablar de todas las cosas posibles, de la mala calidad de su alimento, del frío que reinaba en el calabozo, maldiciendo y gruñendo, para tener el derecho de gritar más fuertemente, y agotando la paciencia del carcelero, que precisamente aquel día había pedido para el preso enfermo caldo y pan tierno, y le llevaba ambas cosas. Por fortuna creyó que Dantés deliraba, y salió del calabozo, poniendo el almuerzo en la mesilla coja donde lo solía dejar. Libre entonces Edmundo, volvió a escuchar con deleite. El ruido era ya tan claro que el joven lo escuchaba sin trabajo alguno.

—¡No hay dada! —exclamó para sí—; puesto que, a pesar de la luz del día prosigue este ruido, lo ocasiona algún desdichado preso para escaparse. ¡Oh! ¡Si yo estuviera con él, cómo le ayudaría!

De pronto, una nube sombría pasó eclipsando esta aurora de esperanza por aquella mente, sólo habituada a la desgracia, y que no podía sin macho trabajo volver a concebir la felicidad. Era, pues, la idea de que quizás aquel rumor lo ocasionaban algunos albañiles que se ocupasen por orden del gobernador, en arreglar el calabozo inmediato.

Fácil era cerciorarse; pero ¿cómo se atrevía a preguntarlo? Nada más fácil, repetimos, que esperar la llegada del carcelero, hacerle darse cuenta del ruido, y observar la impresión que le causaba; pero con esta nimia satisfacción de su curiosidad, ¿no podría arriesgar intereses muy altos? Por desgracia, la cabeza de Edmundo, como una campana vacía, estaba aturdida, y tan débil, que su cerebro, flotante como un vapor, no podía condensarse para concebir una idea. No vio más que un medio para dar fuerza a su reflexión y lucidez a su juicio; volvió los ojos hacia el caldo, humeante aún, que el carcelero acababa de poner sobre la mesa, y levantándose como pudo tomó la taza y bebió de un sorbo, sintiendo al punto un indecible bienestar. Y tuvo fuerzas para contenerse, aunque había ya cogido el pan para comerlo; pero el recuerdo de que muchos náufragos, extenuados de hambre, habían muerto por comer mucho de repente, hízole dejar el pan sobre la mesa y volver a acostarse. Edmundo ya no quería morir.

Pronto sintió penetrar la luz en su cerebro. Sus ideas vagas e incomprensibles empezaban a reflejarse en ese espejo maravilloso cuya lucidez distingue al hombre del animal. Pudo, pues, pensar, fortificando su pensamiento con el raciocinio.

—Puedo hacer una prueba —dijo entonces para sí—, pero sin comprometer a nadie. Si el ruido procede de un albañil, en cuanto yo golpee la pared, cesará, porque él intentará saber quién llama y por qué llama; pero como será su trabajo no solamente lícito sino obligatorio, al punto lo proseguirá. Si, por lo contrario, es un preso, el ruido que yo haga debe sobresaltarle, y temiendo ser descubierto abandonará su trabajo hasta la noche cuando todos duerman en el castillo.

Acto seguido volvió a levantarse Edmundo, y esta vez, ni sus piernas vacilaban ni sus ojos se desvanecían. Dirigióse a un rincón del calabozo, arrancó una piedra, que con la humedad iba ya desprendiéndose, y con ella dio tres golpes en la pared, donde parecía sentirse más cercano el ruido. Al primer golpe, el ruido cesó como por ensalmo. Púsose a escuchar Edmundo con toda su alma, y pasó una hora, y pasaron dos, sin que el ruido prosiguiese. Del otro lado de la pared respondía a sus golpes un silencio absoluto. Lleno de esperanza, comió algunos bocados de pan, bebió unos sorbos de agua, y gracias a la poderosa constitución de que le dotara la naturaleza, hallóse poco más o menos como antes. Llegó la noche y no se oyó el ruido.

—¡Es un preso! —exclamó Dantés con indecible júbilo.

Desde entonces su cabeza fue un volcán, y se hizo su vida violenta a fuerza de ser activa. Pasó la noche sin que él cerrara los ojos ni se oyera el más leve ruido. Con el alba llegó el carcelero a traer las provisiones. Edmundo había agotado las del día anterior, y agotó también las nuevas, escuchando incesantemente aquel ruido que no continuaba, temiendo que no volviese a repetirse, andando al día diez o doce leguas en su calabozo, asiéndose a la reja de hierro de la ventanilla para recobrar la elasticidad de sus miembros, y disponiéndose, en fin, a luchar cuerpo a cuerpo con el porvenir, al igual que los gladiadores, que ejercitaban su cuerpo y lo frotaban con aceite antes de bajar a la arena. En los intervalos de esta febril actividad, escuchaba por si volvía el ruido, impacientándose con la prudencia de aquel preso, que no adivinaba que quien le había interrumpido en sus tareas de libertad era otro preso que deseaba recobrarla tanto como él.

Transcurrieron tres días... setenta y dos horas mortales contadas minuto por minuto. Al fin una noche, cuando el carcelero acababa de hacerle su última visita, tenía Edmundo por centésima vez pegado el oído a la pared, y le pareció que un rumor imperceptible vibraba sordamente en su cabeza, puesta en contacto con la pared. Apartóse un poco para refrescar su cerebro exaltado, dio algunas vueltas por la habitación, y volvió a colocarse en el mismo sitio. No había duda: algo pasaba en el otro lado. El preso había reconocido lo arriesgado de su empresa y la proseguía de otro modo. Sin duda había sustituido el cincel por la palanca. Animado por este descubrimiento, Edmundo decidió ayudar a aquel obrero infatigable. Empezando por apartar su cama, pues detrás de ella creía que sonaba el rumor, buscó con los ojos un objeto que le sirviese para rascar la pared y arrancar una piedra de sus húmedos cimientos. No tenía cuchillo ni instrumento cortante alguno, sino sólo los barrotes de la reja, y como más de una vez se había convencido de que era imposible arrancarlos, ni siquiera lo intentó. Todos sus muebles reducíanse a la cama, una silla, una mesa, un jarro y un cántaro. La cama tenía los pies de hierro; pero los tenía unidos a las tablas con tornillos. Para poder arrancarlos necesitaba de un destornillador.

Sólo le quedaba un recurso: romper el cántaro, y emprender su tarea con uno de los pedazos que tuviesen forma puntiaguda. Dicho y hecho: dejó caer el cántaro al suelo, con lo que se hizo mil pedazos. Eligió dos o tres de los más agudos y los ocultó en su jergón, dejando los otros en el suelo. El romperse el cántaro era una cosa tan natural, que no le daba cuidado alguno. Edmundo tenía toda la noche para trabajar; pero con la oscuridad no se daba mucha maña, pues tenía que trabajar a tientas, y conoció bien pronto que su primitiva herramienta se embotaba contra un cuerpo más duro. Volvió, pues, a acostarse y esperó que amaneciera: con la esperanza había recobrado la paciencia, y durante toda la noche no dejó de oír al zapador anónimo que continuaba su trabajo subterráneo.

Al amanecer entró el carcelero. Díjole el joven que bebiendo, la víspera, con el cántaro, se le había caído de las manos, rompiéndose. El carcelero, refunfuñando, fue a traer otra vasija nueva, sin tomarse el trabajo de llevarse los restos de la rota. Volvió con ella un instante después, encargando al preso que tuviese más cuidado, y se marchó.

Dantés escuchó con alegría inexplicable rechinar la cerradura, que en otros tiempos cada vez que se cerraba le oprimía el corazón. Oyó alejarse el ruido de los pasos, y cuando se extinguieron enteramente corrió a retirar la cama de su sitio, con lo que pudo ver, al débil rayo de luz que penetraba en el calabozo, lo inútil de su tarea de la noche anterior, ya que había rascado la piedra y no la cal que por sus extremos la rodeaba y que la humedad había reblandecido bastante. Latiéndole con fuerza el corazón observó Dantés que se caía a pedazos, y que aunque los pedazos eran átomos, en realidad, en media hora arrancó un puñado poco más o menos. Un matemático hubiera podido calcular que con dos años de este trabajo, si no se tropezaba con piedra viva, podría practicarse un boquete de dos pies cuadrados y veinte de profundidad. Entonces el preso se reprendió a sí mismo por no haber ocupado en aquella manera las largas horas que había perdido esperando, rezando y desesperándose. Eran cerca de seis años que llevaba en el calabozo. ¿Qué trabajo no hubiera podido acabar por lento que fuese? Esta idea le infundió alientos.

A los tres días logró, con infinitas precauciones, arrancar todo el cimiento, dejando la piedra al aire. La pared se componía de morrillos interpolados de piedras para mayor solidez. Una de estas piedras era la que había casi desprendido y que ahora anhelaba arrancar de su base. Recurrió Dantés a sus dedos, pero fueron insuficientes, y los pedazos del cántaro, introducidos a manera de palanca en los huecos, se rompían cuando él apretaba. Después de una hora de inútiles tentativas se levantó con la frente bañada en sudor, lleno de angustia el corazón, preguntándose si tendría que renunciar al principio de su empresa. ¿Tendría que esperar, inerte y pasivo, a que su compañero, que quizá se cansaría, lo hiciese todo por su parte?

Pasó entonces por su imaginación una idea que le hizo quedarse parado y sonriendo. Su frente húmeda de sudor se secó al punto. El carcelero le llevaba todos los días la sopa en una cacerola de cinc. Además de su sopa, contenía esta cacerola seguramente la de otro preso, puesto que había observado Dantés que unas veces estaba enteramente llena y otras hasta la mitad únicamente, según que su conductor empezaba a distribuir por él o por su compañero.

La cacerola tenía un mango de hierro, que era justamente lo que Edmundo necesitaba, y lo que hubiera pagado con diez años de su vida. El carcelero solía vaciar la cacerola en la cazuela de Dantés, quien después de comerse la sopa con una cuchara de palo, lavaba la cazuela para que le sirviera al siguiente día. Aquella noche Edmundo colocó la cazuela en el suelo entre la puerta y la mesilla, de modo que al entrar el carcelero la pisó y la hizo mil pedazos sin que pudiese decir nada a Dantés: si éste había cometido la torpeza de dejarla en el suelo, el carcelero había cometido la de no mirar dónde ponía los pies; por lo que tuvo que contentarse con refunfuñar. Miró luego a su alrededor para hallar donde dejarle la comida; pero Dantés no tenía más vasija que la cazuela.

—Dejadme la cacerola —dijo Edmundo—, mañana podréis recogerla cuando me traigáis el desayuno.

Este consejo convenía tanto a la pereza del carcelero, como que así no necesitaba subir y bajar otra vez la escalera. Dejó pues la cacerola. Edmundo tembló de alegría, y comiendo esta vez a toda prisa la sopa y el resto de sus provisiones, que, según costumbre de las cárceles, se juntaban en una sola vasija, esperó más de una hora para cerciorarse de que el carcelero no volvería; separó la cama de la pared, cogió la cacerola, a introduciendo el mango por la junta de piedra, sirvióse de él como de una palanca.

Una ligera oscilación de la piedra le probó que su ensayo tenía buen resultado; al cabo de una hora, la piedra había salido de la pared, dejando un hueco como de un pie de diámetro. Recogió con cuidado toda la cal, y la esparció en los rincones del calabozo. Luego raspó el suelo con uno de los pedazos del cántaro y mezcló aquella cal con tierra negruzca. Queriendo después aprovechar aquella noche, en que la casualidad, o mejor dicho, su sabia combinación le proveyera de tan precioso instrumento, siguió cavando con mucho afán. Al amanecer volvió a colocar la piedra en su agujero, colocó también la cama en su sitio y se acostó. Su almuerzo consistía en un pedazo de pan, que poco después vino a traerle el carcelero.

—¡Cómo! ¿No me bajáis otra cazuela? —le preguntó Edmundo.

—No, porque todo lo rompéis —respondió aquél—. Habéis roto a un cántaro, y tenido la culpa de que yo rompiese la cazuela. Si todos los presos hiciesen tanto gasto como vos, el gobierno no podría soportarlo. Os dejaré la cacerola, y en ella os echaré la sopa de hoy en adelante: acaso no la romperéis.

Dantés levantó los ojos al cielo y cruzó las manos debajo de su cobertor porque aquel pedazo de hierro, de que dispondría ya a todas horas, le inspiraba una gratitud al cielo, más viva que la que le habían inspirado todas las venturas de su vida anterior. Había observado solamente que su compañero no trabajaba desde que él había comenzado su tarea. Pero ni esto importaba, ni era razón para desmayar: si su compañero no llegaba hasta él, él llegaría hasta su compañero. Todo el día trabajó sin descanso, de manera que por la noche, gracias a su nuevo instrumento, había arrancado de la pared sobre diez puñados, entre morrillos, cal y piedra del cimiento.

A la hora de la visita enderezó lo mejor que pudo el mango de su cacerola, colocándola en su sitio. Vertió en ella el llavero su ordinaria ración de sopa y de provisiones, o por mejor decir de pescado, porque aquel día, así como tres veces por semana, hacían comer de viernes a los presos. Este habría sido un medio de calcular el tiempo, si Edmundo no hubiera renunciado a él desde hacía mucho.

Fuese el carcelero y esta vez quiso Dantés asegurarse de si su vecino había en efecto renunciado o no a su empresa, y se puso a escuchar atentamente. Todo permaneció en silencio como durante aquellos tres días en que los trabajos se habían interrumpido. Suspiró, convencido de que el preso desconfiaba de él. Con todo, no por esto dejó de trabajar toda la noche; pero a las dos o tres horas tropezó con un obstáculo. El hierro no se hundía, sino que resbalaba sobre una superficie plana. Metió la mano, y pudo cerciorarse de que había tropezado con una viga que atravesaba, o, mejor dicho, cubría enteramente el agujero comenzado por él. Era preciso cavar por debajo de ella o por encima. El desgraciado no había pensado en este obstáculo.

—¡Oh, Dios mío! ¡Dios mío! —exclamó—, tanto os recé, que confié que me oyeseis. ¡Dios mío!, después de haberme quitado la libertad en vida... ¡Dios mío!, después de haber hecho renunciar al reposo de la muerte... ¡Dios mío!, que me habéis devuelto al mundo... ¡Dios mío! ¡Apiadaos de mí, no me dejéis morir entregado a la desesperación!

—¿Quién es el que habla de Dios y se desespera? —murmuró una voz, que como salida del centro de la tierra, llegaba a Edmundo opaca, por decirlo así, y con un acento sepulcral.

Erizáronsele los cabellos y retrocedió, aunque estaba de rodillas.

—¡Ah! —dijo—, oigo la voz de un hombre.

Ya hacía cuatro o cinco años que Edmundo no hablaba sino con el carcelero, y para los presos el carcelero no es un hombre, es una puerta viva que se aumenta a la puerta de encina, es una barra de carne sujetada a los hierros de su ventana.

—En nombre del cielo, quienquiera que seáis el que habló, imploro que sigáis hablando, aunque vuestra voz me asuste: ¿quién sois?

—¿Y vos, quién sois? —le preguntó la voz.

—Un preso desdichado —respondió Edmundo, que no tenía ningún inconveniente en responder.

—¿De dónde sois? —Francés.

—¿Os llamáis? —Edmundo Dantés.

—¿Vuestra profesión?

—Marino.

—¿Cuánto tiempo hace que estáis preso?

—Desde el 28 de febrero de 1815.

—¿Cuál es vuestro delito?

—Soy inocente.

—Pero ¿de qué os acusan?

—De haber conspirado para que volviera el emperador.

—¿El emperador no está ya en el trono?

—Abdicó en Fontainebleau en 1814, y fue desterrado a la isla de Elba. Pero ¿desde cuándo estáis vos aquí que ignoráis todo esto?

—Desde 1811.

Dantés se estremeció; aquel hombre estaba preso cuatro años antes que él.

—Está bien: no cavéis más —dijo la voz muy aprisa—. Decidme solamente: ¿a qué altura está vuestra excavación?

—Al nivel del suelo.

—¿Y cómo puede ocultarse?

—Con mi cama.

—¿No os han mudado la cama desde que estáis preso?

—Nunca.

—¿Adónde cae vuestro calabozo?

—A un corredor.

—¿Y el corredor?

—Al patio.

—¡Ay! —murmuró la voz.

—¡Dios mío! ¿Qué ocurre? —preguntó Dantés.

—Que me equivoqué; que lo imperfecto de mi croquis me engañó; que la falta de compás me ha perdido, pues una línea equivocada en mi croquis equivale en realidad a quince pies. He creído que esta pared que nos separa era la muralla.

—Pero entonces hubierais salido al mar.

—Era lo que yo quería.

—¿Y si lo hubieseis logrado?

—Nadaría hasta llegar a una de esas islas que rodean al castillo de If, la isla de Daume o la de Tiboulen, o la costa, y me hubiera salvado.

—¿Habríais podido nadar tanto?

—Dios me habría dado fuerzas. Ahora todo está perdido.

—¿Todo?

—Sí, tapad muy bien ese agujero, no trabajéis más, no os ocupéis en nada, y esperad que yo os avise...

—¿Quién sois? Decidme quién sois, por lo menos.

—Soy... soy el número 27.

—¿Desconfiáis de mí? —le preguntó Dantés.

Y creyó oír por toda respuesta una risa amarga.

—¡Oh! Soy buen cristiano —exclamó en seguida, adivinando instintivamente que aquel hombre pensaba abandonarle—. Os juro por Cristo que primero consentiré que me maten, que dejar entrever a vuestros verdugos y a los míos un átomo de la verdad; pero, en nombre del cielo, no me privéis de vuestra presencia, no me privéis de vuestra voz, porque, os lo juro, me van abandonando ya las fuerzas... porque me estrellaría contra la pared y tendríais que reprocharos mi muerte.

—¿Qué edad tenéis? Vuestra voz parece la de un joven.

—No sé mi edad a punto fijo, como no sé el tiempo que he pasado aquí. Solamente sé que iba a cumplir diecinueve años cuando me prendieron en 1815.

—No ha cumplido aún veintiséis años —murmuró la voz. A esa edad el hombre no es traidor todavía.

—¡Oh! No, no, os lo juro —repitió Dantés—. Os lo dije, consentiré que me despedacen antes que haceros traición.

—Hicisteis bien en hablarme, hicisteis bien en rogarme, porque ya iba yo a trazar otro plan y a separarme de vos. Pero vuestra edad me tranquiliza; esperadme, que me reuniré con vos.

—¿Cuándo?

—Antes calcularé nuestros recursos: dejad a mi cargo el avisaros.

—Pero no me abandonaréis, no me dejaréis solo, ¿verdad? Os vendréis a reunir conmigo o consentiréis en que vaya a reunirme con vos. Huiremos juntos, y si no podemos huir, hablaremos, vos de las personas a quienes améis, yo de aquellas a quienes amo. Vos debéis de amar a alguien.

—Estoy solo en el mundo.

—Entonces me amaréis a mí. Si sois joven seré vuestro amigo; si viejo, vuestro hijo. Mi padre debe de contar ahora setenta años, si aún vive; yo sólo amaba a él y a una joven llamada Mercedes. Estoy seguro de que mi padre no me ha olvidado; pero ella... sabe Dios si aún piensa en mí. Os amaré como amaba a mi padre.

—Está bien —dijo el preso—. Hasta mañana.

Aunque pocas, el acento de estas palabras convenció a Dantés, que sin hacer ninguna pregunta más se levantó, y tomando para ocultar los escombros las mismas precauciones de otros días, volvió a arrimar su cama a la pared. Desde aquel instante se entregó en cuerpo y alma a su felicidad: ya no estaría solo, quizás iba a ser libre; y lo peor que podría sucederle, si seguía preso, era tener un compañero, y como es sabido, la prisión en compañía es sólo media prisión. Las quejas exhaladas en común son casi oraciones; las oraciones en común son casi himnos de gratitud.

Dantés no hizo en todo el día más que pasear de un extremo al otro de su calabozo, saltándosele el corazón de júbilo, júbilo que en algunos intervalos le ahogaba. Sentábase en la cama, apretándose el pecho con las manos, y al menor ruido que se oía en el corredor lanzabase hacia la puerta; porque una o dos veces le pasó por su imaginación la idea horrible de que le separasen de aquel hombre, a quien ya amaba aún sin conocerle. Entonces tomó una resolución: si el carcelero separaba su cama de la pared, y veía la excavación, y se inclinaba para examinarla, él le asesinaría al punto con la baldosa en que colocaba el cántaro de agua.

Le condenarían a muerte, bien lo sabía; pero ¿no iba él a morir de fastidio y desesperación cuando aquel ruido milagroso le volvió a la vida?

A la noche volvió el carcelero. Dantés estaba acostado, porque le parecía que así ocultaba mejor la excavación. Con ojos muy extrañados debió de mirar sin duda al inoportuno carcelero, porque éste le dijo:

—Vamos, ¿vais a volveros loco otra vez?

Dantés no respondió, porque temía que lo conmovido de su acento le delatase. El carcelero se fue, moviendo la cabeza. Al llegar la noche creyó Dantés que su vecino se aprovecharía del silencio y de la oscuridad para reanudar la conversación; pero nada menos que eso: transcurrió la noche sin que ningún ruido respondiese a su febril ansiedad; pero, por la mañana, después de la visita de costumbre, cuando ya él había separado su cama de la pared, sonaron tres golpecitos acompasados, que le hicieron ponerse apresuradamente de rodillas.

—¿Sois vos? —dijo— ¡Aquí estoy!

—¿Se ha marchado ya el carcelero? —preguntó la voz.

—Sí, y no volverá hasta la noche —contestó Dantés—. Tenemos doce horas a nuestra disposición.

—¿Puedo, pues, trabajar? —preguntó la voz.

—Sí, sí, ¡al instante! ¡Al instante! Yo os lo suplico.

Y en el mismo momento la tierra en que apoyaba Dantés ambas manos, pues tenía la mitad del cuerpo metido en el agujero, vaciló como si le faltara la base. Echóse hacia atrás Dantés, y una porción de tierra y piedras se precipitó por otro agujero que acababa de abrirse debajo del que había abierto él. Entonces, en el fondo de aquel lóbrego antro, cuya profundidad no podía calcularse a primera vista, apareció una cabeza, unos hombros, y un hombre, por último, que salía con bastante agilidad.

XVI: EL SABIO ITALIANO

Dantés recibió en sus brazos a aquel nuevo amigo, por tanto tiempo esperado, y lo llevó junto a su ventana para que le alumbrase por entero la tenue luz del calabozo.

Era un hombre pequeño de estatura, encanecido más por las penas que por los años, ojos de mirada penetrante ocultos por espesas cejas, también un tanto canas, y de larguísima barba que todavía se conservaba negra. Lo demacrado de su rostro, que surcaban arrugas profundísimas, la línea atrevida de sus facciones, todo en él, en fin, revelaba al hombre más acostumbrado a ejercer las facultades del alma que las del cuerpo. La frente del recién llegado estaba bañada en sudor y en cuanto al traje, era imposible distinguir la forma primitiva, porque se le caía a pedazos. Lo menos representaba sesenta y cinco años, aunque cierto vigor en las acciones .demostraba que tal vez tenía menos edad que la que le hacía representar su prolongado encierro.

Acogió el recién llegado las entusiastas protestas del joven con una especie de agrado, y parecía como si su alma helada reviviese por un instante para confundirse con aquella alma ardiente. Agradecióle, pues, efusivamente su cordialidad, aunque le había causado una impresión muy terrible hallar un segundo calabozo donde creyó encontrar la libertad.

—Veamos primeramente —le dijo— si hay medio de que los carceleros no den con el quid de nuestras entrevistas. Nuestra tranquilidad futura consiste en que ellos ignoren lo que ha pasado.

Y, al decir esto, se inclinó hacia la excavación, y alzando la piedra en vilo, aunque era grande su peso, la volvió a colocar en su sitio.

—Esta piedra ha sido arrancada con poca precaución —dijo al inclinarse—. ¿Tenéis herramientas?

—¿Y vos —le respondió Dantés admirado—, las tenéis acaso?

—He construido algunas. A excepción de lima, tengo todas las que necesito: escoplo, tenazas y palanca.

—¡Oh! Cuánta curiosidad tengo de ver esos productos de vuestra paciencia y de vuestra industria —dijo Dantés.

—Mirad, aquí traigo el escoplo.

Y diciendo esto, le enseñó una hoja de hierro fuerte y aguda: el mango era de madera.

—¿Cómo habéis hecho esto? —le dijo Dantés.

—Con uno de los goznes de mi cama. Con esta herramienta he abierto todo el camino que me condujo aquí: cerca de cincuenta pies.

—¡Cincuenta pies! —exclamó el preso con una especie de terror.

—Hablad más quedo, joven, hablad más quedo. Muchas veces hay detrás de las puertas quien escucha a los presos.

—Saben que estoy solo.

—No importa.

—¿Y decís que habéis cavado cincuenta pies para llegar hasta aquí?

—Tal es, poco más o menos, la distancia que separa mi calabozo del vuestro. Empero, como me faltaban instrumentos de geometría para tirar la escala de proporción, he trazado mal una curva, de modo que en vez de cuarenta pies de elipse he hallado cincuenta. Mi intención, como ya os dije, era salir a la muralla exterior, horadarla también y arrojarme al mar. En vez de pasar por debajo de vuestro calabozo, he costeado el corredor a que sale, lo que hace que todo mi trabajo sea inútil, pues el corredor cae a un patio lleno de centinelas.

—Es verdad —dijo Dantés—, pero ese corredor sólo pertenece a una de las paredes de este calabozo, y éste, como veis, tiene cuatro.

—Desde luego; pero esta pared primera está edificada en la piedra viva: necesitarían para horadarla diez mineros con buenas herramientas diez años: esta otra debe empalmar con los cimientos de las habitaciones del gobernador; saldríamos a las cuevas, que

están cerradas con llave: allí nos atraparían. La pared cae...,
esperad, esperad..., ¿adónde cae la otra pared?

Esta pared era la del tragaluz por donde entraba la luz. A
imitación de laa troneras, este respiradero iba estrechándose hasta
el fin de un modo tal, que sin contar las tres hileras de hierros,
capaces de hacer dormir tranquilo al gobernador más pusilánime,
no hubiera podido escaparse ni un niño por allí. Al hacer esta
pregunta el recién llegado, arrastró la mesa hasta colocarla debajo
del tragaluz.

—Subid— dijo a Dantés.

Dantés obedeció, subió sobre la mesa, y adivinando el intento
de su compañero apoyó la espalda en la pared y le alargó ambas
manos desde encima de la mesa. Entonces el hombre que se había
llamado a sí mismo con el número de su calabozo, y cuyo
verdadero nombre ignoraba Dantés aún, con más ligereza que la
que su edad hacía presumir, subió del suelo a la mesa, y luego,
flexible como un gato o un reptil, de la mesa a las manos de
Dantés, y de las manos a las espaldas. De este modo, doblándose
extremadamente, porque no le permitía otra cosa el techo del
calabozo, pudo meter la cabeza entre la primera fila de hierros y
mirar arriba y abajo, retirando al momento la cabeza con mucha
prima a la vez que exclamaba:

—¡Oh!, ¡oh! ¡Ya lo sospechaba yo!

Y volvió a bajar a la mesa, y de la mesa saltó al suelo.

—¿Qué sospechabais? —le preguntó ansioso el joven, saltando
también. El anciano se quedó meditabundo.

—Sí —dijo—, eso es... la cuarta pared del calabozo da a una
galería exterior, a una especie de ronda por donde pasan patrullas y
donde hay centinelas.

—¿Estáis seguro de ello?

—He visto el morrión de un soldado y la boca de su fusil. Me
retiré tan pronto por miedo de que él también me viese.

—En resumen... —dijo Dantés.

—Ya veis que es imposible huir por vuestro calabozo.

—¿De modo que...? —preguntó el joven con acento
interrogador.

—Conque ¡hágase la voluntad de Dios! —contestó. Y las
facciones del anciano se cubrieron de un aspecto de resignación.

Dantés no pudo menos de mirar con extrañeza que rayaba en admiración, a un hombre que con tanta filosofía renunciaba a una esperanza alimentada tantos años.

—¿Queréis decirme ahora quién sois? —le preguntó.

—¡Oh!, sí, como os interese todavía, aunque no pueda ya serviros para nada.

—Podéis servirme de consuelo y de sostén, puesto que me parece sin igual vuestra fortaleza de espíritu.

—Yo soy —dijo el anciano sonriendo tristemente— el abate Faria, preso, como ya sabéis, desde 1811 en el castillo de If; pero antes de esa fecha llevaba ya tres años en la fortaleza de Fenestrelle. En esa fecha me trasladaron del Piamonte a Francia. Supe entonces que el destino, hasta allí su vasallo, había dado un hijo al emperador Napoleón, hijo que en la misma cuna se llamaba ya rey de Roma. Estaba yo entonces muy lejos de sospechar lo que me habéis dicho, a saber: que cuatro años más tarde el coloso se haría pedazos. ¿Quién reina ahora en Francia? ¿Es acaso Napoleón II?

—No; Luis XVIII.

—¿El hermano de Luis XVI? ¡Extraños y misteriosos decretos del Altísimo! ¿Cuál es el objeto de la Providencia haciendo caer al hombre que había elevado, y elevar al que había hecho caer?

Dantés seguía con la vista a aquel hombre que olvidaba un momento su propio destino para ocuparse de tal del mundo.

—Sí, sí —prosiguió—, lo mismo que en Inglaterra. Después de Carlos I, Cromwell; después de Cromwell, Carlos II, y quizá después de Jacobo II, algún pariente, algún príncipe de Orange, algún Statuder que se corone rey, y con él nuevas concesiones al pueblo, y ¡constitución y libertad! Vos lo veréis, joven —dijo volviéndose hacia Dantés, y mirándole con ojos brillantes y profundos, como debían de tenerlos los profetas. Vos lo veréis, puesto que todavía tenéis edad para verlo.

—¡Ay!, si salgo de aquí.

—Justamente —respondió el abate Faria—. Estamos presos aunque hay momentos en que lo olvido y que me creo libre, atravesando mi vista por entre los muros que me encierran.

—Pero ¿por qué estáis preso?

—Por haber soñado en 1807 lo que Napoleón quiso realizar en 1811; porque como él, quise formar con todos esos principados que hacen de Italia un nido de reyezuelos tiránicos y débiles, un imperio compacto y fortísimo; porque creí hallar mi César Borgia en un bobo coronado que aparentó comprenderme para engañarme mejor. Mi proyecto era el de Alejandro VI y el de Clemente VII; siempre fracasará, puesto que ellos lo emprendieron inútilmente, y Napoleón no pudo acabar de realizarlo. No hay duda: ¡Italia está maldita!

El anciano inclinó la cabeza... Dantés no comprendía cómo un hombre puede arriesgar su existencia por semejantes intereses; bien que a decir verdad, si conocía a Napoleón por haberle visto y haberle hablado, en cambio, ignoraba completamente quiénes fuesen Clemente VII y Alejandro VI. Con lo cual fue contagiándose de la creencia de su carcelero, creencia general en el castillo de If, y dijo al anciano:

—¿No sois vos el eclesiástico a quien se cree... enfermo?

—A quien se cree loco, queréis decir, ¿no es verdad?

—No me atrevía —dijo sonriendo Dantés.

—Sí, sí —prosiguió el abate con amarga sonrisa— yo soy el que pasa por loco, soy el que divierte hace tanto tiempo a los huéspedes de este castillo, y el que divertiría a los niños, si los hubiera en esta mansión del duelo sin esperanza.

Quedóse Dantés un momento inmóvil y mudo.

—¿Conque renunciáis a huir? —dijo al cabo.

—Lo reconozco imposible. Es volverse contra Dios intentar lo que Dios no quiere.

—¿Por qué os desanimáis? También es pedir mucho a la Providencia querer a la primera tentativa, de manera que ¿no podéis volver a la excavación por otro lado?

—Pero ¿así habláis de volver? ¿No sabéis lo que ya he hecho? ¿Ignoráis que he necesitado cuatro años pare construir las herramientas que poseo? ¿No sabéis que hace diez años que pico y cavo una tierra tan dura como el granito? ¿Sabéis que he necesitado desencajar piedras que en otro tiempo hubiera yo creído imposible mover; que he pasado días enteros en esa empresa titánica, creyéndome dichoso por la noche con haber minado una pulgada en cuadro de ese vetusto cimiento, que hoy está ya tan duro como la misma piedra? ¿Ignoráis acaso que pare ocultar los escombros que sacaba, he necesitado horadar la bóveda de una escalera, y que en ella los he ido depositando hasta el punto de que hoy no puede ya contener un puñado de polvo más? ¿No sabéis, por último, que ya creía tocar al fin de mi trabajo, que no me quedaban más fuerzas que las precisas pare esto, cuando Dios no solamente lo aleja sino que lo alarga indefinidamente? Así, os repito lo que os dije: nada haré desde ahora pare alcanzar mi libertad, puesto que Dios quiere que por siempre la haya perdido.

Edmundo bajó la cabeza pare no reveler a aquel hombre que la alegría de tener un compañero le impedía compartir como debiera el dolor que experimentaba el preso, de no haber podido salvarse. El abate se dejó caer sobre la cama de Edmundo, que permaneció de pie. Jamás había pensado en la fuga el joven. Tienen algunas cosas tal aire de imposibles, que no se nos ocurre la idea de intentarlas, y hasta las evitamos instintivamente. Efectuar una mina de cincuenta pies, empleando tres años pare salir por todo triunfo a un precipicio que cae al mar; arrojarse desde cincuenta, sesenta, setenta o acaso cien pies de altura, pare hacerse pedazos en una roca, si antes la bala del centinela no ha hecho su oficio; verse obligado, si se escape de tantos peligros, nada menos que a nadar una legua, era lo bastante pare que cualquiera se resignara, y ya hemos visto que a Dantés le faltó poco pare llevar esta resignación hasta el suicidio.

Pero ahora que el joven había visto a un anciano agarrarse a su vide con tanta energía, dándole ejemplo de resoluciones desesperadas, se puso a reflexionar y hacer cuentas con su valor. Otro hombre había intentado lo que él no se imaginó siquiera; otro, menos joven, menos fuerte, menos atrevido que él, a fuerza de astucia y de paciencia, se había procurado cuantas herramientas necesitaba pare esta operación increíble, que sólo pudo fracasar por una línea mal trazada; todo esto lo había hecho otro hombre, conque nada era imposible a Dantés; Faria había minado cincuenta pies; él minaría ciento; Faria, con cincuenta años de edad, había consagrado tres a su obra; él, que sólo tenía la mitad de los años de Faria, consagraría seis; Faria, hombre de iglesia, abate y sabio, no había temido aventurarse a ir nadando desde el castillo de If a la isla de Daume, de Ratonneau, o de Lamaire; ¿cómo él, Edmundo el marino, el hábil nadador que tantas veces había bajado al fondo del mar a coger una rama de coral, vacilaría para pasar una legua a nado? ¿Una hora solamente, cuando él había estado horas enteras en el mar sin hacer pie ni descanso alguno? No, no, Dantés no tenía necesidad más que de ser estimulado por un ejemplo. Todo lo que pudiese hacer otro hombre lo haría él. Se quedó pensativo diciendo al cabo al anciano:

—Ya encontré lo que buscabais.

Faria se conmovió.

—¿Vos? —exclamó levantando la cabeza, como si diera a entender a Edmundo que a decir verdad, su desaliento no sería de gran duración—. Veamos, ¿qué encontrasteis?

—El túnel que hicisteis para llegar hasta aquí tiene la misma dirección que la galería exterior, ¿no es verdad?

—Sí.

—¿Debe de estar a una distancia de cincuenta pasos?

—A lo sumo.

—Pues bien, hacia la mitad del túnel abrimos otro que forme como los brazos de una cruz. Esta vez tomáis mejor vuestras medidas; salimos a la galería exterior, matamos al centinela y nos escapamos. Sólo dos cosas se necesitan para llevar adelante este plan: ánimo, vos le tenéis; fuerzas, no me faltan a mí. No hablo de paciencia, vos me habéis probado ya la vuestra, y yo os probaré la mía.

—Aguardad, que aún no sabéis, mi querido compañero, de qué especie son mis ánimos —respondió el abate—, y qué use puedo hacer de mis fuerzas. En cuanto a la paciencia, creo que demostré bastante al volver a empezar por la mañana la tarea de la noche, y por la noche la tarea del día. Pero cuando lo hice, me imaginaba servir a Dios dando libertad a una de sus criaturas, que por ser inocente no podía ser condenado.

—Y ¿no sucede lo mismo ahora que entonces? —le preguntó Dantés—. ¿O es que os reconocéis culpable desde que me habéis encontrado?

—No; pero no quiero llegar a serlo. Hasta ahora no creí tener que habérmelas sino con las cosas, pero según vuestro plan, tendré que habérmelas con los hombres. Yo he podido muy bien atravesar una pared y destruir una escalera, pero no atravesaré un pecho ni destruiré una existencia.

—¡Cómo! —le dijo Dantés haciendo un leve ademán de sorpresa— ¡pudiendo escaparos, renunciaríais por semejante escrúpulo!

—Y vos —repuso Faria—, ¿por qué no habéis asesinado a vuestro carcelero y habéis huido disfrazado con su traje?

—Porque nunca se me ocurrió tal cosa.

—No; no lo hicisteis porque el crimen os inspira horror instintivo, por eso no se os ocurrió tal cosa —replicó el anciano—. Nuestro mismo instinto nos advierte que lo natural y lo sencillo es no apartarnos de la línea del deber. El tigre que se alimenta de sangre, y cuyo destino es bañarse en sangre, sólo necesita que le indique su olfato dónde hay una presa que devorar. Al punto se abalanza contra ella y la destroza. Este es su instinto, obedece a él, pero al hombre, por el contrario, le repugna la sangre, y no creáis que son las leyes sociales las que le prohíben el asesinato, no, que son las leyes de la Naturaleza.

Dantés se quedó confundido. Aquellas palabras eran en efecto la explicación de las ideas que habían pasado por su cerebro, o dicho mejor, por su alma, porque hay ideas que brotan del cerebro a ideas que brotan del corazón.

—Además —añadió Faria—, en los doce años que llevo de calabozo, he recordado las fugas célebres, y aunque pocas, las que ha coronado el éxito fueron las meditadas a sangre fría y preparadas lentamente. Así huyó de Vincennes el duque de Beaufort, así de Fort PEveque el abate de Buquoi, y así Latude de la Bastilla. Ha habido además otras fugas deparadas por la casualidad, y ésas son las mejores. Creedme, esperemos una ocasión, y si se presenta aprovechémosla.

—A vos os ha sido fácil esperar —dijo Dantés suspirando—. Vuestra continua tarea os ocupaba todos los instantes, y cuando no, teníais esperanza para consolaros.

—Tened presente que no me ocupaba sólo en eso —dijo el abate. —Pues ¿qué hacíais?

—Escribir o estudiar.

—¿Os dan papel, tinta y plumas?

No, pero yo me lo he hecho.

—¡Vos hacéis papel, tinta y plumas! —exclamó Dantés.

—Sí.

Dantés, admirado, miró a aquel hombre, aunque costándole trabajo creer lo que le decía. Faria notó esta ligera duda y le dijo:

—Cuando vengáis a mí cuarto, os enseñaré una obra completa, resultado de todos los pensamientos, reflexiones a indagaciones de toda mi vida. La había imaginado a la sombra del Coliseo, en Roma, al pie de la columna de San Marcos, en Venecia, y a orillas del Arno, en Florencia. Entonces yo no sospechaba siquiera que mis verdugos me obligarían a escribirla en un calabozo del castillo de If. Intitúlase mi libro Tratado sobre la posibilidad de una sola monarquía italiana. Formará un volumen en cuarto muy abultado.

—¿Y la habéis escrito...?

—En dos camisas. He inventado una preparación que pone al lienzo liso y compacto como el pergamino.

—¿Sois también químico?

—Poca cosa. He conocido a Lavoisier, y tratado amistosamente a Cabanis.

—Pero para esa obra habréis necesitado algunos apuntes históricos. ¿Tenéis libros?

—En Roma tenía una biblioteca de cerca de cinco mil volúmenes, y a fuerza de leerlos y releerlos comprendí que con ciento cincuenta obras elegidas con inteligencia, se posee, si no el resumen completo del saber humano, lo más útil tan siquiera. Dediqué tres años de mi vida a leer y releer esas ciento cincuenta obras, de modo que cuando me prendieron las sabía casi de memoria, y con un leve esfuerzo las he ido recordando todas en mi prisión. De cabo a rabo podría recitaros a Tucídides, Jenofonte, Plutarco, Tito Livio, Tácito, Strada, Jornandés, Dante, Montaigne, Shakespeare, Espinosa, Maquiavelo y Bossuet. Solamente os cito los más importantes.

—¿Sabéis muchos idiomas?

—Hablo cinco lenguas: el alemán, el francés, el italiano, el inglés y el español. Con ayuda del griego antiguo comprendo el griego moderno; aunque lo hablo mal, lo estoy al presente estudiando.

—¿Lo estáis estudiando? —dijo Dantés.

—Sí, ciertamente. He hecho un vocabulario de las palabras que sé, combinándolas de todas las maneras para que puedan expresar lo que pienso. Sé cerca de mil palabras, y en rigor no necesito de más, aunque haya cien mil en los diccionarios, si no me equivoco. No seré quizás elocuente, pero me daré a entender, y con esto me basta.

Cada vez más asombrado, Edmundo empezaba a juzgar sobrenaturales las facultades de aquel hombre. Puso empeño en cogerle en descubierto en algún punto y continuó:

—Pero si no os han dado plumas, ¿cómo habéis podido escribir esta obra tan voluminosa?

—He hecho plumas excelentes que, a ser conocidas, las preferiría todo el mundo, con los cartílagos de la cabeza de esas enormes pescadillas que algunas veces nos dan a comer los días de vigilia. Por lo cual, veo con mucho placer llegar los miércoles, los viernes y los sábados, porque espero aumentar mi provisión de plumas, y porque son mi tarea más dulce los trabajos históricos, yo lo confieso. Absorbiéndome en el pasado me olvido del presente, volando libre y a mis anchas por la historia, me olvido de que no tengo libertad.

—Pero ¿y la tinta? ¿Con qué hacéis la tinta? —dijo Dantés.

—En otro tiempo —contestó Faria— había en mi calabozo una chimenea, que sin duda estuvo tapiada antes de mi venida, pero por espacio de muchos años han encendido en ella lumbre, puesto que todo el cañón está cubierto de hollín. He disuelto este hollín en el vino que me dan todos los domingos, y he ahí una tinta magnífica. Para las notas, y para aquellos pasajes que han de atraer poderosamente la atención de los lectores, me pico los dedos con un alfiler y los escribo con mi sangre.

—Y ¿cuándo podré yo ver todo eso? —le preguntó Dantés.

—Cuando queráis —respondió Faria.

—¡Oh! ¡Ahora! ¡Ahora mismo! —exclamó el joven.

—Pues seguidme —dijo Faria, y se metió en el camino subterráneo. Dantés le siguió.

XVII: EL ABATE FARIA Y SU CALABOZO

Después de haber pasado encorvado, pero con bastante facilidad, por el camino subterráneo, llegó Dantés al extremo opuesto, que lindaba con el calabozo del abate. Allí el paso era más difícil, y tan estrecho, que apenas bastaba a un hombre.

El calabozo del abate estaba embaldosado, y levantando una de estas baldosas del rincón más oscuro fue como empezó la maravillosa empresa cuyo término vio Dantés, y de pie todavía, púsose a examinar el cuarto con suma atención. A primera vista no presentaba nada de particular.

—Bueno —dijo el abate—, no son más que las doce y cuarto, podemos disponer aún de algunas horas.

Dantés miró en torno suyo buscando el reloj, en que el abate había podido ver la hora con tanta seguridad.

—Observad —le dijo Faria— ese rayo de luz que entra por mi ventana, y reparad en la pared las líneas que yo he trazado. Gracias a esas líneas, combinadas con el doble movimiento de la Tierra, y la elipse que ella describe en derredor del Sol, sé con más exactitud la hora que si tuviese reloj, porque el reloj se descompone, y el Sol y la Tierra no se descomponen jamás.

Dantés no había comprendido nada de esta explicación. Al ver salir el Sol detrás de las montañas y ponerse en el Mediterráneo, siempre había creído que era el Sol quien giraba, no la Tierra. Este doble movimiento del globo que habitamos, y que él, sin embargo, no echaba de ver, se le antojaba casi imposible, conque en cada una de las palabras de su interlocutor entreveía misterios profundos de ciencia tan admirables, como las minas de oro y de diamantes que visitó años atrás en un viaje que hizo a Guzarate y Golconda.

—Veamos —dijo al abate—. Estoy impaciente por examinar vuestros tesoros.

Dirigióse Faria a la chimenea, y levantó, con ayuda del cincel que tenía siempre en la mano, la piedra que en otro tiempo sirvió de hogar, que ocultaba un hoyo bastante profundo. En este hoyo estaban guardados todos los objetos de que habló a Dantés.

El abate le preguntó:

—¿Qué queréis ver primero? —Enseñadme vuestra obra sobre Italia.

Faria sacó de su precioso armario tres o cuatro rollos de lienzo, semejantes a hojas de papiro. Eran retazos de tela, de cuatro pulgadas sobre poco más o menos de ancho, por dieciocho de largo. Estaban todos numerados y llenos de un texto que Dantés pudo leer porque era italiano, lengua materna del abate, y que Dantés, como provenzal, conocía perfectamente.

—Ved, todo está aquí. Hace ocho días que he escrito la palabra fin en el lienzo sexagesimoctavo. Me he quedado sin dos camisas y sin todos mis pañuelos, pero si algún día salgo de aquí, y si logro encontrar en Italia un impresor que se atreva a imprimirla, tengo asegurada mi reputación.

—Sí —respondió Dantés—, bien lo veo. Enseñadme ahora, yo os lo suplico, las plumas con que habéis escrito esta obra.

—Vedlas —dijo Faria.

Y enseñó al joven una varita como de seis pulgadas de largo, y coma el mango de un pincel de grueso, a cuyo extremo había puesto y atado con un hilo uno de los tales cartílagos, aún manchado con la tinta de que habló a Dantés. Era picudo y tenía puntos como una pluma ordinaria. Dantés lo examinó buscando con la mirada por el cuarto el instrumento con que había sido cortado.

—¡Ah! Buscáis el cortaplumas, ¿no es cierto? —le preguntó Faria—. Esa es mi obra maestra. Lo he hecho, así como este cuchillo, del hierro de un candelero viejo.

El cortaplumas cortaba como una navaja de afeitar, y en cuanto al cuchillo, reunía la ventaja de poder servir de cuchillo y de puñal.

Dantés contempló estos diferentes objetos con la misma curiosidad con que en las tiendas de quincalla de Marsella había examinado otras veces las chucherías construidas por los salvajes, y traídas de los mares del Sur por marinos aventureros.

—En cuanto a la tinta —dijo Faria—, ya sabéis cómo me la proporciono; sabed además que la voy haciendo a medida que la necesito.

—Pero lo que más me admira —dijo Dantés— es que los días os hayan bastado para trabajos tan grandes.

—Disponía también de las noches —respondió el abate.

—¿Sois como los gatos? ¿Veis a oscuras?

—No, pero Dios ha dado al hombre la inteligencia para remediar la pobreza de sus sentidos; la luz me la procuré.

—¿De qué modo?

—De la comida que me traen, extraigo la grasa, la derrito y hago una especie de aceite muy espeso; mirad mi luz.

Y el abate enseñó a Edmundo una especie de lamparilla, semejante a las que suelen emplear en los festejos públicos.

—Pero ¿y el fuego?

—He aquí dos pedernales con su correspondiente yesca. Con pretexto de una enfermedad cutánea pedí un poco de azufre, que me concedieron.

Dantés puso sobre la mesa los objetos que tenía en la mano, e inclinó la cabeza sintiéndose humillado por tanta perseverancia y fortaleza de espíritu.

—Y esto no es todo —prosiguió Faria—, porque nadie debe ocultar sus tesoros en un mismo sitio; vamos a otra cosa.

En seguida colocaron la baldosa en su sitio. Echó un poco de tierra por encima el abate, la pisoteó para que desapareciese todo rastro de solución de continuidad, y en seguida separó su cama del sitio en que se hallaba.

Detrás de la cabecera, oculto con una piedra que lo cerraba casi herméticamente, había un agujero que contenía una escala de cuerda de veinticinco a treinta pies de largo.

Dantés la examinó y la encontró de una solidez a toda prueba.

—¿Quién os dio la cuerda que habréis necesitado para esta obra maravillosa?

—Al principio algunas camisas que yo tenía, y después la ropa de mi cama que he deshilachado en tres años de mi prisión en Fenestrelle. Cuando me transportaron al castillo de If hallé medio para traerme las hilas, y aquí continué mi trabajo.

—Pero ¿no advirtieron que las sábanas de vuestra cama se iban quedando sin dobladillos?

—No, que yo las cosía.

—¿Con qué?

—Con esta aguja.

Y de uno de los jirones de su vestido sacó Faria una espina larga y afilada que llevaba consigo.

—Sí —prosiguió Faria—, tuve primeramente intenciones de limar los hierros y huir por esa ventana, que como veis, es más grande que la vuestra, y aún la hubiese agrandado para escaparme, pero descubrí que caía a un patio interior y renuncié a mi proyecto por aventurado. Conservo, sin embargo, la escala para cualquier caso imprevisto, para una de esas fugas que proporciona la casualidad, como antes os decía.

Aunque, al parecer, Dantés examinaba la escala, pensaba en realidad en otra cosa. Se le había ocurrido de repente que aquel hombre tan ingenioso, tan sabio, tan profundo, quizás acertaría a ver claro en las tinieblas de su propia desgracia, que él nunca había podido penetrar.

—¿En qué pensáis? —le preguntó el abate con una sonrisa, creyendo que el ensimismamiento de Dantés procedía de su admiración.

—Pienso, en primer lugar, en la inmensa inteligencia que habéis empleado para llegar a esta situación. ¿Qué no habríais hecho gozando de libertad?

—Quizá nada; acaso mi cerebro exuberante se hubiera evaporado en cosas pequeñas. Así como es necesaria la presión para hacer estallar la pólvora, así el infortunio es necesario también para descubrir ciertas minas misteriosas ocultas en la inteligencia humana. La prisión ha concentrado todas mis facultades intelectuales en un solo punto, que por ser estrecho ha ocasionado que ellas choquen unas con otras. Como ya sabéis, del choque de las nubes resulta la electricidad, de la electricidad el relámpago y del relámpago la luz.

—Yo no sé nada —contestó Dantés humillado por su ignorancia—, casi todas las palabras que pronunciáis carecen para mí de sentido. ¡Qué dichoso sois sabiendo tanto!

El abate se sonrió.

—¿No decíais ahora que pensabais en dos cosas?

—Sí.

—Sólo me habéis dicho la primera. ¿Cuál es la segunda?

—La segunda es que vos me habéis contado vuestra historia y yo no os he referido la mía.

—Vuestra historia, joven, es demasiado corta para encerrar sucesos de importancia.

—Sin embargo —repuso Dantés—, contiene una desgracia inmensa, una desgracia inmerecida, y quisiera, para no blasfemar de Dios, como lo he hecho hartas veces, poder quejarme de los hombres.

—¿Os creéis inocente del crimen de que os acusan?

—Completamente. Lo juro por las únicas personas caras a mi corazón, por mi padre y por Mercedes.

—Veamos, contadme vuestra historia —dijo Faria, cerrando su escondrijo y volviendo a poner la cama en su lugar.

Dantés hizo la relación de todo lo que él llamaba su historia, que se limitaba a un viaje a la India, y dos o tres a Levante, llegando al fin a su último viaje, a la muerte del capitán Leclerc, al encargo que le dio para el gran mariscal, a su plática con éste, a la misiva que le confió para un tal señor Noirtier, a su llegada a Marsella, a su entrevista con su padre, a sus amores, a su desposorio con Mercedes, a la comida de aquel día, y por último, a su detención, a su interrogatorio, a su prisión provisional en el palacio de justicia, y a su traslación definitiva al castillo de If. Desde este punto no sabía nada más, ni aun el tiempo que llevaba encerrado. Acabada la relación, el abate se puso a reflexionar profundamente. Después de un corto espacio, dijo:

—Hay en legislación un axioma profundísimo, que prueba lo que hace poco yo os decía, esto es, que a no nacer los malos pensamientos de una organización mala también, el crimen repugna a la naturaleza humana. Sin embargo, la civilización nos ha creado necesidades, vicios y falsos apetitos, cuya influencia llega tal vez a ahogar en nosotros los buenos instintos, arrastrándonos al mal. De aquí esta máxima: Para descubrir al culpable, averiguad quién se aprovecha del crimen. ¿A quién podía ser provechosa vuestra desaparición?

—A nadie, ¡Dios mío! ¡Yo era tan poca cosa!

—No respondáis así, que falta a vuestra respuesta lógica y filosofía. Todo es relativo, querido amigo, desde el rey, que estorba a su futuro sucesor, hasta el empleado, que estorba a su supernumerario. Si el rey muere, el sucesor hereda una corona; si el empleado muere, el supernumerario hereda su sueldo y sus gajes. Este sueldo es su lista civil, su presupuesto, necesita de él para vivir, como el rey precisa de sus millones.

"En torno a cada individuo, así en lo más alto como en lo más bajo de la escala social, se agrupa constantemente un mundo entero de intereses, con sus torbellinos y sus átomos, como los mundos de Descartes.

"Volvamos, pues, a vuestro mundo. ¿Decís que ibais a ser nombrado capitán del Faraón?

—Sí.

—¿Podía interesar a alguno que no fueseis capitán del Faraón? Podía interesar a alguno que no os casaseis con Mercedes?

Contestad ante todo a mi primera pregunta, porque el orden es la clave de los problemas. ¿Podía interesar a alguno que no fueseis capitán del Faraón?

—No, porque yo era muy querido a bordo. Si los marineros hubiesen podido elegir su jefe, estoy seguro de que lo habría sido yo. Un solo hombre estaba algo picado conmigo, porque cierto día tuvimos una disputa, le desafié, y él no aceptó.

—Veamos, veamos. ¿Cómo se llamaba ese hombre?

—Danglars.

—¿Cuál era su empleo a bordo?

—Sobrecargo.

—Si hubieseis llegado a ser capitán, ¿le conservaríais en su empleo?

—No; a depender de mí, porque creí encontrar en sus cuentas alguna inexactitud.

—Bien. Decidme ahora, ¿presenció alguien vuestra última entrevista con el capitán Leclerc?

—No, porque estábamos solos.

—¿Pudo oír alguien la conversación?

—Sí, porque la puerta estaba abierta y aún... esperad... sí... sí... Danglars pasó precisamente en el instante en que el capitán Lederc me entregaba el paquete para el gran mariscal.

—Bien —murmuró el abate—, ya dimos con la pista. Cuando desembarcasteis en la isla de Elba ¿os acompañó alguien?

—Nadie.

—¿Y os entregaron una misiva?

—Sí, el gran mariscal.

—¿Qué hicisteis con ella?

—La guardé en mi cartera.

—¿Llevabais vuestra cartera? ¿Y cómo una cartera capaz de contener una carta oficial podía caber en un bolsillo?

—Tenéis razón. Mi cartera estaba a bordo.

—Luego fue a bordo donde colocasteis la carta en la cartera.

—Sí.

—Desde Porto—Ferrajo a bordo, ¿qué hicisteis de la carta?

—La tuve en la mano.

—Cuando abordasteis de nuevo al Faraón, ¿pudieron ver todos que llevabais una carta?

—Sí.

—Sí.

—¿Y Danglars también lo vio?

—También.

—Poco a poco. Escuchad bien: refrescad vuestra memoria. ¿Os acordáis de los términos en que estaba concebida la denuncia?

—¡Oh!, sí, sí: la he leído y releído muchas veces, y tengo sus palabras muy presentes.

—Repetídmelas.

Dantés reflexionó un instante y repuso: —Así decía textualmente:

"Un amigo del trono y de la religión previene al señor procurador del rey que un tal Edmundo Dantés, segundo del Faraón, que llegó esta mañana de Esmirna, después de haber tocado en Nápoles y en Porto—Ferrajo, ha recibido de Murat una carta para el usurpador, y de éste otra carta para la junta bonapartista de París."

"Fácilmente se tendrá la prueba de su crimen prendiéndole, porque la carta se hallará en su poder, o en casa de su padre, o en su camarote, a bordo del Faraón."

El abate se encogió de hombros.

—Eso está claro como la luz del día —dijo—, y es necesario tener un alma muy buena, y muy inocente, para no comprenderlo todo desde el principio.

—¿Lo creéis así? —exclamó Edmundo—. ¡Oh! ¡Sería una acción muy infame!

—¿Cuál era la letra ordinaria de Danglars?

—Cursiva, y muy hermosa.

—¿Y la del anónimo?

—Inclinada a la izquierda.

El abate se sonrió:

—Una letra desfigurada, ¿no es verdad?

—Muy correcta era para desfigurada.

—Esperad —dijo.

Y diciendo esto, cogió el abate su pluma, o lo que él llamaba pluma, la mojó en tinta, y escribió con la mano izquierda en un lienzo de los que tenía preparados, los dos o tres primeros renglones de la denuncia.

Edmundo retrocedió, mirando al abate con terror:

—¡Oh! ¡Es asombroso! —exclamó—. ¡Cómo se parece esa letra a la otra!

—Es que sin duda se escribió la denuncia con la mano izquierda. He observado siempre una cosa —prosiguió el abate.

—¿Cuál?

—Todas las letras escritas con la mano derecha son varias, y semejantes todas las escritas con la mano izquierda.

—¡Cuánto habéis visto! ¡Cuánto habéis observado! —Continuemos.

—¡Oh!, sí, sí.

—Pasemos a mi segunda pregunta.

—Os escucho.

—¿Podía interesar a alguien que no os casaseis con Mercedes?

—Sí, a un joven que la amaba.

—¿Su nombre?

—Fernando.

—Ese es un nombre español.

—Era catalán.

—¿Y creéis que ése haya sido capaz de escribir la carta?

—No, lo que él hubiera hecho era darme una puñalada.

—Eso es muy español. Una puñalada sí, una bajeza, no.

—Además, ignoraba todos los pormenores que contiene la delación —indicó Edmundo.

—¿No se los habíais contado a nadie?

—A nadie.

—¿Ni a vuestra novia?

—Ni a mi novia.

—Pues ya no me cabe duda alguna: fue Danglars.

—¡Oh!, ahora estoy seguro.

—Esperad un poco... ¿Conocía Danglars a Fernando?

—No... sí... ahora me acuerdo...

—¿Qué?

—La víspera de mi boda los vi sentados juntos a la puerta de la taberna de Pánfilo. Danglars estaba afectuoso y al mismo tiempo burlón, y Fernando pálido y como turbado.

—¿Estaban solos?

—No; se hallaba con ellos otro compañero, muy conocido mío, y que fue sin duda el que los relacionó..., un sastre llamado

Caderousse; éste estaba ya borracho... Esperad, esperad... ¿cómo no he recordado esto antes de ahora? Junto a su mesa había un tintero..., papel y pluma... —murmuró Edmundo llevándose la mano a la frente—. ¡Oh! ¡Infames! ¡Infames!

—¿Queréis aún saber más? —le dijo el abate, sonriendo.

—Sí, sí; puesto que veis claro en todo, y todo lo adivináis, quiero saber por qué no he sido interrogado más que una sola vez y por qué he sido condenado sin formación de causa.

—¡Oh!, eso es más difícil —dijo el abate—. La policía tiene misterios casi imposibles de penetrar. Lo averiguado hasta ahora en eso de vuestros dos enemigos es una bagatela. En esto de la justicia tendréis que darme informes más exactos.

—Preguntadme, pues, porque a decir verdad, más claro veis vos en mis asuntos que yo mismo.

—¿Quién os tomó declaración? ¿El sustituto, el procurador del rey o el juez de instrucción?

—El sustituto.

—¿Era joven o viejo?

—Joven, como de veintisiete a veintiocho años.

—No estaría corrompido aún; pero ya podía tener ambición —dijo el abate—. ¿Qué tal se portó con vos?

—Más bien amable que severo.

—¿Se lo contasteis todo?

—Todo.

—¿Y cambió de maneras durante el interrogatorio?

—Cuando leyó la denuncia, parecióme que sentía mi desgracia.

—¿Vuestra desgracia?

—Sí.

—¿Estabais seguro de que era vuestra desgracia lo que le apenaba?

—Por lo menos me dio una prueba muy grande de su simpatía hacia mí.

—¿Cuál?

—Quemó el único documento que podía comprometerme.

—¿Qué documento? ¿La denuncia?

—No, la carta.

—¿Estáis seguro?

—Lo vi con mis propios ojos.

—La cuestión varía. Este hombre puede ser más perverso de lo que vos creéis.

—¡Me hacéis estremecer! —dijo Dantés—. ¿No estará poblado el mundo sino de tigres y cocodrilos?

—Sí, con la diferencia de que los tigres y cocodrilos de dos pies son más temibles que los otros. ¿Conque decís que quemó la carta?

—Sí, diciéndome por añadidura: "Ya lo veis, ésta es la única prue—ba que existe contra vos, y la destruyo."

—Muy sublime es esa conducta para ser natural.

—¿De veras?

—Estoy seguro. ¿A quién iba dirigida esa carta?

—Ál señor Noirtier, calle de Coq—Heron, número 13, en París.

—¿Y no sospecháis que el sustituto pudiera tener interés en que desapareciese esa carta?

—Quizá, porque diciéndome que por mi interés lo hacía, me obligó a jurarle dos o tres veces que a nadie hablaría de la carta, ni menos de la persona a quien iba dirigida.

—¡Noirtier! ¡Noirtier! —murmuró el abate—. Yo he conocido un Noirtier en la corte de la antigua reina de Etruria, un Noirtier que había sido girondino en tiempo de la revolución. ¿Cómo se llama el sustituto de que habéis hablado?

—Villefort es su apellido.

El abate se echó a reír a carcajadas. Dantés lo miraba estupefacto.

—¿De qué os reís?

—¿Veis ese rayo de luz? —le preguntó Faria.

—Sí.

—Pues todo está tan claro como ese rayo transparente. ¡Pobre muchacho! ¡Pobre joven! ¿Conque era muy bondadoso el magistrado?

—Sí.

—¿De modo que el digno sustituto quemó la carta?

—Sí.

—¿De modo que el honrado abastecedor del verdugo os hizo jurar que a nadie hablaríais de Noirtier?

—Sí.

—Pues ese Noirtier, ¡qué pobre ciego sois! Ese Noirtier, ¿no sabéis quién era? Ese Noirtier era su padre.

Un rayo caído a sus pies, que abriera la boca del infierno, para tragárselo, habría causado a Edmundo menos impresión que aquellas palabras inesperadas. Como un loco recorría la habitación, sujetando se la cabeza con las manos por temor de que estallara.

—¡Su padre! ¡Su padre! —exclamaba.

—Sí, su padre, que se llama Noirtier de Villefort —repuso el abate. Entonces un resplandor vivísimo iluminó la inteligencia del preso. Todo lo que hasta entonces le había parecido oscuro, se le apareció con la mayor claridad. Las bruscas alteraciones de Villefort durante el interrogatorio, la carta quemada, el juramento que le exigió, el tono casi de súplica el magistrado, que en vez de amenazar parecía que suplicase, todo le vino a la memoria. Profirió un grito, vaciló un instante como si estuviera borracho y lanzándose al agujero que conducía a su calabozo, exclamó:

—¡Oh!, necesito estar a solas para pensar en todo esto.

Y al llegar a su calabozo se arrojó sobre la cama, donde le halló por la noche el carcelero, sentado, con los ojos fijos, las facciones contraídas, a inmóvil y mudo como una estatua. Durante aquellas horas de meditación que habían corrido para él unos segundos, tomó una resolución terrible a hizo un juramento atroz.

Una voz sacó a Edmundo de sus reflexiones, era la del abate Faria, que habiendo recibido también la visita del carcelero, venía a convidar a Edmundo a comer. Su calidad de loco, y en particular de loco divertido, le proporcionaba algunos privilegios, como eran un pan más blando y una copa de vino los domingos. Precisamente aquel día era domingo, y el abate brindaba a su joven compañero la mitad de su pan y su vino.

Dantés le siguió. Se había serenado su rostro; pero al recobrar su ordinario aspecto le quedaba un no sé qué de sequedad y firmeza, que demostraba una resolución invariable. El abate le miró fijamente.

—Siento —le dijo el abate— el haberos ayudado en vuestras averiguaciones de ayer y haberos dicho lo que dije.

—¿Por qué?

—Porque he engendrado en vuestro corazón un sentimiento que antes no abrigaba: la venganza.

Dantés se sonrió y dijo:

—Hablemos de otra cosa.

Contemplóle el abate un momento todavía, y bajó tristemente la cabeza. Después, como Dantés le había exigido, se puso a hablar de otra cosa. El anciano era uno de esos hombres cuya conversación, como la de todos aquellos que han sufrido mucho, a la par que sirve de enseñanza, interesa y conmueve, empero no era egoísta, pues nunca hablaba de desgracias. Dantés escuchaba todas sus palabras con admiración, unas le revelaban ciertas ideas, de que él ya tenía noción por rozarse con la marina, que profesaba, y otras, referente a cosas desconocidas, le abrían horizontes nuevos, como esas auroras polares que alumbran a los navegantes en las regiones australes. Dantés comprendió entonces cuánta felicidad sería para una inteligencia bien organizada, seguir a la del abate en su vuelo por las esferas morales, filosóficas y sociales, en que ordinariamente se cernía.

—Debíais de enseñarme algo de lo que sabéis, aunque no fuese sino para no cansaros de mí —le dijo una vez—. Paréceme que la soledad os sería preferible a un compañero sin educación ni modales, como yo. Si accedéis a lo que os pido, empeño mi palabra en no hablaros más de la fuga.

El abate se sonrió.

—¡Ay, hijo mío! —le contestó—. El saber humano es tan limitado que cuando os enseñe las matemáticas, la física, la historia y las tres o cuatro lenguas que poseo, sabréis tanto como yo; ahora, pues, siempre necesitaré dos años para enseñaros toda mi ciencia.

—¡Dos años! —exclamó Dantés—. ¿Creéis que podré aprender tantas cosas en dos años?

—En su aplicación, no; en sus principios, sí. Aprender no es saber, de aquí nacen los eruditos y los sabios, la memoria forma a los unos, y la filosofía a los otros.

—Pero ¿no se puede aprender la filosofía?

—La filosofía no se aprende. La filosofía es el matrimonio entre las ciencias y el genio que las aplica. La filosofía es la nube resplandeciente en que puso Dios el pie para subir a la gloria.

—Veamos —dijo Dantés—. ¿Qué me enseñaréis primero? Tengo deseos de empezar, tengo sed de aprender.

—Todo —contestó el abate.

En efecto, aquella noche imaginaron los dos presos un sistema de educación, que desde el día siguiente se puso en práctica. Tenía Dantés una memoria prodigiosa y una extremada facilidad en concebir las ideas. La inclinación matemática de su inteligencia le predisponía a comprenderlo todo con ayuda del cálculo, al paso que el instinto poético del marino corregía lo que hubiese de aridez sobrada y materialismo en la demostración reducida a números o a líneas. Sabía ya, como se ha dicho, el italiano y un poco del románico o griego moderno, aprendido en sus viajes a Oriente. Estas dos lenguas le hicieron comprender fácilmente el mecanismo de las demás, por lo que a los seis meses empezaba a hablar el español, el inglés y el alemán.

Tal como le había prometido al abate Faria, bien que la distracción del estudio le sirviese como de libertad, o que él fuese rígido cumplidor de su palabra, como hemos visto, Edmundo no hablaba ya de escaparse, y los días pasaban para él tan rápidos como instructivos. Al año estaba convertido en otro hombre.

En cuanto al abate Faria, reparaba Dantés que, a pesar de la distracción que en su cautividad le había proporcionado su compañía, cada día se iba poniendo más taciturno. Como si le dominase un pensamiento persistente a incesante, caía en profundas abstracciones, suspiraba involuntariamente, se incorporaba de súbito, y cruzando los brazos se ponía muy meditabundo a dar vueltas por su calabozo. Cierto día se paró de repente en medio de uno de esos círculos que sin tregua trazaba en derredor de la estancia, y exclamó:

—¡Ah! ¡Si no hubiera centinela!

—Si vos queréis, no lo habrá —dijo Dantés, que había seguido el curso de su pensamiento a través de las arrugas de su frente, como a través de un cristal.

—Ya os dije que el crimen me repugna —repuso el abate.

—Y, sin embargo, si cometiéramos ese crimen, sería por instinto de conservación, por un sentimiento de defensa personal.

—No importa, yo sería incapaz de...

—Pero ¿pensáis en ello?

—A todas horas, a todas horas —murmuró el abate.

—Y habéis encontrado algún medio, ¿no es así? —dijo Edmundo.

—Sí, como pusieran en la galería un centinela ciego y sordo.

—Será ciego y sordo —respondió Dantés con una resolución que asustaba al abate.

—¡No!, ¡no!, ¡imposible! —exclamó éste.

Dantés quiso seguir hablando de aquello, pero Faria movió la cabeza y se negó a decir nada más. Pasaron tres meses.

—¿Tenéis fuerza? —le preguntó el abate un día.

Dantés, sin responderle, cogió el escoplo, lo dobló como un cayado, y lo volvió a su forma primitiva.

—¿Me prometéis no matar al centinela, sino en el último extremo?

—Bajo palabra de honor.

—Entonces podemos ejecutar nuestro plan —dijo el abate.

—¿Cuánto tiempo necesitaremos?

—Un año, por lo menos.

—Pero ¿cuándo podemos empezar nuestros trabajos?

—Al instante.

—Ya lo veis, hemos perdido un año —exclamó Dantés.

—¿Creéis que lo hayamos perdido? —le replicó el abate.

—¡Oh! ¡Perdonadme! —dijo Edmundo sonrojándose.

—¡Callad! El hombre siempre es hombre, y vos uno de los mejores que yo haya conocido. Oíd mi plan.

El abate mostró entonces a Dantés un plano que había trazado, conteniendo su calabozo, el de Dantés y la excavación que juntaba uno con otro. En medio de este corredor estableció un ramal semejante a los que se abren en las minas; por él llegaban a la galería del centinela, y una vez allí desprendían del suelo una baldosa, que en un momento dado se hundiría bajo el peso del centinela, que desaparecería en la excavación. Edmundo se abalanzaba entonces a él, cuando aturdido por el golpe de la caída no pudiera defenderse, le sujetaba, le ataba, y luego, saliendo por una de las ventanas de aquella galería, se descolgaban ambos por la muralla exterior, para lo cual les serviría la escala del abate.

Este plan era tan sencillo, que no podía menos de salir bien, y Dantés lo aplaudió con entusiasmo. Desde aquel instante se pusieron a trabajar los mineros con tanto más ardor cuanto que habían descansado mucho tiempo, y aquel trabajo, según todas las probabilidades, no era sino continuación del pensamiento íntimo y secreto de cada uno de ellos.

Sólo lo interrumpían en la hora en que se veían obligados a estar en su calabozo para recibir cada uno la visita de su carcelero. Se habían además acostumbrado tanto a distinguir el rumor imperceptible de los pasos de aquel hombre cuando bajaba la escalera, que nunca los sorprendió de improviso. La tierra que sacaban de la nueva mina, que habría llenado sin duda la cavidad antigua, la arrojaban puñado a puñado con precauciones inauditas por una a otra ventana, así del calabozo de Dantés como del abate, pulverizándola con mucho esmero, y el viento de la noche se la llevaba sin dejar la menor huella.

Más de un año se pasó en este trabajo, ejecutado con un escoplo, un cuchillo y una palanca de madera. En este período, y al mismo tiempo que trabajaban, el abate seguía instruyendo a Dantés, hablándole ora en una lengua, ora en otra, enseñándole la historia de los pueblos y la de los grandes hombres que dejan en pos de sí de siglo en siglo una de esas estelas brillantes que llaman la gloria. Hombre de mundo, Faria, y del gran mundo, tenía además en sus maneras una como grandeza melancólica que Dantés, gracias al espíritu de asimilación de que le había dotado la naturaleza, supo convertir en la finura elegante que le faltaba, y en esas maneras aristocráticas que no se adquieren sino con las costumbres y el continuo trato de las clases elevadas o de los hombres distinguidos.

Al cabo de quince meses, la excavación estaba terminada debajo de la galería. Oíanse los pasos del centinela, y los dos obreros, precisados a esperar una noche sin luna para que su evasión tuviese más probabilidades aún de buen éxito, tenían sólo un temor, y era que el suelo, falto de su base, se hundiera por sí mismo bajo los pies del soldado. Este inconveniente se remedió un tanto, colocando una especie de puntal que habían encontrado en sus excavaciones. Ocupado en asegurarlo estaba Dantés, cuando de pronto oyó al abate Faria, que se había quedado en el calabozo del joven aguzando una clavija para asegurar la escala, oyó, repetimos, que lo llamaba con acento de dolorosa angustia. Acudió

Dantés al punto y encontró al abate de pie en medio de la estancia, pálido, con las manos crispadas, e inundada la frente de sudor.

—¡Oh, Dios mío! —exclamó Dantés—, ¿qué sucede? ¿Qué tenéis?

—¡Pronto! ¡Pronto! —respondió el abate—, escuchadme.

Fijóse Dantés en su rostro lívido, sus ojos rodeados de una aureola negruzca, sus labios blancos, sus cabellos erizados, y lleno de terror dejó caer al suelo el escoplo que tenía en la mano.

—Pero ¿qué sucede?

—¡Estoy perdido! —dijo el abate—, escuchadme. Una enfermedad horrible y acaso mortal, va a acometerme, ya la siento llegar, ya la siento. El año antes de mi prisión me acometió también. Sólo tiene un remedio y os lo voy a decir: corred a mi calabozo, levantad el pie de mi cama, que está hueco, y allí encontraréis un frasquito de cristal medio lleno de un líquido rojo, traédmelo... O si no... antes... es verdad, podrían sorprenderme fuera de mi calabozo... ayudadme a volver, ahora que tengo algunas fuerzas todavía. ¿Quién sabe lo que va a suceder y el tiempo que durará el acceso?

Sin aturdirse Dantés, aunque aquella desdicha fue inmensa, bajó a la excavación remolcando, por decirlo así, a su desventurado compañero, y con muchísimo trabajo pudo llegar al calabozo del abate, al cual depositó en su lecho.

—Gracias —dijo el anciano, estremeciéndose—. Siento que la enfermedad se acerca, voy a caer en un estado de catalepsia, acaso no haré ni un movimiento siquiera, acaso no podré tampoco quejarme, pero acaso también echaré espuma por la boca, y gritaré y batallaré en extremo. Procurad que no oigan mis gritos, que es lo más importante, porque tal vez me trasladarían a otro calabozo, separándonos para siempre. Cuando me veáis inmóvil, frío y como muerto, sólo entonces, tenedlo bien entendido, me separaréis los dientes con el cuchillo, me echaréis en la boca ocho o diez gotas de ese licor, y acaso volveré a la vida.

—¿Acaso? —exclamó Dantés, suspirando.

—¡Acudid...! ya... ahora —exclamó el abate—, yo... me... mue...

El acceso fue tan súbito y violento, que ni aun pudo el desgraciado preso terminar la frase, una nube envolvió su frente, rápida y sombría como las tempestades del mar, la crisis hízole abrir desmesuradamente los ojos, torció su boca y coloreó sus mejillas, rugió, forcejeó, vomitó espuma, pero Dantés ahogó sus gritos con la ropa de la cama, tal como se lo había pedido. El ataque duró dos horas. Después, inerte, más pálido y más frío que el mármol, y más destrozado que una caña que se pisotea, se agitó violentamente en una postrera convulsión, y se puso lívido.

Esto era lo único que esperaba Edmundo, a que aquella muerte aparente se hubiese apoderado de todo el cuerpo y helado el corazón. Cogió entonces el cuchillo, introdujo la punta entre los dientes, separó con muchísimo trabajo las mandíbulas contraídas, le echó, contándolas con exactitud, diez gotas de aquel licor rojo y esperó.

Dos horas pasaron sin que el viejo hiciera movimiento alguno. Temió Dantés haber acudido demasiado tarde, y le contemplaba fijamente con las manos puestas en la cabeza. Al fin sus mejillas se colorearon un poco, sus ojos constantemente abiertos a inmóviles volvieron a mirar, un débil suspiro salió de su boca, y por último hizo un movimiento.

—¡Se ha salvado! ¡Se ha salvado! —exclamó Dantés.

El enfermo, que no podía hablar aún, extendió con ansiedad visible la

mano hacia la puerta. Púsose Dantés a escuchar, y oyó en efecto los pasos del carcelero. Iban a dar las siete; Dantés no había podido ocuparse en calcular el tiempo.

Al punto se precipitó por el agujero, volvió a colocar la baldosa sobre su cabeza y pasó a su calabozo.

Un instante después se abrió la puerta, y el carcelero, como siempre, encontró al joven sentado en su cama.

No bien había vuelto la espalda, apenas se perdió en el corredor el ruido de sus pasos, cuando Dantés, lleno de inquietud, sin pensar en la comida, tomó otra vez el camino que siguiera antes, y levantando la baldosa con su cabeza, entró en el calabozo del abate.

Este había recobrado ya el conocimiento, pero seguía tendido inerte sobre su lecho.

—Ya creía no volveros a ver —dijo a Edmundo.

—¿Por qué? —le preguntó el joven—. ¿Pensabais morir?

—No, pero como todo está dispuesto para la fuga, creí que os escaparíais.

La indignación se pintó en el rostro de Dantés.

—¡Sin vos! ¡Me habéis creído capaz de escaparme solo! ¿De veras? —exclamó.

—Ya veo que estaba equivocado —dijo el enfermo—. ¡Qué débil y qué rendido estoy!

—¡Valor! Pronto recobraréis las fuerzas —le dijo Edmundo sentándose junto a la cama y cogiendo una de sus manos.

El abate Faria movió la cabeza:

—La otra vez —le dijo— el ataque me duró una hora, y luego tuve hambre y pude andar solo. Hoy no puedo levantar mi pierna ni mi brazo derecho, y mi cabeza está aturdida, lo que prueba un derrame cerebral. A la tercera vez quedaré enteramente paralítico o tal vez moriré de repente.

—No, no, tranquilizaos; no moriréis. Cuando os dé, si os da, ese tercer ataque, ya estaremos libres, entonces os salvaremos como ahora y mejor que ahora, porque tendremos todos los recursos necesarios.

—Amigo mío —le contestó el anciano—, no os engañéis a vos mismo. La crisis que acabo de pasar me ha condenado a prisión eterna. Para huir es preciso poder nadar.

—Pues bien, esperaremos ocho días, un mes, dos meses si es necesario. En ese intervalo recobraréis vuestras fuerzas. Todo está preparado para nuestra fuga, y hasta podremos elegir la hora y la ocasión que más nos convenga. El día que os sintáis capaz de nadar, aquel mismo día pondremos nuestro proyecto en ejecución.

—Yo jamás podré nadar —dijo Faria—, este brazo está paralítico, y no para un día, sino para siempre. Levantadlo vos mismo y veréis cuánto pesa.

El joven levantó aquel brazo, y volvió a caer inerte por su propio peso.

Edmundo suspiró.

—Ya estáis convencido, ¿no es cierto? —le preguntó Faria—. Creedme, sé bien lo que me digo. Desde que sufrí el primer ataque de este mal, no he dejado un punto de pensar en él. Ya me lo esperaba, porque es hereditario en mi familia. Mi padre murió al tercer ataque, y mi abuelo también. El médico que preparó ese licor, que no es otro que el famoso Cabanis, me predijo la misma suerte.

—¡El médico se engaña! —exclamó Dantés—. Y tocante a la parálisis, no me importa. Cargaré con vos y nadaré llevándoos a la espalda.

—Joven —repuso el abate—, sois marino y nadador, y debéis saber por consiguiente que con tal peso ningún hombre es capaz de nadar cincuenta brazas. Dejad de alucinaros con quimeras, que no puede creer ni vuestro mismo corazón, tan generoso. Yo permaneceré aquí hasta que suene la hora de mi libertad, que será la de la muerte. Vos huid, huid. Sois joven, diestro y fuerte, no os cuidéis de mí, os devuelvo vuestra palabra.

—¡Oh! Entonces —dijo Edmundo—, también yo permaneceré aquí.

Luego, levantándose y extendiendo su mano sobre Faria, añadió solemnemente:

—Por la sangre de Cristo, juro no abandonaros hasta la muerte.

El abate contempló a aquel joven tan noble y sencillo, tan grande, leyendo en sus facciones, animadas con el fuego del entusiasmo más puro, la sinceridad de su afecto y la lealtad de su juramento.

—Lo acepto —contestó—. Gracias.

Y tendiéndole la mano añadió:

—Quizá seréis recompensado por ese afecto tan desinteresado, empero como yo no puedo escaparme y vos no queréis, lo que importa es cegar el subterráneo que hemos hecho debajo de la galería. El soldado puede advertir que el suelo repite el eco de sus pasos, y avisar al gobernador, con lo cual nos descubrirían. Id, pues, a cegarlo vos, ya que desgraciadamente yo no puedo ayudaros. Emplead toda la noche si es preciso, y no volváis a verme hasta mañana después de la visita del carcelero. Entonces acaso tendré que deciros alguna cosa importante.

Dantés estrechó la mano del abate, que el pagó con una sonrisa, y salió de la prisión, obediente y respetuoso, como era en todas ocasiones con su anciano amigo.

XVIII: ¡EL TESORO!

Cuando Dantés entró a la mañana siguiente en el calabozo de su compañero, le encontró sentado y tranquilo. Iluminándole el único rayo de luz que penetraba por su angosta ventana, tenía en su mano derecha, única de que ya podía servirse, un pedazo de papel, que por haber estado arrollado mucho tiempo conservaba la forma cilíndrica, que sería muy difícil quitarle. El abate se lo enseñó a Dantés, sin decir una palabra.

—¿Qué es esto? —le preguntó el joven.

—Miradlo bien —repuso el abate sonriendo.

—Por más que miro —dijo Dantés—, no veo sino un papel medio quemado, que contiene algunas letras góticas, escritas con una tinta muy extraña.

—Este papel, amigo mío, ya puedo decíroslo todo, puesto que os he probado, este papel es mi tesoro; la mitad os pertenece desde hoy.

Un sudor frío corrió por la frente de Dantés. Hasta entonces, ¡y ya hemos visto cuánto tiempo había transcurrido entonces!, evitó cuidadosamente el hablar a Faria de aquel tesoro, ocasión de su pretendida locura. Con su instintiva delicadeza, no había querido Edmundo herir esta fibra dolorosa; y por su parte Faria también calló, haciéndole tomar aquel silencio por el recobro de la razón, pero ahora sus palabras, justamente después de una enfermedad tan grave, anunciaban que recaía en la locura.

—¿Vuestro tesoro? —balbuceó Dantés.

—El abate se sonrió.

—Sí —le dijo. Vuestro corazón, Edmundo, es noble en todo y de vuestra palidez y vuestro temblor infiero lo que os sucede en este instante. Pero tranquilizaos, que no estoy loco. Este tesoro existe, Dantés, y ya que no he podido poseerlo, vos lo poseeréis. Nadie quiso escucharme ni creerme, teniéndome por loco, pero vos que debéis saber que no lo soy, me creeréis después de lo que voy a deciros. Escuchadme.

—¡Ay! —murmuró Edmundo para sí. Ha vuelto a recaer; esa desgracia me faltaba únicamente.

Luego añadió en alta voz:

—Amigo mío, vuestra enfermedad os habrá fatigado, tal vez. ¿No queréis descansar? Mañana, si os place, me contaréis vuestra historia, pero hoy quiero cuidaros. Además —prosiguió sonriéndose—, un tesoro, ¿qué prisa nos corre?

—¡Mucha! ¡Mucha, Edmundo! —prosiguió el viejo—. ¿Quién

sabe si mañana o pasado me dará el tercer ataque? Reflexionad que entonces todo se perdería. Sí, muchas veces he recordado con amargo placer esas riquezas, que harían la felicidad de diez familias, perdidas para esos hombres que no han querido atenderme. Esta idea me servía de venganza, y la saboreaba deliciosamente en la noche de mi calabozo y en la desesperación de mi estado. Mas ahora que por vuestro cariño perdono al mundo, ahora que os veo joven y rico de porvenir, ahora que pienso en la fortuna que puedo proporcionaros con esta revelación, me asusta la tardanza, y temo no dejar seguras en manos de un propietario tan digno como vos, tantas riquezas sepultadas.

Edmundo volvió la cabeza suspirando.

—Persistís en vuestra incredulidad, Edmundo —prosiguió Faria— mi voz no os ha convencido. Veo que necesitáis pruebas. Pues bien, leed ese papel que a nadie he mostrado aún.

—Mañana, amigo mío —respondió Dantés, rehusando acceder a lo que él creía locura del anciano—. Creí que estaba ya convencido que no hablaríamos de esto hasta mañana.

—No hablaremos hasta mañana, pero leed hoy este papel.

"No lo exasperemos", díjose Dantés.

Y tomando aquel papel, cuya mitad faltaba sin duda por haber sido consumida por algún accidente, leyó:

que puede ascender a dos
manos con corta diferenci
tando la roca vigésima, a c
Este en línea recta. Dos
grutas: el tesoro yace en
segunda. Como a mi úni
clusiva propiedad el refe
25 de abril de 14

—¡Y bien! —dijo Faria cuando el joven acabó su lectura.

—Yo aquí no encuentro —respondió Dantés —sino renglones cortados, palabras sin sentido. El fuego, además, ha puesto ininteligibles las letras.

—Para vos, amigo mío, que las leéis por primera vez, pero no para mí, que he pasado leyéndolas muchas noches de claro en claro, reconstruyendo a mi modo cada frase, y completando cada pensamiento.

—¿Y creéis haber encontrado ese sentido interrumpido?

—Estoy seguro, y vos mismo lo conoceréis, pero ahora escuchad la historia de ese papel.

—¡Silencio! —exclamó Dantés—, oigo pasos... se acercan... me voy... Adiós.

Y Dantés, feliz por haberse librado de la historia y de la explicación que esperaba le confirmasen la desgracia de su amigo, deslizóse ágilmente por el estrecho subterráneo, mientras Faria, con una especie de actividad producida por el terror, colocaba en su sitio la baldosa, dándole con el pie, y cubriéndola con un pedazo de estera, para que no se advirtiese la solución de continuidad que no había podido evitar con la prisa.

Era el gobernador, quien, informado por el carcelero de la enfermedad del abate, venía por sí mismo a asegurarse de su gravedad.

Recibióle Faria sentado, y evitando todo movimiento que pudiera comprometerle, logró ocultar al gobernador la parálisis que había invadido la mitad del cuerpo. Y lo hizo porque temía que el gobernador, compadecido de él, quisiese trasladarle a un calabozo más saludable, separándole de su joven compañero, pero no sucedió así por fortuna, y el gobernador se retiró convencido de que su pobre loco, por quien sentía cierta simpatía en el fondo de su corazón, no tenía más que una ligera indisposición.

En este intervalo, Edmundo, sentado en su cama, con la cabeza entre las manos, procuraba coordinar sus ideas. Todo lo que había visto en Faria desde que le conoció, era tan razonable, tan lógico y tan sublime, que no podía comprender tanta cordura en tantas cosas y la demencia en una sola. ¿Sería que Faria se engañase con esto de su tesoro, o que todo el mundo se equivocase al juzgar a Faria?

Dantés permaneció todo el día en su calabozo sin atreverse a volver al de su amigo. Por este medio esperaba retardar la hora en que adquiriese la certidumbre de la locura del abate. Esta creencia iba a serle muy dolorosa.

Pero, por la noche, después de la visita ordinaria, viendo el anciano que Edmundo no venía, intentó salvar el espacio que los separaba. Edmundo tembló de pies a cabeza al oír los dolorosos esfuerzos que hacía para arrastrarse, porque una de sus piernas estaba paralítica, y el brazo no podía servirle de nada. Edmundo, pues, viose precisado a ayudarle, porque de lo contrario nunca hubiera podido salir por la estrecha boca del subterráneo que daba a su calabozo.

—Aquí me tenéis, persiguiéndoos con tenacidad —díjole con una sonrisa muy benévola. Sin duda creísteis poder libraros de mi munificencia, pero no será así. Escuchadme, pues.

Edmundo comprendió que ya no le era posible retroceder. Hizo sentar al viejo en su cama, y se colocó a su lado en el banquillo.

—Ya sabéis —dijo el abate— que yo era secretario, familiar y amigo del cardenal Spada, último de los príncipes de este nombre. A aquel prelado dignísimo debo cuanta felicidad haya gozado en mi vida. A pesar de que las riquezas de su familia eran proverbiales, y muchas veces oí decir: "Rico como un Spada", no era rico, pero vivía a costa de esta reputación de riquezas. Así viven de sí mismas casi todas las reputaciones populares. Su palacio fue mi paraíso. Eduqué yo a sus sobrinos, que ya han muerto, y apenas se quedó él solo en el mundo, le pagué en adhesión cuanto había hecho por mí durante diez años.

La casa del Cardenal no tuvo ya secretos de ninguna especie para mí.

Muchas veces había yo visto ocupado a monseñor en compulsar los libros antiguos y hojear ávidamente los manuscritos, olvidados entre el polvo del archivo de la familia. Un día que yo le hice ver la inutilidad de sus afanes, pues no conseguía como premio de ellos más que quedarse muy abatido, me miró sonriendo con amargura, y por respuesta abrió un libro, que es la historia de la ciudad de Roma. En el capítulo XX de la vida del papa Alejandro VI, leí las siguientes líneas, que desde entonces no pude olvidar:

"Terminadas las tremendas guerras de la Romaña, César Borgia, su conquistador, necesitaba dinero para comprar el resto de Italia, y el Papa por su parte necesitaba también dinero para acabar con Luis X11, rey de Francia, que a pesar de sus últimos reveses era un enemigo poderoso todavía. Resolvieron, pues, de común acuerdo, hacer un buen negocio, lo que era muy difícil en aquella pobre Italia, exhausta de recursos.

"Su Santidad concibió una idea muy feliz. Determinó crear dos cardenales."

Al nombrar dos grandes personajes en Roma, es decir, a dos de los más ricos, hacía a la vez Su Santidad dos buenos negocios: primeramente podía vender los altos cargos y los magníficos empleos que aquellos dos cardenales poseían, y podía aprovecharse, en segundo lugar, del subido precio a que los dos capelos se venderían. Otra tercera especulación resultaba de esto, que podremos conocer muy pronto.

Al momento encontraron el Papa y César Borgia Bus futuros cardenales. Uno era Juan Rospigliosi, que ostentaba las más altas dignidades de la Santa Sede, y el otro César Spada, uno de los romanos más notables y más ricos. Uno y otro podían apreciar en su verdadero valor el precio de semejante favor papal. Los dos eran ambiciosos.

En cuanto ellos aceptaron, encontró César Borgia compradores para sus empleos. La consecuencia de esto fue que Rospigliosi y Spada pagaron por ser cardenales, y otros ocho pagaron también por ser lo que eran los cardenales antes de su creación. Ochocientos mil escudos ingresaron en las arcas papales.

Finalmente, ya es tiempo que pasemos a la última parte de la especulación. Rospigliosi y Spada se vieron colmados de halagos por el Papa, que habiéndoles conferido por sí mismo las insignias del cardenalato, estaba seguro de que ellos, por demostrar dignamente su gratitud, realizarían toda su fortuna para fijar en Roma su residencia. Así en efecto sucedió, y el Papa y César Borgia los convidaron a comer.

Este convite dio ocasión a una grave disputa entre el Santo Padre y su hijo. César opinaba que se debía recurrir a uno de esos medios que él solía emplear con sus amigos íntimos, a saber: la famosa llave con que se rogaba a ciertas personas que abriesen cierto armario. Esta llave, sin duda por un olvido inocente del cerrajero tenía una especie de púa pequeña de hierro, que al hacer fuerza la persona que abría el armario, que era difícil de abrir, se clavaba en la mano, ocasionando la muerte al otro día. Había también la sortija de cabeza de león: César se la ponía para dar la mano a ciertas personas, el león las mordía imperceptiblemente, y a las veinticuatro horas..., requiescant in pace.

César propuso pues a su padre mandar abrir el armario a Rospigliosi y a Spada, o darles un cordial apretón de manos, pero Alejandro VI le respondió:

—Tratándose de esos excelentes cardenales Spada y Rospigliosi, paréceme que no debemos rehuir los gastos de un gran banquete, porque un presentimiento me dice que hemos de quedarnos con ese dinero. Sin duda olvidáis, César, además, que una indigestión hace su efecto en el acto, mientras un mordisco o una picadura tardan uno o dos días.

César se rindió a ese razonamiento y he aquí que los dos cardenales fueron invitados a comer. El banquete se debía efectuar cerca de San Pedro ad Vincula, en una hermosa posesión del Papa, muy conocida de los cardenales por su celebridad.

Envanecido Rospigliosi con su nueva dignidad, preparó su estómago para el banquete, pero Spada, hombre prudentísimo y que amaba con extremo a su sobrino, un capitán joven de mucho porvenir, tomó papel y pluma a hizo testamento.

En seguida envió un recado a su sobrino encargándole que le esperase por los alrededores de San Pedro, pero, según parece, el mensajero no le encontró. Spada conocía la costumbre de aquellos convites. Desde que el cristianismo, eminentemente civilizador, introdujo el progreso en Roma, no era un centurión el que venía de parte del tirano a deciros: "César quiere que mueras", sino que era un legado ad latere, que con la sonrisa en los labios venía a deciros de parte del Papa: "Su Santidad quiere que comáis en su compañía."

Spada se dirigió a las dos a San Pedro ad Vincula; ya le estaba esperando el Papa allí. La primera persona que vieron sus ojos fue a su sobrino el capitán, muy ataviado y muy tranquilo. César Borgia le colmaba de halagos y caricias. Spada palideció, porque César, con una mirada irónica, le daba a entender que todo lo había previsto y que estaba bien tendido el lazo. En el transcurso de la comida, el cardenal no pudo hacer otra cosa que preguntar a su sobrino:

—¿Recibisteis mi recado?

El capitán respondió que no, pero había comprendido la

pregunta. Sin embargo, ya era tarde, porque acababa de beber un vaso de excelente vino, escanciado exprofeso para él por el copero del Papa. En el mismo instante ofrecían liberalmente a Spada vino de otra botella. Una hora después un médico declaró que ambos estaban envenenados con Betas. Spada murió allí mismo, y el capitán a la puerta de su casa, haciendo una seña a su mujer, que no pudo comprenderle.

César Borgia y el Papa se apresuraron al punto a apoderarse de la herencia, a pretexto de registrar los papeles de los difuntos, pero todo el caudal de Spada consistía en un pedazo de papel en que había escrito él mismo:

"Lego a mi muy amado sobrino mis baúles y mis libros, entre los cuales se halla mi hermoso breviario con cantos de oro, que deseo conserve en memoria de su querido tío."

Sorprendidos los herederos de que Spada, el hombre poderoso, fuese en efecto, el más pobre de los tíos, lo registraron todo, revolvieron los muebles, y admiraron el breviario. Ningún tesoro apareció, como no se cuenten los tesoros científicos encerrados en la biblioteca y en los laboratorios. Esto fue todo. Las pesquisas de César y de su padre fueron inútiles.

Nada se encontró, o a lo menos, poquísimo, es decir, unos mil escudos en alhajas, y otro tanto en dinero. Su sobrino, sin embargo, había vivido bastante tiempo para decir a su mujer:

—Buscad entre los papeles de mi tío, porque sé que existe un testamento real y verdadero.

Con esto se hicieron más diligencias aún que las que habían hecho los augustos herederos; pero todo en vano. Los dos palacios de Spada y la posesión que tenía detrás del Palatino, como los bienes inmuebles en aquella época valían poco, quedaron a favor de la familia, por indignos de la rapacidad del Papa y de su hijo.

Los meses y los años fueron transcurriendo. Alejandro VI, como sabéis, murió envenenado por una equivocación: César, envenenado también, se salvó, cambiando de piel como las culebras. En su nueva piel el veneno había dejado unas manchas semejantes a las del tigre. Por último, obligado a abandonar Roma, fue a hacerse matar oscuramente en una escaramuza nocturna, casi olvidada por la historia.

Tras la muerte del Papa y el destierro de su hijo César, todo el mundo esperaba que la familia volviera al fausto que tenía en los tiempos del cardenal Spada; pero no fue así. Los Spada siguieron viviendo en una dudosa medianía, un misterio eterno envolvió este asunto lúgubre. La opinión general fue que César, mejor político que su padre, le había robado la fortuna de los dos cardenales, y digo los dos, porque Rospigliosi, que no había tomado precaución alguna, fue despojado del todo.

—Hasta aquí —dijo Faria interrumpiéndose y sonriendo—, no os parece este cuento de loco, ¿es verdad?

—¡Oh, amigo mío! —le contestó Dantés—, paréceme, al contrario, que leo una crónica interesantísima. Continuad, os lo suplico.

—Ya continúo: La familia se acostumbró a esta situación; pasaron años y años. Entre sus descendientes unos fueron soldados; otros, diplomáticos; varios, eclesiásticos, y otros, banqueros. Enriqueciéronse algunos, y otros se acabaron de arruinar. Vengamos ahora al último de esta familia, a aquel de quien fui secretario, al conde de Spada.

Yo le había oído quejarse frecuentemente de la desproporción que guardaba con su rango su fortuna, aconsejéle que la colocara a renta vitalicia, siguió mi consejo y dobló su renta.

El famoso breviario que no había salido de la familia, pertenecía a este conde Spada. Se lo habían ido legando de padres a hijos, porque aquella rara cláusula que se encontró en el testamento hizo de él una verdadera reliquia, mirada con supersticiosa veneración. Era un libro con magníficas iluminaciones góticas, tan cargado de oro que en los días de grandes solemnidades lo llevada un criado delante del cardenal.

Como todos los secretarios y administradores que me habían precedido, yo me dediqué también a registrar los archivos de la familia, llenos de toda clase de títulos, papeles y pergaminos, pero a pesar de mi actividad y esmero fueron inútiles mis pesquisas. Y hay que tener en cuenta que yo había leído y hasta había escrito, una historia, o por mejor decir unas efemérides de la casa de Borgia, con idea de descubrir si a la muerte del cardenal César Spada había tenido algún aumento la fortuna de aquellos príncipes, y no encontré otro que el ocasionado por los bienes del cardenal Rospigliosi, su compañero de infortunio.

Yo estaba casi seguro de que ni los Borgias ni la familia Spada se habían aprovechado de la herencia, que sin duda había quedado sin dueño, como esos tesoros de los cuentos árabes que yacen en las entrañas de la tierra guardados por un genio. Mil y mil veces conté y rectifiqué los capitales, las rentas y los gastos de la familia durante trescientos años: todo fue inútil. Permanecí en mi ignorancia y el conde Spada en su miseria.

Por este tiempo murió él. De su renta vitalicia había exceptuado sus papeles de familia, su biblioteca, compuesta de S 000 volúmenes, y su famoso breviario.

Esto y unos mil escudos romanos, que poseía en dinero, me lo legó, a condición de componer una historia de su casa y un árbol genealógico, y de mandar decir misas en el aniversario de su muerte, lo cual cumplí exactamente.

No os impacientéis, mi querido Edrnundo, que ya llegamos al fin.

En 1807, un mes antes de mi encarcelamiento y quince días después de la muerte del conde Spada, el día 29 de diciembre (ahora comprenderéis por qué se me ha quedado tan fija esta fecha importante), hallábame yo leyendo por centésima vez aquellos papeles, que iba coordinando, porque el palacio iba a pasar a ser posesión de un extranjero. Yo pensaba salir de Roma y establecerme en Florencia con todo el dinero que poseía, que eran unas doce mil libras, mi biblioteca y mi famoso breviario. Hallábame, pues, como digo, fatigado por aquella tarea, y algo indispuesto por un exceso que había hecho en la comida, y dejé caer la cabeza entre las manos y me quedé dormido.

Eran las tres de la tarde. Cuando desperté, el reloj daba las seis.

Al levantar la cabeza, halléme en la más profunda oscuridad. Llamé para que me trajesen luz, pero nadie acudió. Entonces resolví servirme de mí mismo, que era además un hábito filosófico, que iba a serme muy necesario. Con una mano cogí la bujía ya preparada, y con la otra busqué un papel para encenderlo en la moribunda llama que quedaba en la chimenea, pero por miedo a que, debido a la oscuridad, cogiera un papel interesante en vez de otro inútil, hallábame perplejo, cuando recordé haber visto en el famoso breviario que estaba sobre la mesa un papel viejísimo, ya casi negro, que seguramente servía de registro o seña, y sin duda había durado tantos años en aquel libro por la veneración con que los herederos lo miraban. Busquélo, pues, a tientas, lo encontré, lo retorcí, y acercándolo a la llama lo encendí.

Pero al mismo tiempo y como por encanto, a medida que el fuego se propagaba, vi aparecer una letras negruzcas, que por momentos iban convirtiéndose en pavesa. Asustéme, estrujé en mis manos el papel para apagarlo, encendí la bujía en la luz de la chimenea, examiné conmovido el papel quemado, y comprendí que una tinta misteriosa y simpática había trazado aquellas letras, que sólo el fuego pudo hacer inteligibes.

Lo quemado era como una tercera parte del papel, y el resto lo que habéis leído esta mañana. Volvedlo a leer, Dantés, que luego, para que lo entendáis, yo completaré las frases y el sentido.

Y el abate, con aire de triunfo, presentó el papel al joven, que en esta ocasión leyó ávidamente estas palabras, escritas con una tinta como herrumbrosa:

Hoy 25 de abril de 149
mer S. S. Alejandro VI,
contento con haberme
heredarme, y me reserve I
Caprara y Bentivoglio, qu
dos. Declaro pues a mi sobr
redero universal, que he esc
conoce por haberlo visitado
grutas de la isla de Monte—Cris
rras de oro, dinero acuñado,
joyas. Yo sólo conozco la e
que puede ascender a dos
manos con corta diferenci
tando la roca vigésima, a c
Este en línea recta. Dos
grutas: el tesoro yace en
segunda. Como a mi úni
clusiva propiedad el refe

25 de abril de 14
CES

—Ahora —añadió el abate—, leed este otro.

Y presentó a Edmundo otro papel con otros fragmentos de renglones.

Tomólo Edmundo y leyó:

8 me ha convidado a co—n
que me presumo que no
ho pagar el capelo quiera
a suerte de los cardenales
e han muerto envenena
—ino Guido Spada, mi he
—ondido en un sitio que él
en mi compañía, en las
lo, cuanto poseo en ba
—pedrería, diamantes y
xistencia de este tesoro,
millones de escudos ro
—a, y se encontrará levan
—ontar desde el ancón del
aberturas hay en estas
el ángulo más lejano de la
co heredero, le dejo en ex
—rido tesoro.
98.

AR SPADA.

El abate observaba con ansia las impresiones de Dantés.

—Ahora —dijo, viendo que éste había llegado al último renglón—, ahora juntad los dos fragmentos, y juzgad por vos mismo.

Dantés obedeció; de los fragmentos unidos resultaba lo siguiente:

Hoy 25 de abril de 149...8, me ha convidado a co
—mer S. S. Alejandro VI, co...n que me presumo que no

contento con haberme hec...ho pagar el capelo quiera heredarme, y me reserve l...a suerte de los cardenales Caprara y Bentivoglio, qu...e han muerto envenena—
—dos. Declaro pues a mi sobr...ino Guido Spada, mi he—redero universal, que he esc...ondido en un sitio que él conoce por habeslo visitado... en mi compañía, en las grutas de la isla de Monte—Cris...lo cuanto poseo en ba—
—rras de oro, dinero acuñado... pedrería, diamantes y joyas. Yo sólo conozco la e...xistencia de este tesoro, que puede ascender a dos... millones de escudos ro—manos con corta diferenci...a, y se encontrará levan—
—tando la roca vigésima, a c...ontar desde el ancón del Este en línea recta. Dos... aberturas hay en estas grutas: el tesoro yace en... el ángulo más lejano de la segunda. Como a mi úni...co heredero, le dejo en ex—clusiva propiedad el refe...rido tesoro.

25 de abril de 14...98.

CES...AR SPADA

—¿Lo comprendéis ahora? —dijo Faria.

—Esta era la declaración del cardenal Spada, el testamento tan buscado en vano —contestó Edmundo, sin osar aún creerlo.

—Sí, mil veces sí.

—Pero ¿quién lo ha completado de este modo?

—Yo, con la ayuda del fragmento existente, adiviné el resto, calculando la longitud de las líneas por la del papel, y deduciendo de lo no quemado lo que debía decir lo quemado, como un átomo de luz que viene del cielo, guía a aquel que camina por un subterráneo.

—¿Y qué hicisteis cuando pensasteis haber adquirido esa convicción?

—Determiné marchar, y marché al instante, llevando conmigo el principio de mi grande obra sobre Italia, pero hacía mucho tiempo que la policía imperial no me perdía de vista. Napoleón quería entonces dividir el reino en provincias, al contrario de lo que quiso apenas tuvo un heredero. Mi precipitada marcha despertó, pues, las sospechas de la policía, que estaba muy lejos de poder adivinar su verdadero objeto, y me prendieron cuando iba a desembarcarme en Piombino.

—Ahora, amigo mío —prosiguió Faria mirando a Dantés con ternura casi paternal—, ahora sabéis tanto como yo. Si nos escapamos juntos, la mitad del tesoro es vuestro, si muero aquí y os salváis solo, os pertenece por entero.

—Pero ¿no tiene en el mundo ese tesoro dueño más legítimo? —preguntó Dantés vacilando.

—No, no, tranquilizaos. La familia se ha extinguido del todo. Además, el último conde Spada me hizo su heredero. Legándome aquel breviario simbólico, me legó cuanto contenía. No, no, tranquilizaos. Si llegamos a apoderarnos de esta fortuna, podemos gozarla sin remordimientos.

—¿Y decís que ese tesoro asciende...?

—Asciende a dos millones de escudos romanos, trece millones de nuestra moneda.

—¡Imposible! —exclamó Dantés, asustado ante lo enorme de la soma.

—¡Imposible! ¿Y por qué? —repuso el anciano—. La familia Spada era una de las más antiguas y poderosas en el siglo XV. Además, en aquellos tiempos no se conocían ni especulaciones ni industria, esta acumulación de dinero y joyas no es inverosímil. Todavía existen familias romanas que se mueren de hambre, teniendo vinculado un millón en diamantes y pedrerías de que no pueden disponer.

Edmundo, vacilando entre la alegría y la incredulidad, creía estar soñando.

—Si os he ocultado este secreto tanto tiempo —prosiguió Faria—, ha sido para probaros y sorprenderos. Si nos hubiéramos escapado antes de mi ataque de catalepsia, os habría llevado a la isla de Monte—Cristo, pero ahora —añadió con un suspiro—, vos me llevaréis a mí. Ea, Dantés, ¿no me dais las gracias?

—Ese tesoro os pertenece, amigo mío —respondió el joven—, os pertenece a vos solo, yo no tengo ningún derecho a él, ni siquiera soy pariente vuestro.

—¡Vos sois hijo mío, Dantés! —exclamó el anciano—. Sois el hijo de mi prisión. Mi estado me condenaba al celibato, y Dios os envió a mí para consuelo juntamente del hombre que no podía ser padre, y del preso que no podía ser libre.

Y el abate tendió el brazo que tenía libre y Dantés se arrojó a su cuello, sollozando.

XIX: EL TERCER ATAQUE

Ese tesoro tanto tiempo objeto de las meditaciones del abate, que podía asegurar la dicha futura del que amaba en realidad como a un hijo, había ganado a sus ojos en valor. No hablaba de otra cosa todo el día más que de aquella inmensa cantidad, explicando a Dantés cuánto puede servir a sus amigos en los tiempos modernos el hombre que posee trece o catorce millones. Estas palabras hicieron que el rostro de Dantés se contrajera, porque el juramento que había hecho de vengarse cruzó por su imaginación, haciéndole pensar también cuánto mal puede hacer a sus enemigos en los tiempos modernos el hombre que posee un caudal de trece o catorce millones.

El abate no conocía la isla de Montecristo, pero sí la conocía Dantés, que había pasado muchas veces por delante y una hizo escala en ella; está situada a veinticinco millas de la Pianosa, entre Córcega y la isla de Elba. Montecristo, que ha estado siempre y está todavía enteramente desierta, es una peña de forma casi cónica, que parece lanzada por un cataclismo volcánico desde el fondo del mar a la superficie.

Dantés le hizo a Faria el plano de la isla, y Faria dio consejos a Dantés sobre los medios que había de emplear para apoderarse del tesoro.

Pero estaba muy lejos de participar del entusiasmo y sobre todo de la confianza del anciano. Aunque ya se hubiese convencido de que no estaba loco, y la manera con que adquirió este convencimiento contribuyera a admirarle más y más, no podía creer humanamente que aquel tesoro, aún suponiendo que en efecto hubiera existido, existiese todavía, y cuando no lo mirase como cosa quimérica, lo miraba a lo menos como dudosa.

Parecía como si el destino se empeñase en quitar a los presos su última esperanza y darles a entender que estaban condenados a prisión eterna. Una nueva desgracia les sobrevino por entonces. La galería que daba al mar, ruinosa desde mucho tiempo antes, había sido reparada. Reforzáronse los cimientos, y se rellenó con enormes bloques de granito la excavación que a medias había cegado Dantés. Sin esta precaución, que el abate sugirió al joven, como se recordará, su desgracia hubiera sido mayor aún, porque descubierta su tentativa de evasión los hubieran separado inevitablemente. Una nueva puerta, más maciza y más inexorable que las otras, se había cerrado para ellos.

—Ya veis —decía Dantés con tristeza—, ya veis que Dios quiere quitarme hasta el mérito de lo que vos llamáis adhesión. Os prometo permanecer aquí eternamente, y ahora ni aún libre soy para cumplir mi promesa. Me quedaré sin el tesoro, como vos, y ni uno ni otro saldremos de este castillo. Por lo demás, mi verdadero tesoro, amigo mío, no es el que esperaba hallar en los antros lúgubres de Montecristo, sino vuestra presencia, nuestra unión de cinco o seis horas cada día, a pesar de nuestros carceleros, y sobre todo estos torrentes de inteligencia que habéis derramado en la mía, estos idiomas que me habéis dado a conocer con todas sus ramificaciones filológicas, estas ciencias que tan fácilmente me comunicasteis gracias a la profundidad con que las conocéis y los sencillos principios a que las habéis reducido. Este es mi verdadero tesoro, amigo mío, con esto sí que me habéis dado riqueza y felicidad. Creedme y consolaos, esto vale más para mí que montes de oro y de diamantes, aunque no fuesen tan problemáticos como esas nubes que en las alboradas se ven flotar sobre el mar, que a primera vista las cree uno tierra firme, y a medida que se va acercando a ellas se evaporan, se volatilizan y se esfuman. Teneros a mi lado el tiempo mayor posible, oír vuestra elocuente voz, adornar mi inteligencia, fortalecer mi alma, predisponer mi organización entera a grandes y terribles cosas para cuando goce de libertad, ejecutarlas de manera que no vuelva a dominarme la desesperación, de que ya estaba casi poseído cuando os conocí; ésta es la fortuna que os debo, y no quimérica, sino tan verdadera, que todos los soberanos del mundo, aunque fuesen como César Borgia, no podrían arrebatármela.

Esto hizo que para los dos infelices fuesen los días, si no venturosos, menos largos y más tranquilos. Faria, que en tantos años ni una palabra había dicho de su tesoro, hablaba de él a cada instante.

Según había previsto, se quedó enteramente paralítico del brazo derecho y la pierna izquierda, y casi perdió toda esperanza de poder servirse de ellos, pero soñaba siempre con la libertad o la fuga de su compañero, y gozaba por él con esta idea.

Temeroso de que el papel se perdiese o se extraviase algún día, obligó a Dantés a aprenderlo de memoria, y lo aprendió en efecto desde la primera palabra hasta la última. Seguros entonces de que nadie por el primer trozo podría adivinar su contenido completo, hicieron pedazos el segundo.

A veces pasaba Faria horas enteras dando instrucciones a Edmundo, instrucciones que debían servirle al hallarse en libertad.

Desde el mismo día, desde la misma hora, desde el mismo instante que se viera libre, su único y exclusivo pensamiento debía ser el de ir a Montecristo, de cualquier modo, idear un puesto que no despertase sospechas para quedarse allí solo, y una vez solo, enteramente solo, buscar las maravillosas grutas, y cavar en el sitio indicado.

El sitio indicado, como recordará el lector, era el ángulo más lejano de la segunda abertura.

Con esta esperanza se pasaban las horas, si no rápidas, a lo menos soportables.

Como ya hemos dicho, Faria, aunque sin volver al use de su pie y de su mano, había vuelto completamente al de su inteligencia, enseñando poco a poco a su joven compañero, además de las nociones morales que hemos dicho, ese calmoso oficio de preso, que consiste en hacer algo de lo que no es nada en el fondo. Así, pues, estaban constantemente ocupados, Faria por temor de envejecer y Edmundo por temor de recordar su pasado, ya casi olvidado, y que no quedaba en su memoria sino como una luz lejana, perdida en las tinieblas de la noche. Tal era su vida, semejante a la de esos hombres a quienes la desgracia no ha herido nunca, y que vegetan tranquila y maquinalmente bajo la mano de la Providencia.

Pero bajo esa calma aparente, había en el corazón del joven y en el del anciano tal vez, muchos ímpetus reprimidos, muchos suspiros ahogados, que estallaban cuando Faria se quedaba solo y Edmundo volvía a su prisión.

Una noche se despertó este último sobresaltado, figurándose haber oído que le llamaban. Abrió los ojos y procuró saber de dónde procedía aquel sonido. Su nombre, o más bien una voz doliente que se esforzaba en pronunciarlo, llegó hasta sus oídos. Incorporóse en la cama lleno de angustia y sudoroso, y escuchó atentamente. No había duda. La voz venía del calabozo de su compañero.

—¡Gran Dios! —murmuró Edmundo—. Si será que...

Y separando su cama de la pared, retiró la piedra, lanzóse al subterráneo y llegó al extremo opuesto. La baldosa estaba levantada.

Al vacilante resplandor de aquella lámpara tosca de que ya hemos hablado, vio Dantés al abate pálido en extremo, y aunque en pie, agarrado a su cama para poder sostenerse. Sus facciones estaban trastornadas por aquellos horribles síntomas que Dantés ya conocía y que tanto le asustaran anteriormente.

—¿Comprendéis..., amigo mío? ¿No es verdad? —le dijo Faria resignado—. Nada tengo que deciros.

Edmundo lanzó un grito de dolor, y perdiendo completamente la cabeza se dirigió a la puerta gritando:

—¡Socorro!¡Socorro!

Faria tuvo suficientes fuerzas aún para detenerle.

—¡Silencio o estáis perdido! —le dijo— No pensemos sino en vos, amigo mío, en haceros soportable la prisión y posible la fuga. Años enteros necesitaríais para volver a hacer lo que yo hasta aquí hice, y sería vano en cuanto nuestros carceleros conociesen que estamos de acuerdo. Por otra parte, tranquilizaos, amigo, que no estará vacío mucho tiempo este calabozo que yo voy a abandonar. Otro desgraciado vendrá a ocupar mi puesto. Acaso él será joven, y fuerte, y sufrido como vos, y podrá ayudaros en vuestra fuga, que yo impedía. Ya no tendréis un semicadáver adherido a vos, que paralizará todos vuestros esfuerzos. Decididamente Dios se acuerda de vos, os da más que os quita, pues ya es tiempo de que yo muera.

Edmundo no pudo hacer otra cosa más que cruzar las manos y exclamar: —¡Oh, amigo mío! ¡Amigo mío! ¡Callad!

Luego, recobrando su fortaleza, que le abandonó un instante por aquel golpe imprevisto, y su valor, vencido por las palabras del viejo, repuso:

—¡Oh! Ya os salvé una vez, bien puedo salvaros otra.

Y levantó el pie de la cama, y sacó el frasco, que contenía aún una tercera parte del licor rojo.

—Mirad —le dijo—, aún nos queda esta medicina salvadora. Pronto, pronto, decidme lo que necesito hacer. ¿Se toman esta vez otras precauciones? Hablad, amigo mío, que ya os escucho.

—No hay esperanza —respondió el abate inclinando la cabeza—, pero no importa, la voluntad de Dios es que el hombre que ha creado y en cuyo corazón ha puesto con tantas raíces el amor a la vida, haga cuanto pueda por conservar esta vida, tan trabajosa algunas veces y siempre tan amada.

—¡Sí, sí! —exclamó Dantés—, os salvaré, sí, os lo repito.

—Pues ea, procuradlo, el frío me acomete, siento que la sangre se agolpa a mi cerebro, este horrible temblor que hace rechinar mis dientes, y parece que disloca todos mis huesos, este espantoso temblor invade mi cuerpo, dentro de cinco minutos me dará el ataque, dentro de un cuarto de hora no os quedará de mí más que un cadáver.

—¡Oh! —exclamó Dantés con desesperado acento.

—Haced lo que la otra vez, con la diferencia de no esperar tanto tiempo. Todos los resortes de mi vida están ahora muy gastados, y la muerte —prosiguió mostrándole su brazo y su pierna paralíticos—, la muerte recorrió ya la mitad de su camino. Si después de haberme echado en la boca doce gotas, en lugar de diez, vieseis que no vuelvo en mí, me echáis el resto. Ahora, llevadme a la cama, porque apenas puedo sostenerme.

Edmundo cogió en sus brazos al viejo y lo puso en la cama.

—Ahora acercaos, amigo mío, único consuelo de mi triste vida —le dijo Faria— don del cielo, aunque algo tardío, pero, en fin, don del cielo, y don inapreciable, de que le doy infinitas gracias..., en este momento en que me separo de vos para siempre, os deseo todas las dichas, toda la prosperidad que merecéis. ¡Hijo mío! ¡Yo os bendigo!

El joven se arrodilló, apoyando la cabeza en la cama de Faria.

—Sobre todo, hijo mío, escuchad bien lo que os digo en este instante supremo: el tesoro de los Spada existe efectivamente. Dios me concede que en este momento no haya para mí ni obstáculo ni distancias. Lo estoy viendo en el fondo de la segunda gruta, mis ojos penetran en las entrañas de la tierra y se deslumbran con tantas riquezas. Si conseguís evadiros, recordad que el pobre abate, a quien todo el mundo creía loco, no lo estaba. ¡Corred a Montecristo, apoderaos de nuestra fortuna, y gozadla, que bastante sufristeis!

Una violenta sacudida interrumpió al anciano. Edmundo levantó la cabeza y vio que sus ojos se enrojecían, parecía que una ola de sangre le subía desde el pecho a la frente.

—¡Adiós! ¡Adiós! —murmuró Faria, apretando convulsivamente la mano del joven—. ¡Adiós!

—¡Oh! ¡Todavía no! ¡Todavía no! —exclamaba éste—. No me abandonéis... ¡Oh, Dios mío! ¡Socorredle...! ¡Socorro! ¡Acudid...!

—¡Silencio! —murmuró el moribundo. ¡Silencio!, que luego nos separarán si me salváis.

—Es cierto. ¡Oh! Sí, sí, confianza; os salvaré. Además, aunque parece que sufrís mucho, no es tanto como la otra vez.

—Desengañaos..., sufro menos porque tengo menos fuerzas para sufrir. A vuestra edad se tiene fe en la vida; que es el privilegio de la juventud creer y esperar; pero los viejos ven la muerte con más claridad... ¡Oh...!, ya está aquí..., ya se aproxima... todo se acaba... pierdo la vista... ¡y la razón! Dadme la mano, Dantés... ¡Adiós! ¡Adiós!

E incorporándose por un esfuerzo supremo, repuso: —¡Montecristo...! ¡No os olvidéis de Montecristo!

Y volvió a caer en la cama.

La crisis fue terrible. Un cuerpo con los miembros retorcidos, las pupilas hinchadas, una espuma sanguinolenta en la boca, fue lo que en aquel lecho de dolor ocupó el puesto del ser tan inteligente que se había acostado pocos minutos antes.

Dantés tomó la lámpara, la colocó en la cabecera de la cama, sobre una piedra que sobresalía de la pared, de modo que su trémula luz alumbraba con reflejos extraños y fantásticos aquella fisonomía desencajada, aquel cuerpo inerte y aniquilado.

Con la mirada fija en él esperó valerosamente la ocasión de administrarle la medicina salvadora. Cuando creyó que había llegado esta ocasión, cogió el cuchillo, separó los dientes, que le ofrecieron menos resistencia que la vez anterior, contó las doce gotas y esperó. El frasco podría tener otro tanto de licor que el gastado.

Esperó diez minutos, un cuarto de hora, media hora, ¡y nada! Tembloroso, con los cabellos lacios y la frente inundada de sudor, contó los minutos por los latidos de su corazón. Entonces pensó que era ya tiempo de arriesgar la última prueba, acercó el frasco a los labios sanguinolentos de Faria, y sin necesidad de separarle las mandíbulas, que no habían vuelto a juntarse, echó en la boca el resto del líquido. El efecto fue galvánico y una violenta contracción sacudió todos los miembros de Faria, sus ojos volvieron a abrirse con una expresión horrorosa, exhaló un suspiro que parecía un grito, y fue luego, poco a poco, quedándose inmóvil; únicamente los ojos le quedaron abiertos.

Media hora, una y hasta hora y media pasaron, siendo de agonía para Edmundo. Inclinado hacia su amigo con la mano sobre su pecho, sintió sucesivamente irse el cuerpo enfriando, y el latido del corazón hacerse sordo y profundo. Todo acabó bien pronto, apagóse el último latido, la cara se puso lívida y aunque los ojos seguían abiertos, ya no miraban.

Ya eran las seis de la mañana, y rayaba el día; su luz indecisa, penetrando en el calabozo, amenguaba la de la lamparilla moribunda. Sus ráfagas extrañas y fantásticas daban tal vez al cadáver apariencias de vida. En tanto duró la lucha del día con la noche, Dantés pudo dudar aún, pero cuando se hizo enteramente de día llegó a comprender que se hallaba solo con un cadáver. Entonces se apoderó de él un terror profundo a invencible. No osaba estrechar aquella mano que caía fuera de la cama, ni menos fijar sus ojos en aquellos ojos blancos a inmóviles, que en vano trató de cerrar muchas veces. Apagó la lamparilla, ocultóla con mucho cuidado, y desapareció, colocando como pudo la baldosa sobre su cabeza. Por otra parte, ya era hora; el carcelero iba a venir de un momento a otro.

Nada indicó en el carcelero que tuviese ya conocimiento de la desgracia. Cuando salió, sintióse Edmundo impaciente por saber lo que iba a pasar en el calabozo de su desgraciado amigo, y para saberlo penetró en el subterráneo, llegando a tiempo de oír las exclamaciones del carcelero pidiendo auxilio.

Pronto acudieron los otros carceleros, se oyó después ese Paso regular y sordo que usan los soldados, aunque no estén de servicio. Tras los soldados se presentó el gobernador.

Edmundo oyó rechinar la cama, como si diesen vuelta al cadáver, y la voz del gobernador que ordenaba que le echasen agua a la cara y que viendo que ésta no le causaba efecto alguno, mandó a buscar al médico.

El gobernador salió, y algunas frases compasivas llegaron a oídos de Dantés, mezcladas con risas burlonas.

—Vamos, vamos, el loco ha ido a reunirse con su tesoro —decía uno— ¡Buen viaje!

—Con todos sus millones no tendrá para pagar la mortaja —añadía otro.

—¡Oh!, las mortajas del castillo de If no cuestan muy caras —respondía un tercero.

—Quizá como eclesiástico, hagan algunos gastos más por él —dijo uno de los primeros interlocutores.

—Este irá al saco.

Edmundo no perdió una sola palabra, pero apenas comprendía lo que decían.

A poco dejaron de oírse las voces, y juzgó que habían salido del calabozo. Sin embargo, no se atrevió a entrar en él, porque era fácil que alguno se hubiera quedado a velar al muerto. Conteniendo su respiración, permaneció mudo a inmóvil.

Transcurrida una hora, sobre poco más o menos, interrumpió el silencio un leve ruido que iba aumentándose. Era el gobernador, que volvía acompañado del médico y de algunos oficiales. Hubo un momento de silencio. Era evidente que el médico se acercaba a la cama y examinaba el cadáver. Pronto comenzó la discusión.

El médico analizó la enfermedad de que había sido atacado el preso y declaró que estaba muerto. La conversación tenía un tono de indiferencia que indignó a Dantés, pareciéndole que todo el mundo debía profesar al pobre abate una parte de la afección que le profesaba él.

—Lo siento mucho —dijo el gobernador respondiendo a la declaración del médico—, mucho lo siento, porque era un preso amable, inofensivo, que nos divertía con su locura, y sobre todo fácil de guardar.

—¡Oh! —repuso el llavero—, aunque no le hubiéramos

guardado tan bien, hubiera permanecido aquí cincuenta años, sin intentar una sola vez escaparse, yo lo aseguro.

—No obstante —indicó el gobernador—, creo que sería oportuno, a pesar de vuestra declaración, y no porque yo dude de vuestra ciencia, sino para poner a cubierto mi responsabilidad, sería conveniente que nos asegurásemos de que está efectivamente muerto.

Hubo otro intervalo de silencio absoluto, durante el cual Dantés, que seguía acechando, creyó que el médico examinaba y tocaba el cadáver por segunda vez.

—Podéis estar tranquilo —dijo al gobernador—. Está bien muerto, os respondo de ello.

—Ya sabéis, caballero —repuso el gobernador con insistencia—, que en estos casos no nos contentamos con un simple examen, conque dejando a un lado las apariencias, servíos cumplir las formalidades prescritas por la ley.

—Que calienten los hierros —ordenó el doctor—, aunque es en verdad una precaución inútil.

Esta orden de calentar los hierros hizo estremecer a Dantés.

Oyéronse pasos precipitados, el rechinar la puerta, idas y venidas, y después entró un mozo diciendo:

—Aquí tenéis el basero con un hierro.

Hubo otro instante de silencio, oyóse después un chirrido como de carne quemada, y un olor nauseabundo llegó hasta el horrorizado Dantés a través de la baldosa. Aquel olor de carne humana carbonizada hizo que Edmundo estuviera a punto de desmayarse.

—Bien veis, caballero, que está muerto efectivamente —dijo el doctor—, esta quemadura en el talón es la última prueba que podía—mos hacer. Ya el pobre loco se curó de su locura, y se libró de su cautividad.

—¿No se llamaba Faria? —inquirió uno de los oficiales que acompañaban al gobernador.

—Sí, señor, y pretendía que su nombre era muy aristocrático. Por lo demás, le creía hombre muy entendido y muy razonable en todas las cosas que no fuesen su tesoro, pero en esto debo confesar que era intratable.

—Nosotros llamamos monomanía a esa enfermedad —observó

el médico.

—¿No habéis tenido nunca queja de él? —preguntó el gobernador al carcelero encargado de llevar la comida al abate.

—Nunca, señor gobernador —respondió el carcelero—. Al contrario, muchas veces me divertía contándome historietas, y hasta una vez que mi mujer estuvo enferma me dio una receta que la hizo sanar al momento.

—¡Vaya, vaya! ¡Y yo que ignoraba que me las había con un colega! —dijo el médico—. Espero, señor gobernador —añadió sonriendo——, que le trataréis como a tal.

—Sí, sí, desde luego. Le meteremos decentemente en el saco más nuevo que se encuentre. ¿Estáis contento?

—¿Tenemos que cumplir esa formalidad en vuestra presencia? —le preguntó el mozo.

—Sin duda alguna, pero daos prisa, que no pienso estar aquí todo el día.

Dantés volvió a oír nuevas idas y venidas, y poco después roce como de una tela, giró la cama sobre sus goznes, y un pie pesado, como de un hombre que levanta una carga, conmovió la baldosa que ocultaba a Dantés. Luego volvió a rechinar la cama como si el cadáver tornase a su sitio.

—Esta noche... —dijo el gobernador.

—¿Se le dirá misa? —preguntó uno de los oficiales.

—¡Imposible! —respondió el gobernador—. Precisamente ayer me pidió el capellán del castillo permiso para ir a Hyeres por ocho días, y se lo concedí respondiéndole de todos mis presos. Si el pobre abate se hubiera dado menos prisa, no se quedara sin su requiem.

—Bah, bah —dijo el médico con esa impiedad familiar a los de su profesión—, es sacerdote y Dios se lo tomará en cuenta, por no dar al infierno el gusto de enviarle un sacerdote.

Una carcajada general acogió esta horrible burla. Entretanto seguían amortajando al abate.

—Esta noche... —dijo el gobernador, viendo la tarea acabada.

—¿A qué hora? —le preguntó el mozo.

—A eso de las diez o las once.

—¿Y se ha de velar al muerto?

—¿Para qué? Se cierra el calabozo como si estuviese vivo.

Las voces se fueron perdiendo y los pasos alejándose, crujió la cerradura de la puerta y sus pesados cerrojos, y un silencio más medroso que el de la soledad, el de la muerte, invadió el calabozo y hasta el alma petrificada del joven. Entonces levantó lentamente la baldosa con la cabeza, y echó una mirada investigadora por el calabozo. Estaba desierto.

Edmundo salió de la galería.

XX: EL CEMENTERIO DEL CASTILLO DE IF

Sobre la cama, tendido a lo largo a iluminado débilmente por la claridad de la luz nebulosa que penetraba por la ventana, se veía un saco de grosera tela, cuyos informes pliegues dibujaban los contornos de un cuerpo humano: aquél era el sudario del abate, aquél era el sudario que, según decían los carceleros, costaba tan poco. Todo había terminado. La separación material existía ya entre Dantés y su anciano amigo. Ya no podría ver aquellos ojos que habían quedado abiertos como para mirar más allá de la muerte, ni podría estrechar aquella mano industriosa que descorriera el velo a tantos misterios para que él los penetrase. Faria, su útil y buen compañero, a cuya presencia tanto se había acostumbrado, no existía ya más que en su memoria. Entonces se sentó a la cabecera de la cama, dominado de una triste y lúgubre melancolía.

¡Solo! ¡Había vuelto a quedarse solo! ¡Había vuelto al silencio y la nada!

¡Solo! ¡Sin compañía y hasta sin la voz del único ser amigo que le quedaba en la tierra!

¿No sería mejor que fuera a resolver con Dios el problema de la vida, como había hecho el abate Faria, aun pasando por tantos dolores como él?

La idea del suicidio, desterrada por la presencia y la amistad del abate, vino entonces a colocarse como un fantasma al lado del cadáver de éste.

—Si pudiera morir iría adonde él va —dijo—, y volvería a encontrarle seguramente. Pero ¿cómo morir? Bien fácil es —añadió sonriendo—. Me quedo aquí, me abalanzo al primero que entre, lo ahogo y me guillotinan.

Sin embargo, como ocurre siempre, así en los grandes dolores como en las grandes tempestades, que damos con el abismo al dar en los extremos, horrorizó a Dantés la idea de esta muerte infamante, y de súbito pasó de esta desesperación a una sed ardiente de libertad.

—¡Morir! ¡Oh!, no —exclamó—, no valdría la pena de haber vivido tanto y sufrido tanto, para morir así. Ahora sería verdaderamente conspirar en favor de mi destino miserable. No, quiero vivir, quiero luchar hasta el fin, quiero recobrar la dicha que me han robado. Con la idea de la muerte me olvidaba de que tengo verdugos que castigar, y quién sabe si recompensar amigos. Pero, ¡ay!; ahora van a olvidarme, y no saldré ya de aquí sino como el abate Faria.

Al pronunciar estas palabras quedó petrificado, como aquel a quien se le ocurre una idea aterradora. De pronto se incorporó, llevóse la mano a la frente como si le diera un vértigo, dio dos o tres vueltas por la habitación, y fue a detenerse delante de la cama.

—¡Oh!, ¡oh! —murmuró—. ¿Quién me envía este pensamiento? ¿Sois vos, Dios mío? Pues que sólo los muertos salen de aquí, ocupemos el lugar de los muertos.

Y sin vacilar un momento siquiera, por no cambiar aquella resolución desesperada, inclinóse sobre el nauseabundo saco, lo abrió con el cuchillo que Faría había hecho, sacó el cadáver, lo llevó a su propio calabozo, lo acostó en su cama, poniéndole en la cabeza el pañuelo de hilo que él acostumbraba llevar puesto, lo cubrió con su cobertor, besó por última vez aquella frente helada, pugnó por cerrar aquellos ojos rebeldes que seguían abiertos y horribles en su inmovilidad, le puso el rostro vuelto a la pared, para que el carcelero al traerle la cena creyese que estaba acostado como solía, volvió al subterráneo, sacó de su escondite la aguja y el hilo, se quitó sus harapos para que se sintiera por el tacto la carne desnuda, metióse en el saco embreado, se colocó en la misma situación que el cadáver tenía, y sujetó por dentro la costura. Si por desgracia hubiesen entrado en este momento, hubieran podido oír los latidos de su corazón.

Habíale sido posible esperar que pasase la visita de la noche, pero temía que el gobernador cambiase de idea, mandando sacar el cadáver. Con esto perdería su última esperanza. Ahora lo que tenía que temer era muy poco. He aquí su plan:

Si por el camino los enterradores conocían que llevaban un vivo en lugar de un muerto, no les daba tiempo para nada, con una cuchillada vigorosa abría de arriba abajo el saco, y se aprovechaba de su terror para escaparse. Si querían apoderarse de él, ¿no llevaba un cuchillo? Si lo conducían hasta el cementerio y le metían en una fosa, dejábase cubrir de tierra, y apenas los enterradores volviesen la espalda, se abría paso a través de la tierra removida, y como era de noche, escapaba. Pensaba que el peso no sería tan grande que no lo pudiera resistir.

Si se equivocaba, si, por el contrario, la tierra le pesaba mucho y le ahogaba, ¡tanto mejor para él!, todo concluiría entonces.

No había comido desde la víspera, pero ni aquella mañana había pensado en el hambre, ni ahora pensaba tampoco. Era demasiado precaria su situación para que pudiera ocuparse de otra cosa.

El primer peligro a que estaba expuesto era que el carcelero, al llevarle su comida a las siete, echase de ver la sustitución verificada. Por fortuna, veinte veces había recibido Dantés acostado al carcelero, ya fuese por misantropía, ya por cansancio, y en este caso generalmente aquel hombre dejaba sobre la mesa el pan y la sopa y se iba sin hablarle.

Pero esa vez el carcelero podía hablarle y como Dantés no le respondería, acercarse a la cama y descubrirlo todo.

Hacia las siete de la noche fue cuando empezaron, a decir verdad, las agonías de Dantés. Con una mano apoyada en el pecho trataba de ahogar los latidos de su corazón mientras enjugaba con la otra el sudor de su frente, que corría hasta por sus mejillas. De vez en cuando todo su cuerpo se estremecía con un temblor convulsivo, oprimiéndosele el corazón como si estuviese sometido a la presión de un torno. Transcurrían las horas sin que en el castillo se notase ningún movimiento por lo que comprendió que se había librado del primer peligro. Esto era de buen agüero. Por último, a la hora señalada por el gobernador, se oyeron pasos en la escalera. Edmundo conoció que el momento había llegado, y llamó en su ayuda todo su valor, conteniendo su aliento. Feliz él si hubiera podido contener de igual modo los violentos latidos de su corazón.

Los pasos, que iban en aumento, se detuvieron a la puerta. Dantés supuso que eran dos los enterradores que iban a buscarle. Esta sospecha se trocó en certidumbre cuando oyó el ruido que hacían al poner en el suelo las parihuelas.

Abrióse la puerta y una luz confusa hirió los ojos de Edmundo. A través del lienzo que le envolvía, vio acercarse dos sombras a su cama, en tanto que otra, con un farol en la mano, se quedó a la puerta. Cada uno de los que se acercaron a la cama cogió el saco por uno de sus extremos.

—Para ser viejo y tan flaco, pesa bastante —dijo uno de ellos levantando la cabeza de Dantés.

—He oído decir que el peso de los huesos aumenta media libra todos los años —contestó el otro asiéndole por los pies.

—¿Has hecho el nudo? —preguntó el primero.

—Buena tontería fuera añadir un peso inútil. Allá lo haré.

—Tienes razón. Vamos.

" ¿Pare qué será ese nudo? ", se preguntaba Dantés.

Desde la cama trasladaron a las angarillas al falso muerto. Edmundo se puso todo lo rígido que pudo para desempeñar mejor su papel de cadáver. Pusiéronle, pues, en las angarillas, y alumbrados por el del farol, que iba delante, empezaron a subir la escalera.

De súbito, el aire fresco de la noche, en el que Dantés reconoció al mistral, azotó su cuerpo. Esta súbita sensación fué a la vez angustiosa y dulcísima.

A unos veinte pasos detuviéronse los que le llevaban, y pusieron en el suelo las angarillas. Uno de ellos debió de alejarse un tanto, porque Edmundo oyó sus pisadas en las losas.

" ¿Dónde estoy? ", se preguntó.

—¿Sabes que no pesa poco? —dijo el que había permanecido junto a Dantés, sentándose al borde de las angarillas.

La primera idea de Dantés fué escaparse entonces, pero por fortuna se contuvo.

—Alúmbrame, animal —dijo el que se había separado—, alúmbrame o no podré encontrar lo que busco.

El hombre de la linterna obedeció a la demanda del enterrador, aunque, como se ha visto, no tenía nada de cortés.

"¿Qué buscará? —dijo para sí Dantés—,sin duda un azadón."

Una exclamación dio a entender que el enterrador había encontrado al fin lo que buscaba.

—Menudo trabajo ha costado —dijo el otro.

—Sí, pero nada se ha perdido por esperar —contestó el primero.

Y dicho esto se acercó a Edmundo, que oyó poner a su lado una cosa pesada y sonora. Al mismo tiempo una cuerda atada a sus pies le causó viva y dolorosa impresión.

—¿Está ya hecho el nudo? —preguntó el enterrador que no se había movido de allí.

—Y bien hecho —respondió el otro.

—Pues en marcha.

Y volviendo a coger las angarillas siguieron su camino.

A los cincuenta pasos sobre poco más o menos hicieron alto para abrir una puerta, y volvieron a proseguir su camino.

El rumor de las olas, estrellándose en las peñas que sirven de base al castillo, iba llegando más distintamente a Dantés a medida que iban avanzando.

—¡Mal tiempo hace! —dijo uno de los hombres—. No está el mar pare bromas esta noche.

—El abate corre peligro de fondear.

Y ambos soltaron una carcajada.

Aunque Dantés no los comprendió, sus cabellos se erizaron.

—Bien. Ya hemos llegado —dijo el primero.

—Más allá, más allá —repuso el otro—. ¿No te acuerdas que el último muerto se quedó en el camino, destrozado entre las rocas, y que el gobernador nos regañó al día siguiente?

Subiendo constantemente, dieron cuatro o cinco pesos más, luego sintió Edmundo que le cogían por los pies y por la cabeza y que le balanceaban.

—¡A la una! —dijeron los enterradores.

—¡A las dos!

—¡A las tres!

Dantés se sintió lanzado al mismo tiempo a un inmenso vacío, hendiendo los aires como un pájaro herido de muerte, y bajando, bajando a una velocidad que le helaba el corazón. Aunque le atraía hacia abajo una cosa pesadísima que precipitaba su rápido vuelo, parecióle como si aquella caída durase un siglo, hasta que, por último, con un ruido espantable, se hundió en un agua helada que le hizo exhalar un grito, ahogado en el mismo instante de sumergirse. Edmundo había sido arrojado al mar con una bala de treinta y seis atada a sus pies. El cementerio del castillo de If era el mar.

XXI: LA ISLA DE TIBOULEN

Aunque aturdido y sofocado, tuvo Dantés sin embargo suficiente Presencia de ánimo pare contener su respiración, y como llevaba de antemano preparada a todo evento su mano derecha, según dijimos, y empuñado el cuchillo, rasgó de un solo come el saco, con lo cual Pudo sacar el brazo y la cabeza, pero a pesar de todos sus esfuerzos pare levantar la bale, se sintió más y más agarrotado. Entonces se agachó hasta la cuerda que ataba sus piernas, y con un esfuerzo supremo Pudo cortarla cuando ya le iba faltando la respiración. Hizo en seguida un hincapié vigoroso, y subió desembarazado a la superficie del mar, mientras la bala hundía en sus profundos abismos aquella tela grosera que, a poco más, se convierte en su mortaja.

No estuvo en la superficie más que el tiempo necesario, pues volvió a zambullirse acto continuo, porque la primera precaución que debía de tomar era que no le viesen.

Cuando apareció sobre el agua la segunda vez, hallábase lo menos a cincuenta pasos del sitio en que cayera. Sobre su cabeza veía un cielo tempestuoso y negro, en que el aire hacía rodar nubes ligeras, descubriendo tal vez un pedazo azul en que brillaba una estrella. Ante sus ojos se extendía el mar sombrío y rugiente, cuyas olas comenzaban a hervir como al principio de una tempestad, y a su espalda, más negro que el cielo y que el mar, destacábase como un fantasma amenazador el gigante de granito cuya lúgubre cúpula parecía un brazo extendido para recobrar su presa. En la roca más alta se veía brillar un farol alumbrando a dos sombras.

A Edmundo le pareció que estas dos sombras se inclinaban hacia el mar, examinándolo con inquietud. En efecto, aquellos enterradores de nueva especie debieron de oír el grito que exhaló al atravesar el espacio. Zambullóse Dantés de nuevo, y nadando entre dos aguas anduvo bastante trecho. Esta maniobra le había sido muy familiar en otro tiempo, y atraía a su alrededor en la ensenada del Faro a muchos admiradores que le proclamaban el más hábil nadador de Marsella. Cuando volvió a salir a flor de agua, la linterna había desaparecido.

Lo que importaba entonces era orientarse. De todas las islas que rodean el castillo de If, Pomegue y Ratonneau son las más cercanas, pero Pomegue y Ratonneau están habitadas, así como la islilla de Daume. Las que ofrecían más seguridades a Edmundo eran la isla de Tiboulen o la de Lemaire. Ambas están a una legua del castillo de If.

Dantés resolvió dirigirse a una de las primeras islas, pero ¿cómo encontrarla en medio de la oscuridad que le rodeaba? En aquel momento vio brillar como una estrella el faro de Planier. Dirigiéndose en derechura al faro, dejaba un tanto a la izquierda la isla de Tiboulen, y torciendo aún más hacia aquel lado, debía de hallar a Tiboulen en su camino.

Pero ya hemos advertido que desde el castillo de If a esta isla hay una legua a lo menos. Faria solía repetir al joven en su prisión:

—Dantés, no os entreguéis de ese modo a la molicie. Si no ejercitáis las fuerzas, os ahogaréis el día que queráis escaparos.

Estas palabras zumbaron en los oídos de Dantés, cuando cortaba por el fondo las saladas olas, y se dio prisa a salir a flor de agua para convencerse de que no había perdido sus fuerzas. Efectivamente, lleno de júbilo vio que su forzosa inacción nada le había quitado de vigor ni de agilidad, y que era todavía señor del elemento con que había jugado siendo niño.

El miedo, por otra parte, ese rápido perseguidor, doblaba sus bríos; agazapado en la cúspide de las olas, poníase a escuchar por si llegaba a sus oídos algún rumor. Cada vez que en brazos de una ola se levantaba a los cielos, con una mirada rápida abarcaba todo el horizonte visible, tratando de penetrar en las densas tinieblas. Cada ola que fuese un poco más elevada que las demás parecíale un barco que le perseguía, y redoblaba sus esfuerzos, que aunque le alejasen sin duda del castillo iban a agotar muy pronto sus fuerzas.

Seguía, pues, nadando, y ya el terrible castillo se quedaba confundido entre los vapores nocturnos. No lo distinguía ya, pero lo sentía.

De este modo transcurrió una hora, hora en que Dantés, exaltado por el sentimiento de libertad que tan completa y vertiginosamente le dominaba, siguió hendiendo las olas en la dirección que se trazara.

—Vamos —se dijo—, pronto hará una hora que estoy nadando, pero como el viento me es contrario, he debido adelantar una cuarta parte menos. Sin embargo, como no me equivoque en mis cálculos, no debo de estar ahora muy lejos de Tiboulen. Pero ¡si me equivocase!

Un súbito temblor conmovió todo el cuerpo del nadador. Procuró sostenerse de espaldas sobre el agua para descansar un poco, pero el mar cada vez se iba poniendo más alborotado, y comprendió que le era imposible.

—Sea, pues —dijo— Seguiré nadando hasta que mis brazos se cansen, y los calambres me acometan, y entonces... me iré al fondo.

Y continuó nadando con la fuerza y el brío de la desesperación. De repente parecióle que el firmamento, ya oscuro, se ennegrecía más y más y que una nube espesa y compacta bajaba hasta él. Al mismo tiempo sintió en la rodilla un dolor vivísimo. Con su rapidez incomparable hízole creer la imaginación que aquello era la herida de una bala y que en seguida oiría la explosión del tiro, pero la detonación no sonó. Dantés alargó la mano y halló un cuerpo resistente, encogió la otra pierna y tocó el suelo, y reconoció entonces qué cosa era lo que se había figurado una nube.

A veinte pasos se elevaba una mole de peñascos, de extraña forma, que parecía un cráter inmenso petrificado en el momento de su mayor combustión. Era la isla de Tiboulen. Levantóse Dantés, dio algunos pasos adelante, y alabando a Dios, se tendió sobre aquellos guijarros, que entonces le parecieron más blandos que los colchones del lecho más mullido.

Después, a pesar del viento y de la borrasca, y de la lluvia que empezaba a caer, rendido como estaba de fatiga, se quedó dormido, con ese delicioso sueño que embarga al hombre cuya materia se aletarga, pero cuya alma permanece despierta con la idea de una felicidad inesperada.

Al cabo de una hora, le despertó el espantoso ruido de un trueno. La tempestad se había desencadenado y batía el aire con furia. De vez en cuando caía, como una serpiente de fuego, un rayo del cielo, iluminando las olas y las nubes, que se perseguían las unas a las otras como en inmenso caos.

La vista perspicaz de marino no había engañado a Dantés, aquélla era, en efecto, la primera de las dos islas, la de Tiboulen. Sabía que no ofrecía el menor asilo, pero cuando la tempestad cesase pensaba volverse a echar al mar en dirección a la isla de Lemaire, que aunque no menos árida, era más grande, y por consiguiente más hospitalaria.

Una peña cóncava prestó a Dantés abrigo momentáneo; casi al mismo tiempo estalló la tempestad. Edmundo sentía temblar bajo la peña en que se había guarecido, las olas, que azotando la base de aquella pirámide gigantesca, saltaban hasta él. Aunque estaba en paraje seguro, con aquel ruido atronador, s y aquellas ráfagas sulfúreas, experimentó una especie de vértigo. Creyó que la isla temblaba debajo de sus pies, y que de un momento a otro iba, como un navío anclado, a perder sus cables y a sepultarse en aquel inmenso torbellino. Entonces recordó que hacía veinticuatro horas que no probaba bocado, tenía hambre y sed. Extendió las manos y la cabeza, y bebió el agua de la tempestad recogida en el hueco de la roca.

Cuando se incorporaba, un relámpago que parecía rasgase el cielo hasta el trono del Altísimo iluminó el espacio, mostrándole con su resplandor, entre la isla de Lemaire y el cabo de Croisille, a un cuarto de legua de distancia, como un espectro que resbala al abismo desde la cima de una ola, un pequeño barco pescador arrebatado a la vez por el viento y por el mar. Un minuto después volvió a aparecer el fantasma encima de otra ola, acercándose con horrible rapidez. Quiso el joven gritarles, y aun buscó algún trapo que tremolar para hacerles ver que estaban perdidos, pero bien lo conocían ellos. A la luz de otro relámpago, Edmundo pudo vislumbrar a cuatro hombres agarrados a los palos y a los estayes, mientras otro sujetaba el mástil del tronchado timón. Sin duda, hubieron de verle también aquellos hombres, como él los veía, porque llegaron a sus oídos gritos lastimeros en alas del vendaval que silbaba furiosamente. En la punta del palo mayor hecho trizas azotaban el aire los jirones de una vela, que de pronto se acabó de romper y desapareció en los abismos tenebrosos del espacio, semejante a uno de esos enormes pájaros blancos que se dibujaban sobre las nubes negras. Al mismo tiempo, sonó un ruido espantoso, mezclado con gritos de angustia que llegaron hasta Dantés. Asido como una esfinge de las rocas, abarcaba con sus ojos todo el abismo, y a la luz de otro relámpago pudo ver al barco irse a pique, y flotar entre sus restos cabezas de expresión desesperada y brazos levantados hacia el cielo.

Luego todo volvió a quedar sumergido en la oscuridad más completa. Aquel terrible drama había durado lo que un relámpago. Corriendo el peligro de caer al mar, lanzóse Dantés a la pendiente resbaladiza de las rocas a mirar y a escuchar, pero nada vio y nada oyó. Ni gritos ni cosas humanas, solamente la tempestad seguía azotando los vientos y las olas. Poco a poco fue calmándose el viento y rodaron a Occidente las preñadas nubes rojas, que parecían detenidas por la mano de la tempestad. Volvieron a centellear las estrellas en el cielo con su luz vivísima. Luego por el Este una ráfaga azulada, algo negruzca, coloreó el horizonte, y saltaron las ondas tranquilamente, trocando su espumosa superficie en crines de oro. Era el alba.

Edmundo se quedó inmóvil ante aquel gran espectáculo, como si lo viese por primera vez. Lo había olvidado en efecto, desde su entrada en el calabozo. Volvióse hacia el castillo, escudriñando con una penetrante mirada la tierra y el mar. El sombrío edificio se recostaba entre las olas con esa imponente majestad de las cosas inmóviles, que parece que tengan ojos para vigilar y acento para ordenar.

Serían ya las cinco de la mañana y el mar continuaba calmándose.

"Dentro de dos o tres horas —se dijo Edmundo—, el carcelero irá a mi cuarto, hallará el cadáver de mi desdichado amigo, le reconocerá, me buscará en vano, y dará el grito de alarma. Descubrirán el subterráneo y la galería, preguntarán a los que me arrojaron al mar, que han debido oír mi grito, saldrán en seguida mil barcas llenas de soldados en persecución del fugitivo, que saben que no puede estar muy lejos, el cañón anunciará a toda la costa que nadie dé asilo a un hombre desnudo y hambriento que andará errante, y saldrán de Marsella los alguaciles y los espías a perseguirme por tierra, mientras el gobernador me persigue por mar. ¿Qué será entonces de mí? Tengo hambre, tengo frío, a incluso he perdido el cuchillo salvador, que me estorbaba para nadar. Estoy a merced del primero que quiera ganarse veinte francos entregándome. Ya no me quedan ni fuerzas, ni resolución, ni ideas. ¡Oh Dios mío! Mirad si he sufrido bastante, y si podéis hacer por mí más de lo que yo puedo."

Cuando Edmundo, en una especie de delirio, ocasionado por su abatimiento y el vacío de su inteligencia, pronunciaba tan ardiente plegaria, vuelto con ansiedad a Marsella, vio aparecer en la punta de la isla de Pomegue, dibujando en el horizonte su vela latina, semejante a una gaviota que vuela rozando la superficie de las aguas, un barquichuelo en el que sólo el ojo de un marino podía reconocer una tartana genovesa, estando como estaba el mar todavía un tanto nebuloso. Salía del puerto de Marsella, y entraba en alta mar cortando las espumas con su aguda proa, que abría a sus costados redondos un camino más fácil.

—¡Oh! —exclamó Edmundo—. ¡Pensar que si no temiese que me reconocieran por fugitivo y me llevasen a Marsella, podría yo alcanzar aquel barco dentro de media hora! ¿Qué he de hacer? ¿Qué he de decir? ¿Qué fábula inventaré para engañarlos? Esas gentes, que son contrabandistas y casi piratas, y que con pretexto del comercio de cabotaje merodean por las costas, preferirán venderme a hacer una buena acción que no les produzca nada.

—Esperemos.

—Pero esperar es cosa imposible, me estoy muriendo de hambre, dentro de pocas horas perderé las escasas fuerzas que me quedan, se acerca además la hora de la visita del carcelero, todavía no han dado la señal de alarma, acaso no sospecharán nada aún, puedo pasar por uno de los marineros de esa barca pescadora que ha naufragado esta noche. Esto no es inverosímil, ninguno de ellos vendrá a contradecir—me, porque todos han muerto.

—Vamos.

Al decir estas palabras, Dantés volvió los ojos hacia el sitio en que la barca se había hecho pedazos, y se estremeció. En la punta de una roca se había quedado agarrado el gorro frigio de uno de los marine—ros, y flotando cerca de allí los restos de la carena, tablas insignificantes que el mar arrojaba contra el cimiento granítico de la isla.

Dantés se determinó al instante a volver a echarse al mar, nadó hacia el gorro, se lo puso, y cogiendo una de las tablas, preparóse a salir al paso a la tartana.

—¡Ya me he salvado! —murmuró.

Y esta esperanza le infundió nuevas fuerzas.

El barco se dejó ver muy pronto, iba contra viento, entre el castillo de If y la torre de Planier. Dantés llegó a sospechar y temer que en vez de seguir costeando entrase de lleno en alta mar, como de seguro lo hubiese hecho si navegara con rumbo a Córcega o Cerdeña, mas luego dedujo el nadador, de sus maniobras, que iba a pasar entre las islas de Jaros y Calaseraigne, como suelen todos los barcos que van a Italia.

Entretanto, nadador y buque se aproximaban uno a otro insensiblemente. En una de sus bordadas, el barco llegó a estar un cuarto de legua de Dantés, que sacó entonces el cuerpo fuera del agua, agitando su gorro en señal de apuro, pero sin duda no lo vio ningún marinero, puesto que el buque viró de bordo. Dantés pensó dar gritos, pero calculando la distancia, comprendió que su voz no llegaría hasta el buque, perdida y ahogada por las brisas marinas y el rumor de las olas.

Entonces comprendió lo útil que le había sido coger una de las muchas tablas que arrojó el mar pertenecientes al barco que naufragó y se felicitó a sí mismo por su precaución de extenderse sobre una de ellas. Débil como estaba ya, acaso no hubiese podido sostenerse a flor de agua hasta que la tartana pasase, y de seguro que si ésta pasaba sin verle, cosa muy posible, no podría volver a la isla.

Aunque estuviese casi cierto del camino que seguía, los ojos de Edmundo acompañaban a la tartana con cierta ansiedad, hasta que la vio amainar y volverse hacia él. Entonces siguió avanzando hacia su encuentro, pero antes de llegar empezó el barco a virar de bordo. En aquel momento, Dantés, por un esfuerzo supremo, se puso casi de pie sobre el agua, tremolando su gorro y lanzando uno de esos gritos lastimeros que solamente lanzan los marineros cuando están en peligro, gritos que parecen el lamento de algún genio del mar. Esta vez le vieron y le oyeron. Interrumpió la tartana su maniobra, torciendo el rumbo hacia él, y hasta distinguió Edmundo al propio tiempo que se preparaban a echar una lancha al agua.

Un instante después, la lancha con dos hombres se dirigió a su encuentro, cortando con sus dos remos el agua. Abandonó entonces Dantés la tabla, que ya no creía necesitar, y nadó con toda su fuerza por ahorrar al barco la mitad del camino.

Sin embargo el nadador contaba con fuerzas ya casi nulas, y conoció entonces cuán útil le era aquella tabla que flotaba ahora a cien Pasos de allí. Empezaron a agarrotarse sus brazos, perdieron la flexibilidad sus piernas, sus movimientos eran forzados y vanos, y dificultosa su respiración. A un segundo alarido que lanzó, los remeros redoblaron sus esfuerzos y uno de ellos le gritó:

—¡Ánimo!

Esta palabra llegó a su oído en el momento en que una oleada pasaba par encima de su cabeza, cubriéndole de espuma.

Cuando volvió a salir a la superficie, Dantés azotaba el agua con esos ademanes desesperados del hombre que se ahoga. Después exhaló otro grito, y se sintió atraído hacia el fondo del mar coma si aún llevara a los pies la bala mortal. A través del agua, que pasaba par encima de su cabeza, veía un cielo lívido con manchas negruzcas. Otro esfuerzo violento volvió a llevarle a la superficie.

Parecióle aquella vez que le agarraban por los cabellos, y luego perdió la vista y el oído. Se había desmayado. Al abrir de nuevo los ojos, hallóse Dantés en el puente de la tartana, que seguía su camino, y su primera mirada fue para ver cuál seguía; iba alejándose del castillo de If.

Tan debilitado estaba Dantés, que la exclamación de júbilo que hizo pareció un suspiro de dolor.

Como dejamos dicho, estaba acostado en el puente; un marinero le frotaba los miembros con una manta; otro, en quien reconoció al que le había gritado

"¡Ánimo!", le acercaba a los labios una cantimplora, y otro, en fin, marinero viejo, que era a la par piloto y patrón, le miraba con ese sentimiento de piedad egoísta que inspira generalmente a los hombres un desastre del que se han librado la víspera, y que puede sobrevenirles al día siguiente.

Algunas gotas de ron que contenía la cantimplora reanimaron el desfallecido corazón del joven, al paso que las friegas que seguía dándole el marinero, de rodillas, contribuían a que sus miembros recobrasen la elasticidad.

—¿Quién sois? —le preguntó en mal francés el patrón.

—Soy —respondió Edmundo en mal italiano—, un marinero maltés. Veníamos de Siracusa con cargamento de vino, cuando la tormenta de esta noche nos sorprendió en el cabo Morgión, estrellándonos en esas rocas que veis allá abajo.

—¿De dónde venís?

—De aquellas rocas, donde tuve la fortuna de agarrarme, mientras nuestro pobre capitán se hacía pedazos, los otros tres compañeros se ahogaron y creo que soy el único que me salvé. Vislumbré vuestro barco, y temeroso de tener que esperar mucho tiempo en esta isla desierta, me atreví a saliros al encuentro en una tabla, resto del naufragio. Gracias, gracias —prosiguió Dantés—, me habéis salvado la vida. Si uno de estos camaradas no me coge par los cabellos, era ya hombre muerto.

—Yo fui —dijo un marinero de rostro franca y abierto, sombreado por grandes patillas negras—. Yo fui el que os saqué, y a tiempo, que ya os ibais al fondo.

—Sí, amigo mío, sí; os doy las gracias por segunda vez —dijo Edmundo tendiéndole la mano.

—A fe mía que anduve perplejo y dudoso —dijo el marino—, porque con vuestra barba de seis pulgadas de largo y vuestros cabellos de un pie, más bien parecíais un bandido que no un hombre honrado.

Esto hizo recordar a Dantés que, en efecto, desde su entrada en el castillo de If, ni se había cortado el pelo ni afeitado tampoco.

—Esto —dijo—, es un voto que hice en un momento de grave peligro, a nuestra Señora del Pie de la Grotta, de estar diez años sin afeitarme ni cortarme el pelo. Hoy justamente cumple el voto, y por cierto que a poco más me ahogo en el aniversario.

—¿Y qué hacemos con vas ahora? —le preguntó el patrón.

—¡Ay! —respondió Dantés—, haced lo que os parezca. El falucho que yo tripulaba se ha perdido, el patrón ha muerto, y como veis, me he librado de la misma desgracia absolutamente en cueros. Por fortuna soy un marino bastante bueno, dejadme en el primer puesto en que abordéis, que no dejaré de encontrar acomodo en algún barco mercante.

—¿Conocéis el Mediterráneo?

—Navego en él desde que era niño.

—¿Y conocéis también los buenos fondeaderos?

—Pocos puertos hay, aún entre los peores, en los que yo no pueda entrar y salir con los ojos cerrados.

—Pues bien, patrón —dijo el marinero que había gritado ¡ánimo! a Dantés—, si el camarada dice verdad, ¿por qué no había de quedarse con nosotros?

—Si dice verdad, sí —contestó el patrón con un cierto aire de duda—, pero en el estado en que se encuentra el pobre diablo, se promete mucho, y luego...

—Cumpliré más de lo que he prometido —repuso Dantés.

—¡Oh, oh! —murmuró el patrón riéndose—. Ya veremos.

—Cuando queráis lo veréis —repuso Dantés levantándose—. ¿Adónde os dirigís?

—A Liorna.

—Entonces, en vez de contraventar, perdiendo un tiempo precioso, ¿por qué no cargáis velas simplemente?

—Porque iríamos derechos a la isla de Rion.

—Pasaréis a veinte brazas de ella.

—Tomad, pues, el timón —dijo el patrón—, y juzgaremos de vuestros conocimientos.

El joven fue a sentarse al timón, y asegurándose con una ligera maniobra de que el barco obedecía bien, aunque no fuese de primera calidad, gritó:

—¡A las vergas y a las bolinas!

Los cuatro marineros que componían la tripulación corrieron a sus puestos. El patrón los observaba a todos.

—¡Halad! —continuó gritando Dantés.

Los marineros obedecieron con bastante exactitud.

—¡Amarrad ahora! ¡Está bien!

Ejecutada esta orden como las dos primeras, el barco, en vez de seguir contraventando, empezó a dirigirse a la isla de Rion, cerca de la cual pasó, como Dantés había dicho, dejándola a unas veinte brazas a estribor.

—¡Bravo! —gritó el patrón.

—¡Bravo! —repitieron los marineros.

Y todos contemplaban admirados a aquel hombre, cuya mirada había recobrado una inteligencia y cuyo cuerpo había recobrado un vigor que estaban muy lejos de sospechar en él.

—Ya veis —dijo Dantés apartándose del timón—, que podré serviros de algo, a lo menos durante la travesía. Si no os convengo, me dejáis en Liorna, que con el primer dinero que gane pagaré la comida que me deis hasta allá, y las ropas que vais a prestarme.

—Está bien, está bien, sí sois razonable nos arreglaremos.

—Un hombre vale lo que otro hombre —contestó Dantés—. Dadme el sueldo que deis a mis camaradas, y negocio concluido.

—Eso no es justo, porque vos sabéis más que nosotros —dijo el marinero que le había salvado.

—¿Quién te mete a ti en esto, Jacobo? —repuso el patrón—. Cada uno puede ajustarse por lo que le convenga.

—Exacto —repuso Jacobo—, pero esto no es más que una observación.

—Mejor harías prestando a este bravo camarada, que está desnudo, un pantalón y una chaqueta, si los tienes de repuesto.

—No los tengo —contestó Jacobo—, pero sí una camisa y un pantalón.

—Es cuanto me hace falta —contestó Dantés—. Gracias, amigo mío.

Jacobo bajó por la escotilla, y al poco rato volvió a subir con las prendas ofrecidas, que se puso Dantés con alegría extraordinaria.

—¿Necesitáis ahora algo más? —le preguntó el patrón.

—Un pedazo de pan, y otro trago de ese ron tan excelente que ya probé, porque hace mucho tiempo que no he tomado nada.

Trajeron a Dantés el pedazo de pan, y Jacobo le presentó la cantimplora.

—¡El mástil a babor! —gritó el capitán volviéndose hacia el timonero.

Al llevarse la cantimplora a la boca, los ojos de Dantés se volvieron hacia aquel lado, pero la cantimplora se quedó a la mitad del camino.

—¡Toma! —preguntó el patrón—, ¿qué es lo que pasa en el castillo de If?

En efecto, hacia el baluarte meridional del castillo, coronando las almenas, acababa de aparecer una nubecilla blanca, nube que ya había llamado la atención de Edmundo. Un momento después, el eco de una explosión lejana retumbó en el puente del navío.

Los marineros levantaron la cabeza mirándose unos a otros.

—¿Qué quiere decir eso? —preguntó el patrón.

—Se habrá escapado algún preso esta noche y dispararán el cañonazo de alarma —repuso Dantés.

El patrón miró de reojo al joven, que cuando dijo esto se llevó la calabaza a la boca, pero viole saborear el ron con tanta calma, que si alguna sospecha tuvo se desvaneció al momento.

—¡He aquí un ron bastante fuerte! —dijo Dantés limpiando con la manga de la camisa su frente bañada en sudor.

—Después de todo..., si él es, tanto mejor —murmuró el patrón mirándole—. He hecho una gran adquisición.

Con pretexto de que estaba fatigado, pidió Dantés sentarse en el timón. El timonel, gozoso de verse relevado en su tarea, consultó con una mirada al patrón, que le hizo con la cabeza una seña afirmativa.

Así sentado, Dantés pudo observar atentamente las cercanías de Marsella.

—¿A cuántos estamos del mes? —preguntóle a Jacobo, que vino a sentarse junto a él cuando ya se perdía de vista el castillo de If.

—A 28 de febrero —respondió éste.

—¿De qué año? —volvió a preguntar el joven.

—¡Cómo!, ¿de qué año? ¿Me preguntáis de qué año?

—Sí —repuso el joven—, os lo pregunto.

—Pero ¿habéis olvidado el año en que vivimos?

—¿Qué queréis? —repuso Dantés sonriendo—, he tenido esta noche tanto miedo, que a poco me vuelvo loco, y lo que es la memoria se me ha quedado turbadísima. Pregunto, pues, que de qué año es hoy el 28 de febrero.

—Del año de 1829 —contestó Jacobo.

Hacía catorce años, día por día, que Dantés había sido preso.

Entró en el castillo de If de diecinueve años, y salía de treinta y tres.

Una dolorosa sonrisa asomó a sus labios.

"¡Mercedes! —se preguntó a sí mismo—. ¿Qué habrá sido de Mercedes en tantos años teniéndome por muerto? "

Una ráfaga de odio acompañó luego su mirada, al pensar en

aquellos tres hombres que le ocasionaron tan duro y prolongado cautiverio.

Y renovó contra Danglars, Fernando y Villefort aquel juramento de venganza implacable que había ya pronunciado en su calabozo.

Ahora este juramento no era una vana amenaza, porque el barco más velero del Mediterráneo no hubiera podido alcanzar en aquel momento a la tartana, que a toda vela hacía rumbo a Liorna.

XXII: LOS CONTRABANDISTAS

Dantés había pasado escasamente un día a bordo, y ya sabía perfectamente a qué casta de pájaros pertenecía aquella gente. Aunque no hubiese aprendido en la escuela del abate Faria, el digno patrón de La joven Amelia (tal era el nombre de la tartana), sabía casi todas las lenguas que se hablan en torno a ese gran lago llamado Mediterráneo, desde el árabe hasta el provenzal. Con ello se ahorraba intérpretes, gentes fastidiosas de suyo y tal vez indiscretas, y le era más fácil y directo entenderse, ya con los buques que encontraba a su paso, ya con las barquillas con las que tropezaba en las costas, ya en fin con esos seres sin nombre, sin patria y sin oficio aparente, que nunca faltan en esos barrios bajos de los puertos de mar, y que se alimentan de ese maná misterioso y oculto atribuido a la Providencia, de quien efectivamente debe venir, pues el observador más perspicaz no descubriría en ellos medio alguno visible de ganarse la vida.

Ya se adivinará fácilmente que Dantés se hallaba a bordo de un barco contrabandista.

Por esto le recibió el patrón al principio con cierta desconfianza. Como se hallaba en tan malas relaciones con los aduaneros de la costa, y como entre él y ellos porfiaban a quién engañaba a quién, pensó al principio que Dantés era simplemente un espía de la Hacienda que empleaba tan ingenioso medio para penetrar los secretos del oficio, pero el modo brillante con que Dantés se defendió cuando trató de sonsacarle, le dejó casi enteramente convencido. Cuando vio flotar después aquella columna de humo sobre el baluarte del castillo de If, y cuando oyó el estampido remoto del cañonazo, se imaginó por un instante que acababa de recibir a bordo a uno de esos por quienes se disparan cañonazos a la entrada y a la salida, como por los reyes. En honor de la verdad, justo es decir que esto le importaba menos que si fuese un aduanero el recién venido, pero también esta segunda suposición desvanecióse como la primera, gracias a la impasible serenidad de Edmundo. Alcanzó, pues, éste la ventaja de saber quién era su patrón, sin que su patrón supiera quién era él. No le atacaba ni el patrón ni marinero alguno por lado que no defendiera perfectamente, ya hablando de Nápoles, ya de Malta, que conocía tan bien como Marsella, y todo con una exactitud que hacía mucho honor a su memoria.

Así, pues, el genovés fue quien se dejó engañar por Edmundo, al cual favorecía su dulzura, su pericia náutica y en particular su refinado disimulo.

¿Quién sabe, además, si el genovés era uno de esos hombres que tienen bastante talento para no saber nunca más que lo que deben saber, ni creer nunca más que aquello que les importa creer? En esta recíproca situación les sorprendió la llegada a Liorna.

Allí debía intentar Edmundo otra prueba, que era saber si se reconocería a sí mismo, al cabo de catorce años que no se veía. Conservaba una idea muy exacta de lo que había sido cuando joven, a iba a ver lo que era cuando hombre. En concepto de sus camaradas, ya estaba cumplido su voto, y entró en la calle de San Fernando, en casa de un barbero a quien conocía de sus anteriores viajes.

El barbero vio con asombro a aquel hombre de larga cabellera y de espesa y negra barba, semejante a esas cabezas tan hermosas que pintó Ticiano. En aquella época no se usaban la barba ni el cabello tan largos.

Cuando Edmundo sintió perfectamente afeitada su barba, cuando sus cabellos quedaron como los llevaban todos comúnmente, pidió un espejo para mirarse.

Corno ya dejamos dicho, tenía treinta y tres años, y los catorce que pasó en el castillo de If habían cambiado su fisonomía.

Entró en el castillo con ese rostro risueño e infantil del joven que es feliz, y que da sin trabajo ni pena sus primeros pasos en el sendero de la vida, fiando en lo porvenir, como consecuencia natural de lo pasado. Todo eso había desaparecido. Su cara ovalada era ahora angulosa; su boca risueña formaba esos pliegues tirantes que indican firmeza y resolución, sus cejas se juntaban debajo de una arruga, que aunque única, declaraba la actividad de su pensamiento, sus ojos se habían como impregnado de profundísima tristeza, y a veces emitían fulminantes destellos de odio y de misantropía; su tez, por tanto tiempo privada de la luz del día y de los rayos del sol, había tomado ese color mate que cuando va unido a cabellos negros constituye la belleza aristocrática de los hombres del Norte. La profunda ciencia que había aprendido ceñía su rostro como una aureola de inteligente superioridad.

Además, aunque de estatura bastante elevada, tenía el vigor de un cuerpo que vive siempre concentrando sus fuerzas. La elegancia de sus formas, nerviosas y enjutas, había adquirido muscular solidez; los sollozos, las oraciones y las blasfemias habían cambiado tanto su voz, que unas veces era de exquisita dulzura y otras tenía un acento agreste y casi bronco.

Como acostumbrados a la oscuridad y a la luz opaca, sus ojos habían adquirido esa rara facultad que tienen los de la hiena y el lobo de distinguir los objetos en medio de la oscuridad. Edmundo sonrió al contemplar su imagen en el espejo. Era imposible que su mejor amigo, si le quedaba algún amigo todavía, le reconociese, puesto que apenas se conocía a sí mismo.

El patrón de La joven Amelia, a quien importaba mucho tener en su tripulación un hombre del temple de Dantés, le propuso algunos adelantos a cuenta de sus ganancias futuras, y aceptó. Lo primero que hizo al salir de la barbería donde había sufrido su primera metamorfosis, fue entrar en una tienda de ropas a comprarse un vestido de marinero. Este vestido, como todo el mundo sabe, es muy sencillo y se compone de un pantalón blanco, una camisa rayada y un gorro frigio.

Cuando volvió Dantés al barco, llevando a Jacobo la camisa y el pantalón que le había prestado, viose en la precisión de repetir su historia, pues el patrón no acertaba a reconocer en aquel elegante marinero al hombre de espesa barba que desnudo y moribundo había recogido en La Joven Amelia, con los cabellos llenos de algas y el cuerpo empapado en agua de mar.

Seducido por su buena planta, renovó a Dantés sus

proposiciones de enganche, pero como éste tenía otros proyectos, no las quiso aceptar sino por tres meses. Pocas tripulaciones se habrán visto tan activas como la de La Joven Amelia, ni pocos patrones como el suyo tan, amigos de aprovechar el tiempo. A los ocho días escasos de su estancia en Liorna, estuvieron los redondos costados de la tartana llenos de muselinas pintadas, algodones de contrabando, pólvora inglesa, y tabaco que no quería pagar derechos a la aduana. Tratábase de sacar Codas estas mercancías de Liorna, puerto franco, y desembarcarlo en las costas de Córcega, desde donde se encargarían ciertos especuladores de introducirlo en Francia.

Edmundo volvió a cruzar aquel mar azulado, primer horizonte de su juventud, objeto de todos sus sueños en el calabozo, y dejando a la derecha a la Gorgona, y a la Pianosa a la izquierda, se dirigió a la patria de Paoli y de Napoleón.

Al día siguiente, al subir como acostumbraba todos los días muy temprano, el patrón encontró a Dantés apoyado en la borda, mirando con extraña atención una mole de rocas que el sol coloreaba con su rosada luz. Era la isla de Montecristo. La Joven Amelia la dejó a tres cuartos de legua a estribor, y siguió su ruta a Córcega.

Dantés pensaba, al mirar aquella isla de tan dulce nombre para él, que con echarse al agua llegaría en media hora a la tierra prometida, pero ¿qué haría allí, sin herramientas para sacar su tesoro, y sin armas para defenderlo? ¿Qué dirían, además, los marineros? ¿Qué pensaría el patrón? Era preciso esperar.

Por fortuna sabía esperar. Había esperado catorce años la libertad, de manera que ahora que era libre podía esperar mejor seis meses o un año la riqueza. Si le hubieran brindado la libertad sin riqueza, ¿no la habría aceptado? Además, ¿no era aquella riqueza enteramente fantástica? Nacida en la imaginación enferma del pobre abate Faria, ¿no habría muerto con él? Aunque, en realidad, la carta del cardenal Spada era una prueba concluyente. Y repetía la carta en su memoria de cabo a rabo, sin olvidar una letra.

Por fin llegó la noche. Edmundo vio pasar a su isla por todas las gradaciones de las tintas del crepúsculo, y perderse para todos en la oscuridad, menos para él, que, acostumbrado a las tinieblas de su prisión, continuó viéndola sin duda, puesto que fue el último que quedó sobre cubierta.

El día siguiente les amaneció a la altura de Aleria, y se pasó todo en contraventear. Por la noche aparecieron unos hombres en la costa, lo que indudablemente constituía la señal de que podía efectuarse el desembarco, puesto que se puso un fanal en el asta— bandera de la tartana, que llegó a tiro de fusil de la orilla. Dantés había observado que al aproximarse a la orilla, el patrón de La Joven Amelia se había pertrechado, sin duda para las circunstancias solemnes, con dos culebrinas, que sin hacer mucho ruido por su tamaño podían arrojar a mil pasos balas de a cuarterón. Pero aquella noche fue inútil semejante precaución, porque todo salió a pedir de boca. Arrimáronse a la sordina cuatro chalupas a la tartana, que sin duda, para hacerles los honores botó al mar su propia chalupa, portándose tan bien las cinco, que a las dos de la mañana estaba en tierra todo el cargamento de La Joven Amelia.

Tan hombre de orden era el patrón, que aquella misma noche se repartieron las ganancias, tocándole a cada uno cien libras toscanas o lo que es lo mismo, ochenta francos sobre poco más o menos en moneda francesa.

Pero aún no se había concluido la expedición, sino que hicieron rumbo a Cerdeña, donde tenían que emplear el dinero que acababan de recoger.

Esta segunda operación fue tan afortunada como la primera. Estaba de suerte la tartana.

Componíase el nuevo cargamento casi todo él de cigarros habanos, vinos de Jerez y Málaga, con destino al ducado de Luca. Pero allí tuvieron que sostener una refriega con los aduaneros, eternos enemigos del patrón de La Joven Amelia. Aquellos tuvieron un muerto, y dos heridos la tripulación. Dantés era uno de estos dos heridos; una bala le había atravesado la carne del hombro derecho.

Aquella escaramuza y aquella herida dejaron a Dantés muy satisfecho de sí mismo, pues le demostraron, aunque con la dureza acostumbrada, la influencia que podrían tener los dolores sobre su corazón. Sonriendo había arrostrado el peligro, y al recibir el balazo había dicho como aquel filósofo de Grecia: "Dolor, no eres un mal".

Además había contemplado al aduanero moribundo, y bien porque le hiciese la lucha sanguinario, bien porque sus sentimientos humanitarios estuviesen ya muy fríos, aquel espectáculo no le causó sino pasajera impresión. Ya estaba Dantés templado como deseaba, ya el objeto de todos sus afanes se realizaba..., ya el corazón se le iba petrificando en el pecho. En desquite, Jacobo, que al verle caer en la acción le tuvo por muerto, se había apresurado a levantarle del suelo, y a curarle como un excelente camarada.

Este mundo no era tan bueno como el doctor Pangloss suponía, pero tampoco era tan malo como se lo figuraba Dantés, puesto que un hombre que si algo podía esperar de su compañero era sólo la mezquina herencia de la suma que había ganado, se afligía de tal modo con su desgracia.

Por fortuna, como ya hemos dicho, Dantés no estaba más que herido. Gracias a ciertas hierbas cogidas en épocas determinadas, que venden a los contrabandistas las viejas sardas, la herida se cerró muy pronto. Entonces trató Edmundo de probar a Jacobo, ofreciéndole dinero en recompensa de sus atenciones, pero Jacobo lo rehusó con indignación. La consecuencia de esta simpatía que Jacobo demostró a Edmundo desde el primer momento, fue que Edmundo experimentase también por Jacobo cierto afecto, pero el marinero no exigía más, adivinando instintivamente que el discípulo del abate Faria era muy superior a su posición y a aquellos hombres, superioridad que Edmundo sólo de él dejaba traslucir. El pobre marino se contentaba, pues, con esto, aunque era bien poco. En esos días, que tan largos resultan a bordo, cuando la tartana paseaba tranquilamente por aquel mar azul, sin necesitar de otra ayuda que la del timonel, gracias al viento favorable que henchía sus velas, Edmundo, con un mapa en la mano, hacía con Jacobo el papel que con él había desempeñado el pobre abate Faria. Le explicaba la situación de las costas, las alteraciones de la brújula, y enseñándole, en fin, a leer en ese gran libro abierto sobre nuestras cabezas, escrito por Dios con letras de diamantes, en páginas azules.

Y al preguntarle Jacobo:

—¿Para qué ha de aprender todas esas cosas un pobre marino como yo?

Edmundo le respondía:

—¿Quién sabe? Acaso llegues un día a ser capitán de barco. ¿No ha llegado a ser emperador tu compatriota Bonaparte?

Nos habíamos olvidado de decir que Jacobo era corso.

Dos meses y medio pasaron en estos viajes. Edmundo llegó a ser tan excelente costeño, como en otro tiempo había sido hábil marino, trabando amistad con todos los contrabandistas de la costa y aprendiendo los signos masónicos que sirven a estos semipiratas para entenderse entre sí. Veinte veces habían pasado a la ida o a la vuelta por delante de la isla de Montecristo, pero ni una sola tuvo ocasión de desembarcar en ella.

Había tomado su resolución. Tan pronto como terminara su ajuste con La Joven Amelia, alquilaría una barquilla (que bien lo podría hacer, pues había ahorrado unas cien piastras en sus viajes), y con un pretexto cualquiera se encaminaría a la isla de Montecristo. Allí haría libremente sus pesquisas. Y, con todo, no con libertad entera, pues de seguro le espiarían los que le hubiesen conducido; pero, a la larga, en este mundo es preciso arriesgar algo. La prisión había hecho al joven tan prudente, que hubiera deseado no arriesgar nada. Pero por más que ponía a prueba su resignación, que era tan fecunda, no encontraba otro medio de arribar a la deseada isla.

Dantés luchaba con tales incertidumbres cuando el patrón, que tenía en él mucha confianza, y deseaba retenerle a su servicio, le cogió una noche del brazo y le condujo a una taberna de la calle del Oglio, donde acostumbraba a reunirse la flor de los contrabandistas de Liorna.

Era allí donde generalmente se fraguaban todos los alijos de la Costa. Ya en dos o tres ocasiones había entrado Edmundo en esa bolsa marítima, y al ver reunidos a aquellos audaces marineros, que dominan como señores absolutos en un litoral de dos mil leguas a la redonda, se había preguntado a sí mismo cuán poderoso no sería el hombre que llegara a imponer su voluntad a todas aquellas diferentes voluntades. Tratábase a la sazón de un gran negocio. Se trataba de encontrar un terreno neutral, donde pudiera un barco cargado de tapices turcos, telas de Levante y cachemiras, trasladar su cargamento a los barcos contrabandistas, que se encargarían de despacharlo en Francia.

La ganancia era enorme si el negocio salía bien, cuando menos tocarían cincuenta o sesenta piastras a cada marinero. El patrón de La Joven Amelia propuso para este objeto la isla de Montecristo, que, desierta, sin aduaneros ni soldados, parece colocada a propósito en medio del mar allá por los tiempos olímpicos por el mismo Mercurio, dios de los comerciantes y de los ladrones, oficios que nosotros hemos hecho diferentes, pero en la antigüedad, según parece, eran hermanos gemelos.

El nombre de Montecristo hizo estremecer a Dantés. Para ocultar su emoción, tuvo que ponerse de pie y dar una vuelta por la taberna, donde se hablaban todos los idiomas del mundo conocido. Cuando volvió a reunirse con sus compañeros, estaba ya resuelto el desembarco en Montecristo, y la partida para la noche siguiente.

La opinión de Dantés, al que consultaron, fue que la isla ofrecía todas las seguridades posibles, y que las grandes empresas, para salir bien, se han de llevar a cabo sobre la marcha. En nada se alteró el programa. A la noche siguiente se aparejaría, y como el viento era favorable, al amanecer se hallarían en las aguas de la isla designada.

XXIII: LA ISLA DE MONTECRISTO

Por uno de esos azares inesperados, que tal vez suceden a aquellos que la fortuna se ha cansado de perseguir, iba Dantés al fin a realizar sus ilusiones de una manera sencilla y natural, arribando a la isla sin inspirar sospechas a nadie. Una noche le separa solamente del viaje tan esperado.

Esta fue una de las noches más agitadas que Dantés pasó en su vida. Todas las probabilidades buenas y malas, todas las dudas y todas las certidumbres, se disputaban el dominio de su fantasía. Si cerraba los ojos, veía en la pared, escrita con letras de fuego, la carta del cardenal Spada; si un instante se rendía al sueño, las más insensatas visiones trastornaban su imaginación.

Ora se creía andando por grutas cuyo suelo eran esmeraldas, las paredes rubíes y las estalactitas diamantes. Como se filtra por lo común el agua subterránea, caían las perlas gota a gota. Absorto y maravillado, se llenaba los bolsillos de piedras preciosas, que al salir fuera se convertían en pedernales. Intentaba volver entonces a las maravillosas grutas, que apenas había registrado, pero perdía el camino en un dédalo de espirales infinitas. La entrada se había hecho invisible. En vano revolvía su fatigada memoria para recordar aquella palabra mágica y misteriosa que abría al pescador árabe las espléndidas cavernas de Alí Babá. Todo en vano. El tesoro desaparecía, el tesoro había vuelto a ser propiedad de los seres de la tierra, a quienes tuvo esperanzas de quitárselo.

El amanecer le sorprendió tan febril como había estado la noche entera, pero le hizo pensar con lógica y arreglar su proyecto, que hasta entonces vagaba en su cerebro.

Con la llegada de la noche comenzaron los preparativos del viaje, proporcionando a Dantés un medio de ocultar su turbación.

Poco a poco había ido adquiriendo sobre sus compañeros el derecho de mandar como jefe, y como sus órdenes eran siempre claras y facilísimas de ejecutar, le obedecían, no sólo con prontitud, sino hasta con alegría.

El patrón le dejaba obrar a su antojo, porque también había reconocido la superioridad de Dantés sobre los marineros, y aun sobre él mismo. Miraba a aquel joven como a su natural sucesor, y sentía no tener una hija para casarla con él.

Los preparativos terminaron a las siete de la noche; a las siete y media doblaba la tartana el faro, en el momento en que se encendía.

El mar estaba tranquilo. Navegaban con un vientecillo fresco de Sudeste, bajo un cielo azul, tachonado de estrellas. Dantés declaró que todos los marineros podían acostarse, puesto que él se encargaba del timón. Semejante declaración del Maltés (así le llamaban a Edmundo Dantés los marineros) era suficiente para que todos se acostaran tranquilos.

Había ya sucedido esto algunas veces. Lanzado el joven desde la soledad al mundo, sentía de cuando en cuando deseos de estar solo. Ahora bien, ¿qué soledad más inmensa y más poética que la de un buque que boga aislado en alta mar, entre las tinieblas de la noche, en el silencio de lo infinito, bajo la mano de Dios?

Y entonces la soledad se poblaba con sus pensamientos, las tinieblas se desvanecían ante sus ilusiones, y el silencio se turbaba con sus votos y sus proyectos.

Cuando despertó el patrón, el navío navegaba a toda vela,

parecía que tuviese alas; más de dos leguas y media avanzaba por hora. La isla de Montecristo se dibujaba en el horizonte.

Dantés entregó al patrón el mando de su barco, y fue a su vez a reclinarse en la hamaca, pero a pesar del insomnio de la noche anterior no pudo cerrar los ojos ni un instante.

Dos horas después volvió a subir al puente. El barco iba a doblar la isla de Elba, y hallábase a la altura de la Mareciana, por encima de la verde y llana Pianosa. En el azul del cielo se recortaban los contornos del pico brillante de Montecristo.

Con el objeto de dejar la Pianosa a la derecha, mandó Dantés al timonero que pusiese el mástil a babor, porque calculaba que con esta maniobra se abreviaría un tanto el camino.

A las cinco de la tarde se veía ya la isla clara y distintamente. Hasta sus menores detalles saltaban a la vista, gracias a esa limpidez atmosférica que produce la luz poco antes del crepúsculo de la noche.

Edmundo devoraba con sus miradas aquella mole de rocas áridas y secas que iba tiñéndose con todos los colores crepusculares, desde el rosa más vivo hasta el azul más oscuro. Tal vez un fuego incomprensible le subía en llamaradas a su semblante y se enrojecía su frente, y una nube purpúrea pasaba por sus ojos.

Nunca jugador que arriesga a un golpe todo su caudal, ha sentido las angustias que Edmundo experimentaba en aquel momento.

Llegó la noche. A las diez abordó a la isla la tartana, siendo la primera en acudir a la cita. A pesar del dominio que tenía sobre sí mismo, Dantés no pudo contenerse. Saltó el primero a tierra, y a no faltarle valor la hubiera besado cual otro Bruto.

La noche estaba bastante oscura, pero hacia las once la luna surgió de en medio del mar, plateando sus olas, y a medida que subía por el cielo sus rayos caían en cascadas de luz sobre los informes peñascos de aquella segunda Pelión.

La tripulación de La Joven Amelia conocía muy bien la isla de Montecristo, que era una de sus estaciones ordinarias, pero Dantés, aunque la había visto en cada uno de sus viajes a Levante, nunca había desembarcado en ella.

Esto le decidió a sonsacar a Jacobo.

—¿Dónde pasaremos la noche? —le preguntó.

—¡Toma! , a bordo —respondió el marinero.

—¿No estaríamos mejor en las grutas?

—¿En qué grutas?

—En las de la isla.

—No sé yo que tenga gruta alguna —dijo Jacobo.

Un sudor frío inundó la frente de Dantés.

—¿Pues no hay en Montecristo unas grutas? —le volvió a preguntar.

—No

Dantés quedó por un momento aturdido, mas después se le ocurrió la idea de que cualquier accidente podía haberlas cegado, o el mismo cardenal Spada para mayor precaución.

Todo cuanto tendría que hacer en este caso era encontrar la abertura tapada, y pareciéndole vano el buscarla por la noche, lo dejó para el día siguiente.

Además, una señal hecha como media legua mar adentro, señal a la que La Joven Amelia respondió con otra semejante, indicaba que había llegado el momento de poner manos a la obra.

El barco, que se había retardado, convencido por la señal de que no había temor ni peligro alguno, se deslizó silencioso como un fantasma, viniendo a echar el ancla a unas ciento veinte brazas de la ribera.

En seguida empezó el transporte.

En medio de su trabajo, pensaba Dantés en el hurra de júbilo que podría levantar entre aquellas gentes, sólo con manifestar en alta voz el pensamiento que sin cesar bullía en su cabeza y resonaba en sus oídos. Pero en lugar de revelar el grandioso secreto, temía haber dicho ya demasiado y haber despertado sospechas con sus idas y venidas, sus numerosas preguntas y sus observaciones minuciosas. Por fortuna (que en esta ocasión era fortuna), su doloroso pasado reflejaba en su fisonomía una tristeza indeleble, y los arranques de su alegría, envueltos en esta nube de tristeza, no eran en verdad sino relámpagos.

Por consiguiente, nadie sospechó nada, y cuando a la mañana siguiente Dantés, tomando su fusil, pólvora y balas, manifestó que quería matar una de las numerosas cabras salvajes que se veían saltar de roca en roca, no se atribuyó su deseo sino a afición a la caza o amor a la soledad. Sólo Jacobo se empeñó en acompañarle, y Dantés no quiso oponerse, temiendo inspirar sospechas con esta repugnancia en ir acompañado, pero apenas recorrieron como un cuarto de legua, cuando disparó y mató una cabra, y ocurriósele enviarla con Jacobo a sus compañeros, invitándoles a cocerla y rogándoles que cuando estuviese cocida le avisaran con un tiro de fusil para ir a comerla. Algunas frutas secas y una botella de vino de Monte—Pulciano debían completar el festín.

Dantés prosiguió su camino, volviendo de vez en cuando la cabeza. En el pico de una peña se paró a contemplar a mil pies debajo de él a sus compañeros, ocupados en preparar el desayuno, aumentado, gracias a su destreza, con la cabra que acababa de llevarles Jacobo. Edmundo los contempló un instante con esa sonrisa dulce y melancólica del hombre superior.

—Dentro de dos horas —dijo—, esas gentes se volverán a hacer a la vela, ricas con cincuenta piastras, para ir a ganar otras cincuenta exponiendo su vida. Luego, con seiscientas libras por toda riqueza, irán a derrocharlas en cualquier población, con el orgullo de los sultanes y la arrogancia de los nababs. La esperanza me obliga hoy a despreciar su riqueza y a tenerla por miseria, pero quizá mañana el desengaño me obligue a tener esa misma miseria por la suprema felicidad. ¡Oh, no! —exclamó para sí—. No puede ser. El sabio, el infalible Faria, no se habrá engañado. No, sería preferible para mí la muerte a esta vida miserable y humillada.

Así aquel hombre, que tres meses antes sólo aspiraba a la libertad, no tenía ya bastante con la libertad, y ambicionaba las riquezas. La culpa no era de Dantés, sino de la naturaleza, que haciendo tan limitado el poder del hombre, le ha puesto deseos infinitos.

Entretanto se acercaba al sitio donde suponía que debían de estar las grutas, siguiendo una vereda perdida entre rocas y cortada por un torrente. Según todas las probabilidades, nunca planta humana había hollado aquellos parajes. Siguiendo la orilla del mar, y examinando minuciosamente todos los objetos, creyó advertir en algunas rocas señales hechas por la mano del hombre.

El tiempo, que cubre con su pátina todas las cosas físicas, así como las cosas morales con su manto de olvido, parecía que hubiese respetado estas señales, trazadas con cierta regularidad y con el objeto evidente de indicar una especie de camino. Sin embargo, desaparecían a intervalos bajo el follaje de los mirtos, que extendían sobre las rocas sus ramas cargadas de flores, o bajo parásitas matas de líquenes. A cada paso, Edmundo tenía que apartar las ramas o levantar el musgo, para encontrar las señales indicadoras que le guiaban en aquel nuevo laberinto. Pero estas señales le habían llenado de esperanza. ¿Por qué no había de ser el cardenal Spada quien las hubiese trazado, para que sirviesen de guía a su sobrino, en caso de una catástrofe que no pudo prever tan completa? Aquel lugar solitario era sin duda el conveniente a un hombre que iba a ocultar su tesoro. Sólo tenía una duda: ¿Aquellas señales no habrían llamado la atención de otros ojos que de aquellos para quien se grabaron? La isla maravillosa ¿habría guardado fielmente su magnífico secreto?

A sesenta pasos del puerto, más o menos, figurósele a Dantés, siempre oculto a sus amigos por las vueltas y revueltas de las rocas, parecióle que las señales terminaban sin que guiasen a gruta alguna. Un gran peñasco redondo, asentado en una base sólida, era el único objeto a que al parecer conducían. Con esto se imaginó que en vez de haber llegado al término, estaba quizás al principio de sus pesquisas, lo que le obligó a volverse por el mismo camino por el que había venido.

Y durante este intervalo, los marineros preparaban la merienda llevando agua, pan y fruta del barco, y cocían la cabra. En el momento en que la sacaban de su improvisado asador, vieron a Dantés saltando de roca en roca, ligero como un gamo y dispararon un tiro para indicarle que viniera a comer. En el mismo momento cambió el cazador de dirección, viniendo corriendo hacia ellos, pero cuando todos contemplaban asombrados la especie de vuelo que tendía sobre sus cabezas, tachándole de temerario, se le fue a Edmundo un pie, viósele vacilar en la punta de una peña y desaparecer exhalando un grito de espanto. Todos corrieron en su auxilio como un solo hombre, porque todos le apreciaban. Jacobo fue, sin embargo, el primero que llegó.

Hallábase Edmundo tendido en el suelo, ensangrentado y casi sin conocimiento; debió haber rodado una altura de doce a quince pies. Hiciéronle tragar algunas gotas de ron, y este remedio, tan eficaz en él anteriormente, ahora le produjo el mismo efecto.

Abrió los ojos, quejándose de un dolor muy vivo en la rodilla, de pesadez muy grande en la cabeza, y punzadas horribles en los riñones. Intentaron llevarlo a la orilla, pero aunque fue Jacobo el director de la operación, declaró Edmundo con dolorosos gemidos que no se sentía con fuerzas para soportar el traqueteo del transporte.

Ya se comprenderá con esto que Dantés no pudo almorzar, pero exigió que sus camaradas, que no estaban en el mismo caso, volviesen a su puesto. En cuanto a él, dijo que sólo necesitaba reposo, y que a su vuelta le encontrarían mejorado. No se hicieron mucho de rogar los marineros; tenían hambre, y llegaba hasta allí el olor de la cabra; la gente de mar no suele gastar cumplidos.

Una hora después volvieron. Todo lo que, había podido hacer Edmundo era arrastrarse como cosa de diez pasos para buscar apoyo en una roca cubierta de musgo.

Pero lejos de calmarse sus dolores, eran al parecer más violentos. El viejo patrón, que tenía que salir aquella mañana a desembarcar su contrabando en las fronteras del Piamonte y de Francia, entre Niza y Frejus, insistió en que Dantés probara de levantarse, pero los esfuerzos del joven para conseguirlo fueron infructuosos. A cada esfuerzo caía más pálido, profiriendo gemidos.

—¡Se ha roto el espinazo! —dijo el patrón en voz baja—. No importa, es un buen compañero, y no debemos abandonarle. Procuremos llevarle a la tartana.

Pero Edmundo declaró que prefería exponerse a la muerte que a los atroces dolores que le ocasionaría cualquier movimiento, por pequeño que fuese.

—Pues bien, suceda lo que suceda —repuso el patrón—, no se dirá que hemos dejado de socorrer a un compañero tan valeroso como tú. Hasta la noche no partiremos.

Esta decisión sorprendió mucho a los marineros, aunque ninguno la combatiese, sino todo lo contrario, pero el patrón era un hombre tan rígido, que era aquélla la primera vez que se le veía renunciar a una empresa o retardar su ejecución. Por lo mismo, Dantés se opuso a que por su causa se faltara a la disciplina establecida a bordo.

—No, no —le dijo al patrón—. He sido torpe, y es justo que sufra el resultado de mi torpeza. Dejadme provisión de galleta, un fusil, pólvora y balas, para matar cabras o para defenderme en caso de apuro, y una azada para construirme una choza, si tardáis mucho en volver por mí.

—Pero vas a morirte de hambre —le dijo el patrón.

—Lo prefiero al horrible dolor que me produce cualquier movimiento —respondió Edmundo.

El patrón a cada instante se volvía a contemplar su tartana ya medio aparejada, que se mecía graciosamente en el puerto, pronta a lanzarse al mar cuando su toilette estuviese concluida.

—¿Qué quieres que hagamos, Maltés? —le dijo—. No podemos abandonarte así, y no podemos tampoco permanecer en la isla.

—Que os vayáis —respondió Dantés.

—Mira que vamos a tardar ocho días por lo menos, y que luego tendremos que apartarnos de nuestro camino para venir a buscarte.

—Escuchad —repuso Dantés—, si dentro de dos o tres días os topáis con algún barquichuelo pescador que se dirigiese hacia aquí, recomendadme a él. Le daré veinticinco piastras para que me lleve a Liorna. Si no le encontráis, volved vos mismo.

El patrón movió la cabeza.

—Existe un medio que todo lo concilia, patrón Baldi —dijo Jacobo—. Marchaos, y yo me quedaré a cuidar el herido.

—¿Renunciarás por mí a lo parte en las ganancias, Jacobo? —le dijo Edmundo.

—Sin duda alguna.

—Eres un excelente muchacho, Jacobo, y Dios lo tendrá en cuenta, pero gracias..:, gracias..., no necesito a nadie. Con un día o dos de reposo me aliviaré, y espero además hallar entre estas rocas ciertas hierbas excelentes para contusiones.

Una sonrisa extraña asomó a los labios de Dantés, mientras apretaba con efusión la mano de Jacobo, pero seguía tenaz en su intento de quedarse solo.

Dejáronle sus compañeros lo que les había pedido, y se separaron de él, no sin volver la cara muchas veces, haciéndole signos de cordial despedida, que contestaba Edmundo con la mano solamente como si no pudiera mover el resto del cuerpo. Así que hubieron desaparecido, murmuró sonriéndose:

—Es extraño que sólo se encuentre la amistad y el desinterés entre hombres semejantes.

Arrastrándose con precaución hasta el pico de una peña que le ocultaba el mar, vio a la tartana acabarse de disponer, levar anclas, balancearse graciosamente como una gaviota que tiende su vuelo y partir.

A la hora ya había desaparecido completamente, o por lo menos resultaba imposible verla desde el sitio en que yacía el herido.

Entonces se levantó más ágil que las cabras que moraban en aquellos bosques agrestes, cogió con una mano su fusil, su azada con la otra, y corrió a la peña en que remataban las señales o hendiduras que con tanta alegría había advertido.

—Ahora —exclamó, recordando la historia del pescador árabe que Faria le había contado——, ahora... ¡Sésamo, ábrete!

SEGUNDA PARTE: SIMBAD EL MARINO

I: LA FASCINACIÓN

El sol había recorrido ya la tercera parte de su carrera y sus ardientes rayos quebrábanse en las rocas, que parecían sentir su calor. Miles de cigarras ocultas entre el ramaje producían su monótono chirrido; las hojas de los mirtos y de los acebuches se mecían temblorosas, produciendo un sonido casi metálico. Cada paso que daba Edmundo en la roca calcinada ahuyentaba una turba de lagartos, verdes como la esmeralda; las cabras salvajes, que atraen tal vez cazadores a Montecristo, se veían a lo lejos saltar por los despeñaderos; la isla, en resumen, estaba habitada y viva, y Dantés sin embargo se sentía solo bajo la mano de Dios.

Sentía una extraña emoción, muy parecida al miedo: era esa desconfianza que inspira la luz del día, haciéndonos creer, aun en medio del desierto, que nos miran atentamente unos ojos escrutadores.

Era tan fuerte esta emoción, que al ir a emprender Edmundo su tarea, soltó la azada, cogió su fusil y subió por última vez a la roca más elevada de la isla, para examinar con nuevo cuidado sus contornos.

Pero lo que más le llamó su atención no fue ni la poética Córcega, ni esa Cerdeña, casi desconocida, que a continuación la sigue, ni la isla de Elba, con sus grandes recuerdos, ni aquella línea imperceptible, en fin, que se distribuía en el horizonte, y que al ojo experto de un marinero hubiera revelado la soberbia Génova y la comercial Liorna. No, lo que llamó la atención de Dantés fue el bergantín que había salido de Montecristo al amanecer, y la tartana que acababa de hacerse a la mar:

El bergantín estaba a punto de perderse de vista en el estrecho de Bonifacio; la tartana, con opuesto rumbo, costeaba la isla de Córcega, que se disponía a doblar.

Edmundo se tranquilizó, volviéndose para contemplar los objetos que más de cerca le rodeaban, vióse en el punto más elevado de la isla cónica, estatua puntiaguda de aquel inmenso zócalo, ni un hombre, ni una barca en torno suyo, nada más que el mar azulado que batía la base de la isla, adornándola con un cinturón de plata.

Entonces bajó con paso rápido, aunque precavido. En tal ocasión temía que le sucediera un accidente como el que con tanta habilidad había fingido.

Como hemos dicho, Dantés había retrocedido en el camino indicado por las señales hechas en las rocas, y había visto que este camino guiaba a una especie de ancón oculto como el baño de una ninfa de la antigüedad. La entrada era bastante ancha, y por el centro tenía bastante profundidad para que pudiese anclar en él un pequeño buque de guerra y permanecer oculto. De este modo, siguiendo el hilo de las inducciones, ese hilo, que en manos del abate Faria era un guía tan seguro y tan ingenioso en el dédalo de las probabilidades, se le ocurrió que el cardenal Spada, conviniéndole no ser visto, había abordado a este ancón, y ocultando allí su barco había tomado luego el camino que las señales indicaban, para esconder su tesoro en el extremo de esa línea. Esta suposición era la que llevaba a Dantés junto a la roca circular. Solamente una cosa le inquietaba, por ser opuesta a sus conocimientos sobre dinámica. ¿Cómo habían podido, sin emplear fuerzas considerables, levantar aquella enorme roca? De repente se le ocurrió una idea.

—En vez de subirla—dijo—, la habrán hecho bajar.

Y acto seguido trepó por encima del peñasco, en busca del sitio que antes ocupara.

En efecto, pronto reparó en una leve pendiente, hecha sin duda alguna intencionadamente. La roca había caído de su base al sitio que ahora ocupaba; otra piedra, del tamaño común a las que suelen emplearse en las paredes, le había servido de cala, y pedruscos y pedernales aquí y allí sembrados cuidadosamente ocultaban toda solución de continuidad, habiendo sembrado en las inmediaciones hierbas y musgo, de manera que entrelazándose con los mirtos y los lentiscos, parecía la nueva roca nacida en aquel mismo lugar. Dantés arrancó con precaución algunos terrones y creyó descubrir, o descubrió efectivamente, todo este magnífico artificio. Y se puso inmediatamente a destruir con su azada esta pared intermediaria, endurecida por el tiempo.

Al cabo de diez minutos de estar trabajando, la pared se desmoronó, abriéndose un agujero en que cabía el brazo. Corrió en seguida Edmundo a cortar el olivo más grueso de los alrededores, y despojándole de las ramas, lo introdujo a guisa de palanca por el agujero. Pero la peña era bastante grande y estaba lo suficientemente adherida a su cimiento artificial, para que la pudiesen arrancar fuerzas humanas, ni aun las del mismo Hércules. Entonces reflexionó Dantés que lo que había que hacer era destruir este cimiento, pero ¿cómo? Tendió los ojos en torno suyo, con aire perplejo, y reparó en el cuerno de oveja griega que, lleno de pólvora, le había dejado su amigo Jacobo. Una sonrisa vagó por sus labios. La invención infernal iba a producir su efecto.

Con ayuda de la azada abrió Dantés entre el peñasco y su base un conducto, como suelen hacer los mineros cuando quieren ahorrarse un trabajo demasiado grande, lo llenó de pólvora hasta arriba, y luego, deshilachando su pañuelo y mojándolo en salitre, hizo una mecha de él. Luego lo encendió y en seguida se apartó de allí. La explosión no se hizo esperar, la roca vaciló, conmovida por aquel impulso incalculable, y la base voló hecha añicos. Por el agujero que antes hizo Dantés salió atropellándose una multitud de amedrentados insectos, y una serpiente enorme, guardián de aquel misterioso sendero se deslizó entre el musgo y desapareció.

Acercóse Dantés; la roca, ya sin cimiento, se inclinaba sobre el abismo. Dio la vuelta el intrépido joven, eligió el punto menos firme e introduciendo su palanca de madera entre el suelo y la roca se apoyó con todas sus fuerzas, semejante a Sísifo.

Vaciló la roca con el empuje, y redobló Dantés su impulso. Cualquiera le habría tomado en aquellos momentos por uno de los Titanes que arrancaban las montañas de cuajo para hacer la guerra a Júpiter. Al fin cedió la roca, y ora rodando, ora rebotando, fue a sepultarse en el mar.

Dejaba descubierta una hondonada circular, en que brillaba una argolla de hierro en medio de una baldosa cuadrada.

Edmundo profirió un grito de admiración y alegría. Ninguna primera tentativa se vio jamás coronada de resultado tan grande a inmediato.

Quiso proseguir su obra, pero le temblaban las piernas de tal modo, y le latía el corazón tan fuertemente, y pasó tal nube por sus ojos, que se vio obligado a contenerse.

Esta vacilación duró, sin embargo, poquísimo. Pasó Edmundo su palanca por la argolla y abrióse con poco trabajo la baldosa, descubriendo una especie de escalera, que se perdía en una gruta, a cada escalón más oscura.

Otro que no fuera él, hubiese bajado en seguida, lanzando gritos de alegría, pero Dantés se detuvo, palideció y dudó.

—Ea, hay que ser hombre —dijo— Acostumbrado a la adversidad, no nos dejemos abatir por un desengaño. Si no para eso, ¿para qué he sufrido tanto? Si el corazón padece es porque, dilatado en demasía al fuego de la esperanza, entra a ver cara a cara el hielo de la realidad. Faria soñó. Nada ha guardado en esta gruta el cardenal Spada. Tal vez jamás vino a ella, o si vino, César Borgia, el aventurero intrépido, el ladrón infatigable y sombrío, vino también tras él, descubrió su huella y las mismas señales que he descubierto yo, levantó la roca como yo la he levantado, y no dejó nada, absolutamente nada al que venía detrás de él.

Inmóvil, pensativo, con la mirada fija en el lúgubre agujero, permaneció un instante.

—Ahora que ya no cuento con nada, ahora que ya me he dicho a mí mismo que toda esperanza sería vana, el proseguir esta aventura excita solamente mi curiosidad...

Y volvió a quedar inmóvil y meditabundo.

—Sí, sí; es una aventura digna de figurar en la vida de aquel regio ladrón, mezcla heterogénea de sombra y de luz en el caos de sucesos extraños que componen el tejido de su existencia. Este suceso fabuloso ha debido encadenarse insensiblemente a los demás. Sí, Borgia ha venido aquí una noche, con una antorcha en una mano y la espada en la otra, mientras a veinte pasos de él, quizá junto a esta roca, dos esbirros amenazadores espiaban la tierra, el aire y el mar, mientras su dueño entraba, como voy a entrar yo, ahuyentando las tinieblas con agitar la antorcha en su temible brazo.

—Sí, pero ¿qué habría hecho César Borgia con los esbirros que conociesen su secreto? —se preguntó Dantés a sí mismo.

—Lo que hicieron con los enterradores de Alarico —se respondió—, que los enterraron con el enterrado.

—Sin embargo —prosiguió Dantés—, en caso de haber venido se habría contentado con apoderarse del tesoro. Borgia, el hombre que comparaba la Italia a una alcachofa que se iba comiendo hoja por hoja, sabía muy bien cuánto vale el tiempo, para haber perdido el suyo volviendo a colocar la roca sobre su base. Bajemos.

Y bajó con la sonrisa de la duda en los labios, murmurando estas últimas palabras de la humana sabiduría:

—¿Quién sabe?

Pero en vez de las tinieblas que creía encontrar, en vez de una atmósfera opaca y enrarecida, halló Dantés una luz suave, azulada. Ella y el aire penetraban no solamente por el agujero que él acababa de abrir, sino también por hendiduras imperceptibles de las rocas, a través de las cuales se veía el cielo y las ramas juguetonas de las verdes encinas.

A los pocos momentos de su permanencia en esta gruta, cuyo ambiente, más bien templado que húmedo, antes aromático que nauseabundo, era a la temperatura de la isla lo que el resplandor al sol A los pocos instantes, Dantés, que estaba acostumbrado a la oscuridad, como ya hemos dicho, pudo reconocer hasta los más ocultos rincones. La gruta era de granito, cuyas facetas relucían como diamantes.

—¡Ay! —dijo sonriéndose al verlas—. Estos son seguramente los tesoros que ha dejado el cardenal; y el buen abate, que veía en sueños las paredes resplandecientes, se alimentó de quimeras.

Mas no por esto dejaba de recordar el testamento, que sabía de memoria:

"En el ángulo más lejano de la segunda gruta", decía. Dantés sólo había penetrado en la primera; era pues necesario buscar la entrada de la segunda.

Empezó a orientarse. La segunda gruta debía internarse en la isla. Examinando la capa de las piedras, púsose a dar golpes en una de las paredes, donde le pareció que debía de estar la abertura, cubierta para mayor precaución. La azada resonó un instante, y este sonido hizo que la frente de Edmundo se bañara en sudor. Al fin parecióle que una parte de la granítica pared producía un eco más sordo y más profundo. Aproximó sus ojos febriles y con ese tacto del preso, pudo adivinar lo que nadie quizás hubiera conocido: que allí debía de haber una abertura.

No obstante, para no trabajar en balde, Dantés, que como César Borgia, conocía el valor del tiempo, golpeó con su azada las otras paredes, y el suelo con la culata de su fusil, púsose a cavar en los sitios que le infundían sospechas y viendo en fin que nada sacaba en limpio, volvió a la pared que sonaba un tanto hueca. De nuevo, y más fuertemente, volvió a golpear. Entonces vio una cosa extraña, y es que a los golpes de la azada se despegaba y caía en menudos pedazos una especie de barniz, semejante al que se pone en las paredes para pintar al fresco, dejando al descubierto las piedras blanquecinas, que no eran de mayor tamaño que el común. La entrada, pues, estaba tapiada con piedras de otra clase, que luego se habían cubierto con una capa de este barniz, imitando el color de las demás paredes.

Con esto volvió Dantés a dar golpes, pero con el pico de la azada, que se introdujo bastante en la pared. Allí estaba, indudablemente, la entrada. Por un extraño misterio de la organización humana, cuando más pruebas tenía Dantés de que Faria le había dicho la verdad, más y más su corazón desfallecía, y más y más le dominaban el desaliento y la duda. Este éxito, que debió de conferirle nuevas energías, le quitó las que le quedaban. Se escapó la herramienta de sus manos, dejóla en el suelo, se limpió la frente y salió de la gruta dándose a sí mismo el pretexto de ver si le espiaba alguien, pero en realidad porque necesitaba aire, porque conocía que se iba a desmayar.

La isla estaba desierta. El sol, en su cenit, la abarcaba toda con sus miradas de fuego. Las olas juguetonas parecían barquillas de zafiro.

No había comido nada en todo el día, pero en aquel momento no pensaba en comer. Tomó algunos tragos de ron y volvió a la gruta más tranquilo.

La azada, que le parecía tan pesada, antojósele entonces una pluma y prosiguió su tarea.

A los primeros golpes advirtió que las piedras no estaban encaladas, sino sobrepuestas, y luego enjalbegadas con el barniz consabido. Introdujo la punta de la azada entre dos piedras, se apoyó en el mango y vio lleno de júbilo rodar la piedra, como si tuviera goznes a sus pies. A partir de aquel momento ya no tuvo que hacer otra cosa sino ir sacando con la azada piedra a piedra. Por el espacio que dejó la primera hubiera podido Edmundo introducir su cuerpo, pero dando tregua a la realidad por algunos instantes, conservaba la esperanza. Finalmente, tras una momentánea perplejidad, atrevióse a pasar a la segunda gruta. Era ésta más baja, más oscura y de peor aspecto que la primera. No recibiendo aire sino por el agujero que acababa de practicar Edmundo, estaba su atmósfera impregnada de los gases mefíticos que extrañó no hallar en la primera. Para entrar en ella tuvo que dar tiempo a que el aire del exterior renovase aquel ambiente malsano. A la derecha del portillo había un ángulo oscurísimo y profundo.

Ya hemos dicho, empero, que para los ojos de Dantés no había tinieblas. Al primer golpe de vista conoció que la segunda gruta estaba vacía como la primera. El tesoro, si es que lo contenía, estaba enterrado en aquel rincón oscuro. Había llegado la hora de zozobra; dos pies de tierra, algunos golpes de azada, era lo que separaba a Dantés de su mayor alegría o de su mayor desesperación. Acercóse al ángulo, y como si tomara una determinación repentina, se puso a cavar desaforadamente. Al quinto o sexto golpe, el hierro de la azada resonó como si diera contra un objeto también de hierro.

Nunca el toque de rebato, ni el lúgubre doblar de las campanas causaron mayor impresión en el que los oye. Aunque Dantés hubiera encontrado vacío el lugar de su tesoro, no habría palidecido más intensamente. Púsose a cavar a un lado de su primera excavación, y halló la misma resistencia, aunque no el mismo sonido.

—Es un arca forrada de hierro —exclamó.

En este momento, una rápida sombra cruzó interceptando la luz que entraba por la abertura. Tiró Edmundo su azada, cogió su fusil, y lanzóse afuera. Una cabra salvaje había saltado por la primera entrada de las grutas y triscaba a pocos pasos de allí.

Buena ocasión era aquélla de procurarse alimento, pero Edmundo temió que el disparo llamase la atención de alguien. Reflexionó un momento, y cortando la rama de un árbol resinoso, fue a encenderla en el fuego humeante aún donde los contrabandistas habían guisado su almuerzo, y volvió con aquella antorcha encendida. No quería dejar de ver ninguna cosa de las que le esperaban.

Con acercar la luz al hoyo, pudo convencerse de que no se había equivocado. Sus golpes dieron alternativamente en hierro y en madera. Ahondó en seguida por los lados unos tres pies de ancho y dos de largo, y al fin logró distinguir claramente un arca de madera de encina, guarnecida de hierro cincelado. En medio de la tapa, en una lámina de plata que la tierra no había podido oxidar, brillaban las armas de la familia Spada, es decir, una espada en posición vertical en un escudo redondo como todos los de Italia, coronado por un capelo.

Dantés lo reconoció muy fácilmente. ¡Tanta era la minuciosidad con que se lo haba descrito el abate Faria! No cabía la menor duda, el tesoro estaba allí seguramente. No se hubieran tomado tantas precauciones para nada.

En un momento arrancó la tierra de uno y otro lado, lo que le permitió ver aparecer primero la cerradura de en medio, situada entre dos candados y las asas de los lados, todo primorosamente cincelado. Cogió Dantés el arcón por las asas, y trató de levantarlo, mas era imposible. Luego pensó abrirlo, pero la cerradura y los candados estaban cerrados de tal manera que no parecía sino que guardianes fidelísimos se negaran a entregar su tesoro.

Introdujo la punta de la azada en las rendijas de la tapa, y apoyándose en el mango la hizo saltar con grande chirrido. Rompióse también la madera de los lados, con lo que fueron inútiles las cerraduras, que también saltaron a su vez, aunque no sin que los goznes se resistieran a desclavarse.

El arca se abrió. Estaba dividida en tres compartimientos.

En el primero brillaban escudos de dorados reflejos. En el segundo, barras casi en bruto, colocadas simétricamente, que no tenían de oro sino el peso y el valor. El tercer compartimiento, por último, sólo estaba medio lleno de diamantes, perlas y rubíes, que al cogerlos Edmundo febrilmente a puñados, caían como una cascada deslumbradora, y chocaban unos con otros con un ruido como el de granizo al chocar en los cristales.

Harto de palpar y enterrar sus manos en el oro y en las joyas, levantóse y echó a correr por las grutas, exaltado, como un hombre que está a punto de volverse loco. Saltó una roca, desde donde podía distinguir el mar, pero a nadie vio. Encontrábase solo, enteramente solo con aquellas riquezas incalculables, inverosímiles, fabulosas, que ya le pertenecían.

Solamente de quien no estaba seguro era de sí mismo. ¿Era víctima de un sueño, o luchaba cuerpo a cuerpo con la realidad?

Necesitaba volver a deleitarse con su tesoro, y, sin embargo, comprendía que le iban a faltar las fuerzas. Apretóse un instante la cabeza con las manos, como para impedir a la razón que se le escapara, y luego se puso a correr por toda la isla, sin seguir, no diré camino, que no lo hay en Montecristo, sino línea recta, espantando a las cabras salvajes y a las aves marinas, con sus gestos y sus exclamaciones. Al fin, dando un rodeo, volvió al mismo sitio, y aunque todavía vacilante, se lanzó de la primera a la segunda gruta, hallándose frente a frente con aquella mina de oro y de diamantes.

Cayó de rodillas, apretando con sus manos convulsivas su corazón, que saltaba, y murmurando una oración, inteligible sólo para el cielo. Esto hizo que se sintiese más tranquilo y más feliz, porque empezó a creer en su felicidad.

Acto seguido, se puso a contar su fortuna. Había mil barras de oro, y su peso como de dos a tres libras cada una. Hizo luego un montón de veinticinco mil escudos de oro, con el busto del Papa Alejandro VI y sus predecesores; cada uno podía valer ochenta francos de la actual moneda francesa. Y el departamento en que estaban no quedó, sin embargo, sino medio vacío. Finalmente, contó diez puñados de sus dos manos juntas de pedrería y diamantes, que montados por los mejores plateros de aquella época poseían un valor artístico casi igual a su valor intrínseco.

Entretanto, el sol iba acercándose a su ocaso, por lo que temiendo Dantés ser sorprendido en las grutas durante la noche, cogió su fusil y salió al aire libre. Un pedazo de galleta y algunos tragos de vino fueron su cena. Después colocó la baldosa en su sitio, se acostó encima de ella y durmió, aunque pocas horas, cubriendo con su cuerpo la entrada de la gruta. Esta noche fue deliciosa y terrible al mismo tiempo, como las que había pasado ya dos o tres en su vida.

II: EL DESCONOCIDO

Al fin amaneció. Hacía muchas horas que Dantés esperaba el día con los ojos abiertos. A los primeros rayos de la aurora se incorporó, y subiendo como el día anterior a la roca más elevada a espiar las cercanías, pudo convencerse de que la isla estaba desierta.

Levantó entonces la baldosa que cubría su gruta, llenó sus bolsillos de piedras preciosas, volvió a componer el arca lo mejor que pudo, cubriéndola con tierra, que apisonó bien, le echó encima una capa de arena, para que lo removido se igualase al resto del suelo, y salió de la gruta volviendo a colocar la baldosa y cubriéndola de piedras de tamaños diferentes. Rellenó de tierra las junturas, plantó en ellas malezas y mirtos y las regó para que pareciesen nacidas allí, borró las huellas de sus pasos, impresas en todo aquel circuito, y esperó con impaciencia la vuelta de sus compañeros.

Efectivamente; no era cosa de permanecer en Montecristo guardando como un dragón de la mitología, sus inútiles tesoros. Tratábase de volver a la vida y a la sociedad, recobrar entre los hombres el rango, la influencia y el poder que da en este mundo el oro; el oro, la mayor y la más grande de las fuerzas de que la criatura humana puede disponer.

Los contrabandistas volvieron al sexto día y, desde lejos reconoció Dantés por su porte y por su marcha a La Joven Amelia. Acercóse a la orilla arrastrándose, como Filoctetes herido, y cuando desembarcaron sus compañeros les anunció con voz quejumbrosa que estaba algo mejor.

A su vez los marineros le dieron cuenta de su expedición. Habían salido bien, es verdad, pero apenas desembarcado el cargamento, tuvieron aviso de que un bric guardacostas de Tolón acababa de salir del puerto y se dirigía hacia ellos. Entonces se pusieron en fuga a toda vela, echando muy de menos a Dantés, que sabía hacer volar a la tartana. En efecto, bien pronto divisaron al guardacostas que les daba caza, pero con ayuda de la noche, doblando el cabo de Córcega, consiguieron eludir su persecución.

En suma, el viaje no había sido malo del todo y los camaradas, en particular Jacobo, lamentaban que Dantés no hubiera ido, con lo cual tendría su parte en las ganancias, que eran nada menos que cincuenta piastras.

Edmundo los escuchaba impasible. Ni una sonrisa le arrancó siquiera la enumeración de las ventajas que le hubiera reportado el dejar a Montecristo, y como La Joven Amelia sólo había venido a buscarle, aquella misma tarde volvió a embarcar para Liorna.

Al llegar a Liorna fue en busca de un judío, y le vendió cuatro de sus diamantes más pequeños, por cinco mil francos cada uno. El mercader hubiera debido informarse de cómo un marinero podía poseer semejantes alhajas, pero se guardó muy bien de hacerlo, puesto que ganaba mil francos en cada una.

Al día siguiente, compró una barca nueva, y diósela a Jacobo con cien piastras, a fin de que pudiese tripularla, con encargo de ir a Marsella a averiguar qué había sido de un anciano llamado Luis Dantés, que vivía en las alamedas de Meillan, y de una joven llamada Mercedes, que vivía en los Catalanes.

Jacobo creyó que soñaba, y entonces Edmundo le contó que se había hecho marino por una calaverada y porque su familia le negaba hasta lo necesario para su manutención, pero que a su llegada a Liorna se había enterado de la muerte de un tío suyo, que le dejaba por único heredero. La cultura de Dantés daba a este cuento tal verosimilitud, que Jacobo no tuvo duda alguna de que decía la verdad su antiguo compañero.

Además, como había terminado ya el período de enrolamiento de Edmundo con La Joven Amelia, despidióse del patrón, que hizo muchos esfuerzos por retenerle, pero que habiendo sabido, como Jacobo, la historia de la herencia, renunció desde luego a la esperanza de que su antiguo marinero alterara su resolución.

A la mañana siguiente, Jacobo emprendió su viaje a Marsella para encontrarse con Edmundo en la isla de Montecristo. El mismo día marchó Dantés, sin decir adónde, habiéndose despedido de la tripulación de La Joven Amelia, gratificándola espléndidamente, y del patrón, ofreciéndole que cualquier día tendría noticias de él. Edmundo se fue a Génova.

Precisamente el día en que llegó estaba probándose en el puerto un yate encargado por un inglés, que habiendo oído decir que los genoveses eran los mejores armadores del Mediterráneo, quería tener el suyo construido en Génova. Lo había ajustado en cuarenta mil francos. Dantés ofreció sesenta mil, bajo la condición de tenerlo en propiedad aquel mismo día. Como el inglés había ido a dar una vuelta por Suiza, para dar tiempo a que el barco se concluyera, y no debía volver hasta dentro de tres o cuatro semanas, calculó el armador que tendría tiempo de hacer otro.

Edmundo llevó al genovés a casa de un judío, que conduciéndole a la trastienda le entregó sus sesenta mil francos. El

Edmundo—, pero como vuestra honradez merece recompensa, tomad otro napoleón, que os ruego aceptéis para beber a mi salud con vuestros camaradas.

El marinero miró a Edmundo con tanto asombro, que incluso se olvidó de darle las gracias, y murmuraba al verle alejarse:

—Sin duda es algún nabab que viene de la India.

Dantés prosiguió su camino, oprimiéndosele el corazón a cada momento con nuevas sensaciones. Todos los recuerdos de la infancia, recuerdos indelebles en su memoria, renacían en cada calle, en cada plaza, en cada barrio. Al final de la calle de Noailles, cuando pudo ver las Alamedas de Meillán, sintió que sus piernas flaqueaban y poco le faltó para caer desvanecido entre las ruedas de un coche. Al fin llegó a la casa de su padre. Las capuchinas y las aristoloquias habían desaparecido de la ventana en donde la mano del pobre viejo las había plantado y regado con tanto afán.

Permaneció algún tiempo meditabundo, apoyado en un árbol, contemplando los últimos pisos de aquella humilde vivienda. Al fin se determinó a dirigirse a la puerta, traspuso el umbral, preguntó si había algún cuarto desocupado, y aunque sucedía lo contrario, insistió de tal modo en ver el del quinto piso, que el portero subió a pedir a las personas que lo habitaban, de parte de un extranjero, permiso para visitar la habitación. Los inquilinos eran un joven y una joven que acababan de casarse hacía ocho días. Al verlos, exhaló Dantés un profundo suspiro.

Nada le recordaba el cuarto de su padre. Ni era el mismo el papel de las paredes, ni existían tampoco aquellos muebles antiguos, compañeros de la niñez de Edmundo, presentes en su memoria con toda exactitud. Sólo eran las mismas... las paredes.

Dantés se volvió hacia la cama, que estaba justamente en el mismo sitio que antes ocupaba la de su padre. Sin querer sus ojos se arrasaron de lágrimas. Allí había debido expirar el pobre anciano, nombrando a su hijo.

Los dos jóvenes contemplaban admirados a aquel hombre de frente severa, en cuyas mejillas brillaban dos gruesas lágrimas, sin que su rostro se alterase, pero como la religión del dolor es respetada por todo el mundo, no sólo no hicieron pregunta alguna al desconocido, sino que se apartaron un tanto de él para dejarle llorar libremente, y cuando se marchó le acompañaron, diciéndole que podría volver cuando gustase, que siempre encontraría abierta su pobre morada.

En el piso de abajo, Dantés se detuvo delante de una puerta a preguntar si habitaba allí todavía el sastre Caderousse, pero el portero respondió que habiendo venido muy a menos el hombre de que hablaba, tenía a la sazón una posada en el camino de Bellegarde a Beaucaire.

Acabó de bajar Dantés, y enterándose de quién era el dueño de la casa de las Alamedas de Meillán, pasó en el acto a verle, anunciándose con el nombre de lord Wilmore (nombre y título que llevaba en el pasaporte), y le compró la casa por veinticinco mil francos; sin duda valía diez mil francos menos, pero Dantés, si le hubiera pedido por ella medio millón, lo hubiera dado.

Aquel mismo día notificó el notario a los jóvenes del quinto piso que el nuevo propietario les daba a elegir una habitación entre todas, sin aumento alguno de precio, a condición de que le cedieran la que elloso cupaban.

Este singular acontecimiento dio mucho que hablar durante unos días a todo el barrio de las Alamedas de Meillán, dando origen a mil conjeturas a cual más inexacta.

Pero lo que sorprendió y admiró sobre todas las cosas fue ver a la caída de la tarde al mismo hombre de las Alamedas de Meillán pasearse por el barrio de los Catalanes, y penetrar en una casita de pescadores, donde estuvo más de una hora preguntando por personas que habían muerto o desaparecido quince o dieciséis años antes.

A la mañana siguiente, los pescadores en cuya casa había entrado para hacer todas aquellas preguntas, recibieron en agradecimiento una barca catalana, armada en regla, para la pesca.

Bien hubieran querido aquellas pobres gentes dar las gracias al generoso desconocido, pero al separarse de ellos le habían visto dar algunas órdenes a un marinero, montar a caballo y salir por la puerta de Aix.

III: LA POSADA DEL PUENTE DEL GARD

El que como yo haya recorrido a pie el Mediodía de Francia, habrá visto seguramente entre Bellegarde y Beaucaire, a la mitad del camino que separa las dos poblaciones, aunque un tanto más cercana a Beaucaire que a Bellegarde, una sencilla posada que tiene como por rótulo sobre la puerta, en una plancha de hierro tan delgada que el menor vientecillo la zarandea, una grotesca vista del puente del Gard. Esta posada se encuentra al lado izquierdo del camino, volviendo la espalda al río. Decórala eso que se llama huerto en el Languedoc, pero que consiste en lo siguiente: La fachada posterior cae a un cercado donde vegetan algunos olivos raquíticos y algunas higueras de hojas blanquecinas, a causa del polvo que las cubre. Aquí y allá crecen pimientos, tomates y ajos, y en uno de sus rincones, por último, como olvidado centinela, un gran pino de los llamados quitasoles, eleva melancólicamente su tronco flexible, mientras su copa, abierta como un abanico, se tuesta a un sol de treinta grados.

Estos árboles, así los grandes como los pequeños, se inclinan todos naturalmente en la dirección que lleva el mistral cuando sopla. El mistral es una de las tres plagas de la Provenza; las otras dos, como sabe todo el mundo, o como todo el mundo ignora, eran Duranzo y el parlamento.

Esparcidas en la cercana llanura, que parece un lago inconmensurable de polvo, vegetan algunas matas de trigo, sembradas por los horticultores del país, sin duda por curiosidad, pues sólo sirven de asilo a las cigarras, que aturden con su canto agudo y monótono a los viajeros extraviados en aquella Tebaida.

Hacía seis o siete años que este mesón pertenecía a un hombre y una mujer que tenían por criada a una muchacha llamada Antoñita, y un mozo llamado Picaud, pareja que por lo demás basta para cubrir el servicio que pudiera necesitarse, desde que un canal abierto desde Beaucaire a Aiguesmortes sustituyó victoriosamente las barcas por los carros, y las sillas de postas por las diligencias.

Este canal, como para hacer más deplorable aún la suerte del posadero, pasaba entre el Ródano, que le alimenta, y el camino, a cien pasos de la posada de que acabamos de dar una breve pero exacta descripción. Tampoco olvidaremos un perro, antiguo guardián de noche, y que ladraba ahora a todos los transeúntes, tanto de día como durante las tinieblas, porque ya había perdido la costumbre de ver viajeros.

El posadero era un hombre de cuarenta y dos años, alto, seco y nervioso, verdadero tipo meridional, con sus ojos hundidos y brillantes, su nariz en forma de pico de ave de rapiña, y sus dientes blancos como los de un animal carnicero; sus cabellos, que parecían no querer encanecer a pesar de los años, eran como su barba, espesos, crespos y sembrados apenas de algunos pelos grises; su tez, naturalmente tostada, se había cubierto aún de una nueva capa morena, debido a la costumbre que tenía el pobre diablo de mantenerse desde la mañana hasta por la noche en el cancel de la puerta, para ver si pasaba alguno, ya fuese a pie ya en coche, pero casi siempre esperaba en vano. Durante este tiempo, y para sustraerse a los ardores del sol, no usaba de otro objeto preservador que un pañuelo encarnado atado a la cabeza a la manera de los carreteros españoles.

Este hombre es nuestro antiguo conocido Gaspar Caderousse. Su mujer, que se llamaba Magdalena Radelle, era pálida, delgada y enfermiza. Nacida en los alrededores de Arlés, conservando las señales primitivas de la belleza tradicional de sus compatriotas, había visto destruirse lentamente su rostro en el acceso casi continuo de una de esas fiebres sordas tan comunes en las poblaciones vecinas a los estanques de Aiguesmortes y a los pantanos de la Camargue. Siempre estaba sentada y tiritando en su cuarto, situado en el primer piso, ya tendida en un sillón o apoyada contra su cama, mientras su marido se ponía a la puerta a continuar su perpetua centinela, lo que prolongaba con tanta mejor gana, cuanto que cada vez que se encontraba con su áspera mirada, ésta le perseguía con sus quejas eternas contra la suerte, quejas a las cuales su marido respondía, como de costumbre, con estas palabras filosóficas:

—Cállate, Carconte. ¡Dios quiere que sea así!

Este sobrenombre provenía de que Magdalena Radelle había nacido en el pueblo de la Carconte, situado entre Salon y Lambese.

Así, pues, siguiendo la costumbre del país que es la de llamar siempre a la gente con un apodo en lugar de llamarla por su nombre, su marido había sustituido con éste al de Magdalena, demasiado dulce tal vez para su rudo lenguaje.

No obstante, a pesar de esta fingida resignación a los decretos de la Providencia, no se crea que nuestro posadero dejara de sentir profundamente el estado de pobreza a que le había reducido el miserable canal de Beaucaire, y que fuese invulnerable a las incesantes quejas con que le acosaba su mujer continuamente.

Era, como todos los habitantes del Mediodía, un hombre sobrio y sin grandes necesidades, pero se pagaba mucho de las apariencias.

Así, pues, en sus tiempos prósperos, no dejaba pasar una feria ni una procesión de la Tarasca, sin presentarse en ella con la Carconte, el uno con ese traje pintoresco de los hombres del Mediodía, y que participa a la vez del gusto catalán y del andaluz; la otra con ese vestido encantador de las mujeres de Arlés que recuerda los de las de Grecia y de Arabia.

Pero poco a poco, cadenas de reloj, collares, cinturones de mil colores, corpiños bordados, chaquetas de terciopelo, medias de seda, botines bordados, zapatos con hebillas de plata, todo había desaparecido, y Gaspar Caderousse, no pudiendo ya mostrarse a la altura de su pasado esplendor, renunció por él y por su mujer a todas esas pompas mundanas, cuya alegre algazara llegaba a desgarrarle el corazón, hasta en su pobre vivienda, que conservaba aún, más bien como un asilo que como lugar de negocio.

Caderousse había permanecido, como tenía por costumbre, parte de la mañana delante de la puerta, paseando su mirada melancólica desde una lechuga que picoteaban algunas gallinas, hasta los dos extremos del camino desierto, que por un lado miraba al Norte y por el otro al Mediodía, cuando de repente la chillona voz de su mujer le obligó a abandonar su puesto. Entró gruñendo y subió al primer piso, dejando la puerta abierta de par en par, como para invitar a los viajeros a que no se olvidasen de entrar si su mala estrella les hacía pasar por allí. En aquellos momentos, el camino de que ya hemos hablado continuaba tan desierto y tan solitario como siempre, extendiéndose entre dos filas de árboles secos, y fácil es comprender que ningún viajero, dueño de escoger otra hora del día, iría a aventurarse en aquel horrible Sáhara.

Sin embargo, a pesar de todas las probabilidades, si Caderousse se hubiese quedado en su puesto, hubiera podido ver, por el lado de Bellegarde, a un caballero y un caballo, marchando con ese continente sosegado y amistoso, que indicaba las buenas relaciones que mediaban entre el hombre y el animal. Este era, al parecer, muy manso; el caballero era un sacerdote vestido de negro y con un sombrero de tres picos. A pesar del excesivo calor del sol, marchaba el animal a trote bastante largo.

Al llegar a la puerta, el grupo se detuvo, pero difícil hubiera sido decir si fue el caballo el que detuvo al jinete, o el jinete el que detuvo al caballo. En fin, el caballero se apeó, y tirando por la brida del animal, lo amarró a una argolla que había al lado de la puerta. Adelantóse en seguida hacia ésta, limpiándose el sudor que inundaba su frente con un pañuelo de algodón encarnado y dio tres golpes en una de las hojas de la puerta con el puño de hierro del bastón que llevaba en la mano.

El enorme perro negro se levantó al punto y dio algunos pasos ladrando y enseñando sus dientes blancos y agudos, doble demostración hostil, prueba de lo poco hecho que estaba a la sociedad. Entonces se oyeron unos pasos recios, bajo los cuales se estremeció la escalera de madera; era el posadero que bajaba dando traspiés, para darse más prisa a satisfacer la curiosidad de saber quién sería el que llamaba.

—¡Allá va! —decía Caderousse, asombrado—. ¡Allá va! ¿Quieres callarte, Margotín? No temáis nada, caballero; ladra, pero no muerde. Sin duda querréis vino, porque hace un calor inaguantable. ¡Ah! Perdonad —interrumpió Caderousse, al ver qué especie de viajero era el que recibía en su casa—. ¿Qué deseáis? ¿Qué queréis, señor abate? Estoy a vuestras órdenes.

El eclesiástico miró a aquel hombre dos o tres segundos con atención extraña, y aun pareció procurar atraer la del posadero sobre sí; después, viendo que las facciones de éste no expresaban ningún otro sentimiento que la sorpresa de no recibir una respuesta, juzgó que ya era tiempo de que aquélla cesase y dijo con un acento italiano muy pronunciado:

—¿No sois vos el señor Caderousse?

—Sí, caballero —dijo el posadero casi más asombrado de la pregunta que lo había estado en el silencio—. Yo soy, en efecto, Gaspar Caderousse, para serviros.

—¿Gaspar Caderousse? Sí, creo que ésos son el nombre y el apellido.

¿Vivíais en otro tiempo en la alameda de Meillán, en un cuarto piso?

—Precisamente.

—¿Y ejercíais el oficio de sastre?

—Sí, pero no prosperaba, y además —añadió para justificarse—, como hace tanto calor en ese demonio de Marsella, creo que acabarán por no vestirse. Pero, a propósito de calor, ¿no queréis refrescar, señor abate?

—Sí. Dadme una botella de vuestro mejor vino y seguiremos hablando.

—Como queráis, señor abate —dijo Caderousse.

Y para no perder la ocasión de despachar una de las últimas botellas de vino de Cahors que le quedaban, Caderousse se apresuró a levantar una trampa practicada en el pavimento de esta especie de cuarto bajo, que hacía las veces de cocina y de sala. Cuando volvió a aparecer al cabo de cinco minutos, encontró al abate sentado sobre un banquillo, con el codo apoyado sobre una mesa larga, mientras que Margotín, que parecía haber hecho las pares con él, al oír que contra la costumbre este viajero iba a tomar algo, apoyaba su hocico sobre el muslo de aquél, y le dirigía una lánguida mirada.

—¿Estáis loco? —preguntó el abate a su posadero, mientras éste ponía delante de él la botella y un vaso.

—¡Ah! Dios mío, sí, solo, o poco menos, señor abate, porque tengo una mujer que no me puede ayudar en nada, a causa de hallarse siempre enferma: ¡pobre Carconte!

—¡Ah! ¡Estáis casado! —dijo el sacerdote con cierto interés y echando a su alrededor una mirada que parecía expresar la lástima que le inspiraba la pobreza de aquella habitación.

—Adivináis que no soy rico, ¿no es verdad, señor abate? —dijo Caderousse sonriendo—. Pero ¿qué queréis? No basta ser hombre honrado, para prosperar en este mundo.

El abate clavó en él una mirada penetrante:

—Sí, señor: honrado, puedo vanagloriarme de ello, caballero —dijo el posadero, arrostrando la mirada del abate, poniendo una mano sobre el corazón y mirándole de pies a cabeza—, y en estos tiempos, no todos pueden decir otro tanto.

—Tanto mejor, si de lo que os jactáis es cierto—añadió el abate— porque tarde o temprano, yo estoy firmemente convencido de que el hombre de bien será recompensado, y el malo, castigado.

—Vos debéis decir eso, señor abate; vos debéis decir eso —replicó Caderousse con una expresión amarga—, pero uno es dueño de creer o no creer lo que decís.

—Hacéis mal en hablar así —repuso el abate—, porque acaso muy en breve voy a ser yo mismo una prueba de lo que pronostico.

—¿Qué queréis decir? —preguntó Caderousse asombrado.

—Quiero decir que es necesario que me asegure de si sois vos el que yo busco…

—¿Qué prueba queréis que os dé?

—¿Habéis conocido en 1814 o en 1815 a un marino que se llamaba Dantés?

—¡Que si lo he conocido! ¡Que si he conocido a ese pobre Edmundo! Vaya, ya lo creo, como que era uno de mis mejores amigos —exclamó Caderousse, cuyo rostro se cubrió de una tinta purpúrea, mientras que la mirada fija y tranquila del abate parecía dilatarse para cubrir enteramente a aquel a quien interrogaba.

—Sí, me parece que, en efecto, ése era su nombre.

—¡Que si se llamaba Edmundo! Bien lo creo, tan cierto como yo me llamo Gaspar Caderousse. ¿Y qué ha sido de ese pobre Edmundo? —continuó el posadero—. ¿Lo habéis conocido? ¿Vive aún? ¿Está libre? ¿Es dichoso?

—Ha muerto más desesperado y más miserable que los presidiarios que arrastran su cadena en el presidio de Tolón —respondió el abate.

Una mortal palidez sucedió en el rostro de Caderousse, al vivo encarnado que se había apoderado antes de él; volvióse, y el abate vio que enjugaba una lágrima con su pañuelo.

—¡Pobrecillo! —murmuró Caderousse—. ¡Y bien! Ahí tenéis una prueba de lo que yo os decía antes, señor abate, que Dios sólo es bueno para los malos. ¡Ah! —continuó Caderousse con ese lenguaje particular a los naturales del Mediodía—, este mundo va de mal en peor. Llueva pólvora dos días y fuego una hora, y acabemos de una vez.

—Al parecer amabais a ese muchacho de corazón, ¿no es verdad? —preguntó el abate.

—Sí, mucho —dijo Caderousse—, aunque tenga que echarme en cara el haberle envidiado por un momento su dicha. Pero, después, os lo juro a fe de Caderousse, compadezco su deplorable suerte.

Hubo una pausa, durante la cual la mirada fija del abate no cesó un instante de interrogar la fisonomía movible del posadero.

—¿Y vos le habéis conocido? —continuó Caderousse.

—He sido llamado a su lecho de muerte para procurarle los socorros de la religión —respondió el abate.

—¿Y de qué ha muerto? —preguntó Caderousse con una angustia mortal.

—¿De qué se muere en la prisión, cuando se muere a los treinta años, sino de la prisión misma?

Caderousse se enjugó el sudor que corría por su frente.

—Lo que más me sorprende en todo esto es que Dantés, en sus últimos momentos, me juró por el Santo Cristo, cuyos pies besaba, que no sabía la verdadera causa de su cautiverio.

—Es verdad, es verdad —murmuró Caderousse—, no podía saberla, no, señor abate, el pobre muchacho no mentía.

—Por consiguiente me encargó que descubriese la causa de su desgracia, que él no pudo descubrir, y vindicara su buen nombre, por si acaso había sido mancillado.

Y la mirada del abate, cada vez más fija y más penetrante, devoró la expresión casi sombría que se había pintado en el rostro de Caderousse.

—Un rico inglés —continuó el abate—, compañero suyo de infortunio, y que salió de la cárcel al verificarse la segunda restauración, poseía un diamante de un valor inmenso, y habiéndole cuidado Dantés como un hermano, en una enfermedad que tuvo, quiso darle una prueba de reconocimiento y le dejó el diamante. En lugar de servirse de él para seducir a los carceleros que, por otra parte, podían tomarlo y después hacerle traición, Edmundo lo conservó siempre preciosamente para el caso de que saliese en libertad, porque si llegaba a salir, su fortuna estaba asegurada con sólo la venta de aquel diamante.

—¿Y, era como decía —preguntó Caderousse con los ojos inflamados por la codicia—, un diamante muy valioso?

—Todo es relativo —replicó el abate—. Lo era para Edmundo: estaba tasado en cincuenta mil francos.

—¡Cincuenta mil francos! —dijo Caderousse—. ¡Entonces sería tan grueso como una nuez!

—No, pero poco le faltaba —dijo el abate—. Pero vos mismo

vais a juzgarlo porque lo tengo conmigo.

Caderousse pareció buscar bajo los vestidos del abate el depósito de que hablaba. Éste sacó de su bolsillo una cajita de tafilete negro, la abrió a hizo brillar a los ojos atónitos de Caderousse la deslumbrante maravilla, montada en una sortija de un trabajo admirable.

—¿Y esto vale cincuenta mil francos? —preguntó Caderousse.

—Sin el engaste, que vale otro tanto —dijo el abate.

Y cerró la cajita y volvió a colocar en su bolsillo el diamante que, no obstante, continuaba brillando en el pensamiento de Caderousse.

—Pero ¿cómo es que poseéis ese diamante, señor abate? —preguntó Caderousse—. ¿Os ha hecho Edmundo heredero suyo?

—No, pero sí su ejecutor testamentario: Yo tenía tres buenos amigos y una muchacha con quien estaba para casarme —me dijo—, los cuatro, estoy seguro, sintieron mi suerte amargamente; uno de estos cuatro amigos se llama Caderousse.

Este se estremeció.

—El otro —continuó el abate, haciendo como que no advertía la emoción de Caderousse—, el otro se llamaba Danglars; el tercero —añadió—, porque mi rival me amaba también...

Una diabólica sonrisa brilló en el rostro de Caderousse, que hizo un movimiento para interrumpir al abate.

—Esperad —dijo éste—. Dejadme acabar, y si tenéis alguna observación que hacerme, pronto os escucharé. El otro, porque mi rival me amaba también, se llamaba Fernando; en cuanto a mi prometida, su nombre era...

—Mercedes —dijo Caderousse.

—¡Ah! Sí, eso es —replicó el abate con un suspiro ahogado—. Mercedes.

—¿Y bien? —preguntó Caderousse.

—Dadme un poco de agua —dijo el abate.

Caderousse se apresuró a obedecer. El abate llenó el vaso y bebió algunos sorbos.

—¿Dónde estábamos? —inquirió, colocando el vaso sobre la mesa—. La prometida se llamaba Mercedes, sí, eso es. Iréis a Marsella... Dantés es quien habla, ¿comprendéis?

—Perfectamente.

—Venderéis ese diamante, haréis cinco partes y las repartiréis entre esos buenos amigos, los únicos que me han amado en la tierra.

—¿Cómo cinco partes? —dijo Caderousse—. ¡No habéis nombrado más que cuatro personas!

—Porque, según me han dicho, la quinta ha muerto... La quinta era el padre de Dantés.

—¡Ay! Sí —dijo Caderousse, conmovido por las pasiones que combatían en él—. ¡Ay! Sí, ¡el pobre hombre ha muerto!

—Me enteré de ello en Marsella —respondió el abate haciendo un esfuerzo por parecer indiferente—. Pero ha tanto tiempo que murió que no he podido adquirir más detalles... ¿Sabríais vos algo del fin que tuvo ese anciano?

—¡Ah! —dijo Caderousse—, ¿quién puede saberlo mejor que yo...? Vivía al lado de él... ¡Ah, Dios mío!

Sí, un año casi después de la desaparición de su hijo murió el pobre anciano.

—Pero ¿de qué murió?

—Los médicos dijeron que de una gastroenteritis... Otros aseguran que murió de dolor, y yo, que casi le he visto morir, digo que ha muerto...

Caderousse se detuvo.

—¿Muerto de qué? —preguntó el sacerdote con ansiedad.

—De hambre...

—¡De hambre! —exclamó el abate saltando sobre su banquillo—, ¡de hambre! ¡Los animales más viles no mueren de hambre, los perros que vagan por las calles encuentran una mano compasiva que les arroja un pedazo de pan! ¡Y un hombre, un cristiano, ha muerto de hambre en medio de otros hombres que como él se creían cristianos! ¡Imposible! ¡Oh, eso es imposible!

—Vuelvo a repetir lo que he dicho —dijo Caderousse.

—Y haces muy mal —dijo una voz en la escalera—. ¿Para qué lo mezclas en cosas que nada lo importan?

Los dos hombres se volvieron y vieron a través de las barras de la escalera, la cabeza de la Carconte, que había conseguido arrastrarse hasta allí, y escuchaba la conversación sentada en el último escalón, con la cabeza apoyada sobre sus rodillas.

—¿Y tú por qué lo metes en esto, mujer? —dijo Caderousse—.

El señor me pide informes, la cortesía exige que yo se los dé.

—Sí, pero la prudencia exige que se los rehúses. ¿Quién lo ha dicho con qué intención lo quieren hacer hablar, imbécil?

—Muy excelente, señora, os respondo a ello —dijo el abate—. Vuestro marido nada tiene que temer con tal que hable francamente.

—Nada que temer..., sí, siempre se empieza por muy buenas promesas, después se añade que nada hay que temer, luego se deja por cumplir lo prometido, y de la noche a la mañana le cae a uno encima una desgracia, sin saber por dónde ni cómo vino.

—Descuidad, buena mujer —respondió el abate—, no os sucederá ninguna desgracia por parte mía, os lo aseguro.

La Carconte murmuró algunas palabras que no se pudieron oír, dejó caer la cabeza sobre sus rodillas, y continuó tiritando, dejando a su marido libre de continuar su conversación. Pero colocada de manera que no perdía una sola palabra. Durante este tiempo, el abate había bebido algunos sorbos de agua, y se había repuesto algún tanto.

—Pero —replicó—, ¿ese infeliz anciano estaba tan abandonado de todo el mundo, que haya muerto de semejante muerte?

—¡Oh!, caballero —replicó Caderousse—, no fue porque Mercedes, la catalana, ni M. Morrel le hubiesen abandonado, pero el pobre anciano había cobrado una gran antipatía hacia Fernando, ese mismo —continuó Caderousse con una sonrisa irónica—, que Dantés os ha dicho ser uno de sus amigos.

—¿Es que no lo era? —dijo el abate.

—¡Gaspar, Gaspar! —murmuró la mujer desde lo alto de la escalera—. ¡Mira lo que dices!

Caderousse hizo un movimiento de impaciencia, y sin conceder otra respuesta a la pregunta que le hacían más que:

—¿Se puede ser amigo de aquel cuya mujer se desea? —respondió al abate—. Pero Dantés, que tenía un corazón de oro, llamaba a todos amigos suyos... ¡Pobre Edmundo... ! En fin, mejor es que no haya sabido nada, porque le hubiese costado algún trabajo perdonarlos al morir... Y digan lo que quieran —continuó diciendo Caderousse, en su lenguaje, que no carecía de cierta ruda poesía—, más miedo tengo aún a la maldición de los muertos que al odio de los vivos.

—¡Imbécil! —murmuró la Carconte.

—¿Sabéis lo que hizo Fernando contra Dantés?

—¿Que si lo sé? ¡Ya lo creo que lo sé!

—Hablad, pues.

—Gaspar, haz lo que quieras, eres dueño —dijo su mujer—, pero deberías creerme y no decir una palabra.

—Me parece que tienes razón, mujer —dijo Caderousse.

—¿Conque no queréis decir nada? —replicó el abate.

—¿Para qué? —dijo Caderousse—. Si el chico estuviese vivo y viniese a preguntarme, no digo que no, pero ya está debajo de tierra, según decís, y de consiguiente no puede odiar, no puede vengarse, dejemos la conversación.

—¿Entonces queréis —dijo el abate— que yo dé a esas personas, que vos consideráis enemigos, una recompensa destinada a la fidelidad?

—Es cierto, tenéis razón —dijo Caderousse—. Por otra parte, ¿de qué les serviría lo que les deja Edmundo...? Lo mismo que una gota de agua que cae en el mar.

—Sin contar que esa gente puede aniquilarte con un solo ademán —dijo la mujer.

—Pues ¿cómo? ¿Han llegado a ser ricos y poderosos?

—¿Entonces no sabéis su historia?

—No; contádmela.

Caderousse pareció reflexionar un instante.

—No, porque sería muy largo.

—Haced lo que más os convenga, amigo mío —dijo el abate con el acento de la más profunda indiferencia—, yo respeto vuestros escrúpulos; por otra parte, lo que hacéis es propio de un hombre verdaderamente bueno, no hablemos más de ello. ¿De qué estaba yo encargado? De una simple formalidad. Venderé este diamante —y lo sacó de su bolsillo, abrió la cajita y lo hizo brillar por segunda vez a los deslumbrados ojos de Caderousse.

—Ven a verlo, mujer —dijo éste con voz ronca.

—¡Un diamante! —dijo la Carconte, levantándose y bajando con paso bastante firme la escalera—. ¿Qué diamante es ése?

—¿No lo has oído, mujer? —dijo Caderousse—. Es un diamante que nos ha legado el pobre chico a su padre, a sus tres amigos Fernando, Danglars y yo, y a Mercedes, su prometida. Este diamante vale cincuenta mil francos.

—¡Oh, qué joya tan preciosa! —dijo ella.

—¿Conque nos pertenece la quinta parte de esta suma? —dijo Caderousse.

—Sí, caballero —respondió el abate—. Además, la parte del padre, que me creo autorizado a repartir entre vosotros cuatro.

—¿Y por qué cuatro? —preguntó la Carconte.

—Porque cuatro son los amigos de Edmundo.

—No son amigos los que hacen traición —murmuró sordamente la mujer.

—Sí, sí —dijo Caderousse—, y esto es lo que yo decía. Es casi una profanación, casi un sacrilegio, recompensar la traición, el crimen tal vez.

—Vos lo habéis querido —replicó tranquilamente el abate, volviendo a colocar el diamante en el bolsillo de su sotana—. Ahora dadme las señas de los amigos de Edmundo, a fin de que pueda ejecutar su última voluntad.

La frente de Caderousse estaba inundada de sudor; vio que el abate se levantó, se dirigió hacia la puerta como para echar una ojeada a su caballo, y volvió.

Marido y mujer se miraban con una expresión indescriptible.

—¡Sería para nosotros el diamante entero! —dijo Caderousse.

—¿Lo crees así? —respondió la mujer.

—Un eclesiástico no querría engañarnos.

—Haz lo que quieras —dijo la mujer—. En cuanto a mí, no quiero meterme en nada.

Y volvió a subir la escalera, tiritando y dando diente con diente, a pesar del excesivo calor que hacía. En el último escalón se detuvo un instante.

—Reflexiónalo bien, Gaspar —dijo.

—Ya estoy decidido —respondió Caderousse.

La Carconte entró en su cuarto arrojando un suspiro, oyóse el ruido de sus pasos al pasar por el pavimento hasta que hubo llegado al sillón, donde cayó sentada.

—¿A qué estáis decidido? —preguntó el abate.

—A decíroslo todo —respondió.

—Me parece que eso es lo mejor que pudierais hacer —dijo el

sacerdote—. No porque yo quiera saber lo que vos queréis ocultarme, pero, en fin, si podéis ayudarme a distribuir las mandas según la voluntad del testador será mejor.

—Así lo espero —respondió Caderousse con las mejillas inflamadas por la esperanza y la ambición.

—Os escucho —dijo el abate.

—Aguardad un momento; podrían interrumpirnos en lo más interesante de mi relación, lo cual sería algo desagradable; por otra parte, es inútil que nadie sepa que habéis venido aquí.

Se dirigió a la puerta de su posada, la cual cerró y a la que, para mayor precaución, echó la barra, que sólo debía poner por la noche. Durante este tiempo, el abate eligió un lugar para escuchar con toda la comodidad. Se había sentado en un rincón, de manera que quedaba sumergido en la penumbra, mientras que la luz daba de lleno en el rostro de su interlocutor, disponiéndose con la cabeza inclinada, las manos cruzadas o más bien crispadas, a escuchar con todos sus cinco sentidos.

Caderousse acercó un banquillo y colocóse delante de él.

—Acuérdate de que yo no lo he inducido a que hables —dijo la temblorosa voz de la Carconte, como si a través del pavimento de su cuarto hubiese podido ver la escena que se preparaba.

—Está bien, está bien —dijo Caderousse—. No hablemos más de ello, déjalo todo a mi cargo.

IV: LAS DECLARACIONES

—Ante todo —dijo Caderousse—, debo rogaros, caballero, que me prometáis una cosa.

—¿Cuál? —preguntó el abate.

—Que si llegáis a hacer use de los detalles que voy a daros, nadie debe saber jamás que los habéis adquirido de mí, porque aquellos de quienes voy a hablaros son ricos y poderosos, y conque me tocaran solamente con la punta de un dedo, me harían pedazos como si fuera de cristal.

—Tranquilizaos, amigo mío —dijo el abate— soy sacerdote y las confesiones mueren en mi seno. Acordaos de que no tenemos otro fin más que cumplir dignamente la última voluntad de nuestro amigo. Hablad, pues, sin temor y sin odio; decid la pura verdad. Yo no conozco, y probablemente no conoceré jamás, a las personas de que vais a hablarme; por otra parte, soy italiano, y no francés, pertenezco a Dios, y no a los hombres, y pronto volveré a entrar en mi convento, del que no he salido más que para cumplir con la última voluntad de un moribundo. Esta promesa positiva pareció tranquilizar algún tanto a Caderousse.

—¡Pues bien! En ese caso —dijo Caderousse—, quiero, o más bien debo desengañaros acerca de esas amistades que el pobre Edmundo creía sinceras y desinteresadas.

—Empecemos hablando de su padre, si os parece —dijo el abate—. Edmundo me ha hablado mucho de ese anciano, a quien profesaba un amor profundo.

—La historia es triste, señor —dijo Caderousse inclinando la cabeza—. ¿Probablemente sabréis el principio?

—Sí —respondió el abate— Edmundo me lo contó todo, hasta el momento en que fue preso en una taberna cerca de Marsella.

—En la Reserva. ¡Oh, Dios mío! Sí, me acuerdo como si lo estuviera viendo.

—¿No fue en la comida de sus bodas?

—Sí, y la comida que tan bien empezó, tuvo un fin bastante triste. Un comisario de policía, seguido de cuatro soldados armados, entró, y Dantés fue preso.

—Hasta ese suceso es lo que yo sé —dijo el sacerdote—. Dantés mismo no sabía más que lo que le era absolutamente personal, porque no volvió a ver ninguna de las personas que os he nombrado, ni oído hablar de ellas.

—¡Pues bien! Cuando hubieron detenido a Dantés, el señor Morrel corrió a tomar informes, que fueron bien tristes. El anciano volvió solo a su casa, dobló su vestido de bodas llorando, pasó todo el día dando paseos por su cuarto, y no se acostó; porque yo vivía debajo de él, y escuché sus pasos toda la noche. Yo mismo he de confesar que tampoco dormí, el dolor de aquel pobre padre me causaba mucho mal, y cada uno de sus pasos me estrujaba el corazón como si hubiese puesto el pie sobre mi pecho. Al día siguiente, Mercedes fue a Marsella para implorar la protección de M. Villefort, pero nada obtuvo; en seguida fue a hacer una visita al anciano. Cuando le vio tan sombrío y tan abatido, cuando supo que había pasado la noche sin acostarse, y que no había comido desde el día anterior, quiso llevárselo a su casa para prodigarle los cuidados de una hija a un padre, pero el anciano no quiso consentir en ello: "No —decía—, no saldré de esta casa, porque a mí es a quien más ama mi desgraciado hijo, y si sale de la prisión a quien primero correrá a ver será a mí. Y entonces, ¿qué diría si no me viese aquí esperándole?"

Yo escuchaba todo esto desde mi cuarto, y hubiera querido que Mercedes determinase al anciano a seguirla, porque aquellos pasos día y noche sobre mi cabeza no me dejaban descansar.

—Pero ¿no subíais vos a consolar al anciano?

—¡Ah!, caballero —respondió Caderousse—, no se puede consolar al que no quiere ser consolado, y él era de esta especie; además, no sé por qué, pero me parecía que tenía repugnancia en verme. Pero una noche que oía sus sollozos, no pude resistir por más tiempo, y subí; pero cuando llegué a la puerta, ya no sollozaba, oraba.

La elocuencia y ternura de sus palabras, yo no sabré describirla, caballero; aquello era más que piedad, era más que dolor; así, pues, yo, que no soy muy santurrón y que no gusto mucho de los jesuitas, dije para mí ese día: "Ahora me alegro de ser solo y de que Dios no me haya enviado ningún hijo, porque si fuera padre y sintiese un dolor semejante al de ese anciano, no pudiendo hallar en mi memoria ni en mi corazón todo cuanto él dice al Señor, me precipitaría al mar por no sufrir tanto tiempo."

—¡Pobre padre! —murmuró el sacerdote.

—Cada vez vivía más solo y aislado. El señor Morrel y Mercedes venían a verle a menudo, pero su puerta seguía cerrada y aunque yo tenía completa seguridad de que estaba en su habitación, él no respondía. Un día que, contra su costumbre recibió a Mercedes, y la pobre joven igualmente desesperada, procuraba socorrerle:

"Créeme, hija mía —le dijo—, ha muerto... y, en lugar de esperarle nosotros, él es quien nos espera... de este modo yo soy muy feliz; porque soy el más viejo y, de consiguiente, le veré primero que nadie..."

Por bueno que uno sea, pronto cesa de visitar a las personas que le entristecen; el viejo Dantés acabó por quedarse completamente solo. Yo no veía subir a su casa más que a personas desconocidas, que bajaban con algún paquete mal encubierto; comprendí después lo que eran aquellos paquetes. Iba vendiendo poco a poco, para vivir, lo que tenía. Finalmente se agotaron los recursos del pobre anciano..., debía tres plazos, le amenazaron con echarle de la casa; entonces pidió ocho días de término y le fueron concedidos. Supe estos pormenores, porque el casero entró en mi casa después de haber salido de la suya. Durante los tres primeros días oía sus pasos como de costumbre, pero al cuarto ya no oía nada. Me atreví a subir, la puerta estaba cerrada y a través del agujero de la llave, le vi tan pálido y tan demudado que, juzgándole muy enfermo, hice avisar al señor Morrel y corrí a casa de Mercedes. Los dos se apresuraron a ir a socorrerle. El señor Morrel llevaba consigo un médico, el cual reconoció que aquella enfermedad era una gastroenteritis, y le mandó que guardase dieta. Yo estaba allí, caballero, y nunca olvidaré la sonrisa del anciano al oír aquella orden. Desde entonces abrió su puerta, ya tenía una excusa para no comer, puesto que el médico le había mandado guardar rigurosa dieta.

El abate lanzó un gemido.

—Esta historia os interesa, ¿no es verdad, caballero? —dijo Caderousse.

—Sí —respondió el abate—, me enternece mucho.

—Mercedes volvió y le halló tan demudado, que como la primera vez quiso llevarle a su casa. Tal era la opinión del señor Morrel, pero el anciano gritó y se desesperó tanto, que tuvieron que dejarle. Mercedes se quedó a la cabecera de su cama. El señor Morrel se alejó, haciendo señal a la catalana de que dejaba una bolsa sobre la chimenea. Pero, escudado en el mandato del médico, el anciano no quiso tomar nada. En fin, después de nueve días de desesperación y de abstinencia, expiró maldiciendo a los que habían causado su desgracia, y diciendo a Mercedes:

—Si volvéis a ver a Edmundo, decidle que muero bendiciéndole.

El abate se levantó, dio unos cuantos pasos por el cuarto, llevándose ambas manos a la cabeza.

—¿Y vos creéis que ha muerto...?

—De hambre, caballero, de hambre —dijo Caderousse—, os lo

aseguro, tan cierto como que los dos somos cristianos.

El abate cogió el vaso de agua medio lleno con una mano convulsiva, lo bebió de un solo sorbo, y se volvió a sentar con los ojos inflamados y las mejillas pálidas.

—Confesad que es una desgracia —dijo con voz ronca.

—Tanto mayor cuanto que Dios no se ha mezclado en nada; los hombres únicamente tienen la culpa de todo.

—Pasemos, pues, a hablar de esos hombres —dijo el abate— pero pensad que os habéis comprometido a decírmelo todo; veamos, ¿qué hombres son esos que han hecho morir al hijo de desesperación y al padre de hambre?

—Dos hombres celosos de él, caballero. El uno por amor, el otro por ambición: Fernando y Danglars.

—Y, decidme, ¿cómo se manifestaron esos celos?

—Denunciaron a Edmundo como agente bonapartista.

—Pero ¿quién de los dos le denunció? ¿Quién de los dos fue el verdadero culpable?

—Ambos, caballero; el uno escribió la carta, el otro la echó al correo.

—¿Y dónde se escribió la carta?

—En la misma Reserva, la víspera del casamiento.

—Eso es, eso es —murmuró el abate—. ¡Oh! ¡Faria! ¡Faria! ¡Qué bien conocíais los hombres y las cosas!

—¿Qué decís, caballero? —preguntó Caderousse.

—Nada —replicó el sacerdote—. Proseguid.

—Danglars fue quien escribió la denuncia con la mano izquierda, para que su letra no fuese conocida, y Fernando quien la envió.

—Pero —exclamó de repente el abate—, vos estabais allí...

—¿Yo? —dijo Caderousse asombrado—. ¿Quién os ha dicho que yo estaba?

El abate comprendió que se había adelantado demasiado.

—Nadie —dijo—, pero para estar tan al corriente de todos esos detalles, es preciso que hayáis sido testigo de ellos.

—Es verdad —dijo Caderousse con voz ahogada—, allí estaba.

—¿Y no os opusisteis a esa infamia? —dijo el abate—. Entonces sois su cómplice.

—Caballero —dijo Caderousse—, me habían hecho beber los dos hasta el punto que perdí la razón. Todo lo veía como a través de una nube. Dije cuanto puede decir un hombre en ese estado, pero me dijeron que sólo era una chanza lo que habían intentado hacer y que esta chanza no tendría consecuencias.

—Al día siguiente... al día siguiente... ya visteis que tuvo consecuencias; sin embargo, no dijisteis nada, y estabais allí cuando le prendieron.

—Sí; estaba allí, y quise hablar, quise decirlo todo, pero Danglars me contuvo: "Y si es culpable, por casualidad, si verdaderamente ha arribado a la isla de Elba, si está encargado de una carta para la Junta bonapartista de París, si le encuentran esa carta, los que le hayan sostenido pasarán por cómplices suyos." Tuve miedo de la policía tan rigurosa que había en aquel tiempo. Me callé, lo confieso; fue una cobardía, convengo en ello, pero no fue un crimen.

—Comprendo, dejasteis obrar.

—Sí, caballero —respondió Caderousse— y eso me causa día y noche espantosos remordimientos. Muchas veces pido perdón a Dios, os lo juro, tanto más, cuanto que esta acción, la única que tengo que echarme en cara en mi vida, es sin duda alguna la causa de mis adversidades. Estoy expiando un instante de egoísmo; así, pues, eso es lo que yo digo siempre a la Carconte cuando me viene con quejas: "Cállate, mujer, Dios lo quiere así."

Y Caderousse bajó la cabeza, dando todas las muestras de un verdadero arrepentimiento.

—Bien, bien —dijo el abate—. Habéis hablado con franqueza, acusarse de ese modo es merecer el perdón.

—Por desgracia —dijo Caderousse—, Edmundo ha muerto y no me ha perdonado.

—Sin duda lo ignoraba —dijo el abate.

—Pero ahora lo sabrá tal vez —replicó Caderousse—, dicen que los muertos todo lo saben.

Hubo una pausa. El abate se había levantado y se paseaba pensativo. Después se dirigió al sitio que ocupaba antes y se volvió a sentar con abatimiento.

—Me habéis nombrado ya por dos o tres veces a un tal Morrel —le dijo— ¿Quién es ese hombre?

—Era armador del Faraón, y principal de Dantés.

—¿Y qué especie de papel ha hecho ese hombre en todo este triste suceso? —preguntó el abate.

—¡Ah!, el papel de un hombre de bien, de un hombre honrado, caballero. Veinte veces intercedió por Edmundo, y cuando el emperador volvió a ocupar el trono, escribió, suplicó, amenazó, en fin, hizo tanto para salvar a aquel desgraciado, que en la segunda restauración fue perseguido como bonapartista. Veinte veces, como ya os he dicho, fue a casa del padre de Dantés para llevarle a la suya, y la víspera o antevíspera de su muerte, como ya os he dicho, también, dejó sobre la chimenea un bolsillo, con el cual pudieran pagarse las deudas de aquel buen hombre y atender a los gastos de su entierro, de suerte que aquel desgraciado anciano llegó a morir como había vivido, sin causar ningún perjuicio a nadie; yo mismo conservo aún aquel bolsillo, un bolsillo de seda encarnada.

—¿Y vive aún ese señor Morrel...? —preguntó el abate.

—Sí, señor—dijo Caderousse.

—En ese caso —continuó el abate— a ese hombre le habrá bendecido el cielo... y será rico... feliz...

Caderousse se sonrió con amargura.

—Sí, feliz, tan feliz como yo—dijo.

—¡Pues qué! ¡El señor Morrel es tan desgraciado! —exclamó el abate.

—Se halla ya a las puertas de la miseria, caballero, y lo que es peor aún, a las del deshonor.

—¿Pues cómo es eso?

—¿Qué queréis...? —continuó Caderousse— de esas cosas que suceden; después de veinticinco años de un continuo trabajo, después de haber adquirido un honroso lugar entre los comerciantes de Marsella, el desgraciado señor Morrel se ha arruinado completamente. Ha perdido cinco buques en dos años, ha sufrido tres quiebras espantosas, y todas sus esperanzas están cifradas ahora en ese mismo Faraón que mandaba el pobre Dantés, que, según dicen, debe volver de las Indias con un cargamento de cochinilla y de añil. Si El Faraón naufraga también como los otros, el señor Morrel estará perdido.

—¿Y tiene mujer..., tiene hijos ese desgraciado?

—Sí, señor; tiene una mujer que ha sobrellevado las desgracias de su esposo como una santa, tiene una hija que estaba para casarse con un hombre a quien amaba, y cuya familia no quiso consentir en que se casase con la hija de un comerciante en quiebra; y tiene, además, un hijo teniente de no sé qué cuerpo, pero comprenderéis muy bien, todo esto aumenta el dolor en vez de dulcificarlo, a ese infeliz y honrado señor Morrel. Si fuese solo, es decir, si no tuviese familia, se levantaría la tapa de los sesos y asunto concluido.

—Pero eso es espantoso —interrumpió el abate.

—He aquí cómo recompensa Dios la virtud, caballero —dijo Caderousse—. Mirad, yo, que nunca he hecho ninguna mala acción, excepto la que ya os he contado, me encuentro en la miseria más deplorable. Después de ver morir a mi pobre mujer de una fiebre, sin poder hacer nada por ella, moriré de hambre, como el padre de Dantés, mientras que Fernando y Danglars nadan en oro.

—¿Cómo es eso?

—Porque todo les sale bien, al paso que a mí, que soy un hombre honrado, todo me sale mal.

—¿Qué ha sido de Danglars, el más culpable; no es así?

—¿Qué ha sido de él? Abandonó Marsella, entró por recomendación de M. Morrel, que ignoraba su crimen, de primer dependiente en casa de un banquero español. Durante la guerra de España se encargó de una parte de las provisiones del ejército francés, a hizo fortuna con ese primer dinero, jugó sobre los fondos públicos, y triplicó, cuadruplicó sus capitales, y viudo después de la hija de su principal, se casó con otra viuda llamada madame Nargonne, hija de M. Servieux, canciller del rey actual, y que goza de la mayor influencia. Había llegado a ser millonario, le hicieron barón, de modo que ahora es barón Danglars, y posee un magnífico palacio en la calle de Mont—Blanc, diez soberbios caballos, seis lacayos en la antesala, y no sé cuántos millones en sus cajas.

—¡Ah! —exclamó el abate con un acento singular—, ¿y es feliz?

—¡Ah!, feliz, ¿quién puede decir eso? La desgracia o la felicidad es secreto de las paredes, las paredes oyen, pero no hablan, de manera que si para ser feliz sólo se necesita tener una gran fortuna, Danglars goza de la más completa felicidad.

—¿Y Fernando?

—Fernando es también un gran personaje, aunque por otro estilo.

—Pero ¿cómo ha podido hacer fortuna un pobre pescador catalán, sin educación y sin recursos? Estoy asombrado, lo confieso.

—A todo el mundo le sucede lo mismo. Preciso es que en su vida haya algún extraño misterio de todos ignorado.

—Pero, en fin, decidme por qué escalones visibles ha subido a esa fortuna o a esa alta posición social.

—¡A ambas!, tiene fortuna y posición.

—Se diría que me estáis contando un cuento.

—Y lo parece, en verdad. Pero escuchadme y lo comprenderéis.

—Pocos días antes de la vuelta del emperador, Fernando había entrado en quintas. Los Borbones le dejaron tranquilo en los Catalanes, pero Napoleón decretó a su vuelta una leva extraordinaria, y se vio obligado a marchar. También yo marché, pero como tenía más edad que Fernando, y acababa de casarme, me destinaron a las costas.

"Agregado Fernando al ejército expedicionario, pasó la frontera con su regimiento y asistió a la batalla de Ligny.

"La noche que siguió a la batalla, hallábase Fernando de centinela a la puerta de un general que mantenía con el enemigo relaciones secretas, y debía de juntarse con los ingleses aquella misma noche. Propuso a Fernando que le acompañase, y Fernando aceptó abandonando su puesto.

"Lo que hubiera hecho que se le formara consejo de guerra si Bonaparte hubiera permanecido en el trono, fue para los Borbones recomendación, de manera que entró en Francia con la charretera de subteniente, y como no perdió la protección del general, que gozaba de mucha influencia, era ya capitán cuando la guerra de España en 1823, es decir, cuando Danglars hacía sus primeras especulaciones.

"Fernando era español; fue enviado a Madrid a explorar la opinión pública; allí encontró a Danglars, renovaron las amistades, ofreció a su general el apoyo de los realistas de la corte y de las provincias, le comprometió, comprometiéndose a su vez, guió a su regimiento por sendas de él sólo conocidas en las montañas atestadas de realistas, e hizo, en fin, tales servicios en esta corta campaña, que después de la acción del Trocadero fue ascendido a coronel, con la cruz de oficial de la Legión de Honor y el título de conde".

—¡Lo que es el destino! —murmuró el abate.

—¡Sí!, pero escuchad, que no es esto todo. Concluida la guerra de España, la carrera de Fernando se hallaba interrumpida por la larga paz que prometía reinar en Europa. Solamente Grecia, sacudiendo el yugo de Turquía, principiaba entonces la guerra de la independencia. Los ojos del mundo entero se fijaban en Atenas. Estuvo de moda compadecer a los griegos y ayudarlos, y el mismo gobierno francés, sin protegerlos abiertamente, como ya sabréis, toleraba las emigraciones parciales. Fernando pidió y obtuvo el permiso de it a servir a Grecia, sin dejar por eso de pertenecer al ejército francés.

Algún tiempo después se supo que el conde de Morcef, que éste era el título de Fernando, había entrado como general instructor al servicio de Alí—Bajá.

Como ya sabréis, Alí—Bajá fue asesinado, pero antes de morir recompensó los servicios de Fernando con una suma considerable, con la cual volvió a Francia, donde se le revalidó su empleo de teniente general.

—¿De manera que hoy...? —preguntó el abate.

—Hoy —respondió Caderousse— posee una casa magnífica en París, calle de Helder, número 27.

El abate permaneció un instante pensativo y como vacilando, y dijo, haciendo un esfuerzo:

—¿Y Mercedes? Me han asegurado que desapareció.

—Desapareció, sí —repuso Caderousse—, como desaparece el sol para volver a salir más esplendoroso al otro día.

—¿También ella ha hecho fortuna? —preguntó el abate con una sonrisa irónica.

—Mercedes es en la actualidad una de las más aristocráticas damas de París.

—Seguid, que me parece un sueño todo lo que oigo ——dijo el abate—. Pero he visto yo también cosas tan extraordinarias, que ya no me asombran tanto las que me referís.

—Mercedes se desesperó por la pérdida de Edmundo. Ya os he contado sus instancias a Villefort, y su afecto al padre de Dantés. En esto vino a herirla un nuevo dolor, la ausencia de Fernando, de Fernando, cuyo crimen ignoraba, y a quien miraba como a su hermano.

Con esta ausencia quedó Mercedes completamente sola.

—Sí —respondió Caderousse—, del niño Alberto.

—Pero, ¿tenía ella educación para dársela a su hijo? —continuó su relato el abate—. Creo que le oí decir a Edmundo que era hija de un simple pescador, hermosa, pero ignorante.

—¡Oh! ¡Tan mal conocía a su propia novia! —dijo Caderousse—. Si la corona hubiera de adornar sólo las cabezas más lindas a inteligentes, Mercedes habría podido ser reina. A medida que su fortuna crecía, iba creciendo ella moralmente. El dibujo, la música, todo lo aprendía. Creo además (aquí para entre nosotros) que esto lo hacía por distraerse, para olvidar, y que solamente llenaba su cabeza con tantas cosas por combatir el vacío de su corazón. Sin embargo, ahora —continuó Caderousse—, será sin duda otra mujer. La fortuna y los honores la habrán consolado. Ahora es rica, es condesa, y sin embargo...

El posadero se contuvo.

—Sin embargo, ¿qué? —le preguntó el abate.

—Estoy seguro de que no es feliz —dijo Caderousse.

—¿Y por qué lo creéis así?

—Escuchad: cuando más hostigado me vi por la miseria, ocurrióseme que no dejarían de ayudarme un tanto mis antiguos amigos, y me presenté a Danglars, que no quiso recibirme, y a Fernando que me entregó cien francos por mediación de su ayuda de cámara.

—¿Luego no visteis ni a uno ni a otro?

—No, pero la señora de Morrel sí que me vio.

—¿Cómo?

—Al salir de su casa cayó a mis pies una bolsa que contenía veinticinco luises. Levanté en seguida la cabeza, y pude ver a Mercedes, que cerraba la ventana.

—¿Y el señor de Villefort? —inquirió el abate.

—Ni había sido mi amigo, ni yo le conocía tan siquiera, por lo cual nada tenía que pedirle.

—Pero ¿no sabéis qué ha sido de él, ni sabéis la parte que tomó en la desgracia de Edmundo?

—No. Sólo sé que algún tiempo después de la prisión del pobre chico se casó con la señorita de Saint—Meran, y luego se marcharon de Marsella. Sin duda, la fortuna les habrá sonreído como a los otros; sin duda Villefort es rico como Danglars y considerado como Fernando. Yo sólo permanezco pobre y olvidado de Dios, como veis.

—Os equivocáis, amigo —dijo el abate—. Dios tal vez mientras prepara los rayos de su justicia, aparente olvidar, pero llega un día en que recuerda y así os lo prueba.

Esto diciendo el abate sacó de su bolsillo la sortija.

—Tomad, amigo mío —dijo a Caderousse. Tomad este diamante, que es vuestro.

—¡Cómo! ¡Mío! ¡Mío solo! —exclamó Caderousse—. ¡Ah, señor!, ¿no os burláis?

—El precio de este diamante había de repartirse entre sus amigos; de manera que teniendo Edmundo uno solo, es imposible la repartición. Tomad este diamante y vendedlo. Os repito que vale cincuenta mil francos. Con semejante cantidad saldréis de la miseria.

—¡Oh, señor! —dijo Caderousse alargando la mano tímidamente y enjugándose con la otra el sudor que le bañaba el rostro—. ¡Oh, señor, no toméis a chanza la felicidad o la desesperación de un hombre!

—Bien sé lo que es felicidad y lo que es desesperación, para que en esto nunca me chancee. Tomad, pues, el diamante, pero en cambio...

Caderousse retiró su mano, que tocaba ya la sortija.

El abate se sonrió.

—En cambio —repuso—, podéis darme ese bolsillo de seda encarnada que dejó el señor Morrel sobre la chimenea del anciano Dantés, y que vos poseéis, según me habéis dicho.

Cada vez más sorprendido Caderousse, se dirigió a un armario de encina, lo abrió y entregó al abate un bolsillo largo de torzal encarnado, que adornaban dos anillos de cobre, dorados en otro tiempo.

Cogiólo el abate, y en su lugar entregó al posadero el diamante.

—¡Oh, señor! Sois un hombre bajado del cielo —exclamó Caderousse—. Nadie sabía que Edmundo os dio este diamante, y hubierais podido quedaros con él.

—¡Vaya! —dijo para sí el abate—. Según eso tú lo hubieras hecho. Y cogió su sombrero y sus guantes y se levantó.

—¡Ah! —dijo de repente—, ¿eso que me habéis contado es la pura verdad? ¿Puedo creerlo al pie de la letra?

—Esperad, señor abate —respondió Caderousse—, en este rincón hay un Santo Cristo de madera, bendito, y sobre aquel baúl el devocionario de mi mujer. Abridlo y colocando una mano sobre él y la otra extendida hacia el crucifijo, os juraré por la salvación de mi alma y por mi fe de cristiano, que os he contado todo tal como pasó, y como el ángel de los hombres lo repetirá al oído de Dios el día del juicio final.

—Bien —repuso el abate, convencido por su acento de que decía Caderousse verdad—. Está bien. Adiós. Me voy lejos de los hombres, que tanto mal se hacen unos a otros.

Y librándose a duras penas de los transportes de entusiasmo de Caderousse, quitó el abate por sí mismo la tranca a la puerta, volvió a montar a caballo, saludó por última vez al posadero, que le despedía con ruidosas señales de agradecimiento, y partió en la misma dirección que había seguido a la ida.

Cuando Caderousse se volvió vio detrás de él a la Carconte, más pálida y más temblorosa que nunca.

—¿Es cierto lo que he oído? —le dijo.

—¿Qué? ¿Que nos daba el diamante para nosotros solos? —respondió Caderousse loco de júbilo.

—Sí.

—Ciertísimo, y si no, míralo.

La mujer lo contempló un instante y luego dijo, con voz sorda:

—¡Si fuera falso...!

Caderousse palideció y estuvo a punto de caerse.

—¡Falso... ! —murmuró—. ¡Falso! ¿Y por qué ese hombre me había de dar un diamante falso?

—Por hacerte hablar sin pagarte, imbécil.

Al peso de esta suposición, Caderousse se quedó como

aturdido.

—¡Oh! —dijo después de un instante, cogiendo su sombrero, que se puso sobre el pañuelo encarnado que tenía a la cabeza—, pronto lo sabremos.

—¿Cómo?

—Hoy es la feria de Beaucaire, habrá plateros de París, voy a mostrárselo. Guarda tú la casa, mujer, que dentro de dos horas estoy de vuelta.

Y salió Caderousse precipitadamente de la posada, tomando el camino opuesto al que seguía el desconocido.

—¡Cincuenta mil francos! —murmuró la Carconte al verse sola—, es dinero..., pero no es ningún tesoro.

V: LOS REGISTROS DE CÁRCELES

Al día siguiente de aquel en que se desarrolló en la posada del camino de Bellegarde a Beaucaire la escena que acabamos de narrar, un hombre de treinta y dos años con frac azul, pantalón de Nankin, chaleco blanco y aire y acento muy inglés, se presentó en casa del alcalde de Marsella.

—Caballero —le dijo—, yo soy el comisionista principal de la casa Thomson y French, de Roma. Diez años ha que estamos en relaciones con la de Morrel a hijos, de Marsella, y hasta le tenemos confiados unos cien mil francos sobre poco más o menos. Lo que se dice de que amenaza ruina tal casa, nos pone actualmente en suma inquietud, por lo cual vengo de Roma a pediros noticias sobre este asunto.

—Caballero —respondió el alcalde—, sé efectivamente que de cuatro o cinco años acá parece que persigue la desgracia al señor Morrel. Ha perdido cuatro o cinco barcos, y ha sufrido tres o cuatro quiebras, pero no me corresponde a mí, aunque soy su acreedor por unos diez mil francos, referiros la situación de su casa. He aquí todo lo que puedo deciros, caballero. Si queréis saber más, id al señor de Boville, inspector de cárceles, que vive en la calle de Noailles, número 15. Según creo, tiene colocados doscientos mil francos en la casa de Morrel, y si realmente hay ocasión de que temamos, como su cantidad es mayor que la mía, serán también más exactas sus noticias probablemente.

Al parecer apreció mucho el inglés esta delicadeza del alcalde y saludándole se encaminó a la calle indicada, con ese paso peculiar de los hijos de la Gran Bretaña.

El señor de Boville se encontraba en su despacho. Al verle, hizo el inglés un movimiento de sorpresa, como si no fuera la primera vez que viese a la persona que venía a visitarle. En cuanto al señor de Boville, estaba tan desesperado, que evidentemente el pensamiento que ahora le absorbía todas sus facultades no dejaba a su memoria ni a su imaginación ocasión para retroceder a tiempos pasados.

Con la flema de los de su raza, abordó el inglés la cuestión casi en los mismos términos en que acababa de hablar al alcalde.

—¡Oh, caballero! —exclamó el señor de Boville—, no pueden ser más fundados vuestros temores, por desdicha. Aquí me tenéis sumido en la desesperación. Yo tenía colocados doscientos mil francos en la casa de Morrel; doscientos mil francos que eran la dote de mi hija, y pensaba casarla dentro de quince días, puesto que de esa cantidad, cien mil francos eran reembolsados el 15 de este mes, y los otros cien el 15 del próximo. Ya tenía avisado al señor Morrel que deseaba que fuera exacto en el reembolso, y he aquí que viene él mismo a decirme hace una media hora, que si su barco, El Faraón, no ha vuelto para el 15, no le será posible pagarme.

—Pero eso parece tan sólo un aplazamiento —observó el inglés.

—¡Decid mejor que parece una quiebra! —exclamó desesperado el señor de Boville.

El inglés reflexionó un instante y luego dijo:

—¿Tantos temores os inspira ese crédito?

—Lo considero perdido.

—Pues yo os lo compro.

—¡Vos!

—Sí, yo.

—Pero ¿con un descuento enorme, sin duda?

—No, a la par; por doscientos mil francos. Nuestra casa —añadió el inglés sonriendo—, no hace negocios de esa clase.

—¿Y pagáis...?

—Al contado.

Y sacó el inglés de su bolsillo un fajo de billetes de banco, que podrían importar el doble de la suma que temía perder el señor de Boville. Un destello de alegría iluminó el semblante de éste, pero haciendo un esfuerzo añadió:

—Es mi deber advertiros, caballero que es muy probable que no recobréis ni el seis por ciento de esa suma.

—Eso no es cuenta mía, sino de la casa de Thomson y French, en cuyo nombre estoy actuando —respondió el inglés—. Acaso tenga ella empeño en apresurar la ruina de otra casa rival; lo que sé, caballero, es que estoy pronto a pagaros el endoso que vais a hacerme, y que sólo os exigiré un mínimo corretaje.

—¡Cómo, caballero!, nada más justo —exclamó el señor de Bovine—. El derecho de comisión suele ser un uno y medio por ciento, ¿queréis el dos? ¿Queréis el tres? ¿Queréis el cinco? ¿Queréis más? Decidme si queréis más.

—Caballero —repuso sonriendo el inglés—, yo, como mis principales, no hago negocios de esa clase; mi corretaje es de otra especie.

—Hablad, pues.

—¿Sois inspector de cárceles?

—Hace más de catorce años.

—¿Tenéis libros de entradas y salidas?

—Sin duda alguna.

—¿En esos libros deben constar las notas relativas a los presos?

—Cada preso tiene las suyas.

—Pues oíd, caballero: me eduqué en Roma por un abate, un pobre diablo, que desapareció de la noche a la mañana. Después supe que estuvo preso en el castillo de If, y quisiera enterarme de los detalles de su muerte.

—¿Cómo se llamaba?

—El abate Faria.

—¡Ah! le recuerdo muy bien —exclamó el señor de Boville—, Estaba loco.

—Eso decían.

—¡Oh!, sí que lo estaba.

—Es posible. ¿Y cuál era su manía?

—Se imaginaba tener noticia de un tesoro inmenso, y ofrecía

al gobierno sumas incalculables si accedían a ponerle en libertad.

—¡Pobre diablo! ¿De modo que ha muerto?

—Hace cinco o seis meses; en febrero último.

—Buena memoria tenéis, caballero, pues así recordáis las fechas.

—Recuerdo ésta, porque la muerte del abate fue seguida de un extraño suceso.

—¿Se puede saber qué suceso fue ése? —preguntó el inglés con tal expresión de curiosidad que hubiera sorprendido a un observador el hallarla en su rostro flemático.

—¡Oh!, sí, caballero. Figuraos que el calabozo del abate distaba cuarenta y cinco o cincuenta pasos del de un antiguo agente bonapartista, uno de aquellos que más habían contribuido a la vuelta del usurpador en 1815, hombre muy audaz y muy peligroso. ..

—¿De veras? —inquirió el inglés.

—Sí —respondió el señor de Boville—. Yo mismo tuve ocasión de verle en 1816 ó 1817; por cierto que sólo con un piquete de soldados me atreví a bajar a su calabozo. ¡Qué impresión tan profunda me causó aquel hombre! Jamás olvidaré su rostro.

El inglés se sonrió imperceptiblemente. Luego preguntó:

—¿Decíais, caballero, que los dos calabozos...?

—Sólo distaban cincuenta pies uno del otro; pero, según parece, el tal Edmundo Dantés...

—¿De modo que aquel hombre peligroso se llamaba...?

—Edmundo Dantés. Pues parece que el tal Edmundo Dantés se había procurado herramientas, o las había construido él mismo, pues se descubrió una galería subterránea, por donde los dos presos se comunicaban.

—Ese subterráneo tendría un objeto, sin duda, ¿el de escaparse?

—Justamente; pero, por desdicha de los presos, el abate Faria fue acometido de una catalepsia y murió.

—Comprendo. Eso debió frustrar los proyectos de fuga.

—Para el muerto, sí, mas no para el vivo —repuso el señor de Boville—. En esta desgracia halló, por el contrario, Dantés un medio de apresurar su fuga. Se imaginó, sin duda, que los presos que mueren en el castillo de If se entierran en un cementerio como los comunes, y trasladó al difunto a su calabozo, ocupó su lugar en el saco en que se le había metido, esperando la hora del entierro.

—Era un medio que indicaba valor —repuso el inglés.

—¡Oh!, ya os dije, caballero, que era un hombre muy peligroso. Por fortuna, él mismo libró al gobierno de los temores que le inspiraba.

—¿Cómo?

—¿No lo comprendéis?

—No.

—El castillo de If no tiene cementerio, sino que sencillamente arrojan los muertos al mar, atándoles a los pies una bala de a treinta y seis.

—¿Y qué..? —añadió el inglés, como si no acabara de entender.

—Que le arrojaron al mar con una bala de a treinta y seis.

—¿De veras? —exclamó el inglés.

—Sí, caballero. Ya os podéis figurar cuánta debió de ser la sorpresa del fugitivo al sentirse precipitado desde aquella altura. Cualquier cosa daría por haber visto su cara en aquel momento.

—No habría sido fácil.

—No importa —contestó el señor de Boville, a quien la idea de recobrar sus doscientos mil francos ponía de buen humor—. No importa; me la estoy imaginando.

Y se echó a reír.

—Yo también —añadió el inglés.

Y también se echó a reír, pero como ríen los ingleses, de dientes a fuera.

—Según eso —añadió el inglés, que fue el primero en recobrar su sangre fría—, según eso, ¿el fugitivo se ahogó?

—¡Toma!

—De suerte que el gobernador del castillo de If se libró al mismo tiempo del preso furioso y del preso loco.

—Exacto.

—¿Ese suceso debe constar por algún documento?

—Sí, sí, por un acta de defunción. Ya comprenderéis que a la familia de Dantés, caso de que la tenga, podría interesarle averiguar si estaba muerto o vivo.

—De modo que si le heredan, pueden gozarlo tranquilamente. Está muerto y bien muerto.

—¡Vaya! Hasta se les expedirá certificación el día que la quieran.

—Desde luego —respondió el inglés—. Pero volvamos a los registros.

—Es verdad. Esta historia nos ha hecho divagar un tanto. Dispensadme.

—¿Por qué? ¿Por la historia? Al contrario, me ha parecido curiosísima.

—Y lo es, en efecto. ¿De modo que deseáis, caballero, examinar todo lo relativo a vuestro pobre abate, que era la dulzura personificada?

—Tendré mucho gusto.

—Pasemos a mi despacho y os complaceré.

Ambos pasaron al despacho del señor de Boville. En él todo respiraba orden y arreglo. Cada libro tenía su número, cada nota ocupaba su lugar. El inspector hizo que el inglés se sentase en su propio sillón, poniéndole delante el libro y las notas referentes al castillo de If, y dejándole en completa libertad de examinarlas, y él se sentó en un rincón a leer un periódico.

El inglés encontró en seguida lo que buscaba, pero sin duda le habría interesado mucho la historia que le contó el señor de Boville, pues habiendo recorrido muy por encima el registro de Faria, prosiguió hojeando hasta dar con el de Edmundo Dantés. Allí también cada documento lo halló en su sitio. La denuncia, el interrogatorio, la solicitud de Morrel y el informe de Villefort. Dobló con cuidado la denuncia, la guardó en el bolsillo, llegó al interrogatorio, y viendo que no se nombraba siquiera al señor Noirtier, examinó la solicitud de 10 de abril de 1815, en que por consejos del sustituto, Morrel exageraba, con la mejor intención, pues reinaba entonces Napoleón, los servicios de Dantés a la causa imperial, corroborados por la certificación de Villefort. Ahora lo comprendió todo claramente. Guardando Villefort la solicitud de Morrel había hecho de ella un arma poderosa bajo la segunda Restauración.

Ya no tuvo, pues, ninguna sorpresa al hallar esta nota en el registro, al margen de su nombre:

Edmundo Dantés: Bonapartista acérrimo. Ha tomado una parte muy activa en la vuelta de Napoleón.

Téngasele muy vigilado y bajo la más rigurosa incomunicación.

Debajo de estas líneas había escrito, con diferente clase de letra:

"Vista la nota anterior, nada se puede hacer por él."

Sólo comparando la letra del margen con la de la recomendación puesta a la solicitud de Morrel, pudo convencerse de que las dos eran iguales, es decir, ambas de Villefort.

Respecto a la última nota, comprendió el inglés que habría sido escrita por algún inspector, a quien Edmundo inspirara un interés pasajero, interés que se desvaneció ante lo terminante y expresivo de la nota marginal.

Ya hemos dicho que, por discreción, el inspector se había puesto a leer aparte La Bandera Blanca, por no molestar al discípulo del abate Faria, y por esto no pudo verle doblar y guardarse la denuncia, escrita por Danglars bajo el emparrado de la Reserva, con un sello del correo de Marsella del 27 de febrero, a las seis de la tarde.

Sin embargo, hemos de añadir que aunque lo hubiera visto, daba tan poca importancia a aquel papel, y tanta a sus doscientos mil francos, que no se hubiera opuesto a que se lo llevara.

—Gracias —dijo el inglés, cerrando el libro de repente—. Ya he terminado y ahora debo cumplir mi promesa. Hacedme un simple endoso de vuestro crédito, declarando haber recibido el importe, y voy a contaros el dinero.

Y cediendo su sillón al señor de Boville, que se apresuró a hacer el endoso y el recibo, el inglés empezó a contar billetes de banco en el otro extremo de la mesa.

VI: MORREL A HIJOS

El que hubiera abandonado Marsella algunos años antes, conociendo a fondo la casa de Morrel, y hubiese vuelto en la época a que hemos llegado con nuestros lectores, la habría encontrado muy cambiada.

En vez de ese aroma de vida, de felicidad y de holgura que

exhalan, por decirlo así, las casas en estado próspero, en lugar de aquellos alegres rostros que se veían detrás de los visillos de los cristales, en vez de aquellos corredores atareados que cruzaban por los pasillos con la pluma detrás de la oreja, en vez de aquel patio lleno de fardos, retumbando a los gritos y a las carcajadas de los mozos, hallara a primera vista un no sé qué de triste, un no sé qué de muerto.

En aquellas oficinas sólo quedaban dos de los numerosos empleados. Uno era un joven de veintitrés o veinticuatro años, llamado Manuel Raymond, que enamorado de la hija de Morrel, permanecía en el escritorio, a pesar de todos los esfuerzos que hacía en contrario su familia. El otro era un viejo empleado en la caja; llamábase por apodo Cocles, apodo que le habían dado los jóvenes que en otro tiempo henchían aquella casa poco menos que desierta, y apodo en fin, que había sustituido tan por completo a su propio nombre, que según todas las probabilidades no habría vuelto ahora la cabeza si le llamaran por aquél.

Cocles permanecía al servicio del señor Morrel, habiéndose verificado en la situación de aquel hombre un cambio muy singular. Había ascendido a cajero y descendido a criado. No por esto dejaba de ser siempre el mismo Cocles, bueno, leal, sufrido, pero inflexible en cuanto a la aritmética, en lo cual se las tenía tiesas hasta con el mismo señor Morrel, aunque no conociese otra teoría que su tabla de Pitágoras, que se sabía de memoria, ya de corrido, ya salteado, y a pesar de cuantas artimañas se emplearan para hacerle cometer un error.

Cocles era el único que se mostraba impertérrito en medio de la general desgracia que pesaba sobre la casa de Morrel, pero no se juzgue mal de esta impasibilidad, que no era falta de cariño, sino todo lo contrario, una convicción invencible.

Así como las ratas, que según dicen, van abandonando poco a poco el buque sentenciado de antemano por las borrascas a irse a pique, así como estos animales egoístas cuando leva el ancla ya lo han abandonado del todo, así la turba de agentes y corredores que vivía de la casa del armador, habían ido poco a poco desertando del despacho y de los almacenes como ya se ha dicho, pero Cocles los vio marcharse sin pensar siquiera en la causa. Todo en él, repetimos, se reducía a cuestión de números, y como en los veinte años que llevaba en el escritorio de Morrel había visto siempre efectuarse los pagos con tanta exactitud, no comprendía que pudiera faltar aquella exactitud, ni suspenderse aquellos pagos, como el molinero que posee un molino en un río muy caudaloso no comprende que pueda secarse el río. Hasta la fecha, en efecto, nada había podido destruir la creencia de Cocles. Los pagos del fin del mes anterior se efectuaron con rigurosa puntualidad. Cocles había rectificado una equivocación de ochenta sueldos cometida por el naviero contra su bolsillo, y el mismo día se los había devuelto. Morrel, con una sonrisa melancólica, los tomó y los echó en un cajón casi vacío, diciéndole:

—Bien, Cocles: sois el non plus ultra de los cajeros.

Y Cocles se marchó reventando de orgullo, porque un elogio del señor Morrel, el non plus ultra de los hombres honrados de Marsella, lo apreciaba más que una gratificación de cincuenta escudos.

Pero desde ese fin de mes tan glorioso, había pasado el señor Morrel horas muy crueles. Para atender a aquellos pagos agotó todos sus recursos, y hasta había hecho personalmente un viaje a la feria de Seaucaire a vender algunas alhajas de su mujer y de su hija y una parte de su plata, temeroso de que el recurrir en Marsella a tales extremos hiciera dar por segura su ruina. Con tal sacrificio pudo salir del apuro la casa de Morrel, pero la caja quedó completamente exhausta.

Con su habitual egoísmo, el crédito iba alejándose de ella por los rumores que circulaban, y para hacer frente a los cien mil francos del señor de Boville a mediados del mes actual, y a otros cien mil que iban a vencer el 15 del mes siguientes, no contaba en verdad el señor Morrel sino con la vuelta del Faraón, cuya salida había anunciado un buque que acababa de llegar, y que había salido al propio tiempo que él.

Pero la llegada de este buque, procedente, como El Faraón, de Calcuta, fue quince días atrás, mientras que del Faraón no se tenía noticia alguna.

Este era el estado de la casa de Morrel a hijos, cuando en la misma mañana en que hemos dicho ajustó con el señor de Boville su importantísimo negocio el agente de Thomson y French, de Roma, se presentó en casa del señor Morrel.

Manuel salió a recibirle, y como toda cara nueva le asustaba, porque en cada cara nueva veía un nuevo acreedor que inquieto por la fortuna de la casa venía a sondear al comerciante, Manuel, repetimos, quiso evitar esta visita al señor Morrel, a hizo mil preguntas al recién venido, el cual le manifestó que nada podía decir al señor Manuel, pues necesitaba entenderse con el señor Morrel en persona.

Llamó el joven suspirando a Cocles, que apareció al punto, recibiendo la orden de llevar al extranjero al gabinete del naviero. Cocles salió y el extranjero le siguió.

En la escalera tropezaron con una joven muy linda, de dieciséis a diecisiete años, que miró al extranjero con visible inquietud. Cocles no reparó en esta mirada, pero sí, al parecer, el extranjero.

—El señor Morrel está en su despacho, señorita Julia, ¿no es verdad? —le preguntó el cajero:

—Sí..., creo que sí —respondió la joven vacilando—. Cercioraos antes, Cocles, y si está, anunciad a este caballero.

—Será inútil anunciarme, señorita; el señor Morrel no conoce mi nombre —respondió el inglés—. Este caballero sólo tiene que decir que soy el comisionista principal de la casa Thomson y French, de Roma, con la cual está en relaciones la de vuestro padre.

La joven se puso pálida y siguió bajando, mientras Cocles y el extranjero seguían subiendo. Ella entró en el despacho de Manuel, y Cocles, con una llave que poseía para entrar a todas horas en el de su amo, abrió una puerta situada en un rincón del rellano del piso segundo, condujo al extranjero a una antesala, abrió otra puerta, que volvió a cerrar detrás de sí, y dejando un instante a solas al comisionado de la casa de Thomson y French, regresó al punto, haciéndole señas de que podía entrar.

Halló el inglés al señor Morrel sentado delante de una mesa, palideciendo al contemplar las columnas de números de su pasivo.

Al ver al extranjero, cerró el señor Morrel el libro de caja y se levantó para acercar una silla; luego que le vio sentado, se volvió él también a sentar.

Catorce años habían cambiado al digno negociante a quien conocimos de edad de treinta y seis al principio de esta historia. Ahora frisaba en los cincuenta; sus cabellos habían encanecido, su frente, poblada de melancólicas arrugas, y su mirada, en otro tiempo tan firme, era a la sazón irresoluta y vaga, como si temiera a cada momento verse obligado a bajarla ante una idea o ante un hombre.

El inglés lo contempló con un sentimiento de curiosidad mezclado de interés.

—Caballero —le dijo Morrel, a quien parecía molestar el examen de que estaba siendo objeto—. Caballero, ¿deseáis hablarme?

—Sí, señor. Sabéis de parte de quién vengo, ¿no es verdad?

—De parte de la casa Thomson y French, según me ha dicho mi cajero.

—Os ha dicho la verdad. En todo este mes y el próximo necesita la casa de Thomson y French pagar en Francia unos cuatrocientos mil francos, y conociendo vuestra probidad, ha reunido todo el papel que corría vuestro, encargándome que lo hiciera efectivo a medida que venciera.

Morrel exhaló un profundo suspiro y se pasó la mano por la frente, cubierta de sudor.

—¿Entonces tenéis pagarés míos? —preguntóle al inglés.

—Sí, caballero, pagarés que importan una suma considerable.

—¿Cuánto? —preguntó Morrel con acento que en vano quería que pareciese firme.

—Ahí los tenéis —respondió el inglés sacando un legajo de su bolsillo—. Aquí tenéis un endoso de doscientos mil francos hecho a nuestra casa por el señor de Boville, inspector de cárceles. ¿Reconocéis deber esta cantidad al señor de Boville?

—Sí, caballero. Son unos fondos que colocó en mi casa al cuatro y medio por ciento hará pronto cinco años.

—¿Y debéis reembolsársela...?

—La mitad el 15 de este mes, y la otra mitad el 15 del próximo.

—Muy bien. Ved ahora valores importantes: treinta y dos mil quinientos francos, pagaderos a fin de este mes. Son pagarés vuestros que nos han traspasado sus tenedores.

—.Los reconozco —dijo Morrel, poniéndose colorado de vergüenza al pensar que por primera vez en su vida no podría hacer honor a su firma—. ¿Es esto todo?

—No, caballero, que tengo aún unos cincuenta y cinco mil francos, traspasados a nuestra casa por las de Pascal y Wild y Turner de Marsella. Importan estas sumas doscientos ochenta y siete mil quinientos francos.

Era indescriptible lo que estaba sufriendo en aquellos momentos el pobre Morrel.

—¡Doscientos ochenta y siete mil quinientos francos! —repitió maquinalmente.

—Sí, señor —repuso el comisionista—. Ahora, pues —prosiguió después de una breve pausa—, no debo ocultaros, señor Morrel, que aun reconociendo vuestra probidad sin tacha hasta el presente, dícese por Marsella que no estáis en disposición de hacer frente a vuestros créditos.

A esta salida casi brutal, palideció Morrel.

—Caballero —dijo—, hasta el presente, y hace ya veinticuatro años que recibí la casa de manos de mi padre, que a su vez la había regentado treinta y cinco, hasta el presente ni una firma de Morrel a hijos se ha desairado en mi caja.

—Ya lo sé —respondió el inglés—, pero habladme de hombre honrado a hombre honrado: ¿pagaréis éstas con la misma exactitud?

Morrel se estremeció, mirando al que le hablaba así con una firmeza que antes no había tenido.

—A preguntas hechas con tal franqueza hay que responder necesariamente de la misma manera. Caballero, pagaré si mi buque llega sano y salvo, como espero, pues con su llegada recobraré el crédito que me han quitado las desgracias de que he sido víctima, pero si me faltase El Faraón, si me faltase mi último recurso...

Las lágrimas se agolparon a los ojos del desdichado armador.

—¿De modo que si os faltase ese último recurso...? —le preguntó su interlocutor.

—Pues bien —repuso Morrel—, mucho me cuesta decirlo..., pero acostumbrado ya a la desgracia, necesito acostumbrarme también a la vergüenza... Pues bien..., me parece que me vería en la precisión de suspender los pagos...

—¿No contáis con amigos que puedan ayudaros en esta ocasión? Morrel se sonrió con tristeza.

—Bien sabéis, caballero —contestó—, que en el comercio no

hay amigos, sino socios.

—Es cierto —murmuró el inglés—. ¿Luego no tenéis más que una esperanza?

—Una sola.

—¿Qué es la última?

—La última.

—De suerte que si os sale defraudada...

—¡Estoy perdido, caballero, completamente perdido!

—Cuando yo me dirigía a vuestra casa, entraba un buque en el puerto.

—Ya lo sé. Un joven que me ha permanecido fiel, a pesar de mi desgracia, pasa mucha parte del día en un mirador de esta casa, con la idea de poder traerme alguna buena noticia. Por él me enteré de que había llegado ese navío.

—¿Y no es el vuestro?

—No, es La Gironda, buque bordelés, que viene también de la India, como el mío.

—Tal vez haya visto al Faraón y os traiga noticias suyas.

—¿Queréis que os diga una cosa, caballero? Casi tanto temo saber noticias de mi bergantín, como estar en incertidumbre... la incertidumbre encierra algo de esperanza.

Luego añadió el señor Morrel con voz sorda:

—Esta tardanza no es natural. El Faraón salió de Calcuta el 5 de febrero, hace más de un mes que debía haber llegado.

—¿Qué es eso? —dijo el inglés aplicando el oído— ¿Qué es ese barullo?

—¡Oh, Dios mío, Dios mío! ¿Qué ocurrirá ahora? —exclamó Morrel, palideciendo.

En efecto, en la escalera se oía un ruido extraordinario, gentes que iban y venían y hasta lamentos y suspiros. Levantóse Morrel para abrir la puerta, pero le faltaron las fuerzas, y volvió a caer sobre su sillón. Los dos hombres estaban frente a frente. Morrel temblando de pies a cabeza, el extranjero mirándole con profunda compasión. Aunque había cesado el ruido, Morrel al parecer aguardaba alguna cosa. En efecto, el ruido debía tener su causa y además un resultado. A1 extranjero le pareció oír que subían muy quedito la escalera, y que los pasos, que eran como de muchas personas, se paraban en el descansillo.

Alguien introdujo una llave en la cerradura de la primera puerta, cuyos goznes se oyeron rechinar.

—Sólo dos personas tienen la llave de esa puerta: Cocles y Julia—murmuró el naviero.

Al mismo tiempo abrióse la segunda puerta, apareciendo la joven, pálida y bañada en llanto. Morrel se levantó temblando de su asiento, teniendo que apoyarse en el brazo de su sillón para no caer. Quería preguntar, pero le faltaba la voz.

—¡Oh, padre mío! —dijo la joven juntando las dos manos—, perdonad a vuestra hija el ser portadora de una triste nueva.

Morrel palideció intensamente y Julia se echó en sus brazos.

—¡Oh, padre mío! ¡Padre mío! —murmuraba—. ¡Valor!

—¿De modo que El Faraón se ha perdido? —balbució Morrel.

La joven no respondió, pero con la cabeza, que reclinaba en el seno de su padre, hizo una señal afirmativa.

—¿Y la tripulación? —inquirió Morrel.

—Se ha salvado —respondió la joven—. La ha salvado el navío bordelés que acaba de llegar.

El bueno del señor Morrel levantó las manos al cielo, con un sublime ademán de gratitud y resignación.

—¡Gracias, Dios mío! —exclamó—. Al menos sólo me herís a mí con este golpe.

No obstante su impasibilidad, el inglés se sintió afectado por la escena; una lágrima humedeció sus ojos.

—Entrad —añadió Morrel—, entrad, pues me presumo que estáis todos a la puerta.

En efecto, pronunciadas apenas estas palabras, apareció sollozando la señora Morrel, seguida de Manuel. En el fondo de la antecámara se percibían las rudas facciones de siete a ocho marineros medio desnudos.

La vista de estos hombres hizo estremecerse al inglés. Dio un paso como para salirles al encuentro, pero se detuvo, ocultándose, por el contrario, en el rincón más oscuro del gabinete. La señora Morrel fue a sentarse en el sillón, cogiendo una de las manos de su marido, mientras Julia reclinaba la cabeza sobre el pecho de su padre. Manuel se había quedado en medio de la estancia, como lazo que uniese a la familia de Morrel y a los marineros de la puerta.

—¿Cómo sucedió? —preguntó el naviero.

—Acercaos, Penelón ——dijo el joven—, y contadnos cómo ocurrió la desgracia.

Un marinero viejo, tostado por el sol del ecuador, adelantóse dando vueltas entre sus manos a los restos de su sombrero.

—Buenos días, señor Morrel —dijo, como si hubiera salido de Marsella la víspera o si llegase de Aix o de Tolón.

—Buenos días, amigo —contestó Morrel, no pudiendo menos de sonreírse, a pesar de sus lágrimas—. Pero ¿dónde está el capitán?

—Por lo que al capitán se refiere, señor Morrel, se ha quedado enfermo en Palma, pero si Dios quiere, aquello no será nada, y dentro de pocos días le veréis volver tan bueno y sano como vos y como yo.

—Está bien... Hablad ahora, Penelón.

Penelón mudó la mascada de tabaco del carrillo derecho al carrillo izquierdo, púsose la mano sobre la boca, volvió la cabeza para arrojar a la antesala una gran dosis de saliva negruzca, adelantó una pierna y contoneándose dijo:

—Poco antes del naufragio, señor Morrel, estábamos así como quien dice entre el cabo Blanco y el cabo Bojador, con una buena brisa sud—sudoeste tras ocho días de calma y contraventeo, cuando el capitán Gaumard se me arrima, porque yo estaba en el timón, y me dice: "Compadre Penelón, ¿qué me dices de aquellas nubes que se van formando allá abajo?" Justamente yo las atisbaba en aquel momento.

—¿Lo que yo os digo, capitán? Pues creo que suben más de prisa que lo que deben y que son más negras que lo que conviene a nubes de buena intención.

—Yo también opino lo mismo —me respondió el capitán—, y voy a tomar mis precauciones. Tenemos muchas velas para el viento que correrá pronto... ¡Atención! ¡Eh! ¡Cerrad las escotillas! ¡Halad los foques!

—Ya era tiempo. No bien se había ejecutado la orden, cuando el aire se nos echó encima, poniendo al buque de costado.

—Bueno —dijo el capitán—, todavía tenemos mucha vela. ¡Carga la grande!

—Seis minutos más tarde estaba cargada la vela mayor, y

navegábamos con la mesana, las gavias y los juanetes.

—¿Qué es eso, compadre Penelón? —me dijo el capitán—. ¿Por qué mueves la cabeza?

—Porque en vuestro lugar, es un decir, yo no haría tan poca cosa.

—Me parece que tienes razón, perro viejo —me contestó—; vamos a tener una bocanada de aire.

—¡Ah, capitán! —le respondí—. El que cambiara una bocanada de aire por aquello que pasa allá abajo, no saldría perdiendo, a buen seguro. Es una tempestad en regla, o yo soy un topo.

—Es como si dijéramos que se veía venir el viento como se ve venir el polvo en Montedrón. Afortunadamente se las había cara a cara con un hombre bien templado.

—¡Cada cual a su puesto! —gritó el capitán—. ¡Coged dos rizos a las gavias! ¡Largad las bolinas! ¡Brazas al aire! ¡Recoged las gavias! ¡Pasad los palanquines por las vergas!

—Poco era eso aún para aquellos sitios —dijo el inglés—. En su lugar yo habría cogido cuatro rizos, y me habría deshecho de la mesana.

Aquella voz firme, inesperada y sonora, estremeció a todo el mundo. El marino miró al que con tanto aplomo criticaba las maniobras de su capitán.

—Hicimos otra cosa, caballero —le contestó con algún respeto—. Cargamos la mesana y pusimos el timón al viento, para dejarnos llevar de la borrasca. Diez minutos más tarde, cargadas también las gavias, navegábamos a palo seco.

—Muy viejo era el buque para atreverse a tanto —dijo el inglés.

—Eso fue precisamente lo que nos perdió. Hacía ya doce horas que andábamos de aquí para allá dados a los demonios, cuando el barco empezó a hacer agua.

—Penelón, viejo mío —me dijo el capitán—, me parece que nos vamos a fondo. Dame el timón, y baja a la sentina.

—Dile el timón, bajé en efecto... ya había tres pies de agua... Vuelvo a subir gritando: ¡A las bombas! ¡A las bombas! —aunque era ya un poco tarde. Pusimos manos a la obra, pero cuanta más agua sacábamos más entraba.

¡Ah! —dije al cabo de cuatro horas de trabajo—, puesto que nos vamos a fondo, dejémonos ir, que sólo una vez se muere.

—¿De ese modo das el ejemplo, maese Penelón? —me dijo el capitán—. Espera, espera un poco.

—Y se fue a su camarote a coger un par de pistolas y salió diciendo:

—Al primero que se aparte de la bomba le pego un tiro.

—Bien hecho —dijo el inglés.

—Nada hay que reanime tanto como las buenas razones —prosiguió el marinero—,sin contar que en este intervalo el tiempo se había ido aclarando y calmándose el aire. Sin embargo, el agua no cesaba de subir, poco, es verdad, unas dos pulgadas por hora, pero subía. Dos pulgadas por hora, ya veis, parece cosa despreciable, pues a las doce horas suman veinticuatro pulgadas, y veinticuatro pulgadas hacen dos pies. Dos pies, con tres que ya teníamos, sumaban cinco..., ¿eh? ¿Si podrá pasar por hidrópico un buque que tiene en el estómago cinco pies de agua?

—Vamos —dijo el capitán—, me parece que el señor Morrel no se quejará. Hemos hecho por salvar el barco cuanto estaba en nuestro poder. Pensemos ahora en salvar a los hombres. Muchachos, a la lancha, ¡pronto!

—Habéis de saber, mi amo —dijo Penelón—, nosotros queríamos mucho al Faraón, pero por mucho que el marinero quiera a su barco, quiere más a su pellejo. Conque no nos lo dijo dos veces. Y reparad que también el buque, lamentándose, parecía que nos dijese: "¡Idos pronto, pronto! " No se engañaba el pobre Faraón. Materialmente lo sentíamos hundirse bajo nuestros pies.

"En un instante echamos la chalupa al mar, y nosotros saltamos a ella.

"El capitán fue el último, o por mejor decir no lo fue, pues que no quería abandonar el navío. Yo, yo fui el que le cogí a brazo partido, y se lo eché a mis camaradas, saltando detrás de él. Ya era tiempo. No bien había yo saltado, cuando el puente se abrió con un ruido semejante al de las bordadas de un navío de a cuarenta y ocho.

Diez minutos después se hundió por delante, luego por detrás, púsose a dar vueltas como un perro que quiere morderse la cola, y por último..., ¡adiós, mundo...! ¡Prrrrrrum...! ¡Adiós, Faraón!

En cuanto a nosotros, estuvimos tres días sin comer ni beber..., como que ya hablábamos de echar suertes a ver a quién le tocaba servir de alimento a los otros, cuando vislumbramos a La Gironda. Le hicimos las señales consabidas, nos vio, se dirigió a nosotros y nos echó su chalupa y nos recogió. Este es el caso, señor Morrel, tal como ha pasado, a fe de marino, bajo la palabra de honor. ¿No es verdad, muchachos?

Un murmullo general de aprobación manifestó que el orador reunía todos los sufragios, así por lo verdadero del fondo, como por lo pintoresco de la forma.

—Bien, amigos míos —dijo el señor Morrel—, fuisteis valientes y muy bien me figuraba yo que no tendríais la culpa de esta desgracia, sino mi destino. Es voluntad de Dios y no culpa de los hombres. Decidme ahora, ¿cuánto se os debe de sueldo?

—¡Bah!, no hablemos de eso, señor Morrel.

—Al contrario, hablemos —repuso el naviero con una triste sonrisa. —Pues bien se nos deben tres meses —añadió Penelón.

—Entregad doscientos francos a cada uno de esos valientes, Cocles. En otros tiempos, amigos míos —prosiguió Morrel—, hubiera yo añadido: Dad a cada uno doscientos francos de gratificación, pero estos tiempos son muy malos, amigos míos, y no me pertenece el poco dinero que me queda. Perdonad, y no por eso me queráis menos.

Penelón hizo un gesto de enternecimiento y volviéndose a sus compañeros, cambió con ellos algunas frases.

—En cuanto a eso, señor Morrel —añadió luego, trasladando al otro carrillo su mascada de tabaco, y arrojando a la antesala otro salivazo, que fue a hacer compañía al primero—, en cuanto a eso...

—¿A qué?

—Al dinero...

—Y bien, ¿qué?

—Que dicen los camaradas, señor Morrel, que por lo de ahora les bastan cincuenta francos a cada uno, que esperarán por lo demás.

—¡Gracias, amigos míos, gracias! —exclamó el naviero, conmovido hasta el fondo del alma—. ¡Qué gran corazón tenéis todos! Pero tomad los doscientos francos, tomadlos, y si encontráis un buen empleo, aceptadlo, porque estáis sin ocupación.

Esta última frase causó una impresión singular a aquellos dignos marineros, que se miraron unos a otros con aire de espanto. Falto de respiración el viejo, por poco se traga el tabaco, pero por fortuna acudió a tiempo con su mano a la garganta.

—¿Cómo, señor Morrel, nos despedís? —murmuró con voz ahogada—. ¿Estáis descontento de nosotros?

—No, hijos míos —contestó Morrel—, sino todo lo contrario. No os despido..., pero... ¿qué queréis?, ya no tengo barcos, ya no necesito marineros.

—¿Que no tenéis barcos? —dijo Penelón—. Pues construiréis otros..., esperaremos. Gracias a Dios, ya sabemos lo que es esperar.

—No tengo dinero para construir otros, Penelón —repuso Morrel con su melancólica sonrisa—; por lo tanto no puedo aceptar vuestra oferta, aunque me sea muy satisfactoria.

—Pues si no tenéis dinero, no debéis pagarnos. Haremos como el pobre Faraón, navegar a palo seco.

—Callad, callad, amigos míos —respondió Morrel con voz entrecortada por la emoción—. Os ruego que aceptéis ese dinero. Ya nos volveremos a ver en mejores circunstancias. Manuel, acompañadlos —añadió—, y haced que se cumplan mis deseos.

—¿Volveremos a vernos, señor Morrel? —dijo Penelón.

—Sí, amigos míos, por lo menos así lo espero. Id.

E hizo una señal a Cocles, que salió delante, seguido de los marineros y de Manuel.

—Ahora —dijo el armador a su mujer y a su hija—, dejadme solo un instante, que tengo que hablar con este caballero.

Y con la mirada indicaba al comisionista de la casa de Thomson y French, que durante la escena había permanecido inmóvil y de pie en un rincón, sin tomar otra parte en ella que las palabras que ya hemos dicho.

Las dos mujeres miraron al extranjero, de quien ya se habían olvidado completamente, y al retirarse la joven le dirigió una mirada de súplica, mirada a la que él contestó con una sonrisa que parecía imposible en aquel semblante de hielo.

Los dos hombres quedaron a solas.

—Ea, caballero —dijo Morrel dejándose caer de nuevo en su sillón—, ¡ya lo habéis visto! ¡Ya lo habéis oído! Nada tengo que añadir.

—Ya he visto, caballero —respondió el inglés—, que os viene otra desgracia, tan inmerecida como las anteriores. Esto me afirma más y más en mi propósito de seros útil.

—¡Oh, caballero! —murmuró Morrel.

—Veamos —prosiguió el comisionista—. Yo soy uno de vuestros principales acreedores, ¿no es cierto?

—Sois al menos el que posee créditos a plazo más corto.

—¿Deseáis una prórroga para pagarme?

—Una prórroga me podría salvar el honor, y por lo tanto la vida —repuso Morrel.

—¿De cuánto tiempo la queréis?

Morrel, vacilante, dijo:

—De dos meses.

—Os concedo tres —respondió el extranjero.

—¿Pero creéis que la casa de Thomson y French...?

—Eso corre de mi cuenta. Hoy estamos a 5 de junio.

—Sí.

—Renovadme entonces todo ese papel para el 5 de septiembre a las once de la mañana. A esa hora vendré a buscaros. (El reloj marcaba en aquel momento las once de la mañana.)

—Os esperaré, caballero —dijo Morrel—, y, o vos quedaréis pagado..., o muerto yo.

Renováronse los pagarés, rompiéronse los antiguos, y el desgraciado naviero tuvo por lo menos tres meses de respiro para allegar sus últimos recursos.

Acogió el inglés sus muestras de gratitud con la flema peculiar a los de su nación, y despidióse de Morrel, que le acompañó hasta la puerta, bendiciéndole.

En la escalera encontró a Julia, que hizo como si bajara, pero que en realidad estaba esperándole.

—¡Oh, caballero! —dijo juntando las manos.

—Señorita —respondió el inglés—, si en alguna ocasión recibís una carta... firmada por... por Simbad el Marino..., efectuad al pie de la letra lo que os encargue, aunque os parezca extraño mi consejo.

—Lo haré, caballero —respondió Julia.

—¿Me prometéis hacerlo?

—Os lo juro.

—Bien. Adiós, entonces, señorita. Proseguid como hasta ahora, siendo tan buena hija, que confío que Dios os recompensará dándoos a Manuel por marido.

Julia exhaló un grito imperceptible y púsose encarnada como una cereza, apoyándose en la pared para no caer.

El inglés prosiguió su camino, haciéndole un ademán de despedida.

En el patio halló a Penelón con un paquete de cien francos en cada mano, como dudando si debía llevárselos o no.

—Seguidme, amigo mío, tengo que hablaros —le dijo.

VII: EL 5 DE SEPTIEMBRE

El plazo concedido a Morrel por la casa de Thomson y French cuando menos lo esperaba, se le antojó al pobre naviero uno de esos vislumbres de felicidad que vienen a anunciarnos que el infortunio se ha cansado de acosarnos. Contó el mismo día el suceso a su hija, a su esposa y a Manuel, con lo que tornó al seno de la triste familia un tanto de esperanza, si no de tranquilidad, mas, por desgracia, Morrel no tenía deudas sólo con la casa de Thomson y French, tan fácil de contentar. Como él mismo había dicho, en el comercio no hay amigos, sino socios.

Al pensar en aquella acción de los comerciantes de Roma, sólo podía explicársela como un cálculo egoísta a inteligente a la par. Thomson y French habrían dicho para sí: "Más nos conviene sostener a un hombre que nos debe cerca de trescientos mil francos, más nos conviene cobrarlos dentro de tres meses, que no apresurar su quiebra, cobrando solamente el siete o el ocho por ciento del capital."

Desgraciadamente no pensaron de la misma manera los otros corresponsales de Morrel, sea por ceguedad, sea por envidia, y aun los hubo que obraron completamente al contrario. Con nimia exactitud fue presentándose en la caja todo el papel que tenía Morrel en circulación, y gracias al respiro concedido por el inglés, pudo pagarlos el cajero. Con esto prosiguió Cocles en su fatídica impasibilidad, pero no Morrel, que calculó con terror que, a pesar del plazo, era hombre perdido cuando tuviese que abonar los pagarés del comisionista.

La opinión de todo el comercio de Marsella era que el naviero no podría resistir tantos desastres, por lo que causó grandísima admiración ver que se habían cumplido fielmente las obligaciones de fin de mes. Con todo, no por esto volvió la casa a recobrar su crédito, pues unánimemente el público aplazó para fin del mes siguiente la quiebra.

Morrel pasó todo el mes haciendo esfuerzos increíbles para allegar todos sus recursos. En otro tiempo sus pagarés, aunque fuesen a fecha larga, eran tomados en la plaza y hasta pedidos. Procuró ahora negociar algunos de aquellos a noventa días, y halló cerradas todas las cajas. Podía contar afortunadamente con algunos ingresos suyos propios, que se verificaron exactamente, lo que le puso en disposición de cumplir sus obligaciones de fin de julio.

Al agente de la casa de Thomson y French no se le había vuelto a ver en Marsella desde la mañana siguiente o la otra posterior a su visita al señor Morrel, y como no había tenido en Marsella relaciones sino con el alcalde, el señor Boville y el naviero, no dejó otros recuerdos que los de estas tres personas. En cuanto a los marineros del Faraón, sin duda habían encontrado acomodo, porque también desaparecieron.

Repuesto ya de la enfermedad que le detuvo en Palma, volvió a Marsella el capitán Gaumard, temeroso de presentarse en casa de Morrel, pero éste supo su llegada y fue en persona a buscarle. El digno naviero conocía de antes, por la revelación de Penelón, la conducta valerosa del capitán en aquella desgracia, y él fue quien precisando de consuelos, tuvo que consolar al marino. Llevábale además su sueldo, que el capitán no se hubiera atrevido a ir a cobrar.

Al bajar la escalera, encontró el señor Morrel a Penelón, que la subía. Al parecer había empleado bravamente sus doscientos francos, porque estaba enteramente vestido de nuevo. La presencia del naviero embarazaba un poco al digno timonel. Retiróse al rincón más apartado del descansillo, pasó alternativamente su mascada de tabaco de un carrillo a otro con ojos espantados, y no aceptó, sino muy tímidamente, el apretón de manos que le ofrecía el señor Morrel con su acostumbrada cordialidad. A la elegancia de su traje atribuyó Morrel la turbación del marinero. Sin duda que no habría costeado él atavío tan lujoso. Tal vez estaba ya enrolado en otro buque, y se avergonzaba de no haber llevado más largo tiempo el luto del Faraón, si se nos permite la frase. Quizás habría también venido a anunciar su nuevo empleo al capitán Gaumard, o a hacerle alguna proposición de su nuevo amo.

—¡Buenas gentes! —dijo Morrel alejándose—. Ojalá vuestro nuevo dueño os ame como yo os amaba y sea más feliz que yo.

Morrel pasó el mes de agosto haciendo mil tentativas para recobrar su crédito antiguo, o ganarse otro nuevo. El 20 de agosto se supo en Marsella que había tomado un asiento en el correo, y se dijo que decididamente se declararía en quiebra a fin de mes, y partía anticipadamente para no asistir a este acto cruel, encomendado sin duda a su oficial primero, Manuel, y a su cajero, Cocles. Pero, contra todos los agüeros, el 31 de agosto se abrió la oficina, como de costumbre, apareciendo detrás de la verja Cocles, tranquilo como el justo de Horacio, examinando con su escrupulosidad característica el papel que se le presentaba y pagándolo todo con la misma escrupulosidad. Hasta giros se presentaron que pagó el cajero con la misma exactitud que si fueran pagarés. Los murmuradores se hacían cruces, y con esa tenacidad común a los profetas de desgracias, aplazaban la quiebra para fin de septiembre.

El día primero llegó Morrel. Esperábale toda su familia, presa de la mayor ansiedad, porque aquel viaje a París era su último recurso. Morrel se había acordado de Danglars, entonces millonario, y en otro tiempo su protegido, puesto que por su recomendación entró en casa del banquero español, donde había empezado a labrar su fortuna. Danglars tenía, al decir de la gente, siete a ocho millones, y un crédito ilimitado, con que habría podido salvar a Morrel sin gastar un escudo, sólo con garantizarle un empréstito.

Hacía mucho tiempo que Morrel pensaba en Danglars, pero existen antipatías instintivas, imposibles de vencer, y mientras le alentaron otras esperanzas, renunció a este supremo recurso. Tuvo razón Morrel, porque volvía de París humillado con una negativa.

Sin embargo no exhaló una queja. Abrazó llorando a su mujer y a su hija, tendió a Manuel una mano, y se encerró con Cocles en su gabinete del piso segundo.

—¡Ahora sí que nuestro mal no tiene remedio! —dijeron las

dos mujeres a Manuel.

Entonces trataron en un conciliábulo de que Julia escribiese a su hermano pidiéndole que viniera al instante. Se hallaba en Nimes de guarnición.

Las pobres mujeres comprendían instintivamente cuán necesarias les eran todas sus fuerzas para resistir el golpe que les amenazaba.

Maximiliano, además, aunque apenas contaba veintidós años, ejercía ya sobre su padre una gran influencia. Maximiliano Morrel era un joven de carácter firme y recto. Cuando llegó a la edad de elegir carrera, como su padre no había querido imponerle ninguna para que siguiese su inclinación, eligió la militar, efectuando por lo tanto muy notables estudios preparatorios, y entrando por oposición en la Escuela Politécnica, de la cual salió siendo subteniente del regimiento 53 de Línea. Hacía un año de esto, y ya le tenían prometido el ascenso a teniente a la primera ocasión que se presentara. En el regimiento era tenido Maximiliano por muy rígido, no sólo en cuanto a los deberes militares, sino también en cuanto a los humanos, de suerte que le llamaban el estoico. No hay que decir que le llamaban así de oídas, pues sus compañeros no sabían lo que significaba esta palabra. Tal era el joven a quien llamaban su madre y su hermana en los trances que estaban presintiendo. Y no se equivocaban, porque un instante después de haber entrado el cajero en el gabinete del armador, vio Julia salir a aquél, pálido, tembloroso y fuera de sí. Al pasar a su lado intentó preguntarle, pero el buen hombre siguió bajando la escalera con extraordinaria celeridad, contentándose con exclamar, levantando las manos al cielo:

—¡Oh, señorita! ¡Señorita! ¡Qué desgracia tan horrible! ¿Quién lo hubiera creído?

Poco después viole subir Julita con dos o tres libros muy gruesos, una cartera y un saco de dinero.

Consultó Morrel los registros, abrió la cartera y contó el dinero. Sus existencias en caja consistían en seis a ocho mil francos, que con cuatro o cinco mil que esperaba de diversas entradas, componían, sumando muy por lo largo, un activo de catorce mil francos, para pagar doscientos ochenta y siete mil quinientos. Tampoco había medio de ofrecer ningún crédito a cuenta. Cuando subió a comer parecía estar más tranquilo, aunque esta tranquilidad asustó más a las dos mujeres que si le vieran muy abatido.

Morrel acostumbraba después de comer ir a tomar café y a leer el periódico El Semáforo al círculo de los Focios, pero el día de que hablamos volvió a subir a su despacho.

El pobre Cocles estaba completamente alelado. Casi toda la mañana la pasó en el patio, sentado en una piedra, con la cabeza descubierta, aunque hacía un sol de treinta grados.

Si bien Manuel se afanaba por tranquilizar a las mujeres, le faltaban palabras y elocuencia. Estaba muy al corriente de los negocios de la casa para no conocer que amenazaba a ésta una gran catástrofe.

Por la noche no se acostaron ni la madre ni la hija, con la esperanza de que Morrel entrase en su cuarto al bajar al despacho, pero oyéronle pasar por delante de la puerta acelerando el paso, sin duda temeroso de que le llamaran. Aplicaron el oído y pudieron comprender que había entrado en su cuarto, cerrando la puerta detrás de sí. La señora Morrel mandó a Julia que se acostara, y media hora después, quitándose los zapatos, se deslizó por el corredor para ver por la cerradura lo que hacía su marido. Una sombra salía del corredor cuando ella entraba. Era Julia, que, sobresaltada también, había precedido a su madre con el mismo objeto.

La joven se unió a su madre.

—Está escribiendo —le dijo.

Las dos mujeres se habían comprendido sin hablar.

La señora Morrel se inclinó a mirar por la cerradura. Morrel escribía, en efecto, pero lo que no había advertido la hija lo advirtió la madre, y fue que el naviero escribía en papel sellado. Y esto hizo que le asaltase la terrible idea de que hacía testamento, y aunque tembló de pies a cabeza, tuvo suficiente valor para no despegar sus labios.

Al día siguiente, Morrel estaba al parecer muy tranquilo, pues fue a su despacho, como acostumbraba, bajó a almorzar como solía también y solamente después de comer fue cuando hizo a su hija sentarse a su lado, le cogió la cabeza y la estrechó fuertemente contra su corazón. Aquella tarde dijo Julia a su madre que, aunque tranquilo en apáriencia, había reparado que el corazón de Morrel latía violentamente.

Los otros dos días pasaron del mismo modo. El 4 por la noche pidió Morrel a Julia la llave de su gabinete. Esto hizo temblar a la joven, pues le pareció de mal agüero. ¿Por qué le pedía su padre aquella llave, que ella había tenido siempre, y que desde su niñez no le quitaba nunca sino para castigarla?

—¿Qué he hecho yo, padre mío —le dijo, mirándole de hito en hito—, para que así me pidáis esa llave?

—Nada, hija mía —respondió el desgraciado Morrel, saltándosele las lágrimas—, nada, pero la necesito.

Julia hizo como si buscara la llave.

—La habré dejado en mi cuarto—murmuró.

Y salió, pero no fue a su cuarto, sino a consultar a Manuel.

—No le des la llave a lo padre —dijo éste—, y si puedes, no le abandones un solo instante mañana por la mañana.

En vano trató la joven de sonsacar a Manuel; o no sabía más o no quiso decirle más.

Toda la noche, del 4 al 5 de septiembre, la pasó la señora Morrel con el oído en la cerradura del despacho de su esposo. Hacia las tres de la mañana oyó a éste pasear muy agitado por su habitación. A aquella hora fue solamente cuando se reclinó sobre la cama.

Las dos mujeres pasaron la noche juntas; esperaban a Maximiliano desde la tarde anterior. Entró a verlas Morrel a las ocho, sosegado en apariencia, pero revelando con su palidez y su abatimiento la agitación en que había pasado la noche. Ninguna de las dos mujeres se atrevió a preguntarle si había dormido bien. Nunca había estado Morrel tan bondadoso con su mujer, ni tan paternal con su hija. No se hartaba de contemplar y abrazar a la pobre niña. Recordando Julia el consejo de Manuel, quiso seguir a su padre cuando salía de la estancia, pero él, deteniéndola con dulzura, le dijo:

—Quédate con la madre.

Julia insistió.

—Vamos, lo ordeno—añadió Morrel.

Era la primera vez que Morrel decía a su hija "lo ordeno", pero lo decía con tal acento de paternal dulzura, que la joven no se atrevió a dar un paso más.

Muda a inmóvil permaneció en el mismo sitio. Un instante después volvióse a abrir la puerta y sintió que la abrazaban y besaban en la frente.

Alzó los ojos, y con una exclamación de júbilo dijo:

—¡Maximiliano! ¡Hermano mío!

A estas voces acudió la señora Morrel a arrojarse en brazos de su hijo.

—Madre mía —dijo el joven mirando alternativamente a la madre y a la hija—, ¿qué sucede? Vuestra carta me asustó muchísimo.

—Julia —repuso la señora Morrel haciendo una señal a la joven—, ve a avisar a lo padre la llegada de Maximiliano.

La joven salió corriendo de la habitación, pero al ir a bajar la escalera la detuvo un hombre con una carta en la mano.

—¿Sois la señorita Julia Morrel? —le dijo con un acento italiano de los más pronunciados.

—Sí, señor —respondió—, pero ¿qué queréis? ¡Yo no os conozco!

—Leed esta carta —dijo el hombre presentándosela.

Julia no se atrevía.

—Va en ella la salvación de vuestro padre —añadió el mensajero. Julia arrancóle la carta de las manos, y la leyó rápidamente:

Id en seguida a las Alamedas de Meillán, entrad en la casa número 15, pedid al portero la llave del piso quinto, entrad, y sobre la chimenea encontraréis una bolsa de torxal encarnado; traédsela a vuestro padre.

Conviene mucho que la tenga antes de las once.

Me habéis prometido obediencia absoluta, os recuerdo vuestra promesa. Simbad El Marino

La joven dio un grito de alegría, y al levantar los ojos al hombre que le había traído la carta, vio que había desaparecido. Entonces quiso leerla por segunda vez, y advirtió que tenía una posdata.

Es importantísimo que vayáis vos misma, y Bola, pues a no ser vos quien se presentase, o a ir acompañada, responderá el portero que no sabe de qué se trata.

Esta posdata hizo suspender la alegría de la joven. ¿No tendría nada que temer? ¿No sería un lazo aquella cita? Su inocencia la tenía ignorante de los peligros que corre una joven de su edad, pero no es necesario conocer el peligro para temerlo. Hasta hemos hecho una observación, y es que los peligros ignorados son justamente los que infunden mayor terror. Julia resolvió pedir consejo, pero por un sentimiento extraño no recurrió a su madre, ni a su hermano, sino a Manuel.

Bajó a su despacho, y contóle cuanto le había sucedido el día que el comisionista de la casa de Thomson y French se presentó en la suya, y la escena de la escalera y la promesa que le había hecho, y le mostró la carta que acababa de recibir.

—Es necesario que vayáis, señorita —dijo Manuel.

—¡Que vaya! —murmuró Julia.

—Sí, yo os acompañaré.

—Pero ¿no habéis visto que he de ir Bola?

—Iréis Bola —respondió el joven—. Os esperaré en la esquina de la calle del Museo, y si tardaseis lo bastante a parecerme sospechoso, iré a buscaros, y os aseguro que ¡ay de aquellos de quienes os quejéis a mí!

—¿De modo que vuestra opinión, Manuel, es que acuda a la cita? —añadió la joven, vacilante aún.

—Sí; ¿no os ha dicho el portador que de ello depende la salvación de vuestro padre?

—Pero decidme siquiera qué peligro corre.

Manuel vacilaba, pero el deseo de decidir al punto a la joven, pudo más que sus escrúpulos.

—Escuchad —le dijo— Hoy estamos a 5 de septiembre, ¿no es verdad?

—Sí.

—¿Hoy a las once tiene que pagar vuestro padre cerca de trescientos mil francos?

—Sí, ya lo sabemos.

Manuel dijo:

—¡Pues bien! En caja apenas hay quince mil.

—¿Y qué sucederá?

—Sucederá que si antes de las once no ha encontrado vuestro padre alguno que le ayude a salir del apuro, tendrá que declararse en quiebra al mediodía.

—¡Oh! ¡Venid! ¡Venid! —exclamó la joven arrastrando a Manuel tras ella.

Mientras tanto la señora Morrel se lo había contado todo a su hijo.

El joven sabía muy bien que de resultas de las desgracias sucedidas a su padre, se habían modificado mucho los gastos de la casa, pero ignoraba que se viesen próximos a tal extremo. La revelación le anonadó. De pronto salió del aposento y bajó la escalera, creyendo que estaría su padre en el despacho, pero en vano llamó a la puerta.

Después de haber llamado inútilmente, oyó abrir una puerta de la planta baja. Era su padre, que en vez de volver directamente a su despacho, había entrado antes en su habitación, y salía ahora. Al ver a su hijo lanzó un grito, pues ignoraba su llegada, quedándose como clavado en el mismo sitio, ocultando con su brazo un bulto que llevaba debajo de su gabán. Maximiliano bajó en seguida la escalera, arrojándose al cuello de su padre, pero de pronto retrocedió, dejando, sin embargo, su mano derecha sobre el pecho de su padre.

—¡Padre mío! —le dijo, palideciendo intensamente—. ¿Por qué lleváis debajo del abrigo un par de pistolas?

—¡Esto es lo que yo temía! —exclamó Morrel.

—¡Padre mío! ¡Padre mío! ¡Por Dios! ¿Qué significan esas armas?

—Maximiliano —respondió Morrel, mirando fijamente a su hijo—, tú eres hombre, y hombre de honor. Ven, que voy a contártelo.

Y subió a su gabinete con paso firme. Maximiliano le seguía vacilando.

Morrel abrió la puerta, y cerróla detrás de su hijo, luego atravesó la antesala y poniendo las pistolas sobre su bufete, señaló con el dedo al joven un libro abierto.

En este libro constaba exactamente el estado de la caja.

Antes de que pasase una hora tenía que pagar doscientos ochenta y siete mil quinientos francos.

—Lee —dijo simplemente.

El joven lo leyó, quedándose como petrificado.

Morrel no decía una palabra. ¿Qué hubiera podido añadir a la inexorable elocuencia de los números?

—¿Y para evitar esta desgracia hicisteis todo lo posible, padre mío? —inquirió Maximiliano después de un instante.

Morrel respondió:

—Sí.

—¿No contáis con ninguna entrada?

—Con ninguna.

—¿Agotasteis todos los recursos?

—Todos.

—¿Y dentro de media hora... —prosiguió Maximiliano con acento lúgubre—, dentro de media hora quedará deshonrado nuestro nombre?

—La sangre lava la deshonra —dijo Morrel.

—Tenéis razón, padre mío; os comprendo.

Y alargando la mano a las pistolas, añadió:

—Una para vos, otra para mí. Gracias.

Morrel le contuvo.

—¿Qué será de lo madre... y de lo hermana?

Un temblor involuntario se adueñó del joven.

—¡Padre mío! —repuso—, ¿pensáis lo que decís? ¿Me aconsejáis que viva?

—Sí; lo aconsejo, porque es lo deber. Tú tienes, Maximiliano, una inteligencia vigorosa y fría, tú no eres un hombre vulgar, Maximiliano. Nada lo mando, nada lo aconsejo, lo digo únicamente: estudia la situación como si fueras extraño a ella, y júzgala por ti mismo.

Tras un instante de reflexión, animó los ojos del joven un fuego sublime de resignación. Con ademán lento y triste se arrancó la charretera y la capona, insignias de su grado.

—Está bien, padre mío —dijo tendiendo a Morrel la mano—, morid en paz; yo viviré.

Morrel hizo un movimiento para arrojarse a los pies de su hijo, que se lo impidió abrazándole, con lo que aquellos dos corazones nobles confundieron sus latidos.

—Bien sabes que no es mía la culpa —dijo Morrel.

Maximiliano se sonrió.

—Sé que sois el hombre más honrado que yo haya conocido

nunca, padre mío.

—Todo está dicho ya. Regresa ahora al lado de lo madre y de lo hermana.

—Padre mío —dijo el joven hincando una rodilla en tierra—, bendecidme.

Cogió Morrel con ambas manos la cabeza de su hijo, y acercándola a sus labios la besó repetidas veces.

—Sí, sí —exclamaba a la par—, yo lo bendigo en mi nombre y en el de tres generaciones de hombres sin tacha. Escucha lo que con mi voz lo dicen: El edificio que la desgracia destruye, la Providencia puede reedificarlo. Viéndome morir de tan triste manera, los más inexorables lo compadecerán; quizá lleguen a concederte a ti treguas que a mí me habrían negado. Trata entonces que nadie pronuncie la palabra pillo. Trabaja, joven, trabaja, lucha con valor y ardientemente. Procura vivir tú y que vivan lo madre y lo hermana con lo estrictamente necesario, a fin de que día por día aumente la fortuna de mis acreedores con tus ahorros. Piensa que no habría día más hermoso, ni más grande, ni más solemne, que el día de la rehabilitación, aquel día que puedas decir en este mismo despacho: "Mi padre murió porque no pudo hacer lo que yo hago hoy; pero murió tranquilo y resignado, porque esperaba de mí esta acción."

—¡Oh, padre mío, padre mío! —exclamó el joven—. ¡Si pudierais vivir a pesar de todo!

—Si vivo todo se ha perdido. Viviendo yo, el interés se cambia en duda, la piedad en encarnizamiento. Viviendo yo, no soy más que un hombre que faltó a su palabra, que suspendió sus pagos; soy, en fin, un comerciante quebrado. Si muero, piénsalo bien, Maximiliano, sí, por el contrario, muero, seré un hombre desgraciado, pero honrado. Vivo, hasta mis mejores amigos huyen de mi casa; muerto, Marsella entera acompañará mi cadáver al cementerio; vivo, tienes que avergonzarte de mi apellido; muerto, levantas la cabeza y dices: "Soy hijo de aquel que se mató porque tuvo una vez en su vida que faltar a su palabra."

El joven exhaló un gemido, aunque estaba al parecer resignado. Era la segunda vez que el convencimiento se apoderaba, si no de su corazón, de su espíritu.

—Ahora —dijo Morrel—, déjame solo, y procura alejar de

aquí a las mujeres.

—¿No queréis ver por última vez a mi hermana? —le preguntó Maximiliano.

El joven fundaba en esta entrevista una esperanza sombría y postrera. Morrel movió la cabeza.

—Ya la he visto esta mañana, y me he despedido de ella.

—¿No tenéis que hacerme ningún encargo particular, padre mío? —le preguntó Maximiliano con voz alterada.

—Sí, hijo: un encargo sagrado.

—Decid, padre mío.

—La casa de Thomson y French es la única que por humanidad o acaso por egoísmo, que no me es dado leer en el corazón humano, ha tenido compasión de mí. Su representante, que se presentará dentro de diez minutos a cobrar los doscientos ochenta y siete mil quinientos francos, no diré que me concedió, sino que me ofreció tres meses de plazo. Hijo mío, lo encargo que sea esta casa la primera que cobre, y que sea ese hombre sagrado para ti.

—Sí, padre —respondió Maximiliano.

—Y ahora, adiós otra vez —dijo Morrel—. Vete, vete, que necesito estar solo. Encontrarás mi testamento en el armario de mi alcoba.

El joven permaneció de pie a inmóvil.

—Escucha, Maximiliano —dijo su padre—. Suponte que soy soldado como tú, que me han mandado tomar un reducto, y que sabes que han de matarme ciertamente: ¿No me dirías como hace unos instantes: "Id, padre mío, id, porque de otro modo os deshonráis, y más vale la muerte que la deshonra"?

—Sí, sí —dijo el joven— sí.

Y estrechando convulsivamente a su padre entre sus brazos, añadió:

—Id, padre mío, id.

Y salió del gabinete precipitadamente.

Después de la marcha de su hijo permaneció el naviero en pie, con los ojos fijos en la puerta. Entonces alargó la mano y tiró del cordón de la campanilla.

Al cabo de unos momentos apareció Cocles. Ya no era el mismo hombre. Aquellos tres días le habían transformado. El pensamiento de que la casa Morrel iba a suspender sus pagos le inclinaba a la tierra más que otros veinte años sobre los que tenía de edad.

—Mi buen Cocles —le dijo Morrel con un acento que era imposible de describir—. Mi buen Cocles, vas a quedarte en la antecámara, y cuando venga aquel caballero de hace tres meses, ya le conoces, el representante de la casa de Thomson y French, cuando venga... me lo anuncias.

Cocles no respondió: hizo con la cabeza una señal de asentimiento y fue a sentarse en la antesala. Morrel se dejó caer en una silla, sus ojos se fijaron en la esfera del reloj. ¡Sólo le quedaban siete minutos! El minutero andaba con una rapidez increíble. Imaginábase que la sentía.

Lo que en aquel supremo instante pensó aquel hombre, que joven aún iba a abandonar el mundo, la vida y las dulzuras de la familia, fundado en un razonamiento falso quizá, pero al menos especioso, lo que pensó, repetimos, es imposible de describir. Estaba resignado, a pesar de que su frente estaba bañada en sudor, aunque sus ojos se bañaran de lágrimas, estaba resignado.

El minutero seguía avanzando siempre, las pistolas estaban cargadas, alargó la mano y tomó una, murmurando el nombre de su hija. Después dejó el arma mortal, cogió la pluma y se puso a escribir algunas palabras. Le parecía entonces que no se había despedido de su querida hija. Luego se volvió a mirar el reloj. Ya no contaba los minutos, sino los segundos. Con la boca entreabierta y los ojos fijos en el minutero, volvió a coger el arma, estremeciéndose al ruido que él mismo al montarla hacía. El minutero iba a señalar las once. Morrel no se movió, esperando únicamente que Cocles pronunciase estas palabras: "El representante de la casa de Thomson y French."

Y ya tocaba su boca con el arma.

De pronto sonó un grito..., era la voz de su hija... Al volverse y ver a Julia, la pistola se escapó de sus manos.

—¡Padre mío! —exclamó la joven jadeante y dando muestras de alegría—. ¡Salvado! ¡Os habéis salvado!

Y se arrojó en sus brazos, mostrándole una bolsa de seda encarnada.

—¡Salvado, hija mía! —murmuró Morrel—. ¿Qué quieres

decir?

—Sí; mirad, mirad—repuso la joven.

Morrel cogió la bolsa temblando, porque tuvo un vago recuerdo de que le había pertenecido.

A un lado estaba el pagaré de doscientos ochenta y siete mil quinientos francos, finiquitado.

Y del otro un diamante tan grueso como una avellana, con un pedazo de pergamino en que se leía esta frase: "Dote de Julia."

Morrel se pasó la mano por la frente, creía estar soñando. En este momento daba el reloj las once. El son de la campana vibraba en su interior como si la campana sonase en su propio corazón.

—Veamos, hija mía —le dijo— cuéntame lo ocurrido. ¿Dónde has hallado esta bolsa?

—En una casa de las Alamedas de Meillán, número 15, sobre la chimenea de un quinto piso muy pobre.

—¡Pero esta bolsa no es tuya! —exclamó Morrel.

Julia alargó a su padre la misiva que tenía en la mano.

—¿Y has ido sola a esta casa? —le preguntó Morrel después de haberla leído.

—Manuel me acompañaba, padre mío. Debía de esperarme en la esquina de la calle del Museo, pero ¡cosa extraña!, ya no estaba cuando volví.

—¡Señor Morrel! —gritó una voz en la escalera—. ¡Señor Morrel!

—Es su voz —murmuró Julia.

Al mismo tiempo entró Manuel fuera de sí por efecto del júbilo y la emoción.

—¡El Faraón! —exclamó—. ¡El Faraón!

—¿Qué es eso? ¿El Faraón? ¿Estáis loco, Manuel? Ya sabéis que se ha perdido.

—¡El Faraón, señor...!, lo señala el vigía del puerto..., está entrando ahora mismo.

Morrel volvió a caer sobre su silla, le faltaron las fuerzas. Su inteligencia se negaba a dar crédito a tantos sucesos increíbles, maravillosos.

Pero entonces llegó también su hijo exclamando:

—¡Padre mío! ¿Cómo decíais que El Faraón se ha perdido? El vigía lo señala, y dicen que está entrando en el puerto.

—¡Amigos míos! —exclamó el naviero—, si eso fuera cierto, tendríamos que atribuirlo a milagro palpable. ¡Imposible! ¡Imposible!

Pero lo que era verdadero y no menos maravilloso, era aquella bolsa que tenía en la mano, aquel pagaré inutilizado, y aquel magnífico diamante.

—¡Ah, señor! —dijo Cocles entrando a su vez. ¿Qué significa todo esto? ¿El Faraón?

—Vamos, hijos míos —dijo Morrel levantándose—. Vamos a verlo, y que Dios se apiade de nosotros si es mentira.

En medio de la escalera los estaba esperando la pobre señora Morrel, que no se había atrevido a subir. Como por encanto llegaron a la Cannebière. En el puerto había mucha gente congregada. Y la muchedumbre se abría para dejar paso a Morrel.

—¡El Faraón! ¡El Faraón! —exclamaban todas las voces.

En efecto, ¡cosa maravillosa!, ¡increíble!, un buque con estas palabras escritas en la popa en letras blancas: El Faraón, de Morrel a hijos, de Marsella, completamente igual al Faraón, y cargado asimismo de cochinilla y añil, echaba el ancla y cargaba sus velas enfrente del fuerte de San Juan. Desde el puente daba sus órdenes el capitán Gaumard, y maese Penelón hacía señas al señor Morrel.

Ya no era posible dudarlo. El Faraón estaba allí, a la vista, y diez mil personas confirmaban con sus voces tan inesperado suceso.

Cuando Morrel y su hijo se abrazaban, con aplauso de toda la ciudad, presente a ese prodigio, un hombre de larguísima barba negra que se ocultaba detrás de la garita de un centinela, contemplaba enternecido la escena murmurando:

—Que seas feliz, noble corazón; que Dios lo bendiga por el bien que has hecho y que harás todavía, y quede mi gratitud tan ignorada como lo beneficio.

Y con una sonrisa en que brillaba la alegría y la felicidad, abandonó su escondite, sin que nadie reparase en él, tan preocupada estaba la multitud con lo que ocurría, y bajando los escalones que sirven de desembarcadero, gritó tres veces:

—¡Jacobo! ¡Jacobo! ¡Jacobo!

Se aproximó una lancha, que le condujo a un yate ricamente aparejado, a cuyo puente subió con la ligereza de un marinero.

Desde allí se puso otra vez a contemplar a Morrel, que llorando de alegría, repartía a todos apretones de manos, mirando a la par al cielo, como si buscase, para darle gracias, a su desconocido protector.

—Ahora —murmuró el desconocido—, adiós, bondad, humanidad y gratitud..., adiós, todos los sentimientos que ennoblecen el alma. He querido ocupar el puesto de la Providencia para recompensar a los buenos..., ahora cédame el suyo el Dios de las venganzas para castigar a los malvados.

Y al decir esto, hizo una señal, que parecía que el barco no esperase otra cosa para hendir la superficie de las aguas.

VIII: ITALIA: SIMBAD EL MARINO

A comienzos del año 1838 hallábanse en Florencia dos jóvenes de la más alta sociedad de París; el vizconde Alberto de Morcef era el uno, y el barón Franz d'Epinay el otro. Ambos habían convenido que irían a pasar aquel año el carnaval en Roma, donde Franz, que hacía cuatro años que vivía en Italia, serviría a Alberto de cicerone.

Pero como no es tan fácil pasar el carnaval en Roma, sobre todo para el que no quería vivir en la Plaza del Popolo o en el Campo Vaccino, escribieron a maese Pastrini, dueño del Hotel de Londres, en la Plaza de España, que les guardase para entonces una habitación confortable.

Maese Pastrini les respondió que no tenía disponibles más que dos salas y un gabinete del secondo piano, que les ofrecía por el módico precio de un luis diario. Los jóvenes aceptaron y queriendo Alberto aprovechar el tiempo que le quedaba, partió para Nápoles, y Franz quedóse en Florencia.

Cuando hubo gozado largo tiempo de la vida que se hace en la corte de los Médicis, luego que se paseó a su sabor por ese edén que se llama los Casinos; cuando, finalmente, gozó de las magníficas tertulias de Florencia, diole el capricho de ir a ver la isla de Elba, ese gran puerto de amparo de Napoleón, puesto que ya había visto Córcega, cuna de Bonaparte.

Una tarde, pues, mandó desatar una barchetta de la argolla que la detenía en el puerto de Liorna, y acostándose en el fondo, embozado en su capa, dijo sencillamente a los marineros:

—¡A la isla de Elba!

La barca salió del puerto como abandonan su nido las aves marinas, y a la mañana siguiente desembarcaba Franz en Porto—Ferrajo.

Atravesó la isla imperial, después de haber seguido todas las huellas que allí dejó el Gigante, y fue a embarcarse en la Marciana.

Dos horas más tarde desembarcó en la Pianosa, donde le aseguraban que podría divertirse matando perdices coloradas, que abundan mucho.

La caza fue mala. Con mucho trabajo mató algunas perdices muy flacas y, como todo cazador que se ha fatigado en balde, tornó a su barca muy malhumorado.

—¡Ah!, si vuestra excelencia quisiera, ¡qué gran cacería podría hacer! —le dijo el patrón.

—¿Dónde?

—¿Ve esa isla? —dijo el patrón, señalando con el dedo al mediodía, en cuya dirección se distinguía en medio del mar una masa cónica de hermoso color añil.

—¿Y qué isla es ésa? —preguntó Franz.

—La isla de Montecristo —respondió el liornés.

—Pero no tengo permiso para cazar en ella.

—Vuestra excelencia no lo necesita. La isla está desierta.

—¡Diantre! —exclamó el joven—. ¡Qué cosa tan curiosa es una isla desierta en medio del Mediterráneo!

—Y cosa natural, excelencia. Esa isla es una masa de peñascos. Tal vez en toda ella no hay una fanega de tierra cultivable.

—Y ¿a qué país pertenece esa isla?

—A Toscana.

—Y ¿qué podré cazar?

—Millares de cabras salvajes?

—¿Se alimentan de lamer las piedras? —dijo Franz con sonrisa de incredulidad.

—No, sino paciendo musgo, y despuntando mirtos y lentiscos, que crecen en las hendiduras.

—Pero ¿dónde paso la noche?

—En las grutas de la isla, o a bordo, envuelto en vuestra capa. Además, si quiere vuestra excelencia, podremos volvernos así que termine la cacería, pues muy bien sabe que navegamos tan bien de noche como de día, y que a falta de velas tenemos remos.

Como todavía le quedaba a Franz tiempo suficiente para juntarse con su compañero, y no tenía que ocuparse en buscar vivienda en Roma, aceptó la proposición, que iba a desquitarle de su primera cacería. Al oír su respuesta afirmativa, los marineros cambiaron entre sí algunas palabras en voz baja.

—¿Qué ocurre ahora? —les preguntó—. ¿Ha surgido alguna dificultad?

—No, pero debemos advertir a vuestra excelencia que la isla está en estado de sitio.

—¿Qué queréis decir?

—Que como la isla de Montecristo no está habitada, sirve de escala muchas veces a los contrabandistas y a los piratas que vienen de Córcega, de Cerdeña o de Africa. Si a nuestra llegada a Lisboa llegara a saberse que hemos estado en Montecristo, nos veremos obligados a hacer una cuarentena de seis días.

—¡Diablo!, ya varía la cuestión. ¡Seis días! justamente el tiempo que Dios necesitó para crear el mundo. El plazo es largo, hijos míos.

—Pero ¿quién iría a decir que su excelencia ha estado en Monte—Cristo?

—¡Oh! , no seré yo —exclamó Franz.

—Ni menos nosotros —añadieron los marineros.

—Pues a Montecristo.

El patrón empezó a maniobrar y poniendo proa a Montecristo, comenzó el barco a bogar.

Dejó Franz que la operación acabara, y cuando se entró en el nuevo camino, cuando henchidas las velas por la brisa volvieron los marineros a sus respectivos puestos, tres adelante y uno en el timón, renovó su plática.

—Mi querido Gaetano —dijo al patrón—, acabáis de decirme, según creo, que la isla de Monte—Crísto es un nido de piratas, que me parece caza muy distinta de la de cabras.

—Es cierto, excelencia.

—Yo no ignoraba que existen contrabandistas, pero creía que desde la toma de Argel y la destrucción de la Regencia no existían los piratas sino en las novelas de Cooper y del capitán Marryat.

—Pues vuestra excelencia se engañaba. Existen piratas, como existen bandidos, que aunque fueron exterminados por el Papa León XII, roban todos los días a los viajeros a las mismas puertas de Roma. ¿No ha oído decir su excelencia que apenas hace seis meses fue robado a quinientos pasos de Velletri, el encargado de Negocios de Francia cerca de la Santa Sede?

—Desde luego que sí.

—Pues bien; si, como nosotros, viviese en Liorna vuestra excelencia, de vez en cuando oiría contar que un barquichuelo cargado de mercancías o un lindo yate inglés que se esperaba en Bastía, Porto—Ferrajo o Civita—Vecchia, no ha llegado, y que se ignora su paradero: debió de estrellarse contra alguna roca. Pues esa roca es una barquilla estrecha y chata, tripulada por seis o siete hombres, que lo sorprendieron y robaron en una noche oscura, en las inmediaciones de algún islote desierto, como los ladrones detienen y roban una silla de posta en la espesura de un bosque.

—Pero ¿cómo las víctimas no se quejan? —repuso Franz, siempre tendido en su barca—. ¿Cómo no atraen sobre esos piratas la venganza del gobierno francés, del sardo o del toscano?

—¿Por qué? —repuso Gaetano sonriéndose.

—Sí, ¿por qué?

—Porque, en primer lugar, transportan del yate o del navío a su barca cuanto hay que valga la pena, y luego atan a la tripulación de pies y manos, y al cuello de cada uno una bala de cañón, y hacen un agujero en la quilla del barco robado, y suben al puente, y cierran las escotillas y se pasan a su barca. A los diez minutos empieza a quejarse la embarcación y a gemir, y poco a poco se hunde uno de los costados primero, después el otro, luego vuelve a salir a flor y a hundirse, y más y más cada vez. De pronto suena un ruido semejante a un cañonazo: es el aire que rompe el puente. El barco se revuelve entonces como un hombre que se ahoga. Pronto el agua, demasiado comprimida en las cavidades, inunda todo el barco, saliendo por sus agujeros, como los torrentes de humor que arroja por sus poros un gigantesco cetáceo.

A fin lanza su último gemido, da sobre sí mismo la última vuelta, y se hunde, formando en el abismo un círculo inmenso, que gira y gira un instante, se calma poco a poco, y acaba por desvanecerse tan completamente que a los cinco minutos se precisaría el ojo de Dios para buscar en el fondo de las tranquilas aguas el buque agujereado.

—¿Comprendéis ahora —añadió el patrón sonriendo—, cómo el buque no vuelve al puerto y por qué los robados no se quejan?

Si Gaetano hubiera contado esto antes de proponer la expedición, es probable que Franz lo pensara con más madurez, pero ya que la habían emprendido parecióle cobardía el renunciar. Franz era uno de esos hombres que no corren al peligro, pero que sí se presenta la ocasión, se enfrentan a él con imperturbable sangre fría. Era uno de esos hombres de voluntad inflexible, que no miran el peligro sino como en un duelo al adversario, calculando hasta sus movimientos, estudiando su fuerza, y que al primer golpe de vista se dan cuenta de todas las ventajas y matan de un solo golpe.

—¡Bah! —respondió—, he atravesado la Sicilia y la Calabria, he navegado por el Archipiélago dos meses, y ni la sombra he visto de un bandido o de un pirata.

—Es que yo no se lo he dicho a su excelencia para hacerle renunciar a su proyecto —añadió Gaetano—. Me preguntó y le respondí.

—Sí, mi caro Gaetano, y vuestra conversación es de las más interesantes, por lo que quiero gozar de ella el mayor tiempo posible. A Montecristo.

Entretanto se iban acercando al término del viaje, y con un vientecillo fresco hacía el barco seis o siete millas por hora. La isla parecía que brotase del centro del mar a medida que la distancia se acortaba, y a través de la clara atmósfera del crepúsculo se distinguía, como las balas amontonadas en un arsenal, aquella masa de rocas, en cuyos intersticios se veían las matas y los árboles surgir. En cuanto a los marineros, aunque estaban al parecer completamente tranquilos, era evidente que habían redoblado su vigilancia, y que sus miradas escudriñaban aquel mar, terso como un espejo, poblado sólo de algunas barcas pescadoras que con sus velas blancas se deslizaban como las gaviotas de ola en ola.

Once millas distaban de Montecristo cuando el sol empezó a ocultarse detrás de la de Córcega, cuyas montañas se vislumbraban a la derecha, dibujando en el cielo sus picos sombríos. Delante de la barca, ocultándole el sol, que ya sólo doraba sus últimas rocas, se elevaba amenazador aquel gigante de piedra, parecido a Adamastor. Lentamente subieron las sombras desde el mar, ahuyentando aquel rayo de luz que iba ya a apagarse. Al fin subió aquella estela luminosa hasta la cima del cono, donde se detuvo un instante flameando como el penacho de un volcán, hasta que la sombra invasora se apoderó gradualmente de las alturas, reduciéndose la isla a una nube rojiza que iba por momentos ennegreciéndose. Una hora después se hizo completamente de noche.

En medio de la oscuridad profunda que los envolvía, Franz no dejaba de experimentar alguna inquietud, pero por fortuna los marineros conocían muy bien hasta los puntos más ignotos del archipiélago toscano. La Córcega había desaparecido enteramente, y casi la isla de Montecristo, pero los marineros tenían, como los linces, la facultad de ver en las tinieblas, y el piloto que iba al timón no señalaba ningún obstáculo.

Una hora habría transcurrido desde la puesta del sol, cuando Franz creyó percibir a un cuarto de milla a la derecha una sombra confusa, aunque era imposible el distinguirla bien, y temiendo que se le burlasen los marinos si tomaba por tierra firme algunas nubes flotantes, no dijo ni una palabra, pero de pronto apareció en la orilla un resplandor muy grande. La tierra parecía una nube, pero el fuego no era un meteoro.

—¿Qué luz es aquélla? —inquirió.

—¡Chist! —dijo el patrón—. Es una lumbre.

—Pero ¿no decíais que la isla estaba deshabitada?

—Dije que no tiene población fija, pero dije también que es un nido de contrabandistas.

—¿Y de piratas?

—Y de piratas —añadió Gaetano repitiendo las palabras de Franz—, Por eso di orden de que pasáramos más allá de la isla, y ya lo veis, la lumbre cae detrás de nosotros.

—Pero ese fuego —prosiguió Franz— me parece más bien un motivo de seguridad que de inquietud. No lo hubieran encendido gentes que temiesen ser descubiertas.

—¡Oh!, eso nada quiere decir —repuso Gaetano—. Si pudieseis reconocer en medio de la oscuridad la situación de la isla, veríais que es tal, que el fuego no se descubre desde la costa ni desde la Pianosa, sino desde alta mar solamente.

—Conque, según eso, ¿teméis que sea de mal agüero?

—Es preciso orientarse —repuso Gaetano fijando los ojos en aquella estrella terrestre.

—¿Y cómo?

—Vais a verlo.

A estas palabras habló Gaetano en voz baja a sus compañeros, y después de cinco minutos de discusión, ejecutaron en silencio una maniobra, con la cual viró el barco de bordo como por ensalmo. Volvieron entonces a tomar el camino que habían traído, y algunos segundos después desapareció el resplandor, sin duda a causa de las alteraciones topográficas. El piloto dio entonces nueva dirección al barquillo, que se acercó a la isla visiblemente, no distando más de cincuenta pasos. Amainó Gaetano y quedó el barco inmóvil. Esto se había ejecutado con el mayor silencio, y hasta sin pronunciar una palabra, sobre todo desde el cambio de dirección.

Gaetano, que había propuesto la expedición, tomó a su cargo la responsabilidad. Los cuatro marineros no le perdían de vista, puestos al remo y en disposición de usarlos con todas sus fuerzas, lo que no era difícil, gracias a la oscuridad. Con esa sangre fría que ya le conocemos, Franz aprestaba sus armas (que eran dos escopetas de dos cañones y una carabina), las cargaba y les ponía el seguro.

En este intervalo el patrón se había quitado su marsellés y su camisa, y asegurándose los pantalones en las caderas, sin quitarse los zapatos ni medias, que no los usaba, se puso un dedo sobre la boca, como dando a entender que guardasen profundo silencio, se deslizó al mar, nadando hacia la orilla con tanta precaución, que era imposible oír el menor ruido. Sólo con ayuda de la fosfórica estela que dejaba en el agua, se podía observar su camino. Esta estela pronto desapareció. Era evidente que el patrón había llegado a la orilla. Todos los del barco permanecieron inmóviles por espacio de media hora, al cabo de la cual vieron aparecer junto a la orilla la misma estela luminosa en dirección a ellos. Un instante después Gaetano estaba en la barca.

—¿Y bien? —le preguntaron Franz y cuatro marineros al mismo tiempo.

—Son —dijo— contrabandistas españoles, aunque hay

también con ellos dos bandidos corsos.

—¿Y qué hacen esos dos bandidos corsos con los contrabandistas españoles?

—¡Toma, excelencia! —repuso Gaetano con aire de sublime caridad—, es preciso ayudarse los unos a los otros. Los bandidos se ven perseguidos con bastante frecuencia en tierra por los gendarmes o los carabineros, y entonces encuentran una barca tripulada por buenos camaradas como nosotros, a quienes pedir hospitalidad, y de quienes recibirla en su mansión flotante. ¿Quién niega protección a un pobre hombre que se ve perseguido? Le recibimos a bordo, y para mayor seguridad nos metemos en alta mar. Esto no nos cuesta nada, y le salva la vida, o la libertad por lo menos, a uno de nuestros semejantes, que el día de mañana en pago del servicio que le hemos hecho, nos indica un buen sitio para desembarcar sin que nos molesten los curiosos.

—¡Ah! ¡Ya! ¿De modo que vos mismo tenéis también algo de contrabandista, mi querido Gaetano? —le dijo Franz.

—¿Qué queréis, excelencia? —contestó con una sonrisa imposible de describir—, bueno es saber algo de todo, porque lo primero es vivir.

—Luego ¿conocéis a esa gente que ahora habita en Montecristo?

—Así, así. Los marinos somos como los francmasones, que nos reconocemos unos a otros por ciertas señales.

—¿Y creéis que no ofrece peligro nuestro desembarco?

—Ninguno. Los contrabandistas no son ladrones.

—Pero esos bandidos corsos... —murmuró Franz calculando de antemano todas las posibilidades.

—¡Vaya por Dios! —dijo Gaetano—. Ellos no tienen la culpa de ser bandidos, sino la autoridad.

—¿Qué decís?

—Desde luego. Les persiguen por haber hecho una piel, y nada más. ¡Como si el vengarse no fuera en Córcega lo más natural del mundo!

—¿Qué entendéis por haber hecho una piel? ¿Haber asesinado a un hombre? —dijo Franz prosiguiendo sus pesquisas.

—Haber matado a un enemigo, que es muy diferente —respondió el patrón.

—Pues bien —añadió el joven—. Vamos a pedir hospitalidad a esos contrabandistas y a esos bandidos. ¿Creéis que nos la concederán?

—De seguro.

—¿Cuántos son?

—Cuatro, excelencia, y con los dos bandidos, seis.

—Justamente el mismo número nuestro; somos seis para seis, por si esos señores se nos pusieran foscos y tuviéramos que traerlos a razones. Por última vez, vamos a Montecristo.

—Corriente, excelencia, pero nos permitiréis tomar algunas otras precauciones.

—Desde luego, amigo mío. Sed sabio como Néstor, y astuto como Ulises. Hago más que permitíroslo, os lo aconsejo.

—Pues entonces, ¡silencio! —murmuró Gaetano.

Todos se callaron.

Para un hombre observador como Franz, todas las cosas tienen su verdadero punto de vista. Esta situación, sin ser peligrosa, no carecía de cierta gravedad. Hallábase en las tinieblas más profundas, en medio del mar, rodeado de marineros que no le conocían, que no tenían ningún motivo para tenerle afecto, que sabían que llevaba en el cinto algunos miles de francos, y que muchas veces habían examinado, si no con envidia, con curiosidad al menos sus armas, que eran muy hermosas.

Por otra parte, iba a arribar, sin más ayuda que aquellos hombres, a una isla que, a pesar de su nombre religioso, no le prometía al parecer otra hospitalidad que la del Calvario a Cristo, gracias a los bandidos y a los contrabandistas. Después, la historia de aquellas barcas agujereadas en el fondo, que de día la creyó exagerada, parecióle verosímil de noche. Fluctuando, pues, entre este doble peligro, quizás imaginario, no abandonaba su mano el fusil, ni sus ojos se apartaban de aquellos hombres.

Entretanto, los marineros habían izado otra vez sus velas y vuelto a emprender su marcha. En medio de las tinieblas, a las cuales estaba ya un tanto acostumbrado, distinguía Franz el gigante de granito que la barca costeaba, y pasando en fin el ángulo saliente de una peña, pudo ver la lumbre más encendida que nunca, y sentadas a su alrededor cinco o seis personas.

El resplandor del fuego iluminaba una distancia de cien pasos mar adentro, por lo menos. Costeó Gaetano la luz, procurando que su barco no saliese un punto de la sombra, y cuando logró situarse enfrente de la lumbre, lanzóse atrevidamente al círculo formado por el reflejo, entonando una canción de pescadores, y haciéndole el coro sus compañeros. Al oír el primer verso de la canción habíanse levantado los que se calentaban, aproximándose al desembarcadero con los ojos fijos en la barca, cuya fuerza a intenciones se esforzaban indudablemente en adivinar. Pronto demostraron que el examen les satisfacía, yendo a sentarse junto a la lumbre, en que asaban un cabrito entero, a excepción de uno, que se quedó de pie en la orilla. Cuando la barca hubo llegado a unos veinte pasos de la orilla, el que estaba de pie hizo maquinalmente con su carabina el ademán de un centinela ante la fuerza armada, y gritó en dialecto sardo:

—¿Quién vive?

Franz preparó fríamente sus dos tiros.

Gaetano cruzó con aquel hombre algunas palabras, que el viajero no pudo comprender, pero que sin duda se referían a él.

—¿Quiere vuestra excelencia dar su nombre o guardar el incógnito? —le preguntó el patrón.

—No quiero que mi nombre suene para nada —contestó Franz—. Decidle que soy un francés que viaja por gusto.

Así que Gaetano hubo transmitido esta respuesta, dio una orden el centinela a uno de los hombres que estaban sentados a la lumbre, el cual se levantó acto seguido y desapareció entre las rocas.

Hubo un instante de silencio. Cada uno pensaba en sus propias cosas. Franz en su desembarco, los marineros en sus velas, los contrabandistas en su cabra, pero a pesar de este aparente descuido, se observaban unos a otros.

De repente, el hombre que se había separado de la lumbre apareció, en opuesta dirección, haciendo con la cabeza una señal al centinela, que volviéndose hacia el barco se contentó con pronunciar estas palabras:

—S'accommodi.

El s'accommodi italiano es imposible de traducir, porque significa al mismo tiempo: venid, entrad, sed bienvenido, estáis en vuestra casa, todo es vuestro. Se parece a aquella frase turca de

Molière que tanto admiraba el paleto caballero (le bourgeois gentilhomme) por el sinnúmero de cosas que significaba.

Los marineros no se lo hicieron repetir y a los cuatro golpes de remo tocó la barca en la orilla. Saltó Gaetano el primero, volviendo a hablar brevemente con el centinela en voz baja; saltaron los marineros unos tras otros, hasta que le tocó a Franz hacer lo mismo.

Llevaba éste al hombro uno de los fusiles, Gaetano el otro, y un marinero su carabina, pero como su traje era una mezcolanza del de los artistas y del de los dandys, no inspiró ninguna sospecha.

Tras amarrar el barco a la orilla dieron algunos pasos en busca de una especie de vivaque donde se colocaron, pero sin duda el punto adonde se dirigían no era del gusto del que hizo el papel de centinela, porque gritó a Gaetano:

—Por ahí no.

Balbució una disculpa Gaetano, y sin insistir dirigióse a la parte opuesta, mientras dos marineros iban a encender en la hoguera antorchas para alumbrar el camino.

Anduvieron como unos treinta pasos y se detuvieron en una pequeña explanada de rocas, en que habían labrado como unos asientos, que querían parecer garitas, donde el centinela pudiera sentarse. En torno crecían en algunos trozos de tierra vegetal encinas enanas y mirtos de ramaje espeso. Por un montón de cenizas, que vio al bajar al suelo una antorcha, comprendió Franz que no era el primero que reconociese la excelencia de aquel sitio, y que debía de ser una de las guaridas habituales de los nómadas visitantes de la isla de Montecristo.

Ya había dejado de estar en alarma y en acecho. Desde que puso el pie en tierra, desde que se dio cuenta de las disposiciones, si no amistosas, indiferentes de sus huéspedes, desapareció toda su desconfianza, cambiándose en apetito con el olor de la cabra que asaban en la cercana lumbre.

Dijo algunas palabras acerca de este nuevo incidente a Gaetano, que le respondió que nada era más sencillo que comer, para quien trajese como ellos en su barco, pan, vino, seis perdices, y un buen fuego para asarlas.

—Además —añadió—, si tanto incita a vuestra excelencia el

olor de la cabra, puedo ofrecer a los vecinos dos de nuestras aves por un pedazo de su asado.

—Sí, sí, Gaetano —contestó el joven—. Haced, que parecéis en verdad nacido para tratar esta clase de negocios.

Entretanto los marineros habían arrancado un buen montón de musgo, y con mirtos y encina verde encendieron una buena lumbre.

Franz, impaciente, esperaba a su negociador, olfateando la cabra, cuando aquél apareció con aire pensativo.

—Ea, ¿qué hay de nuevo? —le preguntó—. ¿Rechazan nuestra oferta?

—Al contrario —dijo Gaetano—. Su jefe, a quien han dicho que sois un joven francés, os invita a cenar.

—¡Caramba! —exclamó Franz—. ¡Qué hombre tan civilizado debe de ser ese jefe! No tengo motivos para negarme, tanto más cuanto que le llevo mi parte de bucólica.

—¡Oh!, no es eso: Tiene para cenar y aun algo más. Es que pone a vuestra entrada en su casa una condición muy singular.

—¡En su casa! ¿Ha construido una casa aquí?

—No; pero no deja por eso de tener, según se asegura, al menos, un albergue bastante cómodo.

—¿Conocéis, pues, a ese jefe?

—Por haber oído hablar de él.

—¿Bien o mal?

—De las dos maneras.

—¡Diablo! ¿Y cuál es su condición?

—Que os dejéis vendar los ojos, y que no os quitéis la venda hasta que él mismo os lo diga.

Franz sondeó cuanto le fue posible la mirada de Gaetano para conocer lo que ocultaba esta proposición.

—¡Ah! —respondió el marinero adivinando su idea—. ¡Bien sé yo que merece reflexionarse!

—¿Qué haríais vos en mi lugar? —inquirió el joven.

—Como nada tengo que perder, iría.

—¿No rechazaríais el ofrecimiento?

—No, aunque no fuera más que por curiosidad.

—¿Hay algo curioso en casa de ese jefe?

—Escuchad —dijo Gaetano bajando la voz—. Yo no sé si es

cierto lo que dicen...

Y se detuvo, mirando a su alrededor, por si lo escuchaban.

—¿Qué dicen?

—Dicen que ese jefe vive en una gruta que deja muy atrás al palacio Pitti.

—¡Soñáis! —exclamó Franz volviendo a sentarse.

—No es sueño —contestó el patrón—, sino realidad. Cama, el piloto del San Fernando, entró un día, y salió maravillado, diciendo que sólo en los cuentos de las hadas hay tales tesoros.

Franz dijo:

—¿Sabéis que con esas palabras me haríais descender a las cavernas de Alí—Babá?

—Digo lo que me dicen, excelencia.

—¿De modo que me aconsejáis que acepte?

—No digo tanto. Vuestra excelencia hará lo que sea de su gusto. Yo no quisiera aconsejarle en semejante ocasión.

Franz reflexionó un rato, y comprendiendo que si aquel hombre era tan rico no querría robarle a él, que sólo llevaba algunos miles de francos, y como, además, entre todo esto veía en perspectiva una cena excelente, se decidió. Gaetano fue a llevar su respuesta.

Como ya lo hemos dicho, Franz era, sin embargo, prudente, y quiso adquirir todas las noticias posibles de su extraño y maravilloso anfitrión. Volvióse, pues, a un marinero que durante este diálogo se ocupaba en desplumar las perdices con mucha gravedad, y le preguntó en qué habrían podido arribar a la isla los contrabandistas, puesto que ni barca, ni tartana, ni canoa se veía.

—No os inquietéis por eso —dijo el marinero—, porque conozco la embarcación que tripulan.

—¿Es buena?

—Una igual deseo a vuestra excelencia para dar la vuelta al mundo.

—¿Es muy grande?

—De unas cien toneladas, sobre poco más o menos. Es un barco de capricho, un yate, pero construido de manera que en todo tiempo anda por el mar.

—¿Dónde lo han construido?

—Lo ignoro, aunque lo tengo por genovés.

—¿Y cómo un jefe de contrabandistas —prosiguió Franz— se atreve a construir en Génova un yate con destino a su comercio?

—Yo no he dicho que él sea contrabandista —respondió el marinero.

—No, pero me parece que Gaetano lo ha dicho.

—Gaetano habrá visto de lejos la tripulación, pero no habló con ninguno.

—Si ese hombre no es un jefe de contrabandistas, ¿qué es entonces?

—Un señor muy rico que viaja por placer.

"Vamos —pensaba Franz—, con ser las relaciones diferentes, se hace más y más misterioso el personaje."

—¿Cuál es su nombre?

—Cuando se lo preguntan, responde que Simbad el Marino, pero yo dudo que ése sea su nombre verdadero.

—¿Simbad el Marino?

—Sí.

—¿Y dónde habita ese señor?

—En el mar.

—¿De qué pueblo es?

—No lo sé.

—¿Le habéis visto?

—Algunas veces.

—¿Qué clase de hombre es?

—Vuestra excelencia juzgará por sí mismo.

—¿Y dónde va a recibirme?

—Sin duda en ese palacio subterráneo de que Gaetano os habló.

—Y al desembarcar en esta isla, encontrándola desierta, ¿no habéis tenido nunca la curiosidad de dar con ese palacio encantado?

—Así es, excelencia —repuso el marino—, y más de una vez, pero

siempre fueron inútiles nuestras tentativas. Hemos examinado la gruta de arriba abajo, sin encontrar la menor comunicación. ¡Si dicen que la puerta no se abre con llave, sino con una palabra mágica!

—Vamos, esto es un cuento de las Mil y una noches —

murmuró Franz.

—Su excelencia os aguarda —dijo detrás de él una voz, que reconoció por la del centinela.

Al recién llegado le acompañaban dos hombres pertenecientes a la tripulación del yate.

Por toda respuesta, sacó Franz su pañuelo, presentándoselo al que le había dirigido la palabra. Vendáronle los ojos sin decir nada, pero una escrupulosidad que le daba a entender que no cometiese ninguna indiscreción. Luego hiciéronle jurar que no trataría de destaparse. Franz juró. Hecho esto le cogieron cada uno de ellos por un brazo, y echó a andar, conducido así y guiado por el centinela.

Después de unos treinta pasos, sintió, por el calor de la hoguera y el olor de la cabra, que pasaba por delante del vivaque. Hiciéronle después dar como cincuenta pasos, evidentemente de la parte por donde prohibieron a Gaetano que anduviera, prohibición que ahora se explicaba. Por el cambio de la atmósfera comprendió pronto que entraba en un subterráneo, y a los pocos segundos de marcha oyó un estallido y parecióle que cambiara otra vez la atmósfera, poniéndose perfumada y tibia. Cuando sus pies, por último, resbalaron sobre una muelle alfombra, sus guías le abandonaron. Hubo un intervalo de silencio, hasta que dijo una voz en buen francés, aunque con marcado acento extranjero:

—Seáis, caballero, bien venido a esta casa. Ya podéis quitaros el pañuelo.

Franz no se hizo repetir dos veces la invitación. Se quitó su pañuelo y hallóse cara a cara con un hombre de unos treinta y ocho a cuarenta años, en traje tunecino, o para que se comprenda mejor, con un casquete Colorado con borla de seda azul, una chaquetilla de paño negro bordada de oro, pantalones largos y anchos de color de sangre, calzas del mismo color, bordadas asimismo de oro, Y pantuflas amarillas. Llevaba en la cintura un magnífico chal de Cachemira, y sujeto en él un yatagán pequeño y corvo.

El rostro de este hombre era de notable hermosura aunque pálido hasta degenerar en lívido. Sus ojos vivos y penetrantes, su nariz recta y casi al nivel de la frente, como de tipo griego en toda su pureza; sus dientes, blancos como perlas, resaltaban entre su negro bigote. Sólo aquella palidez era extraña. Parecía un hombre encerrado mucho tiempo en un sepulcro, que no hubiese podido recobrar después el color de los vivos. No era de alta estatura, pero sí bien formado, y con las manos y los pies muy pequeños, como los meridionales. Pero lo que admiró a Franz, que había tenido por sueño las exageraciones de Gaetano, fue la suntuosidad de los muebles.

Las paredes estaban cubiertas de seda turca carmesí, salpicada de flores de oro. A un lado se veía una especie de diván coronado por un trofeo de armas arabescas con vainas de plata sobredorada incrustadas de pedrería. Pendía del techo una lámpara de cristal de Venecia, preciosísima por su forma y su color, y cubría el suelo un tapiz turco, tan blando, que hasta el tobillo se hundían los pies. Colgaban grandes cortinajes delante de la puerta por donde había entrado Franz, y de la otra que daba paso a una habitación magníficamente iluminada al parecer.

El jefe dejó un instante a Franz entregado a su sorpresa, examinándole con la misma atención con que él lo examinaba todo, y sin perderle un punto de vista.

—Caballero —le dijo al fin—. Os pido mil veces que me dispenséis las precauciones tomadas para introduciros aquí, pero como esta isla está casi desierta, conocido el secreto de esta morada, cualquier día me la encontraría sin duda como Dios fuere servido, lo que me agradaría en verdad muy poco, no por la pérdida de lo que vale, sino porque me quitaría la seguridad que ahora tengo de poder separarme del mundo cuando me da la gana. Procuraré haceros olvidar ahora esa nimia molestia, ofreciéndoos lo que no esperaríais encontrar aquí, esto es, una cena regular y una cama bastante buena.

—A fe mía, querido anfitrión, que no necesitáis ofrecerme disculpas —repuso Franz—. Siempre he visto que se vendaba los ojos a todos los que van a entrar en palacios encantados. Eso sucede a Raúl en Los Hugonotes, y en verdad que no debo de quejarme, pues lo que veo paréceme una continuación de las maravillas de las Mil y una noches.

—¡Ay! Tengo que deciros como Lúculo: "A esperar yo vuestra visita, hubiera hecho algunos preparativos." En fin, tal como es mi choza, tal como es mi colación, las pongo a vuestra disposición. ¿Estamos ya servidos, Alí?

Casi en el mismo instante levantóse el cortinón de la puerta, apareciendo un negro nubio, tan negro como el ébano, vestido con una sencilla túnica blanca, el cual hizo a su amo una seña, que indicaba que podía pasar al comedor.

—Ahora —dijo el desconocido a Franz—, no sé si seréis de mi opinión, pero me parece que nada hay más desagradable que estar dos o tres horas hablando sin saber los interlocutores sus nombres respectivos. Y cuenta que yo respeto demasiado las leyes de la hospitalidad para que os pregunte vuestro nombre ni vuestro título. Os ruego únicamente que me digáis uno cualquiera, porque pueda dirigiros la palabra. Para proporcionaros a vos iguales ventajas, os diré de mí que acostumbran a llamarme Simbad el Marino.

—Por mi parte debo deciros que como ya no me falta para estar en la misma situación de Aladino sino poseer la famosa lámpara maravillosa, no encuentro dificultad alguna en que me llaméis Aladino interinamente. Me siento tentado a creer que he sido transportado al Oriente por algún genio benéfico, con lo que esta nueva ficción prolongará mis quimeras.

—Pues bien, señor Aladino —dijo el anfitrión—, habéis oído que podíamos pasar a la mesa, ¿no es verdad? Entremos, pues, si os place. Vuestro humilde servidor pasa delante para enseñaros el camino.

Y, en efecto, a estas palabras, levantando la cortina, pasó Simbad delante del joven.

Estaba Franz cada vez más maravillado. El servicio de la mesa era espléndido. Seguro ya de este punto tan importante, dirigió sus miradas a otra parte. El comedor, menos suntuoso que el gabinete que acababa de abandonar, era todo de mármol con bajorrelieves antiguos de gran mérito y valor. A ambos extremos de esta habitación, que era oblonga, había dos magníficas estatuas con cestones en la cabeza, que contenían frutas magníficas: ananás de Sicilia, granadas de Málaga, naranjas de las islas Baleares, albérchigos franceses y dátiles de Túnez.

En cuanto a su cena, se componía de un faisán asado con mirlos de Escocia, un jamón de jabalí a la gelatina, un pedazo de cabra a la tártara, un rodaballo magnífico y una langosta colosal. En los intermedios circulaban entremeses delicados. La vajilla era de plata y los portavasos de porcelana.

Franz se frotaba los ojos para cerciorarse de que no soñaba.

Solamente Alí era admitido a servir a su dueño, y como lo hacía perfectamente, recibió Simbad por ello muchas alabanzas de su convidado.

—Sí —contestó aquél haciendo con delicadeza los honores de la cena—, sí, es un pobre diablo que me quiere mucho y se afana por agradarme. Recuerda que le he salvado la vida, y como la apreciaba mucho, al parecer, me lo agradece bastante.

Se acercó Alí a su dueño, cogióle una mano y se la besó.

—¿Pecaré de indiscreto, señor Simbad, preguntándoos cómo y cuándo hicisteis esa bella acción? —le dijo Franz.

—¡Oh, Dios mío! Es una acción muy vulgar —respondió Simbad el Marino—. Según parece, ese pillastre había rondado el serrallo del bey de Túnez más de cerca de lo que convenía a un moro de su color, porque el bey le sentenció a cortarle la lengua, la mano y la cabeza. La lengua el primer día, la mano el segundo y la cabeza el tercero. Yo había deseado siempre tener un mudo a mi servicio, por lo que esperé a que le hubiesen cortado la lengua para ir a proponer al bey que me lo diese, a cambio de una magnífica escopeta de dos cañones que me había parecido la víspera agradar a su alteza bastante. Aun con esto vaciló, tanto deseo tenía de acabar con ese pobre diablo, pero yo le di sobre la escopeta un cuchillo inglés de monte, con el cual había yo mellado el yatagán de su alteza, y esto al fin le determinó a perdonarle la mano y la cabeza, aunque a condición de que nunca volviera a Túnez. Tal exigencia era inútil. Por muy de lejos que el infiel distinga cuando navegamos las costas de África, se esconde en seguida en la cala, y no hay medio de hacerle salir de allí hasta que no se haya perdido de vista la tercera parte del mundo.

Franz permaneció un momento sin hablar y preguntándose qué debería pensar de la frialdad horrible con que su anfitrión acababa de contarle aquella cruel historia.

Luego, cambiando de tema, dijo:

—¿Y pasáis vuestra vida viajando como el honrado marino cuyo nombre lleváis?

—Sí, es un voto que hice en cierta ocasión, cuando menos pensaba poderlo cumplir —dijo sonriendo el desconocido—. Muchos tengo hechos como éste, que espero en Dios que se cumplan.

Aunque Simbad pronunció estas palabras con la mayor sangre fría, sus ojos despidieron un fulgor extraño de ferocidad.

—¿Habéis sufrido mucho, caballero? —le dijo Franz. Simbad se estremeció y le miró fijamente.

—¿Por qué lo sospecháis? —le preguntó.

—Por todo —contestó Franz. Por vuestra voz, por vuestras miradas, por vuestra palidez, y hasta por esta clase de vida que lleváis.

—¡Yo! ¡Yo llevo la vida más feliz que haya gozado un hombre! ¡Una vida de pachá! Soy el rey del mundo. Me agrada un sitio, permanezco en él; me desagrada, lo abandono. Soy libre como los pájaros, y como ellos tengo alas. A una señal me obedecen todos los que me rodean. En ocasiones me entretengo en burlar a la policía de los hombres, quitándole un bandido que busca o un criminal que persigue. Además, tengo también mi justicia baja y alta, aunque sin papelotes

ni apelación, que absuelve o condena, y que nada tiene de común con ella. ¡Oh! ¡Si hubieseis probado mi vida, no gustaríais de otra alguna, y nunca volveríais al mundo, a no ser que tuvieseis que realizar algún proyecto gigantesco!

—Una venganza, por ejemplo —dijo Franz.

El desconocido clavó en el joven una de esas miradas que penetran hasta lo más profundo del pensamiento y del corazón humano.

—¿Y por qué ha de ser precisamente una venganza? —le preguntó.

—Porque me parecéis un hombre de esos que, perseguidos por la sociedad, tienen que arreglar cuentas con ella—repuso Franz.

—Pues bien —repuso Simbad, sonriendo de aquella manera extraña que sólo dejaba entrever sus dientes blancos y afilados—. Pues bien, no acertáis. Tal como me veis, soy un filántropo, sui géneris, y acaso un día iré a París a hacer sombra al señor Appert y al hombre de la capa azul.

—¿Será la primera vez que hagáis ese viaje?

—¡Oh, sí! Denota poca curiosidad en mí, ¿no es cierto? Pero os aseguro que no he tenido la culpa de tardar tanto, y que al fin el día menos pensado iré.

—¿Y pensáis hacerlo pronto?

—Todavía no lo sé. Depende de circunstancias y combinaciones muy inciertas.

—Quisiera estar allí cuando vos vayáis, para pagaros en la manera que me fuese posible esta hospitalidad tan generosa que me dais en la isla de Montecristo.

—Con mucho gusto aceptaría vuestra invitación —repuso Simbad—, si no tuviera que guardar el incógnito en París.

La cena entretanto proseguía. Como si hubiera sido exprofeso para Franz, que hacía razonablemente los honores a ella, el marino apenas probaba los platos del espléndido festín. Al cabo Alí sirvió los postres, o dicho mejor, las cestas que tenían en sus manos las estatuas.

Entre dos de éstas puso una copa pequeña de plata sobredorada con tapa del mismo metal. El respeto con que Alí cogió esta copa chocó muchísimo a Franz, que levantando la tapa, halló que contenía una especie de pasta verde, parecida al dulce de angélica y que él no había visto jamás. Cuando volvió a tapar la copa, se hallaba tan ignorante de su contenido como al destaparla. Miró a su huésped y le vio sonreírse.

—¿No podéis adivinar qué es lo que contiene ese vaso? —le preguntó éste.

—Os lo confieso.

—Pues bien, esa especie de dulce verde no es ni más ni menos que la ambrosia que Hebe servía a Júpiter.

—Pero esa ambrosia, sin duda —repuso Franz—, al pasar por la mano de los hombres, habrá perdido su nombre divino para tomar otro humano. ¿Cómo se llama, pues, en lengua vulgar este ingrediente, que a decir verdad no me inspira gran simpatía?

—Ahí tenéis precisamente lo que revela nuestro origen material —exclamó el marino—. ¡Cuántas veces pasamos del mismo modo junto a la felicidad, sin verla, sin mirarla, o sin reconocerla, si la vemos o la miramos! Si sois un hombre positivista, si vuestro Dios es el oro, probad esto, y se os abrirán las minas del Perú, de Guzarate y de Golconda. Si sois hombre inteligente, si sois poeta, probad esto, y desaparecerán para vos los límites de lo posible, y se os abrirán los campos de lo infinito, y en libertad absoluta de pensamiento y de alma, volaréis a vuestro antojo por las inconmensurables esferas de la fantasía. ¿Tenéis ambiciones, suspiráis por las vanidades de la tierra?, probad esto, y dentro de una hora seréis rey, no de un reino miserable, olvidado en un rincón de Europa, como Francia, España a Inglaterra, sino rey del mundo, rey del universo, rey de la creación. Asentaréis vuestro trono en la montaña adonde llevó Satanás a Jesucristo, y sin que le rindáis tributo, sin que os humilléis hasta besarle la pezuña, seréis el soberano de todos los soberanos de la Tierra. ¿No es lo que os ofrezco tentador?, confesadlo; tanto más tentador, cuanto que no hay nada más fácil que hacer esto. Mirad.

Al acabar estas palabras descubrió a su vez la copa de plata que contenía la sustancia tan alabada, llenó de ella un cucharilla de café, la llevó a sus labios y la saboreó lentamente, con los ojos medio cerrados y la cabeza echada hacia atrás.

Franz le dejó todo el tiempo necesario para tragarlo, y le dijo al verle ya vuelto, por decirlo así, a la escena:

—Pero ¿en qué consiste este manjar tan precioso?

—¿Habéis oído hablar —le contestó el marino— del viejo de la Montaña, de aquel que quiso asesinar a Felipe Augusto?

—Sí.

—Pues habéis de saber que reinaba en un valle fertilísimo, que dominaba la montaña de donde había tomado su pintoresco nombre. Estaba aquel valle lleno de jardines, plantados por Hassen—ben—Sabad, con pabellones aislados, donde hacía entrar a sus elegidos para darles a masticar, según dice Marco Polo, cierta hierba que los transportaba al paraíso, entre plantas siempre en flor, frutas siempre maduras y mujeres siempre vírgenes.

"Pues bien, lo que aquellos jóvenes bienaventurados tomaban por realidad era un sueño, pero un sueño tan dulce, tan embriagador, tan voluptuoso, que se vendían en cuerpo y alma al que se lo proporcionaba, y obedientes a sus órdenes como a las de Dios, iban a buscar hasta el fin del mundo la víctima indicada para herirla, expirando en medio de sus torturas sin proferir una queja, alentados por la esperanza de que su muerte no era sino una trasmigración a aquella vida de delicias que les daba a probar esta hierba santa, que acaban de servirme en vuestra presencia.

—Entonces —exclamó Franz—, es el hachís, sí, yo lo conozco, a lo menos de nombre.

—Justamente; habéis acertado el nombre, señor Aladino, es el hachís, el hachís mejor y más puro que se hace en Alejandría, el hachís de Abougor, el grande, el único, el hombre a quien se debería edificar un palacio con esta inscripción:

"Al fabricante de la felicidad, el mundo agradecido."

Tres meses pasaron, llenos para ella de aflicción. No recibía noticias de Dantés ni tampoco de Fernando. Nada tenía presente a sus ojos sino un anciano, que pronto iba a morir también de desesperación.

"A la caída de una tarde, que había pasado entera como de costumbre, sentada en la unión de los dos caminos que van de Marsella a los Catalanes, Mercedes volvió a su casa más abatida que nunca. Ni su prometido ni su amigo regresaban por ninguno de los dos caminos, y ni de uno ni de otro sabía el paradero.

"Parecióle oír de pronto unos pasos muy conocidos, volvió con ansiedad la cabeza, y abriéndose la puerta vio aparecer a Fernando, con su uniforme de subteniente. No recobraba todo, pero sí una parte de su vida pasada, de lo que tanto sentía y lloraba perdido.

"Mercedes cogió las manos de Fernando con un impulso que éste tuvo por amor, no siendo sino de alegría, por verse ya en el mundo menos sola y con un amigo, tras tantas horas de solitaria tristeza. Además, preciso es decirlo, nunca había odiado a Fernando, no le había amado, es verdad, porque era otro el que ocupaba por entero su corazón. Este otro estaba ausente... había desaparecido... quizá muerto... Esta idea hacía prorrumpir a Mercedes en sollozos y retorcerse los brazos; pero esta idea, rechazada cuando otro se la sugería, estaba de suyo siempre fija en su imaginación.

Por su parte, el anciano Dantés tampoco hacía otra cosa que decir: "Nuestro Edmundo ha muerto, porque de lo contrario él volvería."

El anciano murió, como ya os he dicho. Sin esto quizá nunca se casara Mercedes con otro, porque habría sido un acusador de su infidelidad. Todo esto lo comprendió Fernando, que regresó a Marsella al saber la muerte del padre de Dantés. Ya era teniente. Cuando su primer viaje, ni una palabra de amor había dicho a Mercedes, pero esta vez le recordó ya cuánto la amaba.

Mercedes le rogó que la dejase llorar todavía seis meses y

esperar a Edmundo.

—El caso es —dijo el abate con sonrisa amarga—, que en total hacía dieciocho meses... ¿Qué más puede exigir el amante más querido?

Y luego murmuró estas palabras del poeta inglés: Fragilty, thy name is woman (¡Fragilidad, tienes nombre de mujer!).

—Seis meses después —prosiguió el posadero— se efectuó la boda en la iglesia de Accoules.

—En la misma iglesia donde había de casarse con Edmundo —murmuró el sacerdote.

—Casose, pues, Mercedes —prosiguió Caderousse—, pero aunque tranquila en apariencia, al pasar por delante de la Reserva le faltó poco para desmayarse. Dieciocho meses antes se había celebrado allí su comida de boda con aquel a quien, si hubiera consultado a su propio corazón, habría conocido que aún amaba.

"Más dichoso Fernando, pero no más tranquilo, que yo le vi en aquella época, sobresaltado a todas horas, con pensar en la vuelta de Edmundo. Determinó irse con su mujer a otro lugar, pues eran los Catalanes lugar de muchos peligros y recuerdos. Y por esto se marcharon a los ocho días de la boda.

—¿Habéis vuelto a ver a Mercedes? —le preguntó el abate.

—Sí, en Perpiñán, donde la había dejado Fernando para ir a la guerra de España. A la sazón se ocupaba de la educación de su hijo.

El abate se estremeció.

—¿De su hijo?

—¿Sabéis —dijo Franz—, que me dan ganas de juzgar por mí mismo de la verdad o exageración de vuestras palabras?

—Juzgad por vos mismo, mi querido huésped, juzgad; pero no por la primera impresión que os produzca. Es conveniente acostumbrar los sentidos a una nueva; como acontece en todas las impresiones, dulce o violenta, triste o alegre, existe una lucha entre esta divina sustancia y la naturaleza, que no está organizada para el placer, y que se aferra mucho al dolor. Es necesario que la naturaleza vencida muera sobre el campo de batalla, es preciso que la realidad suceda al sueño, y entonces es el sueño el que domina absolutamente, y la vida se hace sueño y el sueño se hace vida. ¡Pero qué diferencia en tal transformación! Es decir, que comparando los dolores de la existencia real con los placeres de la existencia ficticia, no querréis vivir nunca, porque querréis estar soñando siempre. Cuando abandonéis vuestro mundo por el mundo de los demás, os parecerá que pasáis de una primavera de Nápoles a un invierno de la Laponia, se os antojará que dejáis el paraíso por la tierra, y el cielo por el infierno. Probad el hachís, mi querido huésped, probadlo.

Franz cogió por toda respuesta una cucharada de aquella pasta maravillosa, igual a la que había tomado su anfitrión, y se la llevó a los labios.

—¡Diablo! —exclamó cuando se la hubo tragado—, no sé si la consecuencia será tan agradable como decís, pero lo que es como manjar, no me parece tan suculento como a vos.

—Porque vuestro paladar no está acostumbrado a lo sublime de esa sustancia. Decidme, ¿os gustaron en seguida las ostras, el té, las trufas, y todo lo que después habéis apreciado en tal manera? ¿Comprendéis acaso a los romanos, que sazonaban los faisanes con asafétida, y a los chinos, que comen nidos de golondrinas? No por cierto, no. Pues bien, lo propio sucede con el hachís. Tomadlo tan sólo por espacio de ocho días seguidos, y ningún manjar del mundo os parecerá que reúne la delicadeza de éste, hoy soso y nauseabundo para vos. Pasemos ahora a la habitación de al lado, es decir, a la vuestra, que va Alí a servirnos el café y a darnos pipas.

Los dos se levantaron y mientras el que a sí mismo se había dado el nombre de Simbad y que nosotros hemos mencionado de tiempo en tiempo, porque se le pudiera llamar de cualquier modo; mientras Simbad, decimos, daba algunas órdenes a su criado, Franz entró en la pieza inmediata.

Estaba amueblada con sencillez en comparación a la otra, aunque no menos rica, y la forma de ella era redonda. Un diván prolongado se extendía a su alrededor, pero diván, techo, paredes y suelo estaban cubiertos de magníficas pieles, blandas como los más blandos tapices; eran de leones del Atlas, con sus majestuosas crines; de tigres de Bengala, con rayas deslumbradoras, de panteras del Cabo, tachonadas de oro, como la que se aparecía al Dante, y pieles, finalmente, de osos de la Siberia, y zorras de Noruega, arrojadas todas con profusión unas sobre otras, de manera que parecía que se anduviese sobre la alfombra más espesa, o se reposase en el más blando de los lechos.

Ambos se recostaron sobre el diván. Había a mano pipas con boquilla de ámbar y tubos de jazmín, y preparadas para que no hubiese necesidad de fumar dos veces en una misma. Tomaron una de ellas cada uno y Alí las encendió, saliendo luego a buscar el café.

Guardaron silencio, unos instantes, que Simbad pasó entregado a los pensamientos que al parecer le dominaban sin tregua, aun en medio de la conversación, y Franz, abandonado a esa especie de fascinación vertiginosa que acomete siempre al que fuma excelente tabaco. No parece sino que el humo del tabaco bueno tenga la propiedad de quitarnos todas las penas, dándonos ilusiones en cambio.

Alí sirvió el café.

—¿Cómo lo tomáis? —preguntó a Franz el desconocido—, ¿a la francesa o a la turca? ¿Cargado o claro? ¿Con azúcar o sin él? ¿Pasado o hirviendo? Podéis elegir, pues lo hay de todas las maneras.

—Lo tomaré a la turca —respondió Franz.

—Hacéis bien. Eso prueba que tenéis buenas disposiciones para la vida oriental. ¡Ah!, convendréis conmigo en que los orientales son los únicos hombres que saben vivir. Por lo que a mí respecta —añadió Simbad con una de aquellas singulares sonrisas que no se escapaban a la observación del joven—, tan pronto como despache mis negocios de París iré a morir al Oriente, y si entonces queréis encontrarme, os será preciso irme a buscar al Cairo, a Bagdad o a Ispaham.

—A fe mía que será la cosa más fácil —dijo Franz—, pues paréceme que tengo alas de águila, capaces de dar la vuelta al mundo en veinticuatro horas.

—¡Vaya, vaya! ¡Ya empieza a actuar el hachís; abrid pues, esas alas, y volad a las regiones de la fantasía. Nada os arredre, que hay quien vela por vos, y si vuestras alas se derriten al sol como las de Ícaro, aquí estoy yo para recibiros.

Tras esto dijo a Alí algunas palabras árabes. El negro hizo un gesto de obediencia y se retiró, aunque sin alejarse.

En cuanto a Franz, sufría una rara transformación. Todas sus fatigas físicas, toda la exaltación originada en su cerebro por los sucesos de aquel día, iban desapareciendo, como en esos primeros instantes del sueño en que se vive todavía. Al parecer, su cuerpo cobraba una ligereza inmaterial y su razón se despejaba de una manera maravillosa y parecían duplicarse las facultades de sus sentidos. Su horizonte íbase ensanchando más y más, pero no ese horizonte sombrío y lleno de terrores en que se arrastraba antes de su sueño, sino un horizonte azul, transparente y vasto, con todo lo que el mar tiene de tintas mágicas, con todo lo que el sol tiene de luz, y todo lo que la brisa tiene de perfumes. Después, entre los cantos de los marineros, cantos puros y claros, que a poder escribirlos compusieran una armonía divina, veía aparecer la isla de Montecristo, no como un escollo terrible entre las olas, sino como un oasis perdido en medio del desierto, y a medida que la barca se acercaba, hacíase el canto más numeroso, porque también la isla exhalaba a Dios una armonía misteriosa, ni más ni menos que si alguna hada, como Lorely, o algún encantador como Anfión, quisiera atraer hacia aquella parte un alma o edificar una ciudad.

Al fin la barca tocó a la orilla, aunque sin violencia, sin sacudidas, como toca un labio a otro labio, y penetró en la gruta sin que dejase de sonar aquella música encantadora. Descendió, o mejor dicho, parecióle que descendía algunos escalones, respirando un aire embalsamado y fresco, como el que debía de soplar en torno a la gruta de Circe, aire lleno de esos perfumes que embriagan la fantasía, de ardores que encienden los sentidos, y vio nuevamente todo cuanto había visto antes de su sueño, desde Simbad, el fantástico marino, hasta Alí, el criado mudo. Luego todo parecía que se confundiese y se borrase a su vista, como las últimas sombras de una linterna mágica que se apaga, hallándose de nuevo en la habitación de las estatuas, iluminada totalmente por una de esas lámparas antiguas de luz pálida, que en medio de la noche acompañan al sueño o a la voluptuosidad.

Eran, en efecto, ricas de formas, en lujuria y poesía, de ojos magnéticos, sonrisa lasciva y larga cabellera. Friné, Cleopatra y Mesalina, las tres cortesanas célebres. Entre aquellas sombras impúdicas aparecía después como un ángel cristiano en medio del Olimpo, como un rayo de luz pura, una visión dulce que se cubría la frente virginal ante aquellas impurezas de mármol.

Entonces le pareció que las tres estatuas habían fundido sus amores en uno para un hombre solo, y que este hombre era él, y que se acercaban a su lecho envueltas en largas túnicas blancas, desnuda la garganta, destrenzados los cabellos, con una de esas actitudes que seducían a los dioses, pero que los santos resistían, con esas miradas inflexibles y ardientes como la de la serpiente que atrae al pájaro, y que se entregaba por último a aquellas caricias dolorosas como un abrazo, y voluptuosas como un beso.

Le pareció a Franz que cerraba los ojos, y que a través de la última mirada veía a la estatua púdica cubrirse el rostro enteramente, y después de cerrados los ojos a las cosas materiales, se abrieron sus sentidos a las fantásticas, gozando de una felicidad sin límites, de un amor incesante, como el que el profeta prometía a sus elegidos.

Entonces, todas aquellas bocas de piedra se animaron y palpitaron aquellos pechos hasta tal punto que para Franz, que por la primera vez conocía los efectos del hachís, este amor era casi dolor, esta voluptuosidad casi tortura, sobre todo cuando sentía posarse en su boca ardiente los labios de las estatuas, fríos y petrificados como los anillos de una serpiente. Sin embargo, cuanto más se esforzaba en rechazar aquel amor imaginario, más se engolfaban sus sentidos en el sueño misterioso, hasta que después de una lucha en que tanto deseaba quedar victorioso como vencido, cedió del todo, abrasado de fatiga, hastiado de voluptuosidad, con los besos de aquellas mujeres de mármol y con los encantos de aquel sueño inconcebible.

IX: AL DESPERTAR

Cuando Franz volvió en sí, los objetos exteriores le parecieron una segunda parte de su sueño. Imaginóse en un sepulcro, donde apenas penetraba un rayo de sol como una mirada compasiva. Extendió la mano y tocó la piedra, incorporóse y se halló acostado en un lecho de hojas secas, aromáticas y suaves.

Habían desaparecido las visiones, y como si fueran las estatuas sólo sombras salidas de sus sepulcros durante su ensueño, habían huido al despertar. A toda la agitación del sueño sucedía la calma de la realidad. Se encontró en una gruta, se adelantó hacia la abertura. A través de la puerta se veía el azul del mar y del cielo.

Aire y agua resplandecían a los primeros rayos del sol de la mañana; a la orilla estaban sentados los marineros riendo y cantando. A diez pasos mar adentro se mecía graciosamente la barquilla sobre sus andotes. Entonces aspiró largo tiempo aquella brisa fresca que le azotaba la frente, escuchó el débil rumor de las olas que se estrellaban en la orilla, salpicando las rocas de blanca espuma, y entregóse instintivamente a este divino éxtasis que la naturaleza produce, sobre todo, después de un sueño fantástico.

La vida exterior, tan pura, tan grande, tan tranquila, recordóle poco a poco lo inverosímil de su sueño, y su memoria empezó a llenarse de recuerdos. Se acordó de su llegada a la isla, y de su presentación a un jefe de contrabandistas, de un palacio espléndido, y de una cena excelente y una cucharada de hachís.

Sólo que en medio de esta realidad palpable parecíale que todas aquellas cosas habían ocurrido por lo menos hacía un mes, tan vivo era el pensamiento de su sueño, y tanta importancia tenía en su imaginación. De vez en cuando, parecíale distinguir entre los marineros, o junto a una roca, o meciéndose sobre el barco, una de aquellas sombras que con besos y miradas poblaron de estrellas el cielo de su noche. Por otra parte, sentía la cabeza completamente despejada y el cuerpo tranquilo, sin peso en el cerebro, sino todo lo contrario, un bienestar general, una predisposición más grande que nunca a absorber el sol y el aire. Acercóse alegremente a sus marineros, que al verle se levantaron todos, y el patrón se le aproximó diciéndole:

—El señor Simbad nos ha encargado de cumplimentar a vuestra excelencia en su nombre, y de expresarle cuánto siente no poder despedirse de vuestra excelencia, mas confía que le dispenséis cuando sepáis que un negocio importantísimo le obligó a marchar a Málaga.

—¡Ah!, oye, mi querido Gaetano, ¿es todo esto verdad? ¿Existe un hombre que me recibió en esta isla, que me dio una hospitalidad regia, y se ha marchado mientras yo soñaba?

—Tan cierto es, que por allí va alejándose su yate a velas desplegadas; con vuestro anteojo de larga vista quizá podréis aún reconocer a Simbad el Marino en medio de la tripulación sobre cubierta.

Y al decir estas palabras extendió Gaetano su brazo en

dirección a un barquillo, que se dirigía al extremo meridional de Córcega. Franz sacó su anteojo, lo graduó a su vista y se puso a mirar al sitio indicado. No se engañaba Gaetano. A la popa del barco aparecía el misterioso extranjero, de pie, vuelto hacia Franz, y con un anteojo en la mano como él. Iba vestido con el mismo traje con que se presentara a su huésped, y para despedirse agitaba un pañuelo. Franz devolvióle el saludo de la misma forma. Un momento después se divisó en la popa del barco una nubecilla de humo, elevándose al cielo graciosa y lentamente. Una detonación llegó a oídos de Franz.

—¿Oís? —le dijo Gaetano—. Eso significa que se despide de vos.

El joven tomó su carabina y la descargó disparando al aire, pero sin esperanza de que la detonación pudiese atravesar la distancia que separaba el yate de la costa.

—¿Qué ordena vuestra excelencia? —le preguntó Gaetano.

—Que me deis una luz.

—¡Ah!, ya entiendo —dijo el patrón—; para buscar la entrada de la mansión encantada. Buen provecho os haga, excelencia, puesto que tenéis gusto de ello, voy a daros la antorcha que me pedís, pero sabed que yo también tuve esa idea, que he tenido ese capricho tres o cuatro veces, y que siempre acabé por renunciar a él. Giovanni —añadió—, enciende una tea y tráela a su excelencia.

Aquél obedeció, y tomando Franz la tea entró en el subterráneo seguido de Gaetano.

Reconoció el sitio en que se había despertado, y su lecho de hojas, hollado todavía, pero por más que examinó con ayuda de la tea toda la superficie exterior de la gruta, nada vio, salvo algunos sitios que por lo ahumados demostraban que otros habían hecho antes que él la misma investigación.

Sin embargo, no dejó de examinar ni un solo pie de aquella muralla granítica, impenetrable como el porvenir; no vio una sola grieta sin introducir en ella su cuchillo de monte, no observó un solo ángulo saliente de una piedra sin apoyarse en él, con la esperanza de que cedería; pero todo fue en vano, y en este trabajo perdió dos horas sin resultado alguno.

Al cabo de este tiempo renunció a sus proyectos. Gaetano había triunfado.

Cuando Franz volvió a la playa, el yate no aparecía ya sino como un punto blanco en el horizonte. Recurrió a su anteojo, pero ni aun así le fue posible distinguir nada.

Gaetano le recordó que había venido a cazar cabras, cosa de que él se había olvidado enteramente. Tomó su escopeta y se puso a recorrer la isla más bien como un hombre que cumple una obligación, que como aquel que procura divertirse, y transcurrido un cuarto de hora había muerto una cabra y dos cabritillos. Pero aquellas cabras, aunque salvajes y ligeras como gamuzas, guardaban una gran semejanza con nuestras cabras domésticas, y Franz no las consideraba como caza.

Otras ideas preocupaban, además, su imaginación. Desde la víspera se había constituido en héroe de un cuento de Las mil y una noches, y un poder invencible le arrastraba a la gruta.

Entonces, pese a la inutilidad de sus primeras pesquisas, emprendió otras nuevas, mientras Gaetano, por orden suya, asaba una de las cabras.

Mucho tiempo debió de durar esta segunda visita, pues cuando volvió estaba ya asada la cabra y dispuesto el almuerzo. Sentado Franz en el mismo lugar en el que la víspera fueron a invitarle a cenar de parte del misterioso desconocido, distinguió todavía, como una gaviota cerniéndose sobre las aguas, al diminuto yate, que continuaba su camino a Córcega.

—¿Pero no me dijisteis que el señor Simbad iba a Málaga? —exclamó de repente encarándose con Gaetano—. Paréceme que se dirige a Porto—Vecchio.

—¿No os acordáis —repuso el marinero—, que os dije también que entre su tripulación había casualmente dos bandidos corsos?

—En efecto, irá a desembarcarlos a la costa —observó Franz.

—Eso mismo. ¡Ah! Simbad el Marino es un buen sujeto, que no teme al diablo y que por hacer un servicio a un pobre, dicen que andaría diez leguas.

—Pero ese género de servicios le pueden malquistar con las autoridades del país donde los haga —repuso Franz.

—¡Ah! —exclamó sonriéndose Gaetano—. Bastante le importan a él las autoridades. Se burla de ellas y cuando le persiguen no es su yate un buque velero, sino un pájaro, sin contar con que para encontrar amigos, sólo tiene que acercarse a la costa.

Lo único que resulta claro de todo esto es que el señor Simbad, el agasajador de Franz, honrábase con estar relacionado con todos los contrabandistas y bandoleros del Mediterráneo, posición asaz excéntrica.

Como nada retenía ya a Franz en la isla de Montecristo, y como había perdido la esperanza de descubrir el encanto de la gruta, apresuróse a almorzar, ordenando a los marineros que preparasen la barca para dentro de una hora.

Media hora después estaba ya a bordo. Echó la última mirada al yate, que estaba a punto de perderse de vista en el golfo de Porto—Vecchio. Cuando, dada la señal de partir, se ponía su barco en movimiento, aquél desapareció enteramente.

Con el yate se desvanecía la postrera realidad de la noche anterior: la cena, Simbad, el hachís, las estatuas, todo, en fin, empezaba a tomar para el joven el colorido de un sueño.

El día y la noche entera navegó la barca, y a la salida del sol a la mañana siguiente, había perdido también de vista la isla de Monte—Cristo.

Tan pronto como puso Franz el pie en tierra firme, se olvidó, aunque sólo por un momento, de los últimos acontecimientos, para terminar sus quehaceres políticos y juveniles en Florencia, y no pensar en otra cosa que en reunirse con su compañero, que le esperaba en Roma.

Partió, pues, en el correo, y el sábado por la noche llegó a la plaza de la Aduana.

Como ya se ha dicho, la habitación la tenía de antemano preparada, no precisando de otra cosa que dirigirse al hotel de maese Pastrini, cosa que no era muy fácil, pues una inmensa muchedumbre henchía ya las calles, y se miraba aturdida Roma por el rumor febril y sordo que precede a las grandes solemnidades.

Las grandes solemnidades de Roma son cuatro: el Carnaval, la Semana Santa, el Corpus y el día de San Pedro. Todo el resto del año vuelve a caer la ciudad en esa triste apatía, punto medio entre la vida y la muerte, entre este mundo y el otro, apatía sublime, característica y poética, que Franz había estudiado ya cinco o seis veces, encontrándola cada vez más fantástica y maravillosa.

Atravesando, pues, aquella turba que crecía por momentos y se agitaba, llegó a la fonda.

A su primera pregunta, le respondieron con esa impertinencia propia de los cocheros de alquiler que tienen ya viaje aparejado, y de los fondistas que tienen ya sus cuartos llenos, que no había para él habitación en la fonda de Londres. Y por esto se vio obligado a enviar una tarjeta a maese Pastrini y a preguntar por Alberto de Morcef. Este recurso fue excelente, pues maese Pastrini acudió personalmente con toil excusas por haber hecho esperar a su excelencia, y tomando la bujía de mano de un cicerone que ya se había apoderado del viajero, preparábase a conducirle junto a su amigo, cuando éste apareció.

La habitación indicada se componía de dos piezas pequeñas y de un gabinete con ventanas que daban a la calle, cualidad que exageró mucho maese Pastrini, añadiendo que era inapreciable su valor. El resto de aquel piso lo tenía alquilado a un personaje muy rico, que pasaba por siciliano o maltés, aunque el fondista no supo decir a ciencia cierta a cuál de las dos naciones pertenecía.

—Está bien, maese Pastrini —dijo Frank—. Necesitamos ahora por lo pronto una cena cualquiera para esta noche, y un carruaje para mañana y los siguientes días.

—En lo de la cena —respondió el fondista—, seréis servidos en el acto; pero concerniente al carruaje...

—¿Cómo es eso, maese Pastrini? ¡Dudáis...! Ea, no os chanceéis, que necesitamos un carruaje.

—¡Oh, caballero!, todo lo imaginable se hará por proporcionároslo, y es cuanto puedo decir.

—¿Y cuándo sabremos la respuesta? —preguntó Franz.

—Mañana por la mañana —respondió el fondista.

—¡Qué diablo! —exclamó Alberto—. Con pagarlo bien, es negocio concluido. Ya sabemos a qué atenernos. Un carruaje de Drake o de Aarón cuesta veinticinco francos los días de trabajo, y treinta o treinta y cinco los domingos y días señalados, conque añadiendo cinco francos diarios de corretaje, suman cuarenta. No se vuelva a hablar de esto.

—Sospecho que aun cuando ofrezcan los señores el doble, no logren proporcionárselo.

—Que pongan entonces caballos al mío, aunque del viaje está

algo estropeado, pero no importa...

—No se encontrarán caballos.

Alberto miró a Franz, como a un hombre a quien se le da una respuesta incomprensible.

—¿Oís Franz? —le dijo— ¡No hay caballos! Pero de posta, ¿no podría haberlos?

—Están alquilados todos quince días ha, y sólo quedan los indispensables para el servicio.

—¿Qué es lo que decís?

—Digo que, cuando no comprendo una cosa, acostumbro a no detenerme mucho en ella y paso a otra. ¿Está dispuesta la cena, maese Pastrini?

—Sí, excelencia.

—Pues ante todo, cenemos.

—Pero ¿y el carruaje y los caballos? —dijo Franz.

—No os preocupéis, amigo mío, que ellos vendrán por su propio pie. El busilis está en el precio.

Y Morcef, con esa admirable filosofía del hombre que nada juzga imposible mientras tiene llenos los bolsillos, cenó, se acostó y durmió a pierna suelta, soñando que paseaba las calles de Roma en un carruaje tirado por seis caballos.

X: LOS BANDOLEROS ROMANOS

Al día siguiente Franz se despertó antes que su compañero, y así que estuvo vestido, tiró del cordón de la campanilla. Aún vibraba el sonido de ésta, cuando maese Pastrini entró en el aposento.

—¡Y bien! —dijo el fondista con aire de triunfo, sin esperar a que Franz le interrogase—, bien lo sospechaba ayer cuando no quería prometeros nada. Habéis acudido demasiado tarde ya, y no hay en Roma un solo carruaje desalquilado, para los tres últimos días, se entiende.

—Justamente —exclamó Franz—, para los días que más falta nos hace.

—¿Qué hay? —preguntó Alberto entrando—. ¿No tenemos carruaje?

—Así es, querido amigo —respondió Franz—, lo habéis

adivinado.

—¡Vaya una ciudad! ¡Buena está la tal Roma!

—Es decir —replicó maese Pastrini, que quería mantener dignamente con los extranjeros el pabellón de la capital del mundo cristiano—, es decir, que no hay carruaje desde el domingo por la mañana, hasta el martes por la noche, pero hasta entonces encontraréis cincuenta si queréis.

Alberto dijo:

—¡Ah!, eso ya es algo. Hoy es jueves, ¿quién sabe de aquí al domingo lo que puede suceder?

—Que llegarán diez o doce mil viajeros —respondió Franz—, los cuales harán mayor aún la dificultad.

—Amigo mío —dijo Morcef—, aprovechemos el presente y olvidémonos por ahora del futuro.

—Pero a lo menos —preguntó Franz—, ¿tendremos una ventana?

—¿Dónde?

—En la calle del Corso.

—¡Oh! ¡Una ventana! —exclamó maese Pastrini—, completamente imposible. Una solamente quedaba en el quinto piso del palacio Doria, y ha sido alquilada a un príncipe ruso por veinte cequíes al día.

Los dos jóvenes se miraron atónitos.

—Pues mira, querido —dijo Franz a Alberto—, lo mejor que podemos hacer es irnos a pasar el carnaval en Venecia; al menos allí, si no encontramos carruaje, encontraremos góndolas.

—No, no —exclamó Alberto—. Estoy decidido a ver el carnaval en Roma, y lo veré aunque sea en zancos.

—¡Caramba! —exclamó Franz—. Es una gran idea, sobre todo para apagar los moccoletti; nos disfrazaremos de polichinelas, de vampiros o de habitantes de las Landas, y tendremos un éxito magnífico.

—¿Desean aún sus excelencias tener un carruaje para el domingo?

—¡Pues qué! ¿Creéis que vamos a recorrer las calles de Roma a pie, como si fuéramos pasantes de escribano?

—¡Bien!, voy a apresurarme a ejecutar las órdenes de sus excelencias —dijo maese Pastrini—, pero les prevengo que el carruaje les costará seis piastras al día.

—Y yo, querido maese Pastrini —dijo Franz—, yo que no soy vuestro vecino el millonario, os advierto que como es la cuarta vez que vengo a Roma, conozco el precio de los carruajes, tanto los domingos y días de fiesta como los que no lo son, os daremos doce piastras por hoy, mañana y pasado, y aún sacaréis muy buen producto.

—Con todo, excelencia... —dijo maese Pastrini procurando rebelarse.

—Andad, andad, mi querido huésped —dijo Franz—, o voy yo mismo a ajustar el carruaje con vuestro *affettatore,* que es también el mío. Es un antiguo amigo que durante su vida me ha robado bastante dinero, y que con la esperanza de robarme más, pasará por un precio menor que el que os ofrezco; de este modo perderéis la diferencia y será vuestra la culpa.

—¡Oh!, no os toméis esa molestia, excelencia —dijo maese Pastrini con la sonrisa del especulador italiano que se confiesa vencido—, cumpliré vuestro encargo lo mejor que me sea posible y espero que quedaréis contento.

—Estupendo, eso se llama hablar con juicio.

—¿Cuándo queréis el carruaje?

—Dentro de una hora.

—Pues dentro de una hora estará a la puerta.

En efecto, una hora después el carruaje esperaba a los dos jóvenes. Era un modesto simón que, atendida la solemnidad de la circunstancia, habían elevado al rango de carruaje. Pero, a pesar de la mediana apariencia que tuviese, los dos jóvenes se hubieran dado por muy dichosos con tener una covacha semejante para los tres últimos días.

—Excelencia —gritó el cicerone al ver a Franz asomarse a la ventana—, ¿se acerca la carroza al palacio?

Por muy acostumbrado que estuviese Franz al énfasis italiano, su primer movimiento fue mirar a su alrededor, pero a él era a quien se dirigían en efecto aquellas palabras. Franz era la excelencia, la carroza era el fiacre, y el palacio era la fonda de Londres. Todo el genio encomiástico de la nación estaba encerrado en aquella frase.

Franz y Alberto bajaron. La carroza se acercó al palacio, sus excelencias subieron, y el cicerone saltó a la trasera.

—¿Adónde quieren sus excelencias que les conduzca?

—Primero a San Pedro y en seguida al Coliseo—dijo Alberto.

Pero éste ignoraba que para ver San Pedro se necesitaba un día, y para estudiarlo, un mes.

Quise decir que se pasó el día en ver San Pedro.

Los dos amigos no echaron de ver que se hacía tarde hasta que el día empezó a declinar. Franz sacó su reloj, eran las cuatro y media. Emprendieron inmediatamente el camino de la fonda y al apearse dio Franz al cochero la orden de estar allí a las ocho. Quería hacer contemplar a Alberto el Coliseo a la luz de la luna, tal como le había hecho ver San Pedro a la luz del sol.

Cuando se hace ver a un amigo una ciudad que uno ya conoce, se usa de la misma coquetería que para enseñarle la mujer a quien se ama; de consiguiente, Franz trazó al cochero su itinerario: debía salir por la puerta del Popolo, costear la muralla exterior y entrar por la puerta de San Juan. Y de esta manera el Coliseo se les aparecería de improviso y sin que el Capitolio, el Foro, el Arco de Septimio Severo, el templo de Antonino Faustino y la Vía Sacra, hubiesen servido de escalones situados en medio del camino para acortarlo.

Se sentaron a la mesa, y aunque maese Pastrini había prometido a sus huéspedes un festín excelente, sin embargo, sólo les dio una comida pasable, de la que a lo menos no tuvieron que quejarse.

Al fin de la comida entró el fondista. Franz creyó que era para recibir las gracias, y se disponía a dárselas cuando le interrumpió a las primeras palabras.

—Excelencia —dijo—, mucho me lisonjea vuestra aprobación, pero no he subido para eso a vuestro cuarto.

—¿Es acaso para decirnos que habéis encontrado carruaje? —preguntó Alberto, encendiendo un cigarro.

—Nada de eso. Lo mejor que podéis hacer es no pensar más en ello, y tomar un partido. En Roma las cosas se pueden o no se pueden, y cuando se os ha dicho que no se podía, punto concluido.

—¡Oh! En París es mucho más cómodo; cuando una cosa no se puede se paga el doble, y al instante se tiene lo pedido.

—Sí, sí; ya he oído decir eso a todos los franceses —dijo

maese Pastrini algún tanto picado—, y entonces no comprendo cómo viajan.

—Es que los que viajan —dijo Alberto arrojando flemáticamente una bocanada de humo hacia el techo, y balanceándose sobre las patas traseras de su silla—, son solamente los necios y los locos como yo, pues las personas sensatas no abandonan su habitación en la calle de Helder, el paseo Gand y el café de París.

Excusado es decir que Alberto vivía en dicha calle, daba todos los días su paseo fashionable y comía cotidianamente en el único café en que se come cuando se está en relaciones con los jóvenes solteros de París. Maese Pastrini quedóse un instante silencioso. Era evidente que meditaba la respuesta que le había dado Alberto, respuesta que sin duda alguna no le parecía del todo clara.

—Pero, en fin —dijo Franz a su vez interrumpiendo las reflexiones geográficas de su huésped—, vos habéis venido aquí para algo; servíos, pues, indicarnos el objeto de vuestra visita.

—¡Oh! Justamente. ¿Habéis mandado venir el carruaje a las ocho?

—Sí.

—¿Teníais intención de visitar el Colosseo?

—Es decir, el Coliseo.

—Es exactamente lo mismo.

—Sea.

—¿Habéis dicho a vuestro cochero que saliera por la puerta del Popolo, que diese la vuelta por el lado exterior de las murallas y que entrase por la puerta de San Juan?

—Eso fue lo que dije, en efecto.

—¡Pues bien! Ese itinerario es imposible, o por lo menos muy peligroso.

—¿Y por qué es peligroso?

—A causa del famoso Luigi Vampa.

—Ante todo, mi querido huésped, ¿quién es el famoso Luigi Vampa? —preguntó Alberto—. Puede ser muy famoso en Roma, pero os advierto que en París es completamente desconocido.

—¡Cómo! ¿No le conocéis?

—No tengo ese honor.

—¡Pues bien! Es un bandido junto al cual son niños de teta los

Decesaris y los Gasparone.

—Atención, Franz —exclamó Alberto—. ¡Al fin encontramos un bandido! Os prevengo, querido huésped, que no voy a creer una palabra de lo que digáis. Sabido esto, hablad cuanto queráis, estoy pronto a escucharos. Había una vez... Vaya, ¡y qué! ¿No proseguís?

Maese Pastrini se volvió hacia Franz, que le parecía mucho más juicioso que su compañero, y le dijo gravemente:

—Excelencia, si creéis que miento, es inútil que os diga lo que quería deciros; puedo, sin embargo, afirmaros que lo hacía por el interés de vuestras excelencias.

—Alberto no dice que mintáis, querido señor Pastrini —replicó Franz—. Dice que no os creerá enteramente, pero yo sí os creeré; tranquilizaos, pues, y hablad.

—Mas, sin embargo, excelencia, bien comprendéis que si ponéis en duda mi veracidad...

—Amigo mío —interrumpió Franz—, sois más susceptible que Casandra, la cual era una profetisa a quien nadie escuchaba; siendo así que vos, a lo menos, estáis seguro de la mitad de vuestro auditorio. Vamos, sentaos, y decidnos quién es ese señor Vampa.

—Ya os lo he dicho, excelencia, es un bandido cual no se ha visto otro después del famoso Mastrilla.

—Pero, ¡vamos a ver! ¿Qué tiene que ver ese bandido con la orden que he dado a mi cochero de salir por la puerta del Popolo, y de entrar por la puerta de San Juan?

—Tiene —repuso maese Pastrini— que por la una sin duda podréis salir, pero dudo que por la otra podáis entrar.

—¿Y eso por qué, señor Pastrini? —preguntó Franz.

—Porque llegada la noche, ya no se está seguro a cincuenta pasos de las puertas.

—¿Palabra de honor? —exclamó Alberto.

—Señor conde —dijo maese Pastrini, siempre picado por la duda que tenía Alberto de su veracidad—, no hablo con vos, sino con vuestro compañero, que conoce a Roma, y que sabe que no se gastan chanzas sobre tal punto.

—Oye, querido —dijo Alberto dirigiéndose a Franz—, puesto que se nos presenta ocasión de emprender una aventura, oye lo que podemos hacer: cargamos nuestro coche de pistolas, trabucos y escopetas de dos cañones. Luigi Vampa viene a prendernos, y en lugar de prendernos él a nosotros, le cogemos nosotros a él. Le llevamos inmediatamente a Su Santidad, que nos pregunta qué puede hacer en reconocimiento a nuestro servicio, y entonces reclamamos lisa y llanamente una carroza y dos caballos de sus caballerizas, sin contar con que probablemente el pueblo romano, reconocido también, nos corone en el Capitolio, y nos proclame, como a Curcio y a Horacio Coclés, salvadores de la patria.

Entretanto Alberto deducía esta consecuencia, maese Pastrini gesticulaba de una manera difícil de describir.

—En primer lugar —preguntó Franz a Alberto—, dime dónde encontrarás esas pistolas, esos trabucos, esas escopetas de dos cañones, con que quieres atestar el coche.

—Lo que es en mi armería no será —dijo Alberto—, pues que en la Terracina me despojaron hasta de mi puñal, ¿y a ti?

—A mí me sucedió lo mismo en Acuapendente.

—¡Ah!, querido huésped —dijo Alberto encendiendo su segundo cigarro en la punta del primero—, sabéis que es muy cómoda para los ladrones esa medida, y que me parece que ha sido tomada de acuerdo con ellos.

Sin duda maese Pastrini encontró aquella pregunta muy embarazosa, pues no respondió sino a medias, dirigiendo aún la palabra a Franz como al único ser razonable con el cual pudiera entenderse.

—¿Sabe su excelencia que cuando uno es atacado por bandidos, no es costumbre defenderse?

—¡Cómo! —exclamó Alberto, cuyo valor se rebelaba a la sola idea de dejarse robar sin decir una palabra—. ¡Cómo! ¿Que no es costumbre defenderse?

—No, porque toda defensa sería inútil. ¿Qué queréis hacer contra una docena de bandidos que salen de un foso, de una choza o de la misma tierra, si así puede decirse, y que os apuntan a boca de jarro todos a un tiempo?

Alberto exclamó:

—Pues quiero que me maten.

El posadero se volvió hacia Franz, con un aire que quería decir: "Decididamente, vuestro camarada está loco."

—Querido Alberto —replicó Franz—, vuestra respuesta es

sublime, y vale tanto como el qu'il mourut de Corneille, sólo que cuando Horacio respondía esto, se trataba de la salvación de Roma, y la cosa valía por cierto la pena. Pero, en cuanto a nosotros, daos cuenta de que se trata sólo de un capricho que queremos satisfacer y que sería ridículo que por este capricho arriesgásemos nuestra vida.

—¡Ah! ¡Per Bacco! —exclamó maese Pastrini—, eso se llama saber hablar.

Alberto se llenó un vaso de Lacryma—Christi, el cual bebió a pequeños sorbos murmurando palabras ininteligibles.

—Y bien, maese Pastrini —replicó Franz—, ya que mi compañero está tranquilo, y ya que habéis podido apreciar mis disposiciones pacíficas, decidnos ahora, ¿quién es ese señor Vampa? ¿Es pastor o patricio? ¿Es joven o viejo? ¿Alto o bajo? Describidnos su figura con objeto de que si le encontramos por casualidad en el mundo, como Juan Sbogard o Lara, podamos a lo menos reconocerle.

—Pues para obtener detalles exactos, a nadie mejor que a mí pudierais dirigiros, porque he conocido desde la niñez a Luigi Vampa, y un día que había caído en sus manos al ir de Florencia a Alatri, se acordó, felizmente para mí, de nuestro antiguo conocimiento. Me dejó ir entonces, no tan sólo sin hacerme pagar nada, sino que quiso dárselas de generoso, me regaló un precioso reloj y me contó su historia.

—Mostradnos el reloj —dijo Alberto.

Maese Pastrini sacó de su bolsillo un magnífico Breguet en que se veía grabado el nombre de su autor, el timbre de París y una corona de conde.

—Aquí está.

—¡Diantre! —exclamó Alberto—. Os doy la enhorabuena. Tengo uno semejante —añadió sacando a su vez el reloj del bolsillo de su chaleco—, que me ha costado tres mil francos.

—Ahora contadnos la historia —dijo Franz a su vez, haciendo señas a maese Pastrini para que se sentara.

—Si permiten sus excelencias...

—¡Qué diablos! —dijo Alberto—, no sois ningún predicador para estar hablando de pie.

El posadero se sentó, después de haber hecho a cada uno de

sus oyentes una respetuosa y profunda cortesía, lo cual indicaba que estaba pronto a dar los informes que le pedían acerca del famoso bandido Luigi Vampa.

—A propósito —exclamó Franz deteniendo a maese Pastrini en el momento en que iba a empezar a hablar—, decís que habéis conocido a Luigi Vampa desde su niñez; ¿es todavía joven?

—¡Cómo!, pues no ha de ser joven, excelencia, si apenas tiene veintidós años. ¡Oh!, todavía ha de meter mucho ruido.

—¿Qué os parece, Alberto? Es muy raro el haberse adquirido ya a los veintidós años una reputación —dijo Franz.

—Sí, ciertamente, y a su edad Alejandro, César y Napoleón, que después han figurado tanto, no habían adelantado lo que él.

—Así pues —replicó Franz dirigiéndose a su huésped—, ¿el héroe cuya historia vais a relatar, tiene veintidós años?

—Tal vez aún no los ha cumplido, como he tenido el honor de deciros.

—¿Es alto o bajo?

—De estatura mediana, así como vuestra excelencia —dijo el huésped, señalando a Alberto.

—Gracias por la comparación —dijo éste, inclinándose.

—¡Vaya!, proseguid, maese Pastrini —replicó Franz, sonriéndose de la susceptibilidad de su amigo—. ¿Y a qué clase de la sociedad pertenecía?

—Era un pobre pastor de la quinta de San Felice, situada entre Palestrina y el lago de Cabri; había nacido en Pampinara, y entrado a la edad de cinco años al servicio del conde. Su padre, pastor en Anagui, poseía un pequeño rebaño, y vivía de la lana de sus carneros y de la leche de sus ovejas que venía a vender a Roma. De niño, el pequeño Vampa tenía un carácter muy raro. Un día, a la edad de siete años, fue a buscar al cura de Palestrina y le rogó que le enseñase a leer, lo cual era difícil, pues el joven pastor no podía abandonar un instante su ganado, pero el buen cura iba todos los días a decir misa a una pobre aldea demasiado reducida para pagar un sacerdote, y que no teniendo nombre, era conocida bajo el de Borgo. Le dijo a Luigi que le esperase en el camino por donde él precisamente pasaba a su vuelta, y que de este modo le daría su lección, previniéndole que ésta sería corta y que por consiguiente tendría que aprovecharse de ella. El pobre muchacho aceptó lleno de júbilo.

"Diariamente, Luigi llevaba a apacentar su ganado hacia el camino de Palestrina a Borgo, y todos los días, a las nueve de la mañana, el cura y el muchacho se sentaban sobre la hierba y el pastorcillo daba su lección en el breviario del sacerdote. Al cabo de tres meses, sabía leer, pero no era esto suficiente, necesitaba aprender a escribir. Encargó el sacerdote a un profesor de escritura de Roma que le hiciera tres alfabetos: Uno con letra muy gruesa, otro con letra mediana y el tercero con una letra muy pequeña. Al recibirlós, el cura dijo a Luigi que copiando aquellas letras en una pizarra, podía, con ayuda de una punta de hierro, aprender a escribir. Aquella misma noche, así que hubo metido el ganado en la quinta, Vampa corrió a casa del cerrajero de Palestrina, cogió un grueso clavo, lo forjó, lo machacó, lo redondeó, consiguiendo hacer de él una especie de estilete antiguo. Al día siguiente, había reunido una porción de pizarras y trabajaba en ellas. Al cabo de tres meses ya sabía escribir.

El cura quedó asombrado de aquella maravillosa inteligencia, e interesándose vivamente por tan rara disposición, le regaló unos cuantos cuadernos de papel, un mazo de plumas y un cortaplumas. Éste fue un nuevo estudio, estudio que no era nada al lado del primero, así que ocho días después manejaba la pluma lo mismo que el estilete. Contó el cura esta anécdota al conde de San Felíce, que quiso ver al pastorcito, le hizo leer y escribir delante de él, mandó a su mayordomo que le hiciese comer con sus criados, y le dio dos piastras al mes. Con este dinero, Luigi compró libros y lápices.

Había aplicado a todos los objetos aquella facultad de imitación que tenía, y, como Giotto, dibujaba sobre las pizarras sus ovejas, los árboles, las casas y con la punta de su cortaplumas empezó a tallar la madera y a darle todas las formas que quería. Así fue como empezó Pinelli, el escultor popular. Una niña de seis o siete años, es decir, un poco más joven que Vampa, guardaba por su parte el rebaño de una quinta próxima a Palestrina; era huérfana, había nacido en Valmontone y se llamaba Teresa. Los dos niños se encontraban, sentábanse uno al lado del otro, dejaban que sus rebaños se mezclasen y paciesen juntos, charlaban, reían y jugaban, y después por la noche, apartaban los carneros del conde de San Felice, de los del barón de Cervetri, y se separaban para volver a sus respectivas quintas, prometiendo reunirse al día siguiente. Cada día volvían a darse y cumplir la cita, y de ese modo fueron creciendo juntos. Vampa llegó a los doce años y Teresa a los once.

Iban entretanto desarrollándose también sus caracteres diferentes. A su noble afición a las artes, en que había sobresalido cuanto le era posible en su aislamiento, unía Luigi crueles arrebatos de un carácter imperioso, colérico, burlón. Ninguno de los jóvenes de Pampinara, de Palestrina o de Valmontone había podido, no solamente tener influencia alguna sobre él, sino que ni llegar a ser su compañero. Altanero era su temperamento, siempre dispuesto a exigir, sin querer nunca conceder, apartaba de su lado todo instinto amistoso, toda demostración simpática. Teresa era la única que mandaba con una palabra, con una mirada, con un gesto, aquel carácter fiero que se humillaba bajo la mano de una mujer, y que bajo la de un hombre cualquiera hubiérase rebelado como una serpiente al sentirse pisoteada.

El carácter de Teresa era entera y totalmente opuesto; viva, alegre, pero coqueta hasta el extremo, las dos piastras que daba a Luigi el mayordomo del conde de San Felice, y el precio de todos los juguetillos que vendía en Roma, se gastaban en pendientes de perlas, en collares, en alfileres, así es que gracias a la prodigalidad de su joven amigo, Teresa era la aldeana más hermosa y elegante de los alrededores de Roma. Los dos jóvenes seguían creciendo, pasando todo el día juntos, y entregándose sin obstáculos a los instintos de su carácter; así, pues, en sus conversaciones, en sus deseos, en sus sueños, Vampa se veía siempre hecho un capitán de navío, general de ejército o gobernador de una provincia, y Teresa se imaginaba rica, envidiada, vestida con un hermoso traje, adornada con hermosos diamantes y seguida de lacayos con librea. Además, cuando habían pasado el día juntos, adornando su porvenir con aquellos locos y brillantes arabescos, se separaban para conducir los rebaños a los establos y descender desde la elevación de su sueño hasta la real humildad de su posición. Un día, el joven pastor dijo al mayordomo del conde que había visto que un lobo salido de las montañas de la Sabina acechaba su ganado. El mayordomo le entregó una escopeta; esto era lo que quería Vampa.

El arma aquella tenía por casualidad un excelente cañón de Brescia, que calzaba bala como una carabina inglesa, sólo que un día el conde, persiguiendo a un zorro, rompió la culata, y ya habían arrinconado el arma como inútil. Pero no era esto una dificultad para un escultor como Vampa. Examinó la culata primitiva, calculó la figura que había de tener, y al cabo de unos cuantos días hizo otra culata cargada de adornos tan maravillosos que, si hubiera querido venderla sin el cañón, hubiera seguramente ganado quince o veinte piastras; pero él no pensaba hacer tal use de ella, porque una escopeta había sido durante su vida el pensamiento fijo del joven.

En la totalidad de los países en que la independencia ha sustituido a la libertad, la primera necesidad que experimenta todo corazón fuerte, toda organización poderosa, es la de un arma que asegure al propio tiempo el ataque y la defensa, y que haciendo terrible al que la lleva, le haga también temido. Desde este momento Vampa dedicó todo el tiempo que le quedaba libre al ejercicio del arma. Compró pólvora y balas a hizo servir de blanco todos los objetos que se le ponían delante. Tan pronto ensayaba su puntería en el tronco de un olivo, como en el zorro que salía de su cueva al anochecer para dar comienzo a su caza nocturna. Tan pronto era su blanco la mata más insignificante del borde de un camino, como el águila que orgullosamente se cernía en el aire. Pronto llegó a ser tan diestro que Teresa dominó el temor que en un principio experimentara al oír la detonación, y se divertía en ver a su joven compañero poner la bala en el punto que de antemano advertía, con tanta exactitud y limpieza como si la colocara allí con su propia mano.

Salió, en efecto, una noche un lobo de un bosque cerca del cual tenían por costumbre reunirse los dos jóvenes, pero apenas hubo dado el animal diez pasos por el llano, cayó atravesado por una bala. Envanecido Luigi de tan buen tiro, cargóse el lobo a cuestas y lo llevó a la quinta.

Estos y parecidos detalles daban a Vampa cierta reputación en todos aquellos alrededores, porque es verdad que el hombre superior, doquiera que se halle y por ignorado que sea, se forma un círculo más o menos mayor de admiradores. Por todos los alrededores se hablaba de aquel joven pastor como del más fuerte y del más valiente contadino que había en el circuito de diez leguas, y aunque Teresa por su parte pasase por una de las jóvenes más hermosas de la Sabina, nadie osaba decirle una palabra, porque sabían que Vampa la amaba.

Y, sin embargo, no se habían confesado nunca tal amor. Habían ido creciendo el uno y el otro como dos árboles que mezclan sus raíces bajo la tierra, sus ramas en el aire, su perfume en el cielo, pero su deseo de vivir juntos era el mismo. Únicamente que este deseo había llegado a ser una necesidad y mejor hubieran preferido la muerte que la separación de un solo día, por más que esta idea no les hubiese venido jamás a la imaginación. Teresa tenía dieciséis años y Vampa diecisiete.

Fue por entonces cuando se empezó a hablar mucho de una cuadrilla de bandidos que se iba organizando en los montes Lepini.

Los salteadores no han sido nunca enteramente extinguidos en los alrededores de Roma, y aunque algunas veces les faltan jefes, cuando se presenta uno jamás le falta una partida. El famoso Cucumetto, perseguido en los Abruzzos, arrojado del reino de Nápoles, donde había sostenido una verdadera guerra, atravesó el Garigliano, como Manfredo, y fue a refugiarse entre Sonnino y Juperno, a orillas del Almasina. Este era quien se ocupaba en reorganizar alguna tropa y quien seguía las huellas de Decesaris y de Gasparone, a quienes pronto esperaba sobrepujar. Muchos jóvenes de Palestrina, de Frascati y de Pampinara desaparecieron, y aunque al principio sus amigos y allegados ignoraron su paradero, pronto supieron que se habían ido a unirse a la banda de Cucumetto. Al cabo de algún tiempo, Cucumet—to llegó a ser el objeto de la atención general, citándose a propósito de este jefe rasgos llenos de una audacia y de una brutalidad extraordinarias y casi sin ejemplo.

Un día raptó a una joven, era la hija del agrimensor de Frosinone. Las leyes de los bandidos son en cuanto a esto terminantes: una joven pertenece al que la ha raptado, después a cada uno por suerte, y la desgraciada sirve para los placeres de toda la compañía hasta que la abandonan o muere. Cuando los parientes son bastante ricos para rescatarla, envían un mensajero que trata del rescate, y la cabeza del prisionero responde de la seguridad del emisario. Pero si son rehusadas las condiciones del rescate, el prisionero es condenado irrevocablemente.

La joven de que hemos hablado tenía a su amante en la partida de Cucumetto; se llamaba Carlini. Ál reconocer al joven, se creyó salvada y le tendió los brazos, pero el pobre Carlini al verla sintió que se le partía el corazón, porque aún ignoraba la suerte que estaría destinada a su amada.

Sin embargo, como era el favorito de Cucumetto, como había compartido con él sus peligros hacía más de tres años, como le había salvado la vida matando de un pistoletazo a un carabinero que tenía ya el sable levantado sobre su cabeza, esperó que Cucumetto se apiadaría de él. Llamó aparte, pues, a su capitán, mientras que la joven se apoyaba contra el tronco de un gran pino que se elevaba en medio de una plazuela del bosque; había hecho un velo con su adorno, traje pintoresco de las paisanas romanas, y escondía su rostro a las lujuriosas miradas de los bandidos. Allí se lo contó todo: sus amores con la prisionera, sus juramentos de fidelidad, y cómo cada noche, desde que estaban en aquellos alrededores, se daban cita en unas ruinas. Precisamente aquella noche Cucumetto envió a Carlini a un pueblo vecino, y no pudo acudir a la cita. Pero el capitán se había hallado allí por casualidad, según decía, y entonces raptó a la joven.

Carlini suplicó a su jefe que se le hiciese una excepción en su favor y que respetase a Rita, diciéndole que su padre era rico y que pagaría un buen rescate. Cucumetto pareció rendirse a las súplicas de su amigo y le encargó que buscase un pastor a quien pudiese enviar a casa del padre de Rita, a Frosinone. Carlini se acercó entonces muy gozoso a la joven, le dijo que estaba salvada, y la invitó a que escribiese a su padre una carta en la cual le contase todo lo que había pasado, y le anunciase que su rescate estaba fijado en trescientas piastras. Concedían al padre por todo término doce horas, es decir, hasta el día siguiente, a las nueve de la mañana.

Una vez escrita la carta, Carlini cogióla al punto, corrió a la llanura para buscar un mensajero, y encontró a un joven pastor que guardaba un rebaño. Los mensajeros naturales de los bandidos son los pastores que viven entre la ciudad y la montaña, entre la vida salvaje y la vida civilizada. El joven pastor partió en seguida, prometiendo estar en Frosinone antes de una hora, y Carlini volvió lleno de gozo a reunirse con su querida para anunciarle aquella buena noticia.

Toda la banda se encontraba en la plazuela, donde cenaba alegremente las provisiones que los bandidos exigían de los paisanos como un tributo; tan sólo en medio de aquellos alegres compañeros buscó en vano a Cucumetto y a Rita. Preguntó por ellos y los bandidos le respondieron con una carcajada.

Carlini sintió que un sudor frío empezaba a inundar su frente y que una mortal zozobra empezaba a helar su corazón. Renovó su pregunta; uno de los bandidos llenó un vaso de vino de Orvieto y se lo mostró, diciendo:

—¡A la salud del valiente Cucumetto y de la hermosa Rita!

En aquel instante Carlini creyó oír un grito de mujer; todo lo adivinó. Tomó el vaso y lo rompió contra el rostro del que se lo presentaba y se lanzó en dirección de donde oyera el grito. A los cien pasos, a la vuelta de un matorral, vio a Rita desmayada en los brazos de Cucumetto. Al ver a Carlini, Cucumetto se levantó pistola en mano y ambos bandidos se miraron durante un momento, el uno con la sonrisa de la injuria en los labios, el otro con la palidez de la muerte en la frente. Hubiérase creído que iba a suceder alguna escena terrible entre aquellos dos hombres, pero poco a poco las facciones de Carlini se apaciguaron volviendo a su estado normal. Su mano, que había llegado a una de las pistolas de su cinturón, permaneció inmóvil; Rita estaba tendida entre los dos y la luna iluminaba esta escena.

—¡Y bien! —le dijo Cucumetto—. ¿Has hecho la comisión que lo había encargado?

—Sí, capitán —respondió Carlini—, y el padre de Rita estará aquí mañana a las nueve, con el dinero.

—Perfectamente. Mientras tanto vamos a pasar una noche deliciosa. Esta joven es encantadora. Te aseguro que tienes buen gusto, Carlini; así, pues, como no soy egoísta, vamos a volver al lado de los camaradas y sortear a quién tocará ahora.

—Entonces, ¿estáis decidido a abandonarla a la ley común? —preguntó Carlini.

—¿Y por qué había de hacer una excepción en su favor?

—Creí que mis súplicas. ..

—¿Y por qué has de ser tú más que los demás?

—Es justo.

—Vamos, tranquilízate —prosiguió Cucumetto riendo—, un poco antes, un poco después, ya llegará lo turno.

—Los dientes de Carlini rechinaban de rabia.

—Vamos —dijo Cucumetto, dando un paso hacia los bandidos—, ¿vienes?

—Os sigo al momento.

Cucumetto se alejó sin perder de vista a Carlini, porque temía que le hiriese por detrás, pero nada anunciaba en el bandido una intención hostil. En pie, con los brazos cruzados, estaba al lado de Rita, que continuaba sin haber recobrado el conocimiento. Cucumetto creyó por un instante que el joven iba a tomarla en sus brazos y huir con ella, pero poco le importaba, había conseguido lo que deseaba, y en cuanto al dinero, trescientas piastras repartidas entre los compañeros hacían una suma tan pobre que le era indiferente el que se las diesen o no. Continuó, pues, su camino hacia la plazuela, pero con gran asombro suyo, Carlini llegó casi al propio tiempo que él.

—¡El sorteo! ¡El sorteo! —gritaron todos los bandidos al divisar a su jefe.

Y brillaron de alegría los ojos de aquellos hombres, mientras que la llama de la hoguera esparcía sobre sus rostros un resplandor rojizo que los hacía asemejarse a los demonios.

Nada más justo que lo que pedían, y por lo tanto hizo el capitán un signo con la cabeza indicando que accedía a su demanda. Pusiéronse todos los nombres en un sombrero, así el de Carlini como los de los demás, y el más joven de la compañía sacó una papeleta de aquella improvisada urna y leyó en alta voz el nombre que en ella estaba escrito. Era el de Diavolaccio, el mismo que había propuesto a Carlini un brindis a la salud del jefe y a quien Carlini contestó haciendo pedazos el vaso contra su rostro. Una extensa herida le cogía de la sien hasta la boca, de la que manaba sangre en abundancia. Diavolaccio, al verse así favorecido por la fortuna, soltó una carcajada.

—Capitán —dijo—, hace poco que Carlini no quiso beber a vuestra salud; proponedle que beba a la mía. Tal vez tenga para con vos más condescendencia que para conmigo.

Todos esperaban una explosión de parte de Carlini, pero, con gran asombro de los bandidos, tomó con la mano un vaso, con la otra una botella y llenando el vaso dijo con perfecta mente tranquila:

¡A lo salud, Diavolaccio! —y bebió el contenido del vaso sin que el más mínimo temblor agitase su mano.

Hecho esto, fue a sentarse junto a la hoguera.

—Dadme la parte de cena que me toca —dijo—, pues el camino que acabo de hacer me ha abierto el apetito.

—¡Viva Carlini! —exclamaron los bandidos.

—Enhorabuena, eso se llama tomar las cosas como buenos compañeros.

Y todos formaron un círculo en torno a la hoguera, mientras que Diavolaccio se alejaba.

Carlini comía y bebía como si nada hubiese sucedido.

Los bandidos le observaban asombrados, sin comprender aquella impasibilidad, cuando oyeron resonar de pronto, junto a ellos, unos pasos lentos y pausados.

Se volvieron y divisaron a Diavolaccio que conducía a la joven en sus brazos; tenía la cabeza inclinada hacia atrás, de modo que sus largos cabellos rozaban la tierra. A medida que iban entrando en el círculo de la luz proyectada por la hoguera, notaban la palidez de la joven y del bandido. Esta aparición tenía un aspecto tan extraño y tan solemne, que todos se levantaron, menos Carlini, que se quedó sentado y continuó comiendo y bebiendo, como si nada pasase a su alrededor. Diavolaccio siguió avanzando en medio del más profundo silencio y depositó a Rita a los pies del capitán.

Entonces todos conocieron la causa de la gran palidez de la joven y del bandido, porque Rita tenía un cuchillo clavado hasta la empuñadura en el corazón.

Todas las miradas se fijaron en Carlini; la vaina que colgaba de su faja estaba vacía.

—¡Ya! —dijo el capitán—, ¡ya!, ahora comprendo por qué se quedó atrás Carlini.

Por salvaje que sea todo carácter, se inclina ante una acción sublime, y aunque es probable que ninguno de los bandidos hubiese hecho lo que Carlini, todos apreciaron el valor de aquella acción.

—¿Y ahora —dijo Carlini levantándose a su vez con la mano apoyada en el gatillo de una de sus pistolas—, y ahora, se atreverá alguien a disputarme esta mujer?

—No—dijo el jefe— Es tuya.

Entonces Carlini la tomó en sus brazos y la condujo fuera del círculo de luz que proyectaba la llama de la hoguera.

Distribuyó Cucumetto los centinelas como de costumbre, y los bandidos se tendieron en sus capas alrededor de la hoguera.

A medianoche el centinela dio la señal de alarma y en seguida el capitán y sus compañeros estuvieron en pie. Era el padre de Rita que venía en persona a traer el rescate de su hija.

—Toma —dijo a Cucumetto, presentándole un saco lleno de dinero—, aquí tienes trescientos doblones; devuélveme a mi hija.

El jefe, sin pronunciar siquiera una palabra y sin tomar el dinero, le hizo señas de que le siguiese.

El anciano obedeció. Los dos se alejaron y perdieron entre los árboles, a través de cuyas ramas penetraban los débiles rayos de la luna. Cucumetto se detuvo finalmente, tendió la mano, y mostrando al anciano dos personas agrupadas al pie de un árbol, le dijo:

—Mira, pide lo hija a Carlini, que él más que nadie puede darte cuenta.

Y sin decir una sola palabra más, volvió la espalda, encaminándose al sitio donde se hallaban sus compañeros.

El anciano permaneció inmóvil y con los ojos fijos. Sentía que pesaba sobre su cabeza alguna desgracia desconocida, inmensa, pero tomando de pronto una resolución, dio algunos pasos hacia el grupo.

Con el ruido que hizo, Carlini levantó la cabeza, y las formas de dos personas comenzaron a aparecer más distintas a los ojos del anciano. Vio a una mujer tendida en tierra, con la cabeza apoyada sobre las rodillas de un hombre sentado a inclinado hacia ella. Al levantarse este hombre, fue cuando pudo descubrir el rostro de la mujer que apretaba contra su corazón. El anciano reconoció a su hija y Carlini reconoció al anciano.

—Te esperaba —dijo el bandido al padre de Rita.

—¡Miserable! —contestó éste—. ¿Qué has hecho?

Y miraba con terror a Rita, inmóvil, pálida, ensangrentada, con un cuchillo hundido en el pecho. Un rayo de luna la iluminaba con su blanquecina luz.

—Cucumetto había violado a lo hija —dijo el bandido—, y como yo la amaba más que a mí mismo, la he matado, porque después de él iba a servir de juguete a toda la compañía.

Los labios del anciano no se entreabrieron para murmurar la más mínima palabra, pero su rostro volvióse tan pálido como el de un cadáver.

—Ahora —prosiguió Carlini—, si he hecho mal, véngala.

Y arrancó el cuchillo del seno de la joven, que presentó con una mano al anciano, mientras que con la otra apartaba su camisa y le presentaba su pecho desnudo.

—Has hecho bien —le dijo el anciano con voz sorda—. ¡Abrázame, hijo mío!

Carlini se arrojó llorando en los brazos del padre de su amada. Eran aquellas las primeras lágrimas que vertían los ojos de aquel hombre.

Y ya que todo acabó —dijo con tristeza el anciano a Carlini—, ayúdame a enterrar a mi hija.

Carlini fue a buscar dos azadones y el padre y el amante se pusieron a cavar al pie de una encina cuyas espesas ramas debían cubrir la tumba de la joven. Así—que hubieron abierto una fosa suficiente, el padre fue el primero en abrazar el cadáver, el amante después, y en seguida levantándolo el uno por los pies y el otro por los brazos, lo colocaron en el hoyo. Luego se arrodillaron a ambos lados y rezaron las oraciones de difuntos. Cuando concluyeron, cubrieron el cadáver con la tierra que habían sacado hasta tanto que la fosa estuvo llena. Entonces, presentándole la mano, dijo el anciano a Carlini:

—Ahora déjame solo. Gracias, hijo mío.

—Pero... —replicó éste.

—Déjame solo..., lo lo mando.

Carlini obedeció. Fue a reunirse con sus compañeros, se envolvió en su capa, y pronto pareció tan profundamente dormido como los demás. Como el día anterior se había decidido que iban a cambiar de campamento, cosa de una hora antes de amanecer, Cucumetto despertó a sus camaradas y se dio la orden de partir, pero Carlini no quiso abandonar el bosque sin saber lo que había sido del padre de Rita. Dirigióse hacia el lugar donde le había dejado y encontró al anciano ahorcado de una de las ramas de la encina que daba sombra a la tumba de su hija. Hizo entonces sobre el cadáver del uno y la tumba de la otra, el juramento de vengarlos, mas este juramento no pudo realizarse, porque dos días después, en un encuentro con los carabineros romanos, Carlini fue muerto. Aunque lo que a todos llenó de asombro fue que haciendo frente al enemigo hubiese recibido la bala por la espalda. Cesó, sin embargo, este asombro cuando uno de los bandidos hizo notar a sus compañeros que Cucumetto estaba colocado diez pasos detrás de Carlini cuando éste cayó.

En la madrugada del día en que partieron del bosque de Frosinone, había seguido a Carlini en la oscuridad y escuchado el juramento que hiciera, por lo que afuera de hombre cauto y previsor había tratado de evitar el resultado, que para él podía ser muy desagradable.

Aún se contaban sobre este terrible jefe de bandidos otras muchas historias no menos curiosas que ésta, de manera que desde Fondi a Perusa todo el mundo temblaba al solo nombre de Cucumetto.

Estas historias habían sido con frecuencia el objeto de las conversaciones de Luigi Vampa y de Teresa. Esta temblaba al oír tales aventuras, pero Vampa la tranquilizaba con una sonrisa dirigiendo una mirada a su soberbia escopeta que tan certero tiro tenía, y si esto no bastaba a tranquilizarla, le mostraba a cien pasos un cuervo sobre alguna rama, le apuntaba, la bala salía y el animal herido caía al pie del árbol. Sin embargo, el tiempo corría, los dos jóvenes habían proyectado casarse cuando Vampa tuviese veinte años y Teresa diecinueve y como los dos eran huérfanos y no tenían que pedir permiso a nadie más que a sus amos, a éstos se lo habían pedido ya y les había sido concedido.

Hablando de sus futuros proyectos, un día oyeron dos o tres tiros y de repente un hombre salió del bosque, cerca del cual acostumbraban los dos jóvenes llevar a apacentar sus ganados, y corrió hacia ellos.

Así que estuvo a distancia de poder ser oído, exclamó:

—Me persiguen, ¿podéis ocultarme?

Los jóvenes diéronse cuenta inmediatamente de que aquel fugitivo debía ser algún bandido, pero hay entre el aldeano y el bandido romano una simpatía desconocida que hace que el primero esté siempre pronto a hacer un servicio al segundo. Vampa, sin pronunciar una palabra, corrió a la piedra que encubría la entrada de la gruta, descubrió dicha entrada apartándola, hizo una señal al fugitivo para que se refugiase en aquel sitio desconocido de todos, luego volvió a colocar en su lugar la piedra y se sentó tranquilamente junto a su novia.

Pocos instantes tardaron en salir de la espesura del bosque cuatro carabineros a caballo; tres de ellos parecían buscar al fugitivo, el cuarto conducía por el cuello a un bandido prisionero. Los tres primeros exploraron el terreno con una ojeada, percibieron a los dos jóvenes, corrieron a galope hacia ellos y les hicieron varias preguntas; nada sabían ni nada habían visto.

—Lo lamento —dijo el cabo—, porque el bandido a quien buscamos es el capitán.

—¡Cucumetto! —exclamaron a la vez Luigi Vampa y Teresa.

—Sí —contestó el cabo—, y como su cabeza está valorada en mil escudos romanos, os darían quinientos a vosotros si nos hubieseis ayudado a descubrirle.

Los dos jóvenes se miraron y el cabo tuvo alguna esperanza.

Quinientos escudos romanos son tres mil francos, y tres mil francos son una inmensa fortuna para dos pobres huérfanos que van a casarse.

—Sí, también lo siento yo, pero no le hemos visto —dijo Vampa.

Entonces los carabineros recorrieron el terreno en diferentes direcciones, pero fueron inútiles todas las pesquisas. Al fin se retiraron.

“Vampa apartó entonces la piedra y Cucumetto salió del escondrijo.

Había visto, al través de las rendijas de la trampa de granito, a los dos jóvenes hablar con los carabineros, dudó al pronto del resultado de la conversación, pero leyó en el rostro de Luigi Vampa y de Teresa la firme resolución de no entregarle. Sacó entonces de su bolsillo una bolsa llena de oro y se la ofreció, mas Vampa levantó la cabeza con orgullo, y en cuanto a Teresa, sus ojos brillaron al pensar en las ricas joyas y hermosos vestidos que podría comprar con aquella gran cantidad de oro.

Cucumetto era un demonio muy astuto, pero había tomado la forma de un bandido en vez de tomar la de una serpiente. Sorprendió aquella mirada, reconoció en Teresa una digna hija de Eva, y entró en el bosque volviendo muchas veces la cabeza bajo el pretexto de saludar a sus libertadores. Transcurrieron muchos días sin que se volviese a ver a Cucumetto, sin que se oyese hablar de él.

XI: VAMPA

El tiempo del carnaval se acercaba y el conde de San Felice anunció que iba a dar un baile de máscaras, al cual sería convidada toda la elegancia de Roma, y como abrigaba Teresa vivos deseos de ver este baile, Luigi Vampa pidió a su protector el mayordomo, permiso para asistir él y Teresa a la función mezclados entre los sirvientes de la casa, permiso que le fue concedido.

Si el conde daba este baile, era sólo para complacer a su hija Carmela, a quien adoraba. Carmela tenía la misma edad y la misma estatura de Teresa, y Teresa era por lo menos tan hermosa como Carmela.

La noche del baile, Teresa se puso su traje más bello, se adornó con sus más brillantes alhajas. Llevaba el traje de las mujeres de Frascati. Luigi Vampa vestía el de campesino romano en los días de fiesta y ambos se mezclaron, como se les había permitido, entre los sirvientes y paisanos.

La fiesta era magnífica. No solamente la quinta estaba profusamente iluminada, sino que millares de linternas de varios colores estaban suspendidas de los árboles del jardín.

En cada salón había una orquesta y refrescos, las máscaras se detenían, formábanse cuadrillas, y se bailaba donde mejor les parecía. Carmela iba vestida de aldeana de Sonnino, llevaba su gorro bordado de perlas, las agujas de sus cabellos eran de oro y de diamantes, su cinturón era de seda turca con grandes flores, su sobretodo y su jubón de cachemir, su delantal de muselina de las Indias, y por fin los botones de su jubón eran otras tantas piedras preciosas. Otras dos de sus compañeras iban vestidas, la una de mujer de Nettuno, la otra de mujer de la Riccia.

Cuatro jóvenes de las más ricas familias y más notables de Roma las acompañaban con esa libertad italiana que no tiene igual en ningún otro país del mundo. Iban vestidos de aldeanos de Albano, de Velletri, de Civita—Castellane y de Sora. Además, tanto en los trajes de los aldeanos como en los de las aldeanas, el oro y las piedras preciosas deslumbraban.

Deseó formar Carmela una cuadrilla uniforme, pero faltaba una mujer, y aunque la hija del conde no cesaba de mirar a su alrededor, ninguna de las convidadas llevaba un traje análogo al suyo y a los de sus compañeros. El conde de San Felice le señaló, en medio de las aldeanas, a Teresa, que se apoyaba en el brazo de Luigi Vampa.

—¿Permitís acaso, padre mío?

—Sin duda —respondió el conde—, ¿no estamos en carnaval?

Se inclinó Carmela hacia un joven que la acompañaba y le dijo algunas palabras en voz baja, mostrándole con el dedo a la joven. El caballero siguió con los ojos la dirección de la linda mano que le servía de conductor, hizo un ademán de obediencia y fue a invitar a Teresa para figurar en la cuadrilla dirigida por la hija del conde.

Teresa sintió que su frente ardía. Interrogó con la mirada a Luigi Vampa, que no podía rehusar. Vampa dejó deslizar lentamente el brazo de Teresa que se apoyaba en el suyo, y Teresa, alejándose conducida por su elegante caballero, fue a ocupar, temblando, su puesto en la aristocrática cuadrilla.

A los ojos de un artista seguramente el exacto y severo traje de Teresa hubiera tenido un carácter muy distinto del de Carmela y sus compañeras, pero Teresa era una joven frívola y coqueta, y los bordados de muselina, las perlas de los brazaletes y pendientes, el brillo de la cachemira, el reflejo de los zafiros y de los diamantes la enloquecían.

Por su parte, Luigi sentía nacer en su corazón un sentimiento desconocido, una especie de dolor sordo desgarraba su alma y después circulaba por sus venas y se apoderaba de todo su cuerpo. Seguía con la vista los menores movimientos de Teresa y de su pareja, cuando sus manos se tocaban, sus arterias latían con violencia, y hubiérase dicho que vibraba en sus oídos el sonido de una campana. Cuando se hablaban, aunque Teresa escuchase tímida y con los ojos bajos los discursos de su caballero, como Luigi Vampa leía en los ojos ardientes del bello joven que aquellos discursos eran lisonjas, le parecía que la tierra se abría bajo sus pies y que todas las voces del infierno murmuraban sordamente a su oído palabras de muerte y de asesinato. Luego, temiendo dejarse arrastrar por su locura, se cogía con una mano al sillón en el cual se apoyaba, y con la otra oprimía con un movimiento convulsivo el puñal de mango cincelado que pendía de su cinturón, y que, sin darse cuenta, sacaba algunas veces casi enteramente de la vaina.

Estaba celoso. Sentía que llevada de su naturaleza ligera y orgullosa, Teresa podía olvidarle. Y sin embargo la bella aldeana, tímida y casi espantada al principio, pronto se había repuesto. Ya hemos dicho que Teresa era hermosa, pero aún no es esto todo: Teresa era coqueta con esa coquetería salvaje mucho más poderosa y atractiva que nuestra coquetería afectada. Unido esto a su gracia, a su candor, a su belleza, porque era bella y muy bella, le atrajo todos los obsequios de los caballeros de la cuadrilla, y si bien podemos asegurar que Teresa tenía envidia a la hija del conde, sin embargo, no nos atrevemos a decir que Carmela no estuviese celosa de ella.

Una vez estuvo terminada la danza, su elegante compañero, no sin cesar los cumplidos y obsequios, la volvió a conducir al punto del que la había sacado a bailar y donde la esperaba Luigi.

Dos o tres veces durante la contradanza, la joven le había dirigido una mirada, y cada vez le había visto pálido y con las facciones alteradas.

Una vez la hoja de su puñal, medio sacada de su vaina, había brillado a sus ojos con un resplandor siniestro, y he aquí por qué temblaba como el azogue cuando volvió a apoyar su brazo en el de su amante.

Había obtenido tan grande éxito la cuadrilla, que se trató de repetir la danza, y aunque Carmela se oponía, el conde de San Felice rogó con tanta ternura a su hija, que al fin consintió.

Al punto uno de los caballeros se dirigió a Teresa, sin la cual era imposible que la contradanza se verificase, pero la joven había desaparecido.

En efecto, Luigi no se sintió con ánimos para sufrir una segunda prueba, y sea por persuasión o por fuerza, arrastró a Teresa hacia otro punto del jardín. Teresa cedió bien a pesar suyo, pero había visto la alterada fisonomía del joven, y comprendía por su silencio entrecortado, por sus estremecimientos nerviosos que pasaba en él algo raro.

Ella sentía también una agitación interior, y sin haber hecho, sin embargo, nada malo, comprendía que Luigi tenía derecho para quejarse. ¿De qué...?, lo ignoraba, pero no por eso dejaba de conocer que sus quejas serían merecidas. No obstante, con gran asombro de Teresa, Luigi permaneció mudo y ni siquiera entreabrió sus labios para pronunciar una palabra durante el resto de la noche. Mas cuando el frío hizo salir de los jardines a los convidados, y cuando las puertas se hubieron cerrado para ellos, pues iba a comenzar una fiesta íntima, se llevó a Teresa, y al entrar en su casa le dijo:

—Teresa, ¿en qué pensabas cuando estabas bailando frente a la joven condesa de San Felice?

—Pensaba —respondió la joven con toda la franqueza que había en su alma—, que daría la mitad de mi vida por tener un traje como el de ella.

—¿Y qué lo decía lo pareja?

—Que sólo me bastaba pronunciar una palabra para tenerlo.

—Y no le faltaba razón —contestó Luigi con voz sorda—. ¿Deseas, pues, ese traje tan ardientemente como dices?

—Sí.

—¡Pues bien!, lo tendrás.

Levantó asombrada la joven la cabeza para preguntarle, pero su rostro estaba tan sombrío y tan terrible que la voz se le heló en sus labios. Por otra parte, al pronunciar estas palabras Luigi se había alejado. Teresa le siguió con la mirada en la oscuridad mientras pudo, y así que hubo desaparecido entró en su cuarto suspirando.

Aquella misma noche tuvo lugar un desagradable acontecimiento: tal vez por la poca precaución de algún criado al apagar las luces, el fuego se había apoderado de la quinta de San Felice, justamente en los alrededores de la habitación de la hermosa Carmela.

En medio de la noche despertóse ésta por el resplandor de las llamas, había saltado de su cama, se había envuelto en su bata, y había intentado huir por la puerta, pero el corredor por el cual debía pasar estaba ya invadido por las llamas. Luego entró en su cuarto pidiendo socorro, cuando de repente se abrió el balcón, situado a veinte pies de altura, un joven aldeano se arrojó en el aposento, cogió a la casi exánime joven entre sus brazos, y con una fuerza y agilidad extraordinarias y sobrehumanas, la transportó fuera de la quinta depositándola sobre la hierba del prado, donde quedó desvanecida. Al recobrar el sentido, su padre se hallaba delante de ella, todos los criados la rodeaban prodigándole socorros. Había sido devorada por el incendio un ala entera del palacio, pero ¡qué importaba si Carmela se había salvado! Buscaron por todas partes a su libertador, pero éste no apareció. Preguntaron a todos, pero nadie le había visto. Carmela estaba tan turbada que no le había reconocido. Además, como el conde era inmensamente rico, excepto el peligro que había corrido su hija, y que le pareció por la milagrosa manera con que se había salvado, más bien un nuevo favor de la Providencia que una desgracia real, la pérdida ocasionada por las llamas fue insignificante para él.

Al día siguiente, a la hora de costumbre, encontráronse los dos jóvenes pastores en su sitio, cerca del bosque. Luigi era quien había llegado primero a la cita, y salió al encuentro de la joven con alborozo. Parecía haber olvidado por completo la escena de la víspera. Teresa estaba visiblemente pensativa, pero al ver a Luigi tan alegre, afectó por su parte un gozo que no sentía, a pesar de ser propio de su carácter cuando alguna otra pasión no venía a turbarla. Luigi tomó del brazo a Teresa y la condujo hasta la entrada de la gruta. Allí se detuvo. Comprendió la joven que había algo de extraordinario en la conducta del joven y en su consecuencia le miró fijamente como queriendo interrogarle con los ojos.

—Teresa —dijo Luigi—, ayer por la noche me dijiste que darías la mitad de lo vida por tener un traje semejante al de la hija del conde.

—En efecto —dijo Teresa—, pero estaba loca al desear tal cosa.

—Y yo lo respondí: "Está bien, lo tendrás."

—Sí —respondió la joven, cuyo asombro crecía con cada palabra de Luigi—, pero sin duda respondiste aquello para no disgustarme.

—Nunca lo he prometido nada que no lo haya dado. Teresa —dijo Luigi con orgullo—, entra en la gruta y vístete.

Y diciendo estas palabras retiró la piedra y mostró a Teresa la gruta iluminada por dos bujías que ardían a cada lado de un soberbio espejo. Sobre la mesa rústica, hecha por Luigi, estaban colocados el collar de perlas y las agujas de diamantes; sobre una silla estaba depositado el resto del adorno.

Teresa lanzó un grito de júbilo, y sin informarse siquiera de dónde había salido aquel brillante traje, y sin dar tampoco las gracias a Luigi colocó la piedra detrás de ella, porque acababa de apercibir sobre la cumbre de una pequeña colina que impedía ver a Palestrina, un viajero a caballo, que se detuvo un momento como incierto y vacilante, sin saber qué camino era el que debía seguir.

Viendo a Luigi, el viajero espoleó su caballo y se acercó a él. Luigi no se había engañado; el viajero que se dirigía de Palestrina a Tívoli no sabía a ciencia cierta cuál era el camino que debía tomar. El joven se lo indicó, pero como a un cuarto de milla de allí el camino se dividía en tres senderos, y llegado a ellos el viajero podía extraviarse de nuevo, rogó a Luigi que le sirviera de guía.

Luigi se quitó la capa y la colocó en tierra, se echó la escopeta al hombro y marchó delante del viajero con ese paso rápido del montañés, que a duras penas puede seguir el trote de un caballo.

En diez minutos Luigi y el viajero llegaron al sitio designado por el joven pastor y éste entonces, con el soberbio y majestuoso ademán de un emperador, extendió el brazo señalando con el dedo la senda que debía seguir el viajero.

—Este es vuestro camino —dijo—, ya no es fácil ahora que su excelencia se equivoque.

—He ahí lo recompensa —dijo el viajero ofreciendo al joven pastor algunas monedas.

—Gracias —dijo Luigi retirando la mano—, os doy un servicio, pero no os lo vendo.

—Sin embargo, —dijo el viajero, que parecía acostumbrado a aquella notable diferencia entre la servidumbre del hombre de las ciudades y el orgullo del campesino—, si rehúsas un salario no desdeñarás un regalo.

—¡Ah!, eso ya es otra cosa.

—¡Pues bien! Toma estos dos cequíes venecianos y dáselos a lo novia para unos zarcillos.

—Y vos tomad este puñal —dijo el joven pastor—. No encontraréis otro cuyo mango esté mejor tallado desde Albano a Civita de Castelane.

—Lo acepto —dijo el viajero—, pero entonces yo soy el que lo quedo agradecido, porque este puñal vale mucho más que los zequíes.

—En la ciudad tal vez, pero como lo he tallado yo mismo, apenas vale una piastra.

—¿Cuál es lo nombre? —preguntó el viajero.

—Luigi Vampa —respondió el pastor con el mismo tono que si hubiera contestado: Alejandro, rey de Macedonia—. ¿Y vos?

—Yo... —dijo el viajero—, me llamo Simbad el Marino.

Franz de Epinay lanzó un grito de sorpresa.

—¡Simbad el Marino! —exclamó.

—Sí —respondió el narrador—, ése es el nombre que el viajero dijo a Vampa.

—¡Y bien! ¿Qué es lo que os admira en ese nombre? —interrumpió Alberto—, es un nombre muy bello, y las aventuras del patrón de este caballero, debo confesarlo, me han divertido mucho en mi juventud.

Franz no quiso insistir más. Aquel nombre de Simbad el Marino, como se comprenderá, despertó en él una multitud de recuerdos.

—Continuad —dijo al posadero.

—Vampa guardó desdeñosamente los dos cequíes en su bolsillo y emprendió de nuevo el camino que trajera al venir. Así que hubo llegado a unos doscientos pasos de la gruta parecióle oír un grito. Se detuvo, procurando descubrir el lado de donde saliera aquél, y al cabo de un segundo oyó su nombre pronunciado distintamente, viniendo el sonido de la voz del lado donde estaba la gruta.

Saltando como un gamo montó el gatillo de su escopeta a medida que corría, y en menos de un minuto estuvo en lo alto de la colina opuesta a aquella en que vio al viajero. Allí los gritos de socorro llegaron más distintos a sus oídos. Dirigió una mirada por el espacio que dominaba. Un hombre robaba a Teresa como el centauro Neso a Dejanira. Este hombre, que se dirigía hacia el bosque, había ya andado las tres cuartas partes del camino que mediaba entre aquél y la gruta. Vampa calculó la distancia; aquel hombre le llevaba más de doscientos pasos de delantera; era, pues, imposible alcanzarle antes de que hubiese llegado al bosque, y en el bosque lo perdería. El joven pastor se detuvo como si le hubiesen clavado en aquel lugar. Apoyó en su hombro derecho la culata de su escopeta, apuntó lentamente al raptor, le siguió un segundo en su carrera y al fin hizo fuego.

El raptor se detuvo, sus rodillas flaquearon y se desplomó arrastrando a Teresa en su caída. Pero ésta se levantó al punto. En cuanto al fugitivo permaneció tendido, luchando con las convulsiones de la agonía. Vampa se lanzó hacia Teresa, porque a diez pasos del moribundo había caído de rodillas y el joven temía que la bala que acababa de matar a su enemigo hubiese herido a Teresa. Felizmente no sucedió así; era el terror únicamente que había paralizado sus fuerzas. Cuando Luigi se hubo asegurado de que estaba sana y salva, se volvió hacia el herido. Este acababa de expirar con los puños crispados, la boca contraída por el dolor y los cabellos erizados por el sudor de la agonía; sus ojos se habían quedado abiertos y amenazadores.

Vampa se acercó al cadáver y reconoció a Cucumetto.

El día en que el bandido había sido salvado por los dos jóvenes se había enamorado de Teresa y había jurado que la joven le pertenecería. La había espiado desde entonces, y aprovechándose del único momento en que su amante la dejara sola para indicar el camino al viajero, la había robado y ya la creía suya, cuando la bala de Vampa, guiada por la infalible puntería del joven pastor, le había atravesado el corazón. Vampa le miró un momento sin que la menor emoción se pintase en su semblante, mientras que Teresa, temblorosa aún, no osaba acercarse al bandido muerto sino con lentos pasos, arrojando sólo alguna que otra ojeada sobre el cadaver por encima del hombro de su amante. Al cabo de un instante, Vampa se volvió hacia su amada.

—Bueno —dijo—, tú lo has vestido ya; ahora me toca a mí.

Teresa estaba, en efecto, vestida de pies a cabeza con el rico y lujoso traje de la hija del conde de San Felice. Vampa tomó entre sus brazos el cuerpo de Cucumetto y lo llevó a la gruta, mientras que, a su vez, Teresa permanecía fuera.

Si un segundo viajero hubiese pasado entonces, hubiera visto una escena extraña: una pastora guardando sus ovejas con falda de cachemir, un collar de perlas, collares y alfileres de diamantes y botones de zafiro, de esmeraldas y rubíes. El viajero que hubiera visto tal cosa, no hay duda que se habría creído transportado al tiempo de Florián, y hubiera asegurado a su vuelta a París que había encontrado la pastora de los Alpes sentada al pie de los montes Sabinos.

Transcurrido un cuarto de hora, volvió a salir Vampa de la gruta. Su traje no era en su género menos elegante que el de Teresa.

Vestía una almilla de terciopelo grana, con botones de oro cincelados; un chaleco de seda cuajado de bordados, una banda romana
atada al cuello, un portapliegos bordado de oro y de seda encarnada y verde, calzones de terciopelo de color azul celeste atados por encima de sus rodillas con dos hebillas de diamantes, unos botines de piel de gamo bordados de mil arabescos, y un sombrero en que flotaban cintas de colores; de su cinturón colgaban dos relojes y asimismo un magnífico puñal.

Teresa lanzó un grito de admiración. Vampa con este traje se asemejaba a una pintura de Leopoldo Robert o de Schenetz. Se había vestido el traje completo de Cucumetto. El joven reparó en el efecto que producía en su amada y una sonrisa de orgullo satisfecho asomó a sus labios.

—Ahora ———dijo a Teresa—,dime, ¿estás dispuesta a compartir mi suerte, cualquiera que sea?

—¡Oh, sí! —exclamó la joven con entusiasmo—. Sí.

—¿Te hallas pronta a seguirme donde yo vaya?

—¡Aunque sea al fin del mundo!

—Entonces, agárrate de mi brazo y partamos, porque no tenemos tiempo que perder.

La joven cogió el brazo de su amado sin preguntarle siquiera dónde la conducía, porque en aquel momento le parecía hermoso, fiero y potente como un dios. Entonces avanzaron los dos hacia el bosque atravesando la llanura en menos de un minuto.

Preciso es decir que ni un sendero había en la montaña que fuese desconocido a Vampa. Avanzó, pues, en el bosque sin vacilar, aunque no hubiese ningún camino, reconociendo solamente el que debía seguir por la posición de los árboles y por la maleza. Un torrente seco que conducía a una profunda garganta apareció ante sus ojos y Vampa siguió este extraño camino, que, enterrado, por decirlo así, y oscurecido por la espesa sombra de los elevados pinos, se asemejaba a aquel sendero del Averno de que nos habla Virgilio.

Temerosa del aspecto de aquel lugar salvaje y desierto, Teresa se estrechaba contra su guía sin pronunciar una palabra, pero como le veía caminar siempre con un paso igual y como la más profunda tranquilidad brillaba en su semblante, encontró fuerzas bastantes en sí misma para disimular su emoción.

De pronto, a diez pasos de donde ellos estaban, un hombre pareció destacarse de un árbol detrás del cual estaba oculto, y apuntando con un trabuco a Vampa exclamó:

—¡Si das un paso más, eres hombre muerto!

—¡Vaya! —dijo Vampa levantando la mano con un marcado ademán de desprecio—, ¿acaso se devoran los lobos a sí mismos?

—¿Quién eres? —preguntó el centinela.

—Soy Luigi Vampa, el pastor de la quinta de San Felice.

—¿Y qué es lo que quieres?

—Hablar a tus compañeros que están en el bosque de Rocca—Bianca.

—Entonces, sígueme —dijo el centinela—, o mejor, puesto que sabes el camino, marcha delante.

Vampa se sonrió con aire de desprecio de aquella precaución del bandido, pasó delante con Teresa, y continuó su camino con el mismo paso tranquilo y firme que le había conducido hasta allí.

Transcurridos cinco minutos, el bandido les hizo señas para que se detuviesen, y ambos jóvenes obedecieron. El centinela entonces imitó por tres veces el graznido del cuervo y un murmullo de voces respondió a esta triple llamada.

—Bueno, ahora puedes continuar lo camino —dijo el bandido.

Ambos jóvenes adelantáronse entonces, pero a medida que avanzaban, Teresa, cada vez más trémula y sobrecogida, se iba arrimando a Luigi, porque a través de los árboles veíanse aparecer hombres y relucir los cañones de sus escopetas.

El bosque de Rocca—Bianca hallábase situado en la cumbre de un montecillo que antiguamente había sido un volcán, volcán extinguido antes que Rómulo y Remo hubiesen abandonado Alba para ir a fundar Roma.

La pareja llegó a la cima y se encontraron cara a cara con veinte bandidos.

—Aquí tenéis un joven que os busca —dijo el centinela.

—¿Y qué quieres de nosotros? —preguntó el que hacía las veces de capitán en ausencia de éste.

—Quiero deciros que estoy fastidiado de ser pastor —replicó Vampa.

¡Ah! ¡Ya! —dijo el teniente—. ¿Y vienes a pedirnos que te alistemos en nuestra partida?

—Bien venido seas —gritaron muchos bandidos de Ferrusino, de Pampinara y de Anagui que habían reconocido a Luigi Vampa.

—Sí, pero vengo a pediros otra cosa más que ser vuestro compañero.

—¿Y qué es? —dijeron los bandidos con asombro.

—Vengo a pediros ser... vuestro capitán —dijo el joven con aire resuelto.

Una estrepitosa carcajada contestó a este rasgo de audacia.

—¿Y qué has hecho para aspirar a tal honor? —preguntó el teniente.

—He matado a vuestro jefe Cucumetto, cuyos despojos tenéis a vuestra vista —dijo Luigi—, y he incendiado la quinta de San Felice para dar un traje de boda a mi novia.

Una hora después Luigi Vampa era elegido capitán en reemplazo de Cucumetto.

—¡Y bien!, mi queridísimo Alberto —dijo Franz, volviéndose hacia su amigo—. ¿Qué pensáis ahora del ciudadano Luigi Vampa?

—Digo que eso es mitológico y que jamás ha existido.

—¿Qué significa mitológico? —preguntó maese Pastrini.

—Sería largo de explicároslo, querido huésped —respondió Franz—. ¿Decís, pues, que el tal Vampa ejerce en este momento su profesión en los alrededores de Roma?

—Y con tanta habilidad, que jamás ha demostrado otro bandido antes que él.

—¿Y la policía no ha intentado apresarlo?

—Ya se ve que sí, pero está de acuerdo a un tiempo con los pastores de la llanura, los pescadores del Tíber y los contrabandistas de la costa. Quiere decir que lo buscan por la montaña y se está en el río; le persiguen por el río y le tenéis en alta mar. De pronto, cuando se le cree refugiado en la isla de El—Giglio, de El—Guanocetti o de Montecristo, se le ve aparecer en Albano, en Tívoli o en la Riccia.

—¿Y cuál es su proceder con respecto a los viajeros?

—¡Oh!, muy sencillo. Según la distancia en que esté de la ciudad, da de término ocho horas, doce, o un día para pagar su rescate. Transcurrido este tiempo concede todavía una hora; pasada ésta, si no tiene el dinero, hace saltar de un pistoletazo la tapa de los sesos del prisionero o le hunde un puñal en el corazón, y asunto terminado.

—¡Y bien, Alberto! —preguntó Franz a su compañero—, ¿estáis aún dispuesto a ir al Coliseo por los paseos exteriores?

—Sin duda —dijo Alberto—. ¿No habéis dicho que es el camino más pintoresco?

En aquel mismo instante dieron las nueve, la puerta se abrió y el cochero apareció en ella.

—Excelencia —dijo—, el coche os espera.

—Bien —dijo Franz—, en este caso, al Coliseo.

—¿Por la puerta del Popolo, o por las calles, excelencia?

—Por las calles, ¡qué diantre!, por las calles —exclamó Franz.

—¡Ah, amigo mío —dijo Alberto, levantándose a su vez y encendiendo el tercer cigarro—, a decir verdad os creía más valiente...

Dicho esto, los dos jóvenes bajaron la escalera y subieron al coche.

XII. LAS APARICIONES

Franz encontró un término medio para que Alberto llegase al Coliseo sin pasar por delante de ninguna ruina antigua, y por consiguiente sin que las preparaciones graduales quitasen al

Coliseo un solo ápice de sus gigantescas proporciones. Este término medio consistía en seguir la Vía Sixtina, cortar el ángulo derecho delante de Santa María la Mayor, y llegar por la Vía Urbana y San Pietro—in—Vincoli hasta la Vía del Coliseo.

Ofrecía otra ventaja este itinerario: la de no distraer en nada a Franz de la impresión producida en él por la historia que había contado Pastrini, en la cual se hallaba mezclado su misterioso anfitrión de Montecristo. Así, pues, había vuelto a aquellos mil interrogatorios interminables que se había hecho a sí mismo, y de los cuales ni uno siquiera le había dado una respuesta satisfactoria.

Por otra parte, había otra cosa aún que le había recordado a su amigo Simbad el Marino: eran aquellas misteriosas relaciones entre los bandidos y los marineros. Lo que dijera Pastrini del refugio que encontraba Vampa en las barcas de los pescadores contrabandistas, recordaba a Franz aquellos dos bandidos corsos que había hallado cenando con la tripulación del pequeño yate que había virado de rumbo y había abordado en Porto—Vecchio, con el único fin de desembarcarlos. El nombre con que se hacía llamar su anfitrión de Monte—Cristo, pronunciado por su huésped de la fonda de Londres, le probaba que representaba el mismo papel filantrópico en las costas de Piombino, de Civita—Vecchia, de Ostia y de Gaeta, que en las de Córcega, Toscana, España y aun en las de Túnez y Palermo, lo cual era una prueba de que abrazaba un círculo bastante extenso de relaciones.

Sin embargo, por muy fijas que estuviesen en la imaginación del joven todas aquellas reflexiones, por más preocupado que le tuviesen, desvaneciéronse repentinamente cuando vio elevarse ante sí el sombrío y gigantesco espectro del Coliseo, a través de cuyas puntas y aberturas la luna proyectaba aquellos pálidos y prolongados rayos que arrojan los ojos de los fantasmas.

Detúvose el carruaje a algunos pasos de la Meta Sudans. El cochero fue a abrir la portezuela, los dos jóvenes bajaron del carruaje y se encontraron enfrente de un cicerone que parecía haber salido de la tierra. Como también les había seguido el de la fonda, resultó que tenían dos.

Es totalmente imposible evitar en Roma este lujo de guías; además del cicerone general que se apodera de uno en el mismo instante en que se ponen los pies en el dintel de la puerta de la fonda, y que no os abandona hasta el día en que se ponen los pies fuera de la ciudad, hay aún un cicerone especial en cada monumento. júzguese si no se debe ir acompañado de un cicerone en el Coliseo, o sea, en el monumento por excelencia, que obligó a decir a Marcial: "Cese Menfis de ponderarnos los estrepitosos milagros de sus pirámides, que no se canten más las maravillas de Babilonia, todo debe ceder ante el inmenso trabajo del anfiteatro de los Césares, y todas las voces de la fama deben reunirse para ponderar este monumento." Franz y Alberto no trataron de sustraerse a la tiranía cicerónica, y a más esto sería tanto más difícil cuanto que sólo los guías tienen derecho a recorrer el monumento con antorchas. No hicieron, pues, ninguna resistencia, y se entregaron a los guías para que los condujesen.

Franz conocía este paseo por haberlo hecho diez veces; pero como su compañero, más novicio, ponía el pie por primera vez en el monumento de Flavio Vespasiano, debo confesarlo en alabanza suya, a pesar de la ignara charlatanería de sus guías, estaba fuertemente impresionado. En efecto, no se puede formar una idea, cuando no se ha visto, de la majestad de semejante ruina, cuyas proporciones están aumentadas más y más por la misteriosa claridad de la luna meridional cuyos rayos se asemejan a un crepúsculo de Occidente.

Así pues, apenas, pensativo y cabizbajo, Franz hubo andado cien pasos bajo los pórticos interiores, que abandonando a Alberto y a sus guías, que no querían renunciar al imprescriptible derecho de hacerle ver detalladamente la Fosa de los Leones, la mansión de los Gladiadores, el Podium de los Césares, se dirigió hacia una escalera medio en ruinas, y haciéndoles continuar en simétrico camino, fue a sentarse a la sombra de una columna enfrente de una abertura que le permitía abrazar al gigante de granito en toda su majestuosa extensión.

Estaba Franz allí hacía un cuarto de hora, perdido, como se ha dicho, en
la sombra de una columna, ocupado en mirar a Alberto que en compañía de sus dos guías, con antorchas, acababa de salir de un vomitorium colocado al extremo del Coliseo, y los cuales, semejantes a dos sombras que siguen un fuego vago, descendían de grada en grada hasta los sitios reservados a las vestales, cuando

le pareció percibir el ruido de una piedra en las profundidades del monumento, desgajada de la escalera situada enfrente de la que él acababa de subir para colocarse en el lugar en que estaba sentado. Nada hay de extraño en una piedra que se desprende bajo el pie del tiempo y cae rodando a un abismo, pero a Franz le pareció que aquella piedra había cedido bajo el pie de un hombre, y que un ruido de pasos llegaba hasta él, aunque el que lo ocasionaba hiciese cuanto pudiese para apagarlo.

Efectivamente, a los pocos momentos apareció un hombre, saliendo gradualmente de la sombra a medida que subía la escalera, conforme iban bajando se confundían en las tinieblas.

Nada impedía suponer que fuese un viajero como él que se hubiese retirado, prefiriendo una meditación solitaria a la insignificante charla de sus guías, y por lo tanto su aparición no tenía nada que pudiese sorprenderle. Pero en la indecisión con que subía los últimos escalones, en la manera con que, llegado que hubo a la plataforma, se detuvo y pareció escuchar, era probable que había venido con un fin particular y que esperaba a alguien. Por un movimiento instintivo y maquinal, escondióse Franz todo lo que pudo detrás de la columna. A diez pasos del pavimento donde ambos se encontraban, la bóveda estaba algún tanto derribada, y una abertura redonda, semejante a la de un pozo, permitía percibir el cielo sembrado enteramente de estrellas. Alrededor de esta abertura que casi más de cien años hacía daba paso a los débiles y pálidos rayos de la luna, habían nacido una multitud de hierbas silvestres, cuyas ramas se destacaban erguidas sobre el azul mate del firmamento, mientras que las enredaderas y la hiedra pendían de aquel terrado superior y se balanceaban bajo la bóveda, parecidas a cuerdas flotantes.

El personaje cuya misteriosa llegada había llamado la atención de Franz se hallaba situado en la penumbra, que aunque impedía examinar sus facciones, no era sin embargo lo suficiente oscura para impedir que se distinguiese su traje. Iba envuelto en una gran capa parda, cuyo embozo caído sobre el hombro izquierdo, le ocultaba la parte inferior del rostro, mientras que su sombrero de anchas alas cubría la parte superior.

Solamente el extremo de su vestimenta, que se hallaba iluminada por la luz oblicua que atravesaba la abertura, permitía distinguir un pantalón negro, cuyo botín cuadraba coquetamente una hota charolada. Este hombre pertenecía evidentemente, si no a la aristocracia, a los menos a la alta sociedad.

Hacía algunos minutos que estaba allí y ya comenzaba a impacientarse, cuando un ligero ruido se dejó oír en la parte superior. Al punto una sombra interceptó la luz. Un hombre apareció en la abertura, arrojó una ojeada penetrante por las tinieblas, y al fin distinguió al hombre de la capa. Después, cogiéndose a un puñado de aquellas enredaderas y de aquellas hiedras flotantes, se dejó deslizar, y cuando llegó a tres o cuatro pies del pavimento, dejóse caer ligeramente. Es de advertir que el nuevo personaje vestía un traje de transtevere.

—Disculpadme, excelencia —dijo en dialecto romano—, si os he hecho esperar; sin embargo, no me he retardado más que algunos minutos, porque las diez acaban de dar en San Juan de Letrán.

—Más bien soy yo quien se ha adelantado —respondió el extranjero en el más puro toscano—; así, pues, nada de cumplidos y luego, a,mque hubieseis tardado más, ya me habría figurado que sería por una causa ajena a vuestra voluntad.

—Y os lo hubierais figurado con razón, excelencia. Vengo del castillo de San Angelo, y me ha costado gran trabajo el hablar a Beppo.

—¿Quién es Beppo?

—Beppo es un empleado de la cárcel al que le tengo destinada una rentita para saber todo cuanto ocurre en el interior del Castillo de Su Santidad.

—¡Ah! , ¡ah! , veo que sois un hombre cauto, querido.

—¡Qué queréis, excelencia! Nadie sabe lo que cualquier día puede acontecer. Tal vez a mí mismo me echarán un día el guante, como ha sucedido con el pobre Pepino, y necesitaré entonces un ratón que me roa las puertas de la cárcel.

—En fin, ¿qué habéis averiguado?

—El martes habrá dos ejecuciones, a las dos, como es costumbre en Roma; un condenado será mazzolato; éste es un miserable que ha asesinado a un sacerdote que le educó, y que no merece ningún interés; el otro será decapitado, y éste es el pobre Pepino.

—¡Ya veis, querido! Inspiráis tanto terror no solamente al gobierno pontifical, sino a los reinos vecinos, que quieren hacer un ejemplar castigo.

—Pero Pepino no forma parte de nuestra banda, es un pobre pastor que no ha cometido más crimen que el de proporcionamos víveres.

—Pues eso basta y sobra para que se le considere como vuestro cómplice; así pues, ya veis que le guardan algunas consideraciones. En vez de martirizarlo como harían con vos, si os llegaran a echar la mano, se contentan con guillotinarlo. Esto variará los planes del pueblo y habrá espectáculo para toda clase de gustos.

—Sin el que yo preparo y con el cual no cuentan —prosiguió el transtevere.

—Amigo mío, permitidme deciros —prosiguió el hombre de la capa—, que me parecéis dispuesto a hacer alguna simpleza.

—Estoy dispuesto a todo para impedir la ejecución del pobre diablo que morirá por causa mía; ¡por la madonna!, me consideraría muy cobarde si no hiciese algo por ese valiente muchacho.

—¿Y qué es lo que pensáis hacer?, veamos...

—Apostaré unos veinte hombres alrededor del cadalso, y en el momento en que le conduzcan, a una señal mía, nos lanzaremos, daga en mano, sobre la escolta, y le libertaremos.

—Eso me parece muy peligroso, y decididamente creo que mi proyecto vale mucho más que el vuestro.

—¿Y cuál es vuestro proyecto, excelencia?

—Daré dos mil piastras a una persona que yo sé y que obtendrá que la ejecución de Pepino se dilate hasta dentro de un año; luego daré otras mil piastras a otra persona que también conozco y le haré evadir de la prisión.

—¿Estáis seguro de obtener buen éxito?

—¡Diantre! —dijo en francés el hombre de la capa.

—¿Qué decís? —preguntó el transtevere.

—Digo, querido, que más he de hacer yo con mi oro que vos y toda vuestra gente con sus puñales, sus pistolas, sus carabinas y sus trabucos. Dejadme y veréis.

—Perfectamente; pero, por si acaso, estaremos prestos.

—Bueno, estad prestos si así lo deseáis, pero estad también seguros de que he de obtener la dilación indicada.

—No olvidéis que el martes es pasado mañana y que por consiguiente no os queda más día que mañana.

—¡Y bien! ¿Qué? Un día está compuesto de veinticuatro horas, cada hora se compone de sesenta minutos, cada minuto de sesenta segundos, y en ochenta y seis mil cuatrocientos segundos se pueden hacer muchas cosas.

—¿Y cómo sabremos si habéis obtenido buen éxito?

—De un modo sencillísimo: He alquilado los tres últimos balcones del café Rospoli; si he obtenido la prórroga, los dos balcones de los lados estarán colgados de damasco amarillo, y el del centro de damasco blanco, con una cruz roja.

—Magnífico. ¿Y por quién haréis entregar el perdón?

—Enviadme uno de vuestros hombres disfrazado de penitente, y se lo daré. Gracias a su traje llegará hasta el pie del cadalso, y entregará la orden al jefe de la hermandad, que la pasará al verdugo. Mientras tanto, haced saber esta noticia a Pepino, para que no se vaya a morir de miedo o a volverse loco de desesperación, lo cual sería causa de que hubiésemos hecho un gasto inútil.

—Escuchad, excelencia —dijo el aldeano—, os profeso un gran afecto, bien lo sabéis, ¿no es así?

—Así lo creo al menos.

—¡Pues bien! Si salváis a Pepino, no será afecto lo que os profesaré, será obediencia.

—Mide lo que dices, amigo mío, porque acaso algún día lo recuerde, y ese día será el que lo necesite.

—Entonces, excelencia, me encontraréis en la hora de la necesidad, como yo os he encontrado en esta misma hora y aun cuando os fueseis al fin del mundo, no tendréis más que escribirme: "Haz esto" , y lo haré, a fe de.. .

—¡Callad! —dijo el desconocido—, oigo ruido.

—Son viajeros que visitan el Coliseo.

—Es peligroso que nos encuentren juntos. Estos demonios de guías podrían reconocernos, y por honrosa que sea vuestra amistad, amigo mío, si llegaran a enterarse de que estábamos tan unidos como lo estamos, esta unión me haría perder un poco de mi crédito.

—¿Conque si conseguís la prórroga...?

—El balcón del centro colgado de damasco blanco con una cruz roja.

—¿Y si no?

—Tres colgaduras amarillas.

—¿Y entonces...?

—Entonces, querido amigo, manejad el puñal como gustéis, os lo permito, y yo estaré allí para veros maniobrar.

—Adiós, excelencia, cuento con vos; contad vos conmigo.

Y dichas estas palabras, el transtiberino desapareció por la escalera, mientras que el desconocido, embozándose bien en su capa y ocultándose enteramente el rostro, pasó a dos pasos de Franz, y descendió al circo por las gradas exteriores. Un segundo después, Franz oyó resonar su nombre en aquellas bóvedas. Era Alberto que le llamaba. Antes de responder, esperó a que los dos hombres se hubiesen alejado, procurando no revelarles que habían tenido un testigo que, si no había visto su rostro, no había al menos perdido una sola palabra de su conversación. No habían transcurrido aún diez minutos cuando Franz estaba ya en camino de la fonda de Londres, escuchando con una distracción impertinente el erudito discurso que Alberto hacía, según Plinio y Calparini, sobre las rejas guarnecidas de puntas de hierro que impedían a los animales feroces lanzarse sobre los espectadores. Franz le dejaba hablar sin contradecirle, pues deseaba hallarse solo para pensar sin distracción alguna en lo que acababa de presenciar.

De los dos hombres, el uno seguramente era extranjero, y aquélla era la primera vez que le veía y oía, pero no ocurría lo mismo con el otro, y aunque Franz no hubiese distinguido su rostro constantemente envuelto en la sombra a oculto en su capa, el acento de aquella voz le había llamado demasiado la atención desde la primera vez que la oyera para que pudiese resonar alguna vez en su presencia sin que la reconociese. Sobre todo, en las entonaciones irónicas, había algo de agudo y metálico que le había hecho estremecer en las ruinas del Coliseo, lo mismo que en la gruta de Montecristo. Así, pues, estaba perfectamente convencido de que aquel hombre no podía ser otro que Simbad el Marino.

En cualquier otra circunstancia, la curiosidad que le había inspirado aquel hombre le hubiera arrastrado a darse a conocer, pero en aquel caso la conversación que acababa de oír era sobrado íntima para que no se detuviese por el temor demasiado fundado de que su aparición les causaría una sorpresa bien poco agradable. Le dejó, pues, que se alejara, como hemos visto, pero prometiendo si le encontraba otra vez no dejar escapar la segunda ocasión como lo había hecho con la primera. Impidióle la preocupación entregarse al sueño, de modo que toda aquella noche la empleó en renovar en su imaginación todas las circunstancias que parecían hacer de aquellos dos personajes el mismo individuo; además, mientras más pensaba Franz, más se afirmaba en esta opinión. Se durmió, cerca del amanecer, lo que hizo que no despertara sino muy tarde. Alberto, a fuer de verdadero parisiense, había tomado ya sus precauciones para la noche: había enviado por un palco al teatro Argentino y como Franz tenía que escribir muchas cartas para Francia, cedió el carruaje a Alberto por todo el día.

Entró Alberto a las cinco. Había entregado las cartas de recomendación, tenía billetes para todas las tertulias y había visto Roma. Le había bastado un día a Alberto para todo esto. Y todavía había tenido tiempo para informarse de la pieza que se representaba y de los actores que la ejecutaban. El título de la pieza era "Parisina" y los actores se llamaban Coselli, Moriani y la Spech.

Nuestros dos jóvenes no eran tan desgraciados como se ve, pues que iban a asistir a la representación de una de las mejores óperas del autor de Lucia di Lammermoor, ejecutada por tres artistas de los de más nombradía en Italia. No había podido jamás acostumbrarse Alberto a los teatros ultramontanos, cuya orquesta no se puede oír, y que no tienen ni balcones ni palcos descubiertos; esto era bastante duro para un hombre que tenía su luneta en los Bouffes y su parte de palco en la ópera. No impedía, sin embargo, que Alberto se vistiese de gran etiqueta siempre que iba a la ópera con Franz. Tiempo perdido, pues, preciso es confesarlo, para vergüenza de uno de los representantes de nuestra elegancia: después de cuatro meses que paseaba por Italia en todos sentidos, Alberto no había tenido ni lo que se llama una sola aventura.

Y no era que no hiciese lo posible para que ésta se le presentara, no, porque Alberto de Morcef era uno de los jóvenes que más fastidiados debían estar por hallarse en tal descubierto. La cosa era tanto más penosa, cuanto que según la modesta costumbre de nuestros queridos compatriotas, Alberto había salido de París con la convicción de que iba a tener los mejores lances, y que volvería a entretener a sus amigos del boulevard de Gand contándoles sus aventuras; pero, desgraciadamente, nada de esto había sucedido. Las encantadoras condesas genovesas, florentinas y napolitanas, habían temido, no a sus maridos, sino a sus amantes, y Alberto había adquirido la cruel convicción de que las italianas tienen a lo menos sobre las francesas la ventaja de ser fieles a su infidelidad. Con todo, ello no quiere decir que en Italia, como en todas partes, no haya regla sin excepción.

Y con todo, Alberto era no solamente un joven muy elegante, sino un hombre de mucho talento. Era además vizconde, vizconde de moderna nobleza, es muy cierto, pero en el día que no se hacen pruebas, ¿qué importa que sea uno noble desde 1399 o desde 1815? Sobre todo esto, tenía cincuenta mil libras de renta, y siendo más de lo necesario para vivir en París a la moda, era pues, algo humillante el no haberse hecho notable en ninguna de las ciudades por donde había pasado.

Sin embargo, confiaba que no sería lo mismo en Roma, mucho más siendo el carnaval, una de las épocas de más libertad y en que las más severas se dejan arrastrar a algún acto de locura. Como el carnaval empezaba al siguiente día, era muy importante que Alberto echara a volar su prospecto antes de aquella apertura.

Había alquilado, pues, con esa intención, uno de los palcos más visibles del teatro, y se había vestido con mucha elegancia. Estaba en la primera fila, que reemplaza la galería en nuestros teatros. Por otra parte, los tres primeros pisos son tan aristocráticos los unos como los otros, y por esta razón son llamados los palcos nobles. Aquí diremos, como de paso, que aquel palco, donde podrían estar doce personas sin estrechez, había costado a los dos amigos un poco más barato que un palco de cuatro personas en el ambigú cómico.

Es preciso decir que Alberto tenía aún otra esperanza y era que si llegaba a encontrar cabida en el corazón de una bella romana, esto le conduciría naturalmente a conquistar un puesto en un carruaje, y por consiguiente, a ver el carnaval en algún balcón de príncipe.

Todas estas circunstancias unidas hacían que Alberto fuese más emprendedor de lo que nunca lo había sido. Volvía la espalda a los actores, inclinándose fuera del palco, y mirando a todas las personas con unos prismáticos de seis pulgadas de largo, lo cual no hacía que ninguna mujer recompensase, con una sola mirada, ni aun de curiosidad, todos sus estudiados ademanes y movimientos. Cada cual hablaba, en efecto, de sus asuntos, de sus amores, de sus placeres, del carnaval que comenzaba al día siguiente, de la próxima Semana Santa, sin fijar la atención ni un solo instante ni en los actores, ni en la ópera, excepto en los momentos muy destacados en que todos se volvían, sea para oír un trozo del recitado de Coselli, sea para aplaudir algún rasgo brillante de Moriani, sea en fin para gritar ¡bravo! a la Spech. Pasados estos instantes tan fugaces y momentáneos, las conversaciones particulares recobraban su objeto primordial.

Hacia el fin del primer acto, la puerta de un palco que hasta entonces había permanecido vacío se abrió y Franz vio entrar a una mujer a la cual había tenido el honor de ser presentado en París, y que creía aún en Francia. Alberto advirtió el movimiento que hizo su amigo al aparecer aquella dama, y volviéndose hacia él dijo:

—¿Conocéis acaso a esa dama?

—Sí, ¿qué os parece?

—Es una rubia encantadora, querido. ¡Oh!, qué cabellos tan adorables. ¿Es francesa?

No, veneciana. —¿Y se llama? —La condesa G...

—¡Oh!, la conozco de nombre —exclamó Alberto—. Aseguran que además de ser hermosa tiene mucho talento. ¡Diantre! ¡Cuando pienso que hubiera podido ser presentado a ella en el último baile dado por la señora de Villefort, en el cual estaba, y que entonces no quise! ¿No es verdad que soy un imbécil?

—¿Queréis que repare esa falta? —preguntó Franz.

—¡Cómo! ¿La conocéis tan íntimamente para conducirme a su palco?

—He tenido el honor de hablar con ella tres o cuatro veces en mi vida, pero, bien lo sabéis, es lo bastante para no cometer una indiscreción.

En aquel instante, la condesa reparó en Franz y le hizo con la mano un ademán gracioso, al cual respondió él con una respetuosa inclinación de cabeza.

—¡Vaya! ¡Me parece que estáis en buena armonía! —dijo Alberto.

—Pues os engañáis, y he aquí lo que nos hará cometer mil tonterías a nosotros los franceses en el extranjero, por someterlo todo a nuestro punto de vista parisiense. En España y en Italia, sobre todo, no juzguéis jamás de la intimidad de las personas por lo expresivo de los cumplimientos. Hemos simpatizado la condesa y yo, pero eso es todo.

—¿Simpatía de alma? —preguntó con una sonrisa Alberto.

—No, de carácter —respondió gravemente Franz.

—¿Y en dónde empezó, en dónde tuvo lugar la tal simpatía?

—En un paseo que dimos por el Coliseo, parecido al que juntos hemos dado.

—¿A la luz de la tuna?

—Sí.

—¿Solos?

—Casi.

—Y hablasteis...

—De los muertos.

—¡Ah! —exclamó Alberto—, pues entonces la conversación no dejaría de ser agradable, y por lo mismo os prometo que si tengo la dicha de servir de acompañante a la bella condesa en un paseo semejante al vuestro, no le hablaré sino de los vivos.

—Y tal vez haréis más.

—Mientras tanto, vais a presentarme a ella como me lo habéis prometido.

—Tan pronto como se baje el telón.

—¡Cuán largo es este diablo de primer acto!

—Escuchad el final, querido, porque a más de ser muy bello, Coselli lo canta admirablemente.

—Sí, ¡pero qué talle... !

—La Spech está sumamente dramática.

—Sí, no lo discuto, pero ya conocéis que cuando se ha oído a la Lontag y la Malibrán...

—¿No os parece excelente el método de Moriani?

—No me gustan los morenos que cantan rubio.

—Amigo mío —dijo Franz volviéndose, mientras que Alberto continuaba mirando con los anteojos—, a decir verdad estáis hoy muy insulso y distraído.

Al fin bajó el telón, con gran satisfacción del vizconde de Morcef, que tomó su sombrero, se arregló sus cabellos, compuso su corbata y sus puños, a hizo observar a Franz que le esperaba. Como por su parte la condesa, a quien Franz interrogaba con la mirada, le dio a entender que sería bien recibido, no tardó éste en satisfacer la impaciencia de Alberto y dirigiéndose al palco seguido de su compañero, que se aprovechaba del paseo para componer los falsos pliegues que los movimientos habían podido imprimir en el cuello de la camisa y en las solapas de su frac, llamó al palco número 4, que era el que ocupaba la condesa. Esta se levantó al punto, cediendo su lugar al recién llegado, según es costumbre en Italia y según se cede siempre cuando llega una visita.

Presentó Franz a la condesa a Alberto como uno de los jóvenes franceses más distinguidos por su posición social, por sus nada escasos conocimientos y por las muchas otras cualidades que le adornaban, todo lo cual no dejaba de ser cierto, porque tanto en París como en cualquier parte que estuviese, se tenía a Alberto por un perfecto caballero.

Franz procuró añadir que, pesaroso su amigo de no haber sabido aprovechar la estancia de la condesa en París para hacer que le presentasen a ella, le había encargado que reparase su falta, misión que cumplía, rogando a la condesa, a cuyo lado también él hubiera necesitado un introductor, que excusase su indiscreción. La condesa respondió con un saludo encantador a Alberto, y presentando la mano a Franz. Invitado por ella, Alberto se sentó en el lugar desocupado de la delantera, y Franz lo verificó en segunda fila, detrás de la condesa.

Alberto había hallado un excelente tema de conversación, París, y por consiguiente hablaba a la condesa de sus conocimientos comunes. Franz comprendió que se hallaba en su terreno. Dejóle, pues, y pidiéndole sus gigantescos anteojos, se puso a su vez a explorar el salón. Sentada en un sillón delantero de un palco de tercera fila enfrente de ellos, estaba una mujer de una hermosura admirable, vestida con un traje griego que llevaba con tanta gracia y soltura que era evidentemente su traje habitual. Detrás de ella, entre la sombra, se dibujaba la silueta de un hombre cuyo rostro era imposible distinguir. Franz interrumpió la conversación de Alberto y de la condesa paa preguntar a esta última si conocía a la hermosa albanesa, digna de atraer no solamente la atención de los hombres, sino también de las mujeres.

—No —dijo—, todo cuanto sé es que está en Roma desde el principio de la estación, porque desde que está abierto el teatro la he visto cotidianamente en el mismo palco que hoy se encuentra, unas veces acompañada del hombre que en este momento se encuentra con ella, y otras seguida tan sólo de un criado negro.

—¿Qué os parece, condesa?

—Muy bonita; Medora debió asemejarse a esa mujer.

Franz y la condesa cambiaron una sonrisa, volviendo de nuevo esta última a entablar su interrumpida conversación con Alberto y Franz a mirar a su albanesa. Se levantó entonces el telón. Era uno de esos bailes italianos puestos en escena por el famoso Henry, que se ha formado como coreógrafo una reputación tan colosal en Italia, y que el desgraciado ha venido por fin a perder en el teatro Náutico; uno de esos bailes que todo el mundo, desde el primer bailarín al último comparsa, toman una parte tan activa en la acción, que ciento cincuenta personas hacen a la vez el mismo ademán y levantan a un tiempo el mismo brazo o la misma pierna. Es llamado este baile Dorliska.

A Franz le tenía demasiado preocupado su hermosa albanesa para ocuparse del baile por muy interesante que fuese. En cuanto a la desconocida, parecía experimentar un placer visible en aquel espectáculo, placer que formaba un notable contraste con el profundo desdén del que la acompañaba, y que mientras duró la escena coreográfica, no hizo un movimiento, pareciendo, a pesar del ruido infernal producido por las trompetas, los timbales y los chinescos de la orquesta, gustar de las celestiales dulzuras de un sueño pacífico y embelesador.

Al fin terminó el baile, y el telón volvió a caer en medio de los frenéticos aplausos de un público embriagado de entusiasmo. Gracias a esa costumbre de interpolar un bailecito en las óperas, los entreactos son muy cortos en Italia, teniendo tiempo para descansar y cambia de traje mientras que los bailarines ejecutan sus piruetas y ensayan sus cabriolas. Unos instantes después empezó el acto segundo.

A los primeros sonidos de la orquesta, Franz vio al soñoliento desconocido, levantarse lentamente y acercarse a la griega, que se volvió para dirigirle algunas palabras, y se apoyó de nuevo sobre el antepecho del palco. La fisonomía de su interlocutor seguía oculta en la sombra, y Franz no podía distinguir ninguna de sus facciones.

Empezado ya el acto, la atención de Franz fue atraída por los actores, y sus ojos abandonaron un instante el palco de la hermosa griega para fijarlos en el escenario.

El acto comienza, como es sabido, por el dúo del sueño. Parisina, acostada, deja escapar delante de Azzo el secreto de su amor por Hugo. El esposo engañado sufre todos los furores de los celos, hasta que, convencido de que su esposa le es infiel, la despierta para darle a conocer su próxima venganza. Este dúo es uno de los más hermosos, de los más expresivos y de los más terribles que han salido de la fe—cunda pluma de Donizetti. Franz lo oía por tercera vez, y sin embargo, produjo en él un efecto profundo. Iba, pues, a unir sus aplausos a los del salón, cuando sus manos, prontas a chocar, permanecieron separadas, y el ¡bravo! que iba a escapar de su boca expiró en sus labios.

Se había levantado el hombre del palco y acercando su cabeza hasta el punto en que le diera de lleno la luz, había permitido a Franz reconocer en él al mismo habitante de Montecristo, a aquel cuya voz y talle había creído descubrir en las ruinas del Coliseo. Ya no le cabía duda, el extraño viajero vivía en Roma.

La expresión del rostro de Franz estaba sin duda en armonía con la turbación que en él produjera semejante encuentro, porque la condesa le miró, empezó a reír y le preguntó qué era lo que tenía.

—Señora —respondió Franz—, hace poco os he preguntado si conocíais a esa mujer albanesa; ahora os pregunto si conocéis a su marido.

—Menos todavía —respondió la condesa.

—¿Nunca os ha llamado la atención?

—¡He aquí una pregunta enteramente francesa! ¡Bien sabéis que para nosotras, las italianas, no hay otro hombre en el mundo más que aquel a quien amamos!

—Es verdad —respondió Franz.

—Sin embargo, os diré —dijo ella acercando los gemelos de

Alberto a sus ojos y dirigiéndolos hacia el palco— que debe ser algún recién desenterrado, algún muerto salido de su tumba, con el correspondiente permiso del sepulturero, se entiende, porque me parece horriblemente pálido.

—Pues siempre está lo mismo —respondió Franz.

—¿Entonces le conocéis? —preguntó la condesa—. Así, yo soy la que os preguntará quién es.

—Estoy seguro de haberle visto antes de ahora, pero no atino ni dónde ni cuándo.

—En efecto —dijo ella haciendo un movimiento con sus hermosos hombros como si un estremecimiento circulase por sus venas—, comprendo que cuando se ha visto una vez a un hombre semejante, jamás se le puede olvidar.

El efecto que Franz había experimentado no era, pues, una impresión particular, puesto que otra persona lo sentía también.

—Y decidme —preguntó Franz a la condesa después que le hubo observado por segunda vez—, ¿qué pensáis de ese hombre?

—Que creo ver a Lord Ruthwen en persona.

Este nuevo recuerdo de Lord Byron admiró a Franz, porque, en efecto, si alguien podía hacerle creer en los vampiros, no era otro que el hombre que tenía ante sus ojos.

—Es preciso que sepa quién es —dijo Franz levantándose.

—¡Oh, no! —exclamó la condesa—, no, no me dejéis sola. Cuento con vos para que me acompañéis, y os quiero tener a mi lado.

—¡Cómo! —le dijo Franz al oído—, ¿tendríais miedo?

—Escuchad —le dijo ella—. Byron me ha jurado que creía en los vampiros a incluso que los había visto. Me ha descrito su rostro, que es absolutamente semejante al de ese hombre; esos cabellos negros, esos ojos tan grandes, en que brilla una llama extraña, esa palidez mortal; además, observad que no está con una mujer como las demás, está con una extranjera..., una griega..., una cismática..., sin duda una hechicera como él... Os ruego que no os vayáis. Mañana podréis dedicaros a buscarlos, si así os parece, pero hoy os suplico que me acompañéis.

Franz insistió.

—Pues bien —dijo la condesa levantándose—, me voy. No puedo quedarme hasta el fin de la función, porque tengo tertulia esta noche en mi casa..., ¿seréis tan poco galante que me rehuséis vuestra compañía?

Franz no tenía otra alternativa que la de tomar el sombrero, abrir la puerta y ofrecer su brazo a la condesa, y esto fue lo que hizo.

La condesa estaba efectivamente muy conmovida, y el mismo Franz no dejaba tampoco de experimentar cierto terror supersticioso, tanto más natural, cuanto que lo que era en la condesa el producto de una sensación instintiva, era en él el resultado de un recuerdo. Al subir al carruaje sintió que temblaba. La condujo hasta su casa; no había nadie, y no era esperada por nadie. Franz la reconvino.

—En verdad ———dijo ella—, no me siento bien, y tengo necesidad de estar sola. La vista de ese hombre me ha conmovido.

Franz procuró reírse.

—No os riáis —le dijo ella—. Prometedme además una cosa.

—¿Cuál?

—Prometédmela.

—Todo cuanto queráis, excepto renunciar a descubrir a ese hombre. Tengo motivos, que me es imposible comunicaros, para desear saber quién es, de dónde viene y adónde va.

—Ignoro de dónde viene, pero dónde va puedo decíroslo; va al infierno, no lo dudéis.

—Volvamos a la promesa que queríais exigir de mí, condesa —dijo Franz.

—¡Ah!, es la siguiente: entrar directamente en vuestra casa y no buscar esta noche a ese hombre. Hay cierta afinidad entre las personas que se separan y las que se reúnen. No sirváis de intermediario entre ese hombre y yo. Mañana corred tras él cuanto queráis, pero jamás me lo presentéis, si no queréis hacerme morir de miedo. Así, pues, buenas noches, procurad dormir, yo sé bien que no podré cerrar los ojos en toda la noche.

Con estas palabras la condesa se separó de Franz, dejándole fluctuando en la indecisión de si se había divertido a su costa, o si verdaderamente sintió el temor que había manifestado.

Al entrar en la fonda, Franz encontró a Alberto con batín y pantalón sin trabillas, voluptuosamente arrellanado en un sillón y fumando un buen tabaco.

—Ah, ¡sois vos! —le dijo—. Verdaderamente no os esperaba hasta mañana.

—Querido Alberto —respondió Franz—, me felicito por tener una ocasión de deciros una vez por todas que tenéis la idea más equivocada de las mujeres italianas, y no obstante, me parece que vuestras desdichas amorosas ya debían habérosla hecho perder.

—¿Qué queréis? ¡Esas mujeres, el diablo que las comprenda! Os dan la mano, os la estrechan, os hablan al oído, hacen que las acompañéis a su casa; con la cuarta parte de ese modo de tratar a un hombre, una parisiense perdería pronto su reputación.

—Pues precisamente porque nada tienen que ocultar, porque viven con tanta libertad, es por lo que las mujeres se cuidan tan poco del público en el bello país donde resuena el sí, como decía Dante. Además, bien habéis visto que la condesa tenía miedo.

—Miedo ¿de qué?, ¿de aquel honrado caballero que estaba enfrente de nosotros con aquella hermosa griega? Pues yo al salir me los encontré por el pasillo y, ¡a fe que no sé de dónde diablos os han venido esas ideas del otro mundo! Es un hombre buen mozo y muy elegante, no parece sino que se viste en Francia en casa de Blin o de Humanes. Un poco pálido, es cierto, pero bien sabéis que la palidez es un signo de distinción.

Franz se sonrió; Alberto tenía también pretensiones de estar pálido.

—Sí, sí —le dijo Franz—, estoy convencido de que las ideas de la condesa acerca de ese hombre no tienen sentido común; pero, decidme, ¿ha hablado a vuestro lado y habéis podido oír algo de lo que decía?

—Ha hablado, pero en griego. He reconocido el idioma en algunas voces griegas desfiguradas. ¡Oh! ¡Me acuerdo que en el colegio el griego me hacía pasar muy malos ratos!

—¿Conque hablaba griego?

—Es probable.

—No hay duda —murmuró Franz—, es él.

—¡Cómo! ¿Qué decís...?

—Nada. ¿Qué estabais haciendo?

—Os estaba preparando una sorpresa.

—¿Qué sorpresa?

—Bien sabéis que es imposible encontrar un coche.

—¡Diantre!, por lo menos se ha hecho cuanto humanamente se podía hacer.

—¡Pues bien! Se me ha ocurrido una idea maravillosa.

Franz miró a Alberto como dudando del estado de su imaginación.

—Querido —dijo Alberto—, me honráis con una mirada que merecería os pidiese reparación.

—Dispuesto estoy a dárosla, querido amigo, si la idea es tan maravillosa como decís.

—Escuchad.

—Escucho.

—¿No hay posibilidad de encontrar carruaje?

—No.

—¿Ni caballos?

—Tampoco.

—¿Pero una carreta bien se podrá encontrar?

—Quizás.

—¿Y un par de bueyes?

—También.

—Pues bien; ésa es la nuestra. Mando adornar la carreta, nos vestimos de segadores napolitanos, y representamos al natural el magnífico cuadro de Leopoldo Robert. Y si la condesa quiere vestirse de campesina de Puzzole o de Sorrento, esto completará la mascarada, y seguramente la condesa es demasiado hermosa para que la tomen por el original de la mujer del niño.

—¡Diantre! —exclamó Franz—, tenéis razón por esta vez, Alberto, y ésa es una idea feliz.

—Y nacional. ¡Ah, señores romanos! ¿creéis que se correrá a pie por vuestras calles como unos lazzaroni, porque no tenéis calesas ni caballos? ¡Pues bien!, ya se inventarán.

—¿Y habéis comunicado a alguien esa estupenda idea?

—Sólo a nuestro huésped. Al entrar le hice subir y le manifesté mis deseos. Me ha asegurado que nada era más fácil. Yo quería dorar los cuernos de los bueyes, pero él ha dicho que para eso se necesitarían tres días, por lo que será preciso pasar sin ese detalle superfluo.

—¿Y dónde está?

—¿Quién?

—Nuestro huésped.

—Ha ido a buscar la carreta, porque mañana sería ya tarde.

—¿De modo que esta misma noche tendremos la contestación?

—Así lo espero.

En este momento la puerta se abrió y maese Pastrini asomó la cabeza.

—¿Se puede entrar? —dijo.

—¡Pues claro! —exclamó Franz.

—¡Y bien! —dijo Alberto—. ¿Habéis encontrado la carreta y los bueyes?

—He encontrado algo mejor que eso —respondió con aire ufano.

—¡Ah!, mi querido huésped, andad con tiento en lo que decís.

—Confíe vuestra excelencia en mí —dijo maese Pastrini.

—Pero, en fin, ¿qué hay? —exclamó Franz a su vez.

—¿Ya sabéis —dijo el posadero— que el conde de Montecristo vive en este mismo piso...?

—Ya lo creo —dijo Alberto—, puesto que gracias a él no hemos podido alojarnos sino como dos estudiantes en la calle de Saint Nicolas—du—Charnedot.

—Y bien, está enterado del apuro en que os encontráis y os ofrece dos asientos en su carruaje y dos sitios en sus ventanas del palacio Rospoli.

Alberto y Franz se miraron.

—Pero —preguntó Alberto—, ¿debemos aceptar la oferta de ese extranjero? ¿De un hombre a quien no conocemos?

—¿Y qué clase de hombre es ese conde de Montecristo? —preguntó Franz a su huésped.

—Un gran señor siciliano o maltés, no lo sé a ciencia cierta, pero noble como un borgliese y rico como una mina de oro.

—Me parece —dijo Franz a Alberto —que si ese hombre fuese de tan buenas prendas como dice nuestro huésped, hubiera debido hacernos su invitación de otra manera, ya fuese escribiéndonos, ya...

En este momento llamaron a la puerta.

—Adelante —dijo Franz.

Un criado con una elegante librea apareció en el marco de la puerta.

—De parte del conde de Montecristo, para el señor Franz d'Epinay y para el señor vizconde Alberto de Morcef —dijo.

Y presentó al huésped dos tarjetas que éste entregó a los jóvenes.

—El señor conde de Montecristo —continuó el criado— me manda pedir permiso a estos señores para presentarse mañana por la mañana en su cuarto como vecino. Tendré el honor de informarme de estos señores a qué hora estarán visibles.

—A fe mía —dijo Alberto a Franz—, que no podemos quejarnos.

—Decid al conde —respondió Franz— que nosotros tendremos el honor de anticiparnos a su visita.

El criado se retiró.

—Eso es lo que se llama un asalto de elegancia —dijo Alberto—, vamos, decididamente vos teníais razón, maese Pastrini, y el conde de Montecristo es un hombre perfecto.

—¿Luego aceptáis su oferta? —dijo el huésped.

—Con mucho gusto —respondió Alberto—, sin embargo, os lo confieso, siento que no se realice nuestro plan de la carreta y los segadores; y si no hubiese lo del balcón del palacio Rospoli, para compensar lo que perdemos, creo que volvería a mi primera idea, ¿qué os parece, Franz?

—Creo que también son los balcones los que me deciden —respondió Franz a Alberto.

En efecto, esta oferta de dos sitios en un balcón del palacio Rospoli, recordóle a Franz la conversación que había oído en las ruinas del Coliseo entre su desconocido y el transtiberino, conversación en la cual el hombre de la capa había prometido obtener la gracia del condenado. Ahora, pues, si el hombre de la capa era, según todo se lo probaba a Franz, el mismo cuya aparición en la sala de Argentina le había preocupado tanto, sin duda alguna le reconocería y—entonces nada le impediría satisfacer su curiosidad sobre este punto.

Franz pasó una parte de la noche pensando en sus dos apariciones y deseando que llegase el día siguiente. En efecto, el siguiente día debía aclararlo todo, y esta vez, a menos que su huésped de Monte—Cristo poseyese el anillo de Gyges y merced a este anillo su facultad de hacerse invisible, era evidente que no se le escaparía. Así, pues, se despertó a las ocho, hora en que Alberto, como no tenía los mismos motivos que Franz para madrugar tanto, dormía aún apaciblemente. Franz mandó llamar a su huésped, que se presentó con sus habituales saludos.

—Maese Pastrini —le dijo—, ¿no debe haber hoy una ejecución?

—Sí, excelencia, pero si preguntáis eso para tener un balcón, os acordáis de ello muy tarde.

—No —prosiguió Franz—; por otra parte, si lo hiciese únicamente para ver ese espectáculo, encontraría sitio en el monte Pincio.

—¡Oh!, yo creía que vuestra excelencia no querría mezclarse con la canalla, cuyo anfiteatro es ése.

—Probablemente no iré —dijo Franz—, pero desearía obtener algunos detalles.

—¿Cuáles?

—Quisiera saber el número de condenados, sus nombres y el género de sus suplicios.

—¡Oh!, no los podía pedir más oportunamente, excelencia. Ahora justamente me acaban de traer las tavolette.

—¿Qué es eso de las tavolette?

—Las tavolette son unas tabletas de madera que se cuelgan en todas las esquinas de las calles la víspera de las ejecuciones, y en las cuales están escritos los nombres de los condenados, la causa de su condenación y la clase de suplicio. Tienen por objeto invitar a los fieles a que rueguen a Dios para que dé a los culpables un sincero arrepentimiento.

—¿Y os traen esas tabletas para que unáis vuestras súplicas a las de los fieles? —preguntó Franz irónicamente.

—No, excelencia. Yo me entiendo con el repartidor y me trae esos anuncios, como también me trae los anuncios de espectáculos de otros géneros, a fin de que si alguno de los viajeros que tengo la honra de albergar en mi casa desea asistir a la ejecución, lo sepa por anticipado.

—¡Ah!, ya comprendo, maese Pastrini —exclamó Franz—, ¡sois hombre en extremo solícito y delicado, que se desvive por complacer a sus huéspedes!

—¡Oh! —dijo maese Pastrini sonriendo—, puedo vanagloriarme

de hacer cuanto está en mi mano para satisfacer los deseos de los nobles extranjeros que me honran con su confianza.

—Eso es lo que veo, querido huésped, y lo repetiré a quien quiera oírlo, no lo dudéis. Mientras tanto, desearía leer una de esas tavolette.

—Nada más fácil —dijo el huésped abriendo la puerta—, he dado órdenes de poner una en el corredor.

Salió, descolgó la tavoletta, y la presentó a Franz. He aquí la traducción literal del cartel patibulario:

"Se hace saber a todos los que la presente vieren y entendieren, que el martes, 22 de f ebrero, primer día de Carnaval, y en virtud de sentencia dada por el tribunal de la Rota, serán ejecutados en la plaza del Popolo los llamados Andrés Róndolo, culpable de asesinato en la persona muy respetable y venerada de D. César Torloni, canónigo de la iglesia de San Juan de Letrán, y el llamado Pepino, alias Rocca Priori, convicto de complicidad con el detestable Luigi Vampa y los demás de su banda. EL primero será mazzolato, y el segundo decapitado. Se ruega a las almas caritativas que pidan al Ser Supremo un sincero arrepentimiento para estos dos infelices reos."

Esto mismo era lo que Franz había oído la antevíspera en las ruinas del Coliseo, y nada habían cambiado en el programa; los nombres de los condenados, la causa de su suplicio y el género de su ejecución eran exactamente los mismos. Por consiguiente, según toda probabilidad, el transtiberino no era otro que el bandido Luigi Vampa, y el hombre de la caps, Simbad el Marino, que en Roma como en Porto—Vecchio y en Túnez continuaba con sus filantrópicas expediciones.

Entretanto, el tiempo corría; eran las nueve y Franz iba a despertar a Alberto, cuando con gran asombro de su padre, le vio salir de su cuarto vestido ya de pies a cabeza. El carnaval le había hecho despertar más de mañana de lo que su amigo esperaba.

—¡Vamos! —dijo Franz a su huésped—, ahora que ya estamos listos, ¿creéis, señor Pastrini, que podremos presentarnos en la habitación del señor conde de Montecristo?

—¡Oh!, seguramente —respondió— El conde de Montecristo acostumbra a madrugar, y estoy convencido de que hace dos horas que se ha levantado.

—¿Y creéis que no será indiscreción el irle a ver ahora mismo?

—En modo alguno.

—En tal caso, Alberto, si estáis dispuesto...

——Sí, amigo mío, sí; estoy dispuesto a todo ——dijo Alberto.

—Vamos a dar gracias a nuestro vecino por su atención.

—Vamos enhorabuena.

Franz y Alberto no tenían que atravesar más que el pasillo. El posadero se adelantó y llamó; un criado salió a abrir.

—I signori francesi ——dijo Pastrini.

El criado se inclinó y les hizo señas de que entrasen.

Atravesaron dos piezas amuebladas con un lujo que no creían encontrar en la fonda de maese Pastrini y finalmente llegaron a un salón sumamente elegante. Cubría el pavimento una alfombra de Turquía, y magníficas sillas de blandos almohadones y de anchos espaldares enervados hacia atrás, brindaban con un descanso tan cómodo como agradable; riquísimos cuadros pintados al óleo, retratos de diferentes personajes, trofeos de magníficas arenas, colgaban de las paredes y anchas cortinas de hermosa tapicería flotaban delante de cada puerta.

—Si sus excelencias gustan sentarse —dijo el criado—, pueden hacerlo mientras entro aviso al señor conde.

Y salió por una de las puertas.

Al abrirse esta puerta, el sonido de una guzla llegó a los oídos de los dos amigos, pero al punto se apagó. La puerta, cerrada casi al mismo tiempo que abierta, no había podido, por decirlo así, dejar penetrar en el salón más que un soplo de armonía. Franz y Alberto cambiaron una mirada y volvieron los ojos hacia los muebles, los cuadros y las arenas. Todo esto les pareció ahora más magnífico que al primer golpe de vista.

—¿Qué os parece? —preguntó Franz a su amigo.

—A fe mía, querido —dijo—, que es preciso que nuestro vecino sea algún agente de cambio que ha jugado a la baja sobre los fondos españoles, o algún príncipe que viaja de incógnito.

—¡Silencio! —le dijo Franz—, eso es lo que vamos a saber, puesto que ahí viene.

En efecto, el ruido de una puerta que giraba sobre sus goznes acababa de llegar a los oídos de los amigos, y casi al mismo tiempo, levantándose el cortinaje, dio paso al dueño de todas aquellas riquezas. Alberto se levantó y le salió al encuentro, pero Franz, al verle, se quedó clavado en su sitio.

El que acababa de entrar no era otro que el hombre de la capa del Coliseo, el desconocido del palco, el misterioso huésped de la isla de Montecristo.

XIII: LA MAZZOLATA

—Señores —dijo al entrar el conde de Montecristo—, recibid mis excusas por haber dado lugar a que os adelantaseis, pero al presentarme antes en vuestro gabinete hubiera temido ser indiscreto. Por. otra parte, me habéis dicho que vendríais y os he estado esperando.

—Venimos a daros un millón de gracias, Franz y yo, señor conde —dijo Alberto—, puesto que verdaderamente nos sacáis de un gran apuro, tanto, que ya estábamos a punto de inventar la estratagema más fantástica en el momento en que nos participaron vuestra atenta invitación.

—¡Eh! ¡Dios mío!, señores —dijo el conde haciendo seña a los jóvenes de que se acomodasen en un diván—. Ese imbécil de Pastrini tiene la culpa de que os haya dejado tanto tiempo en esa angustia. No me había dicho una palabra de vuestro apuro, a mí que, solo y aislado como estoy aquí, no buscaba más que una ocasión de conocer a mis vecinos. Así, pues, desde el momento en que supe que podía seros útil en algo, ya habéis visto con qué prisa he aprovechado la ocasión de ofreceros mis servicios. Pero tomad asiento, señores, perdonad mi distracción.

Y el conde señaló a los dos jóvenes un precioso confidente que había junto a ellos. Ambos amigos se inclinaron. Franz no había encontrado una sola palabra que decir, aún no había tomado ninguna resolución, y como nada indicaba en el conde su voluntad de reconocerle o su deseo de ser conocido por él, no sabía si hacer, por una palabra cualquiera, alusión a lo pasado, o dejar que el porvenir les diese nuevas pruebas. Por otra parte, aun cuando estaba seguro de que la víspera era él quien estaba en el palco, no podía, sin embargo, responder tan positivamente de que fuese él quien estaba la antevíspera en el Coliseo. Resolvió, pues, dejar que las cosas siguieran su curso sin hacer ninguna pregunta directa. Además, estaba en condiciones de superioridad sobre él, era dueño de su secreto, mientras que el conde no podía tener ninguna acción sobre Franz, que nada tenía que ocultar. Esto no obstante, resolvió hacer girar la conversación sobre un punto que podía aclarar un poco sus dudas.

—Señor conde —le dijo—, ya que nos habéis ofrecido dos asientos en vuestro carruaje y dos sitios en vuestras ventanas del palacio Rospoli, ¿podríais indicarnos ahora de qué medios nos valdríamos para procurarnos un posto cualquiera, como se dice en Italia, en la Plaza del Popolo?

—¡Ah!, sí, es verdad —dijo el conde con aire distraído y mirando fijamente a Morcef—. ¿No hay en la Plaza del Popolo una... una ejecución?

—Sí —respondió Franz, viendo que por sí mismo iba donde él quería conducirle.

—Esperad, esperad; creo haber dicho ayer a mi mayordomo que se ocupase de eso. Quizá pueda prestaros aún otro pequeño servicio.

Y tendió la mano hacia un cordón de campanilla.

Al punto vio entrar Franz a un individuo de cuarenta y cinco a cincuenta años, que se parecía, como una gota de agua se parece a otra, al contrabandista que le había introducido en la gruta, pero que no pareció reconocerle. Sin duda estaba prevenido.

—Señor Bertuccio —dijo el conde—, ¿os habéis ocupado, como os dije ayer, de procurarme una ventana en la plaza del Popolo?

—Sí, excelencia —dijo el mayordomo—, pero ya era tarde.

—¡Cómo! —dijo el conde frunciendo el entrecejo—, ¿no os dije resueltamente que quería tener una a mi disposición?

—Y vuestra excelencia tiene una, la que estaba alquilada al príncipe Labanieff, pero me he visto obligado a pagarle en ciento.

—Basta, basta; dejémonos de cuentas, señor Bertuccio; tenemos una ventana, esto es lo principal. Dad las señas de la casa al cochero, y estad en la escalera para conducirnos. Esto basta, podéis retiraros.

El mayordomo saludó a hizo ademán de retirarse.

—¡Ah! —prosiguió el conde—. Tened la bondad de preguntar

a Pastrini si ha recibido la tavoletta y si quiere enviarme el programa de la ejecución.

—Es inútil —dijo Franz sacando su cartera del bolsillo—. He tenido en la mano ese programa y lo he copiado. Aquí lo tenéis.

—Muy bien. Entonces, señor Bertuccio, podéis retiraros, ya no os necesito. Decid que nos avisen cuando esté preparado el almuerzo. Estos señores —continuó, volviéndose hacia los dos amigos— me harán el honor de almorzar conmigo, ¿no es cierto?

—Señor conde —dijo Alberto—, eso sería abusar.

—Al contrario, me daréis en ello una particular satisfacción, a más de que todo esto, uno a otro de vosotros, o tal vez los dos me lo pagaréis en igual moneda cuando yo vaya a París. Señor Bertuccio, haréis poner tres cubiertos.

El conde de Montecristo tomó la cartera de las manos de Franz y el señor Bertuccio salió.

—De modo que decíamos —continuó con el mismo tono que si hubiera leído un anuncio de teatro—, "que hoy, 22 de febrero, serán ejecutados en la plaza del Popolo los llamados Andrés Rondolo, culpable de asesinato en la persona muy respetable y venerada de don César Torlini, canónigo de la iglesia de San Juan de Letrán, y el llamado Pepino, alias Rocca Priori, convicto de complicidad con el detestable bandido Luigi Vampa y los demás de su banda." ¡Hum! "El primero será mazzolatto, el segundo decapitato." En efecto —prosiguió el conde—, así era como debía suceder al principio, pero tengo entendido que de ayer acá han surgido algunos cambios en el orden y marcha de la ceremonia.

—¡Bah! —dijo Franz.

—Sí, ayer en casa del cardenal Rospigliosi, donde estuve de tertulia, se hablaba de una prórroga concedida a uno de los condenados.

—¿Andrés Rondolo? —preguntó Franz.

—No —replicó sencillamente el conde—, al otro... —y volviendo los ojos hacia la cartera como para acordarse del nombre añadió—, a Pepino, llamado Rocca Priori. Esto os priva de asistir a ver gillotinar, pero os queda la mazzolatta, que es un suplicio muy curioso cuando se ve por primera vez, y aun por segunda, mientras que el otro, que debéis ya conocer, es muy sencillo y no ofrece nada de particular. El Mandaia no se engaña, no tiembla, no da golpe en vano, no vuelve a herir treinta veces como el soldado que cortaba la cabeza al conde de Chalais y al cual acaso Richelieu recomendara al paciente. ¡Ah, callad! —continuó el conde con tono despectivo—. No me habléis de los europeos para los suplicios; no entienden nada de eso y puede decirse que están en la infancia sobre este punto.

—En verdad, señor conde —respondió Franz—, se creería al oíros que habéis hecho un gran estudio comparando los diferentes suplicios de todas las partes del mundo.

—Pocos habrá que no haya visto —respondió fríamente el conde. —¿Y hallasteis algún placer asistiendo a tan horribles espectáculos?

—El primer sentimiento que experimenté fue el de la repugnancia, el segundo la indiferencia y el tercero la curiosidad.

—¡La curiosidad! ¿Habéis medido esta palabra? ¿Sabéis que es terrible?

—¿Por qué? En la vida sólo hay una preocupación: la de la muerte. Y qué, ¿no os parece curioso estudiar de cuántas maneras puede el alma salir del cuerpo, y cómo, según los caracteres, los temperamentos y aun las costumbres del país, sufren los individuos ese supremo traspaso del ser a la nada? En cuanto a mí, os respondo una cosa: que mientras más he visto morir, más fácil me parece. La muerte será tal vez un suplicio, pero no una expiación.

—No os comprendo bien —dijo Franz—; explicaos, pues no sabéis hasta qué punto me interesa lo que decís.

—Oíd —dijo el conde, y su rostro adquirió una expresión de odio— Si un hombre hubiese hecho perecer por medio de un tormento atroz, un tormento terrible, un tormento sin fin, a vuestro padre, a vuestra madre, a vuestra amada, a uno de esos seres, en fin que, cuando se les separa del corazón dejan en él un vacío eterno y una llaga incurable, ¿creeríais suficiente la reparación que os concede la sociedad porque el hierro de la guillotina ha pasado entre la base del occipital y los músculos trapecios del cuello, y porque aquel que os ha hecho sentir años de sufrimientos morales ha experimentado algunos segundos de dolores físicos...?

—Sí, ya lo sé —replicó Franz—, la justicia humana es tan insuficiente como consoladora. Puede derramar la sangre a cambio de la sangre. Preciso es preguntarle lo que puede y nada más.

—Y aún os expongo un caso material —replicó el conde—, aquel en que la sociedad, atacada por la muerte de un individuo en la base sobre la cual se asienta, venga la muerte con la muerte. Decidme, sin embargo, ¿no hay millares de dolores con los que pueden ser desgarradas las entrañas de un hombre, sin que la sociedad se ocupe de ello, sin que le ofrezca el medio insuficiente de venganza de que hablamos hace poco? ¿No hay crímenes para los cuales el palo de los turcos, las gamellas de los persas, los nervios retorcidos de los iroqueses, serían suplicios demasiado dulces, y que, con todo, la sociedad indiferente deja sin castigo...? Responded, ¿no hay tales crímenes?

—Sí —respondió Franz—, y para castigarlos está tolerado el duelo. —¡El duelo! ¡El duelo! —exclamó el conde—. ¡Buen modo, a fe mía de conseguir la venganza! Un hombre os ha robado a la mujer que amabais; un hombre ha deshonrado a vuestra hija; de una existencia entera, que teníais derecho a esperar de Dios la parte de felicidad que ha prometido a todo ser humano al crearlo, ha hecho una vida de dolor, de miseria o de infamia, y os creéis vengado, porque a ese hombre, que ha hecho nacer el delirio en vuestra mente y la desesperación en vuestra alma, os creéis vengado, digo, porque le habéis dado una estocada en el pecho o porque de un pistoletazo le habéis hecho saltar la tapa de los sesos. ¡Oh!, y eso sin contar que es él quien con frecuencia sale victorioso de la mancha a los ojos del mundo, y en cierto modo absuelto por Dios. No, no —continuó el conde—, si alguna vez tuviera que vengarme, no me vengaría así.

—¿Conque desaprobáis el duelo? ¿Conque no os batiríais en duelo? —preguntó a su vez Alberto, sorprendido ante tan extraña teoría.

—Desde luego —dijo el conde—. Entendámonos. Me batiría por una fruslería, por un insulto, por una palabra, por una bofetada, y eso con tanto más desprecio cuanto que, gracias a la habilidad que he adquirido en todos los ejercicios de armas y en la costumbre que tengo del peligro, estaría casi seguro de matar a mi contrario. ¡Oh!, sí, por todo esto me batiría en duelo; pero por un dolor lento, profundo, infinito, eterno, devolvería, si era posible, un dolor semejante al que me habrían hecho: ojo por ojo, diente por diente, como dicen los orientales, nuestros maestros en todo, esos elegidos de la creación que han sabido formarse una vida de sueños y un paraíso de realidades.

—Pero —dijo Franz. al conde—, con esa teoría que os constituye juez y verdugo en vuestra propia causa, es difícil que vos mismo escapéis del poder de la ley. El odio y la cólera ofuscan la mente, y el que toma la venganza por su mano se expone a beber un amargo brebaje.

—Sí, si se es pobre y torpe; no, si es millonario y hábil. Por otra parte, lo peor sería ese último suplicio de que hablábamos hace poco, el que la filantrópica revolución francesa ha sustituido al descuartizamiento y a la rueda. ¡Y bien! ¿Qué es el suplicio si se está vengado? En realidad casi lamento que ese miserable Pepino no sea decapitado, como ellos dicen; veríais el tiempo que dura y si merece la pena de hablarse de ello. Pero, en verdad, señores, que tenemos una conversación un poco singular para un día de carnaval. ¿Cómo hemos venido a parar a este tema? ¡Ah!, ya recuerdo. Me habíais pedido un sitio en mi balcón. Pues bien, lo tendréis. Pero primero sentémonos a la mesa, pues justamente nos vienen a anunciar que ya está servido el almuerzo.

En efecto, un criado abrió una de las cuatro puertas del salón y pronunció las palabras sacramentales de:

—Al suo commodo!

Los dos jóvenes se levantaron y pasaron al comedor. Durante el almuerzo, que era excelente, y servido con un esmero delicado, Franz buscó con los ojos las miradas de Alberto, a fin de leer en ellas la impresión que no dudaba habrían producido en él las palabras de su huésped, pero ya sea que en medio de su desdén habitual no les hubiese prestado grande atención, ya sea que lo que el conde de Monte—Cristo le había dicho con relación al duelo le hubiese agradado, sea, en fin, que los antecedentes que hemos referido, conocidos sólo de Franz, hubiesen aumentado para él el efecto de la teorías del conde, no se dio cuenta de que su compañero estuviese tan preocupado. Hacía los honores a la comida como hombre condenado desde cuatro a cinco años a la cocina italiana, es decir, a una de las peores del mundo. Respecto al conde, poseído de una viva preocupación que parecía inspirarle la persona de Alberto, apenas probó un bocado de cada plato;

hubiérase dicho que al sentarse a la mesa con sus convidados cumplía un sencillo deber de política, y que esperaba su partida para hacerse servir algún plato extraño o particular. Esto le recordaba a Franz el terror que el conde había inspirado a la condesa G..., y la convicción en que le había dejado de que el conde, el hombre que él le mostrara en el palco de enfrente, era un vampiro.

Terminado el almuerzo, Franz sacó su reloj.

—¡Y bien! —le dijo el conde—, ¿qué hacéis?

—Dispensadnos, señor conde —respondió Franz—, pero tenemos mil cosas que hacer.

—¿De qué se trata?

—Nos hallamos sin disfraces, y hoy éstos son de rigor.

—No os preocupéis. Tenemos, según creo, en la plaza del Popolo, un cuarto particular; haré llevar a él los trajes que me indiquéis, y nos disfrazaremos en seguida.

—¿Después de la ejecución? —exclamó Franz.

—Sin duda; después, durante o antes, como gustéis.

—¿Enfrente del patíbulo?

—¿Y por qué no? El patíbulo forma parte de la fiesta.

—Pues bien, señor conde; he reflexionado —dijo Franz—, mucho os agradezco vuestros ofrecimientos, pero me contentaré con aceptar un asiento en vuestro carruaje y un sitio en el palacio Rospoli, dejándoos en libertad de disponer del lugar del balcón de la piazza del Popolo.

—Pues os advierto que perdéis un espectáculo curioso —respondió el conde.

—Ya me lo contaréis —replicó Franz—, y en vuestra boca me impresionará tanto como si lo viese. Por otra parte, más de una vez quise asistir a una ejecución, y nunca me he podido decidir. ¿Y vos, Alberto?

—Yo —respondió el vizconde—, he visto ejecutar a Casteins, pero creo que estaba un poquitín alegre aquel día, pues era el de mi salida del colegio.

—Sin embargo —repuso el conde—, el que no hayáis hecho una cosa en París no es razón para que dejéis de hacerla en el extranjero; cuando se viaja es por instruirse, cuando se cambia de lugares es para ver. Pensad qué papel haríais cuando os preguntasen cómo ejecutan en Roma y que respondieseis: No lo sé. Dicen además que el condenado es un tunante, un pícaro que ha matado a fuerza de golpes con un caballete de chimenea a un buen canónigo que le había educado como si fuese su hijo. Si viajarais por España, iríais a ver las corridas de toros, ¿verdad? ¡Pues bien!, suponed que vamos a ver un combate, acordaos de los antiguos romanos en el circo, de las cazas en que se mataban trescientos leones y un centenar de hombres. Recordad aquellos ochenta mil espectadores que aplaudían, aquellas matronas que conducían allí a sus hijas, y aquellas vestales de blancas manos que hacían con el dedo una encantadora señal que quería decir: "¡Vamos, no haya pereza, acabad con ese hombre que ya está moribundo!"

—¿Iréis, Alberto? —preguntó Franz.

—Desde luego que sí, querido. Vacilaba como vos, pero la elocuencia del conde me decide.

—Vamos, puesto que así lo queréis —dijo Franz—, pero al dirigirme a la plaza del Popolo, deseo pasar por la calle del Corso. ¿Es posible, señor conde?

—A pie, sí; en carruaje, no.

—Entonces iré a pie.

—¿Es indispensable que paséis por la calle del Corso?

—Sí, tengo que ver cierta cosa.

—¡Pues bien!, pasemos por esa calle; enviaremos el coche a que nos espere en la plaza del Popolo por la entrada del Babuino; y además, ahora que recuerdo, tampoco me vendrá mal pasar por la calle del Corso para ver si han cumplido algunas órdenes que he dado.

—Excelencia —dijo el criado abriendo la puerta—, un hombre vestido de penitente pregunta si puede hablar con vos unos instantes.

—¡Ah!, sí —dijo el conde—, ya sé lo que es. Señores, si queréis pasar al salón, allí encontraréis excelentes cigarros de la Habana, y os suplico os sirváis disculparme por los breves instantes que tardaré en reunirme con vosotros.

Los dos jóvenes se levantaron y salieron por una puerta, mientras que el conde, después de haberles renovado sus excusas, salió por otra.

Alberto, que desde que estaba en Italia, se veía privado de los cigarros del Café de París, gran sacrificio para él, se aproximó a la mesa y lanzó un grito de alegría al encontrar en ella verdaderos cigarros puros.

—Querido —le preguntó Franz—, ¿qué pensáis del conde de Montecristo?

—¿Qué pienso? —dijo Alberto visiblemente sorprendido de que su compañero le hiciese tal pregunta—. Pienso que es un hombre encantador, que hace los honores de su casa a las mil maravillas, que ha visto mucho, que ha estudiado mucho, reflexionado mucho, que es como Bruto de la escuela estoica, y sobre todo —añadió lanzando una bocanada de humo que subió en forma de espiral hacia el techo—, que posee excelentes cigarros.

Esta era la opinión que Alberto tenía con respecto al conde, y de consiguiente, como Franz sabía que Alberto pretendía no formar opinión de los hombres y de las cosas sino después de muchas reflexiones, no intentó cambiar en nada la suya.

—Pero —dijo—, ¿habéis notado una cosa singular?

—¿Cuál?

—La atención con que ponía en vos los ojos.

—¿En mí?

—Sí, en vos.

Alberto reflexionó un instante.

—¡Ah! —dijo lanzando un suspiro—, nada tiene eso de extraño. Estoy ausente de París hace un año, y el conde, al reparar en mi traje, que no está cortado según la última moda, me habrá supuesto un provinciano; sacadle, pues, de tal error, amigo mío, y decidle, os ruego, en la primera ocasión que se os presente, que no hay nada de esto.

Franz se sonrió. Poco después entró el conde.

—Aquí estoy, señores, a vuestra disposición. Las órdenes están dadas para que el carruaje vaya por su lado a la plaza del Popolo; mientras, iremos nosotros, si queréis, por la calle del Corso. Tomad algunos cigarros de éstos, señor Morcef —añadió apoyando su acento de una manera extraña sobre este nombre que pronunciaba por vez primera.

—Acepto encantado —dijo Alberto—, porque los cigarros italianos son peores aún que los de la tercena. Cuando vayáis a París os devolveré todo esto.

—No lo rehúso, pues tengo intención de ir allí algún día, y puesto que lo permitís, iré a llamar a vuestra puerta. Vamos, señores, vamos, no tenemos tiempo que perder, son las doce y media, partamos.

Los tres bajaron la escalera. El cochero recibió entonces las órdenes de su amo y siguió la vía del Babuino mientras que los que iban a pie subían por la plaza de España y por la vía Frattina, que les conducía en derechura entre el palacio Tiano y el palacio Rospoli. Todas las miradas de Franz se dirigieron a los balcones de este último palacio. No había olvidado la señal convenida en el Coliseo entre el hombre de la capa y el transtiberino.

—¿Cuáles son vuestros balcones? —preguntó al conde, dando a la pregunta el tono más natural que pudo.

—Los últimos —respondió éste sencillamente, pues no podía adivinar en qué sentido se le hacía aquella pregunta.

La mirada de Franz se dirigió rápidamente hacia los tres balcones. Los dos laterales estaban colgados de un damasco amarillo, y el de en medio de damasco blanco con una cruz roja. El hombre de la capa había cumplido su palabra al transtiberino, y ya no le cabía la menor duda de que el embozado del Coliseo y el conde eran una misma persona. Los tres balcones se hallaban aún vacíos. Además, por todas partes se hacían preparativos, se colocaban sillas, se levantaban tablados, se cubrían de colgaduras los balcones y las ventanas. Las máscaras no podían presentarse, y los carruajes no podían circular hasta que sonara la campana, pero sentíase la presencia de las máscaras detrás de todas las ventanas y la de los carruajes detrás de todas las puertas.

Franz, Alberto y el conde continuaron bajando por la calle del Corso. A medida que se acercaban a la plaza del Popolo, la turba era cada vez más espesa, y por encima de las cabezas de aquella multitud veíanse elevarse dos cosas: el obelisco rematado por una cruz que indica el centro de la plaza, y delante del obelisco, justamente en el punto de correspondencia visual de las tres calles del Babuino, del Corso y de Ripetta, los dos terribles potros del patíbulo, entre los cuales brillaba el hierro de la Mandaia. Junto a la esquina, encontraron al mayordomo del conde que esperaba a su señor. El balcón, alquilado a un precio exorbitante sin duda, pertenecía al segundo piso del gran palacio situado entre la calle del Babuino y el monte Pincio. Era una especie de gabinete de tocador que comunicaba con una alcoba, de manera que los que estuviesen en el gabinete quedaban perfectamente independientes. Sobre las sillas se habían colocado trajes de payaso, de seda blanca y azul, de los más elegantes.

—Como me dijisteis que eligiera los trajes —dijo el conde a los dos amigos—, os he hecho preparar éstos. En primer lugar, será lo que más se lleve este año; en segundo, son los más adecuados y cómodos para recibir las descargas de confetti...

Franz no oyó bien las palabras del conde, y no apreció tal vez como debía aquel nuevo servicio, pues toda su atención se concentraba en el espectáculo que presentaba la plaza del Popolo y en el instrumento terrible que entonces resultaba su principal adorno.

Aquélla era la primera vez que Franz veía una guillotina, porque la Mandaia romana tiene casi la misma forma que nuestro instrumento de muerte. La cuchilla es un semicírculo que corta por la parte convexa, pero cae de menos altura.

Mientras tanto, dos hombres sentados sobre la plancha donde tienden al condenado, se hallaban almorzando y comían, según podía alcanzar la vista de Franz, pan y salchicha; uno de ellos levantó la plancha, sacó un frasco de vino, bebió un trago y pasó el frasco a su compañero. Estos dos hombres eran los ayudantes del verdugo. Esta sola escena bastó para que Franz se sintiera horrorizado.

Los condenados, que habían sido transportados el día antes por la noche, desde las cárceles nuevas a la reducida iglesia de Santa María del Popolo, habían pasado la noche asistidos cada uno de ellos por un sacerdote, en una capilla cerrada por una reja, delante de la cual se paseaban los centinelas, que de hora en hora se relevaban. Dos filas de carabineros colocados a cada lado de la puerta, se extendían hasta el patíbulo, a cuyo alrededor iban formando un círculo, dejando libre un camino de dos pies de ancho, y en torno a la guillotina, un espacio de cien pasos de circunferencia.

El resto de la plaza estaba abarrotado de hombres y de mujeres. Muchas de éstas sostenían a sus hijos sobre sus hombros, y estos niños que dominaban la turba, estaban admirablemente colocados.

El monte Pincio parecía un vasto anfiteatro, cuyas gradas estuviesen llenas de espectadores. Los balcones de las dos iglesias que formaban la esquina de las calles de Babuino y de Ripetta, estaban ya llenos de curiosos privilegiados. Los escalones de los peristilos semejaban una ola movible y de varios colores, que empujaba hacia el pórtico una incesante marea. Cada ángulo saliente de la pared capaz de sostener a un hombre tenía su estatua viviente. Era verdad lo que decía el conde. Lo más curioso que hay en la vida es el espectáculo de la muerte. Y sin embargo, en lugar del silencio que parecía exigir la solemnidad del espectáculo, un gran ruido reinaba en aquella turba, informe mezcolanza de risas, silbidos y gritos de gozo. Era evidente, como había dicho el conde, que aquella ejecución no significaba para todo el pueblo más que el principio del Carnaval.

De pronto este ruido cesó como por encanto, la puerta de la iglesia acababa de abrirse. Apareció una cofradía de penitentes, cada miembro de la cual vestía un saco gris con dos agujeros para los ojos únicamente y con un cirio encendido en la mano. El jefe de la cofradía iba al frente de la misma. Detrás de los penitentes iba un hombre de elevada estatura. Este hombre estaba desnudo, excepto un calzón de lienzo que le cubría de medio cuerpo abajo, y unas sandalias atadas a sus piernas por unas toscas cuerdas. De su cintura colgaba un enorme cuchillo oculto en su correspondiente vaina, y su hombro derecho sostenía una pesada maza de hierro; era el verdugo.

Detrás de éste, marchaban, en el orden que debían ser ejecutados, primero Pepino, en seguida Andrés, acompañado cada uno de un sacerdote. Ni uno ni otro iban con los ojos vendados. Pepino caminaba con paso firme, porque sin duda había sido prevenido de lo que debía acontecer. Andrés iba sostenido por un sacerdote, y ambos besaban de vez en cuando el crucifijo que les presentaba su confesor.

Al ver esto, Franz sintió que le flaqueaban las piernas; miró a Alberto. Estaba pálido como su camisa y con un movimiento maquinal arrojó lejos de sí su cigarro, a pesar de no haberlo fumado más que hasta la mitad. El conde era el único que parecía impasible, antes bien, un ligero tinte sonrosado había cubierto sus mejillas de intensa palidez.

Su nariz se dilataba como la de un animal feroz que huele la sangre, y sus labios, ligeramente abiertos, dejaban ver sus dientes blancos, pequeños y agudos como los de un chacal. Y no obstante, a pesar de todo esto, su fisonomía brillaba con una expresión de dulzura que Franz no había aún advertido. Sus ojos negros tenían sobre todo una expresión de bondad indescriptible.

Los dos condenados, entretanto, continuaban andando hacia el patíbulo, y a medida que avanzaban, podíanse distinguir sus facciones. Pepino era un buen mozo, de veinticuatro a veintiséis años, de tez tostada por el sol, de mirada franca y orgullosa al mismo tiempo. Andaba con la cabeza erguida, y la agitaba en diferentes direcciones, como para ver de qué lado vendría su libertador. Andrés era grueso y rechoncho, su cara, de una vileza cruel, no indicaba la edad. Sin embargo, podría tener unos treinta años. En la prisión había dejado crecer su barba. Su cabeza caía sobre uno de sus hombros, y sus piernas se doblegaban bajo su peso; todo su ser parecía obedecer a un movimiento maquinal en el cual no entraba ya para nada su voluntad.

—Si no recuerdo mal —dijo Franz al conde—, creo que me anunciasteis que no habría más que una ejecución.

—Os he dicho la verdad —respondió el conde fríamente.

—Sin embargo, dos son los condenados.

—Sí, pero esos dos condenados, el uno pronto va a morir, y al otro le quedan todavía largos años de vida y de perdón.

—Pues me parece que si ha de venir, no tiene tiempo que perder.

—Mirad, pues justamente ahí viene. Mirad —dijo el conde.

En efecto, en el momento en que Pepino llegaba al pie de la Mandaia, un penitente que parecía haberse retardado, atravesó por entre las dos filas sin que los soldados le opusiesen ningún obstáculo, y adelantándose hacia el jefe de la cofradía, le entregó un papel plegado en cuatro dobleces. La ardiente mirada de Pepino no había perdido ninguno de estos detalles. El jefe de la cofradía desdobló el papel, lo leyó y levantó la mano.

—El Señor sea bendecido y Su Santidad sea loada —dijo en alta e inteligible voz—;hay perdón de la vida para uno de los reos.

—¡Perdón! —exclamó el pueblo a un solo grito—. ¿Hay

perdón?

Al oír la palabra de perdón, Andrés pareció saltar y levantar la cabeza.

—Perdón, ¿para quién? —gritó.

Pepino permaneció inmóvil, mudo y jadeante.

—Hay perdón de pena de muerte para Pepino, llamado Rocca—Priori —dijo el jefe de la cofradía, y pasó el papel al capitán que mandaba los carabineros, el cual, después de haberlo leído, se lo devolvió.

—¡Perdón para Pepino! —exclamó Andrés, saliendo del sopor en que parecía estar sumido—. ¿Por qué perdón para él y no para mí? Debíamos morir juntos, me habían prometido que moriría antes que yo, no tienen derecho a hacerme morir solo, ¡no quiero morir solo, no quiero!

Y diciendo esto se agarró a los brazos de los dos sacerdotes, retorciéndose, dando alaridos, rugiendo y haciendo esfuerzos insensatos para romper las cuerdas que le ligaban las manos. El verdugo hizo señal a sus dos ayudantes, que bajaron del cadalso y se apoderaron del reo.

—¿Qué ha ocurrido? —preguntó Franz, pues como todo esto se decía en lengua italiana, no había comprendido muy bien.

—¿No lo adivináis? —dijo el conde—. Ha ocurrido que esa criatura humana que va a morir está furiosa porque su semejante no muere con ella, y que si a dejasen le desgarraría con sus uñas y con sus dientes más bien que dejarle gozar de la vida de que ella misma se va a ver privada. ¡Oh, los hombres!, raza de cocodrilos, como dice Karl Moor —exclamó el conde extendiendo los puños hacia toda la turba—, ¡qué bien se os conoce en eso, y qué dignos sois en todo tiempo de vosotros mismos!

Entretanto Andrés y los dos ayudantes del verdugo se revolcaban por el suelo, mientras que el condenado seguía gritando: "Debe morir, quiero que muera, no tienen derecho para matarme a mí solo."

—Observad —continuó el conde cogiendo a cada uno de los jóvenes por la mano— Mirad, porque a fe mía es cosa curiosa. Allí tenéis un hombre que estaba resignado a su suerte, que marchaba al patíbulo, que iba a morir como un cobarde, es verdad, pero, después de todo, iba a morir sin blasfemar y sin resistirse, ¿y sabéis lo que le daba alguna fuerza? ¿Sabéis lo que le consolaba? ¿Sabéis lo que le hacía sufrir el suplicio con resignación...?, el que otro participaba de su angustia, que otro iba a morir como él, que otro iba a morir antes que él. Llevad dos carneros o dos bueyes al matadero, y haced comprender a uno de ellos que su compañero no morirá. El carnero balará de gozo y el buey mugirá de placer. Pero el hombre, el hombre que Dios ha creado a su imagen, el hombre a quien Dios impuso por primera, por única, por suprema ley, el amor al prójimo, el hombre a quien ha dado una voz para expresar su pensamiento, ¿cuál será su primer grito al saber que su compañero se ha salvado? Una blasfemia. ¡Oh!, ¡honor al hombre, a esa obra maestra de la naturaleza, a ese rey de la creación!

Dicho esto, el conde empezó a reír, pero con una risa terrible, feroz, que indicaba haber sufrido horriblemente para conseguir reír de aquella manera.

Sin embargo, la lucha continuaba, y era algo espantoso. Los dos ayudantes llevaban a Andrés al patíbulo; todo el pueblo había tomado partido contra él y veinte mil voces gritaban a un tiempo: " ¡Muera!, ¡muera! " Franz se retiró, pero el conde le cogió por el brazo y le retuvo delante de la ventana.

—¿Qué hacéis? —le dijo— ¿Os compadecéis de él? Si oyeseis ladrar a un perro rabioso, tomaríais vuestra escopeta, saldríais a la calle, mataríais sin misericordia a boca de jarro al pobre animal, que al fin y al cabo no sería culpable más que de haber sido mordido por otro perro, y devolver lo que le habían hecho, y ahora tenéis piedad de un hombre a quien ningún otro hombre ha mordido y que, no obstante, después de haber asesinado vilmente a su bienhechor, no pudiendo ya ahora matar a nadie porque tiene las manos atadas, quiere a toda fuerza ver morir a su compañero de cautiverio, ¡a su camarada de infortunio! ¡No, no, mirad, mirad!

Aquella recomendación era ya inútil. Franz estaba como fascinado por el horrible espectáculo. Los dos ayudantes habían llevado el condenado al patíbulo, y allí, a pesar de sus esfuerzos, de sus mordiscos, de sus gritos, le habían obligado a ponerse de rodillas. Durante este tiempo, el verdugo se había colocado a su lado con la maza levantada. Entonces, a una señal, los dos ayudantes se separaron. El condenado quiso volverse a levantar, pero antes que hubiese tenido tiempo para ello, desplomóse la maza sobre su sien izquierda, oyóse un ruido sordo y seco, y el paciente cayó como un buey, con el rostro contra el suelo, después se volvió de espaldas por el choque. Entonces el verdugo dejó caer su maza, sacó el cuchillo de su cinturón, le abrió la garganta de un solo tajo y subiendo en seguida sobre su vientre, se puso a patearlo con sus pies.

A cada golpe, un chorro de sangre se escapaba del cuello del condenado. Franz no pudo tenerse en pie, se retiró vacilando y fue a caer casi desmayado sobre un sillón. Alberto, con los ojos cerrados, permaneció de pie, pero asido a las cortinas del balcón, sin cuyo apoyo seguramente se habría desplomado. El conde estaba en pie y triunfante como un ángel malo.

XIV: CARNAVAL EN ROMA

Al recobrar Franz el conocimiento encontró a Alberto bebiendo un vaso de agua, juzgando por su palidez lo conveniente de aquella acción, y al conde vistiéndose ya de payaso. Arrojó maquinalmente una mirada a la plaza. Todo había desaparecido, patíbulo, verdugos, víctimas, no quedaba más que el pueblo azorado, alegre, bullicioso. La Campana de Montecitorio, que no se tocaba más que para la muerte del Papa y la apertura de la mascarada, repicaba velozmente.

—Y bien —preguntó al conde—, ¿qué ha pasado?

—Nada, absolutamente nada —dijo—, como veis, pero el Carnaval ha comenzado, vistámonos pronto.

—Es cierto —respondió Franz al conde—; sólo restan de tan horrible escena las huellas de un sueño.

—Pues no es otra cosa que un sueño, lo que habéis tenido.

—Sí, pero, ¿y el condenado?

—También. Pero él ha quedado dormido, al paso que vos habéis despertado, y ¿quién puede decir cuál de los dos será el privilegiado?

—Pero, ¿qué ha sido de Pepino?

—Pepino es un muchacho juicioso que no tiene ningún amor propio, y que, contra la costumbre de los hombres, que se enfurecen cuando no se ocupan de ellos, se ha alegrado de que la atención general se fijase en su compañero. Por consiguiente, se ha aprovechado de esta distracción para deslizarse por entre la turba y desaparecer sin dar siquiera las gracias a los dignos sacerdotes que le habían acompañado. Verdaderamente el hombre es un animal muy ingrato y egoísta... Pero vestíos, mirad cómo os da el ejemplo M... de Morcef.

En efecto, Alberto se ponía maquinalmente su pantalón de tafetán encima de su pantalón negro y de sus botas charoladas.

—Y bien, Alberto —preguntó Franz—, ¿estáis dispuesto a cometer algunas locuras? Veamos, responded francamente.

—No —dijo—, pero os aseguro que ahora me alegro de haber visto este espectáculo, y comprendo lo que decía el señor conde, que cuando uno ha podido acostumbrarse a él, es el único que aún puede causar algunas emociones.

—Además de que en ese momento se pueden hacer estudios de los caracteres —dijo el conde—; en el primer escalón del patíbulo, la muerte arranca la máscara que se ha llevado toda la vida y aparece el verdadero rostro. Preciso es convenir que el de Andrés no estaba muy bonito... ¡Pícaro, infame...! ¡Vistámonos, señores, vistámonos! Tengo necesidad de ver máscaras de cartón para consolarme de las máscaras de carne.

Ridículo hubiera sido para Franz el aparentar aún conmoción y no seguir el ejemplo que le daban sus dos compañeros. Púsose, pues, su traje y su careta, que no era seguramente más pálida que su rostro. Después de disfrazarse, bajaron la escalera. El carruaje esperaba a la puerta, lleno de dulces y de ramilletes.

Difícil es formarse una idea de un cambio más completo que el que acababa de operarse.

En vez de aquel espectáculo de muerte, sombrío y silencioso, la plaza del Popolo presentaba el aspecto de una orgía loca y bulliciosa. Un sinnúmero de máscaras salía por todas partes, escapándose de las puertas y descendiendo por los balcones. Los carruajes desembocaban por todas las calles cargados de pierrots, de figuras grotescas, de dominós, de marqueses, de transtiberinos, de arlequines, de caballeros, de aldeanos; todos gritando, gesticulando, lanzando huevos llenos de harina, confites, ramilletes, atacando con palabras y proyectiles a los amigos y a los extraños, a los conocidos y desconocidos, sin que nadie tuviese derecho para enfadarse, sin que nadie hiciese otra cosa más que reír.

Franz y Alberto parecían esos hombres que, para distraerse de un violento pesar, van a una orgía, y que a medida que beben y se embriagan, sienten interponerse un denso velo entre el presente y lo pasado. Siempre veían o más bien conservaban el reflejo de lo que habían visto. Pero poco a poco los iba dominando la embriaguez general, parecióles que su razón vacilante iba a abandonarlos, sentían una extraña necesidad de tomar parte en aquel ruido, en aquel movimiento, en aquel vértigo.

Un puñado de confites dirigido a Morcef desde un carruaje próximo y que cubrióle de polvo, así como a sus compañeros, el cuello y la parte de rostro que no estaba cubierto por la máscara, como si le hubiesen lanzado cien alfileres, acabó por impelerle a la lucha general, en la que entraban todas las máscaras que encontraban. Púsose de pie a su vez en el carruaje, agarró puñados de proyectiles de los sacos y con todo el vigor y la habilidad de que era capaz, envió a su vez huevos y yemas de dulce a sus vecinos. Desde entonces se trabó el combate.

Lo que habían visto media hora antes se borró enteramente de la imaginación de los dos jóvenes; tanto había influido en ellos aquel espectáculo movible, alegre y bullicioso que tenían a la vista. Por lo que al conde de Montecristo se refiere, nunca había parecido impresionado un solo instante. En efecto; figúrese el lector aquella grande y hermosa calle, limitada a un lado y a otro de palacios de cuatro o cinco pisos, con todos sus balcones guarnecidos de colgaduras. En estos balcones, trescientos mil espectadores romanos, italianos, extranjeros venidos de las cuatro partes del mundo; reunidas todas las aristocracias de nacimiento, de dinero, de talento; mujeres encantadoras, que sufriendo la influencia de aquel espectáculo se inclinan sobre los balcones y fuera de las ventanas, hacen llover sobre los carruajes que pasan una granizada de confites, que se les devuelve con ramilletes; el aire se vuelve enrarecido por los dulces que descienden y las flores que suben; y sobre el pavimento de las calles una turba gozosa, incesante, loca, con trajes variados, gigantescas coliflores que se pasean, cabezas de búfalo que mugen sobre cuerpos de hombres, perros que parecen andar con las patas delanteras, en medio de todo esto una máscara que se levanta; y en esa tentación de San

Antonio soñada por Cattot, algún Asfarteo que ve un rostro encantador a quien quiere seguir, y del cual se ve separado por especies de demonios semejantes a los que se ven en sueños, y tendrá una débil idea de lo que es el Carnaval en Roma.

A la segunda vuelta el conde hizo detener el carruaje, y pidió a sus compañeros permiso para separarse de ellos, dejándolo a su disposición. Franz levantó los ojos; hallábase frente al palacio Rospoli, y en el balcón de en medio, el que estaba colgado de damasco blanco con una cruz roja, había un dominó azul, bajo el cual la imaginación de Franz se representó sin trabajo la bella griega del teatro Argentino.

—Señores —dijo apeándose el conde—, cuando os canséis de ser actores y queráis ser espectadores, ya sabéis que tenéis un sitio en mi balcón. Entretanto, disponed de mi carruaje y de mis criados.

Olvidamos decir que el cochero del conde iba vestido gravemente con una piel de oso, negra del todo, y semejante a la del Odry, en El oso y el pachá, y que los dos lacayos iban en pie detrás del carruaje con dos vestidos de mono verde, perfectamente ceñidos a sus cuerpos, y con caretas de resorte con las que hacían gestos a los paseantes.

Franz dio gracias al conde por su delicada oferta. Alberto, por su parte, estaba coqueteando con un carruaje lleno de aldeanas romanas detenido, como el del conde, por uno de esos descansos tan comunes en las filas y tirando ramilletes por todas partes. Desgraciadamente para él, la fila prosiguió su movimiento, y mientras él descendía hacia la plaza del Popolo, el carruaje que había llamado su atención subía hacia el palacio de Venecia.

—¡Ah! —dijo Franz—, ¿no habéis visto ese carruaje que va cargado de aldeanas romanas?

—No.

—Pues estoy seguro de que son mujeres encantadoras.

—¡Qué desgracia que vayáis disfrazado, querido Alberto! —dijo Franz—. Este era el momento de desquitaros de vuestras desdichas amorosas.

—¡Oh! —respondió Alberto, medio risueño y medio convencido—. Espero que no pasará el Carnaval sin que me acontezca alguna aventura.

Sin embargo, todo el día pasó sin otra aventura que el encuentro renovado dos o tres veces del carruaje de las aldeanas romanas. En uno de estos encuentros, sea por casualidad, sea por cálculo de Alberto, se le cayó la careta.

Entonces tomó el resto de ramilletes y lo arrojó al carruaje de las mujeres que él juzgara encantadoras. Conmovidas por esta galantería, cuando volvió a pasar el carruaje de los dos amigos, arrojaron un ramillete de violetas. Alberto se precipitó sobre el ramillete. Como Franz no tenía ningún motivo para creer que iba dirigido a su persona, dejó que Alberto recogiese el ramillete. Este lo puso victoriosamente en sus ojales, y el carruaje continuó su marcha triunfante.

—¡Y bien! —le dijo Franz—, éste es un principio de aventura.

—Reíos cuanto queráis —respondió—, pero creo que sí; así pues, no me separo de este ramillete.

—¡Diantre!, bien lo creo —respondió Franz riendo——, es una señal de reconocimiento.

La broma, por otra parte, tomó un carácter de realidad, porque cuando, siempre conducidos por la fila, Franz y Alberto se cruzaron de nuevo con el carruaje de las aldeanas, la que había lanzado el ramillete comenzó a aplaudir al verlo en su ojal.

—¡Bravo!, querido, ¡bravo! —le dijo Franz—. El asunto marcha. ¿Queréis que os deje, si preferís estar solo?

—No —dijo—, no nos arriesguemos demasiado. No quiero dejarme engañar como un tonto a la primera demostración; a una cita bajo el reloj, como decimos en el baile de la Opera. Si la bella aldeana quiere ir más allá, ya la encontraremos mañana, o ella nos encontrará; entonces me dará señales de existencia, y yo veré lo que tengo que hacer.

—Es verdad, mi querido Alberto —dijo Franz—, sois sabio como Néstor y prudente como Ulises, y si vuestra Circe llega a cambiarse en una bestia cualquiera, preciso será que sea muy diestra o muy poderosa.

Alberto tenía razón; la bella desconocida había resuelto sin duda no llevar la intriga más lejos aquel día, pues aunque los jóvenes dieron aún muchas vueltas, no volvieron a ver el carruaje que buscaban con los ojos; había desaparecido por una de las calles adyacentes.

Subieron entonces al palacio Rospoli, pero el conde también había desaparecido con el dominó azul. Los dos balcones colgados de damasco amarillo seguían, por otra parte, ocupados por personas a las que él sin duda había convidado.

En este momento, la campana que había sonado para la apertura de la mascarada, sonó para la retirada, la fila del Corso se rompió al punto, y, en el instante, todos los carruajes desaparecieron por las calles transversales.

Franz y Alberto se hallaban en aquel momento enfrente de la vía delle Maratte. El cochero arreó los caballos, y llegando a la plaza de España, se detuvo delante de la fonda.

Maese Pastrini salió a recibir a sus huéspedes al umbral de la puerta.

El primer cuidado de Franz fue informarse acerca del conde y expresar su pesar por no haberle ido a buscar a tiempo; pero Pastrini le tranquilizó, diciéndole que el conde de Montecristo había mandado un segundo carruaje para él y que este carruaje había ido a buscarle a las cuatro al palacio Rospoli.

Por otra parte, tenía encargo de ofrecer a los dos amigos la nave de su palco en el teatro Argentino.

Franz interrogó a Alberto acerca de sus intenciones, pero éste tenía que poner en ejecución grandes proyectos antes de pensar en ir al teatro.

Por lo tanto, en lugar de responder, se informó de si maese Pastrini podía procurarle un sastre.

—¿Un sastre? —preguntó el huésped—, ¿y para qué?

—Para hacerme de hoy a mañana dos vestidos de aldeano romano, lo más elegante que sea posible —dijo Alberto.

Maese Pastrini movió la cabeza.

—¡Haceros de aquí a mañana dos trajes! —exclamó—. ¡Dos trajes, cuando de aquí a ocho días no encontraréis seguramente ni un sastre que consintiese coser seis botones a un chaleco, aunque le pagaseis a escudo el botón!

—¿Queréis decir que es preciso renunciar a procurarnos los trajes que deseo?

—No, porque tendremos esos dos trajes hechos. Dejad que me ocupe de eso, y mañana encontraréis al despertaros una colección de sombreros, de chaquetas y de calzones, de los cuales quedaréis satisfechos.

—¡Ah!, querido —dijo Franz a Alberto——, confiemos en nuestro huésped; ya nos ha probado que era hombre de recursos. Comamos, pues, tranquilamente, y después de la comida vamos a ver La italiana en Argel.

—Sea por La italiana en Argel —dijo Alberto—, pero pensad, maese Pastrini, que este caballero y yo —continuó señalando a Franz—, tenemos mucho interés en tener esos trajes mañana mismo.

El posadero repitió a sus huéspedes que no se inquietasen por nada, y que serían servidos, con lo cual Franz y Alberto subieron para quitarse sus trajes de payaso.

Alberto, al despojarse del suyo, guardó con el mayor cuidado su ramillete de violetas. Era su señal de reconocimiento para el día siguiente.

Los dos amigos se sentaron a la mesa, pero al comer, Alberto no pudo menos de advertir la diferencia notable que existía entre el cocinero de maese Pastrini y el del conde de Montecristo.

Franz tuvo que confesar, a pesar de las prevenciones que debía tener contra el conde, que la ventaja no estaba de parte de maese Pastrini.

A los postres, el criado del conde, preguntó la hora a que deseaban los jóvenes el carruaje. Alberto y Franz se miraron, temiendo ser indiscretos. El criado les comprendió.

—Su excelencia, el conde de Montecristo —les dijo—, ha dado órdenes terminantes para que el carruaje permaneciese todo el día a la disposición de sus señorías. Sus señorías pueden, pues, disponer de él con toda libertad.

Los dos jóvenes resolvieron aprovecharse de la amabilidad del conde, y mandaron enganchar, mientras que ellos sustituían por trajes de etiqueta sus trajes de calle, un tanto descompuestos por los numerosos combates, a los cuales se habían entregado.

Luego se dirigieron al teatro Argentino y se instalaron en el palco del conde.

Durante el primer acto entró en el suyo la condesa G...; su primera mirada se dirigió hacia el lado en donde la víspera había visto al singular desconocido, de suerte que vio a Franz y Alberto en el palco de aquél, acerca del cual había formado una opinión tan extraña.

Sus anteojos estaban dirigidos a él con tanta insistencia que Franz creyó que sería una crueldad tardar más tiempo en satisfacer su curiosidad.

Así, pues, usando del privilegio concedido a los espectadores de los teatros italianos, que consiste en hacer de las salas de espectáculos un salón de recibo, los dos amigos salieron de su palco para ir a presentar sus respetos a la condesa. Así que hubieron entrado en su palco, hizo una seña a Franz para que se sentase en el sitio de preferencia. Alberto se colocó detrás de ella.

—¡Y bien! —dijo a Franz, sin darle siquiera el tiempo para sentarse—. No parece sino que no habéis tenido nada que os urgiera tanto como hacer conocimiento con el nuevo lord Rutwen, y, según veo, ya sois los mejores amigos del mundo.

—Sin que hayamos progresado tanto como decís, en una intimidad recíproca, no puedo negar, señora condesa —respondió Franz—, que hayamos abusado todo el día de su amabilidad.

—¿Cómo, todo el día?

—A fe mía, sí, señora. Esta mañana hemos aceptado su almuerzo, durante toda la mascarada hemos recorrido el Corso en su carruaje, en fin, esta noche venimos al teatro a su palco.

—¿Le conocíais?

—Sí... y no.

—¿Cómo?

—Es una larga historia.

—Razón de más.

—Esperad, al menos, a que esa historia tenga un desenlace.

—Bien. Me gustan las historias completas. Mientras tanto, decidme: ¿cómo os habéis puesto en contacto con él? ¿Quién os ha presentado?

—Nadie; él es quien se ha hecho presentar a nosotros ayer noche, después de haberme separado de vos.

—¿Por qué intermediario?

—¡Oh! ¡Dios mío! Por el muy prosaico intermediario de nuestro huésped.

—¿Vive, pues, ese señor en la fonda de Londres, como vos?

—No solamente vive en la misma fonda, sino en el mismo piso.

—¿Cuál es su nombre? Porque sin duda lo conocéis.

—Perfectamente; el conde de Montecristo.

—¿Qué nombre es ése? No será un nombre de familia.

—No; es el nombre de una isla que ha comprado.

—¿Y el conde?

—Conde toscano.

—Sufriremos al fin a ése como a los demás —respondió la condesa, que era de una de las más antiguas familias de los alrededores de Venecia—. ¿Qué clase de hombre es?

—Preguntad al vizconde de Morcef.

—Ya le oís, caballero, me remiten a vos —dijo la condesa.

—Haríamos muy mal si no le juzgásemos encantador, señora —respondió Alberto—. Un amigo de diez años no hubiera hecho por nosotros lo que él, y esto con una gracia, con una delicadeza, una amabilidad, que revela verdaderamente a un hombre de mundo.

—Vamos —dijo la condesa riendo—, veréis cómo mi vampiro será sencillamente un millonario que quiere gastar sus millones. Y a ella, ¿la habéis visto?

—¿A quién? —preguntó Franz sonriendo.

—A la graciosa griega de ayer.

—No. Nos pareció, sí, haber oído el sonido de su guzla, mas ella permaneció invisible.

—Así, pues, cuando decís invisible, mi querido Franz —dijo Alberto—, es con el fin de hacerla más misteriosa. ¿Quién creéis que era aquel dominó azul que estaba en el balcón colgado de damasco blanco, en el palacio de Rospoli?

—¡Pues qué! ¿El conde tenía tres balcones en el palacio Rospoli?

—¡Sí! ¿Habéis pasado por la calle del Corso?

—Desde luego. ¿Quién es el que hoy no ha pasado por la calle del Corso?

—¿No visteis entonces tres balcones, y uno de ellos colgado de damasco blanco, con una cruz roja? Pues ésos eran los tres balcones del conde.

—¿Es que ese hombre es algún nabab? ¿Sabéis lo que cuestan tres balcones como ésos durante ocho días de Carnaval, y en el palacio Rospoli, es decir, en el mejor sitio del Corso?

—Doscientos o trescientos escudos romanos.

—Decid más bien dos o tres mil.

—¡Diantre!

—¿Es acaso su isla la que produce tanto?

—Su isla no produce ni un solo bejuco.

—¿Por qué la ha comprado entonces?

—Por capricho.

—Es un hombre original.

—Lo cierto es —dijo Alberto—, que me ha parecido bastante excéntrico. Si habitase en París, si frecuentase nuestros teatros, os diría que es un pobre diablo a quien la literatura moderna ha trastornado la cabeza. En verdad, me ha dado syer dos o tres golpes dignos de Didier o de Antoni.

En este momento entró una visita, y, según la costumbre, Alberto cedió su lugar al recién llegado. Esta circunstancia, además de mudar de lugar, hizo también que la conversación tomase otro giro. Una hora después, los dos amigos volvieron a entrar en la fonda.

Maese Pastrini estaba ya ocupado en sus disfraces para el día siguiente, y les prometió que quedarían satisfechos de su inteligente actividad.

En efecto, al día siguiente, a las nueve, entró en el cuarto de Franz, acompañado de un sastre cargado con ocho o diez clases de vestidos de aldeanos romanos.

Los dos amigos escogieron dos trajes parecidos que casi se ajustaban a su cuerpo, encargaron a su huésped que les pusiese unas veinte cintas en cada uno de sus sombreros y que les procurase dos de esas fajas de seda, de listas transversales y colores vivos, con la cuales los hombres del pueblo, en los días de fiesta, tienen la costumbre de ceñir su cintura.

Alberto se hallaba impaciente por ver cómo le estaría su improvisado vestido, el cual se componía de una chaqueta y unos calzones de terciopelo azul, medias con cuchillas bordadas, zapatos con hebillas y un chaleco de seda.

El joven, pues, no podía menos de ganar con ese traje tan pintoresco, y cuando su cinturón hubo oprimido su elegante talle, cuando su sombrero, ligeramente ladeado, dejó caer sobre su hombro una infinidad de cintas, Franz se vio obligado a confesar que el traje influye mucho para la superioridad física en ciertas poblaciones. Los turcos, tan pintorescos antes con sus largos trajes de vivos colores, ¿no están ahora horribles con sus levitas azules abotonadas y los gorros griegos, que parecen botellas de vino con tapón encarnado? Franz felicitó a Alberto, que, en pie delante del espejo, se sonreía con aire de satisfacción, que nada tenía de equívoco. En este momento entró el conde de Montecristo.

—Señores —les dijo—, como por agradable que sea la compañía en las diversiones, la libertad lo es más aún, vengo a comunicaros que por hoy y los días siguientes dejo a vuestra disposición el carruaje de que os habéis servido ayer. Nuestro huésped ha debido deciros que tenía tres o cuatro en sus cuadras. No os privéis, pues, de ir en carruaje; usad de él libremente para ir a divertiros o a vuestros asuntos. Nuestra cita, si algo tenemos que decirnos, será en el palacio Rospoli.

Los dos jóvenes quisieron hacer algunas observaciones, pero verdaderamente no tenían motivos para rehusar una oferta que, por otra parte, les era agradable. Concluyeron por aceptar.

El conde de Montecristo permaneció un cuarto de hora con ellos, hablando de todo con una facilidad extremada. Estaba, como ya se habrá podido notar, muy al corriente de la literatura de todos los países. Una ojeada que arrojó sobre las paredes de su cuarto había probado a Franz y a Alberto que era aficionado a los cuadros. Algunas palabras que pronunció al pasar, les probó que no le eran extrañas las ciencias; sobre todo, parecía haberse ocupado particularmente de la química.

Los dos amigos no tenían la pretensión de devolver al conde el almuerzo que él les había ofrecido. Hubiera sido una necedad ofrecerle, en cambio de su excelente mesa, la comida muy mediana de maese Pastrini. Se lo dijeron francamente y él recibió sus excusas como hombre que apreciaba su delicadeza.

Alberto estaba encantado de los modales del conde, al que, sin su ciencia, hubiera tenido por un caballero. La libertad de disponer enteramente del carruaje le llenaba, sobre todo, de alegría. Tenía ya sus miras acerca de aquellas graciosas aldeanas y como se habían presentado la víspera en un carruaje muy elegante, no le desagradaba aparecer en este punto con igualdad.

A la una y media los dos jóvenes bajaron, el cochero y los

lacayos habían imaginado poner sus libreas sobre pieles de animales, lo cual les formaba un cuerpo aún más, grotesco que el día anterior, y esto también les valió el que Alberto y Franz les alabasen por aquella invención.

Alberto había colocado sentimentalmente su ramillete de violetas ajadas en su ojal.

Al primer toque de la campana partieron y se precipitaron a la calle del Corso por la vía Vittoria. A la segunda vuelta, un ramillete de violetas que salió de un grupo de colombinas y que vino a caer sobre el carruaje del conde, indicó a Alberto, que como él y su amigo, las aldeanas de la víspera habían cambiado de traje y que, sea por casualidad, sea por un sentimiento semejante al que le había hecho obrar, mientras que él había vestido elegantemente su traje, ellas, por su parte, habían vestido el suyo.

Alberto se puso el ramillete fresco en el lugar del otro, pero guardó el ajado en su mano, y cuando cruzó de nuevo el carruaje lo llevó amorosamente a sus labios, acción que pareció divertir mucho, no solamente a la que se lo había arrojado, sino a sus locas compañeras. El día fue no menos animado que el anterior; es probable que un profundo observador hubiese reconocido cierto aumento de bullicio y alegría.

Un instante vieron al conde en su balcón, pero cuando el carruaje volvió a pasar, había ya desaparecido.

Inútil es decir que el flirteo entre Alberto y la colombina de los ramilletes de violetas, duró todo el día.

Por la noche, al entrar Franz, encontró una carta de la embajada; le anunciaba que tendría el honor de ser recibido al día siguiente por Su Santidad.

En todos los viajes que antes había hecho a Roma había solicitado y obtenido el mismo favor, y tanto por religión como por reconocimiento, no había querido salir de la capital del mundo cristiano sin rendir su respetuoso homenaje a los pies de uno de los sucesores de San Pedro, que ha dado el raro ejemplo de todas las virtudes. Por consiguiente, este día no había que pensar en el Carnaval, pues a pe—sar de la bondad con que rodea su grandeza, siempre es con un respeto lleno de profunda emoción como se dispone uno a inclinarse ante ese noble y santo anciano a quien llaman Gregorio XVI.

Al salir del Vaticano, Franz volvió directamente a la fonda, evitando el pasar por la calle del Corso. Llevaba un tesoro de piadosos sentimientos, para los cuales el contacto de los locos goces de la mascarada hubiese sido una profanación.

A las cinco y diez minutos Alberto entró. Estaba radiante de alegría; la colombina había vuelto a ponerse su traje de aldeana, y al cruzar con el carruaje de Alberto había levantado su máscara; era encantadora.

Franz dio a Alberto la más sincera enhorabuena, y éste la recibió como hombre que la merecía.

Había conocido —decía—, por ciertos detalles inimitables de elegancia, que su bella desconocida debía pertenecer a la más alta aristocracia.

Estaba decidido a escribirle al día siguiente. Al recibir estas muestras de confianza, Franz notó que Alberto parecía tener que pedirle alguna cosa, y que, sin embargo, vacilaba en dirigirle esta demanda.

Insistió, declarando de antemano que estaba pronto a hacer por su dicha todos los sacrificios que estuviesen en su poder. Alberto se hizo rogar todo el tiempo que exigía una política amistosa, pero, al fin, confesó a Franz que le haría un gran servicio si le dejase para el día siguiente el carruaje a él solo.

Alberto atribuía a la ausencia de su amigo la extremada bondad que había tenido la bella aldeana de levantar su máscara. Fácil es de comprender que Franz no era tan egoísta que detuviese a Alberto en medio de una aventura que prometía a la vez ser tan agradable para su curiosidad y tan lisonjera para su amor propio. Conocía bastante la perfecta indiscreción de su amigo, para estar seguro de que le tendría al corriente de los menores detalles de su aventura, y como después de dos largos años que corría Italia en todos sentidos, jamás había tenido ocasión de meterse en una intriga semejante, por su cuenta, Franz no estaba disgustado de saber cómo pasarían las cosas en semejante caso.

Prometió, pues, a Alberto que se contentaría al día siguiente con mirar el espectáculo desde los balcones del palacio Rospoli. Efectivamente, al día siguiente vio pasar y volver a pasar a Alberto. Llevaba un enorme ramillete al que sin duda había encargado fuese portador de su epístola amorosa. Esta probabilidad se cambió en certidumbre, cuando Franz vio el mismo ramillete, notable por un círculo de camelias blancas, entre las manos de una encantadora colombina, vestida de satén color de rosa. Así, pues, aquella noche no era alegría, era delirio.

Alberto no dudaba de que su bella desconocida le correspondiese del mismo modo. Franz le ayudó en sus deseos, diciéndole que todo aquel ruido le fatigaba, y que estaba decidido a emplear el día siguiente en revisar su álbum y en tomar algunas notas. Por otra parte, Alberto no se había engañado en sus previsiones; al día siguiente, por la noche, Franz le vio entrar dando saltos en su cuarto y ostentando triunfalmente en una mano un pedazo de papel que sostenía por una de sus esquinas.

—¡Y bien! —dijo— ¿Me había engañado?

—¡Ha respondido! —exclamó Franz.

—Leed.

Esta palabra fue pronunciada con una entonación imposible de describir. Franz tomó el billete y leyó:

El martes por la noche, a las siete, bajad de vuestro carruaje, enfrente de la vía Pontefici, y seguid a la aldeana romana que os arranque vuestro moccoletto.

Cuando lleguéis al primer escalón de la iglesia de San Giacomo, procurad, para que pueda reconoceros, atar una cinta de color de rosa en el hombro de vuestro traje de payaso. Hasta entonces no me volveréis a ver.

Constancia y discreción.

—¡Y bien! —dijo a Franz cuando éste hubo terminado la lectura—, ¿qué pensáis de esto, mi querido amigo?

—Pienso —respondió Franz— que la cosa toma el aspecto de una aventura muy agradable.

—Esa es también mi opinión —dijo Alberto—, y tengo miedo de que vayáis solo al baile del duque de Bracciano.

Franz y Alberto habían recibido por la mañana, cada uno, una invitación del célebre banquero romano.

—Cuidado, mi querido Alberto —dijo Franz—, toda la aristocracia irá a casa del duque, y si vuestra bella desconocida es verdaderamente aristocrática, no podrá dejar de ir.

—Que vaya o no, sostengo mi opinión acerca de ella —continuó Alberto—. Habéis leído el billete, ya sabéis la poca educación que reciben en Italia las mujeres del Mexxo sito (así llaman a la clase media), pues bien, volved a leer este billete, examinad la letra y buscadme una falta de idioma o de ortografía.

En efecto, la letra era preciosa y la ortografía purísima.

—Estáis predestinado —dijo Franz a Alberto, devolviéndole por segunda vez el billete.

—Reíd cuanto queráis, burlaos —respondió Alberto—, estoy enamorado.

—¡Oh! ¡Dios mío! Me espantáis —exclamó Franz—, y veo que no solamente iré solo al baile del duque de Bracciano, sino que podré volver solo a Florencia.

—El caso es que si mi desconocida es tan amable como bella, os declaro que me quedo en Roma por seis semanas como mínimo. Adoro a Roma, y por otra parte, siempre he tenido afición a la arqueología.

—Vamos, un encuentro o dos como ése, y no desespero de veros miembro de la Academia de las Inscripciones y de las Bellas Letras.

Sin duda Alberto iba a discutir seriamente sus derechos al sillón académico, pero vinieron a anunciar a los dos amigos que estaban servidos.

Ahora bien, el amor en Alberto no era contrario al apetito.

Se apresuró, pues, así como su amigo, a sentarse a la mesa, prometiendo proseguir la discusión después de comer.

Pero luego anunciaron al conde de Montecristo.

Hacía dos días que los jóvenes no le habían visto. Un asunto, había dicho Pastrini, le llamó a Civitavecchia.

Había partido la víspera por la noche y había regresado sólo hacía una hora.

El conde estuvo amabilísimo, sea que se abstuviese, sea que la ocasión no despertase en él las fibras acrimoniosas que ciertas circunstancias habían hecho resonar dos o tres veces en sus amargas palabras, estuvo casi como todo el mundo. Este hombre era para Franz un verdadero enigma.

El conde no podía ya dudar de que el joven viajero le hubiese reconocido y, sin embargo, ni una sola palabra desde su nuevo encuentro parecía indicar que se acordase de haberle visto en otro punto. Por su parte, por mucho que Franz deseara hacer alusión a su primera entrevista, el temor de ser desagradable a un hombre que le había colmado, tanto a él como a su amigo, de bondades, le detenía.

El conde sabía que los dos amigos habían querido tomar un palco en el teatro Argentino, y que les habían respondido que todo estaba ocupado; de consiguiente, les llevaba la llave del suyo; a lo menos éste era el motivo aparente de su visita. Franz y Alberto opusieron algunas dificultades, alegando el temor de que él se privase de asistir. Pero el conde les respondió que como iba aquella noche al teatro Vallé, su palco del teatro Argentino quedaría desocupado si ellos no lo aprovechaban. Esta razón determinó a los dos amigos a aceptar. Franz se había acostumbrado poco a poco a aquella palidez del conde, que tanto le admirara la primera vez que le vio. No podía menos de hacer justicia a la belleza de aquella cabeza severa, de la cual aquella palidez era el único defecto o tal vez la principal cualidad.

Verdadero héroe de Byron, Franz no podía, no diremos verle, ni aun pensar en él, sin que se'presentase aquel rostro sobre los hombros de Manfredo, o bajo la toga de Lara. Tenía esa arruga en la frente que indica la incesante presencia de algún amargo pensamiento; tenía esos ojos ardientes que leen en lo más profundo de las almas; tenía ese labio altanero y burlón que da a las palabras que salen por él un carácter singular que hacen se graben profundamente en la memoria de los que las escuchan.

El conde no era joven. Tendría por lo menos cuarenta años y parecía haber sido formado para ejercer siempre cierto dominio sobre los jóvenes con quienes se reuniese.

La verdad es que, por semejanza con los héroes fantásticos del poeta inglés, el conde parecía tener el don de la fascinación. Alberto no cesaba de hablar de lo afortunados que habían sido él y Franz en encontrar a semejante hombre. Franz era menos entusiasta; no obstante, sufría la influencia que ejerce todo hombre superior sobre el espíritu de los que le rodean. Pensaba en aquel proyecto, que había manifestado varias veces el conde, de ir a París, y no dudaba que con su carácter excéntrico, su rostro caracterizado y su fortuna colosal, el conde produjese gran efecto. Sin embargo, no tenía deseos de hallarse en París cuando él fuese.

La noche pasó como pasan las noches, por lo regular, en el

teatro de Italia, no en escuchar a los cantantes, sino en hacer visitas o hablar. La condesa G... quería hacer girar la conversación acerca del conde, pero Franz le anunció que tenía que revelarle un acontecimiento muy notable, y a pesar de las demostraciones de falsa modestia a que se entregó Alberto, contó a la condesa el gran acontecimiento que hacía tres días formaba el objeto de la preocupación de los dos amigos.

Dado que estas intrigas no son raras en Italia, a lo menos, si se ha de creer a los viajeros, la condesa lo creyó y felicitó a Alberto por el principio de una aventura que prometía terminar de modo tan satisfactorio.

Se separaron prometiéndose encontrarse en el baile del duque de Bracciano, al cual Roma entera estaba invitada. Pero llegó el martes, el último y el más ruidoso de los días de Carnaval.

El martes los teatros se abren a las diez de la mañana, porque pasadas las ocho de la noche entra la Cuaresma. El martes todos los que por falta de tiempo, de dinero o de entusiasmo no han tomado aún parte en las fiestas precedentes, se mezclan en la bacanal, se dejan arrastrar por la orgía y unen su parte de ruido y de movimiento al movimiento y al ruido general.

Desde las dos hasta las cinco, Franz y Alberto siguieron la fila, cambiando puñados de dulces con los carruajes de la fila opuesta y los que iban a pie, que circulaban entre los caballos y las carrozas, sin que sucediese en medio de esta espantosa mezcla un solo accidente, una sola disputa, un solo reto. Los italianos son el pueblo por excelencia, y en este aspecto las fiestas son para ellos verdaderas fiestas. El autor de esta historia, que ha vivido en Italia, por espacio de cinco o seis años, no recuerda haber visto nunca una solemnidad turbada por uno solo de esos acontecimientos que sirven siempre de corolario a los nuestros.

Alberto triunfaba con su traje de payaso. Tenía sobre el hombro un lazo, de cinta de color de rosa, cuyas puntas le colgaban bastante, para que no le confundieran con Franz. Este había conservado su traje de aldeano romano.

Mientras más avanzaba el día, mayor se hacía el tumulto. No había en todas las calles, en todos los carruajes, en todos los balcones, una sola boca que estuviese muda, un brazo que estuviera quieto, era verdaderamente una tempestad humana compuesta de un trueno de gritos, y de una granizada de grageas, de ramilletes, de huevos, de naranjas y de flores.

A las tres, el ruido de las cajas sonando a la vez en la plaza del Popolo, y en el palacio de Venecia, atravesando aquel horrible tumulto, anunció que iban a comenzar las carreras. Las carreras, cómo los moccoli, son unos episodios particulares de los últimos días de Carnaval. Al ruido de aquellas cajas, los carruajes rompieron al instante las filas y se refugiaron en la calle transversal más cercana. Todas estas evoluciones se hacen, por otra parte, con una habilidad inconcebible y una rapidez maravillosa, y esto sin que la policía se ocupe de señalar a cada uno su puesto, o de trazar a cada uno su camino.

Las gentes que iban a pie se refugiaron en los portales o se arrimaron a las paredes, y al punto se oyó un gran ruido de caballos y de sables.

Un escuadrón de carabineros a quince de frente, recorría al galope y en todo su ancho la calle del Corso, la cual barría para dejar sitio a los barberi. Cuando el escuadrón llegó al palacio de Venecia, el estrépito de nuevos disparos de cohetes anunció que la calle había quedado expedita.

Casi al mismo tiempo, en medio de un clamor inmenso, universal, inexplicable, pasaron como sombras siete a ocho caballos excitados por los gritos de trescientas mil personas y por las bolas de hierro que les saltan sobre la espalda. Unos instantes más tarde, el cañón del castillo de San Angelo disparó tres cañonazos, para anunciar que el número tres había sido el vencedor.

Inmediatamente, sin otra señal que ésta, los carruajes se volvieron a poner en movimiento, llenando de nuevo el Corso, desembocando por todas las bocacalles como torrentes contenidos do instante, y que se lanzan juntos hacia el río que alimentan, y la ola inmensa de cabezas volvió a proseguir más rápida que antes su carrera entre los dos ríos de granito. Pero un nuevo elemento de ruido y de animación se había mezclado aún a esta multitud, porque acababan de entrar en la escena los vendedores de moccoli.

Los moccoli o moccoletti son bujías que varían de grueso, desde el cirio pascual hasta el cabo de la vela, y que recuerdan a los actores de esta gran escena que pone fin al Carnaval romano, suscitando dos preocupaciones opuestas, cuales son, primero la de conservar encendido su moccoletto, y después la de apagar el moccoletto de los demás.

Con el moccoletto sucede lo que con la vida. Es verdad que el hombre no ha encontrado hasta ahora más que un medio de transmitirla y este medio se lo ha dado Dios, pero, en cambio ha descubierto mil medios para quitarla, aunque también es verdad que para tal operación el diablo le ha ayudado un poco.

El moccoletto se enciende acercándolo a una luz cualquiera. Pero ¿quién será capaz de describir los mil medios que para apagarlo se han inventado? ¿Quién podría describir los fuelles monstruos, los estornudos de prueba, los apagadores gigantescos, los abanicos sobrehumanos que se ponen en práctica? Cada cual se apresuró a comprar y encender moccoletto y lo propio hicieron Franz y Alberto.

La noche se acercaba rápidamente, y ya al grito de ¡Moccoli! repetido por las estridentes voces de un millar de industriales, dos o tres estrellas empezaron a brillar encima de la turba. Esto fue lo suficiente para que antes de que transcurrieran diez minutos, cincuenta mil luces brillasen descendiendo del palacio de Venecia a la plaza del Popolo y volviendo a subir de la plaza del Popolo al palacio de Venecia. Hubiérase dicho que aquella era una fiesta de fuegos fatuos, y tan sólo viéndolo es como uno se puede formar una idea de aquel maravilloso espectáculo.

Imaginemos que todas las estrellas se destacan del cielo y vienen a mezclarse en la tierra a un baile insensato. Todo acompañado de gritos, cual nunca oídos humanos han percibido sobre el resto de la superficie del globo.

En este momento sobre todo, es cuando desaparecen las diferencias sociales. El facchino se une al príncipe, el príncipe al transteverino, el transteverino al hombre de la clase media, cada cual soplando, apagando, encendiendo. Si el viejo Eolo apareciese en este momento sería proclamado rey de los moccoli, y Aquilón, heredero presunto de la corona.

Esta escena loca y bulliciosa suele durar unas dos horas; la calle del Corso estaba iluminada como si fuese de día; distinguíanse las facciones de los espectadores hasta el tercero o cuarto piso. De cinco en cinco minutos Alberto sacaba su reloj; al fin éste señaló las siete. Los dos amigos se hallaban justamente a la altura de la Vía Pontifici; Alberto saltó del carruaje con su moccoletto en la mano.

Dos o tres máscaras quisieron acercarse a él para arrancárselo o apagárselo, pero, a fuer de hábil luchador, Alberto las envió a rodar una tras otra a diez pasos de distancia y prosiguió su camino hacia la iglesia de San Giacomo. Las gradas estaban atestadas de curiosos y de máscaras que luchaban sobre quién se arrancaría de las manos la luz. Franz seguía con los ojos a Alberto, y le vio poner el pie sobre el primer escalón. Casi al mismo tiempo, una máscara con el traje bien conocido de la aldeana del ramillete, extendiendo el brazo, y sin que esta vez hiciese él ninguna resistencia, le arrancó el moccoletto.

Franz se encontraba muy lejos para escuchar las palabras que cambiaron, pero sin duda nada tuvieron de hostil, porque vio alejarse a Alberto y a la aldeana cogidos amigablemente del brazo. Por espacio de algún tiempo los siguió con la vista en medio de la multitud, pero en la Vía Macello los perdió de vista.

De pronto, el sonido de la campana que da la señal de la conclusión del Carnaval sonó, y al mismo instante todos los moccoli se apagaron como por encanto.

Habríase dicho que un solo a inmenso soplo de viento los había aniquilado. Franz se encontró en la oscuridad más profunda.

Con el mismo toque de campana cesaron los gritos, como si el poderoso soplo que había apagado las luces hubiese apagado también el bullicio, y ya nada más se oyó que el ruido de las carrozas que conducían a las máscaras a su casa, ya nada más se vio que las escasas luces que brillaban detrás de los balcones. El Carnaval había terminado.

XV: LAS CATACUMBAS DE SAN SEBASTIÁN

Ningún otro momento de su vida había sido para Franz tan impresionable, tan vivo, como el paso rápido que de la alegría a la tristeza sintió en aquel instante. Hubiérase dicho que Roma, bajo el soplo mágico de algún demonio nocturno, acababa de cambiarse en una vasta tumba. Por una casualidad que aumentaba aún las tinieblas, la luna se encontraba en su cuarto menguante, no debía salir hasta las doce de la noche. Las calles que el joven atravesaba estaban sumergidas en la mayor oscuridad, pero como el trayecto era corto, al cabo de diez minutos su carruaje, o más bien el del conde, se detuvo delante de la fonda de Londres.

La comida estaba preparada, pero como Alberto había avisado que no le esperasen, Franz se sentó solo a la mesa. Maese Pastrini, que acostumbraba verlos comer juntos, se informó de la causa de su ausencia, pero Franz limitóse a responder que Alberto había recibido una invitación, a la cual había acudido.

La súbita extinción de los moccoletti, aquella oscuridad que había reemplazado a la luz, aquel silencio que había sucedido al ruido, habían dejado en el espíritu de Franz cierta tristeza que participaba también de alguna inquietud. Comió, pues, sin decir una palabra, a pesar de la oficiosa solicitud— de su posadero, que entró dos o tres veces para informarse de si tenía necesidad de algo.

Franz estaba resuelto a esperar a Alberto hasta bastante tarde. Pidió, pues, el carruaje para las once, rogando a maese Pastrini que le avisase al instante mismo en que volviese Alberto, pero transcurrieron las horas una tras otra, y al dar las once Alberto no había llegado aún. Franz se vistió y partió, avisando a su posadero de que pasaría la noche en casa del duque de Bracciano.

La casa del duque de Bracciano es una de las mejores de Roma; su esposa, una de las últimas herederas de los Colonna, hace los honores de ella de una manera perfecta, y de esto resulta que las fiestas que da tienen una celebridad europea.

Franz y Alberto habían llegado a Roma con cartas de recomendación para él; así, pues, su primera pregunta fue interrogar a Franz qué había sido de su compañero de viaje. Franz le respondió que se había separado de él en el momento de apagar los moccoletti, y le había perdido de vista en la Vía Macello.

—¿Entonces no habrá vuelto? —preguntó el duque.

—Hasta ahora le he estado aguardando —respondió Franz.

—¿Y sabéis dónde iba?

—No, exactamente. Sin embargo, creo que se trataba de una cita.

—¡Diablo! —dijo el duque—. Mal día es éste o mala noche para tardar de ese modo, ¿verdad, señora condesa?

Estas últimas palabras se dirigían a la condesa de G..., que acababa de llegar y que se paseaba apoyada en el brazo del señor de Torlonia, hermano del duque.

—Creo, por el contrario, que es una noche encantadora —respondió la condesa—, y los que están aquí no se quejarán más que de una cosa; de que pasará demasiado pronto.

—Pero —replicó el duque, sonriendo—, yo no hablo de las personas que están aquí, porque de ellas no corren más peligro los hombres que el de enamorarse de vos, y las mujeres que el de caer enfermas de celos al contemplar vuestra hermosura. Hablo de los que recorren las calles de Roma.

—¡Oh! —preguntó la condesa—. ¿Y quién recorre las calles de Roma a esta hora, como no sea para venir a este baile?

—Nuestro amigo, el vizconde de Morcef, señora condesa, de quien me separé dejándole con su desconocida hacia las siete de la noche —dijo Franz——, y a quien no he visto después.

—¡Qué! ¿Y no sabéis dónde está?

—Ni lo sospecho.

—¿Y tiene armas?

—¿Cómo iba a tenerlas, si estaba disfrazado?

—No deberíais haberle dejado ir ——dijo el duque a Franz—, vos que conocéis mejor a Roma.

—Sí, sí, lo mismo hubiera adelantado que si hubiese intentado detener al número tres de los barberi que ha ganado hoy el premio de la carrera —respondió Franz—; además, ¿qué queréis que le ocurra?

—¡Quién sabe! La noche está sombría, y el Tíber está cerca de la Via Marcello.

Franz estremecióse al ver que el duque y la condesa estaban tan acordes en sus inquietudes personales.

—También he dejado dicho en la fonda que tenía el honor de pasar la noche en vuestra casa, señor duque —dijo Franz—, y deben venir a anunciarme su vuelta.

—Mirad —dijo el duque—, creo que allí viene buscándoos uno de mis criados.

El duque no se engañaba. Al ver a Franz, el criado se acercó a él.

—Excelencia —dijo—, el dueño de la fonda de Londres os manda avisar que un hombre os espera en su casa con una carta del vizconde de Morcef.

—¡Con una carta del vizconde! —exclamó Franz.

—Sí.

—¿Y quién es ese hombre?

—No lo sé.

—¿Por qué no ha venido a traerla aquí?

—El mensajero no ha dado ninguna explicación.

—¿Y dónde está el mensajero?

—En cuanto me vio entrar en el salón del baile para avisaros, se marchó.

—¡Oh, Dios mío! —dijo la condesa a Franz——. Id pronto, ¡pobre joven! Tal vez le habrá sucedido alguna desgracia.

—Voy volando —dijo Franz.

—¿Os volveremos a ver para saber de él? —preguntó la condesa.

—Sí, si la cosa no es grave; si no, no respondo de lo que será de mí mismo.

—En todo caso, prudencia —dijo la condesa.

—Descuidad.

Franz tomó el sombrero y partió inmediatamente. Había mandado venir su carruaje a las dos, pero por fortuna el palacio Bracciano, que da por un lado a la calle del Corso, y por otro a la plaza de los Santos Apóstoles, está a diez minutos de la fonda de Londres. Al acercarse a ésta, Franz vio un hombre en pie en medio de la calle, y no dudó un solo instante de que era el mensajero de Alberto. Se dirigió a él, pero con gran asombro de Franz, el desconocido fue quien primero le dirigió la palabra.

—¿Qué me queréis, excelencia? —dijo, dando un paso atrás como un hombre que desea estar siempre en guardia.

—¿No sois vos —preguntó Franz— quien me trae una carta del vizconde de Morcef?

—¿Es vuestra excelencia quien vive en la fonda de Pastrini?

—Sí.

—¿Es vuestra excelencia el compañero de viaje del vizconde?

—Sí.

—¿Cómo se llama vuestra excelencia?

—El barón Franz d'Epinay.

—Muy bien; entonces es a vuestra excelencia a quien va

dirigida esta carta.

—¿Exige respuesta? —preguntó Franz, tomándole la carta de las manos.

—Sí; al menos, vuestro amigo la espera.

—Subid a mi habitación; allí os la daré.

—Prefiero esperar aquí —dijo riéndose el mensajero.

—¿Por qué?

—Vuestra excelencia lo comprenderá cuando haya leído la carta.

—¿Entonces os encontraré aquí mismo?

—Sin duda alguna.

Franz entró; en la escalera encontró a maese Pastrini.

—¡Y bien! —le preguntó.

—Y bien, ¿qué? —le respondió Franz.

—¿Visteis al hombre que desea hablaros de parte de vuestro amigo? —le preguntó a Franz.

—Sí; le vi —respondió éste—, y me entregó esta carta. Haced que traigan una luz a mi cuarto.

El posadero transmitió esta orden a un criado.

El joven había encontrado a maese Pastrini muy asustado, y esto había aumentado naturalmente su deseo de leer la carta. Acercóse a la bujía, así que estuvo encendida, y desdobló el papel. La misiva estaba escrita de mano de Alberto, firmada por él mismo, y Franz la leyó dos o tres veces una tras otra, tan lejos estaba de esperar su contenido.

He aquí lo que decía:

Querido amigo: En el mismo instante que recibáis la presente, tened la bondad de tomar mi cartera, que hallaréis en el cajón cuadrado del escritorio; la letra de crédito, unidla a la vuestra. Si ello no basta, corred a casa de Torlonia, tomad inmediatamente cuatro mil piastras y entregadlas al portador. Es urgente que esta suma me sea dirigida sin tardanxa. No quiero encareceros más la puntualidad, porque cuento con vuestra eficacia, como en caso igual podríais contar con la mía.

P. D. I believe now lo be Italian banditti.

Vuestro amigo,

Alberto de Morcef

Debajo de estos renglones había escritas, con una letra extraña, estas palabras italianas:

Se alle sei della mattina, le quattro mille piastre non sono nelle mie mani, alle sette il conte Alberto avrà cessato di vivere.

Luigi Vampa

Esta segunda firma fue para Franz sumamente elocuente, y entonces comprendió la repugnancia del mensajero en subir a su cuarto. La calle le parecía más segura. Alberto había caído en manos del famoso jefe de bandidos cuya existencia tan fabulosa le había parecido.

No había tiempo que perder. Corrió al escritorio, lo abrió, halló en el cajón indicado la consabida cartera, y en ella la carta de crédito que era de valor de seis mil piastras, pero a cuenta de la cual Alberto había ya tornado y gastado la mitad, es decir, tres mil. Por lo que a Franz se refiere, no tenía ninguna letra de crédito. Como vivía en Florencia y había venido a Roma para pasar en ella siete a ocho días solamente, había tornado unos cien luises, y de esos cien luises le quedaban cincuenta a lo sumo. Necesitaba, de consiguiente, siete a ochocientas piastras para que entre los dos pudiesen reunir la soma pedida. Es verdad que Franz podía montar en un caso semejante con la bondad del señor Torlonia. Así, pues, se disponía a volver al palacio Bracciano sin perder un instante, cuando de súbito una idea cruzó por su imaginación.

Pensó en el conde de Montecristo.

Franz iba a dar la orden de que avisasen a maese Pastrini, cuando éste en persona se presentó a la puerta.

—Querido señor Pastrini —le dijo ansiosamente—, ¿creéis que el conde esté en su cuarto?

—Sí, excelencia, acaba de entrar.

—¿Habrá tenido tiempo de acostarse?

—Lo dudo.

—Llamad entonces a su puerta, y pedidle en mi nombre permiso para presentarme en su habitación.

Maese Pastrini se apresuró a seguir las instrucciones que le daban. Cinco minutos después estaba de vuelta.

—El conde está esperando a vuestra excelencia —dijo.

Franz atravesó el corredor, y un criado le introdujo en la

habitación del conde. Hallábase en un pequeño gabinete que Franz no había visto aún, y que estaba rodeado de divanes. El mismo conde le salió al encuentro.

—¡Oh! ¿A qué debo el honor de esta visita? —le preguntó—. ¿Vendríais a cenar conmigo? Si así fuera, me complacería en extremo vuestra franqueza.

—No; vengo a hablaros de un grave asunto.

—¡De un asunto! —dijo el conde mirando a Franz con la fijeza y atención que le eran habituales—. ¿Y de qué asunto?

—¿Estamos solos?

El conde se dirigió a la puerta y volvió.

—Completamente —dijo.

Franz le mostró la carta de Alberto.

—Leed —le dijo.

El conde leyó la carta.

—¡Ya, ya! —exclamó cuando hubo terminado la lectura.

—¿Habéis leído la posdata?

—Sí, la he leído también.

Se alle sei della mattina le quattro mille piastre non sono nelle mie mani, alle sette il conte Alberto avrà cessato di vivere.

Luigi Vampa

—¿Qué decís a esto? —preguntó Franz.

—¿Tenéis la suma que os pide?

—Sí; menos ochocientas piastras.

El conde se dirigió a su gaveta, la abrió, y tiró de un cajón lleno de oro que se abrió por medio de un resorte.

—Espero —dijo a Franz—, que no me haréis la injuria de dirigiros a otro que a mí.

—Bien veis —dijo éste— que a vos me he dirigido primero que a otro.

—Lo que os agradezco mucho. Tomad.

E hizo señas a Franz de que tomase del cajón cuanto necesitase.

—¿Es necesario enviar esta suma a Luigi Vampa? —preguntó el joven, mirando a su vez fijamente al conde.

—¿Que si es preciso? Juzgadlo vos mismo por la postdata, que ni puede ser más concisa ni más terminante.

—Creo que vos podríais hallar algún medio que simplificase mucho el negocio —dijo Franz.

—¿Y cuál? —preguntó el conde, asombrado.

—Por ejemplo, si fuésemos a ver a Luigi Vampa juntos, estoy persuadido de que no os rehusaría la libertad de Alberto.

—¿A mí? ¿Y qué influencia queréis que tenga yo sobre ese bandido?

—¿No acabáis de hacerle uno de esos servicios que jamás pueden olvidarse?

—¿Cuál?

—¿No acabáis de salvar la vida a Pepino?

—¡Ah, ah! —dijo el conde—. ¿Quién os ha dicho eso?

—¿Qué importa, si lo sé?

El conde permaneció un instante silencioso y con las cejas fruncidas.

—Y si yo fuese a ver a Vampa, ¿me acompañaríais?

—Si no os fuese desagradable mi compañía, ¿por qué no?

—Pues bien; vámonos al instante. El tiempo es hermoso, y un paseo por el campo de Roma no puede menos de aprovecharnos.

—¿Llevaremos armas?

—¿Para qué?

—¿Dinero?

—Es en vano. ¿Dónde está el hombre que os ha traído este billete?

—En la calle.

—¿En la calle?

—Sí.

—Voy a llamarle, porque preciso será que averigüemos hacia dónde hemos de dirigirnos.

—Podéis ahorraros este trabajo, pues por más que se lo dije, no ha querido subir.

—Si yo le llamo, veréis como no opone dificultad.

El conde se asomó a la ventana del gabinete que caía a la calle, y emitió cierto silbido peculiar. El hombre de la capa se separó de la pared y se plantó en medio de la calle.

—¡Salite! —dijo el conde con el mismo tono que si hubiera dado una orden a su criado.

El mensajero obedeció sin vacilar, más bien con prisa, y subiendo la escalera, entró en la fonda; cinco minutos después estaba a la puerta del gabinete.

—¡Ah! ¿Eres tú, Pepino? —dijo el conde.

Pero Pepino, en lugar de responder, se postró de hinojos, cogió una mano del conde y la aplicó a sus labios repetidas veces.

—¡Ah, ah! —dijo el conde—, ¡aún no has olvidado que lo he salvado la vida! Eso es extraño, porque hace ya ocho días.

—No, excelencia, y no lo olvidaré en toda mi vida —respondió Pepino, con el acento de un profundo reconocimiento.

—¡Nunca! Eso es mucho decir, pero en fin, bueno es que así lo creas. Levántate y responde.

Pepino dirigió a Franz una mirada inquieta.

—¡Oh! , puedes hablar delante de su excelencia —dijo—, es uno de mis amigos. ¿Permitís que os dé este título? —dijo en francés el conde, volviéndose hacia Franz—, es necesario, para excitar la confianza de este hombre.

—Podéis hablar delante de mí —exclamó Franz, dirigiéndose al mensajero—,soy un amigo del conde.

—Enhorabuena —dijo Pepino volviéndose a su vez hacia el conde—; interrógueme su excelencia, que yo responderé.

—¿Cómo fue a parar el conde Alberto a manos de Luigi?

—Excelencia, el carruaje del francés se ha encontrado muchas veces con aquel en que iba Teresa.

—¿La querida del jefe?

—Sí, excelencia. El francés la empezó a mirar y a hacer señas; Teresa se divertía en dar a entender que no le disgustaban, el francés le arrojó unos ramilletes y ella hizo otro tanto, pero todo con el consentimiento del jefe, que iba en el coche.

—¡Cómo! —exclamó Franz—. ¿Luigi Vampa iba en el mismo carruaje de las aldeanas romanas?

—Era el que le conducía disfrazado de cochero —respondió Pepino.

—¿Y después? —preguntó el conde.

—Luego el francés se quitó la máscara. Teresa, siempre con consentimiento del jefe, hizo otro tanto, el francés pidió una cita, Teresa concedió la cita pedida, pero en lugar de Teresa, fue Beppo quien estuvo en las gradas de San Giacomo.

—¡Cómo! —interrumpió Franz—, ¿aquella aldeana que le arrancó el moccoletto...?

—Era un muchacho de quince años —respondió Pepino—, pero no debe de ningún modo avergonzarse el amigo de su excelencia de haber caído en el lazo, porque no es el primero a quien Beppo ha echado el guante de este modo.

—¿Y qué hizo Beppo? ¿Le condujo fuera de la ciudad? —preguntó el conde.

—Exactamente. Un carruaje esperaba al extremo de la Vía Macello. Beppo subió invitando al francés a que subiera también, el cual no aguardó a que se lo repitiera. Beppo le anunció que iba a conducirle a una población que estaba a una legua de Roma, y el francés dijo que estaba a punto de seguirle al fin del mundo. El cochero dirigióse en seguida a la calle de Ripetta, llegó a la puerta de San Pablo, y a unos doscientos pasos de la misma, estando ya en el campo, como el francés redoblase sus instancias amorosas, siempre persuadido de que iba junto a una mujer, Beppo se levantó y le puso en el pecho los cañones de dos pistolas. Al punto el cochero detuvo los caballos, se volvió sobre su asiento a hizo otro tanto. Al propio tiempo, cuatro de los nuestros que estaban ocultos en las orillas del Almo se lanzaron a las portezuelas. El francés tenía, por lo que se vio, bastantes deseos de defenderse, y aun estranguló un poquillo a Beppo, según he oído decir, pero nada podía contra cinco hombres completamente armados, y no tuvo por consiguiente más remedio que rendirse. Le hicieron bajar del carruaje, siguieron la orilla del río y le condujeron ante Teresa y Luigi, que le esperaban en las catacumbas de San Sebastián.

—¿Qué tal —dijo el conde dirigiéndose a Franz—. ¿Qué os parece de esta historia?

—Que la encontraría muy chistosa —contestó—, si no fuese el pobre Alberto su protagonista.

—El caso es —dijo el conde— que si no llegáis a encontrarme en casa, hubiera sido una aventura que hubiese costado bastante cara a vuestro amigo, pero tranquilizaos, tan sólo le costará el susto.

—¿Conque vamos en su busca en seguida? —preguntó Franz.

—Sí por cierto, y tanto más cuanto que se halla en un lugar no muy pintoresco. ¿Habéis visitado alguna vez las catacumbas de

San Sebastián?

—No; jamás he descendido a ellas, pero me había propuesto hacerlo algún día.

—Pues he aquí que se os presenta una buena ocasión, ocasión la más oportuna que desearse pueda.

—¿Tenéis a punto vuestro coche?

—No; pero poco importa, porque es mi costumbre el tener siempre uno prevenido y enganchado noche y día.

—¿Enganchado?

—Sí; soy muy caprichoso, preciso es confesarlo; muchas veces al levantarme, al acabar de comer, a medianoche, me ocurre marchar a un punto cualquiera, y parto en seguida.

El conde tiró de la campanilla y se presentó su ayuda de cámara.

—Que saquen el coche y sacad las pistolas de las bolsas. En cuanto al cochero, es inútil que se le despierte, porque Alí lo conducirá.

Al cabo de un instante oyóse el ruido del carruaje, que se detuvo delante de la puerta. El conde sacó su reloj.

—Las doce y media —dijo—; hubiéramos tenido tiempo hasta las cinco de la mañana para marchar, aún habríamos llegado a tiempo, pero tal vez esta demora hubiese hecho pasar una mala noche a vuestro compañero. Vale más que vayamos en seguida a arrancarle del poder de los infieles. ¿Estáis aún decidido a acompañarme?

—Más que nunca.

—Venid, pues.

Franz y el conde salieron, seguidos de Pepino. A la puerta encontraron el carruaje. Alí estaba ya en el pescante y Franz reconoció en él al esclavo mudo de la gruta de Montecristo. Franz y el conde montaron en el carruaje, Pepino fue a sentarse al lado de Alí, y los caballos arrancaron a escape. Seguramente había recibido instrucciones de antemano, puesto que se dirigió a la calle del Corso, atravesó el campo Vacciano, subió por la Vía de San Gregorio y llegó a la Puerta de San Sebastián. Al llegar a ella el conserje quiso oponer dificultades, mas el conde de Montecristo le presentó un permiso del gobernador de Roma para entrar y salir de la ciudad a cualquier hora, así de día como de noche. Abrióse, pues, el rastrillo, recibió el conserje un luis por este trabajo, y pasaron.

El camino que siguió el coche fue la antigua Vía Appia, que ostenta una pared de tumbas a uno y otro lado. De trecho en trecho, a la luz de la luna que comenzaba a salir, parecíale a Franz ver un centinela destacarse de las ruinas, mas al punto, a una señal de Pepino, volvía a ocultarse en la sombra y desaparecía. Un poco antes de llegar al circo de Caracalla, el carruaje se paró. Pepino fue a abrir la portezuela, y el conde y Franz se apearon.

—Dentro de diez minutos —dijo el conde a su compañero— habremos llegado al término de nuestro viaje.

Llamó a Pepino aparte, le dio una orden en voz baja, y Pepino se marchó después de haberse provisto de una antorcha que sacó del cajón del coche. Transcurrieron cinco minutos, durante los cuales Franz vio al pastor entrar por un estrecho y tortuoso sendero practicado en el movedizo terreno que forma el piso de la llanura de Roma, desapareciendo tras los gigantescos arbustos rojizos, que parecen las erizadas melenas de algún enorme león.

—Ahora —dijo el conde—, sigámosle.

Franz y el conde avanzaron a su vez por el mismo sendero, el que, a unos cien pasos, declinando notablemente el terreno, les condujo al fondo de un pequeño valle, en el que divisaron dos hombres platicando a la sombra de los arbustos.

—¿Hemos de seguir avanzando —preguntó Franz al conde— o será preciso esperar?

—Avancemos, porque Pepino debe haber comunicado al centinela nuestra llegada.

En efecto, uno de aquellos dos hombres era Pepino, el otro un bandido que estaba de centinela. Franz y el conde se le acercaron, y el bandido les saludó.

—Excelencia —dijo Pepino dirigiéndose al conde—, si queréis seguirme, la entrada que conduce a las catacumbas está a dos pasos de aquí.

—No tengo inconveniente —contestó el conde—, marcha delante.

En efecto, detrás de un espeso matorral y en medio de unas rocas veíase una abertura por la que apenas podía pasar un hombre.

Pepino se deslizó el primero por aquella hendidura, mas apenas se internó algunos pasos, el subterráneo fue ensanchándose. Entonces se detuvo, encendió su antorcha y volvió el rostro para ver si le seguían.

El conde fue el primero que se introdujo por aquella especie de lumbrera y Franz siguió tras él. El terreno se inclinaba en una pendiente suave, y a medida que se iba uno internando, mayores dimensiones presentaba aquel conducto subterráneo, mas Franz y el conde se veían aún precisados a caminar agachados y en manera alguna podían avanzar dos personas a la vez. Anduvieron así trabajosamente como unos cincuenta pasos, cuando se vieron detenidos por un ¡quién vive!, viendo al mismo instante brillar en medio de la oscuridad sobre el cañón de una carabina el reflejo de su propia antorcha.

—¡Amigos! —dijo Pepino.

Y adelantándose solo, dijo en voz baja algunas palabras a este segundo centinela, quien, como el primero, saludó a los nocturnos visitantes, dando a entender con un gesto que podían continuar su camino. El centinela guardaba la entrada de una escalera, que contendría unas veinte gradas, por las que bajaron el conde y Franz, hallándose en una especie de encrucijada de edificios mortuorios. Cinco caminos diferentes salían divergentes de aquel punto como los rayos de una estrella, y las paredes que los limitaban, llenas de nichos sobrepuestos y que guardaban la forma del ataúd, indicaban que habían por fin entrado en las catacumbas. En una de aquellas cavidades cuya extensión era imposible apreciar, divísábase una luz, o por lo menos sus reflejos. El conde golpeó amigablemente con una mano el hombro de Franz.

—¿Queréis ver un campamento de bandidos? —le dijo.

—Con muchísimo gusto —contestó Franz.

—Pues bien, venid conmigo... ¡Pepino, apaga la antorcha!

Pepino obedeció y Franz y el conde se hallaron sumidos en la más profunda oscuridad; tan sólo a unos cincuenta pasos de distancia continuaban reflejándose en las paredes algunos destellos rojizos, que se habían hecho más visibles cuando Pepino hubo apagado la antorcha. Avanzaron, pues, silenciosamente, guiando el conde a Franz como si hubiese tenido la singular facultad de distinguir los objetos a través de las tinieblas. Al fin, Franz empezaba a distinguir con mayor claridad los lugares por los que pasaba, a medida que se aproximaban a los reflejos que les servían de orientación.

Tres arcos, de los cuales el del centro servía de puerta de entrada, les daban paso. Estos arcos daban por un lado al corredor en que estaba Franz y el conde, y por el otro a un grande espacio cuadrado, enteramente cuajadas sus paredes de nichos semejantes a los de que ya hemos hablado. En medio de este aposento se elevaban cuatro piedras que probablemente en otro tiempo sirvieron de altar, como lo indicaba la cruz en que terminaban. Una sola lámpara colocada sobre el pedestal de una columna iluminaba con su pálida y vacilante luz la extraña escena que se ofreció a la vista de los dos visitantes ocultos en la sombra.

Un hombre estaba sentado, apoyando el codo en dicha columna, leyendo, vuelto de espaldas a los arcos, por cuya abertura le observaban los recién llegados. Este era el jefe de la banda, Luigi Vampa. A su alrededor, agrupados a su capricho, envueltos en sus capas o tendidos sobre una especie de banco de piedra que circuía todo aquel Columbarium, se distinguían una veintena de bandidos, todos con las armas junto a sí. En el fondo, silencioso, apenas visible, y semejante a una sombra, paseábase un centinela por delante de una especie de agujero que apenas se distinguía, porque parecían ser en aquel punto las tinieblas mucho más densas.

Cuando el conde creyó que Franz había contemplado bastante este pintoresco cuadro, aplicó el dedo sobre sus labios para recomendarle silencio, y subiendo los tres escalones que mediaban entre el corredor y el Columbarium, entró en la sala por el arco del centro, dirigiéndose a Vampa, el cual estaba tan embebido en su lectura que ni tan siquiera oyó el ruido de sus pasos.

—¿Quién vive? —gritó el centinela, menos preocupado, y que distinguió a la luz de la lámpara una especie de sombra que aumentaba de tamaño a medida que se acercaba por detrás a su jefe.

A este grito, Vampa se levantó con prontitud, sacando al propio tiempo una pistola que llevaba en su cinturón. En un abrir y cerrar de ojos todos los bandidos estuvieron en pie, y veinte bocas de carabinas apuntaron al conde.

—¿Qué es eso? —dijo tranquilamente éste, con voz enteramente segura y sin que se contrajese un solo músculo de su rostro—. ¿Qué es eso, mi querido Vampa? ¡Creo que movéis mucho estrépito para recibir a un amigo!

—¡Abajo las armas! —gritó el jefe, haciendo con la mano un ademán imperativo, mientras que con la otra se quitaba respetuosamente el sombrero, y luego, dirigiéndose al singular personaje que dominaba en esta escena—: Perdonad, señor conde —le dijo—, pero estaba tan lejos de esperar el honor de vuestra visita que no os había reconocido.

—Creo, Vampa, que sois falto de memoria en muchas cosas —dijo el conde—, y que no tan sólo olvidáis las facciones de ciertos sujetos, sino también los pactos que median entre vos y ellos.

—¿Y qué pactos he olvidado, señor conde? —preguntó el bandido con un tono que demostraba estar dispuesto a reparar el error, caso de haberlo cometido.

—¿No habíamos convenido —dijo el conde—, en que no tan sólo mi persona, sino también las de mis amigos, os serían sagradas?

—¿Y en qué he faltado a tales pactos, excelencia?

—Habéis hecho prisionero esta noche y transportado aquí al vizconde Alberto de Morcef —añadió el conde con un timbre tal de voz que hizo estremecer a Franz—, que es uno de mis amigos, vive en la misma fonda que yo, ha paseado el Corso los ocho días de Carnaval en mi propio coche y, sin embargo, os lo repito, le habéis hecho prisionero, le habéis transportado aquí y —añadió el conde sacando una carta de su bolsillo— le habéis puesto el precio como si fuese una persona cualquiera.

—¿Por qué no me informasteis de todas estas circunstancias, vosotros? —dijo el jefe dirigiéndose hacia aquellos hombres, que retrocedían ante su mirada—. ¿Por qué me habéis expuesto de este modo a faltar a mi palabra con un sujeto como el señor conde, que tiene nuestra vida en sus manos? ¡Por la sangre de Cristo! Si llegase a sospechar que alguno de vosotros sabía que el joven era amigo de su excelencia, yo mismo le levantaría la tapa de los sesos.

—¿Lo veis? —dijo el conde dirigiéndose a Franz—. ¿No os había dicho yo que en esto había alguna equivocación?

—¿Qué, no venís solo? —preguntó Vampa con inquietud.

—He venido con la persona a quien iba dirigida esta carta, y a quien he querido probar que Luigi Vampa es un hombre que sabe guardar su palabra. Aproximaos, excelencia —dijo a Franz—, aquí tenéis a Luigi Vampa, que va a deciros lo contrariado que le tiene el error que ha cometido.

Franz se acercó, el jefe se adelantó unos pasos.

—Sed bien venido entre nosotros, excelencia —le dijo—; ya habéis oído lo que acaba de decir el señor conde y lo que yo he respondido. Ahora os añadiré que desearía, aunque me costara las cuatro mil piastras en que había fijado el rescate de vuestro amigo, que no hubiese acontecido semejante suceso.

—Pero —dijo Franz, mirando con inquietud a su alrededor—, no veo al prisionero... ¿Dónde está?

—Supongo que no le habrá sobrevenido alguna desgracia —preguntó el conde frunciendo las cejas casi imperceptiblemente.

—El prisionero está allí —dijo Vampa señalando con la mano el agujero ante cuya entrada se paseaba el bandido de centinela—, y voy yo mismo a anunciarle que está en libertad.

El jefe se adelantó seguido del conde y de Franz hacia el sitio que había destinado como cárcel de Alberto.

—¿Qué hace el prisionero? —preguntó Vampa al centinela.

—Os juro, capitán, que no lo sé —contestó éste—. Hace más de una hora que ni siquiera le he oído moverse.

—Venid, excelencias —dijo Vampa.

El conde y Franz subieron siete a ocho escalones, precedidos por el jefe, que descorrió un cerrojo y empujó una puerta. Entonces, a la luz de una lámpara, semejante a la que iluminaba el Columbarium, vieron a Alberto que, envuelto en una capa que le prestara uno de los bandidos, estaba tendido en un rincón gozando las dulzuras del sueño más profundo y pacífico.

—Vaya —dijo el conde sonriendo del modo que le era peculiar—, no me parece mal para un hombre que había de ser fusilado a las siete de la mañana.

Vampa miraba al dormido joven con cierta admiración, pudiéndose deducir muy bien de su mirada que no era en verdad insensible a una prueba, si no de valor, cuando menos de serenidad.

—Tenéis razón, señor conde —dijo—, este hombre debe ser uno de vuestros amigos.

Luego acercóse a Alberto y le tocó en un hombro.

—Excelencia —dijo—, haced el favor de despertaros, si os place. Alberto extendió los brazos, se frotó los párpados y abrió los ojos.

—¡Ah! —dijo— ¿Sois vos, capitán? Pardiez, que hubierais hecho muy bien en dejarme dormir. Tenía un sueño muy agradable y creía que bailaba un galop en casa de Torlonia con la condesa G...

Dicho esto, sacó el reloj y lo miró para saber el tiempo que había transcurrido.

—La una y media de la madrugada, ¿por qué diablos me despertáis a esta hora?

—Para deciros que estáis en libertad, excelencia.

—Amigo mío —dijo Alberto con perfecta serenidad—, en lo sucesivo guardad bien en la memoria esta máxima del gran Napoleón: "No me despertéis sino para las malas nuevas." Si me hubieseis dejado dormir, hubiera acabado mi galop y os hubiera estado reconocido toda mi vida... Pero, puesto que decís que estoy libre, quiere decir que habrán pagado mi rescate, ¿no es esto?

—No, excelencia.

—¿Pues cómo me ponéis en libertad?

—Un individuo al que nada puede negarse ha venido a reclamaros.

—¿Hasta aquí?

—Hasta aquí.

—¡Oh! ¡Por Cristo, que es una tremenda galantería! Alberto miró a su alrededor y descubrió a Franz.

—¡Cómo! —le dijo—, ¿sois vos, mi querido Franz? ¿Es posible que vuestra amistad para conmigo haya llegado a tal extremo?

—No —contestó éste—; a quien se lo debéis es a nuestro vecino, el conde de Montecristo.

—Pardiez, señor conde —dijo con jovialidad Alberto, ajustándose el corbatín y arreglándose el traje—, que sois un hombre magnífico en todos conceptos. Espero que me consideraréis ligado a vos con los vínculos de una eterna gratitud, primero por la cesión de vuestro carruaje, luego, por este suceso —y tendió al conde su mano, que éste vaciló un momento en estrechar, pero se la estrechó al fin del modo más cordial.

El bandido contemplaba esta escena con aire estupefacto. Hallábase acostumbrado a ver temblar en su presencia a los prisioneros, pero ahora había encontrado a uno cuyo humor festivo no sufriera la menor alteración. Por lo que hace a Franz, estaba altamente satisfecho y halagado al considerar que Alberto había sabido sostener el honor nacional ante toda una reunión de bandidos.

—Mi querido Alberto —le dijo—, si queréis daros prisa, todavía llegaremos a tiempo de poder acabar la noche en casa de Torlonia. Continuaréis vuestro galop en el punto mismo en que lo suspendisteis, y de este modo no guardaréis rencor alguno al señor Luigi, que realmente se ha portado en este asunto con una extremada galantería.

—Tenéis razón, en efecto, puesto que si nos apresuramos podemos llegar casi antes de las dos. Señor Luigi —continuó Alberto—, ¿hay que cumplir alguna otra formalidad antes de marcharse?

—Ninguna, caballero —contestó el bandido—, sois tan libre como el aire.

—En este caso, que lo paséis bien. Vamos, señores, vamos.

Y Alberto, seguido de Franz y del conde, bajó la escalera y atravesó la gran sala cuadrada. Todos los bandidos estaban de pie, sombrero en mano.

—Pepino —dijo el jefe—, dadme la antorcha.

—¿Qué vais a hacer? —inquirió Montecristo.

—Conduciros hasta fuera —dijo el capitán—, es la más pequeña prueba que puedo dar de mi adhesión a vuestra excelencia.

Dichas estas palabras, tomando la antorcha encendida de las manos del pastor, marchó delante de sus huéspedes, no como un criado que ejecuta un acto de servidumbre, sino como un rey que precede a los embajadores. Al llegar a la puerta se inclinó.

—Ahora, señor conde —dijo—, os renuevo mis protestas y espero que no me guardéis ningún resentimiento por lo que acaba de suceder.

—No, mi querido Vampa. Por otra parte, enmendáis vuestros errores con tanta galantería, que casi uno se ve tentado a agradecer el que los hayáis cometido.

—Señores —repuso el jefe, dirigiéndose a los dos jóvenes—, tal vez la oferta os presentará poco atractivo, mas si algún día llegaseis a tener deseos de hacerme una nueva visita, estad seguros de que seréis bien recibidos dondequiera que me encuentre.

Franz y Alberto saludaron. El conde salió el primero, Alberto en seguida, Franz quedó el último.

—¿Vuestra excelencia tiene algo que mandarme? —dijo Vampa sonriendo.

—Sí —contestó Franz—, deseo, quiero decir, tengo curiosidad por saber qué obra era la que leíais con tanta atención cuando hemos llegado.

—Los Comentarios de César —dijo el bandido—, es mi libro predilecto.

—¡Qué hacéis! —preguntó Alberto—. ¿Nos seguís a os quedáis?

—Al momento, heme aquí —contestó Franz.

Y salió a su vez del pasadizo. Habrían andado ya algunos pasos, cuando Alberto les detuvo para volver atrás.

—¿Me permitís, capitán?

Y encendió tranquilamente un cigarro en la antorcha de Luigi Vampa.

—Ahora, señor conde —dijo, así que hubo concluido—, apresurémonos cuanto sea posible, porque deseo con viva impaciencia terminar la noche en casa del duque Bracciano.

Hallaron el coche en el punto en que lo dejaron. El conde dijo una sola palabra en árabe a Alí y los caballos partieron a escape. Marcaba las dos en punto el reloj de Alberto cuando los dos amigos entraban en el salón de baile. Su regreso llamó altamente la atención, mas como entraron juntos, todas las inquietudes que la ausencia de Alberto motivara, cesaron en seguida.

—Señora —dijo Morcef dirigiéndose a la condesa—, ayer tuvisteis la bondad de prometerme un galop; cierto es que vengo algo tarde a reclamaros tan satisfactoria promesa, pero aquí está mi amigo,

cuya veracidad conocéis, que os dirá que la tardanza no ha sido por culpa mía.

Y como en este instante la música preludiaba un galop, Alberto ciñó con su brazo el talle de la condesa y desapareció con ella entre el torbellino de danzantes.

En todo el resto de la noche, Franz no pudo apartar de su imaginación el singular estremecimiento que recorrió todo el cuerpo del conde de Montecristo en el instante en que se vio precisado a estrechar la mano que Alberto le tendiera.

XVI: LA CITA

Al día siguiente, las primeras palabras que pronunció Alberto fueron para proponer a Franz el ir a visitar al conde. Ya le había dado las gracias la víspera, pero creía que por un servicio como aquél valía la pena repetírselas. Franz, a quien una atracción mezclada de terror le atraía hacia el conde de Montecristo, no quiso dejarle ir solo a casa de aquel hombre y decidió acompañarle. Ambos fueron introducidos y cinco minutos después se presentó el conde.

—Señor conde —le dijo Alberto—, permitidme que os repita hoy lo que ayer os expresé mal, y es que no olvidaré jamás en qué circunstancia me habéis socorrido, y que siempre recordaré que os debo casi mi vida.

—Querido vecino —respondió el conde riendo—, exageráis vuestro agradecimiento. Me debéis una pequeña economía de unos veinte mil francos en vuestra cartera de viaje, y nada más. Bien veis que no merece la pena volver a hablar de ello, y por mi parte os felicito cordialmente, pues habéis estado admirable en valor y en sangre fría.

—¡Qué queréis, conde! —dijo Alberto—, me he figurado que había tenido una disputa, que a ella había seguido un duelo, y he querido hacer comprender una cosa a esos bandidos, que aunque en todos los países del mundo se baten, sólo los franceses se baten riendo. Sin embargo, como mi agradecimiento para con vos no es menos grande, vengo a preguntaros si yo, mis amigos o mis conocidos os podrían ser útiles en algo. Mi padre, el conde de Morcef, que es de origen español, ocupa una elevada posición en Francia y en España; vengo, pues, a ponerme yo y las personas que me aprecian, a vuestra disposición.

—Para que os deis cuenta de hasta qué punto llega mi franqueza —dijo el conde—, os confieso, señor de Morcef, que esperaba vuestra oferta y la acepto de todo corazón. Ya había yo contado con vos para pediros un servicio.

—¿Cuál?

—Jamás he estado en París.

—¡Cómo! —exclamó Alberto—, ¿habéis podido vivir sin ver París? Parece increíble.

—Y, sin embargo, ya veis que no lo es. Pero reconozco como vos que continuar por más tiempo en la ignorancia de la capital del mundo inteligente es cosa imposible. Aún hay más; tal vez hubiera hecho ese indispensable viaje hace tiempo, si hubiese conocido a alguno que pudiera introducirme en ese mundo, en el que no tengo relación ninguna.

—¡Oh! ¡Un hombre como vos! —exclamó Alberto.

—Me halagáis demasiado, pero como yo no conozco en mí mismo otro mérito que el de poder competir, en cuanto a millones, con vuestros más ricos banqueros, y puesto que mi viaje a París no es para jugar a la bolsa, quiere decir que esto es lo único que me ha detenido. Ahora me decide vuestra oferta. Veamos: ¿os comprometéis, mi querido señor de Morcef —y el conde acompañó estas palabras con una sonrisa muy singular—, os comprometéis cuando vaya a Francia, a abrirme las puertas de ese mundo, al que seré tan extraño como un hurón o conchinchino?

—¡Oh!, por lo que a eso se refiere, señor conde, con sumo gusto me tendréis a vuestras órdenes —respondió Alberto—, y tanto más, cuanto que por una carta que esta misma mañana he recibido, se me llama a París, donde se trata de una alianza con una de las familias de más prestigio y de mejores relaciones en el mundo parisiense.

—¿Alianza por casamiento? —dijo Franz, riendo.

—¿Y por qué no? Así, pues, cuando vayáis a París, me hallaréis convertido en un hombre de juicio, un padre de familia. ¿No se hallará esta nueva posición social en armonía con mi natural gravedad? En todo caso, conde, os lo repito, yo y los míos estamos a vuestra disposición.

—Acepto —dijo Montecristo—, porque os juro que sólo me

faltaba esta ocasión para realizar ciertos planes que proyecto hace mucho tiempo.

Franz no dudó que estos proyectos serían los mismos acerca de los cuales el conde había dejado escapar una palabra en la gruta de Monte—Cristo, y miró al conde mientras decía estas palabras, tratando de leer en sus facciones alguna revelación de aquellos planes que le conducían a París, pero era muy difícil penetrar en el alma de aquel hombre, sobre todo cuando encubría con una sonrisa sus sensaciones.

—Pero seamos francos, conde —dijo Alberto, cuyo amor propio no dejaba de sentirse halagado con la misión de introducir a Monte—Cristo en los salones de París—, seamos francos. ¿Es acaso lo que decís sólo uno de esos proyectos que, edificados sobre arena, son destruidos por el primer soplo de viento?

—No, os lo aseguro —dijo el conde—; deseo ir a París, y no sólo lo deseo, sino que hasta es indispensable que vaya.

—¿Y cuándo?

—¿Cuándo estaréis allí vos?

—¡Yo! Dentro de quince días o tres semanas a más tardar, sólo el tiempo para llegar allá.

—¡Pues bien! —dijo el conde—. Os doy de término tres meses. Bien veis que no ando indeciso en señalaros el plazo que debe mediar hasta nuestra próxima entrevista.

—Y dentro de tres meses —exclamó Alberto lleno de gozo—, ¿iréis a llamar a mi puerta?

—¿Queréis mejor una cita de día y hora? —dijo el conde—. Os prevengo que soy muy exacto.

—Perfectamente —respondió Alberto.

—¡Pues bien, sea!

Y tendió la mano hacia un calendario colgado junto a un espejo.

—Hoy estamos a 21 de febrero; son las diez y media de la mañana —dijo sacando el reloj—. ¿Queréis esperarme el 21 de mayo próximo a las diez y media de la mañana?

—Sí, sí —exclamó Alberto—; el almuerzo estará preparado.

—¿Dónde vivís?

—Calle de Helder, número 27.

—¿Vivís en vuestra casa... solo? ¿Tendré que incomodar a

alguien?

—Vivo en el palacio de mi padre, pero en un pabellón en el fondo del patio, enteramente separado del resto de la casa.

—Bien.

Montecristo sacó su cartera y escribió: "Calle Helder, número 27 — 21 de mayo, a las diez y media de la mañana."

—Y ahora —dijo el conde, guardando su cartera en el bolsillo—, perded cuidado, porque os advierto que la aguja de vuestro reloj no será más exacta que la del mío.

—¿Os volveré a ver antes de mi partida? —preguntó Alberto.

—Depende, ¿cuándo partís?

—Mañana, a las cinco de la tarde.

—En ese caso me despido de vos. Porque tengo que irme a Nápoles y no estaré aquí de vuelta hasta el sábado por la noche o el domingo por la mañana. Y vos —preguntó el conde a Franz—, ¿partís también, señor barón?

—Sí.

—¿Para Francia?

—No, por Venecia. Me quedo todavía un año o dos en Italia.

—¿Entonces, no nos veremos en París?

—Temo que no podré tener ese honor.

—Vamos, señores, buen viaje —dijo el conde a los dos amigos, presentándoles una mano a cada uno.

Era la primera vez que Franz tocaba la mano de aquel hombre, y al hacerlo se estremeció, porque aquella mano estaba helada como la de un muerto.

—Por última vez —dijo Alberto—, queda dicho bajo palabra de honor, ¿no es verdad? Calle de Helder, número 27, el día 21 de mayo, a las diez y media de la mañana.

—El 21 de mayo, a las diez y media de la mañana, calle de Helder, número 27 —respondió Montecristo.

Después de esto, los dos jóvenes saludaron al conde y salieron.

—¿Qué os ocurre? —dijo Alberto a Franz al entrar en su cuarto—, parecéis disgustado.

—Sí —dijo Franz—, os lo confieso, el conde es un hombre singular y me causa inquietud esa cita que os ha dado en París.

—Esa cita... ¡con inquietud!, ¡ja!, ¡ja!, ¡ja!, estáis loco, mi querido Franz —exclamó Alberto.

—¡Qué queréis! —dijo Franz—,loco o no, tal es mi idea.

—Escuchad —dijo Alberto—, y me alegro que se presente ocasión de decíroslo, siempre os he encontrado muy frío, con relación al conde, quien por su parte no puede haber estado más fino y expresivo para con nosotros. ¿Tenéis algún motivo particular de resentimiento contra él?

—Quizás.

—¿Le habéis visto ya en alguna parte antes de encontrarle aquí?

—Sí.

—¿Dónde?

—¿Me prometéis no decir una palabra a nadie de lo que voy a contaros?

—Prometido.

—Está bien. Escuchad, pues.

Y entonces Franz contó a Alberto su excursión a la isla de Montecristo, cómo había encontrado allí una tripulación de contrabandistas, y entre ellos dos bandidos corsos. Contó la hospitalidad mágica que el conde le dio en su gruta de las mil y una noches; habló de la cena, no pasó por alto el hachís, las estatuas, la realidad y el sueño. Le dijo que al despertar, por única prueba de tan extraños acontecimientos, ya no quedaba más que aquel pequeño yate, en alta mar, muy lejos, envuelto entre la niebla que se desprende del horizonte y encaminándose a toda vela a Porto—Vecchio. Habló luego de Roma, de la noche del Coliseo, de la conversación que había oído entre él y Vampa, conversación relativa a Pepino, y en la cual el conde había prometido obtener el perdón del bandido, promesa que tan bien había cumplido, como habrán podido juzgar nuestros lectores.

Al fin llegó a la aventura de la noche precedente, al apuro en que se había encontrado al ver que le faltaban para completar la suma seis a ochocientas piastras, en fin, a la idea que le ocurriera de dirigirse al conde, idea que había tenido a la vez un resultado tan novelesco y tan satisfactorio.

Alberto escuchó a Franz con la más profunda atención.

—¡Y bien! —le dijo cuando hubo concluido—. ¿Qué encontráis en todo eso de particular? El conde es viajero, el conde tiene un buque suyo, porque es rico. Id a Portsmouth y a

Southampton, veréis los puertos atestados de yates pertenecientes a ricos ingleses que tienen el mismo capricho. Para saber dónde hospedarse en sus excursiones, para no probar nada de esa espantosa cocina, a que estoy sujeto yo hace cuatro meses y vos cuatro años, para no dormir en esas detestables camas donde no puede uno cerrar los ojos, hace amueblar una habitación en Montecristo; cuando su habitación está amueblada teme que el gobierno toscano le despida y sus gastos sean perdidos; entonces compra la isla y toma el nombre de ella. Amigo mío, buscad en vuestra memoria, y decidme, ¿cuántas personas conocidas de nosotros toman el nombre de una propiedad que jamás fue suya?

—¿Pero —dijo Franz a Alberto—, esos bandidos corsos que se hallan entre su tripulación...?

—Vuelvo a preguntaros, ¿qué veis en todo eso de particular? Sabéis mejor que nadie que los bandidos corsos no son ladrones, sino pura y sencillamente fugitivos a quienes alguna vendetta ha proscrito de su ciudad o de su aldea; bien puede uno verlos sin comprometerse. En cuanto a mí, os aseguro que si alguna vez voy a Córcega, antes de hacerme presentar al gobernador y al prefecto, me hago presentar a los bandidos de Colomba, por lo que pueda suceder; simpatizo mucho con ellos.

—Pero Vampa y su banda —dijo Franz— son bandidos que detienen para robar, no lo negaréis, ya que tenemos muchas pruebas de ello; ¿qué diréis, pues, de la influencia que ejerce el conde sobre semejantes hombres?

—Diré, querido, que, como según toda probabilidad, debe la vida a esa influencia no debo juzgarla con rigidez. Así, pues, en lugar de acusarle como vos, de un crimen capital, deberé excusarle, si no por haberme salvado la vida, lo cual es exagerar mucho las cosas, por haberme al menos ahorrado cuatro mil piastras, que son veinticuatro mil de nuestra moneda, suma en la que seguramente no me hubieran estimado en Francia, lo cual demuestra —añadió Alberto— que nadie es profeta en su tierra.

—A propósito, decidme, ¿de qué país es el conde? ¿Cuáles son sus medios de existencia? ¿De dónde le ha venido esa inmensa fortuna? ¿Cuál ha sido esa primera parte de su vida misteriosa y desconocida? ¿Quién ha esparcido en la segunda esa tinta sombría y misantrópica? Eso es lo que quisiera saber.

—Querido Franz —dijo Alberto—, al recibir mi carta y ver que teníamos necesidad de la influencia del conde, habéis ido a decirle: "Alberto de Morcef, mi amigo, corre un gran peligro, ayudadme a sacarle de él", ¿no es verdad?

—Sí.

—Entonces os preguntó: ¿Quién es ese Alberto de Morcef? ¿De dónde le viene ese nombre, su fortuna? ¿Cuáles son sus medios de existencia? ¿Cuál es su país? ¿Dónde ha nacido? ¿Os ha preguntado todo eso? Decid.

—No; es cierto.

—Fue y me libró de las manos de Vampa, donde a pesar de mi apariencia desenvuelta, como decís, hacía una triste figura, lo confieso. Pues bien, querido, cuando a cambio de semejante servicio, me pide que hags por él lo que se hace todos los días por el príncipe ruso o italiano que pass por París, es decir, presentarlo en sociedad, ¿queréis que se lo rehúse? ¡Vamos, Franz, estáis loco!

Preciso es decir que, contra su costumbre, la razón estaba entonces de parte de Alberto.

—En fin —repuso Franz dando un suspiro—, haced lo que os plazca, querido vizconde; todo cuanto me estáis diciendo es muy convincente, pero no por eso dejo de creer que el conde de Montecristo es un hombre extraño.

—El conde de Montecristo es un filántropo, ¿no os ha dicho qué objeto le guiaba a París?, pues estoy convencido de que va para concurrir al premio Montyon, y si sólo necesita mi voto para obtenerlo, se lo daré. De modo que, mi querido Franz, no hablemos de esto,

sentémonos a la mesa, y vamos en seguida a hacer la última visita a San Pedro.

Así lo hicieron, y al día siguiente, a las cinco de la tarde, los dos jóvenes se separaban. Alberto de Morcef para volver a París, y Franz d'Epinay para ir a pasar unos quince días en Venecia.

Sin embargo, pocos momentos antes de subir al carruaje, Alberto entregó al mozo de la fonda —tanto temía que su convidado faltase a la cita— una tarjeta para el conde de Montecristo, en la cual, bajo estas palabras: "Vizconde Alberto de Morcef ", había escrito con lápiz: "21 de mayo, a las diez y media de la mañana, número 27, calle de Helder. "

XVII: LOS INVITADOS

En la casa de la calle de Helder, donde Alberto de Morcef había citado en Roma al conde de Montecristo, todo se preparaba para hacer honor a la palabra del joven.

Alberto de Morcef ocupaba un pabellón situado en el ángulo de un gran patio y frente a otro edificio, dos ventanas daban a la calle, las otras tres al patio y otras dos al jardín.

Entre el patio y el jardín se elevaba, construida con el mal gusto de la arquitectura imperial, la habitación vasta y cómoda del conde y la condesa de Morcef.

Toda la propiedad estaba rodeada por una gran pared con pilastras, y en ellas jarrones de flores, interrumpida en su centro por una gran reja dorada que servía para las entradas que requerían aparato; una puerta pequeña, casi pegada al cuarto del portero, daba paso a los que entraban y salían a pie.

En esta elección del pabellón destinado a la habitación de Alberto adivinábase la delicada prevención de una madre que, sin querer separarse de su hijo, había comprendido al mismo tiempo que un joven de la edad del vizconde necesitaba de toda su libertad. Conocíase también por otro lado, preciso es decirlo, el inteligente egoísmo del joven, amante de la vida libre y ociosa, de los hijos de familia.

Por las ventanas que daban a la calle podía hacer sus reconocimientos. Las vistas al exterior son tan necesarias a los jóvenes, que quieren siempre ver al mundo atravesar por su horizonte, aunque este horizonte no sea más que la calle. Hecho un reconocimiento, si merecía examen más profundo para entregarse a sus pesquisas, podía salir por una puertecita situada frente a la que hemos mencionado, junto al cuarto del portero, y que merece una descripción particular.

Era una puertecita, al parecer olvidada de todo el mundo desde que se hizo la casa y que cualquiera supondría condenada para siempre, ¡tan sucia y cubierta de polvo estaba!, pero cuya cerradura y goznes, cuidadosamente untados en aceite, anunciaban una práctica misteriosa y continua. Esta puertecita, como hemos dicho, hacía juego con otras dos y se burlaba del portero, abriéndose como la famosa puerta de la caverna de las Mil y una noches, como el Sésamo encantado de Alí—Babá, por medio de algunas palabras cabalísticas o de algunos golpecitos convenidos, pronunciadas por una dulce voz o dados por los dedos más lindos del mundo.

Al extremo de un corredor largo y pacífico, con el cual comunicaba esta puerta, y que hacía las veces de antesala, estaban a la derecha el comedor, que daba al patio, y a la izquierda el saloncito que daba al jardín. Plantas de enredaderas que crecían delante de la ventana, ocultaban al patio y al jardín el interior de estas dos piezas, únicas en el piso bajo donde pudiesen penetrar las miradas indiscretas.

En el principal, en vez de dos, las piezas eran tres: un salón, una alcoba y un gabinete.

El gabinete del principal estaba al lado de la alcoba, y por una puerta invisible comunicaba con la escalera. Como vemos, estaban bien tomadas todas las medidas de precaución.

Encima de este piso principal había un vasto taller que ampliaron echando abajo los tabiques, pandemonio en que el artista disputaba al dandy. Allí se refugiaban y confundían todos los caprichos sucesivos de Alberto; los cuernos de caza, las flautas, los violines, una orquesta completa, pues Alberto había tenido por un instante, no la afición, sino el capricho de la música; los caballetes, los pasteles, ya que al capricho de la música había seguido el de la pintura; en fin, los floretes, los guantes del pugilato, las espadas y los bastones de todas clases, porque siguiendo las tradiciones de los jóvenes a la moda de la época a que hemos llegado, Alberto de Morcef cultivaba con una perseverancia infinitamente superior a la que había tenido con la pintura y la música, las tres artes que completan la educación leonina: la esgrima, el pugilato y el palo, y recibía sucesivamente en esta pieza destinada a todos los ejercicios corporales, a Grisier, Coolas y Carlos Lecour.

Los otros muebles de esta pieza privilegiada eran antiguos cofres y mesas del tiempo de Francisco I, chineros llenos de porcelana, de vasos del Japón, jarrones de Lucca de la Robbia y platos de Bernard y de Palissy, antiguos sillones donde quizá se habrían sentado Enrique IV, Luis XIII o Richelieu, porque dos de ellos con un escudo esculpido, donde brillaban sobre el azul las tres flores de lis de Francia, encima de las cuales había una corona real, forzosamente habían salido de los guardamuebles del Louvre, o de algún palacio real. Sobre estos sillones, de fondos sombríos y severos, estaban esparcidas en profusión ricas telas de vivos colores, teñidas al sol de Persia, o hechas por las mujeres de Calcuta y de Chandernagor. Se ignora lo que hacían allí estas telas; esperaban sin duda, recreando la vista, un destino desconocido a su propietario, y mientras la estancia con sus sedosos y dorados reflejos.

En lugar preferente se elevaba un piano, construido por Roller y Blanchet, de madera de rosa, que contenía una orquesta en su estrecha y sonora cavidad, y que gemía bajo las obras de Beethoven, de Weber, de Mozart, Haydn, Gretry y Porpora.

Además, en la pared, en el techo, en las puertas, había suspendidos puñales, espadas, lanzas, corazas, hachas, armaduras completas damasquinadas, pájaros disecados abriendo para un vuelo inmóvil sus alas color de fuego y su pico que jamás se cerraba.

Faltaba decir que esta pieza era la predilecta de Alberto de Morcef.

Sin embargo, el día de la cita, el joven, vestido de media toilette, había establecido su cuartel en el saloncito del piso bajo. Allí, sobre una mesa, había todos los excelentes tabacos conocidos, desde el de Petersburgo hasta el negro de Sinaí. Al lado de éstos, en cajas de maderas odoríferas, estaban dispuestos por orden de tamaños y de calidad los puros, los de regalía, los habanos, y los manileños. En fin, en un armario abierto, una colección de pipas alemanas, con boquillas de ámbar, adornadas de coral, a incrustadas de oro, con largos tubos de tafilete arrollados como serpientes, aguardaban el capricho o la simpatía de los fumadores. Alberto había presidido el arreglo o más bien el desorden simétrico que gustan tanto de contemplar después del café los convidados de un almuerzo moderno, al través del vapor que se escapa de su boca, y que sube hasta el techo en largas y caprichosas volutas.

A las diez menos cuarto entró un criado.

Venía con un pequeño groom de quince años, que no hablaba más que inglés, y que respondía al nombre de Juan.

El criado, que se llamaba Germán, y que gozaba de la entera confianza de su joven amo, llevaba en la mano unos periódicos, que depositó sobre la mesa, y un paquete de cartas que entregó a Alberto.

Alberto echó una mirada distraída sobre estos diferentes objetos, tomó dos cartas de papel satinado y perfumado, las abrió y leyó con cierta atención.

—¿Como han venido estas cartas? —inquirió.

—La una por el correo, la otra la ha traído el criado de madame Danglars.

—Decid a madame Danglars que acepto el lugar que me ofrece en su palco... Esperad..., a eso de mediodía pasaréis a casa de Rosa, le diréis que iré, como me ha invitado, a cenar con ella al salir de la ópera, y le llevaréis seis botellas de vinos de Chipre, de Jerez, de Málaga, y un barril de ostras de Ostende... compradlas en casa de Borrel, y sobre todo, decid que son para mí.

—¿A qué hora queréis ser servido?

—¿Qué hora es?

—Las diez menos cuarto.

—Entonces, servidnos para las diez y media en punto. Debray tendrá que ir a su ministerio... Y por otra parte... —Alberto miró a su cartera—. Sí, ésa es la hora que indiqué al conde; el 21 de mayo, a las diez y media de la mañana, y aunque no cuente con su promesa, quiero ser puntual. A propósito, ¿sabéis si se ha levantado la señora condesa?

—Si quiere el señor vizconde, puedo informarme.

—Sí, sí; le pediréis una de sus cajas de licores, la mía está incompleta, y le diréis que tendré el honor de pasar a su cuarto a eso de las tres, y que le pido permiso para presentarle una persona.

El criado salió. Alberto se echó en un diván, rasgó la faja de dos o tres periódicos, miró los teatros, hizo un gesto al ver que representaban una ópera y no un ballet, buscó en vano en los anuncios de perfumería cierta agua para los dientes de que le habían hablado, y tiró uno tras otro, los periódicos, murmurando en medio de un prolongado bostezo:

—Realmente estos periódicos están cada vez más insípidos.

En este momento un carruaje ligero se detuvo delante de la puerta, y un instante después el criado entró para anunciar al señor

Luciano Debray.

Un joven alto, rubio, de ojos grises y mirada penetrante, de labios delgados y pálidos, con un frac azul con botones de oro, corbata blanca, lente de concha, suspendido al cuello por una cinta de seda negra, y que por un esfuerzo del músculo superciliar lanzaba miradas profundas y fijas, entró sin sonreír, sin hablar, y con un aire medio oficial.

—Buenos días, Luciano —dijo Alberto—. ¡Ah!, me asombra vuestra puntualidad! ¿Qué digo? ¡Puntualidad! ¡Yo que os esperaba el último, y llegáis a las diez menos cinco minutos, cuando la cita era a las diez y media! ¡Esto es milagroso! ¿Ha caído el ministerio?

—No, querido —repuso el joven incrustándose en el diván—, tranquilizaos. Vacilamos siempre, pero nunca caemos, y empiezo a creer que pasamos buenamente a la inamovilidad, sin contar con que los asuntos de la Península nos van a consolidar completamente.

—¡Ah!, sí, es verdad; arrojáis de España a don Carlos.

—No, querido, no nos confundamos, le traemos del otro lado de la frontera de Francia, y le ofrecemos una hospitalidad real en Bourges.

—¿En Bourges?

—Sí; no tendrá motivos de queja, ¡qué demonio! Bourges es la capital de Carlos VII. ¿Cómo es que no sabíais esto? Todo el mundo lo sabe desde ayer en París, y anteayer la cosa marchaba bien en la bolsa, porque el señor Danglars, no sé cómo se entera ese hombre de las noticias al mismo tiempo que nosotros, jugó a la alza y ha ganado un millón.

—Y vos una nueva cinta, según parece.

—¡Psch!, me han enviado la placa de Carlos III —respondió sencillamente Debray.

—Vamos, no os hagáis el indiferente y confesad que la noticia os habrá complacido.

—Sí; a fe mía, una placa siempre cae bien sobre un frac negro abotonado, es elegante.

—Y —dijo Morcef, sonriendo —se tiene el aire de un príncipe de Gales o de un duque de Reichstadt.

—Por eso me veis tan de mañana, querido.

—¿Porque tenéis la placa de Carlos III y queríais anunciarme esta buena noticia?

—No; porque he pasado la noche redactando veinticinco despachos diplomáticos. De vuelta a mi casa quise dormir, pero me dio un fuerte dolor de cabeza y me levanté para montar una hora a caballo. En Boulogne me avisaron de tal modo el hambre y el aburrimiento, que me acordé que hoy dabais un almuerzo, y aquí me tenéis; tengo hambre, dadme de comer; me fastidio, distraedme.

—Ese es mi deber de anfitrión, querido amigo —dijo Alberto llamando al criado, mientras Luciano hacía saltar los periódicos con el extremo de su bastón de puño de oro incrustado de turquesas—. Germán, jerez y bizcochos. Entretanto, querido Luciano, aquí tenéis cigarros de contrabando, os invito a que los probéis, y también podréis decir a vuestro ministro que nos venda como éstos en lugar de esa especie de hojas de nogal que condena a fumar a los buenos ciudadanos.

—¡Diablo! Yo me guardaría muy bien de hacerlo. Desde el momento en que os viniesen del gobierno os parecerían detestables. Por lo demás, eso no corresponde al Interior, sino a Hacienda; dirigíos a míster Human, corredor A., número 26.

—En verdad —dijo Alberto—, me asombráis con la profusión de vuestros conocimientos. ¡Pero tomad un cigarro!

—¡Ah, querido vizconde! —dijo Luciano encendiendo un habano en una bujía de color de rosa que ardía en un candelero sobredorado y recostándose en el diván—. ¡Ah!, querido vizconde! ¡Qué feliz sois en no tener nada que hacer! En verdad, no conocéis vuestra felicidad.

—¿Y qué es lo que haríais, mi querido pacificador de reinos —repuso Morcef con ligera ironía—, si no hicieseis nada? ¡Cómo! Secretario particular de un ministro, lanzado a la vez en el mundo europeo y en las intrigas de París, teniendo reyes, y mucho mejor aún, reinas que proteger, partidos que reunir, elecciones que dirigir, haciendo con vuestra pluma y vuestro telégrafo, desde vuestro gabinete, más que Napoleón en sus campos de batalla con su espada y sus victorias, poseyendo veinticinco mil libras de renta, un caballo por el que Chateau—Renaud os ha ofrecido cuatrocientos luises, un sastre que no os falta en un pantalón, teniendo asiento en la Opera, Jockey Club y el teatro de Variedades, ¿no halláis con todo eso con qué distraeros? Pues bien, yo os distraeré.

—¿Cómo?

—Haciendo que conozcáis a una persona.

—¿Hombre o mujer?

—Hombre.

—¡Ya conozco demasiados!

—¡Pero no conocéis al hombre de que os hablo!

—¿De dónde viene? ¿Del otro extremo del mundo?

—De más lejos tal vez.

—¡Diablo! Espero que no se lleve nuestro almuerzo.

—No, nuestro almuerzo está seguro. ¿Pero tenéis hambre?

—Sí; lo confieso, por humillante que sea el decirlo. Pero ayer he comido en casa del señor de Villefort, y ¿lo habéis notado?, se come bastante mal en casa de todos esos magistrados; cualquiera diría que tienen remordimientos.

—¡Ah, diantre!, despreciad las comidas de los demás; en cambio se come bien en casa de vuestros ministros.

—Sí; pero no convidamos a ciertas personas al menos, y si no nos viésemos precisados a hacer los honores de nuestra mesa a algunos infelices que piensan, y sobre todo que votan bien, nos guardaríamos como de la peste de comer en nuestra casa, debéis creerlo.

—Entonces, querido, tomad otro vaso de Jerez y otro bizcocho.

—Con muchísimo gusto, pues vuestro vino de España es excelente, bien veis que hemos hecho bien en pacificar ese país.

—Sí, pero ¿y don Carlos?

—Don Carlos beberá vino de Burdeos, y dentro de diez años casaremos a su hijo con la reinecita.

—Lo cual os valdrá el Toisón de Oro, si aún estáis en el ministerio.

—Creo, Alberto, que esta mañana habéis adoptado por sistema alimentarme con humo.

—Y eso es lo que divierte el estómago, convenid en ello; pero justamente oigo la voz de Beauchamp en la antesala; discutiréis con él y esto calmará vuestra impaciencia.

—¿Sobre qué? —Sobre los periódicos.

—¡Qué! ¿Acaso leo yo los periódicos? —dijo Luciano con un desprecio soberano.

—Razón de más. Discutiréis mejor.

—¡Señor Beauchamp! —anunció el criado.

—¡Entrad!, entrad, ¡pluma terrible! —dijo Alberto saliendo al encuentro del joven—, mirad, aquí tenéis a Debray, que os detesta sin leeros; al menos, según él dice.

—Es cierto —dijo Beauchamp—, lo mismo que yo le critico sin saber lo que hace. Buenos días, comendador.

—¡Ah!, lo sabéis ya —dijo el secretario particular cambiando con el periodista un apretón de mano y una sonrisa.

—¡Diantre! —replicó Beauchamp. —¿Y qué se dice en el mundo?

—¿A qué mundo os referís? Tenemos muchos mundos en el año de gracia de 1838.

—En el mundo crítico—político de que formáis parte.

—¡Oh!, se dice que es una cosa muy justa, y que sembráis bastante rojo para que nazca un pozo de azul.

—Vamos, vamos, no va mal —dijo Luciano—. ¿Por qué no sois de los nuestros, querido Beauchamp? Con el talento que tenéis, en tres o cuatro años haríais fortuna.

—Sólo espero una cosa para seguir vuestros consejos. Un ministerio que esté asegurado por seis meses. Ahora, una sola palabra, mi querido Alberto, porque es preciso que deje respirar a ese pobre Luciano. ¿Almorzamos o comemos? Tengo mucho trabajo. No es todo rosas, como decís, en nuestro oficio.

—Se almorzará, ya no esperamos más que a dos personas, y nos sentaremos a la mesa en cuanto hayan llegado —dijo Alberto.

TERCERA PARTE:
EXTRAÑAS COINCIDENCIAS

I: EL ALMUERZO

—¿Qué clase de personas esperáis? —repuso Beauchamp.

—Un hidalgo y un diplomático —repuso Alberto.

—Pues entonces esperaremos dos horas cortas al hidalgo y dos horas largas al diplomático. Volveré a los postres. Guardadme fresas, café y cigarros, comeré una tortilla en la Cámara.

—No hagáis eso, Beauchamp, pues aunque el hidalgo fuese un Montmorency y el diplomático un Metternich, almorzaremos a las once en punto. Mientras tanto, haced lo que Debray: probad mi Jerez y mis bizcochos.

—Está bien, me quedo. En algo hemos de pasar la mañana.

—Bien, lo mismo que Debray. Sin embargo, yo creo que cuando el ministerio está triste, la oposición debe estar alegre.

—¡Ah! No sabéis lo que me espera. Esta mañana oiré un discurso del señor Danglars en la Cámara de los Diputados y esta noche, en casa de su mujer, una tragedia de un par de Francia. Llévese el diablo al gobierno constitucional y puesto que podíamos elegir, no sé cómo hemos elegido éste.

—Me hago cargo, tenéis necesidad de hacer acopio de alegría.

—No habléis mal de los discursos del señor Danglars —dijo Debray—, vota por vos y hace la oposición.

—Ahí está el mal. Así, pues, espero que le enviéis a discurrir al Luxemburgo para reírme de mejor gana.

—Amigo mío —dijo Alberto a Beauchamp—, bien se conoce que los asuntos de España se han arreglado. Estáis hoy con un humor insufrible.

Acordaos de que la Crónica parisiense habla de un casamiento entre la señorita Eugenia Danglars y yo. No puedo, pues, en conciencia, dejaros hablar mal de la elocuencia de un hombre que deberá decirme un día: "Señor vizconde, ¿sabéis que doy dos millones a mi hija?"

—Creo —dijo Beauchamp— que ese casamiento no se efectuará. El rey ha podido hacerle barón, podrá hacerle par, pero no lo hará caballero, el conde de Morcef es un valiente demasiado aristocrático para consentir, mediante dos pobres millones, en una baja alianza. El vizconde de Morcef no debe casarse sino con una marquesa.

—Dos millones... no dejan de ser una bonita suma —repuso Morcef.

—Es el capital social de un teatro de boulevard o del ferrocarril del Jardín Botánico en la Rapée.

—Dejadle hablar, Morcef —repuso Debray— y casaos. Es lo mejor que podéis hacer.

—Sí, sí, creo que tenéis razón, Luciano —respondió tristemente Alberto.

—Y además, todo millonario es noble como un bastardo, es decir, puede llegar a serlo.

—¡Callad! No digáis eso, Debray —replicó Beauchamp riendo—, porque ahí tenéis a Chateau Renaud, que, para curaros de vuestra manía, os introducirá por el cuerpo la espada de Renaud de Montauban, su antepasado.

—Haría mal —respondió Luciano—, porque yo soy villano, y muy villano.

—¡Bueno! —exclamó Beauchamp—, aquí tenemos al ministerio cantando el Beranger; ¿dónde vamos a parar, Dios mío?

—¡El señor de Chateau Renaud! ¡El señor Maximiliano Morrel! —dijo el criado, anunciando a dos nuevos invitados.

—Ya estamos todos, mas si no me equivoco, ¿no esperaban más que dos personas?

—¡Morrel! —exclamó Alberto sorprendido—, ¡Morrel! ¿Quién será ese señor?

Pero antes de que hubiese terminado de hablar, el señor de Chateau Renaud estrechaba la mano a Alberto.

—Permitidme, amigo mío —le dijo—, presentaros al señor capitán de spahis, Maximiliano Morrel, mi amigo, y además mi salvador. Por otra parte, él se presenta bien por sí mismo; saludad a mi héroe, vizconde.

Y se retiró a un lado para descubrir a aquel joven alto y de noble continente, de frente ancha, mirada penetrante, negros bigotes, a quien nuestros lectores recordarán haber visto en Marsella, en una circunstancia demasiado dramática para haberla olvidado. En su rico uniforme medio francés, medio oriental, hacía resaltar la cruz de la Legión de Honor.

El joven oficial se inclinó con elegancia; Morrel era elegante en todos sus movimientos, porque era fuerte.

—Caballero —dijo Alberto con una política afectuosa—, el señor barón de Chateau Renaud sabía de antemano el placer que me causaría al presentaros..Sois uno de sus amigos, caballero, sedlo, pues, también nuestro.

—Muy bien —dijo el barón de Chateau Renaud—, y desead, mi querido vizconde, que si llega el caso, haga por vos lo que ha hecho por mí.

—¿Y qué ha hecho? —inquirió Alberto.

__¡Oh! ——dijo Morrel—, no vale la pena hablar de ello, y el señor exagera las cosas.

—¡Cómo! ¡Que no vale la pena! ¡Conque la vida no vale nada... ! Bueno, que digáis eso por vos, que exponéis vuestra vida todos los días, pero por mí, que la expongo por casualidad...

—Lo más claro que veo en esto es que el señor capitán Morrel os ha salvado la vida...

—Sí, señor; eso es —dijo Chateau Renaud.

—¿Y en qué ocasión? —preguntó Beauchamp.

—¡Beauchamp, amigo mío, habéis de saber que me muero de hambre!—dijo Debray—, no empecéis con vuestras historias.

—¡Pues bien!, yo no impido que vayamos a almorzar, yo... Chateau Renaud nos lo contará en la mesa.

—Señores —dijo Morcef—, todavía no son más que las diez y cuarto, aún tenemos que esperar a otro convidado.

—¡Ah! , es verdad, un diplomático —replicó Debray.

—Un diplomático, o yo no sé lo que es. Lo que sé es que por mi cuenta le encargué de una embajada que ha terminado tan bien y tan a mi satisfacción, que si fuese rey, le hubiese hecho al instante caballero de todas mis órdenes, incluyendo las del Toisón de Oro y de la Jarretera.

—Entonces, puesto que no nos sentamos a la mesa —señaló Debray—, servios una botella de Jerez como hemos hecho nosotros, y contadnos eso, barón.

—Ya sabéis todos que tuve el capricho de ir a África.

—Ese es un camino que os han trazado vuestros antecesores, mi querido Chateau Renaud —respondió con galantería Morcef.

—Sí; pero dudo que fuese, como ellos, para libertar el sepulcro de Jesucristo.

—Tenéis razón, Beauchamp —repuso el joven aristócrata—; era sólo para dar un golpe, como aficionado. El duelo me repugna, como sabéis, desde que dos testigos, a quienes yo había elegido para arreglar cierto asunto, me obligaron a romper un brazo a uno de mis mejores amigos... ¡Diantre...!, a ese pobre Franz d'Epinay, a quien todos conocéis.

—¡Ah!, sí, es verdad —dijo Debray—, os habéis batido en tiempo de... ¿de qué?

—¡Que e l diablo me lleve si me acuerdo! —dijo Chateau Renaud—. De lo que me acuerdo bien es de que no queriendo dejar dormir mi talento, quise probar en los árabes unas pistolas nuevas que me acababan de regalar.

De consiguiente, me embarqué para Orán, desde Orán fui a Constantina y llegué justamente para ver levantar el sitio.

Me puse en retirada como los demás. Por espacio de cuarenta y ocho horas sufrí con bastante valor la lluvia del día y la nieve de la noche, en fin, a la tercera mañana mi caballo se murió de frío. ¡Pobre animal! ¡Acostumbrado a las mantas y a las estufas de la cuadra!, un caballo árabe que murió sólo al encontrar diez grados de frío en Arabia.

—Por eso me queríais comprar mi caballo inglés —dijo Debray—, suponéis que sufrirá mejor el frío que vuestro árabe.

—Estáis en un error, porque he hecho voto de no volver más al África.

—¿Conque tanto miedo pasasteis? —preguntó Beauchamp.

—¡Oh!, sí, lo confieso —respondió Chateau Renaud—, y había de qué tenerlo. Mi caballo había muerto, yo me retiraba a pie, seis árabes vinieron a galope a cortarme la cabeza, maté a dos con los tiros de mi escopeta, y otros dos con mis dos pitolas, pero aún quedaban dos y estaba desarmado. El uno me agarró por los cabellos; por eso ahora los llevo cortos; nadie sabe lo que puede suceder; el otro me rodeó el cuello con su yatagán. Y ya sentía el frío agudo del hierro, cuando el señor que veis aquí cargó sobre ellos, mató al que me cogía de los cabellos de un pistoletazo y partió la cabeza al que se disponía a cortar la mía, de un sablazo. Este caballero se había propuesto salvar a un hombre aquel día, y la casualidad quiso que fuese yo. Cuando sea rico, mandaré hacer a Klayman o a Morocheti una estatua a la Casualidad.

—Sí —dijo sonriendo Morrel—, era el 5 de septiembre, es decir, el aniversario de un día en que mi padre fue milagrosamente salvado; así, pues, siempre que esté en mi mano, celebro todos los años ese día con una acción...

—Heroica, ¿no es verdad? —interrumpió Chateau Renaud—. En fin, yo fui el elegido, pero aún no es eso todo. Después de salvarme del hierro me salvó del frío, dándome, no la mitad de su capa, como hizo San Martín, sino dándomela entera, y después aplacó mi hambre partiendo conmigo, ¿no adivináis el qué...?

—¿Un pastel de casa de Félix? —preguntó Beauchamp.

—No; su caballo, del que cada cual comimos un pedazo con gran apetito, aunque era un poco duro...

—¿El caballo? —inquirió Morcef.

—No; el sacrificio —respondió Chateau Renaud—. Preguntad a Debray si sacrificaría el suyo inglés por un extranjero.

—Por un extranjero, seguro que no —dijo Debray—; por un amigo, tal vez.

—Supuse que juzgaríais como yo —dijo Morrel—, por otra parte, ya he tenido el honor de decíroslo, heroísmo o no, sacrificio o no, yo debía una ofrenda a la mala fortuna, en premio a los favores que nos había dispensado otras veces la buena.

—Esa historia a que se refiere el señor Morrel —continuó Chateau Renaud— es una curiosa historia que algún día os relatará cuando hayáis trabado más íntimo conocimiento. Por hoy pensemos en alimentar el estómago y no la memoria. ¿A qué hora almorzáis, Alberto?

—A las diez y media.

—¿En punto? —preguntó Debray sacando su reloj.

—¡Oh!, me concederéis los cinco minutos de gracia —dijo Morcef—, puesto que también yo estoy esperando a un salvador.

—¿De quién?

—De mí, ¡qué diantre! —respondió Morcef—. ¿Creéis que a mí no me puedan salvar como a cualquier otro y que sólo los árabes cortan la cabeza? Nuestro almuerzo es un almuerzo filantrópico, y tendremos en nuestra mesa a dos bienhechores de la humanidad.

—¿Cómo lo haremos? —dijo Debray—; solamente tenemos un premio Montyon.

—¡Pues bien!, se le dará al que nada haya hecho —dijo Beau—champ—. De este modo, en la Academia podrán salir del apuro.

—¿Y de dónde viene? —preguntó Debray—. Dispensad que insista, ya habéis respondido a esta pregunta, pero muy vagamente.

—En realidad —dijo Alberto—, no lo sé. Cuando le invité hace tres meses, estaba en Roma; pero después, ¿quién puede saber dónde ha ido a parar?

—¿Y le creéis capaz de ser puntual? —preguntó Debray.

—Le creo capaz de todo —respondió Morcef.

—Cuidado, que ya no faltan más que diez minutos, contando los cinco de gracia.

—Pues bien, los aprovecharé para deciros unas palabras acerca de mi invitado.

—Perdonad ——dijo Beauchamp—, ¿hay materia para un folletín en lo que vais a contar?

—Sí, seguramente —dijo Morcef—, y de los más curiosos.

—Entonces, ya podéis hablar.

—Estaba yo en Roma en el último Carnaval...

—Esto ya lo sabemos —dijo Beauchamp.

—Sí, pero lo que no sabéis es que fui raptado por unos bandidos.

—¡Pero si no hay bandidos! —dijo Debray.

—Sí que los hay, y capaces de asustar a cualquiera.

—Veamos, mi querido Alberto —dijo Debray—, confesad que vuestro cocinero se tarda mucho, que las ostras aún no han llegado de Marennes o de Ostende, y que siguiendo el ejemplo de Maintenon, queréis sustituir el plato por un cuento. Decidlo, querido, franqueza tenemos para perdonaros y paciencia para escuchar vuestra historia, por fabulosa que parezca a primera vista.

—Y yo os digo que, por fabulosa que sea, os la cuento por verdadera desde el principio hasta el fin. Habiéndome raptado los bandidos, me condujeron a un lugar muy triste, que se llama las Catacumbas de San Sebastián.

—Ya conozco el sitio —dijo Chateau Renaud—; me faltó poco para coger allí la fiebre.

—Y yo —dijo Morcef— la tuve realmente. Me anunciaron que estaba prisionero y me pedían por mi rescate una miseria, cuatro mil escudos romanos, veintiséis mil libras francesas. desgraciadamente no tenía más que mil quinientas; me hallaba al fin de mi viaje y mi crédito se había concluido. Escribí a Franz. ¡Y por Dios!, aguardad, al mismo Franz podéis preguntarle si miento. Escribí a Franz que si no llegaba a las seis de la mañana con los cuatro mil escudos, a las seis y diez minutos me habría ido a reunir con los bienaventurados santos y los gloriosos mártires, en compañía de los cuales tendría el honor de encontrarme, y Luigi Vampa, éste era el nombre del jefe de los bandidos, hubiera cumplido escrupulosamente su palabra.

—¿Pero llegó Franz con los cuatro mil escudos? —dijo Chateau Renaud—. ¡Qué diantre!, ni Franz d'Espinay ni Alberto de Morcef pueden verse apurados por cuatro mil escudos.

—No; llegó simplemente acompañado del convidado que os anuncio y que espero presentaros.

—¡Ah!, ya. ¿Pero era ese hombre un Hércules matando a Caco, o un Perseo salvando a Andrómeda?

—No; es un poco más o menos de mi estatura.

—¿Armado hasta los dientes?

—No llevaba arma alguna.

—¿Pero trató de vuestro rescate?

—Dijo dos palabras al oído del jefe y fui puesto en libertad.

—Le daría excusas por haberos preso —dijo Beauchamp.

—Exacto —respondió Morcef.

—¡Pero era Ariosto ese hombre!

—No; era el conde de Montecristo.

—¿Se llama el conde de Montecristo? —inquirió Debray.

—No creo —añadió Chateau Renaud, con la sangre fría de un hombre que tiene en la punta de los dedos la nobleza europea—, que haya en parte alguna un conde de Montecristo.

—Puede ser que venga de la Tierra Santa —dijo Beauchamp—, alguno de sus ascendientes habrá poseído el Calvario, como los Montemar el Mar Muerto.

—Perdonad —dijo Maximiliano—, pero creo que voy a arrojar luz sobre el asunto. Señores, Montecristo es una pequeña isla, de que he oído hablar muchas veces a los marinos que empleaba mi padre, un grano de arena en medio del Mediterráneo, en fin, un átomo en el infinito.

—Exactamente —dijo Alberto—. ¡Pues bien! De ese grano de

arena, de ese átomo, es señor y rey ése de quien os hablo; habrá comprado su título de conde en alguna parte de Toscana.

—¿Será muy rico vuestro conde?

—¡Muchísimo!

—Se notará en el aspecto, supongo.

—Os engañáis, Debray.

—No os comprendo.

—¿Habéis leído las Mil y una noches?

—¡Vaya pregunta!

—Pues bien, ¿sabéis si las personas que allí se ven son ricas o pobres? ¿Si sus granos de trigo no son de rubíes o de diamantes? Tienen el aire de miserables pescadores, ¿no es esto? Los tratáis como a tales, y de pronto, os abren alguna caverna misteriosa, en donde os encontráis un tesoro que basta para comprar la India.

—¿Y qué?

—¿Y habéis visto esa caverna, Morcef? —preguntó Beauchamp.

—Yo no, Franz... Pero silencio, es preciso no decir una palabra de esto delante de él. Franz ha bajado allí con los ojos vendados, y ha sido servido por mudos y por mujeres, al lado de las cuales, a lo que parece, no hubiese sido nada Cleopatra. Por lo que se refiere a las mujeres, no está muy seguro, puesto que no entraron hasta después que hubo tomado el hachís, de suerte que podrá suceder que lo que ha creído mujeres fuesen estatuas.

Los jóvenes miraron a Morcef, como queriendo decir:

—Querido, ¿os habéis vuelto loco, o queréis burlaros de nosotros?

—En efecto —dijo Morrel pensativo—, yo he oído contar a un viejo llamado Fenelón, alguna cosa parecida a lo que ha dicho el señor de Morcef.

—¡Áh! —dijo Alberto—, me alegro de que el señor de Morrel venga en mi ayuda. Esto os contraría, ¿verdad?, tanto mejor...

—Dispensadme, mi querido amigo —dijo Debray—, pero nos contáis unas cosas tan inverosímiles...

—¡Ah, es porque vuestros embajadores, vuestros cónsules no os hablan! No tienen tiempo, es preciso que incomoden a sus compatriotas que viajan.

—¡Ah! He aquí por lo que nos incomodáis culpando a nuestras

pobres gentes. ¿Y con qué queréis que os protejan? La Cámara les rebaja todos los días sus sueldos hasta que los deje sin nada. ¿Queréis ser embajador, Alberto? Yo os haré nombrar en Constantinopla.

—No, porque el Sultán, a la primera demostración que hiciera en favor de Mohamed—Alí, me envía el cordón, y mis secretarios me ahorcarían.

—¿Lo veis? —dijo Debray.

—Sí; pero todo ello no es obstáculo para que exista mi conde de Montecristo.

—¡Por Dios! Todo el mundo existe: ¿Qué tiene eso de particular?

—Todo el mundo existe, sin duda, pero no en condiciones semejantes. ¡No todo el mundo tiene esclavos negros, armas a la Casauba, caballos de seis mil francos, damas griegas!

—¿Habéis tenido ocasión de ver a la dama griega?

—Sí, la he visto y oído. La he visto en el teatro del Valle y la he oído un día que almorzaba en casa del conde.

—¿Come acaso ese hombre extraordinario?

—Si come, es tan poco, que no vale la pena de hablar de ello.

—Ya veréis como es un vampiro.

—Podéis burlaros si queréis. Esta era la opinión de la condesa de G..., que como sabéis ha conocido a lord Ruthwen.

—¡Ah, muy bien! ——dijo Beauchamp—. Aquí tenemos para un hombre que no es periodista, la cuestión de la famosa serpiente de mar del Constitutionnel; ¡un vampiro, eso es estupendo!

—Ojo de color leonado, cuya pupila disminuye y se dilata según su voluntad —dijo Debray—, aire sombrío, frente magnífica, tez lívida, barba negra, dientes largos y agudos y modales desenvueltos.

—Y bien, eso es justamente —dijo Alberto—, y las señas están trazadas perfectamente. Sí, política aguda a incisiva. Este hombre me ha dado miedo muchas veces, y un día entre otros que presenciábamos juntos una ejecución, creí que iba a ponerme malo, más bien de verle y oírle hablar fríamente sobre todos los suplicios de la tierra, que de ver al verdugo cumplir su oficio y oír los gritos del condenado.

—¿No os condujo a las ruinas del Coliseo para ver correr la

sangre, Morcef? —preguntó Beauchamp.

—Y después de haber deliberado, ¿no os ha hecho firmar algún pergamino de color de fuego, por el cual le cedáis vuestra alma como Esaú su derecho de primogenitura? —dijo Debray.

—¡Burlaos, burlaos lo que queráis, señores!

—dijo Morcef un poco amoscado—. Cuando os miro a vosotros, bellos parisienses, habitantes del Boulevard de Gante, paseantes del bosque de Boulogne, y me acuerdo de ese hombre, me parece que no somos de la misma especie.

—¡Yo me lisonjeo de ello! —dijo Beauchamp.

—Siempre será —añadió Chateau Renaud— vuestro conde de Montecristo un hombre galante en sus ratos de ocio, prescindiendo de esos pequeños arreglos con los bandidos italianos.

—¡Ya no hay bandidos italianos! —dijo Debray.

—¡Ni vampiros! —añadió Beauchamp.

—Ni conde de Montecristo —respondió Debray—. Aguardad, querido Alberto, que son las diez y media.

—Confesad que habéis tenido una pesadilla, y vamos a almorzar —dijo Beauchamp.

Pero aún no se había extinguido la vibración del reloj, cuando se abrió la puerta y Germán anunció:

—¡Su excelencia, el conde de Montecristo!

Todos los presentes, a pesar suyo, hicieron un gesto que denotaba la preocupación que la relación de Morcef había dejado en sus almas. Alberto mismo no pudo contener una emoción súbita. No se había oído ni carruaje en la calle, ni pasos en la antesala. La puerta misma se había abierto sin hacer ruido.

El conde apareció en el dintel, vestido con la mayor sencillez, pero el elegante más exquisito no hubiese encontrado nada que reprender en su traje. Todo era de un gusto delicado, todo salía de las manos de los más elegantes proveedores; vestidos, sombrero y ropa blanca.

Apenas aparentaba treinta y cinco años de edad, y lo que admiró a todos fue su extrema semejanza con el retrato que de él había trazado Debray.

El conde se adelantó sonriendo y se dirigió en derechura a Alberto, quien saliéndole al encuentro, le ofreció la mano con prontitud.

—La puntualidad —dijo el conde de Montecristo— es la política de los reyes, según ha dicho, creo, uno de vuestros soberanos. Pero cualquiera que sea su buena voluntad, no es siempre la de los viajeros. Sin embargo, espero, mi querido vizconde, que me disculparéis en favor de mis buenos deseos, los dos o tres segundos que he tardado a la cita. Quinientas leguas no se recorren sin algún contratiempo, particularmente en Francia, donde está prohibido, según parece, dar prisa a los postillones.

—Señor conde —respondió Alberto—, estaba anunciando vuestra visita a algunos amigos míos, que he reunido hoy contando con la promesa que tuvisteis a bien hacerme, y que tengo el honor de presentaros. Son los señores, Conde de Chateau Renaud, cuya nobleza proviene de los Doce Pares, y cuyos antepasados ocuparon un puesto en la Mesa Redonda; el señor Luciano Debray, secretario particular del Ministro del Interior; Beauchamp, enérgico periodista, terror del gobierno francés. No habréis jamás oído hablar de él en Italia, donde no permiten la entrada de su periódico; en fin, el señor Maximiliano Morrel, capitán de spahis.

Al oír este nombre, el conde, que hasta entonces había saludado cortésmente, pero con una frialdad y una impasibilidad inglesa, dio, a pesar suyo, un paso hacia adelante, y un leve tabor tiñó por breves instantes sus pálidas mejillas.

—¿El señor lleva el uniforme de los nuevos vencedores franceses? —dijo él—; es un bonito uniforme.

No habría podido decirse cuál era el sentimiento que daba a la voz del conde una vibración tan profunda, y que hacía brillar, a pesar suyo, su mirada tan expresiva cuando no había motivo para ello.

—¿No habéis visto jamás a nuestros africanos, caballero? —dijo Alberto. —Nunca —replicó el conde, repuesto ya por completo de su sorpresa.

—Pues bien, bajo ese uniforme late un corazón de los más valientes y nobles del ejército.

—¡Oh! , señor conde —interrumpió Morrel.

—Dejadme hablar, capitán... Además —continuó Alberto—, acabamos de enterarnos de una acción tan heroica que, aunque lo haya visto hoy por la primera vez, reclamo de él el favor de presentárosle como amigo mío.

Aún se hubiera podido notar en estas palabras en el conde de Montecristo, esa mirada fija, ese tabor fugitivo, y el ligero temblor del párpado que denotaba la emoción que sentía.

—¡Ah!, el señor tiene un corazón noble —dijo el conde—, ¡tanto mejor!

Esta especie de exclamación, que respondía al pensamiento del conde, más bien que a lo que acababa de decir Alberto, sorprendió a todo el mundo, y sobre todo a Morrel, que miró a Montecristo con admiración. Pero al mismo tiempo, el acento era tan suave, que por extraña que fuese esta exclamación, no había medio de incomodarse por ella.

—¿Por qué había de dudar? —dijo Beauchamp a Chateau Renaud.

—En verdad —respondió éste, quien con su trato de mundo y su mirada aristocrática había penetrado en Montecristo todo lo que se podía penetrar en él—, en verdad, que Alberto no nos ha engañado, y que es un personaje singular el conde, ¿qué decís vos, Morrel?

—Por mi vida —dijo éste—, tiene la mirada franca y la voz simpática, de manera que me agrada a pesar de la extraña reflexión que acaba de hacerme.

—Señores —dijo Alberto—, Germán me anuncia que estamos servidos. Mi querido conde, permitidme indicaros el camino.

Pasaron silenciosamente al comedor. Cada uno ocupó su sitio.

—Señores —dijo el conde sentándose—, permitidme que os haga una confesión, que será mi disculpa por todas las faltas que pueda cometer: soy extranjero, pero hasta tal extremo, que es la vez primera que vengo a París. Las costumbres francesas me son particularmente desconocidas, y no he practicado bastante hasta ahora, sino las costumbres orientales, las más contrarias a las buenas tradiciones parisienses. Os suplico, pues, que me excuséis si encontráis en mí algo de turco, de napolitano o de árabe. Dicho esto, señores, almorcemos.

—Por lo que ha dicho —murmuró Beauchamp—; es, desde luego, un gran señor.

—Un gran señor extranjero —añadió Debray.

—Un gran señor de todos los países, señor Debray —dijo Chateau Renaud.

Como hemos dicho, el conde era un convidado bastante sobrio. Alberto se lo hizo observar, atestiguando el temor que desde el principio tuvo de que la vida parisiense no agradase al viajero en su parte más material, pero al mismo tiempo más necesaria.

—Querido conde —dijo—, temo que la cocina de la calle de Helder no os agrade tanto como la de la plaza de España. Hubiera debido preguntaros vuestro gusto, y haceros preparar algunos platos que os agradasen.

—Si me conocieseis mejor —respondió sonriéndose el conde—, no os preocuparíais por un cuidado casi humillante para un viajero como yo, que ha pasado sucesivamente con los macarrones en Nápoles, la polenta en Milán, la olla podrida en Valencia, el arroz cocido en Constantinopla, el karri en la India y los nidos de golondrinas en China. No hay cocina para un cosmopolita como yo. Como de todo y en todas partes, únicamente que como poco, y hoy que os quejáis de mi sobriedad, estoy en uno de mis días de apetito, porque desde ayer por la mañana no había comido.

—¡Cómo! ¿Desde ayer por la mañana? —exclamaron los convidados—, ¿no habéis comido desde hace veinticuatro horas?

—No —respondió Montecristo—, tuve que desviarme de mi ruta y tomar algunos informes en las cercanías de Nimes, de manera que me retrasé un poco y no he querido detenerme.

—¿Y habéis comido en vuestro carruaje? —preguntó Morcef.

—No, he dormido, como me ocurre cuando me aburro, sin valor para distraerme, o cuando siento hambre sin tener ganas de comer.

—¿Pero mandáis en vuestro sueño, señor? —preguntó Morrel.

—Casi.

—¿Tenéis receta para ello?

—Una receta infalible.

—He aquí lo que sería bueno para nosotros, los africanos, que no siempre tenemos qué comer y rara vez qué beber —dijo Morrel.

—Sí —dijo Montecristo—, desgraciadamente mi receta, excelente para un hombre como yo, que lleva una vida excepcional, sería muy peligrosa aplicada a un ejército que no se despertaría cuando se tuviese necesidad de él.

—¿Y se puede saber cuál es la receta? —preguntó Debray.

—¡Oh! Dios mío, sí —dijo Montecristo—, no hago secreto de ello, es una mezcla de un excelente opio que he ido a buscar yo mismo a Cantón, para estar seguro de obtenerlo puro, y del mejor hachís que se cosecha en Oriente, es decir, entre el Tigris y el Eufrates. Se reúnen estos dos ingredientes en proporciones iguales y se hace una especie de píldoras, que se tragan cuando hay necesidad. Diez minutos más tarde producen el efecto. Preguntad al barón Franz d'Epinay, pues creo que él lo ha probado un día.

—Sí —respondió Morcef—, me ha dicho algunas palabras sobre ello, y ha guardado al mismo tiempo un recuerdo muy agradable.

—Pero —dijo Beauchamp, quien en su calidad de periodista era muy incrédulo—, ¿lleváis esas drogas con vos?

—Constantemente —respondió Montecristo.

—¿Sería indiscreción el pediros ver esas preciosas píldoras? —exclamó Beauchamp, creyendo poner al conde en un aprieto.

—No, señor —respondió el conde, y sacó de su bolsillo una maravillosa cajita incrustada en una sola esmeralda, y cerrada por una rosca de oro, que desatornillándose, daba paso a una bolita de color verdoso y del tamaño de un guisante. Esta bola tenía un color ocre y olor penetrante. Había cuatro o cinco iguales en la esmeralda, y podía contener hasta una docena.

La cajita fue pasando de mano en mano por todos los invitados, más para examinar esta admirable esmeralda que para ver o analizar las píldoras.

—¿Es vuestro cocinero quien os prepara este manjar? —inquirió Beauchamp.

—No, no, señor —dijo Montecristo—, yo no entrego mis goces reales como éste a merced de manos indignas. Soy bastante buen químico, y preparo las píldoras yo mismo.

—Es una esmeralda admirable, y la más gruesa que he visto jamás, aunque mi madre tiene algunas joyas de familia bastante notables —dijo Chateau Renaud.

—Tenía tres iguales —respondió Montecristo—, he dado una al Gran Señor, que la ha hecho engarzar en su espada; otra a nuestro Santo Padre el Papa, que la hizo incrustar en su mitra, frente a otra esmeralda casi parecida, pero menos hermosa, sin embargo, que había sido regalada a su predecesor por el emperador

Napoleón. He guardado la tercera para mí, y la he hecho ahuecar, lo que le ha quitado la mitad de su valor, pero es más cómoda para el use a que he querido destinarla.

Todos contemplaban a Montecristo con admiración. Hablaba con tanta sencillez, que era evidente que decía la verdad o que estaba loco; sin embargo, la esmeralda que había quedado entre sus manos hacía que se inclinasen hacia la primera suposición.

—¿Y qué os dieron esos dos hombres a cambio de tan magnífico regalo? —preguntó Debray.

—El Gran Señor, la libertad de una mujer —respondió el conde—; nuestro Santo Padre el Papa, la vida de un hombre. De suerte que, una vez en mi vida, he sido tan poderoso como si Dios me hubiese hecho nacer en las gradas de un trono.

—Y es a Pepino a quien habéis libertado, ¿no es verdad? —exclamó Morcef—. ¿Es en él en quien habéis hecho aplicación de vuestro derecho de gracia?

—Tal vez —dijo Montecristo sonriendo.

—Señor conde, no podéis formaros una idea del placer que experimento al oíros hablar así —dijo Morcef—. Os había anunciado a mis amigos como un hombre fabuloso, como un mago de las Mil y una noches, como un nigromántico de la Edad Media; pero los parisienses son tan sutiles y materiales, que toman por capricho de la imaginación las verdades más indiscutibles, cuando estas verdades no entran en todas las condiciones de su existencia cotidiana. Por ejemplo, aquí tenéis a Debray y Beauchamp, que leen, todos los días, que han sorprendido y han robado en el boulevard a un miembro del Jockey Club que se retiraba tarde, que han asesinado a cuatro personas en la calle de Saint—Denis, o en el arrabal de Saint—Germain; que han apresado diez, quince o veinte ladrones, sea en un café del boulevard del Temple, o en San Julián; que disputan la existencia de los bandidos de Marennes del campo de Roma, o de las lagunas Pontinas. Decidles, pues, vos mismo, os lo suplico, señor conde, que he sido raptado por esos bandidos, y que sin vuestra generosa intercesión esperaría hoy probablemente la resurrección eterna en las catacumbas de San Sebastián, en lugar de darles una comida en mi casita de la calle de Helder.

—¡Bah! —dijo Montecristo—, me habíais prometido no hablarme nunca de ese asunto.

—No soy yo, señor conde —exclamó Morcef—, es algún otro a quien habéis hecho el mismo servicio que a mí y al que confundiréis conmigo.

—Os ruego que hablemos de otra cosa —dijo el conde de Monte—Cristo—, porque si continuáis hablando de esta circunstancia, puede ser que me digáis, no solamente un poco de lo que sé, sino algo de lo que ignoro. Pero me parece —añadió sonriendo—, que habéis representado en todo este asunto un papel bastante importante para saber tan bien como yo lo que ha pasado.

—¿Queréis prometerme, si digo todo lo que sé —dijo Morcef—, decirme luego lo que vos sepáis?

El conde respondió:

—De acuerdo.

—Pues bien —replicó Morcef—, aunque padezca mi amor propio, he de decir que me creí durante tres días objeto de las atenciones de una máscara, a quien yo juzgué alguna descendiente de las Julias o de las Popeas, entretanto que era pura y sencillamente objeto de las coqueterías de una contadina, y observad que digo contadina por no decir aldeana. Lo que sé es que, como un inocente, más inocente aún que de quien yo hablaba ahora, tomé por esta aldeana a un joven bandido de quince a dieciséis años, imberbe, de talle delicado, quien en el momento en que quería propasarme hasta depositar un beso en sus castos hombros, me puso una pistola en el pecho, y con la ayuda de siete a ocho de sus compañeros, me condujeron, o mejor dicho, me arrastraron, al fondo de las catacumbas de San Sebastián, donde encontré al jefe de los bandidos, por cierto, tan instruido que leía los Comentarios del César, y que se dignó interrumpir su lectura para decirme, que si al día siguiente a las seis de la mañana no entregaba cuatro mil escudos, al día siguiente a las seis y cuarto habría dejado de existir. La carta obra en poder de Franz, firmada por mí, con una postdata de Luigi Vampa. Si dudáis de ello, escribo a Franz, el cual hará legalizar las firmas. Hasta aquí, todo lo que sé. Lo que yo no sé ahora es cómo fuisteis, señor conde, a infundir tanto respeto a los bandidos de Roma, que respetan tan pocas cosas. Os confieso que Franz y yo nos quedamos sorprendidos.

—Es muy sencillo —respondió el conde—, yo conocía al famoso Vampa hacía más de diez años. Muy joven, cuando era pastor, un día que le di una moneda de oro por haberme enseñado ml camino, me dio, para no deberme nada, un puñal tallado por él y que habréis visto en mi colección de armas. Más tarde, sea que hubiese olvidado este cambio de regalos o que no me hubiese reconocido, intentó robarme, pero fui yo, al contrario, quien le apresé a él y a una docena de los suyos. Podía entregarle a la justicia romana, que es ejecutiva, y que lo hubiera sido aún más con ellos, pero no hice nada. Lo solté con sus compañeros.

—Pero con la condición de que no robarían ya más —dijo el periodista riendo—. Veo con placer que han cumplido escrupulosamente su palabra.

—No, señor —respondió Montecristo—, con la simple condición de que me respetaría a mí y a los míos. Lo que voy a deciros se os antojará extraño a vosotros, señores socialistas, progresistas, humanitaristas, y es que yo no me ocupo nunca de mi prójimo, no procuro nunca proteger a la sociedad que no me protege, y diré aún más, que no se ocupa generalmente de mí, sino para perjudicarme, y retirándoles mi estimación y guardando la neutralidad frente a ellos, es aún la sociedad y mi prójimo quienes me deben agradecimiento.

—¡Sea en buena hora! —exclamó Chateau Renaud—. He aquí el primer hombre intrépido a quien he oído predicar leal y francamente el egoísmo, es hermoso esto: ¡Bravo, señor conde!

—Por lo menos es franco —dijo Morrel—, pero estoy seguro que el señor conde no se habrá arrepentido de haber faltado alguna vez a los principios que, sin embargo, acaba de exponernos de una manera tan absoluta.

—¿Cómo que he faltado a esos principios? —inquirió Montecristo, que de vez en cuando no podía dejar de mirar a Maximiliano con tanta atención que ya dos o tres veces el atrevido joven había bajado los ojos delante de la mirada fija y penetrante del conde.

—Me parece —respondió Morrel—, que libertando al señor de Morcef, a quien no conocíais, servíais a vuestro prójimo y a la sociedad.

—De la cual constituye su ornato más preciado —dijo gravemente Beauchamp, vaciando de un solo sorbo un vaso de champán.

—Señor conde —exclamó Morcef—, estáis cogido, a pesar de ser uno de los más sólidos argumentadores que conozco, y se os va a demostrar que, lejos de ser un egoísta, sois, al contrario, un filántropo.

¡Ah, señor conde! Vos os llamáis oriental, levantino, malayo, indio, chino, salvaje, os llamáis Montecristo por vuestro nombre de familia, Simbad el Marino por vuestro nombre de pila y al poner el pie en París, poseéis por instinto el mayor mérito o el mayor defecto de nuestros excéntricos parisienses, es decir, que usurpáis los vicios que no tenéis, y que ocultáis las virtudes que os adornan.

—Mi querido vizconde —repuso Montecristo—, no veo en todo lo que he dicho o hecho, una sola palabra que me valga por vuestra parte y la de estos señores el pretendido elogio que acabo de recibir. Vos no sois un extraño para mí, porque os conocía, os había cedido dos habitaciones, dado de almorzar, prestado uno de mis carruajes, porque habíamos visto pasar las máscaras juntos en la calle del Corso, y porque habíamos presenciado desde una ventana de la plaza del Popolo aquella ejecución que os causó tan fuerte impresión. Ahora bien, pregunto a estos señores, ¿podía yo dejar a mi huésped en manos de esos infames bandidos, como vos los llamáis? Además, vos lo sabéis, el salvador tenía una segunda intención, que era servirme de vos para introducirme en los salones de París cuando viniese a visitar Francia. Algún tiempo habéis podido considerar esta resolución como un proyecto vago y fugitivo, pero hoy, bien lo veis, es una realidad, a la cual es menester someteros, so pena de faltar a vuestra palabra.

—Y he de cumplirla —dijo Morcef—, pero temo que quedéis descontento, mi querido conde. Vos que estáis acostumbrado a los grandes parajes, a los acontecimientos pintorescos, a los horizontes fantásticos. Nosotros no conocemos el menor episodio del género de aquellos a que os ha acostumbrado vuestra vida aventurera. Nuestro Chimborazo es Montmartre, nuestro Himalaya es el Mont—Valerien, nuestro gran desierto es la llanura de Grenelle, en que hay algún que otro pozo para que las caravanas encuentren agua. Entre nosotros hay ladrones, pero de esos ladrones que temen más a un muchacho del pueblo que a un gran señor; en fin, Francia es un país tan prosaico, y París una ciudad tan civilizada, que no encontraréis en nuestros ochenta y cinco departamentos, digo ochenta y cinco, porque exceptúo Córcega, no hallaréis en nuestros ochenta y cinco departamentos la menor montaña en que no haya un telégrafo y la menor gruta, por lóbrega que sea, en que un comisario de policía no haya hecho poner el gas. Sólo un servicio puedo prestaros, mi querido conde, y es presentaros por todas partes, o haceros presentar por mis amigos, pero vos no tenéis necesidad de nadie para eso, con vuestro nombre, vuestra fortuna y vuestro talento (Montecristo se inclinó con una sonrisa ligeramente irónica), os podéis presentar sin necesidad de nadie, y seréis bien recibido de todo el mundo. En realidad, únicamente puedo serviros en una cosa: si alguna de las costumbres de la vida Parisiense, alguna experiencia, algún conocimiento de nuestros bazares pueden recomendarme a vos, me pongo a vuestra disposición para buscaros una casa de las mejores. No me atrevo a proponeros que compartáis conmigo mi habitación, tal como hice yo en Roma con la vuestra, yo que no profeso el egoísmo, pero que soy egoísta por excelencia, no podría tolerar en mí cuarto ni una sombra, a no ser la de una mujer.

—¡Ah!, ésa es una reserva conyugal. En efecto, en Roma me dijisteis algo acerca de un casamiento..., debo felicitaros por vuestra próxima felicidad.

—La cosa sigue en proyecto, señor conde.

—Y quien dice proyecto —dijo Debray—, quiere decir inseguridad.

—¡No! ¡No! —dijo Morcef—, mi padre está empeñado, y yo espero antes de poco presentaros, si no a mi mujer, por lo menos a mi futura esposa, la señorita Eugenia Danglars.

—¡Eugenia Danglars! —respondió el conde de Montecristo—, aguardad, ¿no es su padre el barón Danglars?

—Sí —respondió Alberto—, pero barón de nuevo cuño.

—¡Oh, qué importa! —respondió Montecristo—, si ha prestado al Estado servicios que le hayan merecido esa distinción.

—¡Oh! , enormes —dijo Beauchamps—. Aunque liberal en el alma, completó en 1829 un empréstito de seis millones para el rey Carlos X, que le ha hecho barón y caballero de la Legión de Honor, de modo que lleva su cinta, no en el bolsillo del chaleco, como pudiera creerse, sino en el ojal del frac.

—¡Ah! —dijo Alberto riendo—, Beauchamp, Beauchamp, guardad eso para el Corsario y el Charivari, pero delante de mí, no habléis así de mi futuro suegro.

Luego dijo, volviéndose hacia Montecristo.

—¡Pero hace poco habéis pronunciado su nombre como si conocierais al barón!

No le conocía —respondió el conde de Montecristo—, pero no tardaré en conocerle, puesto que tengo un crédito abierto sobre él por la casa de Richard y Blount de Londres, Arstein y Estelus, de Viena, y Thompson y French, de Roma.

Y al pronunciar estas palabras, Montecristo miró de reojo a Maximiliano.

Si el extranjero había esperado que sus palabras produjeran algún efecto en Maximiliano Morrel, no se había engañado. Maximiliano se estremeció como si hubiese recibido una conmoción eléctrica.

—Thompson y French —dijo—, ¿conocéis esa casa, caballero?

—Son mis banqueros en la capital del mundo cristiano —respondió el conde—, ¿puedo serviros de algo respecto a esos señores?

—¡Oh!, señor conde, podríais ayudarnos en unas pesquisas que hasta ahora han sido infructuosas. Esa casa prestó hace tiempo un gran servicio a la nuestra, y no sé por qué siempre negó que lo hubiera hecho.

—Estoy a vuestras órdenes, caballero —respondió Montecristo inclinándose.

—Pero —dijo Alberto—, nos hemos apartado de la conversación que teníamos respecto a Danglars. Se trataba de buscar una buena habitación al conde de Montecristo. Veamos, señores, pensemos, ¿dónde alojaremos a este nuevo habitante de París?

—En el barrio de Saint—Germain —dijo Chateau Renaud—, este caballero encontrará allí una casa encantadora entre patio y jardín.

—¡Bah! —dijo Debray—, no conocéis más que vuestro triste barrio de Saint—Germain; no le escuchéis, señor conde; buscad casa en la Chaussée d'Antin, éste es el verdadero centro de París.

—En el Boulevard de la Opera —dijo Beauchamp—, en el piso principal, una casa con dos balcones. El señor conde hará llevar a ella almohadones de terciopelo bordados de plata, y fumando en pipa o tragando sus píldoras, verá desfilar ante sus ojos a toda la capital.

—Y vos, Morrel, ¿no tenéis idea? ¿No proponéis nada? —dijo Chateau Renaud.

—Claro que sí —dijo sonriendo el joven—, al contrario, tengo una, pero esperaba que el señor conde siguiese algunas de las brillantes proposiciones que acaban de hacerle. Ahora, como no ha respondido, creo poder ofrecerle una habitación en una casa encantadora, a la Pompadour, que mi hermana alquiló hace un año en la calle de Meslay.

—¿Tenéis una hermana? —preguntó Montecristo.

—Sí, señor; una excelente hermana, por cierto.

—¿Casada?

—Pronto hará nueve años.

—¿Dichosa? —preguntó de nuevo el conde.

—Tan dichosa como puede serlo una criatura humana —respondió Maximiliano—. Se ha casado con el hombre que amaba, el cual nos ha sido fiel en nuestra mala fortuna: Manuel Merbant.

Montecristo se sonrió de un modo imperceptible.

—Vivo allí mientras estoy aquí —continuó Maximiliano—, y estoy con mi cuñado Manuel a la disposición del señor conde, para todo lo que precise.

—Un momento —exclamó Alberto antes que Montecristo hubiese podido responder—, cuidado con lo que hacéis, señor Morrel, vais a hacer entrar a un viajero, a Simbad el Marino, en la vida de familia. Vais a convertir en patriarca a un hombre que ha venido para ver París.

—¡Oh!, no —respondió Morrel sonriendo—, mi hermana tiene veinticinco años, mi cuñado treinta, son jóvenes, alegres y dichosos; por otra parte, el señor conde estará en su casa y no encontrará a sus huéspedes síno cuando quiera bajar a verlos.

—Gracias, señor, muchas gracias —dijo Montecristo—. Me encantaría que me presentaseis a vuestra hermana y cuñado, si gustáis hacerme este honor; pero no he aceptado la oferta de ninguno de estos señores porque tengo ya mi habitación preparada.

—¡Cómo! —exclamó Morcef—, vais a ir a una fonda, eso no sería propio de vuestra categoría.

—¿Tan mal estaba en Roma? —preguntó Montecristo.

—Qué diantre, en Roma —dijo Morcef— gastasteis cincuenta mil piastras para haceros amueblar una habitación, pero presumo que no estáis dispuesto a repetir todos los días un gasto semejante.

—No es eso lo que me ha detenido —respondió Montecristo—, pero estaba resuelto a tener una casa en París, una casa mía, se entiende. Envié de antemano a mi criado, y ya ha debido habérmela mmprado y amueblado.

—Pero ese criado no conoce París —exclamó Beauchamp.

—Es la primera vez, como yo, que viene a Francia, caballero; es negro y no habla —dijo Montecristo.

—¿Entonces es Alí? —preguntó Alberto en medio de la sorpresa general.

—Sí, señor, es Alí, mi nubio, mi mudo, el que habéis visto en Roma, según creo.

—Sí, me acuerdo perfectamente —dijo Morcef.

—¿Pero cómo habéis encargado a un nubio que os comprara una casa en París, y a un mudo hacerla amueblar? Harán las cosas al revés.

—Desengañaos, estoy seguro de que todas las cosas las ha hecho a gusto mío, porque bien sabéis que mi gusto no es el de todos los demás. Ha llegado hace ocho días, habrá recorrido toda la ciudad con ese instinto que podría tener un buen perro cazador. Conoce mis caprichos, mis necesidades, todo lo habrá organizado a mi placer. Sabía que yo había de llegar hoy a las diez, me esperaba desde las nueve en la barrera de Fontainebleau, me entregó este papel. En él están escritas las señas de mi casa, mirad, Teed y Montecristo entregó un papel a Alberto.

—Campos Elíseos, número 30 —leyó Morcef.

—¡Ah! ¡Eso sí que es original! —no pudo menos de exclamar Beauchamp.

—¡Cómo! ¿Aún no sabéis dónde está vuestra casa? —preguntó Debray.

—No —dijo Montecristo—, ya os he dicho que quería llegar puntual a la cita. Me he vestido en mi carruaje y me he apeado a la puerta del vizconde.

Los jóvenes se miraron. No sabían si era una comedia representada por el conde de Montecristo, pero todo cuanto salía de su boca tenía un carácter tan original, tan sencillo, que no se podía suponer que estuviera mintiendo. ¿Y por qué había de mentir?

—Preciso será contentarnos —dijo Beauchamp— con prestar al señor conde todos los servicios que estén en nuestra mano; yo, como periodista, le ofrezco la entrada en todos los teatros de París.

—Muy agradecido, caballero —dijo sonriéndose Montecristo—, pero es el caso que mi mayordomo ha recibido ya la orden de abonarme a todos ellos.

—¿Y vuestro mayordomo es también algún mudo? —preguntó Debray.

—No, señor, es un compatriota vuestro, si es que un corso puede ser compatriota de alguien, pero vos le conocéis, señor de Morcef.

—¿Sería tal vez aquel valeroso Bertuccio, tan hábil para alquilar balcones?

—El mismo. Y le visteis el día en que tuve el honor de almorzar en vuestra compañía. Es todo un hombre, tiene un poco de soldado, de contrabandista, en fin, de todo cuanto se puede ser. Y no juraría que no haya tenido algún altercado con la policía..., una fruslería, por no sé qué cuchilladas de nada.

—¿Y habéis escogido a ese honrado ciudadano para ser vuestro mayordomo? ¿Cuánto os roba cada año?

—Menos que cualquier otro, estoy seguro —contestó el conde—; pero hace mi negocio, para él no hay nada imposible, y por eso le tengo a mi servicio.

—Entonces —dijo Chateau Renaud—, ya tenéis la casa puesta, poseéis un palacio en los Campos Elíseos, criados, mayordomo, no os falta sino una esposa.

Alberto se sonrió, pensaba en la hermosa griega que había visto en el palco del conde en el teatro Valle y en el teatro Argentino.

—Tengo algo mejor —dijo Montecristo—, tengo una esclava. Vosotros alabáis a vuestras señoras del teatro de la Opera, del Vaudeville, del de Varietés, mas yo he comprado la mía en Constantinopla, me ha costado bastante cara, pero ya no tengo necesidad de preocuparme de nada.

—Sin embargo, ¿olvidáis —dijo riendo Debray—, que somos, como dijo el rey Carlos, francos de nombre, francos de naturaleza, y que en poniendo el pie en tierra de Francia, el esclavo es ya libre?

—¿Y quién se lo ha de decir? —preguntó el conde.

—El primero que llegue.

—Sólo habla romaico.

—¡Ah!, eso es otra cosa.

—¿Pero la veremos al menos? —preguntó Beauchamp—; teniendo un mudo, tendréis también eunucos.

—¡No, a fe mía! —dijo Montecristo—, no llevo el orientalismo hasta tal punto. Todos los que me rodean pueden dejarme, y no tienen necesidad de mí ni de nadie. He ahí la razón, quizá, de por qué no me abandonan.

Al cabo de mucho rato, pasado en los postres y en fumar, Debray dijo levantándose:

—Son las dos y media, vuestro convite ha sido delicioso, mas no hay compañía, por buena que sea, que no sea preciso dejar, y aún algunas veces, por otra peor; es necesario que vuelva a mi ministerio. Hablaré del conde al ministro, será menester que sepamos quién es.

—Andad con cuidado —dijo Morcef—, los más atrevidos han renunciado a hacerlo.

—¡Bah!, tenemos tres millones para nuestra policía. Es verdad que casi siempre se gastan antes, pero no importa. Siempre quedan unos cincuenta mil francos.

—¿Y cuando sepáis quién es, me lo comunicaréis?

—Os lo prometo. Adiós, Alberto. Señores, servidor vuestro.

Y al salir Debray exclamó muy alto en la antesala:

—Daos prisa.

—¡Bien! —dijo Beauchamp a Alberto—, no iré a la Cámara, pero tengo que ofrecer a mis lectores algo mejor que un discurso de Danglars.

—Hacedme un favor, Beauchamp; ni una palabra, os lo suplico, no me quitéis el mérito de presentarle y de explicarle. ¿No es cierto que es curioso?

—Es mucho mejor que eso —respondió Chateau Renaud—, es

realmente uno de los hombres más extraordinarios que he visto en mi vida. ¿Venís, Morrel?

—Aguardad, voy a dar una tarjeta al conde, que me ha prometido hacerme una visita, calle Meslay, número 14.

—Estad seguro de que no faltaré —dijo el conde inclinándose.

Y Maximiliano Morrel salió con el barón de Chateau Renaud, dejando solos a Montecristo y Morcef.

II: LA PRESENTACIÓN

Cuando Alberto se encontró a solas y frente a frente con Monte—Cristo, le dijo:

—Señor conde, permitidme que empiece mi nuevo oficio de cicerone haciéndoos una descripción de una habitación del joven acostumbrado a los palacios de Italia; esto os servirá para saber en cuántos pies cuadrados puede vivir un joven que no pasa de ser de los más mal alojados. A medida que vayamos pasando de una pieza a otra, iremos abriendo las ventanas para que podáis respirar.

Montecristo conocía ya el comedor y el salón del piso bajo. Alberto le condujo a su estudio, éste era su cuarto predilecto.

Montecristo era digno apreciador de todas las cosas que Alberto había acumulado en esta estancia; antiguos cofres, porcelanas del Japón, alfombras de Oriente, juguetes de Venecia, armas de todos los países del mundo, todo le era familiar, y a la primera ojeada conocía el siglo, el país y el origen. Morcef había creído ser el que explicase, y él era el que estudiaba bajo la dirección del conde un curso completo de arqueología, de mineralogía y de historia natural. Alberto hizo entrar a su huésped en el salón. Las paredes estaban cubiertas de cuadros de pintores modernos, paisajes de Drupé con sus bellos arroyos, sus árboles desgajados, sus vacas paciendo y sus encantadores cielos. Tenía también jinetes árabes de Delacroix con largos albornoces blancos, cinturones brillantes y con armas damasquinas, y cuyos caballos muerden el bocado con rabia, mientras que los hombres se desgarran con mazas de hierro; las aguadas de Boulanger representando toda Nuestra Señora de París, con aquel vigor que hace del pintor el émulo del poeta. Telas de Díaz que hace a las flores más hermosas de lo que son en la realidad, el sol más brillante de lo que es. Dibujos de Decamo con un colorido como el de Salvatore Rosa, pero más poético; pasteles de Giraud y de Muller representando niños con cabezas de ángeles, mujeres de facciones virginales, bocetos arrancados del álbum del viaje a Oriente de Dacorats, que fueron trazados en algunos segundos sobre la silla de algún camello o sobre la cúpula de una mezquita, en fin, todo lo que el arte moderno puede dar en cambio y en indemnización del arte perdido con los siglos precedentes.

Alberto esperó mostrar por lo menos esta vez alguna cosa nueva al extraño viajero, pero con gran admiración, éste, sin tener necesidad de buscar las firmas, en que algunas, por otra parte, no estaban representadas sino por iniciales, aplicó en seguida el nombre de cada autor a su obra, de manera que era fácil ver que no solamente cada uno de estos nombres le era conocido, sino que cada uno de estos talentos habían sido apreciados y estudiados por él.

Del salón pasaron al dormitorio, que era a la vez un modelo de elegancia y de gusto severo; un solo retrato, pero firmado por Leopoldo Rober, resplandecía en su marco de oro mate.

Este retrato atrajo al principio las miradas del conde de Montecristo, porque dio tres pasos rápidos en la habitación, y se paró de repente delante de él.

Era el de una joven de veinticinco o veintiséis años, de tez morena, de mirada de fuego, velada bajo unos hermosos párpados. Llevaba el traje pintoresco de las pescadoras catalanas con su corpiño encarnado y negro, y sus agujas de oro enlazadas en los cabellos. Miraba al mar, y su elegante contorno se destacaba sobre el doble azul de las olas y del cielo.

La habitación estaba sumida en la penumbra, sin lo cual Alberto hubiese podido ver la lívida palidez, que se extendía sobre las mejillas del conde y sorprender el temblor nervioso que sacudió sus hombros y su pecho. Hubo un instante de silencio, durante el cual Montecristo permaneció con la mirada obstinadamente clavada en esta pintura.

—Tenéis ahí una hermosa querida, vizconde —dijo Montecristo con una voz perfectamente segura—. Y ese traje de baile sin duda le sienta a las mil maravillas.

—¡Ah!, señor —dijo Alberto—, he aquí un error que no me perdonaría si al lado de este retrato hubieseis visto algún otro. Vos no conocéis a mi madre, caballero. Es a ella a quien veis en ese lienzo; se hizo retratar así hace seis a ocho años. Ese traje es de capricho, a lo que parece. La condesa mandó hacer este retrato durante una ausencia del conde. Sin duda quería prepararle para su vuelta una agradable sorpresa. Pero, cosa rara, ese retrato desagradó a mi padre, y el valor de la pintura, que es como ya veis una de las mejores de Leopoldo Rober, no pudo vencer su antipatía por el cuadro. La verdad, aquí para nosotros, mi querido conde, es que el señor Morcef es uno de los pares más asiduos del Luxemburgo, pero un amante del arte de los más medianos; en cambio, mi madre pinta de un modo bastante notable, y estimando demasiado una obra semejante para separarse de ella, me la ha dado, para que en mi cuarto esté menos expuesta a desagradar al señor de Morcef que en el suyo, donde veréis el retrato pintado por Gros. Perdonadme si os hablo de una manera tan familiar, pero como voy a tener el honor de conduciros a la habitación del conde, os digo esto para que no se os escape elogiar este retrato delante de él. Fuera de esto, posee una funesta influencia, porque es muy raro que mi madre venga a mi cuarto sin mirarle, y más raro aún que le mire sin llorar. La nube que levantó la aparición de esta pintura en el palacio, es la única que ha habido entre el conde y la condesa, quienes aunque casados hace más de veinte años, están aún unidos como el primer día.

El conde lanzó una rápida mirada sobre Alberto, como para buscar una intención oculta en estas palabras, pero era evidente que el joven lo había dicho con toda la sencillez de su alma.

—Ahora —dijo Alberto—, que habéis visto todas mis riquezas, señor conde, permitidme ofrecéroslas, por indignas que sean; consideraos aquí como en vuestra casa, y para mayor franqueza aún, dignaos acompañarme al cuarto del señor Morcef, a quien escribí desde Roma el servicio que me prestasteis y a quien anuncié la visita que me habíais prometido, y puedo decirlo, el conde y la condesa esperaban con impaciencia que les fuese permitido daros las gracias. Estáis un poco cansado de estas cosas, lo sé, señor conde, y las escenas de familia no tienen mucho atractivo para Simbad el Marino, ¡habréis visto muchas escenas! Sin embargo, aceptad la que os propongo, como iniciativa de la vida parisiense, vida de política, de visitas y de presentaciones.

Montecristo se inclinó sin responder, aceptaba la proposición sin entusiasmo y sin pesar, como una de esas conveniencias de sociedad de que todo hombre de educación se hace un deber. Alberto llamó a su criado y le mandó que avisara a los señores de Morcef de la próxima llegada del conde de Montecristo.

Alberto le siguió con el conde.

Al llegar a la antesala, veíase encima de la puerta que daba acceso al salón un escudo que por sus ricos adornos y su armonía indicaba la importancia que el propietario daba a aquel aposento.

Montecristo se detuvo delante del blasón, que examinó detenidamente.

—Campo azul y siete merletas de oro puestas en fila. ¿Sin duda será éste el escudo de vuestra familia, caballero? —inquirió—. Excepto el conocimiento de las piezas que me permite descifrarlo, soy un ignorante en cuanto a heráldica. Yo, conde de casualidad, fabricado por la Toscana, ayudado por una encomienda de San Esteban, y que hubiera pasado siendo gran señor, si no me hubiesen repetido que cuando se viaja mucho es totalmente imprescindible. Porque, al fin, siempre es preciso, aunque no sea más que para cuando los aduaneros os registran, tener algo en la portezuela de vuestro carruaje. Excusadme, pues, si os hago tal pregunta.

—De ningún modo es indiscreta —dijo Morcef con la sencillez de la convicción—, y lo habéis adivinado, son nuestras armas, es decir, las de la familia de mi padre, pero como veis, están unidas a otro escudo con una torre de oro, que es de la familia de mi madre. Por parte de las mujeres soy español, pero la casa de Morcef es francesa, y según he oído decir, una de las más antiguas del Mediodía de Francia.

—Sí —repuso el conde de Montecristo—, lo indican las aves. Casi todos los peregrinos armados que intentaron o que hicieron la conquista de Tierra Santa tomaron por armas cruces, señal de la misión que iban a cumplir; o aves de paso, símbolo del largo viaje que iban a emprender, y que esperaban acabar con las alas de la fe. Uno de vuestros abuelos paternos debió de tomar parte en una de las cruzadas, y suponiendo que no sea más que la de San Luis, ya esto os remonta al siglo XI, lo cual no deja de ser interesante.

—Es muy posible ——dijo Morcef—, mi padre tiene en el

gabinete un árbol genealógico que nos explicará todo esto. Pero ahora no pensemos en ello y sin embargo os diré, señor conde, y esto entra en mis obligaciones de cicerone, que empiezan a ocuparse mucho de estas cosas en estos tiempos de gobierno popular.

—¡Pues bien!, vuestro gobierno debió elegir algo mejor que esos dos carteles que he visto en vuestros monumentos, y que no tienen ningún sentido heráldico. En cuanto a vos, vizconde, sois más feliz que vuestro gobierno, porque vuestras armas son verdaderamente hermosas y hablan a la fantasía. Sí, eso es, sois a un tiempo de Provenza y de España, lo cual está explicado, si el retrato que me habéis mostrado es semejante por su hermoso color moreno que tanto admiraba yo en el rostro de la noble catalana.

Preciso hubiera sido ser otro Edipo o la misma Esfinge para adivinar la ironía que dio el conde a estas palabras, llenas en apariencia de la mayor cortesía. Morcef le dio las gracias con una sonrisa y pasando delante del conde para mostrarle el camino, abrió la puerta que estaba debajo de sus armas, y que, como hemos dicho, comunicaba con el salón. En el lugar principal de este salón veíase asimismo un retrato, era el de un hombre de treinta y ocho años, vestido con uniforme de oficial general, con sus dos charreteras, señal de los grados superiores, la cinta de la Legión de Honor alrededor del cuello, lo cual indicaba que era comendador, y en el pecho, al lado derecho, la placa de gran oficial de la Orden del Salvador, y a la izquierda la de la gran cruz de Carlos III, lo cual indicaba que la persona representada por este retrato hizo la guerra a Grecia y a España, o lo que viene a ser lo mismo, había cumplido alguna misión diplomática en ambos países.

Montecristo se hallaba ocupado en examinar este retrato con no menos atención que había examinado el otro, cuando se abrió una puerta lateral y vio al conde de Morcef en persona.

Era un hombre de cuarenta a cuarenta y cinco años, pero que aparentaba cincuenta por lo menos, cuyo bigote y cejas negras contrastaban con unos cabellos casi blancos, enteramente cortados según la moda militar. Iba vestido de paisano, y llevaba en su ojal una cinta, cuyos diferentes colores recordaban las diversas órdenes de que estaba condecorado. Este hombre entró con paso digno y presuroso. Montecristo le vio venir sin dar un paso, hubiérase dicho que sus pies estaban clavados en el suelo, como sus ojos lo estaban en el rostro del conde de Morcef.

—Padre —dijo el joven—, tengo el honor de presentaros al señor conde de Montecristo, el generoso amigo que he tenido el honor de encontrar en las difíciles circunstancias que ya conocéis.

—Tengo un gran placer en ver a este caballero —dijo el conde de Morcef sonriéndose—. Salvando usted la vida al único heredero, ha prestado a nuestra casa un servicio que avivará eternamente nuestro reconocimiento.

Y al pronunciar estas palabras el conde de Morcef señalaba un sillón al de Montecristo, mientras él se sentaba frente a la ventana. En cuanto a Montecristo, mientras tomaba el sillón señalado por el conde de Morcef, se colocó de modo que permaneciese oculto en las sombras de las grandes colgaduras de terciopelo y pudiera leer en las facciones del conde una historia de secretos dolorosos, escritos en cada una de sus arrugas, esculpidas antes de tiempo.

—La señora condesa —dijo Morcef— se hallaba en el tocador cuando el vizconde la mandó avisar la visita que iba a tener el honor de recibir, va a bajar y dentro de diez minutos estará en el salón.

—Mucho honor es para mí —dijo Montecristo— el entrar, recién llegado a París, en relaciones con un hombre, cuyo nombre iguala a la reputación, y con quien la fortuna nunca se ha mostrado adversa, pero ¿no tienen todavía en las llanuras del Misisipí o en las montañas del Atlas, algún bastón de mariscal que ofreceros?

—¡Oh! —repuso sonrojándose Morcef—, abandoné el servicio, caballero. Nombrado par en tiempo de la Restauración, estaba en la primera campaña y servía a las órdenes del mariscal Bourmont; podía, pues, aspirar a un mando superior, y quién sabe lo que habría ocurrido si la rama mayor hubiese permanecido en el trono. Pero la revolución de julio era, al parecer, demasiado gloriosa para ser ingrata, y lo fue, sin embargo, para todo servicio que no databa del periodo imperial, porque cuando como yo, se han ganado las charreteras en los campos de batalla, no se sabe maniobrar sobre el resbaladizo terreno de los salones. He abandonado la espada para entrar en la política, me dedico a la industria, estudio las artes útiles. Durante los veinte años que yo había permanecido en el servicio, lo había deseado mucho, pero me faltó tiempo.

—Tales ideas son las que conservan la superioridad de vuestra nación sobre los otros países, caballero —respondió Montecristo—; un noble perteneciente a una gran casa, con una brillante fortuna, habéis consentido en ganar los primeros grados como oscuro soldado, esto es algo rarísimo. Después general, par de Francia, comendador de la Legión de Honor, consentís en volver a empezar una segunda carrera, sin otra esperanza que la de ser algún día útil a vuestros semejantes... ¡Ah caballero, es hermoso, diré más, sublime!

Alberto miraba y escuchaba a Montecristo con asombro. No estaba acostumbrado a verle elevarse a tales grados de entusiasmo.

—¡Ay! —continuó el extranjero, sin duda para desvanecer la imperceptible nube que estas palabras acababan de producir en la frente de Morcef—, nosotros no hacemos lo mismo en Italia, obramos según nuestra cuna y clase, y siempre que podamos obraremos así durante toda nuestra vida.

—Pero, caballero —repuso el conde Morcef—, para un hombre de vuestro mérito, Italia no es una patria, y Francia os abre sus brazos, venid a ella. Francia no será quizás ingrata para todo el mundo, trata mal a sus hijos, pero generalmente recibe bien a los extranjeros.

—¡Ah!, padre mío —dijo Alberto sonriéndose—, bien se ve que no conocéis al señor conde de Montecristo. No aspira a los hombres, y sólo se preocupa de lo que le puede facilitar un pasaporte.

—Esa es, en mi opinión, la expresión más exacta que jamás he oído —respondió el extranjero.

—Vos habéis sido dueño de vuestro porvenir —respondió el conde de Morcef con un suspiro—, y habéis elegido el camino de las flores.

—Así es, caballero —respondió Montecristo con una de esas sonrisas que jamás podrá copiar un pintor, y en vano tratará de analizar un fisiólogo.

—Si no hubiese temido fatigar al señor conde —repuso el general, encantado de los modales de Montecristo—, le habría conducido a la Cámara; hoy hay una sesión curiosa para el que no conozca a nuestros senadores modernos.

—Os quedaré muy agradecido, caballero, si queréis renovarme

esa oferta en otra ocasión, pero hoy me han lisonjeado con la esperanza de ser presentado a la señora condesa, y esperaré.

—¡Ah!, ahí está mi madre ——exclamó el vizconde.

En efecto, Montecristo, volviéndose vivamente vio a la señora de Morcef en la puerta del salón opuesta a la otra por donde había entrado su marido. Pálida a inmóvil, dejó caer, cuando Montecristo se volvió hacia ella, su brazo, que, no se sabe por qué, se había apoyado sobre el dorado quicio de la puerta; estaba allí hacía algunos segundos, y había oído las últimas palabras pronunciadas por el extranjero.

Este se levantó y saludó cortésmente a la condesa, que se inclinó a su vez, muda y ceremoniosa.

—¡Ah! ¡Dios mío!, señora —preguntó el conde—. ¿Qué os sucede? ¿Os hace mal el calor de este salón?

—¿Sufrís, madre mía? —exclamó el vizconde, lanzándose al encuentro de Mercedes.

Ambos fueron recompensados con una sonrisa.

—No —dijo—, pero he experimentado alguna emoción al ver por vez primera a la persona sin cuya intervención en este momento estaríamos sumergidos en lágrimas y desesperación. Caballero —prosiguió la condesa adelantándose con la majestad de una reina—, os debo la vida de mi hijo, y por este beneficio os bendigo. Ahora os agradezco el placer que me causáis procurándome una ocasión de daros las gracias como os he bendecido, es decir, con todo mi corazón.

El conde se inclinó de nuevo, pero más profundamente que la primera vez; estaba aún más pálido que Mercedes.

—Señora —dijo el conde—, y vos me recompensáis con demasiada generosidad por una acción muy sencilla, salvar a un hombre, ahorrar tormentos a un padre y a una madre, esto no es siquiera una buena obra, es sólo un acto de humanidad.

A tales palabras pronunciadas con una cortesía y una dulzura delicadas, la señora de Morcef respondió con un acento profundo:

—Mucha felicidad es para mi hijo, caballero, el teneros por amigo, y doy gracias a Dios que lo ha dispuesto todo así.

Y Mercedes levantó al cielo sus bellos ojos con una gratitud tan infinita que el conde creyó ver temblar en ellos algunas lágrimas.

El señor Morcef se acercó a su esposa.

—Señora —dijo—, ya he dado mis excusas al señor conde por verme obligado a dejarle, y os suplico que vos se las renovéis. La sesión se abre a las dos, son las tres, y debo hablar en ella.

—Descuidad, yo procuraré hacer olvidar vuestra ausencia a nuestro huésped —repuso la condesa—; señor conde ——continuó ella, volviéndose hacia Montecristo—, ¿nos haréis el honor de pasar el día con nosotros?

—Gracias, señora, y agradezco infinito vuestro ofrecimiento, pero me he apeado esta mañana a vuestra puerta desde el camino. Ignoro cómo estoy instalado en París. Esta es una inquietud ligera, lo sé, pero sin embargo, natural.

—¿Al menos, tendremos otra vez este placer, nos lo prometéis? —preguntó la condesa.

Montecristo se inclinó sin responder, aunque esta inclinación podía pasar por un asentimiento.

—Entonces no os detengo, caballero —dijo la condesa—, porque no quiero que mi reconocimiento sea indiscreción.

—Querido conde —dijo Alberto—, si queréis, voy a pagaros en París vuestro amable favor de Roma, y poner mi coupé a vuestra disposición hasta que tengáis tiempo de arreglar vuestros carruajes.

—Un millón de gracias por vuestra bondad, vizconde —dijo Montecristo—, pero presumo que el señor Bertuccio habrá empleado las cuatro horas y media que acabo de dejarle y que hallaré en la puerta un carruaje preparado.

Alberto estaba acostumbrado a los modales del conde; sabía que iba como Nerón en busca de lo imposible y no se asombraba de nada, pero quería juzgar por sí mismo de qué modo habían sido ejecutadas las órdenes, y le acompañó hasta la puerta de su casa.

Montecristo no se había equivocado. Apenas se presentó en la antesala, un lacayo, el mismo que en Roma fue a llevar la carta de los dos jóvenes, y a anunciarles su visita, se había lanzado fuera del peristilo, de suerte que al llegar al pie de la escalera, el ilustre viajero halló efectivamente su carruaje esperándole.

Era un coupé, acabado de salir de los talleres de Keller, y un tiro por el que Drake había rehusado la víspera dieciocho mil reales.

—Caballero —dijo el conde a Alberto—, no os propongo que me acompañéis a mi casa, pues no podría mostraros más que una casa improvisada. Concededme un solo día, y entonces os invitaré a ella. Estaré más seguro de no faltar a las leyes de la hospitalidad.

—Si pedís un día, estoy tranquilo, no será entonces una casa la que me mostréis, será un palacio. Desde luego, tenéis algún genio a vuestra disposición.

—Creedlo así —dijo Montecristo poniendo el pie en el estribo, forrado de terciopelo, de su espléndido carruaje—, esto me pondrá bien con las damas.

Y entró en su carruaje, que partió rápidamente, pero no tanto que no viera el movimiento imperceptible que hizo temblar la colgadura del salón donde había dejado a Mercedes. Cuando Alberto entró en el aposento de su madre, vio a la condesa hundida en un gran sillón de terciopelo, sumido en la penumbra todo el cuarto, apenas pudo distinguir Alberto las facciones de su madre, pero parecióle que su voz estaba alterada. También distinguió entre los perfumes de las rosas y de los heliotropos del florero, el olor acre de las sales de vinagre sobre una de las copas cinceladas de la chimenea. Efectivamente, el pomo de la condesa atrajo la inquieta atención del joven.

—¿Sufrís, madre mía? —exclamó entrando—. ¿Os habéis puesto mala durante mi ausencia?

—¿Yo?, no, Alberto. Pero ya comprenderéis que estas rosas y estas flores exhalan durante estos primeros calores, a los cuales no estoy acostumbrada, tan intenso perfume...

—Entonces, madre mía —dijo Morcef, tirando del cordón de la campanilla—, es preciso llevarlas a vuestra antesala. Estáis indispuesta; cuando entrasteis estabais ya muy pálida.

—¿Que estaba pálida decís, Alberto?

—Con una palidez que os sienta a las mil maravillas, madre mía, pero que no por eso nos ha asustado menos a tu padre y a mí.

—¿Os ha hablado de ello vuestro padre? —preguntó vivamente Mercedes.

—No, señora; pero a vos, recordadlo, os hizo esta observación.

—No lo recuerdo —dijo la condesa.

Un criado entró; acudía al ruido de la campanilla.

—Llevad esas flores a la antesala o al gabinete de tocador —

dijo el vizconde—, hacen mal a la señora condesa.

El criado obedeció.

Hubo un momento de silencio, que duró todo el tiempo necesario para dar cumplimiento a esta orden.

—¿Qué nombre es ese de Montecristo? —preguntó la condesa, así que el criado hubo llevado el último vaso de flores—. ¿Es algún nombre de familia, de tierra, un simple título?

—Me parece, madre mía, que es un título y nada más. El conde ha comprado una isla en el archipiélago toscano, y ha fundado un pequeño reino, según él decía esta mañana. Ya sabéis que eso se suele hacer por San Esteban de Florencia, por San Jorge Constantino de parma y aun por la Orden de Malta. Aparte de ello, no tiene ninguna pretensión de nobleza, y se llama conde de casualidad, aunque la opinión general en Roma es que el conde es un gran señor.

—Sus maneras son excelentes —repuso la condesa—, por lo menos según lo que he podido juzgar en los breves instantes que ha permanecido aquí.

—¡Oh!, perfectas, madre mía. Tan perfectas, que sobrepujan en mucho a todo lo más aristocrático que yo he conocido en las tres noblezas principales, es decir, en la nobleza inglesa, la española y la alemana.

La condesa reflexionó un momento, después replicó:

—¿Habéis visto, mi querido Alberto..., es una pregunta de madre lo que os dirijo..., habéis visto al señor de Montecristo en su interior? Tenéis perspicacia, tenéis mundo, más de lo que ordinariamente se tiene a vuestra edad, ¿creéis que el conde sea lo que aparenta en realidad?

—¿Y qué os parece?

—Vos lo habéis dicho hace un instante, un gran señor.

—Os he dicho, madre mía, que le tenía por tal.

—Pero vos, ¿qué opináis, Alberto?

—Yo no tengo opinión fija acerca de él, lo creo maltés.

—No os pregunto sobre su origen, os pregunto sobre su persona.

—¡Ah!, sobre su persona, eso es otra cosa. He visto tantas cosas extrañas en él, que si queréis que os diga lo que pienso, os responderé que le miraría como a uno de los personajes de Byron, a quienes la desgracia ha marcado con un sello fatal. Algún Manfredo, algún Lara, algún Werner, como uno de esos restos, en fin, de alguna familia antigua que, desheredados de su fortuna paterna, han encontrado una por la fuerza de su genio aventurero, que les ha hecho superiores a las leyes de la sociedad.

—¿Qué estáis diciendo. .. ?

—Digo que Montecristo es una isla en medio del Mediterráneo, sin habitantes, sin guarnición, guarida de contrabandistas de todas las naciones, de piratas de todos los países. ¿Quién sabe si estos dignos industriales pagarán a su señor un derecho de asilo?

—Es posible —dijo la condesa pensativa.

—Pero no importa —replicó el joven—, contrabandista o no, convendréis, madre mía, puesto que le habéis visto, en que el señor conde de Montecristo es un hombre notable, en que causará sensación en los salones de París y, escuchad, esta mañana en mi cuarto inició su entrada en el mundo dejando estupefactos a todos los que allí estaban, incluso a Chateau Renaud.

—¿Y qué edad podrá tener el conde? —inquirió Mercedes, dando visiblemente gran importancia a esta pregunta.

—Tiene de treinta y cinco a treinta y seis años, madre mía.

—Tan joven es imposible —dijo Mercedes, respondiendo al mismo tiempo a lo que le decía Alberto, y a lo que le decía su pensamiento.

—No obstante, es verdad, tres o cuatro veces me ha dicho, y seguramente sin premeditación, en tal época yo tenía cinco años, en otra tenía diez, en aquella doce. Yo, que por mi curiosidad estaba alerta siempre que hablaba de estos detalles, reunía las fechas, y jamás le cogí en falta. La edad de este hombre singular, que no tiene edad, es treinta y cinco años todo lo más. Recordad, madre mía, cuán viva es su mirada, cuán negros sus cabellos, y su frente, aunque pálida, no tiene una arruga. Es una naturaleza no solamente vigorosa, sino joven.

La condesa bajó la cabeza, como agobiada por amargos pensamientos.

—¿Y ese hombre es un amigo verdadero? mecimiento nervioso.

—Yo así lo creo.

—¿Y vos... le apreciáis también?

—Me resulta simpático, diga lo que quiera Franz d'Epinay, que quería hacerle pasar a mis ojos por un hombre venido del otro mundo.

La condesa hizo un movimiento de terror.

—Alberto —dijo con voz alterada—, siempre os he encargado que tengáis mucho cuidado con las personas recién conocidas. Ahora sois hombre y me podríais dar consejos; sin embargo, sed prudente, Alberto.

—Pero sería necesario, querida madre, para poder aprovechar el consejo, saber de qué tengo que desconfiar. El conde no juega nunca, no bebe más que agua, dorada con una gota de vino de España; el conde se ha anunciado rico y en efecto lo es, ¿qué queréis, pues, que tema del conde?

—Tenéis razón —dijo la condesa—, y mis temores son infundados tratándose de un hombre que os ha salvado la vida. A propósito, ¿le ha recibido bien vuestro padre? Es importante que estemos más que amables con el conde. El señor de Morcef está ocupado a veces, sus negocios le disgustan y podría ser que sin querer...

—Mi padre ha estado perfecto, señora —interrumpió Alberto— diré más: ha parecido infinitamente lisonjeado por dos o tres cumplidos que le ha dirigido tan a propósito el conde, como si le hubiera conocido hace treinta años. Cada una de estas flechas lisonjeras han debido agradar a mi padre —añadió Morcef riendo—, de suerte que se han separado siendo los mejores amigos del mundo y el señor de Morcef quería llevarle a la Cámara para hacer que oyese su discurso.

La condesa no respondió. Se hallaba absorta en una meditación tan profunda que sus ojos se habían cerrado poco a poco. El joven, en pie delante de ella, la miraba con ese amor filial más tierno y afectuoso en los hijos cuyas madres son aún hermosas, y después de haber visto cerrarse sus ojos, la escuchó respirar un instante en su dulce inmovilidad, y creyéndola dormida se alejó de puntillas, abriendo sigilosamente la puerta del aposento.

—Este diablo de hombre —murmuró moviendo la cabeza—, yo ya había predicho que haría sensación en el mundo; mido su efecto por un termómetro infalible. Mi madre ha puesto mucho la atención en él, de consiguiente debe ser notable.

Y descendió a las caballerizas, no sin cierto despecho secreto, de que sin malicia alguna, el conde de Montecristo había logrado tener un tiro de caballos mejor que el suyo, el cual desmerecería mucho en la opinión de los entendidos.

—Decididamente —dijo—, los hombres no son iguales, es preciso suplicar a mi padre que aclare este teorema en la Cámara Alta.

III: EL SEÑOR BERTUCCIO

Entretanto, el conde había llegado a su casa. Seis minutos había tardado en ello, suficientes para que fuese visto de más de veinte jóvenes que, conociendo el precio del tiro de caballos que ellos no habían podido comprar, habían puesto sus cabalgaduras al galope para poder ver al opulento señor que usaba caballos de diez mil francos cada uno.

La casa elegida por Alí, y que debía servir de residencia a Monte—Cristo, estaba situada a la derecha subiendo por los Campos Elíseos, colocada entre un patio y jardín; una plazoleta de árboles muy espesos que se elevaban en medio del patio, cubrían una parte de la fachada, alrededor de esta plazoleta se extendían como dos brazos, dos alamedas que conducían desde la reja a los carruajes a una doble escalera, sosteniendo en cada escalón un jarrón de porcelana lleno de flores. Esta casa aislada en mitad de un ancho espacio tenía además de la entrada principal otra entrada que caía a las calles de Pont—Ruén.

Antes de que el cochero hubiese llamado al portero, la reja maciza giró sobre sus goznes. Habían visto venir al conde, y en París como en Roma, como en todas partes, se le servía con la rapidez del relámpago. El cochero entró, pues, describió el semicírculo, y la reja estaba ya cerrada cuando las ruedas rechinaban aún sobre la arena de la calle de árboles.

El carruaje se paró a la izquierda de la escalera. Dos hombres se presentaron en la portezuela, uno era Alí, que se sonrió con alegría al ver a su señor, y que fue pagado con una agradecida mirada de Montecristo.

El otro saludó humildemente y presentó su brazo al conde para ayudarle a bajar del carruaje.

—Gracias, señor Bertuccio —dijo el conde saltando ágilmente

del carruaje—. ¿Y el notario?

—Está en el saloncito, excelencia —respondió Bertuccio.

—¿Y las tarjetas que os he mandado grabar en cuanto supieseis el número de la casa?

—Ya está hecho, señor conde; he estado en casa del mejor grabador del Palacio Real, que grabó la plancha delante de mí. La primera que tiraron fue llevada en seguida a casa del señor barón Danglars, diputado, calle de la Chaussée—d'Antin, número 7; las otras están sobre la chimenea de la alcoba de su excelencia.

—Bien, ¿qué hora es?

—Las cuatro.

Montecristo entregó sus guantes, su sombrero y su bastón al mismo lacayo francés que se había lanzado fuera de la antesala del conde de Morcef para llamar al carruaje. Luego pasó al saloncito conducido por Bertuccio, que le mostró el camino.

—Vaya una pobreza de mármoles en esta antesala; espero que los cambien inmediatamente.

Bertuccio se inclinó.

El notario esperaba en el salón, tal como había dicho el mayordomo.

Era un hombre de fisonomía honrada y pacífica.

—¿Sois el notario encargado de vender la casa de campo que yo quiero comprar? —preguntó Montecristo.

—Sí, señor conde —respondió el notario.

—¿Está preparada el acta de venta?

—Sí, señor conde.

—¿La habéis traído?

—Aquí la tenéis.

—Muy bien. ¿Dónde está la casa que compro? —dijo el conde dirigiéndose a Bertuccio y al notario.

El mayordomo hizo un gesto que significaba: No sé. El notario miró a Montecristo sorprendido.

—¡Cómo! —dijo—. ¿No sabe el señor conde dónde está la casa que compra?

—No.

—¿No tiene el señor conde la menor idea de su situación?

—¿Y cómo había de saberlo? Acabo de llegar de Cádiz esta mañana, jamás he estado en París, ésta es la primera vez que pongo el pie en Francia.

—Entonces, la cosa cambia —respondió el notario—. La casa que el señor conde compra está situada en Auteuil.

A estas palabras, Bertuccio palideció visiblemente.

—¿Y dónde está Auteuil? —preguntó Montecristo.

—A dos pasos de aquí, señor conde —respondió el notario—, un poco después de Passy, en una situación magnífica en medio del bosque de Bolonia.

—¡Tan cerca! —dijo Montecristo—. Pero eso no es cameo. ¿Como diablos me habéis ido a escoger una casa a las puertas de París, señor Bertuccio?

—¡Yo! —exclamó el mayordomo turbado—, no, seguramente no es a mí a quien el señor conde encargó que le eligiese una casa. Procure recordar el señor conde, busque en su memoria, reúna sus ideas.

—¡Ah!, es verdad —dijo Montecristo—, ahora recuerdo que he leído este anuncio en un periódico, y me he dejado seducir por este título: Casa de campo.

—Aún es tiempo —dijo vivamente Bertuccio—, y si vuestra excelencia quiere que busque otra, la encontraré mucho mejor, en Enghien, en Fontenay—aux—Roces, o en Belle—Vue.

—No, no —dijo Montecristo con tono despectivo—, puesto que ya tengo ésta, la conservaré.

—Y hacéis bien —dijo vivamente el notario, temiendo perder sus ganancias—, es una propiedad muy hermosa: aguas cristalinas y abundantes, bosques espesos, habitaciones cómodas, aunque descuidadas hace tiempo, sin contar con los muebles que, aunque un poco antiguos, tienen valor, sobre todo hoy día en que sólo se buscan las cosas antiguas. Perdonad, pero creo que el señor conde tendrá el gusto de la época.

—Hablad, hablad —dijo Montecristo—, ¿es cosa conveniente?

—¡Ah!, señor, mucho mejor: es magnífica.

—Entonces no hay que desperdiciar esta ocasión —dijo Monte—Cristo—; el contrato, señor notario.

Y firmó rápidamente, después de haber echado una ojeada hacia el sitio donde estaban indicados los nombres de los propietarios y la situación de la casa.

—Bertuccio —dijo—, entregad cincuenta y seis mil francos a

este caballero.

El mayordomo salió con paso no muy seguro, y volvió con un fajo de billetes de banco que el notario contó como un hombre poco acostumbrado a recibir el dinero con tanta puntualidad.

—Y ahora —preguntó el conde—, ¿están cumplidas todas las formalidades?

—Todas, señor conde.

—¿Tenéis las llaves?

—Las tiene el portero que guarda la casa, pero aquí tenéis la orden que le he dado de instalaros en vuestra nueva propiedad.

—Muy bien.

Y Montecristo hizo al notario un movimiento que quería decir: "Ya no tengo necesidad de vos. Podéis retiraros."

—Pero —exclamó el honrado notario—, el señor conde se ha engañado, me parece. Comprendido todo, no son más que cincuenta y cinco mil francos.

—¿Y vuestros honorarios?

—Están incluidos en esta suma, señor conde.

—¿Pero no habéis venido de Auteuil aquí?

—¡Oh!, ¡claro está!

—Pues bien, preciso es pagaros vuestra molestia —dijo el conde. Y le despidió con una mirada.

El notario salió lentamente, haciendo una reverencia hasta el suelo, a cada paso que daba. Era la primera vez, desde el día que empezó la carrera, que encontraba semejante cliente.

—Acompañad a este caballero —dijo el conde a Bertuccio.

Y el mayordomo salió detrás del notario.

Tan pronto como el conde estuvo solo, sacó de su bolsillo una cartera con cerradura, que abrió con una llavecita que llevaba al cuello, y de la que no se separaba nunca.

Tras de haber examinado un momento los papeles que contenía, su vista se detuvo en una hoja en la que había varias notas. Comparó éstas con el acta de venta que había puesto sobre la mesa y quedóse reflexionando un momento.

—Auteuil, calle de La Fontaine, número 30, esto es —dijo— Ahora, ¿deberé arrancar esa confesión por el terror religioso o por el terror físico? Dentro de una hora lo sabré todo.

—¡Bertuccio! —exclamó dando un golpe con una especie de

martillo sobre un timbre, que produjo un sonido agudo y sonoro—. ¡Bertuccio!

El mayordomo acudió en seguida.

—Señor Bertuccio —dijo el conde—, ¿no me habíais dicho otras veces que habíais viajado por Francia?

—Por ciertas partes de Francia, sí, excelencia.

—¿Sin duda conoceréis los alrededores de París?

—No, excelencia, no —respondió el mayordomo con cierto temblor nervioso, que Montecristo, experto en cuanto a emociones, atribuyó con razón a viva inquietud.

—Siento que no hayáis visitado los alrededores de París —le respondió—, porque quiero visitar esta tarde mi nueva propiedad, y viniendo conmigo hubierais podido darme útiles informes.

—¡A Auteuil! —exclamó Bertuccio, cuya tez tostada se volvió casi lívida—. ¡Yo ir a Auteuil!

—¿Y qué tiene eso de particular? Cuando yo viva allí será preciso que vengáis conmigo, puesto que formáis parte de la casa.

Bertuccio bajó la cabeza ante la imperiosa mirada de su señor, y permaneció inmóvil sin responder.

—¡Ah! ¿Qué os sucede? ¿Vais a hacerme llamar por segunda vez para el carruaje? —dijo Montecristo con el tono en que Luis XIV pronunció aquella frase: "¡He tenido que esperar!"

Bertuccio se lanzó a la antesala, y gritó con voz ronca: —Los caballos de su excelencia.

Montecristo escribió dos o tres esquelas; cuando hubo cerrado la última, volvió a presentarse el mayordomo.

—El carruaje de su excelencia está a la puerta —dijo.

—Pues bien, tomad vuestros guantes y vuestro sombrero —dijo Montecristo.

—¿Pues qué? ¿Debo ir con el señor conde? —exclamó Bertuccio exasperado.

—Sin duda, es preciso que deis vuestras órdenes, puesto que quiero habitar aquella casa.

No era posible replicar; así, pues, el mayordomo, sin pronunciar una palabra, siguió a su señor, que subió al carruaje haciéndole seña de que le siguiese.

El mayordomo se sentó respetuosamente sobre la banqueta delantera.

IV: LA CASA DE AUTEUIL

Al bajar la escalera, Montecristo había observado que Bertuccio se había persignado a la manera de los corsos, es decir, cortando el aire en forma de cruz con el pulgar, y que al tomar asiento en el carruaje había murmurado una breve oración. Cualquier otro que fuera un hombre curioso hubiese tenido compasión de la singular repugnancia manifestada por el digno intendente para el paseo premeditado extramuros por el conde, pero según parece, éste era demasiado curioso para poder dispensar a Bertuccio de tal viaje.

En veinte minutos estuvieron en Auteuil. La emoción del mayordomo iba en aumento. Al entrar en el pueblo, Bertuccio, arrimado a un rincón del coche, comenzó a examinar con una emoción febril todas las casas por delante de las cuales pasaban.

—Pararéis en la calle de La Fontaine, número 28 —dijo el conde, fijando despiadadamente su mirada sobre el mayordomo, al cual daba esta orden.

La frente de Bertuccio estaba bañada en sudor, y sin embargo obedeció a inclinándose fuera del carruaje, gritó al cochero:

—Calle de La Fontaine, número 28.

Este número 28 estaba situado en un extremo del pueblo. Durante el viaje había ido oscureciendo, como si se hiciera de noche, o más bien una nube negra, cargada de electricidad, daba a estas tinieblas la apariencia y solemnidad de un episodio dramático. El carruaje se detuvo, y el lacayo se precipitó a la portezuela para abrirla.

—Y bien —dijo el conde—, ¿no os apeáis, señor Bertuccio? ¿Os quedáis dentro? ¿En qué diablos pensáis hoy?

Bertuccio se precipitó por la portezuela, y presentó su hombro al conde, quien se apoyó esta vez y bajó uno a uno los tres escalones del estribo.

—Id a llamar —dijo el conde—, y anunciadme.

Bertuccio llamó, la puerta se abrió y apareció el portero.

—¿Quién es? —preguntó.

—Es vuestro nuevo amo —y presentó al portero el billete de reconocimiento, entregado por el notario.

—¿Luego se ha vendido la casa? —preguntó el portero—, ¿y

es este caballero quien viene a habitarla?

—Sí, amigo mío —dijo el conde—, y procuraré hacer todo lo posible por que quedéis contento de vuestro nuevo amo.

—¡Oh!, caballero —dijo el portero—; al otro propietario le veíamos rara vez. Hace más de cinco años que no ha venido, y bien ha hecho en vender una casa que no le servía de nada.

—¿Y cómo se llamaba vuestro antiguo amo? —preguntó Monte—Cristo.

—¡El señor marqués de Saint—Meran! —respondió el portero.

—¡El marqués de Saint—Meran! —repitió Montecristo—.

Me parece que este nombre no me es desconocido —dijo entonces conde—. El marqués de Saint—Meran...

Y pareció reunir sus ideas.

—Un miembro de la antigua nobleza —continuó el conserje—. Un fiel servidor de los Borbones; tenía una hija única que casó con el señor de Villefort, que ha sido procurador del rey en Nimes y después en Versalles.

Montecristo dirigió una mirada a Bertuccio, al que encontró más lívido que la pared contra la cual se apoyaba para no caer.

—¿Y ese señor no ha muerto? —preguntó Montecristo—, me parece haberlo oído decir.

—Sí, señor, hace veintiún años, y desde este tiempo no hemos vuelto a ver ni tres veces al pobre marqués.

—Gracias, muchas gracias ——dijo Montecristo, juzgando por la postración del mayordomo que ya no podía tirar de aquella cuerda sin temor de romperla—. Dadme una luz.

—¿Os he de acompañar?

—No, es inútil. Bertuccio me alumbrará.

Y el conde acompañó estas palabras con el sonido de dos piezas de oro que hicieron deshacerse al conserje en bendiciones y suspiros.

—¡Ah, caballero! —dijo el conserje después de haber buscado inútilmente sobre la chimenea—, es que aquí no tengo bujías.

—Tomad una de las linternas del carruaje, Bertuccio, y mostradme las habitaciones —dijo el conde.

El mayordomo obedeció sin hacer ninguna observación, pero era fácil ver en el temblor de la mano que sostenía la linterna cuánto le costaba obedecer.

Recorrieron un piso bajo bastante grande, un piso principal compuesto de un salón, un cuarto de baño y dos alcobas. Por una de estas alcobas se iba a una escalera de caracol que conducía al jardín.

—¡Aquí hay una escalera! —dijo el conde—. Esto es bastante cómodo. Alumbradme, señor Bertuccio, pasad adelante y veamos adónde nos lleva esta escalera.

—Señor —dijo Bertuccio—,conduce al jardín.

—¿Y cómo lo sabéis?

—Es decir, esto es lo que yo creo...

—Bien, vamos a cerciorarnos de ello.

Bertuccio lanzó un suspiro y pasó delante.

La escalera desembocaba efectivamente en el jardín. En la puerta exterior se paró el mayordomo.

—Vamos, señor Bertuccio —dijo el conde.

Pero éste estaba anonadado, casi sin conocimiento. Sus ojos buscaban a su alrededor como las huellas de algo terrible, y con las manos crispadas parecía apartar de su memoria recuerdos espantosos.

—¿Qué es eso? —insistió el conde.

—No, no —exclamó Bertuccio colocando la linterna en el ángulo de la pared interior—. No, señor, no iré más lejos, es imposible.

—¿Qué decís? —articuló la irresistible voz de Montecristo.

—¿Pero no véis, señor —exclamó el mayordomo—, que no es cosa normal que teniendo una casa que comprar en París, la compréis justamente en Auteuil, y haya de ser el número 28 de la calle de La Fontaine? ¡Ah! ¿Por qué no os lo he contado todo, señor? Tal vez no hubierais exigido que viniese. Yo esperaba que sería otra la casa del señor conde. ¡Como si no hubiese otra casa en Auteuil que la del asesinato!

—¡Oh! ¡Oh! —exclamó Montecristo parándose de repente—. ¡Qué palabra acabáis de pronunciar! ¡Diablo de hombre! ¡Corso maldecido! ¡Siempre misterios o supersticiones! Vamos, tomad esa linterna y visitemos el jardín, conmigo espero que no tengáis miedo.

Bertuccio recogió la linterna y obedeció. La puerta, al abrirse, descubrió un cielo opaco, en el que la luna pugnaba en vano contra un mar de nubes que la cubrían con sus olas sombrías que iluminaban un instante, y que iban a perderse en seguida, más sombrías aún, en las profundidades del firmamento.

El mayordomo Bertuccio quiso tomar un sendero de la izquierda.

—No, no, por allí no —dijo Montecristo—, ¿a qué seguir por las calles de árboles? Aquí se distingue una plazoleta, sigamos de frente.

Bertuccio se enjugó el sudor que corría por su frente, pero obedeció. Sin embargo, continuaba inclinándose a la izquierda. Monte—Cristo seguía la derecha, y así que hubo llegado junto a unos cuantos árboles corpulentos y añosos, se detuvo.

El mayordomo no pudo ya contenerse por más tiempo.

—Alejaos, señor —exclamó—, alejaos, os lo suplico. Estáis justamente en el lugar.. .

—¿En qué lugar?

—En el lugar donde cayó.

—Querido señor Bertuccio —dijo Montecristo riendo—, volved en vos, os lo ruego, aquí no estamos en Sarténe o en Corte. Esto no es un bosque, sino un jardín inglés, y no sé por qué tenéis tanta repugnancia en seguirlo.

—¡Señor! ¡No os quedéis ahí... !

—Creo que os volvéis loco, maese Bertuccio —dijo fríamente el conde—; si es así, avisadme, porque os haré encerrar en una jaula antes de que suceda una desgracia.

—¡Ay!, excelencia —dijo Bertuccio moviendo la cabeza y cruzando las manos con una actitud que hiciera reír al conde si reflexiones de mayor importancia no le ocupasen en este momento y no le hubiesen hecho prestar atención a las menores palabras de su mayordomo—. ¡Ay, excelencia, la desgracia ha ocurrido...!

—Señor Bertuccio —dijo el conde—, me agrada el ver retorceros los brazos y abrir unos ojos de condenado, y siempre he notado que sólo hacen tantas contorsiones los que tienen algún secreto. Yo sabía que erais corso, sabía que erais taciturno, y algunas veces hablabais entre dientes de alguna historia de venganxa, y esto ocurre solamente en Italia, porque estas cosas están de moda en aquel país, pero en Francia el asesinato es de muy mal gusto, hay gendarmes que se ocupan de él, jueces que lo condenan y cadalsos que se ocupan de vengarlo.

Bertuccio cruzó las manos, y como al ejecutar estas diferentes evoluciones no había dejado su linterna, la luz iluminó su rostro desencajado.

Montecristo le examinó con la misma mirada con que había examinado en Roma el suplicio de Andrés; luego, con un tono que hizo estremecer al pobre mayordomo, dijo:

—Luego mintió el abate Busoni, cuando después de su viaje a Francia en 1829 os envió a mí con una carta en la que me recomendaba vuestras buenas prendas. ¡Y bien!, voy a escribir al abate, le haré responsable de su protegido y sin duda sabré toda la historia de su asesinato. Solamente os advierto, señor Bertuccio, que cuando habito en un país estoy acostumbrado a conformarme con sus leyes, y que no tengo ganas de andar con problemas y enredos con la justicia de Francia.

—¡Oh!, no hagáis eso, excelencia; os he servido fielmente, ¿no es verdad? —exclamó Bertuccio desesperado—, siempre he sido hombre honrado, y he hecho todo el bien que he podido.

—No digo lo contrario —replicó el conde—, pero ¿por qué diablos estáis tan agitado? Esa es mala señal; una conciencia pura no gone las mejillas tan pálidas...

—Pero, señor conde —dijo vacilando Bertuccio—, ¿no me habéis dicho vos mismo que el abate Busoni, que oyó mi confesión en las prisiones de Nimes, os había advertido al enviarme a vuestra casa, que tenía una acción sola que reprenderme?

—Sí, pero como os dirigía a mí diciéndome que seríais un mayordomo excelente, creí que vuestro único delito había sido el robo.

—¡Oh!, señor conde —exclamó Bertuccio, con desprecio.

—Porque como erais corso no pudisteis resistir a la tentación de hacer una piel, como suele decirse en nuestro país, cuando al contrario, se le deshace una.

—¡Pues bien!, sí, excelencia; sí, mi buen señor, es cierto —exclamó Bertuccio, arrojándose a los pies del conde—; sí, es una venganza, lo juro, sólo una venganza.

—Comprendo, pero lo que no comprendo es que esta casa sea justamente la que os galvanice hasta tal punto.

—Pero, señor, es muy natural —replicó Bertuccio—, puesto

que la venganza fue ejecutada en esta misma casa.

—¡Cómo! ¿Esta casa?

—¡Oh!, excelencia, aún no era vuestra...

—¿Pero de quién era? El portero nos ha dicho que del marqués de Saint—Meran. ¿Pero por qué diablos teníais que vengaros del marqués de Saint—Meran?

—¡Oh!, no era de él, señor, era de otro.

—Vaya un encuentro extraño —dijo Montecristo, pareciendo ceder a sus reflexiones—, que os halléis por casualidad, sin preparación alguna, en una casa donde ha pasado lo que os causa tan espantosos remordimientos.

—Señor —dijo el mayordomo—, todo esto es debido a la fatalidad, estoy seguro. Primero compráis una casa justamente en Auteuil, esta casa es la misma donde yo cometí el asesinato. Bajáis al jardín, justamente por una escalera por donde él bajó. Os detenéis justamente en el lugar donde él recibió el golpe. A dos pasos, debajo de ese plátano, estaba la fosa donde acababa de enterrar al niño. Todo eso no es casualidad, esto es la Providencia.

—Pues bien. Veamos, señor corso, supongamos que sea la Providencia, yo supongo siempre lo que quiero, además, a los espíritus débiles es preciso concederles todo lo que deseen. Vamos, reunid vuestras ideas y contadme eso.

—Solamente lo he contado una vez, señor, y fue al abate Busoni. Tales cosas —añadió Bertuccio moviendo la cabeza—, no se dicen más que bajo el sello de la confesión.

—Entonces, mi querido Bertuccio —dijo el conde—, os agradará que os envíe a vuestro confesor. Con él os haréis cartujo o bernardo, y hablaréis de vuestros secretos. Pero yo tengo miedo de un hombre que se asusta de semejantes fantasmas, no me gusta que mis servidores tengan miedo de pasearse por la noche en mi jardín; después, lo confieso, me haría muy poca gracia la visita de algún comisario de policía, porque, sabedlo, maese Bertuccio, en Italia no se paga la justicia si no se calla, pero en Francia no se la paga, al contrario, sino cuando habla. ¡Diantre!, os creía un poco más corso, un gran contrabandista, un hábil mayordomo, pero veo que tenéis otras cuerdas en vuestro arco. ¡Señor Bertuccio, quedáis despedido!

—¡Oh! ¡Señor, señor! —exclamó el mayordomo aterrado ante

esta amenaza—. ¡Oh!, si no se necesita más que eso para quedar a vuestro servicio, hablaré, lo diré todo, y si me separo de vos, será para ir al cadalso!

—Eso es diferente —dijo Montecristo—, pero si queréis mentir, reflexionadlo, más vale que no me digáis nada.

—¡No, señor!, os lo juro por la salvación de mi alma, os lo diré todo, porque el abate Busoni no ha sabido más que una parte de mi secreto, pero primero, os lo suplico, apartaos de ese plátano; mirad, la luna va a salir, y ahí colocado como estáis, envuelto en esa capa que me oculta vuestro cuerpo que se asemeja al del señor Villefort...

—¡Cómo! —exclamó Montecristo—, es al señor de Villefort...

—¿Le conocía acaso vuestra excelencia?

—¿El antiguo procurador de Nimes?

—Sí.

—¿Que se casó con la hija del marqués de Saint—Meran?

—Eso es.

—¡Y que tenía la reputación del magistrado más honrado, más severo, más rígido...!

—Pues bien, señor —exclamó Bertuccio—, ese hombre de una reputación tan sólida a intachable. ..

—¡Continuad!

—¡Era un infame!

—¡Bah! —dijo Montecristo—, eso es imposible.

—Es la pura verdad.

—¿Sí...? —dijo Montecristo—, ¿y tenéis pruebas de ello?

—Tenía una, por lo menos.

—¿Y la habéis perdido? ¡Sois bien torpe!

—Sí, pero buscándola bien, podremos encontrarla.

—¡Bien! ¡Bien!, ahora contadme eso, señor Bertuccio, porque os digo que realmente me va interesando todo este asunto.

Y el conde, tarareando un aria de Lucia, se fue a sentar en un banco, mientras que Bertuccio le seguía, reuniendo sus ideas.

Bertuccio permaneció en pie delante del conde.

V: LA VENDETTA

—¿Por dónde quiere el señor conde que empiece a contar los sucesos? —preguntó Bertuccio.

—Por donde queráis —dijo Montecristo—, pues no sé absolutamente nada de todo ello.

—Sin embargo, yo creía que el abate Busoni había contado a vuestra excelencia.

—Sí, algunos detalles, sin duda, pero han pasado siete a ocho añosy lo he olvidado todo.

—Entonces puedo, sin temor de fastidiar a vuestra excelencia.

—Hablad, señor Bertuccio, hablad; de algún modo he de pasar la noche.

—Los sucesos se remontan a 1815.

—¡Ah! ¡Ah! —dijo Montecristo—, no es ayer mismo, que digamos.

—No, señor, y sin embargo, los menores detalles los tengo tan presentes como si hubiesen sucedido ayer. Yo tenía una hermana y un hermano mayor, que estaba al servicio del emperador. Era teniente de un regimiento compuesto enteramente de corsos. Este hermano era mi único amigo. Habíamos quedado huérfanos, yo a los cinco años y él a los dieciocho. Me había criado como a un hijo. En 1814, en tiempo de los borbones, se había casado. El emperador salió de la islade Elba, y mi hermano continuó a su servicio y, herido ligeramente en Waterloo, se retiró con el ejército detrás del Loira.

—Pero esa historia de los Cien Días que me contáis, señor Bertuccio, la he oído ya, si no me equivoco.

—Perdonad, excelencia, pero estos primeros detalles son necesarios, y me habéis prometido tener paciencia.

—¡Proseguid!, ¡proseguid!, cumpliré mi palabra.

—Un día recibimos una carta. Debo deciros que habitábamos en la pequeña aldea de Rogliano, en la extremidad del cabo Corso. Esta carta era de mi hermano. Nos decía que el ejército estaba licenciado, y que volvía por Chateau—Roux, Clermond—Ferrand, Le Puy y Nimes. Si tenía algún dinero me suplicaba que lo mandase a Nimes en casa de un fondista conocido nuestro, con el cual tenía yo algunas relaciones.

—De contrabando —respondió Montecristo.

—¡Pero, por Dios, señor conde! ¡Uno ha de ganarse la vida!

—Ciertamente; continuad, pues.

—Yo amaba tiernamente a mi hermano, ya os lo he dicho, excelencia; así, decidí no enviarle el dinero, sino llevárselo yo mismo. Poseía mil francos, dejé quinientos a Assunta, que era mi cuñada, tomé los quinientos restantes y me puse en camino para Nimes. Era cosa fácil, tenía mi barca un cargamento que hacer en el mar, todo secundaba mi proyecto. Pero hecho el cargamento, sopló viento contrario, de modo que estuvimos cuatro o cinco días sin poder entrar en el Ródano. Por fin lo conseguimos, llegamos hasta Arlés, dejé el barco entre Bellegarde y Beaucaire y me dirigí a Nimes.

—Y llegasteis, ¿no es así?

—Sí, señor, dispensadme, pero como ve vuestra excelencia, no digo más que las cosas absolutamente necesarias. Fuera de esto, era el momemo en que tenían lugar los famosos asesinatos del Mediodía. Había allí dos o tres bandidos llamados Trestaillón, Truphemy y Graffan, que degollaban por las calles a todos los presuntos bonapartistas. Sin duda, el señor conde habrá oído hablar de estos asesinatos.

—Vagamente, estaba muy lejos de Francia en esa época. Continuad.

—Al entrar en Nimes, se caminaba pisando sangre. A cada Paso se encontraban cadáveres, los asesinos organizados por bandas. Ante esta carnicería me entró miedo, no por mí; yo, simple pescador corso, no tenía gran cosa que temer, al contrario, aquel tiempo era bueno para nosotros, los contrabandistas, pero por mi hermano, por mi hermano, que era soldado del Imperio, que volvía del ejército del Loira con su uniforme y sus charreteras, y que por consiguiente tenía que temerlo todo. Corrí a la casa de nuestro fondista; mis presentimientos no me habían engañado. Mi hermano había llegado a Nimes y a la puerta misma del que iba a pedir hospitalidad, había sido asesinado. Pregunté a todo el mundo acerca de los asesinos, pero nadie se atrevía a decirme sus nombres, tan temidos eran. Pensé entonces en la justicia francesa, de que me habían hablado tanto, que no teme nada, y me presenté en casa del procurador del rey.

—Y ese procurador del rey ¿se llamaba Villefort? —preguntó el conde de Montecristo.

—Sí, excelencia. Venía de Marsella, en donde había sido sustituto. Su celo le había valido el ascenso. Decían que fue uno de los primeros que anunció al Gobierno el desembarco en la isla de Elba.

—Pero —interrogó Montecristo—, ¿vos os presentasteis en su casa?

—Señor —le dije yo—, mi hermano fue asesinado ayer en las calles de Nimes, yo no sé por quién, pero es vuestra obligación saberlo.

Vos sois aquí el jefe de la justicia, y a la justicia toca vengar a los que no ha sabido defender.

—¿Y qué era vuestro hermano? —preguntó el procurador del rey.

—Teniente del batallón corso.

—Entonces, un soldado del usurpador, ¿no es eso?

—Un soldado de los ejércitos franceses.

—¡Y bien! —replicó—, se ha servido de la espada y ha perecido por la espada.

—Os equivocáis; ha perecido por el puñal.

—¿Qué queréis que haga? —respondió el magistrado.

—Ya os lo he dicho, quiero que le venguéis.

—¿Y de quién?

—De sus asesinos.

—¿Acaso los conozco yo?

—Mandad que los busquen.

—¿Para qué? Vuestro hermano habrá tenido alguna querella, y se habrá batido en duelo. Todos esos antiguos soldados cometen excesos; nuestras gentes del Mediodía no quieren ni a los soldados ni a los excesos.

—Señor —respondí yo—, no os suplico por mí. Yo lloraría o me vengaría, eso sería todo, pero mi pobre hermano tenía una mujer, si me sucediese la misma desgracia a mí también, esta pobre criatura moriría de hambre, porque se mantenía sólo con el trabajo de mi hermano. Obtened para ella una pequeña pensión del gobierno.

—Todas las revoluciones tienen sus catástrofes —respondió el señor de Villefort—, vuestro hermano ha sido víctima de ésta. Es una desgracia, pero el gobierno no debe nada a vuestra familia por esto. Si tuviésemos que juzgar todas las venganzas que los partidarios del usurpador han ejercido contra los partidarios del rey, cuando a su vez disponían del poder, puede ser que vuestro hermano hubiese sido hoy condenado a muerte. Lo que ha ocurrido es cosa muy natural, porque es la ley de las represalias.

—¡Cómo, señor! —exclamé yo—, ¡es posible que me habléis así vos, un magistrado...!

—Todos estos corsos son unos locos —respondió el señor de Villefort—, y creen aún que su compatriota es emperador. Os engañáis, amigo mío, debisteis decirme esto hace dos meses. Hoy es demasiado tarde. Idos, pues, y si no queréis, yo os haré marchar.

—Yo le miré un instante para ver si una nueva súplica podría alcanzar algo de aquel hombre, pero aquel hombre era de piedra. Me aproximé a él.

—Y bien —le dije a media voz—, puesto que vos conocéis tan bien a los corsos, debéis saber cómo cumplen su palabra. Vos creéis que han hecho bien en matar a mi hermano, que era bonapartista, porque vos sois realista, ¡pues bien!, yo que también soy bonapartista, os declaro una cosa, y es que os he de matar. A contar desde este momento, os declaro la vendetta; así, pues, sabedlo, y guardaos mejor, porque la primera vez que nos encontremos cara a cara habrá llegado vuestra última hora.

—Y antes de que hubiese vuelto de su sorpresa, abrí la puerta y me marché.

—¡Ah, ah! —dijo Montecristo—,con vuestra humilde figura decir esas cosas, señor Bertuccio, ¡y a un procurador del rey! ¿Y sabía él al menos lo que quiere decir esa declaración?

—Tan bien lo sabía, que desde aquel momento no salió ya solo y se encerró en su casa, haciéndome buscar por todas partes. Por fortuna, estaba tan oculto que no pudo encontrarme. Entonces se apoderó de él el temor, y tuvo miedo de permanecer en Nimes. Solicitó un cambio de residencia y como era, en efecto, un hombre influyente, fue nombrado para Versalles, pero vos lo sabéis, no existen las distancias para un corso que ha jurado vengarse de su enemigo, y su carruaje, por bien conducido que fuese, no me ha llevado nunca más de media jornada de ventaja, a pesar de que le seguía a pie.

—Lo importante no era matarle, cien veces había encontrado ya ocasión, pero era menester matarle, sin ser descubierto, y sobre todo sin ser detenido. Por otra parte, yo no me pertenecía a mí mismo, tenía que proteger y mantener a mi cuñada. Durante tres meses espié al señor de Villefort, durante tres meses no dio un paso, un movimiento, un paseo, que mi mirada no le siguiese donde iba. Al fin, descubrí que venía misteriosamente a Auteuil; le seguí aún, y le vi penetrar en esta casa en que estamos ahora. Solamente que en lugar de entrar como todo el mundo, por la puerta de la calle, venía, unas veces a caballo, y otras en carruaje, dejaba el carruaje o el caballo en la posada, y entraba por esta puertecilla que veis allí.

Montecristo hizo con la cabeza un gesto que probaba que en medio de la oscuridad distinguía en efecto la entrada indicada por Bertuccio.

—Yo, que no tenía nada que hacer en Versalles, fijé mi residencia en Auteuil a hice mis indagaciones. Si quería, aquí es donde infaliblemente debía encontrarle. La casa pertenecía, como ha dicho el portero a vuestra excelencia, al señor de Saint—Meran, suegro de Villefort. El señor de Meran vivía en Marsella, por consiguiente esta casa no le servía de nada; así, pues, decían que acababa de alquilarla a una joven viuda a quien conocían bajo el nombre de la baronesa.

En efecto, una noche, mientras yo estaba mirando por encima de la tapia, vi una mujer joven y hermosa que se paseaba sola por el jardín y miraba con frecuencia a la puertecita, y comprendí que esa noche esperaba a Villefort. Cuando estuvo bastante cerca de mí para que, a pesar de la oscuridad, pudiese distinguir sus facciones, vi a una mujer de dieciocho a diecinueve años, alta y rubia. Como sólo llevaba un peinador y nada ceñía su cintura, noté que estaba encinta y que su embarazo parecía muy avanzado.

Momentos después abrieron la puertecita. Un hombre entró, la joven corrió precipitadamente a su encuentro, ambos se arrojaron en brazos uno de otro, besáronse tiernamente y entraron juntos en la casa. Este hombre era el señor de Villefort. Yo juzgué que al salir, sobre todo si salía de noche, habría de atravesar el jardín.

—Y —preguntó el conde— ¿habéis sabido después el nombre de esa mujer?

—No, excelencia.

—Continuad.

—Aquella noche —replicó Bertuccio— podía muy bien matarle si hubiera conocido mejor el jardín. Temí no herirle bien, y no poder huir si alguien acudía a sus gritos. Lo dejé para la próxima cita, y para que no se me escapase alquilé un cuartito frente a la tapia del jardín.

Tres días después, hacia las siete de la noche, vi salir de la casa un criado a caballo que tomó a galope el camino que conducía al de Sevres y presumí que iba a Versalles. No me engañaba. Tres horas después el hombre volvió cubierto de polvo, su misión estaba terminada. Diez minutos después, otro hombre a pie, envuelto en una capa, abría la puertecita del jardín, que se volvió a cerrar detrás de él.

Bajé apresuradamente. Aunque no hubiese visto el rostro de Villefort, le reconocí por los latidos de mi corazón. Atravesé la calle, me arrimé a un poste colocado junto a la tapia, y con ayuda del cual había mirado otra vez al jardín.

Ahora no me contenté con mirar. Saqué mi cuchillo del bolsillo, me aseguré que la punta estaba bien afilada, y salté por encima de la tapia.

Mi primer cuidado fue correr a la puerta, había dejado la llave dentro, tomando la precaución de dar dos vueltas a la cerradura.

Nada impediría la fuga por este lado. Me puse a estudiar el lugar. El jardín formaba un cuadrilátero, un prado de fino musgo se extendía en medio. En los ángulos de este prado había algunos árboles de follaje espeso y cubierto de flores de otoño.

Para dirigirse de la casa a la puertecita, el señor de Villefort tenía que pasar junto a uno de estos árboles.

Era a fines de septiembre. El viento soplaba con fuerza, el resplandor de la pálida Tuna, velada a cada instante por densas pubes, iluminaba la arena de las calles de árboles que conducían a la casa, pero no podía atravesar la oscuridad de esos árboles espesos, en los que un hombre podia permanecer oculto sin terror de ser visto.

Me oculté en uno de ellos, junto al cual debía pasar Villefort. Apenas estaba allí, cuando en medio de las ráfagas de viento que encorvaban los árboles sobre mi frente, creí percibir unos gemidos.

Pero ya sabéis, o más bien no sabéis, señor conde, que el que espera el momento de cometer un asesinato cree siempre oír gritos en el aire. Dos horas pasaron, durante las cuales, repetidas veces creí oír los mismos gemidos.

Al fin dieron las dote de la noche.

Al dar la última campanada, lúgubre y retumbante, percibí un débil resplandor que iluminaba las ventanas de la escalera secreta, por la que hemos descendido hace poco.

La puerta se abrió y el hombre de la capa volvió a aparecer.

Era el momento terrible, pero hacía demasiado tiempo que estaba preparado, para que pudiese vacilar; así pues, saqué mi cuchillo y esperé.

El hombre de la capa se dirigió hacia donde yo me hallaba, pero a medida que avanzaba, creí notar que llevaba un arena en la mano derecha. Tuve miedo, no de una lucha, sino de fracasar en mi intento. Así que estuvo a solo unos pasos de mí, conocí que lo que yo había tornado por arena no era otra cosa que un azadón.

No había tenido tiempo aún de adivinar qué objeto tenía en la mano el señor de Villefort un azadón, cuando se detuvo al lado del árbol arrojó en derredor una mirada y se puso a cavar un hoyo. Entonces noté que debajo de la capa llevaba algo que colocó sobre el césped para tener mayor libertad de movimientos.

La curiosidad me detuvo y quise ver lo que iba a hacer Villefort, y permanecí inmóvil, sin aliento, esperando el resultado.

Luego se me ocurrió una idea, que se confirmó al ver al procurador del rey sacar de debajo de su capa un cofrecito de dos pies de largo y seis a ocho pulgadas de ancho.

Le dejé colocar el cofre en el hoyo, sobre el cual echó tierra, después apoyó sus pies sobre esta tierra fresca para hacer desaparecer las huellas de la obra nocturna. Me lancé sobre él y le hundí mi cuchillo en el pecho, diciéndole:

—¡Soy Juan Bertuccio!. Ya ves que mi venganza es más completa de lo que yo esperaba.

Ignoro si oyó estas palabras, no lo creo, pues cayó sin dar un grito. Yo sentí su sangre saltar humeante y ardiente sobre mis manos y sobre mi rostro, pero estaba ebrio, deliraba. En lugar de quemarme la sangre me refrescaba. En un segundo desenterré el cofre con ayuda del azadón, y para que no viesen que lo había desenterrado, volví a llenar el agujero, arrojé el azadón por encima de la tapia y me lancé por la puerta, que cerré por fuera, llevándome la llave.

—Bueno —repuso el conde—, fue un asesinato y un robo.

—No, excelencia —respondió Bertuccio—, fue una venganza seguida de una restitución.

—¿Y la suma estaría al menos en buena moneda?

—No era dinero.

—¡Ah, sí!, recuerdo que me hablasteis de un niño.

—Exacto, excelencia. Corrí hacia el río, me senté en la ribera, y ansiando saber lo que contenía el cofre, hice saltar la cerradura con un cuchillo.

Entre unos paños de finísima batista estaba envuelto un niño recién nacido. Su rostro de color de púrpura y sus manos de color de violeta, anunciaban que debió sucumbir por una asfixia producida por ligamentos naturales arrollados alrededor del cuello. No obstante, como aún no estaba frío, procuré bañarle en el agua que corría a mis pies. En efecto, poco después creí sentir un ligero latido hacia la región del corazón. Desembaracé su cuello del cordón que le rodeaba y como había sido enfermero en el hospital de Bastia, hice lo que hubiera hecho un médico en mi lugar, es decir, le introduje aire en los pulmones, y después de un cuarto de hora de inauditos esfuerzos, le vi suspirar y oí escaparse un grito de su pecho.

Yo también lancé un grito, pero fue un grito de alegría. Dios no me maldice —dije—, puesto que permite que devuelva la vida a una criatura humana en cambio de la vida que he quitado a otra.

—¿Y qué hicisteis del niño? —preguntó Montecristo—, era una carga demasiado embarazosa para un hombre que tenía que huir.

—No tuve la menor idea de conservarle conmigo. Pero yo sabía que había en París un hospicio donde se recibía a estas pobres criaturas. Al pasar por la barrera declaré haber hallado aquel niño en el camino, y me informé. El cofre estaba allí y podía dar testimonio; los pañales de batista indicaban que el niño pertenecía a padres ricos, la sangre de que yo estaba cubierto podía pertenecer lo mismo a la criatura que a cualquiera otra persona. No pusieron ninguna dificultad, entonces me dieron las señas del hospicio, que estaba situado en la calle del Infierno. Y después de haber tomado la precaución de cortar el pañal en dos pedazos, de manera que una de las dos letras que lo marcaban envolviese el cuerpo del niño, mientras yo conservaba la otra, deposité mi carga en el torno, llamé, y empecé a correr sin descansar. Quince días después estaba de vuelta en Rogliano y decía a Assunta:

—Consuélate, hermana mía, Israel ha muerto, pero le he vengado. Entonces me pidió la explicación de estas palabras, y le conté todo lo que había pasado.

—Juan —me dijo Assunta—, debiste traerte ese niño, le hubiésemos hecho de padres, le hubiésemos llamado Benedetto, y en favor de esa buena acción Dios nos bendeciría seguramente.

Por toda respuesta, le di la mitad del pañal que había conservado a fin de hacer reclamar el niño si algún día llegábamos a ser ricos.

—¿Y con qué letras estaba marcado ese pañal? —preguntó Montecristo?

—Con una H y una N debajo de una diadema de barón.

—Me parece, Dios me perdone, que os servís de términos de blasón. ¡Señor Bertuccio! ¿Dónde diablos habéis hecho vuestros estudios heráldicos?

—A vuestro servicio, señor conde, donde todo se aprende.

—Proseguid. Deseo saber dos cosas.

—¿Cuáles, señor?

—¿Qué fue del niño? ¿No me habéis dicho que era un niño, señor Bertuccio?

—No, excelencia, no recuerdo haberos dicho nada de eso.

—¡Ah!, creí haber oído...; bien, tal vez esté equivocado.

—No, no estáis equivocado, porque efectivamente era un niño, pero vuestra excelencia desearía, según me dijo, saber dos cosas, ¿cuál es la segunda?

—La segunda es el crimen de que fuisteis acusado cuando pedisteis el confesor, y el abate Busoni fue a veros a la prisión de Nimes.

—Quizá durará mucho esta relación, excelencia.

—¿Qué importa? Apenas son las diez, bien sabéis que yo no duermo, y supongo que tampoco vos tenéis muchas ganas de hacerlo.

Bertuccio se inclinó y prosiguió su narración.

—Tanto para desterrar de mi mente los recuerdos que me asaltaban cuanto para ayudar a las necesidades de la pobre viuda, me dediqué con ardor al oficio de contrabandista.

Las costas del Mediodía estaban muy mal guardadas, debido a los continuos movimientos que tenían lugar allí, ora en Avignon, ora en Nimes o en Uzés. Nos aprovechamos de esta especie de tregua que nos era concedida por el gobierno. Después del asesinato de mi hermano en las calles de Nimes, yo no había querido entrar en esta ciudad. De aquí resultó que el posadero, con el cual efectuábamos nuestros negocios, viendo que no queríamos buscarle, nos buscó él a nosotros, y fundó una posada en el camino de Bellegarde a Beaucaire, con el nombre de la Posada del Puente Gard. Así teníamos, ya sea en Aigues Mortes, ya en Martignes, o en Bonc, una docena de casas donde depositábamos nuestras mercancías, y donde, en caso de necesidad, hallábamos un refugio contra los aduaneros y los gendarmes. Este oficio de contrabandista es muy lucrativo, cuando se aplica a él cierta inteligencia secundada de algún vigor; en cuanto a mí, yo vivía en las montañas, teniendo ahora que temer con doble razón de los gendarmes y aduaneros, teniendo en cuenta que toda presentación delante de jueces podía producir una pesquisa, y esta pesquisa es siempre volver a lo pasado, y en mi pasado podía mostrar algo más grave que algunos cigarros entrados de contrabando, o barriles de aguardiente circulando sin pagar derechos. Así, pues, prefiriendo mil veces la muerte a un arresto, realizaba hazañas asombrosas, y que más de una vez me demostraron que el tener tanto cuidado con el cuerpo es el único obstáculo que se opone al buen éxito de aquellos proyectos nuestros que necesitan decisión rápida y ejecución vigorosa y determinada. En efecto, una vez hecho el sacrificio de la vida, ya no es uno igual a los otros hombres, o mejor dicho, los otros hombres no son nuestros iguales, y una vez tomada esta resolución, siente uno aumentarse sus fuerzas y agrandarse su horizonte.

—¡Filosofía también, señor Bertuccio! —interrumpió el conde—, pero vos de todo sabéis un poco.

—¡Oh, excelencia... !

—No, no; únicamente que la filosofía a las diez y media de la noche, es un poco tarde. Pero no tengo otra observación que haceros, ya que la encuentro exacta, lo que no se puede decir de todas las filosofías.

—Cuanto más largas eran mis correrías, mayor era el rendimiento. Assunta era el ama de casa, y nuestra pequeña fortuna se iba aumentando. Un día que yo partía para una expedición, díjome ella: Anda, que a lo vuelta lo preparo una sorpresa.

La interrogué inútilmente. Nada quiso decirme y partí.

La correría duró más de seis semanas. Habíamos estado en Luca cargando aceite, y en Liorna tomando algodones ingleses; nuestro desembarque se hizo sin ningún acontecimiento adverso; hicimos nuestro negocio y volvimos más contentos que nunca.

Al entrar en la casa, la primera cosa que vi en el sitio más visible del cuarto de Assunta, en una cuna suntuosa, en comparación con el resto de la habitación, fue un niño de siete a ocho meses. Lancé un grito de alegría.

Los únicos momentos de tristeza que había experimentado después del asesinato del procurador del rey, habían sido causados por el abandono de este niño, porque lo que es remordimiento por el asesinato no tuve ninguno.

La pobre Assunta todo lo había adivinado, se había aprovechado de mi ausencia, y con la mitad del pañal, habiendo escrito, para no olvidarlo, el día y la hora en que fue depositado el niño en el hospicio, partió a París, y fue a reclamarle. No le pusieron ninguna dificultad, y el niño le fue entregado. ¡Ah!, confieso, señor conde, que al ver aquella criatura durmiendo en su cuna, se me partió el corazón, y algunas lágrimas brotaron de mis ojos.

—En verdad, Assunta —exclamé—, eres una buena mujer y la Providencia lo bendecirá.

—¡Ay, excelencia! —dijo Bertuccio—, no sospechaba yo que este niño había de ser el encargado por Dios de mi castigo. Jamás se declaró tan pronto una naturaleza más perversa, y no obstante, no se podía decir que estuviese mal educado, porque mi hermana le trataba lo mismo que a un príncipe. Era un muchacho de rostro encantador, con unos ojos de azul claro, únicamente sus cabellos, de un rojo muy vivo, dando a este rostro un carácter extraño, aumentaban la vivacidad de su mirada y la malicia de su sonrisa. También es cierto que la dulzura de su madre animó sus primeras inclinaciones; el niño por quien mi pobre hermana iba al mercado a cuatro o cinco leguas de allí, para comprarle las primeras y mejores frutas y los bizcochos más delicados, y prefería las naranjas de Palma a las conservas de Génova, las castañas robadas a un extraño, mientras que a su disposición tenía las castañas y manzanas de nuestro jardín.

Un día, cuando Benedetto apenas contaba cinco o seis años de edad, el vecino Basilio, que según las costumbres de nuestro país no encerraba ni su dinero ni sus joyas, porque el señor conde lo sabe tan bien como nadie, en Córcega no hay ladrones, el vecino Basilio vino a vernos y se quejó de que le había desaparecido un luis de su bolsillo. Todos creyeron que había contado mal, pero él dijo estar seguro de que le faltaba. Este día Benedetto había faltado de casa desde la mañana y estábamos muy inquietos, cuando a la noche le vimos venir con un mono que se había encontrado, según decía, encadenado al pie de un árbol.

Hacía un mes que ya no sabía qué pensar, no cesaba de pensar en un mono. Un batelero que había pasado por Rogliano, y que tenía muchos de esos animales, le inspiró sin duda este desgraciado capricho.

—En nuestro bosque no hay monos —le dije yo—, y sobre todo encadenados. Confiésame de dónde lo ha venido eso.

Benedetto confesó su mentira y la acompañó de detalles que hacían más honor a su imaginación que a su veracidad. Me irrité, y se echó a reír. Le amenacé y se retiró dos pasos.

—Tú no puedes pegarme, no tienes derecho a ello, no eres mi padre.

Siempre ignoramos quién le reveló ese fatal secreto, que con tanto cuidado le habíamos ocultado. En fin, de todos modos, esta repuesta en la cual el muchacho se rebelaba abiertamente, me espantó. Mi brazo casi levantado, volvió a caer sin tocar al culpable. El muchacho salió victorioso y esta victoria le dio tal audacia, que desde aquel momento todo el dinero de Assunta, cuyo amor hacia él parecía aumentarse a medida que era menos digno de él, se gastó en caprichos. Cuando yo estaba en Rogliano, las cosas iban bastante bien, pero apenas hube partido, Benedetto quedó dueño de la casa, y todo empezó a ir de mal en peor. De edad de once años escasos, todos sus camaradas los había elegido entre jóvenes de dieciocho a veinte años, lo más calaveras de Bastia; por algunos incidentes, la justicia nos había avisado repetidas veces.

Yo estaba asustado. Cualquier informe podía tener fatales consecuencias. Precisamente pronto me iba a ver obligado a salir de Córcega para una expedición importante. Reflexioné largo tiempo, y con el pensamiento de evitar grandes desgracias, me decidí a llevar conmigo a Benedetto. Esperaba que la vida activa y laboriosa del contrabandista, la disciplina severa del Norte, cambiarían este carácter pronto a corromperse, si es que ya no lo estaba del todo.

Llamé, pues, aparte a Benedetto y le hice la proposición de seguirme, rodeando esta proposición de todas las promesas que pueden seducir a un niño de doce años.

Me dejó hablar hasta el fin, y cuando hube acabado, soltó una carcajada diciendo:

—¿Estáis loco, tío? —pues así me llamaba cuando estaba de buen humor—. ¿Yo cambiar la vida que llevo con la que vos lleváis, mi excelente holgazanería por el horrible trabajo que os tenéis impuesto? ¿Pasar la noche al frío, el día al calor, ocultarse sin cesar, recibir tiros sin cesar y todo esto por ganar un poco de dinero? Dinero tengo yo cuanto quiero; madre Assunta me da todo lo que le pido, bien veis que sería un imbécil si aceptase lo que me proponéis.

Me quedé estupefacto ante esta audacia y este razonamiento; Benedetto siguió jugando con sus camaradas, y lo vi a lo lejos señalándome a ellos como si yo fuera un idiota.

—¡Oh! ¡Niño encantador! —murmuró Montecristo.

—¡Ah!, si hubiese sido mío —respondió Bertuccio—, si hubiese sido mi hijo, o por lo menos nú sobrino, yo le hubiese corregido sus vicios, pero la idea de que había matado al padre me hacía imposible toda corrección. Di buenos consejos a mi hermana, que siempre salía en defensa del desgraciado, y como me confesó que muchas veces le habían faltado sumas considerables, le indiqué un lugar donde podría ocultar nuestro pequeño tesoro.

En cuanto a mí, mi resolución estaba tomada. Benedetto sabía leer, escribir y contar perfectamente, porque cuando por casualidad quería dedicarse al trabajo, aprendía en un día lo que otros en una semana. Mi resolución, como digo, estaba tomada. Yo pensaba emplearle de secretario en algún buque, y sin avisarle, hacerle venir conmigo una mañana y llevarlo a bordo; de este modo, recomendándole al capitán, todo su porvenir dependía de él.

Una vez dispuesto este plan, partí para Francia.

Aquella vez debían efectuarse todas estas operaciones en el golfo de Lyón, y eran cada vez más difíciles, porque estábamos en 1829. La tranquilidad reinaba por doquier, y por consiguiente el servicio de las costas era entonces más regular y más severo que nunca. Esta vigilancia estaba aún aumentada momentáneamente por la feria de Beaucaire que acababa de empezar.

Nuestra primera expedición se efectuó sin ningún tropiezo. Amarramos nuestra barca, que tenía un doble fondo, en el que ocultábamos nuestras mercancías de contrabando, en medio de una cantidad de bateles que bordeaban ambas orillas del Ródano desde Beaucaire hasta Arlés. Llegados allí, empezamos a descargar nuestras mercancías prohibidas, y a hacerlas pasar por medio de las personas que estaban en relaciones con nosotros, o de posaderos, en casa de los cuales las íbamos depositando. Ya fuese que el buen éxito nos hubiese hecho imprudentes, ya que fuimos delatados, una tarde, a las cinco y media, cuando volvíamos a reanudar nuestro trabajo, uno de nuestros espías llegó azorado, diciendo que había visto un grupo de aduaneros dirigirse hacia este lado. No era precisamente el grupo lo que nos daba miedo. A cada instante, sobre todo a la sazón, compañías enteras rondaban por las orillas del Ródano, pero eran las precauciones que según decía el muchacho tomaban para no ser vistos. En seguida estuvimos alerta, pero era ya muy tarde. Nuestra barca era evidentemente el objeto de las pesquisas; estaba rodeada. Entre los aduaneros vi algunos gendarmes, y tan tímido a la vista de éstos, como valiente era de ordinario a la vista de cualquier otro cuerpo militar, deslizándome por una tonelera, me dejé caer en el río, después nadé entre dos aguas, no respirando sino a largos intervalos, de suerte que sin ser visto llegué al canal que va de Beaucaire a Aigues Mortes. Una vez aquí, me había salvado, porque podía seguir este canal sin ser visto. No era por casualidad y sin premeditación por lo que seguí este camino. Ya he hablado a vuestra excelencia de un posadero de Nimes que había establecido una posada en el camino de Bellegarde a Beau—caire.

—Sí —dijo Montecristo—, lo recuerdo; ese hombre era también, si no me engaño, vuestro asociado.

—Eso es —respondió Bertuccio—, pero después de siete a ocho años había cedido su establecimiento a un antiguo sastre de Marsella, que, luego de arruinarse en su oficio, quiso probar fortuna en otro. Además, las relaciones que teníamos con el primero siguieron con el segundo. A este hombre fue a quien yo iba pedir asilo.

—¿Y cómo se llamaba? —inquirió el conde, que parecía volver a tomar algún interés en la relación de Bertuccio.

—Llamábase Gaspar Caderousse, casado con una de Carconte, y que nosotros no conocemos bajo otro nombre que el de su pueblo. Era una pobre mujer atacada de una penosa enfermedad que la iba llevando al sepulcro. En cuanto al hombre, era un sujeto robusto, de cuarenta a cuarenta y cinco años de edad, que más de una vez nos había dado pruebas, en circunstancias apuradas, de su presencia de espíritu y de su valor.

—¿Y decís —preguntó Montecristo—, que esas cosas sucedían en el año...?

—Mil ochocientos veintinueve, señor conde.

—¿En qué mes?

—En el mes de junio.

—¿Al principio o al fin?

—El día tres, por la noche.

—¡Ah! —dijo Montecristo—, el tres de junio de 1829... Bien, proseguid.

—A Caderousse, pues, era a quien tenía que pedir asilo, pero como por lo regular no entrábamos en su casa por la puerta que daba al camino, decidí no alterar las costumbres, salté el vallado del jardín, me escurrí por entre los olivos y las higueras, y entré temiendo que Caderousse tuviese algún viajero en su posada, en una especie de caramanchón, en el que más de una vez había pasado la noche tan bien como en la mejor cama. Este caramanchón no estaba separado de la sala común del piso bajo más que por un tabique de tablas un poco entreabiertas a propósito, a fin de poder avisar que estábamos allí.

Mi intención era, si Caderousse se hallaba solo, avisarle de mi llegada, cenar con él y aprovecharme de la tempestad que se avecina . Iba, para llegar a las orillas del Ródano y cerciorarme de lo que había sido de la barca y de los que iban en ella. Me deslicé, pues, en el caramanchón y me alegré de no haber dado la señal, pues en el mismo momento vi a Caderousse que entraba en su casa con un desconocido.

Me agazapé allí y esperé, no con la intención de sorprender los secretos de mi huésped, sino porque no podía hacer otra cosa; además, diez veces había ya sucedido un caso semejante.

El hombre que iba con Caderousse era evidentemente extranjero en el Mediodía de Francia; era uno de esos negociantes que vienen a vender joyas a la feria de Beaucaire, y que, en un mes que dura la feria, donde se reúnen mercaderes de todas partes de Europa, hacen algunas veces negocios de ciento cincuenta mil francos.

Caderousse entró el primero.

Al ver la sala vacía como de costumbre, guardada sólo por el perro, llamó a su mujer.

—¡Eh... ! Carconte —dijo—, el buen sacerdote no nos había engañado, el diamante era bueno.

"Una exclamación de alegría se oyó, y casi al mismo tiempo la escalera crujió bajo un paso vacilante y pesado.

—¿Qué dices? —preguntó más pálida que una muerta.

—Digo que el diamante era bueno. Aquí tienes al señor, uno de los primeros joyeros de París, que está pronto a darnos cincuenta mil francos por él. Solamente que para estar más seguro de que el diamante es nuestro, me ha pedido que le cuentes, como ya lo he hecho yo, de qué manera vino a nuestras manos. Mientras tanto, caballero, sentaos, si gustáis, y como el tiempo está algo caluroso, os voy a traer algo con qué refrescar.

El joyero examinó detenidamente el interior de la posada y la visible pobreza de los que iban a venderle un diamante digno de un príncipe.

—Contad, señora —dijo, queriendo sin duda aprovecharse de la ausencia de su marido para que ninguna señal de parte de éste influyese en la mujer, y para ver si entre ambas relaciones encajaban la una con la otra.

—¡Oh! ¡Dios mío! —dijo la mujer—, es una bendición del

cielo que estábamos muy lejos de esperar. Imaginaos, caballero, que mi marido tuvo relaciones en 1814 ó 1815 con un marino llamado Edmundo Dantés. Este pobre muchacho, a quien Caderousse había olvidado completamente, no lo ha olvidado a él, y al fallecer le ha dejado el diamante que acabáis de ver.

—¿Pero cómo llegó a ser poseedor de ese diamante? —preguntó el joyero—. ¿Le tenía cuando entró en la prisión?

—No, señor; pero en la prisión trabó conocimiento con un inglés muy rico —respondió la mujer—, y como cayó enfermo su compañero de prisión y Dantés le cuidó como si hubiese sido su hermano, el inglés, al salir de la cautividad, dejó al pobre Dantés (que menos feliz que él murió en la prisión), este diamante que nos legó a su vez al morir, y que se encargó de entregarnos el digno abate que vino esta mañana a cumplir con su encargo.

—Bien. Las dos historias concuerdan —murmuró el joyero—, y después de todo, bien puede ser verdad, aunque parezca inverosímil a primera vista. Sólo resta que nos pongamos de acuerdo sobre el precio.

—¡Cómo! —dijo Caderousse—, yo creía que habríais consentido en el precio que yo pedía.

—Es decir —replicó el joyero—, que yo he ofrecido cuarenta mil francos.

—¡Cuarenta mil! —exclamó Carconte—, por ese precio no se lo damos. El abate nos ha dicho que valía cincuenta mil francos el diamante solo.

—¿Y cómo se llamaba ese abate? —preguntó el infatigable joyero.

—El abate Busoni.

—¿Era un extranjero?

—Creo que era un italiano de los alrededores de Mantua.

—Mostradme ese diamante —repuso el joyero—, que a veces juzgo mal las piedras a primera vista.

Caderousse sacó de su bolsillo un estuchito negro, lo abrió y lo pasó al joyero. Al ver el diamante, casi tan grueso como una nuez pequeñita, recuerdo que los ojos de la Carconte brillaron de codicia.

—Y vos, señor Bertuccio, ¿qué pensabais de todo eso? —preguntó Montecristo—, ¿creíais esa fábula?

—Sí, excelencia; yo no creía que Caderousse fuese un mal hombre, y le juzgaba incapaz de haber cometido un crimen o un robo.

—Eso honra más a vuestro corazón que a vuestra experiencia, señor Bertuccio. ¿Habíais conocido a ese Edmundo Dantés de quien habláis?

—No, excelencia, nunca había oído hablar de él hasta entonces y luego otra vez, al abate Busoni, cuando le vi en la cárcel de Nimes.

—Bien, continuad.

—El joyero tomó la sortija de manos de Caderousse, y sacó de su bolsillo unas pinzas de acero y unas balanzas de cobre. Después, separando el cerco de oro que sujetaba la piedra en la sortija, hizo salir el diamante de su engaste y lo pesó minuciosamente en las balanzas.

—Daré hasta cuarenta y cinco mil francos —dijo—, pero nada más. Por otra parte, como esto es lo que valía el diamante, no he tomado más que esta suma.

—¡Oh!, no importa —dijo Caderousse—, volveré con vos a Beaucaire por los otros cinco mil.

—No —dijo el platero devolviendo el anillo y el diamante a Caderousse—. No, eso no vale más a incluso me arrepiento de haber ofrecido esa suma, pues la piedra tiene un defecto que yo no había visto, pero no importa, no tengo más que una palabra, he dicho cuarenta y cinco mil francos y no me desdigo.

—Al menos volved a colocar el diamante en la sortija —dijo la Carconte con acritud.

—Justo es —dijo el platero. Y volvió a engastar la piedra.

—Bueno, bueno, bueno —dijo Caderousse, metiendo el estuche en el bolsillo—, a otro se lo venderemos.

—Sí —repuso el platero—, pero no hará lo que yo. Otro no se contentará con los informes que me habéis dado. No es natural que un hombre como vos tenga diamantes de cuarenta y cinco mil francos. Avisará a los magistrados, tendrán que buscar al abate Busoni y los abates que dan diamantes de dos mil luises son raros. Lo primero que hará la justicia será mandaros a la cárcel, y si sois reconocido inocente, si os sacan de la cárcel al cabo de tres o cuatro meses, la sortija se habrá perdido, o bien os darán una piedra falsa que sólo valdrá tres francos en lugar de un diamante que valía cincuenta mil.

Caderousse y su mujer se interrogaron con una mirada.

No —dijo Caderousse—, no somos tan ricos que podamos perder cinco mil francos.

—Como gustéis, amigo mío —dijo el platero—; sin embargo, como véis, había traído buena moneda.

Y sacó de uno de sus bolsillos un puñado de oro que hizo brillar a los deslumbrados ojos del posadero, y del otro un paquete de billetes de banco. En el alma de Caderousse se estaba librando un rudo combate. Era evidente que para él aquel estuchito que daba vueltas en su mano no correspondía a la enorme suma que fascinaba sus ojos. Volvióse hacia su mujer, y le dijo en voz baja:

—¿Tú qué dices?

—Dáselo, dáselo —dijo ella—, si vuelve a Beaucaire sin el diamante nos denunciará, y según él dice, quién sabe si podremos encontrar al abate Busoni.

—¡Pues bien!, sea —dijo Caderousse—. Tomad el diamante por cuarenta y cinco mil francos. Pero mi mujer quiere una cadena de oro y yo un par de hebillas de plata.

El platero sacó de su bolsillo una cajita de plata larga y chata que contenía muchos objetos de los que habían pedido.

—Tomad —dijo—, acabemos de una vez, elegid.

La mujer escogió una cadena de oro que podía valer cinco luises, y el marido un par de hebillas de plata que valdrían quince francos.

—Espero que no os quejaréis —dijo el platero.

—Pero es que el abate había dicho que valía cincuenta mil francos —murmuró sordamente Caderousse.

—¡Vamos, vamos! ¡Qué hombre éste! —replicó el joyero cogiéndole el diamante de las manos—, le doy cuarenta y cinco mil francos, dos mil quinientas libras de renta, es decir, una fortuna que yo quisiera tener para mí, ¡y aún no está contento!

—¿Y dónde están los cuarenta y cinco mil francos?

—Aquí —dijo el platero.

Y contó sobre la mesa quince mil francos en oro y treinta mil en billetes de banco.

—Aguardad a que encienda la lámpara —dijo la Carconte—,

ya no se ve muy bien y nos podríamos equivocar.

En efecto, durante esta discusión había ido oscureciendo y con la noche se acercaba rápidamente la tempestad. Oíase rugir sordamente el trueno a lo lejos, pero ni el platero, ni Caderousse, ni la Carconte, parecían ocuparse de ello, poseídos como estaban los tres de una avaricia diabólica.

Yo mismo experimentaba una extraña fascinación a la vista de todo aquel oro y los billetes. Me parecía soñar, y como sucede en un sueño, me sentía clavado en el sitio donde estaba.

Caderousse contó y volvió a contar el oro y los billetes, después los entregó a su mujer, la cual los contó y volvió a contar otra vez.

Durante este tiempo el platero hacía brillar la joya a la luz de la lámpara, y el diamante arrojaba resplandores que le hacían olvidar los que, precursores de la tempestad, comenzaban a inflamar las ventanas.

—¿Está bien la cuenta? —preguntó el joyero.

—Sí —dijo Caderousse—, dame la cartera y busca un talego, Carconte. Esta se dirigió a un armario y volvió con una cartera vieja de cuero

de la cual sacaron algunas cartas grasientas, en lugar de las cuales pusieron los billetes, y un talego que contenía dos o tres escudos de seis libras que, probablemente, componían toda la fortuna del miserable matrimonio.

—¡Ea! —dijo Caderousse—, aunque nos hayáis dejado sin una docena de miles de francos tal vez, ¿queréis cenar con nosotros? Lo digo con buena voluntad.

—Gracias —señaló el platero—, debe ser tarde y es preciso que vuelva a Beaucaire, pues mi mujer estaría inquieta —sacó su reloj y exclamó—: ¡Diantre!, las nueve y tardaré tres horas en ir a Beaucaire. Adiós, amigos míos, si vienen por ahí más abates Busoni, pensad en mí.

—Dentro de ocho días ya no estaréis en Beaucaire —dijo Caderousse—, puesto que la feria concluye la semana que viene.

—No, pero eso no importa. Escribidme a París al señor Joannés, Palms—Royal, galería de piedra, número 45. Haré expresamente un viaje si vale la pena.

De repente brilló un relámpago tan intenso, que casi eclipsó la claridad de la lámpara, seguido de un formidable trueno.

—¡Oh! —dijo Caderousse—. ¿Vais a partir con ese tiempo?

—Yo no temo a los truenos —dijo el platero.

—¿Y a los ladrones? —preguntó la Carconte—. Ahora durante la feria no está el camino muy seguro.

—En cuanto a los ladrones —dijo Joannés—, estoy preparado contra ellos.

Y sacó de su bolsillo un par de pistolas cargadas.

—Veo que tenéis —dijo— un par de cachorros que ladran y muerden al mismo tiempo. ¿Los destináis a los dos primeros que tengan ganas de poseer vuestro diamante?

Caderousse y su mujer cambiaron una mirada sombría. Parecía como si al mismo tiempo hubieran tenido algún terrible pensamiento.

—Entonces, ¡buen viaje! —dijo Caderousse.

—Gracias —dijo el platero.

Cogió su bastón y salió.

En el instante en que abrió la puerta, una bocanada de viento entró por ella violentamente, y poco faltó para que apagase la lámpara.

—Quedaos —dijo Caderousse—, aquí dormiréis.

—¡Oh! —dijo—, vaya un tiempo que va a hacer, y no será nada agradable caminar ahora dos leguas en despoblado.

—Sí, quedaos —dijo la Carconte con voz trémula—, os cuidaremos mucho.

—No, es preciso que vaya a dormir a Beaucaire. Adiós. Caderousse acercóse lentamente a la puerta.

—No se ve el cielo ni la tierra —dijo el platero, ya fuera de la casa—¿sigo a la derecha o a la izquierda?

—A la derecha ——dijo Caderousse—, no os podéis perder. El camino está bordeado de árboles por ambos lados.

—Bueno, ya lo he encontrado —dijo la voz cuyo eco se había perdido casi a lo lejos.

—¡Cierra la puerta! —dijo la Carconte—, no me gusta la puerta abierta cuando truena.

—Y cuando hay dinero en la casa, ¿no es verdad? —respondió Caderousse, dando dos vueltas a la llave.

Entró, se dirigió al armario, sacó el talego y la cartera, y ambos volvieron a contar por tercera vez sus monedas de oro y sus billetes.

Nunca he visto expresión semejante a la de aquellos dos rostros iluminados por la codicia. La mujer, sobre todo, estaba odiosa. El temblor febril que generalmente la animaba, había aumentado, su rostro se había vuelto lívido, sus ojos hundidos brillaban en el fondo de sus órbitas.

—¿Por qué —preguntó ella con voz sorda— le ofreciste que se quedase a dormir?

—¡Eh! —respondió Caderousse estremeciéndose—, para... que no tuviese la molestia de volver a Beaucaire.

—¡Ah! —dijo la mujer con expresión imposible de describir—, yo creía que era para otra cosa.

—¡Mujer! ¡Mujer! —exclamó Caderousse—, ¿por qué has de tener tales ideas, y por qué al tenerlas no las callas?

—Es igual —dijo la Carconte después de un momento de silencio— tú no eres hombre.

—¡Cómo! —exclamó Caderousse.

—Si tú fueras hombre, ése no habría salido de aquí.

—¡Mujer!

—O bien, no hubiese llegado a Beaucaire.

—¿Qué estás diciendo?

—El camino hace un recodo, tiene que serguirlo, mientras que junto al canal hay otra senda mucho más corta.

—Mujer, tú ofendes a Dios. Mira, escucha...

En efecto, un relámpago azulado iluminó toda la sala, y un rayo descendió rápidamente y pareció alejarse con sentimiento de la casa maldita. En seguida se oyó un espantoso trueno.

—¡ Jesús! —dijo la Carconte, santiguándose.

En el mismo instante, y en medio del silencio de terror que sigue a la tormenta, se oyó llamar precipitadamente a la puerta.

Caderousse y su mujer se estremecieron y se miraron espantados.

—¡Quién es! —exclamó Caderousse levantándose y reuniendo en un montón el oro y los billetes esparcidos sobre la mesa, cubriéndolos con ambas manos.

—¡Yo! —dijo una voz.

—¿Quién sois vos?

—¡Eh! ¡Qué diantre! ¡Joannés, el platero!

—¿Qué lo parece? ¿No decías —replicó la Carconte con diabólica sonrisa— que yo ofendía a Dios...? ¡Pues mira, Dios nos lo envía!

Caderousse cayó pálido y desfallecido sobre la silla. La Carconte, al contrario, se levantó, dirigióse a la puerta con paso firme y la abrió.

—Entrad, querido señor Joannés —dijo.

—¡A fe mía! —dijo el platero empapado de agua y sacudiéndose—, parece que el diablo no quiere que vuelva a Beaucaire esta noche. Nada, me habéis ofrecido hospitalidad, la acepto y he vuelto para pasar la noche en vuestra posada.

Caderousse murmuró algunas palabras enjugándose el sudor que inundaba su frente. La Carconte cerró cuidadosamente y con llave la puerta detrás del platero.

VI: LA LLUVIA DE SANGRE

Cuando el platero entró en la casa, echó una mirada interrogadora a su alrededor, pero nada parecía inspirarle sospechas.

Caderousse tenía el oro y los billetes entre sus manos. La Carconte se mostraba risueña con su huésped, lo más amable que podía.

—¡Ah!, ¡ah! —dijo el platero—, parece que temíais no haber contado bien, ¿estabais repasando vuestro tesoro después de mi partida?

—No —dijo Caderousse—, pero el acontecimiento que nos ha hecho poseedores de él es tan inesperado, que cuando no tenemos a la vista la prueba material, creemos estar soñando.

El platero se sonrió.

—¿Tenéis viajeros en vuestra posada? —preguntó.

—No —respondió Caderousse—, no duerme aquí nadie; estamos muy cerca de la ciudad y nadie se detiene en la posada.

—Entonces, voy a causaros una gran molestia.

—¿Vos? ¡Oh!, no, de ningún modo.

—Veamos, ¿dónde me pondréis?

—En el cuarto de arriba.

—¿Pero no es el vuestro?

—¡Oh!, no importa. Tenemos otra cama en la pieza que está al lado de ésa y apagó la lámpara.

Caderousse miró asombrado a su mujer. El platero se acercó a un poco de lumbre que había encendido la Carconte en la chimenea. Durante este tiempo, colocaba sobre una esquina de la mesa donde había extendido una servilleta, los restos de una cena, lo cual acompañó de dos o tres huevos frescos. Caderousse guardó de nuevo los billetes en su cartera, el oro en un talego y todo ello en el armario. Paseábase por la sala sombrío y pensativo, y levantando de vez en cuando la mirada sobre el platero, que estaba fumando delante del hogar, y que a medida que se secaba de un lado se volvía del otro.

—¡Aquí! —dijo la Carconte, colocando una botella de vino sobre la mesa—, cuando queráis cenar, todo está a punto.

—¿Y vos? —preguntó Joannés.

—Yo no cenaré —respondió Caderousse.

—Es que hemos comido tarde —apresuróse a decir la Carconte.

—Luego, ¿voy a cenar solo? —dijo el platero.

—Nosotros os serviremos —dijo la Carconte con una amabilidad que no le era habitual ni aun con los huéspedes que pagaban. De vez en cuando, Caderousse lanzaba a su mujer una mirada rápida como un relámpago. La tempestad continuaba.

—¿Oís, oís? —dijo la Carconte—. Bien habéis hecho, a fe mía, en volver.

—Lo cual no impide —dijo el joyero— que si durante mi cena se aplaca este temporal, me vuelva a poner en camino.

—Este es el mistral —dijo Caderousse, dando un suspiro—, y me parece que lo tenemos hasta mañana.

—¡Oh!, tanto peor para los que estén fuera ——dijo el platero sentándose a la mesa.

—Sí —replicó la Carconte—, mala noche les espera.

El platero empezó a cenar y la Carconte siguió prodigándole los cuidados más atentos. Si el platero la hubiese conocido de antemano, tal cambio le hubiera asombrado, inspirándole algunas sospechas.

En cuanto a Caderousse, no pronunciaba una palabra, seguía

paseando y parecía no atreverse a mirar a su huésped. Cuando hobo terminado la cena, foe él mismo a abrir la puerta.

—Creo que se calma la tempestad —dijo.

Pero en este momento, como para desmentirle, un trueno terrible estremeció la casa y una bocanada de viento mezclada de lluvia entró y apagó la lámpara. Volvió a cerrar. La Carconte encendió un cabo de vela en la lumbre, que estaba extinguiéndose.

—Mirad —dijo al platero—, debéis estar fatigado. Ya he puesto sábanas limpias en la cama, subid a acostaros y dormid bien.

Joannés se quedó aún un instante para asegurarse de que el huracán no se calmaba, y cuando se cercioró de que los truenos y la lluvia iban en aumento, dio a sus huéspedes las buenas noches y subió la escalera. Pasaba por encima de mi cabeza, y yo sentía crujir cada escalón bajo sus pasos. La Carconte le siguió con una mirada ávida, mientras que, al contrario, Caderousse le volvió la espalda sin mirarle. Todos estos detalles que recordé después de algún tiempo, no me sorprendieron en el momento en que los presenciaba, nada era para mí más natural que lo que estaba pasando y excepto la historia del diamante, que me parecía un poco inverosímil, todo lo encontraba fundado.

Así, pues, como me sentía extenuado de fatiga, resolví dormir algunas horas y alejarme a la mitad de la noche.

En la pieza de encima, yo veía al platero tomar todas las disposiciones para pasar la mejor noche posible. Pronto la cama crujió bajo su cuerpo. Acababa de acostarse.

Sentía que mis ojos se cerraban a pesar mío. Como no había concebido ninguna sospecha, no intenté luchar contra el sueño y eché una última ojeada a la cocina. Caderousse se hallaba sentado al lado de una larga mesa, sobre uno de esos bancos de madera que en las posadas de aldea reemplazan a la sillas. Me volvía la espalda, de suerte que no podía ver su fisonomía. Además, aun cuando hubiese estado en la posición contraria, me hubiera sido también imposible, porque tenía su cabeza sepultada entre sus manos.

Su mujer le miró algún tiempo, se encogió de hombros y foe a sentarse frente a él. En este momento la moribunda llama encendió un leño seco que antes olvidara. Un resplandor más vivo iluminó aquel sombrío interior. La Carconte tenía los ojos fijos en su marido, y como éste permanecía en la misma posición, le vi extender un brazo hacia él y tocarle la frente con su descarnada mano.

Caderousse se estremeció. Me pareció que la mujer movió los labios, pero sea que hablase bajo, o que mis sentidos estuviesen embotados por el sueño, sus palabras, si las pronunció, no llegaron a mis oídos. Todo lo veía al través de una densa niebla, y con esa duda precursora del sueño, durante la cual se cree comenzar a soñar. En fin, mis ojos se cerraron, y quedé completamente dormido.

Hallábame en lo más profundo de mi sueño, cuando fui despertado por un pistoletazo seguido de un terrible grito. Algunos pasos vacilantes resonaron sobre el pavimento del cuarto, y una masa inerte fue a rodar a la escalera, justamente encima de mi cabeza. Aún no era yo dueño de mí mismo. Oía gemidos, muchos gritos ahogados como los que acompañan a una lucha. Un último grito, más prolongado que los demás, y que se trocó en gemido, me sacó completamente de mi letargo. Me incorporé, abrí los ojos, que no distinguieron nada en las tinieblas, y me llevé las manos a la frente, por la cual me parecía que caía de la escalera una lluvia tibia y abundante. A este espantoso ruido había sucedido un profundo silencio. Oí los pasos de un hombre que andaba sobre la pieza que estaba sobre mi cabeza. Sus pies hicieron crujir la escalera, el hombre descendió a la sala inferior, se acercó a la chimenea y encendió una luz.

Era Caderousse.

Tenía el rostro pálido y la camisa ensangrentada. Tan pronto como hubo encendido el cabo de vela, subió Caderousse rápidamente la escalera, y volví a oír sus pasos rápidos a inquietos. Al instante volvió a bajar. Llevaba en la mano el estuche, se aseguró de que el diamante estaba dentro, dudó en cuál de sus bolsillos lo guardaría, y luego, no considerando el bolsillo bastante seguro, lo lió en su pañuelo encarnado y se lo ató al cuello. Luego corrió al armario, sacó de él sus billetes y su oro, metió los unos en el bolsillo de su pantalón y el otro en los del chaquetón, tomó dos o tres camisas, y lanzándose hacia la puerta, desapareció en la oscuridad. Entonces me di cuenta de todo claramente. Me eché en cara lo que había pasado como si yo hubiese sido el verdadero culpable. Me parecía oír gemidos, el desgraciado joyero no podía haber muerto. Tal vez socorriéndole estaba en mi poder reparar una parte del mal, no que había hecho, sino que había dejado hacer. Apoyé mi espalda contra una de aquellas tablas tan mal unidas que me separaban de la sala superior. Cedieron las tablas y me encontré ya en la casa.

Corrí a tomar la lámpara y me lancé a la escalera. Un cuerpo la atravesaba a impedía el paso. Era el cadáver de la Carconte. El pistolezato que yo oyera había sido disparado sobre ella; tenía la garganta atravesada de parte a parte, y además de su doble herida que sangraba a borbotones, vomitaba sangre por la boca. Estaba muerta.

Salté por encima de su cuerpo y entré en el cuarto. Este ofrecía el más espantoso desorden. Dos o tres muebles tirados por el suelo. Las sábanas a que se había agarrado el infeliz platero estaban fuera de la cama, éste estaba tendido con la cabeza apoyada en la pared, nadando en un mar de sangre que salía de tres anchas heridas recibidas en el pecho. En la cuarta había quedado un largo cuchillo de cocina, del que no se veía más que el mango. Tomé la segunda pistola, que no se había disparado, sin duda porque la pólvora estaba mojada. Me acerqué al platero; efectivamente, no estaba muerto. Al ruido que hice abrió los ojos, los fijó un momento en mí, movió los labios como si quisiese hablar y expiró.

Este espantoso espectáculo me dejó aturdido. Al ver que no podía socorrer a nadie, no experimenté más necesidad que la de huir, y me precipité a la escalera, lanzando un grito de terror. En la sala interior había cinco o seis aduaneros y dos o tres gendarmes. Apoderáronse de mí; yo no opuse ninguna resistencia, no era dueño de mis sentidos. Procuré hablar y sólo pude lanzar algunos quejidos inarticulados.

Vi que los aduaneros y los gendarmes me señalaban con el dedo. Me miré también, y me vi cubierto de sangre. Aquella lluvia tibia y abundante que había sentido caer sobre mí al través de los escalones era la sangre de la Carconte. Yo entonces mostré con el dedo el lugar donde estaba oculto.

—¿Qué quiere decir? —preguntó un gendarme.

Un aduanero fue a ver lo que era.

—Quiere decir que ha pasado por aquí —respondió.

Y diciendo esto, señaló el agujero por donde efectivamente había yo pasado. Entonces comprendí que me tomaban por el asesino. Recobré mí voz, mis fuerzas. Me desembaracé de las manos de los dos hombres que me sujetaban, exclamando:

—¡No he sido yo! ¡No he sido yo!

Dos gendarmes me apuntaron con sus carabinas.

—¡Si haces un movimiento —dijeron—, eres muerto!

—¡Os repito que yo no he sido! —exclamé.

—Eso lo dirás a los jueces de Nimes —respondieron—. Entretanto síguenos, y si quieres hacer caso de nuestro consejo, no hagas resistencia alguna.

No era ésta mi intención, estaba anonadado por la sorpresa y por el terror. Me pusieron esposas, me ataron a la cola de un caballo y me condujeron a Nimes.

Me había seguido un aduanero que me perdió de vista en los alrededores de la casa. Sospechó que pasaría allí la noche, fue a avisar a sus compañeros, y llegaron justamente en el momento en que sonó el pistoletazo para pillarme en medio de tales pruebas de culpabilidad, de modo que al punto comprendí el trabajo que me costaría hacer brillar mi inocencia.

Por lo tanto, lo primero que pedí al juez de instrucción fue que buscase por todas partes a cierto abate Busoni, que la mañana de aquel triste día se habría detenido en la posada del puente de Gard. Si Caderousse había inventado una historia, si el abate no existía, yo estaría seguramente perdido, a menos que Caderousse no fuese preso a su vez y todo lo confesase.

Transcurrieron dos meses, durante los cuales, debo decirlo en alabanza de mi juez, se hicieron todas las pesquisas para hallar al abate que yo deseaba ver. Ya había perdido toda esperanza. Caderousse no había sido preso. Iba a ser juzgado en la primera sesión, cuando el ocho de septiembre, es decir, tres meses y cinco días después del acontecimiento, el abate Busoni, a quien yo ya no esperaba, se presentó en la cárcel diciendo que había sabido que un preso deseaba hablarle. Se había enterado de ello en Marsella y se apresuraba a complacerme.

Ya comprenderéis con qué ansiedad le recibí. Le conté todo lo que había presenciado. Le conté también la historia del diamante.

Contra lo que yo esperaba, era verdadera. Contra lo que yo esperaba también, creyó todo lo que le dije. Fue entonces cuando, seducido por su dulce caridad, habiendo yo conocido que estaba muy enterado de las costumbres de mi país, pensando que el perdón del único crimen que había cometido podía venir tal vez de sus labios tan caritativos, le referí, bajo el secreto de la confesión, la aventura de Auteuil con todos sus detalles. Lo que yo había hecho por un arrebato, obtuvo el mismo resultado que si hubiese sido hecho por cálculo. La confesión de este primer asesinato que yo no estaba obligado a confesarle, le demostró que no había cometido el segundo, y se separó de mí encargándome que esperase, y prometiéndome hacer todo lo que estuviera en su poder para convencer a los jueces de mi inocencia. Comprendí que efectivamente se había ocupado de mí cuando vi dulcificarse gradualmente mi prisión y supe que se iba a reunir el tribunal para juzgarme.

Durante este intervalo, la Providencia permitió que Caderousse fuese preso en el extranjero y conducido a Francia. Todo lo confesó, culpando a su mujer de haber concebido el crimen, y de haberle instigado a él.

Fue condenado a cadena perpetua, y yo puesto en libertad.

—Y entonces —dijo Montecristo—, os presentasteis en mi casa con una carta del abate Busoni.

—Sí, excelencia. Tomó por mí un visible interés. "Vuestro oficio de contrabandista os va a perder —me dijo—; si salís de aquí, dejadlo."

—Pero, padre mío, ¿cómo queréis que viva y mantenga a mi pobre hermana?

—Uno de mis penitentes —me respondió— me estima sobremanera, y me ha encargado que le busque un hombre de confianza. ¿Queréis ser ese hombre? Os enviaré a él.

—¡Oh!, padre mío —exclamé—, ¡cuánta bondad!

—Pero, ¿me juráis que no tendré nunca que arrepentirme?

Entonces extendí la mano, dispuesto a jurar.

—Es inútil —dijo—, conozco y aprecio a los corsos, tomad mi recomendación.

Y escribió algunos renglones que yo entregué, y por los cuales vuestra excelencia tuvo la bondad de tomarme a su servicio. Ahora pregunto con orgullo a vuestra excelencia: ¿ha tenido jamás alguna queja de mí...?

—No —respondió el conde—, y lo confieso con placer, sois un buen servidor, Bertuccio, aunque sois poco amigo de confidencias.

—¿Yo, señor conde?

—Sí, vos. ¿Cómo es que tenéis una hermana y un hijo adoptivo, y nunca me habéis hablado del uno ni del otro?

—¡Ay!, excelencia, es que aún tengo que contaros la parte más triste de mi vida. Marché a Córcega. Tenía muchos deseos de ver y consolar a mi pobre hermana, pero cuando llegué a Rogliano hallé la casa vacía. Había ocurrido una escena horrible, de la cual conservan aún memoria los vecinos. Mi pobre hermana, según mis consejos, resistía las exigencias de Benedetto, que quería que le diese a cada instante el dinero que había en la casa. Una mañana la amenazó y desapareció todo el día. La pobre Assunta lloró, porque tenía para el miserable un corazón de madre. Llegó la noche, y le esperó sin acostarse. Cuando a las once entró el muchacho con dos de sus amigotes, compañeros de todas sus locuras, entonces Assunta le tendió los brazos, pero se apoderaron de ella, y uno de los tres, creo que fue ese infernal Benedetto, dijo:

—Señores, atormentémosla para ver si nos dice dónde tiene el dinero.

Precisamente el vecino Basilio estaba en Bastia, y su mujer sola en la casa. Ninguno, excepto ella, podía ver ni oír lo que le ocurría a mi hermana. Dos de los muchachos detuvieron a la pobre Assunta, que no pudiendo creer en la posibilidad de tal crimen, se sonreía. El tercero fue a atrancar puertas y ventanas, después volvió, y reunidos los tres, ahogando los gritos que el terror le arrancaba ante estos preparativos más graves, acercaron los pies de Assunta al brasero para ver si de este modo lograban saber dónde tenía oculto nuestro pequeño tesoro. Pero en medio de la lucha prendió el brasero fuego a sus vestidos. Entonces soltaron a la infeliz para no quemarse ellos. Con sus vestidos inflamados corrió a la puerta, pero estaba cerrada. Lanzóse hacia la ventana, y también estaba cerrada. Entonces la vecina oyó gritos espantosos, era Assunta que pedía socorro. Pronto se ahogó su voz, los gritos se trocaron en gemidos y al día siguiente, después de una noche de terror y de angustias, cuando la mujer de Basilio se atrevió a salir de su casa, y el juez mandó abrir la puerta de la nuestra, encontraron a Assunta medio quemada, pero respirando aún. Los armarios abiertos y el dinero había desaparecido.

En cuanto a Benedetto, salió de Rogliano para no volver jamás. Desde este día no le he vuelto a ver y tampoco he oído hablar de él.

Tras haberme enterado de estas noticias —prosiguió Bertuccio—fue cuando me dirigí a vuestra excelencia. No tenía que hablaros de Benedetto puesto que había desaparecido, ni de mi hermana, puesto que había muerto.

—¿Y qué habéis pensado de ese suceso? —preguntó Montecristo.

—Que era castigo del crimen que había cometido —respondió Bertuccio—. ¡Ah, esos Villefort son una raza maldita!

—Eso mismo creo —murmuró el conde con acento lúgubre.

—Y ahora vuestra excelencia comprenderá que esta casa que no he visto hace tanto tiempo, que este jardín donde me he encontrado de repente, que este sitio donde maté a un hombre, han podido causarme estas sombrías emociones, cuyo origen habéis querido saber, porque al fin, yo no estoy seguro de que aquí, delante de mí, no esté enterrado el señor de Villefort en la fosa que él mismo cavó para su hijo.

—Desde luego, todo es posible —dijo Montecristo levantándose del banco donde estaba sentado—, aun cuando —añadió más bajo—, el procurador del rey no haya muerto. El abate Busoni ha hecho bien en enviaros a mí y vos en contarme vuestra historia, porque ya no tendré malos pensamientos respecto a este asunto. En cuanto a ese tan mal llamado Benedetto, ¿no habéis procurado saber su paradero, ni lo que ha sido de él?

—Jamás. Si yo hubiese sabido dónde estaba, en lugar de ir en su busca, hubiera huido de él como de un monstruo. No; felizmente, jamás he oído hablar de él, supongo que habrá muerto.

—No lo creáis, Bertuccio —dijo el conde—, los malos no mueren así, porque Dios parece protegerlos para hacerlos instrumentos de sus venganzas.

—Es posible —dijo Bertuccio—. Pero todo lo que pido al cielo, es no volverle a ver jamás. Ahora —continuó el mayordomo bajando la cabeza—, ya lo sabéis todo, señor conde. Sois mi juez en la tierra como Dios lo será en el cielo. ¿No me diréis alguna palabra de consuelo?

—Tenéis razón, en efecto, y puedo deciros lo que os diría el abate Busoni. Ese a quien habéis dado muerte, ese Villefort, merecía un castigo por lo que a vos os había hecho y tal vez por ,otra cosa. Benedetto, si vive, servirá, como os he dicho, para alguna —venganza divina; después será castigado a su vez.

En realidad, en cuanto a vos no tenéis que echaros en cara más que una cosa: Acusaos de que habiendo salvado la vida a ese niño, no le devolvisteis a su madre. Ahí está el crimen, Bertuccio.

—Sí, señor; ahí está el crimen y el verdadero crimen, porque he obrado muy mal en eso. Una vez devuelta la vida al niño, no tenía más que una cosa que hacer, y era mandarlo a su madre.

Mas para eso tenía que hacer pesquisas, llamar la atención, entregarme tal vez, y yo no quería morir. Deseaba la vida por mí hermana, por mi amor propio de salir victorioso de una venganza. Y .después, tal vez deseaba la vida por el mismo amor de la vida. ¡Oh! ¡Yo no soy tan valiente como mi hermano!

Bertuccio ocultó el rostro entre sus manos, y Montecristo fijó sobre él una larga a indefinible mirada, después de un instante de silencio, que la hora y el lugar hacían todavía más solemnes.

—Para terminar debidamente esta conversación, que será la última sobre tales aventuras, señor Bertuccio —dijo el conde son ua —acento de melancolía que no le era habitual—, recordad bien mis palabras, varias veces las lse üído pronunáiat al abate Busvni. Todo mal tiene dos remedios, e1 tiempo y el silencio. Ahora, señor Bertuccio., dejadme pasear un instante por este jardín. Lo que tanto os afecta a vos, actor de esa terrible escena será para mí una sensación casi dulce, y que doblará el precio a esta propiedad. Los árboles, señor Bertuccio, no gustan sino porque hacen sombra, y la sombra no gusta sino porque está llena de fantasmas y visiones. Por lo tanto, he comprado un jardín creyendo comprar un simple huertecillo rodeado de cuatro tapias y nada más. De repente este huertecillo se trueca en un jardín lleno de fantasmas que no estaban en el contrato... Ahora bien, a mí me agradan los fantasmas, nunca he oído decir que los muertos hayan hecho en seis mil años tanto daño como los vivos en un solo día. Volved a la casa, señor Bertuccio, y dormid tranquilo. Si vuestro confesor en la última hora es menos indulgente que lo fue el abate Busoni, mandadme llamar, si aún existo en el mundo, y os diré palabras que mecerán dulcemente vuestra alma en el momento en que esté pronta a ponerse en camino para emprender ese penoso viaje que llaman de eternidad.

Bertuccio se inclinó respetuosamente ante el conde, y se alejó dando un suspiro.

Montecristo se quedó solo, y dando cuatro pasos hacia adelante, murmuró:

—Aquí, junto a ese plátano, la fosa donde fue depositado el niño; allí abajo, la puertecita por la cual se entraba al jardín; en aquel ángulo la escalera secreta que conduce a la alcoba. No creo tener necesidad de escribir esto en mi cartera, porque aquí tengo a mi vista, a mi alrededor, a mis pies, todo el plano en relieve.

Cuando el conde hubo dado la última vuelta por el jardín, fue a buscar su carruaje. Bertuccio, que le veía pensativo, subió al pescante, al lado del cochero, sin decir una sola palabra. Tomó el camino de París.

Aquella misma noche, cuando llegó a la casa de los Campos Elíseos, el conde de Montecristo examinó toda la morada como hubiera podido hacerlo un hombre familiarizado con ella ya muchos años. Ni una sola vez abrió una puerta por otra, y no siguió una escalera o un corredor que no le condujese donde quería ir.

Alí le acompañaba en esta revista nocturna. El conde dio a Bertuccio muchas órdenes concernientes al adorno o la nueva distribución de las habitaciones, y sacando su reloj dijo al negro:

—Son las once y media. Haydée no puede tardar en llegar. ¿Habéis mandado avisar a las doncellas francesas?

Alí extendió la mano hacia la habitación destinada a la bella griega, y que estaba de tal modo aislada, que ocultando la puerta detrás de una colgadura, se podía visitar la casa sin sospechar que hubiese allí un salón y dos cuartos habitados. Alí, repetimos, extendió la mano hacia la habitación, señalando el número tres con los dedos de su mano izquierda, y sobre la palma de esta misma mano, apoyando su cabeza, cerró los puños.

—¡Ah! —dijo Montecristo, habituado a este lenguaje—,son tres y esperan en la alcoba, ¿no es verdad?

—Sí —expresó Alí bajando la escalera.

—La señora estará fatigada esta noche —continuó Montecristo—, y sin duda querrá dormir. Que no la hagan hablar; las camareras francesas no harán más que saludar a su nueva señora y retirarse. Velaréis por que la doncella griega no se comunique con las camareras francesas.

Alí se inclinó.

Pocos minutos después oyéronse voces como de anuncio a la reja y ésta se abrió. Un carruaje rodó por la calle de árboles y se paró delante de la escalera. El conde bajó de su cuarto para recibir a la persona que salía del carruaje, y dio la mano a una joven envuelta en una especie de capuchón de seda verde, bordado de oro, que le cubría la cabeza. La joven tomó la mano que le presentaban, la besó con cierto amor, mezclado de respeto, y algunas palabras fueron cambiadas con ternura de parte de la joven y con dulce gravedad de parte del conde de Montecristo.

Entonces, precedida de Alí, que llevaba una antorcha de cera color de rosa, la joven, que no era otra que la bella griega, compañera habitual de Montecristo en Italia, fue conducida a su habitación, y poco después el conde se retiró al pabellón que le estaba reservado.

A las doce y media de la noche todas las luces estaban apagadas en la casa, y hubiérase podido creer que todo el mundo dormía.

Al día siguiente, a las dos de la tarde, una carretela tirada por dos magníficos caballos ingleses, se paró delante de la puerta de Montecristo. Un hombre vestido de frac azul, con botones de seda del mismo color, chaleco blanco adornado por una enorme cadena de oro y pantalón color de nuez, con cabellos tan negros y que descendían tanto sobre las cejas que se hubiera podido dudar fuesen naturales, por lo poco en consonancia que estaban con las arrugas inferiores que no podían ocultar, un hombre, en fin, de cincuenta a cincuenta y cinco años, y que quería aparentar cuarenta, asomó su cabeza por la ventanilla de su carretela, sobre la portezuela de la cual veíase pintada una corona de barón, y mandó a su groom que preguntase al portero si estaba en casa el señor conde de Montecristo.

Mientras tanto, este hombre examinaba con una atención tan minuciosa que casi era impertinente, el exterior de la casa, lo que se podía distinguir del jardín y la librea de algunos criados que iban y venían de un lado a otro. La mirada de este hombre era viva, pero astuta.

Sus labios, tan delgados que más bien parecían entrar en su boca que salir de ella, lo prominente de los pómulos, señal infalible de astucia, su frente achatada, todo contribuía a dar un aire casi repugnante a la fisonomía de este personaje, muy recomendable a los ojos del vulgo por sus magníficos caballos, el enorme diamante que llevaba en su camisa, y la cinta encarnada que se extendía de un ojal a otro de su frac.

El groom llamó a los cristales del cuarto del portero y preguntó:

—¿Es aquí donde vive el señor conde de Montecristo?

—Aquí vive su excelencia —respondió el portero—, pero... — y consultó a Alí con una mirada.

Ali hizo una seña negativa.

—¿Pero qué...? —preguntó el groom

—Su excelencia no está visible —respondió el portero.

—Entonces, tomad la tarjeta de mi amo, el señor barón Danglars. La entregaréis al conde de Montecristo, y le diréis que al ir a la Cámara, mi amo se ha vuelto para tener el honor de verle.

—Yo no hablo a su excelencia —dijo el portero—; su ayuda de cámara le pasará el recado.

El groom se volvió al carruaje.

—¿Qué hay? —preguntó Danglars.

El groom, bastante avergonzado de la lección que había recibido, llevó a su amo la respuesta que le había dado el portero.

—¡Oh!—dijo Danglars—. ¿Acaso ese caballero es algún príncipe para que le llamen excelencia y para que sólo su ayuda de cámara pueda hablarle? No importa, puesto que tiene un crédito contra mí, será menester que yo lo vea cuando quiera dinero.

Y el banquero se recostó en el fondo de su carruaje gritando al cochero de modo que pudieran oírle del otro lado del camino:

—A la Cámara de los Diputados.

A través de una celosía de su pabellón, el conde de Montecristo, avisado a tiempo, había visto al barón con la ayuda de unos excelentes anteojos, con una atención no menor que la que el señor Danglars había puesto en examinar la casa, el jardín y las libreas.

—Decididamente —dijo con un gesto de disgusto, haciendo entrar los tubos de sus anteojos en sus fundas de marfil—, decididamente es una criatura fea ese hombre, ¡cómo se reconoce en él a primera vista a la serpiente de frente achatada y al buitre de cráneo redondo y prominente!

—¡Alí! —gritó, y dio un golpe sobre el timbre.

Alí acudió inmediatamente.

—Llamad a Bertuccio.

En este momento entró Bertuccio.

—¿Preguntaba por mí vuestra excelencia? —dijo el mayordomo.

—Sí —dijo el conde—. ¿Habéis visto los caballos que acaban de pasar por delante de mi puerta?

—Sí, excelencia, son hermosos.

—Entonces —dijo Montecristo frunciendo las cejas—, ¿cómo se explica que habiéndoos pedido los dos caballos más hermosos de París, resulta que hay en el mismo París otros dos tan hermosos como los míos y no están en mi cuadra?

Al fruncimiento de cejas y a la severa entonación de esta voz, Alí bajó la cabeza y palideció.

—No es culpa tuya, buen Ali —dijo en árabe el conde con una dulzura que no se hubiera creído poder encontrar ni en su voz ni en su rostro—. Tú no entiendes mucho de caballos ingleses.

Las facciones de Alí recobraron la serenidad.

—Señor conde —dijo Bertuccio—, los caballos de que me habláis no estaban en venta.

Montecristo se encogió de hombros.

—Sabed, señor mayordomo —dijo—, que todo está siempre en venta para quien lo paga bien.

—El señor Danglars pagó dieciséis mil francos por ellos, señor conde.

—Pues bien, se le ofrecen treinta y dos mil, es banquero, y un ban—quero no desperdicia nunca una ocasión de duplicar su capital.

—¿Habla en serio el señor conde? —preguntó Bertuccio.

Montecristo miró a su mayordomo como asombrado de que se atreviese a hacerle esta pregunta.

—Esta tarde —dijo—, tengo que hacer una visita, quiero que

esos dos caballos tiren de mi carruaje con arneses nuevos.

Bertuccio se retiró saludando, y al llegar a la puerta, se detuvo:

—¿A qué hora —dijo— piensa hacer esa visita su excelencia?

—A las cinco —dijo Montecristo.

—Deseo indicar a vuestra excelencia —dijo tímidamente el mayordomo— que son las dos.

—Lo sé —limitóse a responder Montecristo, y volviéndose luego hacia Alí, le dijo:

—Haced pasar todos los caballos por delante de la señora —añadió—, que ella escoja el tiro que más le convenga, y que mande decir si quiere comer conmigo. En tal caso se servirá la comida en su habitación; andad, cuando bajéis me enviaréis el ayuda de cámara.

Apenas había desaparecido Alí, entró el ayuda de cámara.

—Señor Bautista —dijo el conde—, hace un año que estáis a mi servicio, es el tiempo de prueba que yo pongo a mis criados: Me convenís.

Bautista se inclinó.

—Ahora hace falta saber si yo os convengo a vos.

—¡Oh, señor conde! —se apresuró a decir Bautista.

—Escuchadme bien —repuso el conde—. Vos ganáis quinientos francos al año. Es decir, el sueldo de un oficial que todos los días arriesga su vida. Tenéis una mesa como desearían muchos jefes de oficina, infinitamente mucho más atareados que vos. Criados que cuiden de vuestra ropa y de vuestros efectos. Además de vuestros quinientos francos de sueldo, me robáis con las compras de mi tocador y otras cosas..., casi otros quinientos francos al año.

—¡Oh, excelencia!

—No me quejo de ello, señor Bautista, es muy lógico; sin embargo, deseo que eso se quede así; en ninguna parte encontraríais una colocación semejante a la que os ha deparado la suerte. Nunca maltrato a mis criados, no juro, no me encolerizo jamás. Perdono siempre un error, pero nunca un descuido o un olvido. Mis órdenes son generalmente cortas, pero claras y terminantes. Mejor quiero repetirlas dos veces y aun tres, que verlas mal interpretadas. Soy lo suficientemente rico para saber todo lo que quiero saber, y soy muy curioso, os lo prevengo. Si supiese que habéis hablado bien o mal de mí, comentado mis acciones, procurado saber mi conducta, saldríais de mi casa al instante. Jamás advierto las cosas más que una vez; ya estáis advertido, adiós.

—A propósito —añadió el conde—, olvidaba deciros que cada año aparto cierta suma para mis criados. Los que despido pierden este dinero, que redunda en provecho de los que se quedan, que tendrán derecho a ella después de mi muerte. Ya hace un año que estáis en mi casa, vuestra fortuna ha empezado, continuadla.

Estas últimas palabras, pronunciadas delante de Alí, que permaneció impasible, puesto que no comprendía una palabra de francés, produjeron en Bautista un efecto fácil de comprender para todos los que han estudiado un poco la sicología del criado francés.

—Procuraré conformarme en todo con los deseos de vuestra excelencia —dijo—; por otra parte, tomaré por modelo al señor Alí.

—¡Oh, no, no —dijo el conde con frialdad marmórea—. Alí tiene muchos defectos mezclados con sus cualidades. No le toméis por modelo, porque Alí es una excepción; no tiene sueldo; no es un criado, es mi esclavo, es... mi perro. Si faltase a su deber, no le echaría de casa, le mataría.

Bautista abrió desmesuradamente los ojos.

—¿Lo dudáis? —dijo Montecristo.

Y repitió en árabe a Alí las mismas palabras que acababa de decir en francés a Bautista.

Alí las escuchó y se sonrió. Luego se acercó a su amo, hincó una rodilla en tierra y le besó respetuosamente la mano. Esta pantomima, que sirvió de lección a Bautista, le dejó sumamente estupefacto.

El conde hizo seña de que saliera y a Alí que le siguiese. Ambos pasaron a su gabinete y allí hablaron durante un buen rato. A las cinco el conde hizo sonar tres veces el timbre. Un golpe llamaba a Alí, dos a Bautista y tres a Bertuccio. El mayordomo entró.

—Mis caballos—dijo Montecristo.

—Ya están enganchados, excelencia —respondió Bertuccio—. ¿Acompaño al señor conde?

—No El cochero, Bautista y Alí, nada más.

El conde descendió y vio enganchados a su carruaje los caballos que había admirado por la mañana en el de Danglars.

Al pasar junto a ellos, les dirigió una ojeada.

—Son hermosos realmente —dijo—, y habéis hecho bien en comprarlos, pero ha sido un poco tarde.

—Excelencia —dijo Bertuccio—, mucho trabajo me ha costado poseerlos, y me han costado muy caros.

—¿Son por eso menos bellos? —preguntó el conde, encogiéndose de hombros.

—Si vuestra excelencia está satisfecho —dijo Bertuccio—, no hay más que decir. ¿Dónde va vuestra excelencia?

—A la calle de la Chaussée d'Antin, a casa del barón de Danglars.

Esta conversación tenía lugar en medio de la escalera. Bertuccio dio un paso para bajar el primero.

—Esperad —dijo Montecristo deteniéndole—. Necesito un terreno en la orilla del mar, en Normandía, por ejemplo, entre El Havre y Bolonia. Os doy tiempo, como veis. Es preciso que esta propiedad tenga un pequeño puerto, una bahía, donde pueda abrigarse mi corbeta. El buque estará siempre pronto a hacerse a la mar a cualquier hora del día o de la noche que a mí me plazca dar la señal. Os informaréis en casa de todos los notarios acerca de una propiedad con las condiciones que os he dicho. Cuando sepáis algo iréis a visitarla, y si os agrada la compraréis a vuestro nombre. La corbeta debe estar en dirección a Fecamp, ¿no es así?

—La misma noche que salimos de Marsella la vi darse a la vela.

—¿Y el yate?

—Tiene orden de permanecer en las Martigues.

—¡Bien!, os corresponderéis de vez en cuando con los dos patrones que la mandan, a fin de que no se duerman.

—Y en cuanto al barco de vapor...

—¿Que está en Chalons?

—Sí.

—Las mismas órdenes que para los otros dos buques.

—¡Bien!

—Tan pronto como hayáis comprado esa propiedad, tendré entonces postas de diez en diez leguas, en el camino del norte y en el camino del mediodía.

—Vuestra excelencia puede contar conmigo.

El conde hizo un movimiento de satisfacción, descendió los escalones, subió a su carruaje, que arrastrado al trote del magnífico tiro, no s e detuvo hasta la casa del banquero.

Danglars presidía una comisión nombrada para un ferrocarril, cuando le anunciaron la visita del conde de Montecristo. Por otra parte, la sesión estaba terminando.

Al oír el nombre del conde, se levantó.

—Señores —dijo, dirigiéndose a sus colegas, de los cuales muchos eran respetables miembros de una a otra Cámara—, perdonadme si os dejo así, pero imaginaos que la casa de Thomson y French de Roma me dirige un cierto conde de Montecristo, abriéndole un crédito ilimitado en mi casa. Es la broma más chistosa que han hecho con—migo mis corresponsales del extranjero. Ya comprenderéis, esto me picó la curiosidad, me pasé esta mañana por la casa del pretendido conde, pues si lo era en efecto, ya os figuraréis que no sería tan rico. El señor conde no está visible, respondieron a mis criados. ¿Qué os parece? ¿No son maneras de un príncipe o de una linda señorita las del conde de Montecristo? Por otra parte, la casa situada en los Campos Elíseos me ha causado muy buena impresión. Pero, ¡vaya!, un crédito ilimitado —añadió Danglars riendo con su astuta sonrisa— hace exigente al banquero en cuya casa está abierto el crédito. Tengo deseos de ver a nuestro hombre. No saben aún con quién van a toparse.

Dichas estas palabras, con un énfasis que hinchó las narices del barón, se separó de sus colegas y pasó a un salón forrado de raso y oro, y del cual se hablaba mucho en la Chaussée d'Antin.

Aquí mandó introducir al conde a fin de deslumbrarlo al primer golpe.

El conde estaba en pie, contemplando algunas copias de Albano y del Fattore, que habían hecho pasar al banquero por originales, y que hacían muy poco juego con los adornos dorados y diferentes colores del techo y de los ángulos del salón.

Al oír los pasos de Danglars, el conde se volvió. Danglars saludó ligeramente con la cabeza, a hizo señal al conde de que se sentase en un sillón de madera dorado con forro de raso blanco bordado de oro.

El conde se acomodó en el sillón.

—¿Es al señor de Montecristo a quien tengo el honor de hablar?

—¿Y yo —replicó el conde—, al señor barón Danglars, caballero de la Legión de Honor, miembro de la Cámara de los Diputados?

Montecristo hacía la nomenclatura de todos los títulos que había leído en la tarjeta del barón.

Danglars sonrió la pulla y se mordió los labios.

—Disculpadme, caballero —dijo—, si no os he dado el título con que me habéis sido anunciado, pero, bien lo sabéis, vivo en tiempo de un gobierno popular y soy un representante de los intereses del pueblo.

—Es decir —respondió Montecristo—, que conservando la costumbre de haceros llamar barón, habéis perdido la de llamar conde a los otros.

—¡Ah!, tampoco lo hago conmigo —respondió cándidamente Danglars—, me han nombrado barón y hecho caballero de la Legión de Honor por algunos servicios, pero...

—¿Pero habéis renunciado a vuestros títulos, como hicieron otras veces los señores de Montmorency y de Lafayette? ¡Ah!, ése es un buen ejemplo, caballero.

—No tanto —replicó Danglars desconcertado—, pero ya comprenderéis, por los criados...

—Sí, sí, os llamáis Monseñor para los criados, para los periodistas caballero, y para los del pueblo, ciudadano. Son matices muy aplicables al gobierno constitucional. Lo comprendo perfectamente.

Danglars se mordió los labios, vio que no podía luchar con Montecristo en este terreno, y procuró hacer volver la cuestión al que le era más familiar.

—Señor conde —dijo el banquero inclinándose—, he recibido una carta de aviso de la casa de Thomson y French.

—¡Oh!, señor barón, permitidme que os llame como lo hacen vuestros criados, es una mala costumbre que he adquirido en países donde hay todavía barones, precisamente porque ya no se conceden esos títulos. Me alegro mucho, así no tendré necesidad de presentarme yo mismo, lo cual siempre es embarazoso.

¿Decíais que habíais recibido una carta de aviso?

—Sí —respondió Danglars—, pero os confieso que no he comprendido bien el significado del mismo.

—¡Bah!

—Y aun había tenido el honor do algunas explicaciones.

—Decid, señor barón, os escucho, y estoy pronto a contestaros.

—Esta carta —repuso Danglars—, la tengo aquí según creo —y registró su bolsillo—; sí, aquí está. Esta carta abre al señor conde de Montecristo un crédito ilimitado contra mi casa.

—¡Y bien!, señor barón, ¿qué es lo que no entendéis?

—Nada, caballero, pero la palabra ilimitado...

—¿Qué tiene? ¿No es francesa...?, ya comprendéis que son anglosajones los que la escriben.

—¡Oh!, desde luego, caballero, y en cuanto a la sintaxis no hay nada que decir, pero no sucede lo mismo en cuanto a contabilidad.

—¿Acaso la casa de Thomson y French —preguntó Montecristo con el aire más sencillo que pudo afectar— no es completamente sólida, en vuestro concepto, señor barón? ¡Diablo! Esto me contraría sobremanera, porque tengo algunos fondos colocados en ella.

—¡Ah! Completamente sólida —respondió Danglars con una sonrisa burlona—, pero el sentido de la palabra ilimitado, en negocios mercantiles, es tan vago...

—Como ilimitado, ¿no es verdad? —dijo Montecristo.

—Justamente, caballero, eso quería decir. Ahora bien, lo vago es la duda, y según dice el sabio, en la duda, abstente.

—Lo cual quiere decir —replicó Montecristo— que si la casa Thomson y French está dispuesta a hacer locuras, la casa Danglars no lo está a seguir su ejemplo.

—¿Cómo, señor conde?

—Sí, sin duda alguna. Los señores Thomson y French efectúan los negocios sin cifras, pero el señor Danglars tiene un límite para los suyos, es un hombre prudente, como decía hace poco.

—Nadie ha contado aún mi caja, caballero —dijo orgullosamente el banquero.

—Entonces —dijo Montecristo con frialdad—, parece que seré yo el primero.

—¿Quién os lo ha dicho?

—Las explicaciones que me pedís, caballero, y que se parecen mucho a indecisiones.

Danglars se mordió los labios; era la segunda vez que le vencía aquel hombre y en un terreno que era el suyo. Su política irónica era afectada y casi rayaba en impertinencia.

Montecristo, al contrario, se sonreía con gracia, y observaba silenciosamente el despecho del banquero.

—En fin —dijo Danglars después de una pausa—, voy a ver si me hago comprender suplicándoos que vos mismo fijéis la suma que queréis que se os entregue.

—Pero, caballero —replicó Montecristo, decidido a no perder una pulgada de terreno en la discusión—, si he pedido un crédito ilimitado contra vos es porque no sabía exactamente qué sumas necesitaba.

El banquero creyó que había llegado el momento de dar el golpe final. Recostóse en su sillón y con una sonrisa orgullosa dijo:

—¡Oh!, no temáis excederos en vuestros deseos. Pronto os convenceréis de que el caudal de la casa de Danglars, por limitado que sea, puede satisfacer las mayores exigencias, y aunque pidieseis un millón...

—¿Cómo? —preguntó Montecristo.

—Digo un millón —repitió Danglars con el aplomo que da la insensatez.

—¡Bah! ¡Bah! ¿Y qué haría yo con un millón? —dijo el conde—. ¡Diablo!, caballero, si no hubiese necesitado más, no me hubiera hecho abrir en vuestra casa un crédito por semejante miseria. ¡Un millón! Yo siempre lo llevo en mi cartera o en mi neceser de viaje.

Y Montecristo extrajo de un tarjetero dos billetes de quinientos mil francos cada uno al portador sobre el Tesoro.

Preciso era atacar de este modo a un hombre como Danglars. El golpe hizo su efecto, el banquero se levantó estupefacto. Abrió sus ojos, cuyas pupilas se dilataron.

—Vamos, confesadme —dijo Montecristo— que desconfiáis de la casa Thomson y French. ¡Oh!, ¡nada más sencillo! He previsto el caso, y aunque poco entendedor en esta clase de asuntos, tomé mis precauciones. Aquí tenéis otras dos cartas parecidas a la que os está dirigida. La una es de la casa de Arestein y Eskcles, de Viena, contra el señor barón de Rothschild; la otra es de la casa de Baring, de Londres, contra el señor Lafitte. Decid una palabra, caballero, y os sacaré del cuidado presentándome en una o en otra de esas dos casas.

Ya no cabía la menor duda. Danglars estaba vencido. Abrió con un temblor visible las cartas de Alemania y Londres, que le presentaba el conde con el extremo de los dedos, y comparó las firmas con una minuciosidad impertinente.

—¡Oh!, caballero, aquí tenéis tres firmas que valen bastantes millones —dijo Danglars—. ¡Tres créditos ilimitados contra nuestras tres casas! Perdonadme, señor conde, pero aunque soy desconfiado, no puedo menos de quedarme atónito.

—¡Oh!, una casa como la vuestra no se asombra tan fácilmente —dijo Montecristo con mucha diplomacia—; así pues pido permiso para enseñaros mi galería. Todos son antiguos, de los mejores maestros, no soy aficionado a la escuela moderna.

—Hablad, señor conde, estoy a vuestras órdenes, les falta tiempo para ser antiguos.

—¡Pues bien! —replicó Montecristo—, ahora que nos entendemos, porque nos entendemos, ¿no es así?

Danglars hizo un movimiento de cabeza afirmativo.

—¿Y ya no desconfiáis en absoluto? —insistió Montecristo.

—¡Oh!, señor conde —exclamó el banquero—, jamás he desconfiado.

—Deseabais una prueba, nada más. ¡Pues bien! —repitió el conde—,ahora que nos entendemos, ahora que no abrigáis desconfianza, fijemos, si queréis, una suma general para el primer año, por ejemplo, seis millones.

—¡Seis millones! —exclamó Danglars sofocado.

—Si necesito más —repuso Montecristo despectivamente—, os pediré más, pero no pienso permanecer más de un año en Francia, y en él no creo gastar más de lo que os he dicho... ; en fin, allá veremos... Para empezar, hacedme el favor de mandarme quinientos mil francos mañana; estaré en casa hasta mediodía, y por otra parte, si no estuviese, dejaré un recibo a mi mayordomo.

—El dinero estará en vuestra casa mañana a las diez de la mañana, señor conde —respondió Danglars—; ¿queréis oro, billetes de banco, o plata?

—Oro y billetes por mitad.

Dicho esto, el conde se levantó.

—Debo confesaros una cosa, señor conde —dijo Danglars—; creía tener noticias de todas las mejores fortunas de Europa, y, sin embargo, la vuestra, que me parece considerable, lo confieso, me era enteramente desconocida, ¿es reciente?

—Al contrario —respondió Montecristo—, es muy antigua, era una especie de tesoro de familia, al cual estaba prohibido tocar, y cuyos intereses acumulados triplicaron el capital. La época fijada por el testador concluyó hace algunos años solamente, y después de algunos años use de ella. Respecto a este punto, es muy natural vuestra ignorancia. Por otra parte, dentro de algún tiempo la conoceréis mejor.

Y el conde acompañó estas palabras de una de aquellas sonrisas que tanto terror causaban a Franz d'Epinay.

—Con vuestros gustos y vuestras intenciones, caballero —continuó Danglars—, vais a desplegar en la capital un lujo que nos va a eclipsar a nosotros, pobres millonarios. No obstante, como me parecéis bastante inteligente, porque cuando entré mirabais mis cuadros.

—Podré mostraros algunas estatuas de Thorwaldsen, de Bartolini, de Canova, todos artistas extranjeros. Como veis, yo no aprecio a los artistas franceses.

—Tenéis derecho para ser injusto con ellos, caballero, porque son vuestros compatriotas.

—Sin embargo, lo dejaremos todo eso para más tarde. Por hoy me contentaré, si lo permitís, con presentaros a la señora baronesa de Danglars. Dispensadme que me dé tanta prisa, señor conde, pero tal diente debe considerarse como de la familia.

Montecristo se inclinó, dando a entender que aceptaba el honor que le hacía el banquero.

Danglars tiró del cordón de la campanilla, y se presentó un lacayo vestido con una bordada librea.

—¿Está en su cuarto la señora baronesa? —preguntó Danglars.

—Sí, señor barón —respondió el lacayo.

—¿Sola?

—No; está con una visita.

—¿No será indiscreción presentaros delante de alguien, señor conde? ¿No guardáis incógnito?

—No, señor barón —dijo sonriendo Montecristo—, de ningún modo.

—¿Y quién está con la señora...? El señor Debray, ¿eh? —preguntó Danglars con un acento bondadoso que hizo sonreír al conde de Montecristo, informado ya de los secretos de familia del banquero.

—Sí, señor barón, el señor Debray —respondió el lacayo. Danglars ordenó que saliera.

Volviéndose después hacia Montecristo, dijo:

—El señor Luciano Debray es un antiguo amigo nuestro, secretario íntimo del Ministro del Interior. En cuanto a mi mujer, es una señorita de Servières, viuda del coronel marqués de Nargonne.

—No tengo el honor de conocer a la señora baronesa de Danglars, pero no me ocurre lo mismo con el señor Luciano Debray.

—¡Bah! —dijo Danglars—. ¿Dónde...?

—En casa del señor de Morcef.

—¡Ah! ¿Conocéis al vizcondesito? —dijo Danglars.

—Estuvimos juntos en Roma durante el Carnaval.

—¡Ah, sí! —dijo Danglars—. He oído hablar de una aventura singular con bandidos en unas ruinas. Salió de ellas milagrosamente. Creo que lo contó a mi mujer y a mi hija cuando regresó de Italia.

—La señora baronesa espera a estos señores —exclamó el lacayo asomándose a la puerta.

—Paso delante de vos para enseñároslo.

—Y yo os sigo —dijo Montecristo.

El barón, seguido del conde, atravesó un sinfín de habitaciones, notables por su pesada suntuosidad y por su fastuoso mal gusto; negó hasta una perteneciente a la señora Danglars. Esta sala octógona, forrada de raso color de rosa, con colgaduras de muselina de las Indias, los sillones de madera antigua, dorados y forrados también de telas antiguas, en fin, dos lindos pasteles en forma de medallón, en armonía con el resto de la habitación, hacían que ésta fuese la única de la casa que tenía algún carácter. Es verdad que no estaba incluida en el plano general trazado por el señor Danglars y su arquitecto, una de las mejores y más eminentes celebridades del Imperio, y cuya decoración habían dispuesto la baronesa y Luciano Debray.

Así, pues, el señor Danglars, gran admirador de lo antiguo, según lo comprendía el Directorio, despreciaba mucho esta coqueta sala, donde, por otra parte, no era admitido, a no excusar su presencia introduciendo algún amigo.

La señora Danglars, cuya belleza podía aún ser citada a pesar de sus treinta y siete años, se hallaba tocando el piano, mientras Luciano Debray, sentado delante de un velador, hojeaba un álbum.

Luciano había tenido ya tiempo de contar a la baronesa cosas relativas al conde. Ya sabe el lector cuán admirados quedaron todos durante el almuerzo en casa de Alberto, y cuánta impresión dejó en el ánimo de los convidados el conde de Montecristo, pues esta impresión aún no se había borrado de la imaginación de Debray, y los informes que había dado a la baronesa lo demostraban de un modo muy notorio. La curiosidad de la señora Danglars, excitada por los antiguos detalles dados por Alberto de Morcef, y los nuevos por Luciano, había llegado a su colmo. Así, pues, este arreglo de piano y de álbum no era más que una de esas escenas de mundo, con las cuales se cubren las más fuertes preocupaciones. La baronesa recibió al señor Danglars con una sonrisa, cosa que no solía hacer. En cuanto al conde, recibió en respuesta a su saludo una ceremoniosa, pero al mismo tiempo graciosa reverencia.

Luciano, por su parte, cambió con el conde un saludo de conocido a medias, y con Danglars un ademán de intimidad.

—Señora baronesa —dijo Danglars—, permitid que os presente al señor conde de Montecristo —dijo Danglars— dirigido a mí por uno de mis corresponsales de Roma con las mayores recomendaciones. Sólo una palabra tengo que decir: acaba de llegar a París con la intención de permanecer aquí un año, y de gastarse seis millones. Esto promete una serie de bailes y de comidas, en las cuales espero que el señor conde no nos olvidará, como tampoco nosotros le olvidaremos en nuestras pequeñas fiestas.

Aunque la presentación fuese hecha con bastante grosería, es tan raro que un hombre venga a gastarse a París en un año la fortuna de un príncipe, que la señora Danglars lanzó al conde una ojeada que no dejaba de expresar cierto interés.

—¿Y habéis llegado, caballero ...? —preguntó la baronesa.

—Ayer por la mañana, señora.

—Y venís, según costumbre, del fin del mundo.

—Solamente de Cádiz, señora.

—¡Oh!, venís en una estación espantosa. París está detestable en verano. No hay baffles, ni reuniones, ni fiestas. La ópera italiana está en Londres, la ópera francesa en todas partes, excepto en París, y en cuanto al teatro francés, en ninguna. No nos queda para distraemos más que algunas desgraciadas carreras en el campo de Marte y en Satory. ¿Haréis comer, señor conde?

—Yo, señora ——dijo el conde—, haré todo lo que se haga en Paris, si

tengo la dicha de encontrar a alguien que me enseñe las costumbres francesas.

—¿Os gustan los caballos, señor conde?

—He pasado una parte de mi vida en Oriente, señora, y los orientales, bien lo sabéis, no aprecian más que dos cosas en el mundo: la nobleza de los caballos y la hermosura de las mujeres.

—¡Ah!, señor conde —dijo la baronesa sonriéndose—, hubierais debido anteponer las mujeres a los caballos.

—Ya veis, señora, que tenía mucha razón cuando os dije hace un momento que deseaba un preceptor, un amigo, que me pudiese instruir en las costumbres francesas.

En aquel momento entró la camarera favorita de la señora Danglars, y acercándose a su señora, le dijo algunas palabras al oído.

La señora Danglars palideció.

—¡Imposible! —dijo.

—Es la pura verdad, señora —respondió la camarera—, podéis creerme con toda seguridad.

La señora Danglars se volvió hacia su marido.

—¿Es cierto, caballero? —le preguntó.

—¿Qué, señora? —preguntó Danglars, visiblemente agitado.

—Lo que me dice mi camarera...

—¿Y qué os dice?

—¿No lo sabéis?

—Lo ignoro completamente.

—¡Pues bien! Dice que cuando mi cochero fue a enganchar mis caballos no los encontró en la cuadra. ¿Qué significa esto?

—Señora —dijo Danglars—, escuchadme.

—¡Oh!, ya os escucho, caballero, porque tengo curiosidad por saber lo que vais a decir. Estos señores serán testigos. Señores, el señor Danglars tiene diez caballos en las cuadras, y entre éstos diez hay dos que son míos, dos caballos preciosos, los más hermosos de París, ya los conocéis, señor Debray. Mis caballos tordos. Pues bien, en el momento en que la señora de Villefort me pide un carruaje, y yo se lo prometo para ir al bosque, no aparecen los caballos. El señor Danglars habrá encontrado quien le haya dado algunos miles de francos más de su precio, y los habrá vendido. ¡Ah!, infames especuladores.

—Los caballos eran demasiado vivos, señora —respondió Danglars—, apenas tenían cuatro años, siempre estaba temiendo por vos.

—¡Eh!, caballero —dijo la baronesa—, bien sabéis que hace un mes que tengo a mi servicio el mejor cochero de París, a no ser que también lo hayáis vendido con los caballos.

—Amiga mía, ya encontraré yo otros iguales, más hermosos aún, si los hay, pero caballos que sean mansos, tranquilos, que no me inspiren ninguna clase de temor.

La baronesa se encogió de hombros con profundo desprecio. Danglars no pareció percibir este gesto más que conyugal, y volviéndose hacia Montecristo, dijo:

—En verdad, lamento no haberos conocido antes, señor conde. ¿Estáis montando vuestra casa?

—Sí —dijo el conde.

—Os los habría propuesto. Imaginaos que los he dado por nada; pero como os he dicho, quería deshacerme de ellos, son caballos para un joven.

—Os lo agradezco mucho —dijo el conde—, pero esta mañana he comprado unos bastante hermosos. Miradlos, señor Debray, vos que entendéis de ello.

Mientras Debray se acercaba a la ventana, Danglars se acercó a su mujer. —Figuraos, señora —le dijo en voz baja—, que vinieron a ofrecerme por los caballos un precio exorbitante. No sé quién es el loco que quiere arruinarse y me ha enviado esta mañana un mayordomo. Pero el caso es que he ganado dieciséis mil francos; no os pongáis de mal humor: os daré cuatro mil, y dos mil a Eugenia.

La señora Danglars dirigió a su marido otra mirada despectiva.

—¡Oh! ¡Dios mío! —exclamó Debray.

—¿Qué? —preguntó la baronesa.

—Si no me engaño, son vuestros caballos. Vuestros propios caballos en el carruaje del conde.

—¡Mis caballos tordos! —exclamó la señora Danglars. Y se lanzó hacia la ventana.

—Es verdad —dijo.

Danglars estaba estupefacto.

—¿Es posible? —dijo Montecristo, fingiendo asombro.

—¡Es increíble! —murmuró el banquero.

La baronesa dijo unas palabras al oído de Debray, que se acercó a su vez a Montecristo.

—La baronesa os pregunta en cuánto os ha vendido su marido ese tiro de caballos.

—No sé —dijo el conde—, es una sorpresa que me ha dado mi mayordomo y... y que me ha costado treinta mil francos, según creo.

Debray fue a llevar esta respuesta a la baronesa.

Danglars estaba tan pálido y desconcertado, que el conde fingió tener piedad de él.

—Ya veis —le dijo— cuán ingratas son las mujeres; este obsequio de parte vuestra no ha conmovido a la baronesa. Ingrata, no es la palabra; loca debiera decir. Pero qué queréis, siempre se desea lo que fastidia, así, pues, lo mejor que podéis hacer, señor barón, es no volver a hablar una palabra del asunto, éste es mi parecer, pero podéis hacer lo que os parezca.

Danglars no respondió; preveía en su próximo porvenir una escena desastrosa. Ya se habían arrugado las cejas de la señora baronesa, y cual otro Júpiter Olímpico, presagiaba una tempestad. Debray, que la oía ya empezar a rugir, dio una excusa cualquiera y se despidió.

Montecristo, que no quería incomodar de ninguna manera al enojado matrimonio, saludó a la señora Danglars y se retiró, entregando al barón a la cólera de su mujer.

—Bueno —dijo Montecristo retirándose—, he conseguido lo que quería. Tengo en mis manos la paz del matrimonio, y de un solo golpe voy a adquirir el corazón del barón y el de la baronesa. ¡Qué dicha! Mas aún no he sido presentado a la señorita Eugenia Danglars, a quien hubiera deseado conocer. Pero —añadió con aquella sonrisa que le era peculiar—, estoy en París y me queda mucho tiempo..., otro día será...

Dicho esto, el conde montó en su carruaje y volvió a su casa.

Dos horas después escribió una carta encantadora a la señora Danglars, en la que le decía que, no queriendo iniciar su entrada en el mundo parisiense contrariando a tan hermosa dama, le suplicaba aceptase sus caballos. Tenían los mismos arneses que ella había visto por la mañana, solo que en el centro de cada roseta que llevaban sobre la oreja, el conde había hecho engastar un diamante.

Danglars recibió también una carta del conde. Le pedía permiso para ofrecer a la baronesa este pequeño capricho de millonario, rogándole que excusase las maneras orientales con que iba acompañado el regalo de los caballos.

Aquella tarde, Montecristo partió hacia Auteuil, acompañado de Alí.

Al día siguiente, a las tres, Alí, llamado por un timbrazo, entró en el gabinete del conde.

—Alí —le dijo éste—, varias veces me has hablado de lo habilidad para lanzar el lazo.

Alí hizo una señal afirmativa y se irguió con orgullo.

—Bien... Así, pues, ¿podrías detener un toro?

Alí hizo otra señal afirmativa.

—¿Un tigre?

La misma respuesta por parte de Alí.

—¿Un león?

Alí hizo el ademán de un hombre que lanza el lazo, a imitó un rugido.

—¡Bien!, comprendo —dijo Montecristo—, ¿has cazado leones?

Alí hizo un orgulloso movimiento de cabeza.

—¿Pero detendrás en su carrera dos caballos desbocados?

Alí se sonrió.

—¡Pues bien!, escucha —dijo el conde—, dentro de poco

pasará por aquí un carruaje tirado por dos caballos tordos, los mismos que yo tenía ayer. Es preciso que a todo trance le detengas delante de mi puerta.

Alí bajó a la calle y trazó delante de la puerta una raya sobre la arena. Después volvió y mostró la raya al conde, que le había seguido con la vista.

Este le dio dos golpecitos en el hombro, era su modo de dar las gracias a Alí. Luego el negro fue a fumar en pipa a la esquina que formaba la casa, mientras que Montecristo volvía a su gabinete.

A las cinco, es decir, a la hora en que el conde esperaba el carruaje, su rostro presentaba señales casi imperceptibles de una ligera impaciencia. Paseábase en una sala que daba a la calle, aplicando el oído por intervalos, y acercándose de cuando en cuando a la ventana, por lo cual descubrió a Alí arrojando bocanadas de humo con una regularidad que demostraba que el negro estaba dedicado enteramente a esta importante ocupación.

De pronto se oyó un ruido lejano, pero que se acercaba con la rapidez del rayo. Después apareció una carretela, cuyo cochero quería en vano detener los caballos que avanzaban furiosos con las crines erizadas, más bien saltando con impulsos insensatos que galopando.

En la carretera, una joven y un niño de siete a ocho años, estaban abrazados. Tan aterrados estaban que habían perdido hasta las fuerzas para gritar. Hubiera bastado una piedra debajo de la rueda o un árbol en medio del camino para romper el carruaje que crujía.

Iba por medio de la calle, y oíanse en ésta los gritos de terror de los que le veían acercarse.

De repente, Alí tira su pipa, saca de su bolsillo el lazo, lo lanza, envuelve en una triple vuelta las manos del caballo de la izquierda, se deja arrastrar tres o cuatro pasos por la violencia del impulso, pero al cabo cae sobre la lanza, que rompe, y paraliza los esfuerzos que hace el caballo que quedó en pie para continuar su carrera. El cochero aprovecha este momento para saltar de su pescante, pero ya Alí había agarrado las narices del segundo caballo con sus dedos de hierro, y el animal, relinchando de dolor, cae convulsivamente junto a su compañero.

Esta escena transcurrió en menos tiempo del que hemos

empleado en describirla. Sin embargo, bastó para que de la casa de enfrente saliese un hom—bre seguido de muchos criados. En el momento en que el cochero abría la portezuela, arrebató de la carretela a la dama, que con una mano se agarraba a los almohadones, mientras que con la otra estrechaba contra su pecho a su hijo desmayado. Montecristo los llevó a un salón, y los colocó sobre un canapé.

—No temáis nada, señora—dijo—, estáis a salvo.

La mujer volvió en sí, y por respuesta le presentó su hijo con una mirada más elocuente que todas las súplicas. En efecto, el niño estaba desmayado.

—Sí, señora, comprendo —dijo el conde examinando al niño—, pero tranquilizaos, nada le ha sucedido, y sólo el miedo ha embargado sus sentidos.

—¡Oh, caballero! —exclamó la madre—, ¿no decís eso para tranquilizarme? ¡Mirad cuán pálido está! ¡Hijo mío, Eduardo! ¿No contestas a lo madre? ¡Ah, caballero, enviad a buscar un médico! ¡Doy mi fortuna a quien me devuelva a mi hijo!

Montecristo hizo con la mano un movimiento para tranquilizar a la desolada madre, y abriendo un cofre sacó de él un frasco de cristal de bohemia que contenía un licor rojo como la sangre, y del que dejó caer una sola gota sobre los labios del niño. Este, aunque sin perder la lividez de su semblante, abrió los ojos. Al ver esto, la alegría de la madre no tuvo límites.

—¿Dónde estoy —exclamó—, y a quién debo tanta felicidad después de una prueba tan cruel?

—Estáis, señora —respondió Montecristo—, en casa del hombre más dichoso por haber podido evitaros un pesar.

—¡Oh, maldita curiosidad la mía! Todo París hablaba de esos magníficos caballos de la señora de Danglars, y he tenido la locura de querer probarlos.

—¡Cómo! —exclamó el conde con una sorpresa admirablemente fingida—. ¿Son esos caballos los de la baronesa?

—Sí, señor. ¿La conocéis?

—Tengo el honor de conocerla y mi alegría es doble por haberos salvado del peligro que os han hecho correr, porque ese peligro es a mí a quien podéis atribuir. Había comprado ayer estos caballos al barón, pero la baronesa pareció sentirlo tanto, que se los envié ayer suplicándole que los aceptase de mi mano.

—¿Entonces sois vos el conde de Montecristo, de quien tanto me ha hablado Herminia?

El mismo —dijo el conde.

—Yo, caballero, soy Eloísa de Villefort.

El conde saludó como si se pronunciara delante de él un nombre enteramente desconocido.

—¡Oh, cuán reconocido os quedará el señor de Villefort! —repuso Eloísa—, porque en realidad, él os debe nuestras dos vidas; seguramente sin vuestro generoso criado nuestro hijo y yo habríamos muerto.

—¡Ay, señora!, aún me estremezco al pensar en el peligro que habéis corrido.

—¡Oh!, yo espero que me permitiréis recompensar debidamente la acción de ese hombre.

—Señora —dijo Montecristo—, no me echéis a perder a Alí, os lo ruego, ni con alabanzas ni con recompensas. Son vicios que no quiero yo que adquiera. Alí es mi esclavo; salvándoos la vida me sirve, y su deber es servirme.

—¡Pero ha arriesgado su vida! —exclamó la señora de Villefort, a quien este tono de superioridad impresionó profundamente.

—Yo he salvado la suya, señora —respondió Montecristo—; por consiguiente, me pertenece.

La señora de Villefort se calló. Tal vez reflexionaba, acerca de aquel hombre que, a primera vista, causaba una impresión tan profunda en todas las personas.

El conde contempló al niño, al que su madre cubría de besos. Era flaco, blanco como los niños de pelo rojo, y, sin embargo, un bosque de cabellos cubría su frente, y cayendo sobre sus hombros adornaban su rostro y aumentaban la vivacidad de sus ojos, llenos de malicia y de juvenil maldad. Su boca, apenas sonrosada, era ancha y de delgados labios; sus facciones anunciaban doce años de edad, por lo menos. Su primer movimiento fue desembarazarse de los brazos de su madre para ir a abrir el cofre del que el conde había sacado el frasco de elixir. Después, sin pedir permiso a nadie, y como un niño acostumbrado a hacer todos sus caprichos, se puso a destapar todos los frascos.

—No toques ahí, amiguito —dijo vivamente el conde de Montecristo—, algunos de esos licores son peligrosos, no solamente al beberlos, sino al respirar su olor.

La señora de Villefort palideció y detuvo el brazo de su hijo, al que atrajo hacia sí. Pero, calmado su temor, echó sobre el cofre una rápida pero expresiva mirada, que al conde no pasó inadvertida. En este momento entró Alí.

La señora de Villefort hizo un movimiento de alegría, y llamando al niño, le dijo:

—Eduardo, mira a este buen servidor, es un valiente, porque ha expuesto su vida por detener los caballos que nos arrastraban y el carruaje que iba a romperse. Dale las gracias, porque probablemente, a no ser por él, los dos habríamos perdido la vida.

El niño entreabrió la boca y volvió desdeñosamente la cabeza.

—Es muy feo —dijo.

El conde se sonrió, como si el niño acabase de realizar una de sus esperanzas. En cuanto a la señora de Villefort, respondió a su hijo con una moderación que no hubiera sido seguramente del gusto de Juan Santiago Rousseau si el pequeño Eduardo se hubiese llamado Emilio.

—Mira —dijo en árabe el conde a Alí—, esta señora dice a su hijo que lo dé las gracias por la vida que has salvado a los dos, y el niño responde que eres muy feo.

Alí volvió su inteligente cabeza un instante, y miró al niño sin expresión aparente. Pero un ligero estremecimiento de su mano demostró a Montecristo que el árabe acababa de ser herido en el corazón.

—Caballero —preguntó la señora de Villefort levantándose—, ¿es ésta vuestra morada habitual?

—No, señora —respondió el conde—. Es una especie de parador que he comprado. Vivo en los Campos Elíseos, número 30. Pero veo que estáis perfectamente repuesta y que deseáis retiraros. Acabo de mandar que enganchen esos caballos a mi carruaje, y Alí, ese muchacho tan feo —dijo al niño, sonriendo—, va a tener el honor de conduciros a vuestra casa, mientras que vuestro cochero quedará aquí cuidando de la reparación del carruaje, y una vez terminada ésta, uno de mis tiros de caballos le volverá a conducir directamente a casa de la señora Danglars.

—Pero —dijo la señora de Villefort—, no me atreveré a ir con esos mismos caballos.

—¡Oh!, vais a ver, señora —dijo Montecristo—, en manos de Alí se volverán tan mansos como dos corderos.

Alí se había acercado, en efecto, a los caballos, a los que habían puesto de pie con mucho trabajo. Tenía en la mano una esponja empapada en vinagre aromático. Frotó con ella las narices y las sienes de los caballos, cubiertos de espuma y de sudor, y casi al punto empezaron a relinchar estrepitosamente y estremecerse durante algunos segundos.

Luego, en medio de una gran muchedumbre, a la que los restos del carruaje y el rumor que se había esparcido de aquel suceso, había atraído a la casa, Alí enganchó los caballos al coupé del conde, reunió en su mano las riendas, subió al pescante, y con gran asombro de los circunstantes, que habían visto a estos caballos impelidos como por un torbellino, se vio obligado a usar el látigo para hacerlos partir, y aun así no pudo obtener de los famosos tordos, ahora petrificados, casi muertos, más que un trote tan poco seguro y tan lánguido que tardaron dos horas en conducir a la señora de Villefort al barrio de Saint—Honoré, donde tenía su domicilio.

Apenas hubo llegado a ella, y aplacadas las primeras emociones, escribió el siguiente billete a la señora Danglars:

Querida Herminia:

Acabo de ser milagrosamente salvada con mi hijo por ese mismo conde de Montecristo de quien tanto hemos hablado ayer tarde, y que tan lejos estaba yo de sospechar que había de ver hoy. Ayer me hablasteis de él con un entusiasmo que no pude menos de burlarme, creyendo que exagerabais, pero hoy me he convencido de que era fundado. Vuestros caballos se desbocaron en Renelagh, y seguramente íbamos a ser despedaxados mi Eduardo y yo, cuando un árabe, un nubio, un hombre negro, en fin, al servicio del conde, detuvo a una señal suya el impulso de los caballos, exponiéndose a morir él mismo, y fue un milagro que no hubiera sucedido. Entonces acudió el conde, nos llevó a Eduardo y a mí a su casa, a hixo volver en sí a Eduardo. En su propio carruaje fui conducida a casa, el vuestro os lo enviarán mañana. Encontraréis bastante débiles a los caballos después de este incidente. Están como atontados, diríase que no podían perdonarse a sí mismos haberse dejado domar por un hombre. El conde me encarga os diga que dos días de reposo y por todo alimento cebada, los repondrán del todo.

¡Ah, Dios mío! No os doy las gracias por mi paseo, y cuando lo reflexiono, es una ingratitud el guardaros rencor por los caprichos de vuestros caballos, porque a uno de esos caprichos debo el haber visto al conde de Montecristo, y el ilustre extranjero me parece un hombre muy curioso y tan interesante que quiero estudiarle a toda costa, aunque tuviese que dar otro paseo al bosque con vuestros mismos caballos.

Eduardo ha sufrido el accidente con un valor maravilloso. Se desmayó, pero sin lanxar un grito, y tampoco derramó después una lágrima. Aún me diréis que me ciega el amor materno, pero en ese cuerpo tan débil y delicado hay un alma de hierro.

Nuestra querida Valentina me da mil recuerdos para vuestra hija Eugenia, y yo os abraxo de todo corazón.

Eloísa de Villefort.
P. D.: Procurad que yo pueda ver en vuestra casa de cualquier modo que sea a ese conde de Montecristo. Quiero absolutamente volverle a ver. Por otra parte, acabo de obtener del señor de Villefort que le haga una visita; espero que se la devolverá.

Aquella noche, el suceso de Auteuil era el tema de todas las conversaciones. Alberto se lo contada a su madre. Chateau—Renaud, en el Jockey Club, Debray en el salón del ministro, Beauchamp también hizo al conde la galantería de poner en su periódico un párrafo que ensalzó al conde poniéndole a la altura de un héroe. En fin, esta acción le valió a Montecristo la admiración y el interés de todas las mujeres de la aristocracia.

Muchas personas fueron a inscribirse en casa de la señora de Villefort, a fin de tener derecho a renovar su visita en tiempo útil y oír entonces de su boca todos los detalles de esta pintoresca aventura.

En cambio al señor de Villefort, como había dicho Eloísa a su amiga la señora Danglars, se puso un pantalón negro, frac de igual color, chaleco y corbata blancos, guantes amarillos y subió a su carretela, que le condujo aquella misma tarde a la puerta de la casa número 30 de los Campos Elíseos.

VII: IDEOLOGÍA

Si el conde de Montecristo hubiese vivido más tiempo en el mundo parisiense habría apreciado la visita que le hacía el señor de Villefort.

Considerado por todos como un hombre hábil, como suele considerarse a las personas que no han sufrido ningún descalabro político; aborrecido de muchos, pero protegido con ardor por algunos, sin ser por eso mejor querido de nadie, el señor de Villefort se encontraba en una alta posición en la magistratura y la mantenía como un Harley o como un Molé. A pesar de haberse regenerado sus salones, por una mujer joven y por una hija de su primer matrimonio, de edad apenas de dieciocho años, no dejaban de observarse en ellos el culto de las tradiciones y la religión de la etiqueta. La cortesía fría, la fidelidad absoluta a los principios del gobierno, un desprecio profundo de las teorías y de los teóricos, el odio a los ideólogos, tales eran los elementos de la vida interior y pública del señor de Villefort.

No era únicamente un magistrado, era casi un diplomático. Sus relaciones con la antigua corte, de la que siempre hablaba con dignidad y respeto, hacían que la moderna le respetara, y sabía tantas cosas, que no solamente le admiraban todos sus conocidos, sino que a veces le hacían consultas. Quizá no hubiera sucedido esto si hubiesen podido desembarazarse de él, pero al igual que los señores feudales rebeldes a su soberano, habitaba una fortaleza inexpugnable. Esta fortaleza era su cargo de procurador del rey, cuyas ventajas explotaba maravillosamente y que no hubiera abandonado sino para hacerse diputado y reemplazar así la neutralidad por la oposición.

En general, hacía o devolvía muy pocas visitas. La mujer visitaba por él, era cosa admitida en esa sociedad que siempre achacaba a sus graves y numerosas ocupaciones, lo que no eran en realidad más que un cálculo de orgullo, una quintaesencia de aristocracia, la aplicación, en fin, de este axioma: Estímate a ti mismo, y serás estimado de los demás. Axioma más útil cien veces en nuestra sociedad que el de los griegos: Conócete a ti mismo, sustituido en nuestros días por el arte menos difícil y más ventajoso de conocer a los demás.

El señor de Villefort era un poderoso protector para sus amigos; para sus enemigos era un adversario sordo, pero encarnizado. Para los indiferentes, la estatua de la ley convertida en hombre. Fisonomía impasible, porte altanero, mirada apagada y brusca, o insolentemente penetrante y escudriñadora, tal era el hombre a quien cuatro revoluciones seguidas habían formado y después afirmado sobre su pedestal.

Se le tenía por el hombre menos curioso de Francia. Daba un baile todos los años y no se presentaba en él más que un cuarto de hora, es decir, cuarenta y cinco minutos menos que el rey en los suyos. Jamás se le veía en los teatros, en los conciertos, ni en ningún lugar público. Algunas veces jugaba una partida de whist y entonces procuraban elegirle jugadores dignos de él: algún embajador, algún arzobispo, algún príncipe, algún presidente o, en fin, alguna duquesa viuda.

Tal era el hombre cuyo carruaje acababa de parar delante de la puerta del conde de Montecristo.

El ayuda de cámara anunció al señor de Villefort en el instante en que el conde, inclinado sobre una gran mesa, seguía el itinerario de San Petersburgo a China.

El procurador del rey entró con el mismo paso grave y acompasado que en el tribunal; era el mismo hombre, o más bien la continuación del mismo hombre a quien hemos conocido de sustituto en Marsella. La naturaleza no había alterado en nada el curso que debía seguir: de delgado que era, se había vuelto flaco; de pálido, tornóse en amarillo; sus ojos hundidos se habían profundizado más aún, y su lente de oro, al colocarla sobre la órbita, parecía formar parte del rostro. Excepto su corbata blanca, el resto del traje era completamente negro, y este fúnebre color no era interrumpido más que por su cinta encarnada, que pasaba imperceptiblemente por un ojal y que parecía una línea de sangre trazada con un pincel.

Por muy dueño de sí mismo que fuese Montecristo, examinó con visible curiosidad, devolviéndole su saludo, al magistrado, que, desconfiado de por sí y poco crédulo, particularmente en cuanto a las maravillas sociales, estaba más dispuesto a ver en el noble extranjero (así era como llamaban ya al conde de Montecristo), un caballero de industria que venía a explorar un nuevo teatro de sus acciones, que un príncipe de la Santa Sede, o un sultán de las Mil y una noches.

—Caballero —dijo Villefort con ese tono afectado usado por los magistrados en sus períodos oratorios, y del cual no quieren deshacerse en la conversación—, el señalado servicio que hicisteis ayer a mi mujer y a mi hijo me creó el deber de datos las gracias. Vengo, pues, a cumplir con él y a expresaros todo mi agradecimiento.

Y al decir estas palabras, la mirada severa del magistrado no había perdido nada de su arrogancia habitual, las había articulado de pie y erguido de cuello y hombros, lo cual le hacía parecerse, como ya hemos dicho, a la estatua de la Ley.

—Caballero —replicó el conde, a su vez con frialdad glacial—, soy muy feliz por haber podido conservar un hijo a su madre, porque suele decirse que el sentimiento de la maternidad es el más poderoso y el más santo de todos, y esta felicidad que tengo os dispensa de cumplir un deber, cuya ejecución me honra, sin duda alguna, porque sé que el señor de Villefort no prodiga el favor que me hace, pero por lisonjero que me sea, no equivale para mí a la satisfacción interior de haber efectuado una buena obra.

Admirado Villefort de esta salida inesperada de su interlocutor, se estremeció como un soldado que siente el golpe que le dan, a pesar de la armadura de que está cubierto, y un gesto de su labio desdeñoso indicó que desde el principio no tenía al conde de Montecristo por hombre de muy finos modales.

Dirigió una mirada a su alrededor para hacer variar la conversación.

Vio el mapa que examinaba Montecristo cuando él entró, y replicó:

—¿Os interesa la geografía, caballero? Es un estudio muy bueno, para vos sobre todo, que, según aseguran, habéis visto tantos países como hay en este mapa.

—Sí, señor —repuso el conde—; he querido hacer sobre la especie humana lo que vos hacéis sobre excepciones, es decir, un estudio fisiológico. He pensado que me sería más fácil descender de una vez del todo a la parte, que subir de la parte al todo. Es axioma algebraico que se proceda de lo conocido a lo desconocido... Mas, sentaos, caballero, os lo suplico.

Y Montecristo indicó con la mano al procurador del rey un sillón que éste tuvo que tomarse la molestia de arrimar, mientras que el conde no tuvo más que dejarse caer sobre el mismo en que estaba arrodillado cuando entró Villefort. De este modo el conde se encontró enfrente de su interlocutor, con la espalda vuelta a la ventana, y el codo apoyado sobre el mapa, que era por entonces el objeto de la conversación, conversación que tomaba, cuando habló a Morcef y a Danglars, un giro análogo, si no a la situación, al menos a los personajes.

—¡Ah, caballero! —replicó Villefort después de una pausa, durante la cual, como un atleta que encuentra un rudo adversario, había hecho acopio de fuerzas—. De veras os digo que si como vos, yo no tuviese nada que hacer, buscaría una ocupación menos aburrida.

—Es verdad, caballero —replicó Montecristo—, hay en el hombre caprichos particulares, pero acabáis de decir que yo no tenía nada que hacer. Veamos: ¿Se os figura a vos que tenéis algo que hacer? O para hablar más claramente, ¿creéis vos que lo que hacéis vale la pena de que se le llame trabajo?

El asombro de Villefort fue en aumento al recibir este segundo golpe tan bruscamente asestado por su extraño adversario. Mucho tiempo hacía que el magistrado no se veía así contradecido, o mejor dicho, ésta era la primera vez que ello sucedía. El procurador del rey se preparó para responder.

—Caballero —dijo—, sois extranjero, y vos mismo decís que habéis pasado gran parte de vuestra vida en países orientales. No sabéis, pues, cuántos pasos prudentes y acompasados da entre nosotros la justicia humana tan expedita en esos países bárbaros.

—¡Oh, ya lo creo! Es el pede claudo antiguo, lo sé, porque de la justicia de todos los países ha sido sobre todo de lo que me he ocupado. He comparado el procedimiento criminal de todas las naciones con la justicia natural, y debo deciros, caballero, la ley de los pueblos primitivos, la del Talión, ha sido la que he hallado más conforme a las miras de Dios.

—Si se adoptara esa ley —dijo el procurador del rey—,

simplificaría mucho nuestros códigos, y entonces sí que, como decíais poco ha, no tendrían que cansarse mucho los magistrados.

—Probablemente con el tiempo se adoptará —dijo Montecristo—. Bien sabéis que las invenciones humanas marchan de lo compuesto a lo simple, que es siempre la perfección.

—Entretanto, caballero ——dijo el magistrado—, nuestros códigos existen en sus artículos contradictorios, sacados de costumbres galas, de leyes romanas, de usos francos; ahora, pues, convendréis en que el conocimiento de todas esas leyes no se adquiere sin largos trabajos, sin largo estudio y una gran memoria para no olvidarlo una vez adquirido.

—Así lo creo, caballero. Pero todo lo que vos sabéis respecto al código francés, lo sé yo, no solamente de ése, sino del de todas las naciones. Las leyes inglesas, turcas, japonesas, indias, me son tan familiares como las francesas, y hacía bien en decir que para lo que yo he hecho tenéis vos poco que hacer, y para lo que yo he aprendido tenéis vos que aprender aún muchas cosas.

—¿Pero con qué objeto habéis aprendido todo eso? —replicó Villefort asombrado.

Montecristo se sonrió.

—Bien, caballero —dijo—. Veo que a pesar de la reputación que tenéis de hombre superior, miráis todas las cosas desde el punto de vista mezquino y vulgar de la sociedad, empezando y acabando por el hombre, es decir, desde el punto de vista más estrecho que le está permitido abrazar a la inteligencia humana.

—Explicaos, caballero ——dijo Villefort cada vez más asombrado—. No os comprendo bien.

—Digo, que con la mirada fija en la organización social de las naciones, no veis más que los resortes de la máquina, y no el sublime obrero que la hace andar; digo que no conocéis delante de vos ni a vuestro alrededor más misiones que las anejas a nombramientos firmados por un ministro o por un rey, y que se escapan a vuestra corta vista los hombres que Dios ha creado superiores a los empleados de los ministros y de los monarcas, encargándoles que cumplan una misión, en vez de desempeñar un empleo. Tobías tomaba al ángel que debía devolverle la vista por un joven cualquiera. Las naciones tenían a Atila, que debía aniquilarlas, por un conquistador como todos, y fue necesario que ambos revelasen sus misiones celestiales para que se les reconociera; fue preciso que el uno dijese: "Soy el ángel del Señor" y el otro: "Soy el azote de Dios", para que fuese revelada la esencia divina de entrambos.

—Entonces —dijo Villefort cada vez más absorto y creyendo hablar a un loco—, ¿os consideráis como uno de esos seres extraordinarios que acabáis de citar?

—¿Por qué no? —dijo Montecristo.

—Perdonad, caballero —replicó Villefort estupefacto—, si al presentarme en vuestra casa ignoraba fueseis un hombre cuyos conocimientos y talento sobrepujan tanto a los conocimientos ordinarios y al talento habitual de los hombres. No es costumbre en nosotros, desdichados corrompidos de la civilización, que los nobles, poseedores como vos de una fortuna inmensa, al menos según se asegura, no es costumbre, digo, que esos privilegiados de las riquezas pierdan su tiempo en especulaciones sociales, en sueños filosóficos, buenos a lo sumo para consolar a aquellos a quienes la suerte ha desheredado de los bienes de la tierra.

—¡Y qué, caballero! ¿Habéis llegado vos a la situación que ocupáis sin ser admitido, y aun sin haber encontrado excepciones? ¿Y no se ejercita nunca vuestra mirada, que tanta necesidad tendría, sin embargo, de penetración y de seguridad, en adivinar a primera vista qué clase de hombre se halla bajo la influencia de ella? ¿No debería ser un magistrado, no digo el mejor aplicador de la ley, ni el intérprete más astuto, sino una sonda de acero para llegar a los corazones, una piedra de toque para probar el oro de que está hecha cada alma con mayor o menor aleación?

—Caballero, me desconcertáis. Jamás había oído hablar a nadie como vos.

—Es porque habéis estado constantemente encerrado en el círculo de las condiciones generales, sin remontaros a las esferas superiores que Dios ha poblado de seres invisibles y excepcionales.

—¿Y creéis que existen esas esferas, y que se encuentren entre nosotros seres excepcionales a invisibles?

—¿Por qué no? ¿Acaso el aire que respiráis, y sin el cual no podríais vivir?

—¿Conque no vemos a esos seres de que habláis?

—Claro que sí los veis, cuando Dios permite que se materialicen. Los tocáis, les habláis y os responden.

—¡Ah! —dijo Villefort sonriéndose—, confieso que querría que me avisasen cuando uno de ellos se encuentre en contacto conmigo.

—Pues vuestro deseo ha sido satisfecho, caballero, porque habéis sido avisado hace poco, y ahora mismo os lo vuelvo a advertir.

—De modo que vos...

—Yo soy uno de esos seres excepcionales, sí señor, y creo que hasta ahora ningún hombre se ha encontrado en una posición semejante a la mía. Los reinos de los reyes están limitados, por montañas, por ríos, por cambios de costumbres, o por diversidad de lenguaje. Mi reino es grande como el mundo, porque no soy italiano, ni francés, ni indio, ni americano, ni español; soy cosmopolita. Ningún país puede decir que me ha visto nacer. Dios sólo sabe qué tierra me verá morir. Asimilo todas las costumbres, hablo todas las lenguas. ¿Me creéis francés porque hablo con la misma facilidad y la misma pureza que vos? ¡Pues bien! Alí, mi negro, me cree árabe; Bertuccio, mi mayordomo, me cree italiano; Haydée, mi esclava, me cree griego. Así, pues, comprendéis que no siendo de ningún país, no pidiendo protección a ningún gobierno, no reconociendo a ningún hombre por hermano mío, no me paralizan ni me detienen los escrúpulos que detienen a los poderosos o los obstáculos que paralizan a los débiles. Sólo tengo dos adversarios, y no vencedores, porque con la constancia los sujeto, y son el tiempo y el espacio. El tercero, y el más terrible, es mi condición de hombre mortal. Este es el único que puede detenerme en mi camino, y antes de que haya conseguido el objeto que deseo, todo lo demás lo tengo calculado. Lo que los hombres llaman reveses de la fortuna, es decir, la ruina, el cambio, las eventualidades, los he previsto yo, y si alguna puede ocurrirme, no por eso puede derribarme. A menos que muera, continuaré siendo lo que soy. He aquí por qué os digo cosas que nunca habéis oído, ni de boca de los reyes, porque los reyes os necesitan y los hombres os temen. Quién es el que no dice para sí en una sociedad tan ridículamente organizada como la nuestra: " ¡Tal vez un día tendré que acudir al procurador del rey! "

—¿Y podéis decir vos lo contrario? Desde el momento en que vivís en Francia, naturalmente tenéis que someteros a las leyes francesas.

—Ya lo sé, caballero —respondió Montecristo—, pero cuando quiero ir a un país, empiezo a estudiar, por medios que me son propios, a todos los hombres de quienes puedo tener algo que esperar o que temer, y llego a conocerles tanto o mejor tal vez, que ellos se conocen a sí mismos. De donde resulta que cualquier procurador del rey que se las hubiera conmigo, seguramente se vería más apurado que yo.

—Lo cual quiere decir —replicó vacilando Villefort— que siendo débil la naturaleza humana..., todo hombre, según vuestro parecer, ha cometido. .. faltas.

—Faltas..., o crímenes —respondió sencillamente el conde de Montecristo.

—¿Y que sólo vos, entre los hombres a quienes no reconocéis por hermanos —repuso Villefort con voz alterada—, y que vos sólo sois perfecto?

—No, perfecto no —respondió el conde—. Pero no hablemos más de ello, caballero, si la conversación os desagrada. Que ni a mí me amenaza vuestra justicia, ni a vos mi doble vista.

—¡No!, ¡no!, caballero —dijo vivamente Villefort, que temía sin duda parecer vencido—. ¡No! Con vuestra brillante y casi sublime conversación, me habéis elevado sobre el nivel ordinario; ya no hablamos familiarmente, estamos disertando. Ya sabéis cuán crueles verdades se dicen a veces los teólogos de la Sorbona, o los filósofos en sus disputas. Supongamos que hablamos de teología social y de filosofía teológica, y os diré una de esas rudas verdades, y es, que sacrificáis al orgullo, sois superior a los demás, pero Dios es superior a vos.

—Superior a todos, caballero —respondió Montecristo con un acento tan profundo, que Villefort se estremeció involuntariamente—. Yo tengo mi orgullo para los hombres, serpientes siempre prontas a erguirse contra el que las mira y no les aplasta la cabeza. Sin embargo, abandono este orgullo delante de Dios, que me ha sacado de la nada para hacerme lo que soy.

—Entonces, señor conde, os admiro —repuso Villefort, que por primera vez en este extraño diálogo, acababa de emplear esta fórmula aristocrática para con el extranjero, a quien hasta entonces no había llamado más que caballero—. Sí, os repito, si sois realmente fuerte, realmente superior, realmente santo a impenetrable, lo cual viene a ser lo mismo, según decís, sed soberbio, caballero; ésa es la ley de las dominaciones. Pero, sin embargo, ¿tenéis alguna ambición?

—Tuve una.

—¿Cuál?

—También yo, como le ocurre a todo hombre en la vida, fui conducido por Satanás una vez a la montaña más alta de la Tierra. Llegado allí, me mostró el mundo entero, y como había dicho otra vez a Cristo, me dijo a mí: Veamos, hijo de los hombres, ¿qué quieres para adorarme? Entonces reflexioné, porque desde hacía mucho tiempo, terrible ambición devoraba mi corazón, después le respondí: "Escucha, siempre he oído hablar de la Providencia, y, sin embargo, nunca la he visto, ni nada que se le parezca, lo cual me hace creer que no existe. Quiero ser la Providencia, porque lo más bello y grande que puede hacer un hombre es recompensar y castigar." Pero Satanás bajó la cabeza y lanzó un suspiro. "Te engañas —dijo—, la Providencia existe, pero tú no la ves, porque, hija de Dios, es invisible como su padre. No has visto nada que se le parezca, porque procede por resortes ocultos, y marcha por caminos oscuros; todo lo que yo puedo es hacerte uno de los agentes de esa Providencia." Se realizó el trato, tal vez en él perderé mi alma, pero no importa —repuso Montecristo —, ahora mismo lo ratificaría.

Villefort le miraba con asombro.

—Señor conde —dijo—, ¿tenéis parientes?

—No, caballero, estoy solo en el mundo.

—¡Tanto peor!

—¿Por qué? —preguntó Montecristo.

—Porque hubierais podido ver un espectáculo que destruyese vuestro orgullo. Decís que no teméis más que la muerte.

—No es que la tema, sino que sólo ella puede detenerme.

—¿Y la vejez?

—Mi misión se habrá cumplido antes de que haya llegado a viejo.

—¿Y la locura?

—Poco me ha faltado para dar en ella, pero ya conocéis el axioma non bis in idem, es principio de jurisprudencia criminal, y por lo tanto está en vuestra cuerda.

—Caballero —repuso Villefort—, otra cosa hay que temer más que la muerte, la vejez o la locura. La apoplejía, por ejemplo, ese rayo que os hiere sin destruiros, y después del cual, no obstante, todo se acabó. Vivís, pero no sois el mismo. Vos que como Ariel rayabais en ángel, ya no sois más que una masa inerte que como Calibán, raya en bestia. Esto se llama una apoplejía. Venid, si queréis, a proseguir esta conversación a mi casa, conde, un día que deseéis encontrar adversa—rio capaz de comprenderos y ansioso de contestaros, y hallaréis a mi padre, el señor Noirtier de Villefort, uno de los más fogosos jacobinos de la revolución francesa, es decir, la audacia más brillante puesta al servicio de la organización más poderosa, un hombre que no había visto como vos todos los reinos de la tierra, pero ayudó a derribar uno de los más poderosos. En fin, un hombre que, como vos, se creía enviado no de Dios, sino del Ser Supremo; no de la Providencia, sino de la Fatalidad. Pues bien, caballero, todo esto fue destruido no en un día, ni en una hora, sino en un segundo. El día anterior el señor Noirtier, antiguo jacobino, antiguo senador, antiguo carbonario, que se reía de la guillotina, del cañón y del puñal; el señor Noirtier, jugando con las revoluciones; el señor Noirtier, para quien Francia no era más que un vasto juego de ajedrez del cual peones, torres, caballos y reinas debían desaparecer con tal que al rey se le diera mate; el señor Noirtier, tan temido y tan terrible, era al día siguiente, ese pobre Noirtier, anciano paralítico, a merced del ser más débil de la casa, es decir, de su nieta Valentina; un cadáver mudo y helado, que no vive sin alegría ni sufrimiento, sino para dar tiempo a la materia de llegar sin tropiezo a su entera descomposición.

—¡Ay!, caballero —dijo Montecristo—, tal espectáculo no es extraño a mis ojos ni a mi pensamiento. Entiendo un poco de medicina, y he buscado más de una vez el alma en la materia viva o en la materia muerta, y, como la Providencia, ha permanecido invisible a mis ojos, aunque presente en mi corazón. Cien autores, desde Sócrates hasta Séneca, hasta san Agustín, hasta Gall, hicieron, en prosa o en verso, la misma descripción que vos, pero sin embargo, comprendo que los sufrimientos de un padre puedan operar grandes cambios en el espíritu de su hijo. Iré, caballero, puesto que así lo queréis, a contemplar ese terrible espectáculo que debe entristecer vuestra casa.

—Sin duda sucedería esto si Dios no me hubiera dado una compensación a esta desgracia. Al lado del anciano que desciende hacia esa tumba, tengo dos hijos que entran en la vida: Valentina, hija de mi primer casamiento, y Eduardo, ése a quien habéis salvado la vida.

—¿Y de esa compensación qué resulta? —preguntó Montecristo.

—Resulta que mi padre, extraviado por las pasiones, ha cometido una de esas faltas que se libertan de la justicia humana, pero no de la justicia de Dios, y que Dios, no queriendo castigar más que a una persona, le ha castigado solamente a él.

Montecristo, con la sonrisa en los labios, arrojó en el fondo de su corazón un rugido que habría hecho huir a Villefort si hubiese podido oírlo.

—Adiós, caballero —repuso el magistrado, que hacía algún tiempo estaba levantado y hablaba en pie—, os dejo, llevando de vos un recuerdo de estimación que espero os será agradable cuando me conozcáis mejor. Por otra parte, habéis hecho de la señora de Villefort una amiga eterna.

Montecristo saludó y se contentó con acompañar hasta la puerta de su gabinete a Villefort, el cual subió a su carruaje precedido de dos lacayos que, a una señal de su amo, se apresuraron a abrir la portezuela.

Luego, así que el procurador del rey hubo desaparecido, dijo Montecristo , dando un profundo suspiro:

—¡Vamos, basta de veneno, y ahora que mi corazón está lleno de él, vamos a buscar el remedio!

Y haciendo sonar el timbre, dijo a Alí:

—Subo a ver a la señora; que esté preparado el carruaje dentro de media hora.

VIII: HAYDÉE

El lector recordará seguramente cuáles eran las nuevas, o más bien, las antiguas amistades del conde de Montecristo, que vivían en la calle Meslay: Maximiliano Morrel, Julia y Manuel.

La expectativa de esta visita, de los breves momentos felices que iba a pasar, de este resplandor de paraíso que penetraba en el infierno en que voluntariamente había entrado, había esparcido desde el momento en que perdió de vista a Villefort, la serenidad más encantadora sobre el rostro del conde, y Alí, que había acudido al sonido del timbre, al ver este rostro iluminado por una alegría tan poco frecuente, se había retirado de puntillas, suspendiendo la respiración para no alterar los buenos pensamientos que creía leer en el rostro de su amo.

Eran las doce del día, el conde se había reservado una hora para subir al cuarto de Haydée. Hubiérase dicho que la alegría no podía entrar de pronto en aquella alma llagada por tanto tiempo, y que necesitaba prepararse para las emociones dulces, como las otras almas necesitan prepararse para las emociones violentas.

La joven griega estaba, como hemos dicho, en una habitación completamente separada de la del conde. Su mobiliario era oriental, es decir, los suelos estaban cubiertos de espesas alfombras de Turquía, inmensas cortinas de brocado cubrían las paredes, y en cada pieza había alrededor un ancho diván con almohadones movibles de ricas telas de Persia.

Haydée tenía a su servicio tres camareras francesas y una griega. Las francesas estaban en la primera pieza, prontas a correr al sonido de una campanilla de oro y a obedecer a las órdenes de la esclava griega, la cual sabía bastante francés para poder transmitir las voluntades de su señora a sus camareras, a las que Montecristo había recomendado que tuviesen las mismas consideraciones con Haydée que con una reina.

La joven se hallaba en la pieza más retirada de su habitación, es decir, en una especie de saloncito redondo, iluminado por arriba, y en el que no penetraba la luz sino a través de cristales de color de rosa. Recostada sobre unos almohadones de raso azules, bordados de plata, rodeada su cabeza con su brazo derecho, en tanto que con el izquierdo ponía en sus labios el tubo de coral unido a otro flexible que no dejaba pasar el ligero vapor a su boca sino perfumado por el agua de benjuí, a través de la cual le hacía pasar su dulce aspiración. La postura, tan natural para una mujer de Oriente, para una francesa habría resultado de una coquetería algún tanto afectada.

En cuanto a su traje, era el de las mujeres del Epiro, es decir, unos calzones anchos de satén blanco, bordado de flores y que dejaban descubiertos dos pies de niña, que hubiérase creído que eran de mármol de Paros, si no se les hubiera visto mover entre dos pequeñas sandalias de punta retorcida, bordadas de oro y de perlas, una chaqueta con largas rayas azules y blancas, y anchas mangas abiertas con ojales de plata y botones de perlas. En fin, una especie de corpiño entreabierto por delante que dejaba ver el cuello y la mitad de los senos, y que se abrochaba por debajo con tres botones de diamantes. En cuanto a la cintura, desaparecía debajo de uno de esos chales de seda, con anchas franjas de vivos colores que tanto ambicionan nuestras elegantes parisienses.

Tocábase con un casquete de oro bordado de perlas, torcido a un lado, y debajo de él resaltaba una linda rosa natural sobre unos cabellos de seda tan negros como el azabache. En cuanto a la belleza de este rostro, la griega era una mujer perfecta en su tipo, con sus grandes y hermosos ojos negros, su frente de mármol, su nariz recta, sus labios de coral y sus dientes de perlas. Y sobre este conjunto encantador, la flor de la juventud había esparcido todo su brillo y su perfume.

Podía tener Haydée diecinueve o veinte años.

Montecristo llamó a la doncella griega y le dijo que pidiera permiso a Haydée para entrar a verla.

Por toda respuesta, hizo seña a la criada de que levantase la colgadura que había delante de la puerta.

El conde entró en la estancia.

Se incorporó ella sobre un codo, y presentando su mano al conde mientras le dirigía una sonrisa, dijo, en la sonora lengua de las hijas de Atenas:

—¿Por qué me pides permiso para entrar a verme? ¿No eres mi dueño, no soy lo esclava?

Montecristo se sonrió.

—Haydée—dijo—, bien sabéis...

—¿Por qué no me llamáis de tú como de costumbre? —le interrumpió la joven griega—. ¿He cometido alguna falta? Si es así castígame, pero no me hables de esa manera.

—Haydée —replicó el conde—, bien sabes que estamos en

Francia, y por consiguiente, que eres libre.

—Libre ¿de qué? —preguntó la joven.

—Libre de abandonarme.

—¿Abandonarte...?, ¿y por qué habría de hacerlo?

—¿Qué sé yo? Vamos a ver el mundo.

—Yo no quiero ver a nadie.

—Y si entre los jóvenes apuestos que encuentres hubiese alguno que lo gustase, no sería yo tan injusto...

—Jamás he visto hombre más apuesto que tú, y no he amado a nadie más que a mi padre y a ti.

—Pobre Haydée —dijo Montecristo—, es que nunca has hablado más que con lo padre y conmigo.

—¡Pues bien! ¿Qué necesidad tengo yo de hablar con otros? Mi padre me llamaba su alegría, tú me llamas tu amor, y ambos me llamáis vuestra hija.

—¿Te acuerdas de lo padre, Haydée?

La joven se sonrió.

—Está aquí y aquí —dijo, mientras ponía la mano sobre sus ojos y sobre su corazón.

—Y yo, ¿dónde estoy? —preguntó sonriéndose Montecristo.

—Tú——dijo ella—, tú estás en todas partes.

El conde tomó la mano de Haydée para besarla, pero la joven la retiró y le presentó la frente.

—Ahora, Haydée —le dijo—, ya sabes que eres libre, que eres aquí la dueña, que eres reina. Puedes conservar lo traje o dejarlo, según lo capricho. Permanecerás aquí o saldrás cuando quieras, siempre estará mi carruaje preparado para ti. Alí y Myrtho lo acompañarán a todas partes y estarán a tus órdenes, pero lo suplico una cosa.

—Dime.

—Guarda secreto acerca de lo nacimiento, no digas una palabra de lo pasado. No pronuncies en ninguna ocasión el nombre de lo ilustre padre ni el de lo pobre madre.

—Ya lo lo he dicho, señor, no veré a nadie.

—Escucha, Haydée, quizás esta reclusión oriental no será posible en París. Sigue aprendiendo la vida de nuestros países del norte, como has hecho en Roma, en Florencia, en Milán y en Madrid. Esto lo servirá siempre, ya sigas vivendo aquí o ya lo vuelvas a Oriente.

La joven dirigió al conde sus grandes ojos húmedos y repuso:

—O nos volvamos a Oriente, quieres decir, ¿no es verdad, señor?

—Sí, hija mía —dijo Montecristo—. Bien sabes que nunca seré yo quien lo deje. No es el árbol el que abandona a la flor, sino la flor la que abandona al árbol.

—Nunca lo abandonaré yo, señor —dijo Haydée—, porque estoy segura de que no podría vivir sin ti.

—¡Pobre niña! Dentro de diez años yo seré viejo, y dentro de diez años tú serás joven aún.

—Mi padre tenía blanca la barba, esto no impedía que yo le amase. Mi padre tenía sesenta años y me parecía más hermoso que todos los jóvenes que miraba.

—Pero dime: ¿crees tú que lo podrás acostumbrar a esta vida?

—¿Te veré?

—Todos los días.

—Pues bien: ¿Qué es lo que pides, señor?

—Temo que lo aburras.

—No, señor. Por la mañana pensaré que vas a venir a verme, y por la noche me acordaré de que has venido. Por otra parte, cuando estoy sola tengo grandes recuerdos. Vuelvo a ver inmensos cuadros, grandes horizontes con el Pindo y el Olimpo a lo lejos. Además tengo en el corazón tres sentimientos con los cuales no se puede una aburrir: Tristeza, amor y agradecimiento.

—Eres digna hija del Epiro, Haydée, graciosa y poética, y se conoce que desciendes de esa familia de diosas que ha nacido en lo país. Tranquilízate, hija mía, yo haré de manera que lo juventud no se pierda, porque si me amas como a un padre, yo lo amo como a una hija.

—Te equivocas, señor; yo no amaba a mi padre como lo amo a ti. Mi amor hacia ti es otro amor. Mi padre ha muerto y yo no he muerto, y si tú murieras yo moriría contigo.

El conde dio su mano a la joven con una sonrisa de profunda ternura. Haydée imprimió en ella sus labios como de costumbre.

Y Montecristo, dispuesto así para la entrevista que iba a tener con Morrel y su familia, partió murmurando estos versos de Píndaro:

"Es la joven una flor, cuyo fruto es el amor..."

Dichoso el que la obtenga después de haberla visto madurar lentamente.

Conforme a sus órdenes, el carruaje estaba pronto. Montó en él y, como de costumbre, partió a galope.

En pocos minutos llegó a la calle Meslay, número 7.

La casa era blanca, risueña, y precedida de una patio, con dos enormes macetas que contenían hermosísimas flores.

El conde reconoció a Coclés en el portero que le abrió la puerta. Pero como éste, ya recordará el lector, no tenía más que un ojo, y después de nueve años se había debilitado considerablemente, no reconoció al conde.

Para detenerse delante de la entrada, los carruajes debían dar una vuelta, a fin de evitar un surtidor de agua cristalina que salía del centro de una gran taza en forma de concha de mármol, la cual había excitado bastantes envidias en el barrio, y era causa de que llamasen a esta casa el pequeño Versalles.

En esa taza nadaban una multitud de peces encarnados y de diversos colores.

La casa, elevada sobre un piso de cocinas y de cuevas, tenía además del bajo otros dos. Los jóvenes la habían comprado con sus dependencias, que consistían en un inmenso taller, un jardín y dos pabellones en éste. Manuel había visto, desde la primera ojeada, en esta disposición, una pequeña especulación. Se había reservado la casa, la mitad del jardín, y había trazado una línea, es decir, había construido una tapia entre él y los talleres, que alquiló con los pabellones y la otra mitad del jardín, de suerte que vivía en una casa sumamente agradable por un precio bastante módico.

El comedor era de encina, el salón de caoba y de terciopelo azul, la alcoba de nogal y de damasco verde. Además, había un gabinete de trabajo para Manuel, que no trabajaba, y un salón de música para Julia, que no estudiaba este bello arte.

El segundo piso estaba destinado a Maximiliano. Era una repetición exacta de la habitación de su hermana, pero el comedor había sido convertido en una sala de billar donde llevaba a sus amigos.

El mismo se hallaba limpiando su caballo, y fumando a la entrada del jardín, cuando se detuvo a la puerta el carruaje del conde de Montecristo.

Coclés abrió la puerta, como hemos dicho, y bajándose Bautista del pescante, preguntó si el señor y la señora Herbault y el señor Maximiliano Morrel estaban visibles para el conde de Montecristo.

—¡Para el conde de Montecristo! —exclamó Morrel arrojando su cigarro y saliendo al encuentro del conde—, ya lo creo, ya lo creo que estamos visibles para él. ¡Ah!, gracias, mil gracias, señor conde, por no haber olvidado vuestra promesa.

Y el joven oficial estrechó con tanta cordialidad y efusión la mano del conde, que éste no pudo menos de conocer por la franqueza del hijo de Morrel, que era esperado con impaciencia.

—Venid, venid, quiero serviros de introductor —dijo Maximiliano—; un hombre como vos no debe ser anunciado por un criado. Mi hermana está en su jardín, cortando las flores marchitas. Mi hermano lee sus dos periódicos, La Presse y Les Débats a seis pasos de ella, porque dondequiera que se ve a la señora Herbault, no hay más que mirar a cuatro varas de distancia y veréis al señor Manuel, y recíprocamente, como decimos en la escuela politécnica.

El rumor de los pasos hizo levantar la cabeza a una joven de veinte a veinticuatro años, vestida con una bata de seda, y que estaba cortando cuidadosamente las rosas marchitas de un soberbio rosal.

Esta mujer era nuestra antigua conocida Julia, que al poco tiempo, según se lo había predicho el mandatario de la casa de Thomson y French, convirtióse en señora de Herbault.

Dejó escapar un pequeño grito al ver al extranjero.

Maximiliano soltó una carcajada.

—No lo incomodes, hermana —dijo—, el señor conde no hace más que dos o tres días que está en París. Pero sabe lo que es una apasionada a las flores, y si no lo sabe, tú se lo enseñarás.

—¡Ah, caballero —dijo Julia—, traeros así es una traición de mi hermano, que no usa de ninguna etiqueta... ¡Penelón...! ¡Penelón...!

Un anciano que regaba un plantío de rosales de Bengala, dejó su regadera en el suelo y se acercó con su gorra en la mano. Algunos mechones canos blanqueaban su cabellera aún espesa, mientras que su tez bronceada y su mirar osado y vivo recordaban al viejo marino tostado al sol del Ecuador y curtido con los vientos de las tempestades.

—Creo que me habéis llamado, señorita Julia —dijo—, aquí me tenéis.

Penelón había conservado la costumbre de llamar señorita Julia a la hija de su patrón, y jamás había podido acostumbrarse a lo de señora Herbault.

—Penelón —dijo Julia—, id a avisar al señor Manuel la visita que tenemos, mientras que Maximiliano conduce a este caballero al salón.

Volviéndose después hacia Montecristo, dijo: —¡Me permitiréis que me retire un instante!

Y sin esperar el consentimiento del conde, desapareció por una calle de árboles que conducía a la casa.

—¡Ah!, mi querido Morrel —dijo Montecristo—, observo con dolor que mi visita causa un trastorno en toda la casa.

—Mirad, mirad —dijo Maximiliano riendo—. ¿Veis allí al marido que también va a mudarse el chaquetón y a ponerse una levita? ¡Oh!, es que os conocen en la calle de Meslay, estabais anunciado.

—Creo que es una familia dichosa, caballero —dijo el conde, respondiendo a su propio pensamiento.

—¡Oh!, sí, os lo aseguro, señor conde. ¡Qué queréis! ¡No les falta nada para ser felices! Son jóvenes, alegres, se aman, y con sus veinticinco mil libras de renta, a pesar de haber manejado tan inmensas fortunas, se imaginan poseer las riquezas del Perú.

—Sin embargo, veinticinco mil libras de renta es poco —dijo Montecristo con una dulzura que conmovió a Maximiliano, como hubiera podido hacerlo la voz de su padre—, pero no pararán ahí nuestros jóvenes, ya llegarán a su vez a ser millonarios. Vuestro cuñado es abogado..., o médico..., o...

—Era comerciante, señor conde, y tomó a su cargo la casa de nuestro pobre padre. El señor Morrel ha muerto dejando quinientos mil francos de caudal. Yo tenía una mitad y mi hermana otra, porque no éramos más que dos. Su esposo, que se había casado con ella sin tener otro patrimonio que su noble probidad, su inteligencia de primer orden y su reputación intachable, quiso poseer tanto como su mujer, trabajó hasta que hubo reunido doscientos cincuenta mil francos. Seis años le bastaron. Era un tierno espectáculo el de estos dos jóvenes tan laboriosos, tan unidos, destinados por su capacidad a la fortuna más alta, y que, no queriendo cambiar nada de las costumbres de la casa paterna, emplearon seis años en hacer lo que otros comerciantes hubieran hecho en dos o tres. Así, pues, Marsella entera colmó de alabanzas tan laboriosa abnegación. Finalmente, un día Manuel fue a buscar a su mujer, que acababa de pagar las cuentas vencidas.

—Julia —le dijo—, aquí está el último cartucho de cien francos que Coclés acaba de entregarme y que completa los doscientos cincuenta mil francos que hemos fijado como límite de nuestras ganancias. ¿Quedarás satisfecha con este poco, con el cual será preciso contentarnos de aquí en adelante? Escucha, la casa efectúa negocios por un millón al año, y puede producir cuarenta mil francos de beneficios. Traspasaremos la clientela, si lo parece, en trescientos mil francos en una hora, porque aquí tengo una carta del señor Delaunay que nos los ofrece en cambio de nuestros fondos, que quiere reunir al suyo. Conque, a ver, ¿qué lo parece que hagamos?

—Amigo mío —dijo mi hermana—, la casa de Morrel no puede sostenerse sino por un Morrel. Salvar para siempre de los vaivenes de la suerte el nombre de nuestro padre, ¿no vale trescientos mil francos?

—Esta misma era mi opinión —respondió Manuel—,sin embargo, quería saber la tuya.

—Pues bien, querido, ahí la tienes. Todas nuestras entradas están hechas. Nuestras letras pagadas, podemos trazar una raya al pie de la cuenta de esta quincena y cerrar la casa. Tracémosla y cerremos el escritorio.

Lo cual hicimos inmediatamente. Eran las tres, a las tres y cuarto se presentó un cliente para hacer asegurar el pasaje de los dos buques; era una ganancia líquida de quince mil francos al contado.

—Caballero —dijo Manuel—, tened la bondad de dirigiros a nuestro compañero el señor Delaunay. En cuanto a nosotros, ya hemos dejado el negocio.

—¿Y desde cuándo? —preguntó el cliente asombrado.

—Desde hace un cuarto de hora.

—Y aquí veis, caballero —continuó diciendo, sonriendo, Maximiliano—,cómo mi hermana y mi cuñado no tienen más que veinticinco mil francos de renta.

Apenas Maximiliano daba fin a su narración, durante la cual el corazón del conde se había dilatado cada vez más, cuando apareció Manuel con una levita abrochada. Saludó como un hombre que conoce la importancia del personaje a quien hablaba, y después condujo al conde a la casa.

El salón estaba ya embalsamado por las perfumadas flores contenidas con gran trabajo en un inmenso vaso japonés. Julia, bien vestida y peinada con coquetería, se presentó para recibir al conde.

Oíase cantar a los pájaros del jardín, y de una pajarera próxima al salón. Las ramas de jazmines y de acacias color de rosa bordaban con sus hojas las colgaduras de terciopelo azul.

Todo en esta encantadora morada respiraba la mayor tranquilidad y el más completo sosiego, desde los gorjeos de los pájaros hasta la sonrisa de los dueños de la casa.

Desde que entró el conde se había impregnado ya de esta felicidad. Así, pues, se quedó mudo y pensativo, olvidando que le miraban y que le oían, para proseguir la conversación interrumpida después de los primeros cumplidos.

Dándose cuenta de este silencio, que ya resultaba poco cortés y saliendo con gran esfuerzo de su ensimismamiento, dijo:

—Señores, perdonadme una emoción que debe asombraros, habituados a la paz y a la felicidad que aquí encuentro, pero es para mí una cosa tan nueva la satisfacción sobre un rostro humano, que no me canso de miraros a vos y a vuestro marido.

—Somos muy felices, en efecto, caballero —repuso Julia—, pero hemos sufrido mucho y pocas personas habrán comprado su felicidad tan cara como nosotros.

La curiosidad se reflejó en las facciones del conde.

—¡Oh!, es una historia de familia, como os decía el otro día Chateau—Renaud —replicó Maximiliano—; para vos, señor conde, avezado a ver grandes desgracias y grandes alegrías, tendría poco interés este cuadro de familia. Muchos, muchísimos dolores hemos sufrido, como os decía Julia, aunque estén encerrados en este pequeño cuadro.

—¿Y Dios os ha dado consuelos para vuestros sufrimientos? —inquirió Montecristo.

Julia respondió:

—Sí, señor conde, podemos decirlo, porque hizo por nosotros lo que no hace más que para los elegidos. Nos envió uno de sus ángeles.

Un intenso rubor cubrió las mejillas del conde, que tosió para disimular y se llevó el pañuelo a la boca.

—Los que han nacido en cuna de púrpura y nunca han deseado nada —dijo Manuel—, no saben lo que es la felicidad de vivir. Lo mismo que no pueden conocer el precio de un cielo puro los que no han entregado nunca su vida a merced de cuatro tablas arrojadas a un mar enfurecido.

Montecristo se levantó, y sin responder una sola palabra, porque sólo en el temblor se hubiera conocido la emoción de que estaba agitado, se puso a recorrer el salón a largos pasos.

—Nuestra magnificencia os hace sonreír, señor conde —dijo Maximiliano, que le observaba atentamente.

—No, no —respondió Montecristo, muy pálido, y conteniendo con una mano los latidos de su corazón, en tanto con la otra mostraba al joven un fanal, bajo el que reposaba un bolsillo de seda sobre una almohadilla de terciopelo negro—. Estaba pensando qué significa este bolsillo, que en un lado contiene un papel, me parece, y en el otro un hermoso diamante.

Maximiliano adoptó un aire grave y respondió:

—Este bolsillo, señor conde, es el tesoro más preciado de nuestra familia.

—En efecto, este diamante es bastante hermoso —repuso el conde de Montecristo.

—¡Oh!, mi hermano no os habla del valor de la piedra, aunque está valorada en cien mil francos, señor conde. Quiere solamente deciros que los objetos que encierra ese bolsillo son las reliquias del ángel de quien hablábamos hace poco.

—No entiendo lo que decís, y sin embargo no debo preguntároslo, señora —replicó el conde de Montecristo inclinándose—; perdonadme, no he querido ser indiscreto.

—¿Indiscreto, decís? ¡Oh!, al contrario, nos hacéis felices con ofrecernos una ocasión de hablar de este asunto. Si ocultásemos como un secreto la acción más hermosa que recuerda ese bolsillo, no lo expondríamos de tal modo a la vista de todos.

—¡Oh!, quisiéramos poderla publicar en todo el universo para que un estremecimiento de nuestro bienhechor desconocido nos revelase su presencia.

—¡Ah! Ahora voy comprendiendo —dijo Montecristo con voz ahogada.

—Caballero —dijo Maximiliano levantando el fanal y besando religiosamente el bolsillo de seda—, esto ha tocado la mano de un hombre por el cual fue salvado mi padre de la muerte, nosotros de la ruina y nuestro nombre de la ignominia, de un hombre, gracias al cual, nosotros, pobres muchachos entregados a la miseria o a las lágrimas, podemos oír hoy a la gente extasiarse en nuestra felicidad. Esta carta —y sacando Maximiliano un billete del bolsillo lo presentó al conde—, esta carta fue escrita por él un día en que mi padre había tomado una resolución desesperada, y este diamante fue regalado para su dote a mi hermana por el generoso desconocido.

Montecristo abrió la carta y la leyó con una inefable expresión de felicidad. Era el billete que nuestros lectores conocen, dirigido a Julia y firmado "Simbad el Marino".

—¿Desconocido, decís? ¿Conque el hombre que os ha hecho ese servicio ha permanecido ignorado?

—Sí, señor. Nunca hemos tenido la dicha de estrechar su mano. No será por no haber pedido a Dios este favor —añadió Maximiliano—, pero ha habido en toda esta aventura un misterio que aún no hemos podido penetrar, todo ha sido conducido por una mano invisible, poderosa como la de un mago prodigioso.

—¡Oh! —dijo Julia—, aún no he perdido toda esperanza de besar un día aquélla, como beso el bolsillo que ha tocado. Hace cuatro años Penelón estaba en Trieste. Penelón, señor conde, es ese valiente marino a quién habéis visto con una regadera en la mano y que de contramaestre se ha hecho jardinero. Estando, pues, Penelón en Trieste, vio en el muelle un inglés que iba a embarcarse en un yate y reconoció al que fue a casa de mi padre el 5 de julio de 1829 y que me escribió el billete el 5 de septiembre. Era el mismo, según él aseguró, pero no se atrevió a dirigirle la palabra.

—¡Un inglés! —exclamó Montecristo, cuya inquietud aumentaba a cada mirada de Julia—, ¿un inglés, decís?

—Sí —replicó Maximiliano—, un inglés que se presentó en nuestra casa como comisionado de la casa Thomson y French, de Roma. He aquí por qué cuando dijisteis el otro día en casa de Morcef que los señores Thomson y French eran vuestros banqueros, me estremecí involuntariamente. Caballero, esto sucedió como os hemos dicho, en 1829. ¿Habéis conocido a ese inglés?

—Pero ¿no habéis dicho también que la casa Thomson y French había negado siempre que os hubiese prestado ese servicio?

—Sí.

—Entonces, ese inglés, ¿no sería un hombre que, reconocido a vuestro padre por alguna buena acción que él mismo habría olvidado, pudiera haber tomado ese pretexto para recompensársela?

—Todo es posible, caballero, en semejante circunstancia, hasta un milagro. Montecristo preguntó:

—¿Cuál era su nombre?

—Nunca ha dejado otro —respondió Julia, mirando al conde con profunda atención— que el del billete: Simbad el Marino.

—Que no sería su nombre verdadero.

—Es probable —dijo Julia, sin dejar de mirarle.

El conde iba a proseguir, pero al ver que Julia le examinaba con tanta atención, como queriendo reconocer el sonido de su voz, se detuvo para reponerse algún tanto de su emoción, y continuó alterado.

—Veamos, ¿no es un hombre de mi estatura casi, tal vez un poco más delgado, enterrado en una inmensa corbata, con una levita abrochada hasta el cuello y siempre con el lápiz en la mano?

—¡Oh!, ¿pero le conocéis? —exclamó Julia con los ojos brillan—tes de alegría.

—No —dijo Montecristo—, lo supongo solamente. He conocido sólo a un tal... lord Wilmore, de una generosidad admirable.

—¿Sin darse a conocer?

—Era un hombre extraño, y no creía en el agradecimiento.

—¡Oh! ¡Dios mío! —exclamó Julia con un acento sublime y

cruzando las manos—, pues ¿en qué creía ese desgraciado?

—Por lo menos, así le sucedía en la época en que yo le conocí —dijo Montecristo, a quien esta voz que partía del fondo del alma le había estremecido hasta la última fibra—, pero después de este tiempo, tal vez habrá tenido alguna prueba de que la gratitud existe.

—¿Y vos conocéis a ese hombre, caballero? —preguntó Manuel.

—¡Oh!, si le conocéis, caballero —exclamó Julia—, decid, decid, ¿podéis llevarnos a su lado, mostrárnoslo, enseñarnos dónde está? ¡Oh!, Maximiliano, ¡oh!, Manuel, si le encontrásemos le haríamos creer en el agradecimiento.

Montecristo sintió asomarse dos lágrimas a sus ojos, y de nuevo empezó a pasear por el salón.

—¡En nombre del cielo, caballero —dijo Maximíliano—, si sabéis alguna cosa de ese hombre, decídnoslo!

—¡Ay! —dijo el conde conteniendo la emoción de su voz—, si vuestro bien hechor es lord Wilmore, temo que no le encontremos nunca. Me separé de él en Palermo, y partía para los países más fabulosos, conque mucho dudo que vuelva.

—¡Ah!, caballero, ¡sois cruel! —exclamó Julia con espanto.

Y a la joven se le saltaron las lágrimas.

—Señora —dijo gravemente Montecristo devorando con los ojos las dos perlas líquidas que rodaban por las mejillas de Julia—, si lord Wilmore hubiese visto lo que yo acabo de ver aquí, amaría aún la vida, porque las lágrimas que derramáis le reconciliarían con la humanidad.

Y presentó la mano a Julia, que le dio la suya, dejándose arrastrar de la mirada y del acento del conde.

—Pero ese lord Wilmore —dijo— tenía país, familia, parientes, en fin, era conocido, ¿no podríamos...?

—¡Oh!, no insistáis —dijo el conde—, no procuréis interpretar esas palabras que se me han escapado. No, lord Wilmore no es probablemente el hombre que buscáis, era mi amigo, yo sabía todos sus secretos, y me hubiera contado ése.

—¿Y no os ha dicho nada? —preguntó Julia.

—Nada, en absoluto.

—¿Ni una palabra que os hiciera suponer...?

—Ni una sola palabra.

—Sin embargo, hace poco le nombrasteis.

—¡Ah!, no era más que una suposición.

—Hermana, hermana —dijo Maximiliano, saliendo en ayuda del conde—, el señor tiene razón. Acuérdate de lo que tantas veces nos ha dicho nuestro padre, no es un inglés el que nos ha hecho tan felices.

—Vuestro padre os decía..., ¿qué os decía, señor Morrel? —repuso vivamente.

—Mi padre, caballero, veía en esa acción un milagro. Mi padre creía en un bienhechor que había salido de su tumba para favorecernos. ¡Oh! ¡Qué tierna superstición!, caballero, y aunque yo no la creía, estaba muy lejos de querer destruir esta creencia en su noble corazón. Así pues, ¡cuantas veces pensaba en ello, pronunciaba en voz baja un nombre que le era muy querido, un nombre de un amigo perdido! Y cuando se vio próximo a morir, cuando la inminencia de la eternidad hubo dado a su imaginación una cosa parecida a la iluminación de la tumba, este pensamiento, que hasta entonces había sido una duda, se trocó en convicción, y las últimas palabras que pronunció al morir fueron éstas:

—¡Maximiliano: era Edmundo Dantés...! "

La palidez del conde, que hacía algunos segundos iba aumentando, fue espantosa cuando oyó estas palabras. Toda su sangre se agolpó a su corazón, no podía hablar, sacó su reloj como si hubiera olvidado la hora, tomó su sombrero, hizo a la señora Herbault una cortesía brusca y embarazada, y estrechando las manos de Manuel y Maximiliano, dijo:

—Señora, concededme el honor y el placer de que venga algunas veces a visitaros. Aprecio mucho vuestra casa, y os estoy sumamente reconocido por vuestro recibimiento, porque es la primera vez que en muchos años me he olvidado de mí mismo.

Y salió apresuradamente.

—Este conde de Montecristo es un hombre singular —dijo Manuel.

—Sí —respondió Maximiliano—, pero yo creo que tiene un corazón excelente, y estoy seguro de que nos ama.

—Y a mí —dijo Julia— me ha llegado su voz al corazón, y dos o tres veces se me ha figurado que no era la primera vez que le veía.

IX: PÍRAMO Y TISBE

Cerca del barrio de Saint—Honoré, detrás de una hermosa casa notable entre las de este suntuoso barrio, se extiende un vasto jardín, cuyos espesos castaños rebasan con mucho las grandes tapias, y dejan caer cuando llega la primavera sus flores sobre dos enormes jarrones de mármol colocados paralelamente sobre dos pilastras cuadrangulares, en que encaja una reja de hierro de la época de Luis XIII.

Esta grandiosa entrada está condenada, a pesar de los magníficos geranios que brotan en los dos jarrones, y que mecen al viento sus hojas marmóreas y sus flores de púrpura, desde que los propietarios se contrajeron a la posesión del palacio, del patio plantado de árboles que cae a la calle principal, y del jardín que cierra esta valla que caía antes a una magnífica huerta de una fanega de tierra, perteneciente a la propiedad. Pero habiendo tirado una línea el demonio de la especulación, es decir, una calle en el extremo de esta huerta, con nombre antes de existir, merced a una placa de vidrio, pensaron poder vender esta huerta para edificar casas en la calle, y facilitar el tránsito en ese magnífico barrio de Saint—Honoré.

Pero en punto a especulación, el hombre propone y el dinero dispone. La calle bautizada murió en la cuna. El que adquirió la huerta, después de haberla pagado cabalmente, no pudo encontrar, al venderla, la suma que quería, y esperando una subida de precio, que no podía dejar de indemnizarle un día a otro, se contentó con alquilar la huerta a unos hortelanos por quinientos francos anuales.

No obstante, ya hemos dicho que la reja del jardín que daba a la huerta estaba condenada, y el orín roía sus goznes. Aún hay más: para que los hortelanos no curioseen con sus miradas vulgares el interior del aristocrático jardín, un tabique de tablas está unido a las barras hasta la altura de seis pies. Es verdad que las tablas no están tan bien unidas que no se pueda dirigir una mirada furtiva por entre las junturas, pero esta casa no es tan severa que tema las indiscreciones.

En esta huerta, en lugar de coliflores, lechugas, escarolas, rábanos, patatas y melones, crecen sólo grandes alfalfas, único cultivo que denota que aún hay alguien que se acuerda de este lugar abandonado. Una puertecita baja, abriéndose a la calle proyectada, da acceso a este terreno cercado de tapias, que sus habitantes acaban de abandonar a causa de su esterilidad, y que después de ocho días, en lugar de producir un cincuenta por ciento, como antes, no produce absolutamente nada.

Por el lado de la casa, los castaños de que hemos hablado coronan la tapia, lo cual no impide que otros árboles verdes y en flor deslicen en los espacios que median entre unos y otros sus ramas ávidas de aire. En un ángulo en que el follaje es tan espeso que apenas deja penetrar la luz, un ancho banco de piedra y sillas de jardín indican un lugar de reunión o un retiro favorito de algún gabinete de la casa, situada a cien pasos, y que apenas se distingue a través del espeso ramaje que la envuelve. En fin, la elección de este asilo misterioso, está justificada a la vez por la ausencia del sol, por la perpetua frescura, aun durante los días más ardientes del estío, por el gorjeo de los pájaros y por el alejamiento de la casa y de la calle, es decir, de los negocios y del bullicio.

En una tarde del día más caluroso de primavera, había sobre este banco de piedra un libro, una sombrilla, un canastillo de labor y un pañuelo de batista empezado a bordar, y no lejos de este banco, junto a la reja, en pie, delante de las tablas, con los ojos aplicados a una de las aberturas, hallábase una joven, cuyas miradas penetraban en 4 terreno desierto que ya conocemos.

Casi al mismo tiempo, la puertecilla de este terreno se cerraba sin ruido, y un joven alto, vigoroso, vestido con una blusa azul, una gorrilla de terciopelo, pero cuyos bigotes, barba y cabellos negros cuidadosamente peinados desentonaban de este traje popular, después de una rápida ojeada a su alrededor, para asegurarse de que nadie le espiaba, pasando por esta puerta que cerró tras sí, se dirigió con pasos precipitados hacia la reja.

Al ver al que esperaba, pero no probablemente con aquel traje, la joven tuvo miedo y dio dos pasos hacia atrás. Y, sin embargo, ya al través de las hendiduras de la puerta, el joven, con esa mirada que sólo pertenece a los amantes, había visto flotar el vestido blanco y el largo cinturón azul. Corrió hacia el tabique, y aplicando su boca a una abertura, dijo:

—No temáis, Valentina, soy yo.

La joven se acercó.

—¡Oh, caballero! —dijo—. ¿Por qué habéis venido hoy tan tarde? ¿Sabéis que pronto vamos a comer y que me he tenido que valer de mil medios para desembarazarme de mi madrastra, que me espía, de mi camarera que me persigue, y de mi hermano que me atormenta, para venir a trabajar aquí en este bordado que temo no se acabe en mucho tiempo...? Así que os excuséis de vuestra tardanza, me diréis qué significa ese nuevo traje que habéis adoptado, y que casi ha sido la causa de que no os reconociera de momento.

—Querida Valentina —dijo el joven—, demasiado conocéis mi amor para que os hable de él, y sin embargo, siempre que os veo tengo necesidad de deciros que os adoro, a fin de que el eco de mis propias palabras me acaricie dulcemente el corazón cuando dejo de veros. Ahora os doy mil gracias por vuestra dulce reconvención, la cual me prueba que pensabais en mí. ¿Queríais saber la causa de mi tardanza y el motivo de mi disfraz? Pues bien, voy a decírosla, y espero que me excusaréis. Me he establecido.

—¿Establecido...? ¿Qué queréis decir, Maximiliano? ¿Y somos bastante dichosos para que habléis de lo que nos concierne con ese tono de broma?

—¡Oh! Dios me libre ——dijo el joven— de bromear con lo que decidirá de mi suerte. Pero, fatigado de ser un corredor de campos, y un escalador de paredes, espantado de la idea que me hicisteis abrigar la otra tarde de que vuestro progenitor me haría juzgar un día como ladrón, lo cual comprometería el honor del ejército francés, no menos espantado de la posibilidad de que se asombren de ver eternamente rondar alrededor de este terreno, donde no hay la menor ciudadela que sitiar o el más pequeño bloqueo que defender, a un capitán de spahis, me he hecho hortelano, y adoptado el traje de mi profesión.

—Bueno, ¡qué locura!

—Al contrario, es la idea más feliz que he tenido en toda mi vida, porque al menos nos deja en toda seguridad.

—Veamos, explicaos.

—Pues bien. Fui a buscar al propietario de esta huerta, el alquiler con los antiguos inquilinos había concluido, y yo se la alquilé de nuevo. Toda esta alfalfa me pertenece, Valentina. Nada me prohíbe que yo haga construir una cabaña aquí cerca, y viva de aquí en adelante a veinte pasos de vos. ¡Oh!, no puedo contener mi alegría y mi felicidad. ¿Comprendéis, Valentina, que se puedan pagar estas cosas? Es imposible, ¿no es verdad? ¡Pues bien!, toda esta felicidad, toda esta dicha, toda esta alegría, por las que yo hubiera dado diez años de mi vida, me cuestan, ¿no adivináis cuánto...? Así, pues, ya lo veis. De aquí en adelante no hay que temer. Estoy aquí en mi casa, puedo poner una escala apoyada contra mí tapia, y mirar por encima, y sin temor de que venga una patrulla a incomodarme, tengo derecho a deciros que os amo, mientras no se resienta vuestro orgullo de oír salir esa palabra de la boca de un pobre jornalero con una gorra y una blusa.

Valentina dejó escapar un ligero grito de sorpresa, y luego, derepente, dijo con tristeza, y como si una nube hubiese velado el rayo de sol que iluminaba su corazón:

—¡Ay!, Maximiliano, ahora seremos demasiado libres. Nuestra felicidad nos hará tentar a Dios. Abusaremos de nuestra seguridad, y nuestra seguridad nos perderá.

—¿Podéis decirme eso, amiga mía, a mí, que desde que os conozco os doy pruebas de que he subordinado mis pensamientos y mi vida a vuestra vida y vuestros pensamientos? ¿Quién os ha dado confianza en mí? Mi honor, ¿no es así? Cuando me dijisteis que un vago instinto os aseguraba que corríais algún peligro, todo mi anhelo fue serviros, sin pedir otro galardón más que la felicidad de serviros. ¿Desde este tiempo os he dado ocasión con una palabra, con una seña, de arrepentiros por haberme preferido a los que hubieran sido felices en morir por vos? Me dijisteis, pobre niña, que estabais prometida al señor Franz d'Epinay, que vuestro padre había decidido esta alianza, es decir, que era segura, porque todo lo que quiere el señor de Villefort se realiza de un modo infalible. Pues bien, he permanecido en la sombra, esperando, no de mi voluntad ni de la vuestra, sino de los sucesos de la providencia de Dios, y sin embargo, me amabais. Tuvisteis piedad de mí, Valentina, y vos misma me lo habéis dicho. Gracias por esa dulce palabra, que no os pido sino que me la repitáis de vez en cuando, y que hará que me olvide de todo lo demás.

—Y eso es lo que os ha animado, Maximiliano, y eso mismo me proporciona una vida dulce y desgraciada hasta tal punto que me pregunto a veces qué es lo que vale más para mí, sí el pesar que me causaba antes el rigor de mi madrastra y su ciega preferencia a su hijo, o la felicidad llena de peligros que experimento al veros.

—¡De peligros! —exclamó Maximiliano—, ¿sois capaz de decir una palabra tan dura y tan injusta? ¿Habéis visto nunca un esclavo más sumiso que yo? Me habéis permitido algunas veces la palabra, Valentina, pero me habéis prohibido seguiros. He obedecido. Desde que encontré un medio para penetrar en esta huerta, para hablaros a través de esta puerta, de estar, en fin, tan cerca de vos sin veros, ¿os he pedido alguna vez que me deis vuestra mano a través de esta valla? ¿He intentado siquiera saltar esta tapia, ridículo obstáculo para mi juventud y mi fuerza? Nunca me he quejado de vuestro rigor, nunca os he manifestado en voz alta un deseo. He sido fiel a mi palabra, como un caballero de los tiempos pasados. Confesad eso al menos para que no os crea injusta.

—Tenéis razón —dijo Valentina pasando por entre dos tablas el extremo de los lindos dedos, sobre los cuales aplicó los labios Maximiliano—. Es verdad que sois un amigo honrado. Pero, en fin, vos no habéis obrado sino por vuestro propio interés, mi querido Maximiliano. Bien sabíais que el día en que el esclavo fuese exigente lo perdería todo. Me prometisteis la amistad de un hermano, a mí, a quien mi padre olvida, a quien mi madrastra persigue, y que no tengo por consuelo más que un anciano, inmóvil, mudo, helado, cuya mano no puede estrechar la mía, cuya mirada sola puede hablarme, y cuyo corazón late sin duda por mí con un resto de calor. Amarga ironía de la suerte que me hace enemiga o víctima de todos los que son más fuertes que yo, y que me da un cadáver por único sostén y amigo. ¡Oh! ¡Maximiliano, Maximiliano, soy muy desgraciada, y hacéis bien en amarme por mí y no por vos!

—Valentina —dijo el joven profundamente conmovido—, no diré que sois el único objeto de mi cariño en el mundo, porque también amo a mi hermana y a mi cuñado, pero es con un amor dulce y tranquilo, que nada se parece al sentimiento que me inspiráis. Cuando pienso en vos, hierve mi sangre, mi pecho se levanta y no puedo reprimir los latidos de mi corazón. Pero esta fuerza, este ardor, este poder sobrehumano los emplearé únicamente en amaros hasta el día en que me digáis que los emplee en servicio vuestro. Dicen que el señor Franz d'Epinay estará ausente un año todavía, y en un año, ¡cuántas vicisitudes podrán secundar nuestros proyectos! ¡Sigamos, pues, esperando, nada más grato ni más dulce que la esperanza! Pero, entretanto, vos, Valentina, vos que me echáis en cara mi egoísmo, ¿qué habéis sido para mí? La bella y fría estatua de la Venus púdica. En pago de mi cariño, de mi obediencia, de mi moderación, ¿qué me habéis concedido?, casi nada. Me habláis del señor d'Epinay, vuestro futuro esposo, y suspiráis con la idea de ser suya algún día. Veamos, Valentina, ¿es eso todo lo que siente vuestra alma? ¿Es posible que cuando yo os dedico mi vida entera, mi alma, el latido más imperceptible de mi corazón, cuando soy todo vuestro, cuando siento que me moriría si os perdiera, vos permanezcáis tranquila y no os asuste la sola idea de pertenecer a otro? ¡Oh! Valentina, Valentina, si yo estuviera en vuestro lugar, si yo supiera que era amado con la seguridad que vos tenéis de que os amo, ya hubiera pasado cien veces mi mano por entre esas rendijas y hubiera estrechado la mano del pobre Maximiliano, diciéndole: "Sí, vuestra, sólo vuestra, Maximiliano, en este mundo y en el otro."

Valentina no respondió, pero el joven la oyó suspirar y llorar. La reacción de Maximiliano fue instantánea.

—¡Valentina! —exclamó—. ¡Valentina!, olvidad mis palabras si en ellas ha habido algo que pueda ofenderos.

—No —contestó ella—, tenéis razón, pero ¿no os dais cuenta de que soy una infeliz criatura, abandonada en una casa extraña, porque mi padre es casi un extraño para mí, criatura cuya voluntad ha ido quebrantando día por día, hora por hora, minuto por minuto, en el espacio de diez años, la voluntad de hierro de otros superiores a quienes estoy sujeta? Nadie ve lo que yo sufro, y a nadie, sino a vos lo he confiado. En apariencia y a los ojos de todo el mundo, nada se opone a mis deseos, todos son afectuosos para mí. En realidad, todo me es hostil. El mundo dice: "El señor de Villefort es demasiado grave y severo para ser muy cariñoso con su hija. Pero ésta a lo menos ha tenido la felicidad de volver a encontrar en la señora Villefort una segunda madre." ¡Pues bien!, el mundo se equivoca, mi padre me abandona con indiferencia, y mi madrastra me odia con un encarnizamiento tanto más terrible cuanto más lo disimula con su eterna sonrisa.

—¿Odiaros? ¿A vos, Valentina?, y ¿cómo habría alguien que pudiera odiaros?

—Por desgracia, amigo mío —dijo Valentina—, me veo obligada a confesar que ese odio contra mí proviene de un sentimiento casi natural. Ella adora a su hijo, a mi hermano Eduardo.

—¿Y qué?

—Parece extraño mezclar un asunto de dinero con lo que íbamos diciendo, pero, amigo mío, creo que éste es el origen de su odio. Como ella no tiene bienes por su parte, y yo soy ya rica por los bienes de mi madre, los cuales se acrecentarán con los de los señores de Saint—Merán, que heredaré algún día, creo, ¡Dios me perdone por pensar así, que está envidiosa. Y Dios sabe si yo le daría con gusto la mitad de esta fortuna, con tal de hallarme en casa del señor de Villefort como una hija en casa de su padre; no vacilaría ni un instante.

—¡Pobre Valentina!

—Sí, me siento prisionera y al mismo tiempo tan débil, que me parece que estos lazos me sostienen y tengo miedo de romperlos. Por otra parte, mi padre no es un hombre cuyas órdenes pueda yo desobedecer impunemente. Es muy poderoso contra mí. Lo sería contra vos y contra el mismo rey, protegido como está por un pasado sin tacha y una posición casi inatacable. ¡Oh, Maximiliano!, os lo juro, no me decido a luchar porque temo que, tanto vos como yo, sucumbiríamos en la lucha.

—Pero, Valentina —repuso Maximiliano—, ¿por qué desesperar así y ver siempre el porvenir sombrío?

—Porque lo juzgo por lo pasado, amigo mío.

—Sin embargo, veamos. Si yo no soy para vos un buen partido, desde el punto de vista aristocrático, no obstante tengo una posición honrosa en la sociedad. El tiempo en que había dos Francias ya no existe. Las familias más altas de la monarquía se han fundido en las familias del Imperio, la aristocracia de la lanza se ha unido con la del cañón. Ahora bien, yo pertenezco a esta última. Yo tengo un hermoso porvenir en el ejército, gozo de una fortuna limitada, pero independiente; la memoria de mi padre es venerada en nuestro país como la de uno de los comerciantes más honrados que han existido. Digo nuestro país, Valentina, porque se puede decir que vos también sois de Marsella.

—No me habléis de Marsella, Maximiliano. Ese solo nombre me recuerda a mi buena madre, aquel ángel llorado por todo el mundo, y que después de haber velado sobre su hija, mientras su corta permanencia en la tierra, vela todavía, así lo espero al menos, y velará por siempre en el cielo. ¡Oh!, si viviera mi pobre madre, Maximiliano, no tendría yo nada que temer, le diría que os amo, y ella nos protegería.

—No obstante, Valentina —repuso Maximiliano—, si viviese, yo no os habría conocido, porque, como habéis dicho, seríais feliz si ella viviera, y Valentina feliz me hubiera contemplado con desdén desde lo alto de su grandeza.

—¡Ah!, amigo mío —exclamó Valentina—, ¡ahora sois vos el injusto! Pero decidme...

—¿Qué queréis que os diga? —repuso Maximiliano, viendo que Valentina vacilaba.

—Decidme —continuó la joven—, ¿ha habido en otros tiempos algún motivo de disgusto entre vuestro padre y el mío en Marsella?

—Que yo sepa, ninguno —respondió Maximiliano—, a no ser que vuestro padre era el más celoso partidario de los Borbones y el mío un hombre adicto al emperador. Esto, según presumo, es la única diferencia que había entre ambos. Pero ¿por qué me hacéis esa pregunta, Valentina?

—Voy a decíroslo —repuso ésta—, porque debéis saberlo todo. El día que publicaron los periódicos vuestro nombramiento de oficial de la Legión de Honor, estábamos todos en la casa de mi abuelo, señor Noirtier, donde también se encontraba el señor Danglars, ya sabéis, ese banquero cuyos caballos estuvieron anteayer a punto de matar a mi madrastra y a mi hermano. Yo leía el periódico en voz alta a mi abuelo mientras los demás hablaban del casamiento probable del señor de Morcef con la señorita Danglars. Al llegar al párrafo que trataba de vos, y que ya había yo leído, porque desde la mañana anterior me habíais anunciado esta buena noticia, al llegar, pues, a dicho párrafo, me sentía muy feliz..., pero temerosa al mismo tiempo de verme obligada a pronunciar en voz alta vuestro nombre, y es seguro que lo hubiera omitido a no ser por el temor de que diesen una mala interpretación a mi silencio. Por lo tanto, reuní todas mis fuerzas y leí el párrafo.

—¡Querida Valentina!

—Escuchadme. En el momento de oír vuestro nombre, mi padre volvió la cabeza. Estaba yo tan convencida, ved si soy loca, de que este nombre había de hacer el efecto de un rayo, que creí notar un estremecimiento en mi padre, y aun en el señor Danglars, aunque con respecto a éste estoy segura de que fue una ilusión de mi parte. "Morrel —dijo mi padre—, ¡espera un poco! " Frunció las cejas y continuó: " ¿Será éste acaso uno de esos Morrel de Marsella? ¿De esos furiosos bonapartistas que tantos males nos causaron en 1815?

—Sí —respondió Danglars—, y aun creo que es el hijo del antiguo naviero.

—Así es, en efecto —dijo Maximiliano—. ¿Y qué respondió vuestro padre?, decid, Valentina.

—¡Oh!, algo terrible, que no me atrevo a repetir.

—No importa —dijo Maximiliano sonriendo—, decidlo todo.

—Su emperador —continuó, frunciendo las cejas—, sabía darles el lugar que merecían a todos esos fanáticos. Les llamaba carne para el cañón, y era el único nombre que merecían. Veo con placer que el nuevo gobierno vuelve a poner en vigor ese saludable principio, y si para ese solo objeto reservase la conquista de Argel, le felicitaría doblemente, aunque por otra parte nos costase un poco caro.

—En efecto, es una política un tanto brutal —dijo Maximiliano—, pero no sintáis, querida mía, lo que ha dicho el señor de Villefort. Mi valiente padre no cedía en nada al vuestro sobre ese punto, y repetía sin cesar: " ¿Por qué el emperador, que tantas cosas buenas hace, no forma un regimiento de jueces y abogados y los lleva a primera línea de fuego?" Ya veis, amiga mía, ambas opiniones se equilibran por lo pintoresco de la expresión y la dulzura del pensamiento. ¿Pero qué dijo el señor Danglars, al escuchar la salida del procurador del rey?

—¡Oh!, empezó a reírse con esa sonrisa siniestra que le es peculiar y que a mí me parece feroz. Pocos momentos después, se levantaron ambos y se marcharon. Entonces únicamente conocí que mi abuelo estaba muy conmovido. Preciso es deciros, Maximiliano, que yo sola soy la que adivina las agitaciones de ese pobre paralítico, y creí entonces que la conversación promovida delante de él, porque nadie hace caso del pobre abuelo, le había impresionado fuertemente, en atención a que se había hablado mal de su emperador, ya que, según parece, ha sido un fanático de su causa.

—En efecto —dijo Maximiliano—, es uno de los nombres conocidos del Imperio, ha sido senador, y como sabéis, o quizá no lo sepáis, Valentina, estuvo complicado en todas las conspiraciones bonapartistas que se hicieron en tiempo de la Restauración.

—Sí, a veces oigo hablar en voz baja de esas cosas, que a mí se me antojan muy extrañas. El abuelo bonapartista, el hijo realista..., en fin, ¿qué queréis...? Entonces me volví hacia él, y me indicó el periódico con la mirada.

—¿Qué os ocurre, querido papá? —le dije, ¿estáis contento? Hízome una señal afirmativa con la cabeza.

—¿De lo que acaba de decir mi papá? —le pregunté.

Díjome por señas que no.

—¿De lo que ha dicho el señor Danglars? Otra seña negativa.

—¿Será tal vez porque al señor Morrel —no me atreví a decir Maximiliano— lo han nombrado oficial de la Legión de Honor?

Entonces me hizo seña de que así era, en efecto.

—¿Lo creeréis, Maximiliano? Estaba contento de que os hubiesen nombrado oficial de la Legión de Honor, sin conoceros. Puede ser que fuese una locura de su parte, puesto que dicen que vuelve algunas veces a la infancia, y es por una de las cosas que le quiero mucho.

—Es muy particular —dijo Maximiliano, reflexionando—, odiarme vuestro padre, al contrario que vuestro abuelo... ¡Qué cosas tan raras producen esos afectos y esos odios de partidos!

—¡Silencio! —exclamó de repente Valentina—. ¡Escondeos, huid, viene gente!

Maximiliano cogió al instante una azada y se puso a remover la tierra.

—Señorita, señorita —gritó una voz detrás de los árboles—, la señora os busca por todas partes. ¡Hay una visita en la sala!

—¡Una visita! —exclamó Valentina agitada—, ¿y quién ha

venido a visitarnos?

—Un gran señor, un príncipe, según dicen, el conde de Montecristo.

—Ya voy —dijo en voz alta Valentina.

Este nombre hizo estremecer de la otra parte de la valla al que el ya voy de Valentina servía de despedida al fin de cada entrevista.

—¡Qué es esto! —dijo Maximiliano apoyándose en actitud de meditación sobre la azada—, ¿cómo conoce el conde de Montecristo al señor de Villefort?

En efecto, el conde de Montecristo era quien acababa de entrar en casa del señor de Villefort, con el objeto de devolver al procurador del rey la visita que éste le había hecho, y como es de suponer, toda la casa se puso en movimiento al escuchar su nombre.

La señora de Villefort, que estaba sola en el salón cuando anunciaron al conde, hizo venir al instante a su hijo, para que el niño reiterase sus gracias al conde, y Eduardo, que no había dejado de oír hablar

del gran personaje durante dos días, se apresuró a presentarse, no por obedecer a su madre ni por dar las gracias a Montecristo, sino por curiosidad y para hacer alguna observación a la cual pudiera acompañar uno de los gestos que hacía decir a su madre: " ¡Oh! ¡Qué muchacho tan malo; pero bien merece que le perdonen, porque tiene tanto talento... ! "

Tras de los primeros saludos de rigor, preguntó el conde por el señor de Villefort.

—Mi esposo come hoy en casa del señor canciller —respondió la joven—, acaba de salir en este momento y estoy segura de que sentirá infinito no haber tenido el honor de veros.

Otros dos personajes que habían precedido al conde en el salón y que lo devoraban con los ojos, se retiraron después del tiempo razonable exigido a la vez por la cortesía y la curiosidad.

—A propósito, ¿qué hace lo hermana Valentina? —dijo la señora de Villefort a Eduardo—; que la avisen de que quiero tener el honor de presentarla al señor conde.

—¿Tenéis una hija, señora? —inquirió el conde—, será todavía una niña.

—Es la hija del señor de Villefort —replicó la señora—, hija del primer matrimonio, esbelta y hermosa figura.

—Pero melancólica —interrumpió el joven Eduardo arrancando, para adornar su sombrero, las plumas de la cola de un precioso guacamayo, que gritó de dolor en el travesaño dorado de su jaula.

La señora de Villefort se contentó con decir:

—Silencio, Eduardo.

Luego añadió:

—Este locuelo casi tiene razón, y repite lo que me ha oído decir muchas veces con amargura, porque la señorita de Villefort, a pesar de cuanto hacemos por distraerla, tiene un carácter triste y un humor taciturno que perjudica muchas veces el efecto de su belleza. Pero veo que no viene, Eduardo; ve a ver la causa de ello.

—Es que la buscan donde no está.

—¿Dónde la buscan?

—En el cuarto del abuelo Noirtier.

—¿Y tú opinas que no está allí?

—No, no, no, no, no está allí —respondió Eduardo tarareando.

—¿Y dónde está?, si lo sabes, dilo.

—Está debajo del castaño grande —continuó el travieso niño presentando, a pesar de los gritos de su madre, una porción de moscas vivas al guacamayo, que parecía muy ansioso de esta clase de caza.

La señora de Villefort alargó la mano hacia el cordón de la campanilla para indicar a su doncella el sitio donde podría encontrar a Valentina, cuando ésta se presentó.

La joven parecía estar triste, y observándola detenidamente se hubiera podido descubrir en sus ojos las huellas de sus lágrimas.

Valentina, a quien, llevados por la rapidez de la narración, hemos presentado a nuestros lectores sin darla a conocer, era una alta y esbelta joven de diecinueve años, con pelo castaño claro, ojos de un azul inteso, continente lánguido, y en el cual resaltaba aquella exquisita elegancia que caracterizaba a su madre. Sus manos blancas y afiladas, su cuello nacarado, sus mejillas teñidas de un color imperceptible, le daban a primera vista el aire de esas hermosas inglesas a quienes se ha comparado bastante poéticamente, en sus movimientos, con los cisnes.

Entró, pues, y al ver al lado de su madre al personaje de quien tanto había oído hablar, saludó sin ninguna timidez propia de su edad, y sin bajar los ojos, con una gracia tal, que redobló la atención del conde.

Este se levantó.

—La señorita de Villefort, mi hijastra —dijo la señora de Villefort a Montecristo, que se inclinó hacia adelante, presentando la mano a Valentina.

—Y el señor conde de Montecristo, rey de la China y emperador de la Cochinchina —dijo el pilluelo, dirigiendo a su hermana una mirada socarrona.

Esta vez la señora de Villefort se puso lívida y estuvo a punto de irritarse contra aquella plaga doméstica que respondía al nombre de Eduardo, pero el conde se sonrió y miró al muchacho con complacencia, lo cual elevó a su madre al colmo del entusiasmo.

—Pero, señora —dijo el conde reanudando la conversación y mirando alternativamente a la madre y a la hija—, yo he tenido el honor de veros en alguna otra parte con esta señorita. Desde que entré, pensé en ello, y cuando se presentó esta señorita, su vista ha sido una nueva luz que ha venido a iluminar un porvenir confuso, dispensadme por la expresión.

—No es probable, caballero, la señorita de Villefort es poco aficionada a la sociedad, y nosotros salimos muy rara vez —dijo la joven esposa.

—Sin embargo, no es en sociedad donde he visto a esta señorita y a vos, señora, y también a este gracioso picaruelo. La sociedad parisiense, por otra parte, me es absolutamente desconocida, porque creo haber tenido el honor de deciros que hace muy pocos días estoy en París. No, permitidme que recuerde..., esperad...

—Y el conde llevó su mano a la frente como para coordinar las ideas.

—No, es en otra parte..., es en... yo no sé..—pero me parece que este recuerdo es inseparable de un sol brillante y de una especie de solemnidad religiosa... La señorita tenía flores en la mano, el niño corría detrás de un hermoso pavo real en un jardín, y vos, señora, estabais debajo de un emparrado... Ayudadme, señora,

¿no os recuerda nada todo lo que os digo?

—De veras que no —respondió la señora de Villefort—, y sin embargo, me parece que si os hubiese visto en alguna parte, vuestro re—cuerdo estaría presente en mi memoria.

—El señor conde nos habrá visto quizás en Italia —dijo tímidamente Valentina.

—En efecto, en Italia..., es muy posible —dijo Montecristo—. ¿Habéis viajado por Italia, señorita?

—La señora y yo estuvimos allí hace dos meses. Los médicos temían que enfermase del pecho, y me recomendaron los aires de Nápoles. Pasamos por Bolonia, Perusa y Roma.

—¡Ah!, es verdad, señorita —exclamó Montecristo, como si aquella simple indicación hubiese bastado para fijar todos sus recuerdos—. Fue en Perusa, el día del Corpus, en el jardín de la fonda del Correo donde la casualidad nos reunió a vos, a esta señorita, vuestro hijo y a mí, donde recuerdo haber tenido el honor de veros.

—Yo recuerdo perfectamente a Perusa, caballero, la fonda y la fiesta de que habláis —dijo la señora de Villefort—, pero por más que me esfuerzo, me avergüenzo de mi poca memoria, no recuerdo haber tenido el honor de veros.

—Es muy extraño, ni yo tampoco —dijo Valentina levantando sus hermosos ojos y mirando a Montecristo.

Eduardo dijo:

—Yo sí me acuerdo.

—Voy a ayudaros —dijo el conde—. El día había sido muy caluroso, os hallabais esperando y los caballos no venían a causa de la solemnidad. La señorita se internó en lo más espeso del jardín, y el niño desapareció corriendo detrás del pájaro.

—Y le cogí, mamá, ¿no lo acuerdas? —dijo Eduardo—, ¡vaya!, como que le arranqué tres plumas de la cola.

—Vos, señora, os quedasteis debajo de una parra. ¿No recordáis mientras estabais sentada en un banco de piedra y mientras que, como os digo, la señorita de Villefort y vuestro hijo estaban ausentes, de haber hablado mucho tiempo con alguien?

—Desde luego —dijo la señora de Villefort poniéndose colorada—, con un hombre envuelto en una gran capa..., con un médico, según creo.

—Justamente, señora, aquel hombre era yo. En los quince días que hacía que me alojaba en la fonda, curé a mi ayuda de cámara de calentura y al fondista de ictericia, de suerte que me tenían en el concepto de un médico famoso. Hablamos mucho tiempo de diferentes cosas, del Perugino, de Rafael, de costumbres, de modas, de aquella famosa agua tofana, cuyo secreto, según creo, os habían dicho varias personas que se conservaba todavía en Perusa.

—¡Ah, es verdad! —dijo vivamente la señora de Villefort con cierta inquietud—, ahora recuerdo.

—Yo no sé ya lo que vos me dijisteis detalladamente, señora —replicó el conde con una tranquilidad perfecta—, pero participando del error general, me consultasteis sobre la salud de la señorita de Villefort.

—Como vos erais médico —dijo la señora de Villefort— puesto que habíais curado varios enfermos...

—Molière o Beaumarchais, señora, os habrían respondido que justamente porque no lo era, no he curado a mis enfermos, sino que mis enfermos se han curado. Yo me contentaré con deciros que he estudiado bastante a fondo la química y las ciencias naturales, pero sólo como aficionado..., ya comprenderéis.

En este momento dieron las seis.

—Son las seis —dijo la señora de Villefort, con visibles muestras de agitación—, ¿no vais a ver si come ya vuestro abuelo, Valentina?

La joven se puso en pie y saludando al conde salió de la sala sin pronunciar una palabra.

—¡Oh! Dios mío, señora, ¿sería por mi causa por lo que despedís a la señorita de Villefort? —dijo el conde, así que Valentina hubo salido.

—No lo creáis —repuso vivamente la joven—, pero ésta es la hora en que hacemos que den al señor Noirtier la comida que sostiene su triste existencia. Ya sabéis, caballero, en qué lamentable estado se encuentra mi suegro.

—Sí, señora, el señor de Villefort me ha hablado de ello, una parálisis, según creo.

—¡Ay!, el pobre anciano está sin movimiento, sólo el alma vela en esa máquina humana, pálida y temblorosa como una lámpara pronta a extinguirse. Mas perdonad que os hable de nuestros infortunios domésticos, os he interrumpido en el momento en que me decíais que erais un hábil químico.

—No he dicho yo eso, señora —respondió Montecristo sonriéndose—. He estudiado la química, porque, decidido a vivir en Oriente, he querido seguir el ejemplo del rey Mitrídates.

—Mithridates, rex Ponticus —dijo el niño, cortando de un magnífico álbum unos dibujos de paisaje que iba doblando y guardando en el bolsillo.

—¡Eduardo, no seas malo! —exclamó la señora de Villefort arrebatando el mutilado libro de las manos de su hijo—. Eres insoportable, nos aturdes, déjanos, ve con Valentina al cuarto del abuelito Noirtier.

—¡El álbum...! —dijo Eduardo.

—¿Qué quieres decir, el álbum?

—Sí, sí, quiero el álbum...

—¿Por qué has cortado los dibujos?

—Porque me da la gana.

—Vete, ¡vete!

—No, no, no me iré hasta que me des el álbum —dijo el niño acomodándose en un sillón, fiel siempre a su costumbre de no ceder nunca.

—Toma, y déjanos en paz —dijo la señora de Villefort; y dio el álbum a Eduardo, que salió acompañado de su madre.

El conde siguió con la vista a la señora de Villefort. —Veamos si cierra la puerta —murmuró.

Hízolo la señora de Villefort con mucho cuidado, al volver a entrar. El conde no pareció darse cuenta de ello.

Después dirigió una mirada a su alrededor, y volvió a sentarse en su butaca.

—Permitidme que os haga observar, señora —dijo el conde con aquella bondad que ya nos es conocida—, que sois muy severa con ese niño encantador.

—Es necesario, caballero —replicó la señora de Villefort, con un verdadero aplomo de madre.

—Le habéis interrumpido precisamente cuando pronunciaba una frase que prueba que su preceptor no ha perdido el tiempo con él, y que vuestro hijo está muy adelantado para su edad.

—¡Oh!, sí. Tiene mucha facilidad y aprende todo lo que quiere. No tiene más defectos que ser muy voluntarioso, pero, a propósito de lo que decía, ¿creéis vos, por ejemplo, señor conde, que Mitrídates emplease aquellas precauciones y que pudieran ser eficaces?

—Con tanta más razón, señora, cuanto que yo las he empleado para no ser envenenado en Palermo, Nápoles y Esmirna, es decir, en tres ocasiones donde, a no ser por esa precaución, hubiera perecido.

—¿Y os salió bien? —Completamente.

—Sí, es verdad. Me acuerdo de que en Perusa me contasteis una cosa parecida.

—¡De veras! —exclamó el conde con una sorpresa admirablemente fingida—, pues yo no lo recuerdo.

—Os pregunté si los venenos obraban lo mismo y con la misma energía sobre los hombres del Norte que sobre los del Mediodía, y me respondisteis que los temperamentos fríos y linfáticos de los septentrionales no presentan la misma disposición que la enérgica naturaleza de los meridionales.

—Es cierto —dijo Montecristo—, yo he visto a rusos devorar sustancias vegetales que hubiesen matado infaliblemente a un napolitano o a un árabe.

—¿Conque vos creéis que el resultado sería aún más seguro en nosotros que en los orientales y en medio de nuestras nieblas y lluvias, un hombre se acostumbraría más fácilmente que bajo un clima caliente a esa absorción progresiva del veneno?

—Seguramente. Por más que uno ha de estar preparado contra el veneno a que se haya acostumbrado.

—Sí, comprendo. ¿Y cómo os acostumbraríais vos, por ejemplo, o más bien, cómo os habéis acostumbrado?

—Nada más fácil. Suponed que vos sabéis de antemano qué veneno deben usar contra vos..., suponed que este veneno sea..., la brucina, por ejemplo...

—Sí, que se extrae de la falsa angustura, según creo —dijo la señora de Villefort.

—Exacto, señora —respondió Montecristo—, pero veo que me queda muy poco que enseñaros; recibid mi enhorabuena, semejantes conocimientos son muy raros en las mujeres.

—¡Oh!, lo confieso —dijo la señora de Villefort—, soy muy aficionada a las ciencias ocultas, que hablan a la imaginación como una poesía y se resuelven en cifras como una ecuación algebraica; pero continuad, os suplico, lo que me decís me interesa sobremanera.

—¡Pues bien! —repuso Montecristo—, suponed que este veneno sea la brucina, por ejemplo, y que tomáis un miligramo el primer día. Dos miligramos el segundo; pues bien, al cabo de diez días tendréis un centigramo. Al cabo de veinte días, aumentando otro miligramo el segundo, tendréis tres centigramos, es decir, una dosis que toleraréis sin inconvenientes, y que sería muy peligrosa para otra persona que no hubiese tomado las mismas precauciones que vos. En fin, al cabo de un mes, bebiendo agua en la misma jarra, mataréis a la persona que haya bebido de aquella agua, al mismo tiempo que vos, notaréis sólo un poco de malestar, producido por una sustancia venenosa mezclada en aquella agua.

—¿No conocéis otro contraveneno? —No conozco ningún otro.

—Yo había leído varias veces esa historia de Mitrídates —dijo la señora de Villefort pensativa—, y la había tomado por una fábula.

—No, señora, como una excepción en la historia, es verdad. Pero lo que me decís, señora, lo que me preguntáis, no es el resultado de una pregunta caprichosa, puesto que hace dos años me habéis hecho preguntas idénticas y me habéis dicho que esa historia de Mitrídates os tenía hacía tiempo preocupada.

—Es verdad, caballero, los dos estudios favoritos de mi juventud han sido la botánica y la mineralogía, y cuando he sabido más tarde que el use de los simples explicaba a menudo toda la historia y toda la vida de las gentes de Oriente, como las flores explican todo su pensamiento amoroso, sentí no ser hombre para llegar a ser un Flamel, un Fontana o un Cabanis.

—Tanto más, señora —respondió Montecristo— cuanto que los orientales no se limitan como Mitrídates, a hacer de los venenos una coraza. Hacen también de él un puñal. En sus manos la ciencia no es sólo una arma defensiva, sino a veces ofensiva. La una les sirve contra sus sufrimientos, la otra contra sus enemigos. Con el opio, la belladona, el hachís, procuran en sueños la felicidad que Dios les ha negado en realidad; con la falsa angustura, el leño colubrino y el laurel, adormecen a los que quieren. No hay una sola de esas mujeres, egipcia, turca o griega, que dicen la buenaventura, que no sepa asuntos de química con que dejar estupefacto a un médico, y en materia de psicología, con que espantar a un confesor.

—¿De veras? —exclamó la señora de Villefort, cuyos ojos brillaban durante este coloquio con el conde.

—¡Oh!, sí, señora —continuó Montecristo—. Los dramas secretos de Oriente se desenvuelven de este modo, desde la planta que hace morir, desde el brebaje que abre el cielo hasta el que sumerge a un hombre en el infierno. Tienen tantas rarezas de este género como caprichos hay en la naturaleza humana, física y moral, y diré más, el arte de estos químicos sabe aplicar admirablemente el remedio y el mal a sus necesidades de amor o a sus deseos de venganza.

—Pero, caballero —repuso la joven—, esas sociedades orientales, en medio de las cuales habéis pasado una parte de vuestra vida, son fantásticas como los cuentos que hemos oído de su hermoso país. Allí se puede suprimir a un hombre impunemente, ¿conque es verdadero el Bagdad o el Bassora del señor Galland? Los sultanes y visires que gobiernan esas sociedades, y que constituyen lo que se llama en Francia el gobierno, son otros Harum—al—Ratschild y Giaffar, que no sólo perdonan al envenenador, sino que lo hacen primer ministro, si el crimen ha sido ingenioso, y en este caso hacen grabar la historia en letras de oro para divertirse en sus horas de tedio.

—No, señora, lo fantástico no existe ni en Oriente; allí hay también personas disfrazadas bajo otro nombre y ocultas bajo otros trajes, comisarios de policía, jueces de instrucción y procuradores del rey. Allí se ahorca, se decapita, y se empala a los criminales. Aquí un necio poseído del demonio del odio, que tiene un enemigo que destruir o un pariente que aniquilar, se dirige a una droguería, y bajo otro nombre que el suyo propio, compra bajo el pretexto de que las ratas le impiden dormirse, cinco o seis dracmas de arsénico. Si es hombre diestro, va a cinco o seis droguerías, y en cada una compra la misma cantidad. Tan pronto como tiene en sus manos el específico, administra a su enemigo, o a su pariente, una dosis que haría reventar a un elefante, y que hace dar tres o cuatro aullidos a la víctima, y todo el barrio se alarma. Entonces viene una nube de agentes de policía y de gendarmes, buscan un médico, que abre al muerto y extrae del estómago o de las vísceras el arsénico. Al día siguiente, cien periódicos cuentan el hecho con el nombre de la víctima o del asesino. Aquella misma noche los drogueros prestan su declaración y afirman: "Yo fui quien vendí a este caballero el arsénico", y en lugar de reconocer a uno solo, tienen que reconocer a veinte por habérselo vendido. Entonces el criminal es preso, interrogado, confundido, condenado y guillotinado. O si es una mujer, la encierran por toda su vida. Así es como vuestros septentrionales entienden la química, señora. No obstante, Desrues sabía más que todo esto, debo confesarlo.

—¿Qué queréis, caballero? —dijo riendo la joven—, cada cual hace lo que puede. No todos poseen el secreto de los Médicis o de los Borgias.

—Ahora bien —dijo el conde encogiéndose de hombros—, ¿queréis que os diga la causa de todas esas torpezas...? Que en vuestros teatros, según he podido juzgar yo mismo leyendo las obras que en ellos se representan, se ve siempre beber un pomo de veneno o chupar el guardapelo de una sortija, y caer al punto muertos. Cinco minutos después se baja el telón, los espectadores se dispersan. Siempre se ignoran las consecuencias del asesinato. Nunca se ve al comisario de policía con su banda, ni a un cabo con cuatro soldados, y esto autoriza a muchas pobres personas a creer que las cosas ocurren de esta manera. Pero salid de Francia, id, por ejemplo, a Alepo, o a El Cairo, en fin, a Nápoles o a Roma y veréis pasar por las calles personas firmes, llenas de salud y vida, y si estuviese por allí algún genio fantástico, podría deciros al oído: "Ese caballero está envenenado hace tres semanas, y dentro de un mes habrá muerto completamente."

—Entonces —dijo la señora de Villefort—, ¿habrán encontrado la famosa agua—tofana, que suponían perdida en Perusa?

—¡Oh!, señora, ¿puede perderse acaso algo entre los hombres? Las artes se siguen unas a otras, y dan la vuelta al mundo, las cosas mudan de nombre, y el vulgo es engañado, pero siempre el mismo resultado, es decir, el veneno. Cada veneno obra particularmente sobre tal o cual órgano. Uno sobre el estómago, otro sobre el cerebro, otro sobre los intestinos. ¡Pues bien!, el veneno ocasiona una tos, esta tos una fluxión de pecho a otra enfermedad, inscrita en el libro de la ciencia, lo cual no le impide ser mortal, y aunque no lo fuese, lo sería gracias a los remedios que le administran los sencillos médicos, muy malos químicos en general, y ahí tenéis a un hombre muerto en toda la regla, con el cual nada tiene que ver la justicia, como decía un horrible químico amigo mío, el excelente abate Adelmonte de Taormina, en Sicilia, ei cual había estudiado toda clase de fenómenos.

—Eso es espantoso, pero admirable —repuso la joven—. Yo creía, lo confieso, que todas estas historias eran invenciones medievales.

—Sí, sin duda alguna, pero que se han perfeccionado en nuestros días. ¿Para qué queréis que sirva el tiempo, las medallas, las cruces, los premios de Monthyon, si no es para hacer llegar a la sociedad a su más alto grado de perfección? Ahora, pues, el hombre no será perfecto hasta que sepa crear y destruir como Dios. Ya sabe destruir, luego tiene andado la mitad del camino.

—De suerte que —replicó la señora de Villefort haciendo que la conversación recayera al objeto que ella deseaba—, los venenos de los Borgias, de los Médicis, de los René, de los Ruggieri, y probablemente más tarde del barón Trenck, de que tanto han abusado el drama moderno y las novelas...

—Eran objetos de arte, señora, nada más que eso —repuso el conde—. ¿Creéis que el verdadero sabio se dirige únicamente al mismo individuo? No. La ciencia gusta de aventuras, de caprichos, si así puede decirse. Ese excelente abate Adelmonte, de quien os hablaba hace poco, había hecho sobre este punto asombrosos experimentos.

—¿De veras?

—Sí, os citaré uno solo... Poseía un hermoso huerto lleno de legumbres, de flores y de frutos; entre ellos elegía uno cualquiera, por ejemplo, una lechuga. Por espacio de tres días la regaba con una solución de arsénico, al tercero la lechuga se ponía ya amarillenta, es decir, había llegado el momento de cortarla. Para todos parecía madura y conservaba una apariencia apetitosa. Solamente para el abate Adelmonte estaba emponzoñada. Entonces la llevaba a su casa, cogía un conejo, habéis de saber que el abate tenía una colección de conejos, liebres y gatos, que no desmerecía de su colección de legumbres, flores y frutas. Cogía, pues, un conejo y le hacía comer una hoja de aquella lechuga. El conejo, por supuesto, se moría. ¿Qué jueces de Instrucción, ni qué procurador del rey va ahora a averiguar la causa de la muerte de un conejo? Nadie. Conque ya tenemos al conejo muerto. Después de esto, lo hace desollar por su cocinera, y arroja los intestinos sobre un montón de estiércol. Sobre este estiércol hay una gallina, come estos intestinos, cae enferma a su vez y muere al día siguiente. En el momento en que lucha con las convulsiones de la agonía pasa por allí un buitre, que en el país de Adelmonte hay muchos, se arroja sobre el cadáver, lo conduce entre sus garras a una roca y se lo come. Al cabo de tres días, el pobre buitre, que después de esta comida se encontró algo indispuesto, siente una especie de aturdimiento, justamente cuando se hallaba entre una nube, muere allí mismo y cae en vuestro estanque. Los sollos, las anguilas y las lampreas le comen ávidamente, ya sabéis que todos estos pescados son muy aficionados a las carnes. Ahora bien, suponed que al día siguiente os sirven en la mesa uña de esas anguilas, uno de esos sollos o de esas lampreas, envenenados hasta la cuarta generación; entonces vuestro convidado será envenenado a la quinta, y morirá al cabo de ocho días de dolores de entrañas, de males de corazón. Muere en uno de sus accesos. Le hacen la autopsia al cadáver, y los médicos dirán:

—El pobre señor ha fallecido a causa de un tumor en el hígado, o de una fiebre tifoidea.

—Pero —dijo la señora de Villefort— todas esas circunstancias, encadenadas unas a otras, pueden ser destruidas por el menor accidente. Puede muy bien ocurrir que el buitre no pase a tiempo o caiga a cien pasos del estanque.

—¡Ah!, justamente, en eso es en lo que consiste el arte. Para ser un gran químico en Oriente es preciso saber dirigir la casualidad, así es como se obtienen los más difíciles resultados.

La señora de Villefort permanecía pensativa y escuchaba con gran atención.

—Pero —dijo— el arsénico es indeleble. De cualquier manera que se le tome, siempre se encuentra en el cuerpo del hombre, si es que se toma una cantidad suficiente para que pueda causar la muerte.

—¡Bien! —exclamó Montecristo—, eso fue lo que yo dije al abate Adelmonte. Reflexionó un instante y me respondió con un proverbio siciliano que, según creo, es también proverbio francés: "Hijo mío, el mundo no se hizo en un día, sino en siete. Volved, pues, el domingo."

"Volví al domingo siguiente. En lugar de regar su lechuga con arsénico, la regó con una solución de sales, cuya base era de estricnina, Strichnina colubrina, como dicen los eruditos. Esta vez la lechuga estaba perfectamente sana a la vista. Así, pues, el conejo no sospechó nada, y a los cinco minutos estaba muerto. La gallina comió el conejo, y al día siguiente dejó de existir. Entonces nosotros hicimos las veces de buitres, cogimos la gallina y la abrimos. Ya habían desaparecido todos los síntomas particulares y no quedaban más que los síntomas generales. Ninguna indicación particular en ningún órgano, irritación del sistema nervioso y nada más. La gallina no había sido envenenada, había muerto de apoplejía. Es un caso raro en las gallinas, lo sé, pero muy común en los hombres.

La señora de Villefort parecía cada vez más pensativa.

—Es una dicha —dijo—, que tales sustancias no puedan ser preparadas más que por químicos, si no la mitad del mundo envenenaría a la otra mitad.

—Por químicos o personas que se ocupan de la química —repuso cándidamente Montecristo.

—Y después de todo —dijo la señora de Villefort—, por bien preparado que esté, el crimen siempre es crimen. Y si se libra de la investigación humana, no le sucede otro tanto con la mirada de Dios. Los orientales son más sabios que nosotros en punto a conciencia, y han suprimido prudentemente el infierno.

—¡Oh!, señora, ese es un escrúpulo que debe brotar naturalmente en un alma honrada como la vuestra, pero que desaparecería pronto con el raciocinio. El lado peor del pensamiento humano estará siempre resumido en esta paradoja de Juan Jacobo Rousseau, el mandarín a quien se mata a cinco mil leguas levantando el extremo del dedo. La vida del hombre transcurre haciendo estas cosas, y su inteligencia se agota en pensarlas.

Pocas personas conoceréis que vayan a clavar brutalmente un

cuchillo en el corazón de su semejante, o que le administren para hacerle desaparecer de la superficie del globo, la cantidad de arsénico que decíamos hace poco. Para llegar a este punto es menester que la sangre se caliente a treinta y seis grados, que el pulso descienda a noventa pulsaciones, y que el alma salga de sus límites ordinarios. Pero si pasando de palabra al sinónimo, hacéis una sencilla eliminación, en lugar de cometer asesinato innoble, si apartáis pura y sencillamente de vuestro camino al que os incomode, y esto sin choque, sin violencia, sin el aparato de esos padecimientos que hacen de la víctima un mártir y del que obra un carnicero, en toda la extensión de la palabra, si no hay sangre, ni aullidos, ni contorsiones, ni sobre todo esa horrible instantaneidad del asesinato, entonces os libertáis de la ley humana que os dice: " ¡No turbes la sociedad...! " Este es el modo como proceden los orientales, personajes graves y flemáticos, que se inquietan muy poco de las cuestiones de tiempo en los casos de cierta importancia.

—Pero queda la conciencia —dijo la señora de Villefort con voz conmovida y un suspiro ahogado.

—Sí ——dijo Montecristo—, sí, por fortuna queda la conciencia, sin la cual sería uno muy desgraciado. Después de toda acción un poco vigorosa, la conciencia es la que nos salva, porque nos provee de mil disculpas de que sólo nosotros somos jueces, disculpas que, por excelentes que sean para conservar el sueño, serían mediocres ante un tribunal para conservaros la vida. Así, pues, Ricardo III, por ejemplo, tuvo que agradecer mucho a su conciencia después de la muerte de los dos hijos de Eduardo IV. En efecto, podía decir para sí: Estos dos hijos de un rey cruel, perseguidos y que habían heredado los vicios de su padre, que yo sólo he sabido reconocer en sus inclinaciones juveniles, estos dos niños me molestaban para hacer la felicidad del pueblo inglés, cuya desgracia habrían causado infaliblemente.

Igualmente debía estar agradecida a su conciencia lady Macbeth, que quería dar un trono, no a su marido, sino a su hijo. ¡Ah!, el amor maternal es una virtud tan grande, un móvil tan poderoso que hace perdonar muchas cosas. Así, pues, muerto Duncan, lady Macbeth hubiera sido desgraciada a no ser por su conciencia.

La señora de Villefort absorbía con avidez estas espantosas

palabras pronunciadas por el conde con aquella ironía sencilla que le era peculiar.

Después de una pausa, dijo:

—¿Sabéis, señor conde, que sois un terrible argumentista y que veis el mundo bajo un aspecto algún tanto lívido? Teníais razón, sois un gran químico, y aquel elixir que hicisteis tomar a mi hijo, y que tan rápidamente le devolvió la vida.. .

—¡Oh!, no os fiéis de eso, señora —dijo Montecristo—; una gota de aquel elixir bastó para devolver la vida a aquel niño que se moría, pero tres gotas habrían hecho que la sangre se agolpara a sus pulmones y le hubieran causado un desmayo muchísimo más grave que aquel en que se hallaba; diez, en fin, le hubieran muerto en el acto. Bien visteis, señora, cuán rápidamente le aparté de aquellos frascos que tuvo la imprudencia de tocar.

—¿Acaso es algún terrible veneno?

—¡Oh, no! En primer lugar es menester que sepáis que la palabra veneno no existe, puesto que en medicina se sirven de los venenos más violentos, que llegan a ser remedios saludables por la manera con que son administrados.

—¿Y entonces de qué se trataba?

—Una magnífica preparación de mi amigo, el abate Adelmonte, de la cual me enseñó a usar.

—¡Oh! —dijo la señora de Villefort—, debe ser un excelente antiespasmódico.

—Magnífico, señora, ya lo visteis —respondió el conde—, y yo hago de él un use bastante frecuente, con toda la prudencia posible, se entiende —añadió riendo.

—Lo creo —replicó la señora de Villefort en el mismo tono— En cuanto a mí, tan nerviosa y tan propensa a desmayarme, necesitaría de un doctor Adelmonte para que me inventase los medios de respirar libremente y me tranquilizase sobre el temor que experimento de morir un día ahogada. Entretanto, como la cosa es difícil de encontrar en Francia, y vuestro abate no estará dispuesto a hacer por mí un viaje a París, me atengo a los antiespasmódicos del señor Blanche, y las gotas de Hoffman desempeñan un gran papel en mi organismo. Mirad, aquí tenéis unas pastillas que preparan para mí expresamente, tienen doble dosis.

Montecristo abrió la caja de concha que le presentaba la joven, y aspiró el olor de las pastillas como experto digno de apreciar aquella preparación.

—Son exquisitas —dijo—, pero es preciso tragarlas, cosa imposible en las personas desmayadas. Prefiero mi específico.

—¡Oh!, yo también lo preferiría, después de los efectos que he visto. Pero sin duda será un secreto, y yo no soy tan indiscreta que os lo vaya a pedir.

—Pero yo, señora —dijo Montecristo levantándose de su asiento—, soy lo suficientemente galante para ofrecéroslo.

—¡Oh!, caballero.

—Acordaos de una cosa, y es que, en pequeñas dosis, es un remedio; en grandes dosis, un veneno. Una gota devuelve la vida, como habéis visto; cinco o seis matarían infaliblemente de una manera tanto más terrible que derramadas en un vaso de vino no cambiarían nada el gusto. Pero me detengo, señora, diríase que os quiero aconsejar.

Acababan de dar las diez y media y anunciaron una amiga de la señora de Villefort que venía a comer con ella.

—Si yo tuviera el honor de veros por tercera o cuarta vez, señor conde, en vez de ser la segunda —dijo la señora de Villefort—, si tuviese el honor de ser vuestra amiga, en lugar de ser sólo vuestra deudora, insistiría en que os quedaseis a comer, y no me dejaría abatir por la primera negativa.

—Mil gracias, señora —respondió Montecristo——, tengo un compromiso al cual no puedo faltar. Prometí llevar al teatro a una princesa griega que aún no ha visto la ópera, y que cuenta conmigo para ir esta noche.

—Os dejo ir, caballero, pero no olvidéis mi receta.

—¿Cómo es posible, señora? Para ello tendría que olvidar la hora de conversación que acabo de tener a vuestro lado, lo cual es enteramente imposible.

Montecristo saludó y salió.

La señora de Villefort se quedó reflexionando.

—¡Qué hombre tan extraño! —dijo—, debiera llamarse también Adelmonte. Para Montecristo, el resultado fue mejor de lo que él esperaba.

—Veamos —dijo, al tiempo de marcharse—, éste es buen

terreno. Estoy convencidísimo de que cualquier clase de grano que en él se siembre, produce inmediatamente su fruto.

Y al otro día, fiel a su promesa, envió a la señora de Villefort la receta que le había prometido.

FIN DE TOMO I